weissbooks.w

Artur Becker
Drang nach Osten
Roman

weissbooks.w

Drang nach Osten

Für Magdalena

»Ich beklage mich, ich habe gewisse Jahre
von meinem *menschlichen* Leben verloren:
und lag's nicht bloß an mir sie zu genießen?
bot mir nicht das Schicksal selbst
die ganze fertige Anlage dazu dar?«

Johann Gottfried Herder
Journal meiner Reise im Jahr 1769

»Die Abwesenheit der Schwerkraft in der Fiktion
führt auch dazu, dass das Böse interessant
und verführerisch ist, das Gute langweilig.
Denn wenn es keine Schwerkraft gäbe,
wäre das Gute selbstverständlich;
das Böse wäre unerwartet, überraschend
und würde deshalb gefallen.
Wegen der Schwerkraft ist es umgekehrt.«

Simone Weil, *Cahiers – Aufzeichnungen*
Band 2, Heft 5, November 1941

»Ein Land bist du, wo es keine Schande ist, zu leiden,
Da man bei dir gleich ein Glas bitteren Trank serviert,
An dessen Boden sich das Gift der Jahrhunderte sammelt.«

Czesław Miłosz, *Erde*
Washington D.C., 1949

I. Schwerkraft
(Arthur)

Kleines armes Land, was willst du uns heute schon wieder erzählen? Terra incognita bist du uns immer noch und zwar zu jedem Abschied und zu jeder Neugeburt, obwohl wir meinen, dich so gut zu kennen! Seit Jahrhunderten! Oder willst du uns bloß deine armlangen Sterne schicken, damit sie bei uns niederkommen und uns mit ihrer nächtlichen Umarmung ein wenig ergötzen? Nein? Ach! Tu, was du für richtig hältst, kleines armes Land! Wir werden dich so und so nie vollständig kennenlernen und besitzen … Deshalb ist uns jede Gestalt, die du geboren hast – aus Lehm und Sternenstaub – willkommen und sogar unsterblich. Ein gewisser Arthur zum Beispiel! Einer deiner ermländischen Söhne! Warum eigentlich nicht Arthur? Dein Diener und Sklave?

Kapitel 1
Der Grizzly Peak

Jeder Abschied schien ihm eine Vorbereitung auf den Tod zu sein. Arthur hatte schon viele traurige Abschiede – viele kleine Tode – ganz gut überstanden, allerdings war das Gefühl, dass dieses langsame und zaghafte Sterben irgendwann nicht mehr aufzuhalten sein würde und dann zwangsweise das Ende kommen müsste, ziemlich zermürbend. Und alles, was er bis jetzt geliebt hatte, wurde ihm genommen. Er begriff erst sehr spät, dass dies in seinem Leben die Regel war. Früher hatte er gedacht, er habe manchmal ein wenig zu viel Pech gehabt, was doch nichts Außergewöhnliches sei, doch dem war nicht so.

Die Bucht von San Francisco, in der er vier Wochen verbracht hatte, sah aus dem Fenster eines Flugzeugs so friedlich und einladend aus: Der San-Andreas-Graben war unsichtbar, und die vergangenen und zukünftigen Erdbeben kamen einem beim Anblick des blauen Pazifiks, der langen Brücke, der Wolkenkratzer und der Berge auf dem Festland gar nicht erst in den Sinn. In den hohen dünnen Lüften waren die Stimmen der Propheten verstummt. Der Grizzly Peak, von dem aus man die ganze Bucht überblicken konnte, verschwand endlich: zusammen mit den Pazifikmöwen, mit denen die Emigrantendichter hin und wieder sprachen, weil sie ihre kalifornische Einsamkeit nicht ertrugen.

Gleich nachdem das Flugzeug der Lufthansa in den strahlenden Nachmittagshimmel des ausklingenden Augusts abgehoben hatte, wurde ihm klar, dass er nach Amerika, in den *eigentlichen Westen*, den *wahren*, womöglich nie mehr zurückkehren würde. Der Abschied von seinem Onkel Stanisław hatte Arthur viel Kraft gekostet. Und der Streit mit dem alten Mann in der letzten Woche vor dem Rückflug nach Europa schien ihm jetzt völlig sinnlos gewesen zu sein. Er fragte sich nun, warum er seine Nerven nicht hatte beherrschen können. Sein Onkel war doch neunundachtzig Jahre alt und obendrein todkrank, er würde es nicht mehr lange machen …

In den hohen dünnen Lüften, während die Triebwerke einen konstanten, fast schon zum Meditieren animierenden Brummton erzeugten, ließ es sich leicht über alles, was einem nur in den Kopf kam, nachdenken, und deshalb fragte sich Arthur auch – zumal sein Onkel im Sterben lag –, ob man sich das Leben nach dem Tod genauso vorstellen musste: als einen weiten Flug in den Osten, wo dem frisch Verstorbenen am Ende des Tages und unter einem Baum *Vier Edle Wahrheiten* Buddhas offenbart würden?

Seltsame Kreaturen sind wir, dachte Arthur, wir bauen eine Maschine aus Aluminiumblech und Kabeln, um uns in ihr für mehr als elf Stunden einzuschließen und in einer künstlichen Umgebung über uns und unser Tun nachzudenken, in den Weiten der frostigen leeren Erdatmosphäre, in gut zehn Kilometern Höhe … Warum tun wir das?

Jedenfalls bereute Arthur den Streit mit seinem Onkel Stanisław sehr, dabei hatte das ganze Gespräch harmlos angefangen. Es war wieder einmal um Amerika und die Emigration gegangen …

Kapitel 2
Ein Produkt der Hypokrisie

Arthur war achtundvierzig Jahre alt, eins fünfundsiebzig groß und wog achtzig Kilo. Er hatte dunkelbraune Augen und wirres festes Haar. Die Schwerkraft hatte Arthur zum Autor von zwei Sachbüchern über seine polnische Heimat Ermland und Masuren gemacht, die sogar Bestseller geworden waren. Und die Schwerkraft schenkte ihm einen Doktortitel in Geschichte, einen Arbeitsplatz an der Uni Bremen, eine zwanzigjährige Tochter namens Rosalia und zwei Frauen, Anna und Malwina, die er beide liebte, was schon einem Kunststück glich.

Seine erste Liebe, die Anna hieß, war zwar gescheitert, doch er hatte sich inzwischen an diese Niederlage gewöhnt. Seine Kollegen von der Bremer Uni und anderen Hochschulen der BRD mochten ihn – er fiel in der Gruppe nicht auf, seine Artikel und Publikationen waren eher gewöhnlich und durchschnittlich, und er leistete an der Uni nur das, was notwendig war. Seine Studenten beurteilten ihn in den Rankings als einen zuverlässigen und unauffälligen Hochschullehrer, dem Charisma fehlte. Sie wussten nicht, wie sehr er das Unterrichten satthatte. Manchmal nur kam ihm zu Ohren, dass x oder z über ihn neulich gelästert hätten, er sei unter die Populärwissenschaftler gegangen, aber sie waren nur eifersüchtig, dass es Arthur gelungen war, zwei historische Sachbücher an ein breites Publikum zu verkaufen. Mit der Behandlung von Stereotypen lasse sich immer viel Geld verdienen, spotteten sie hinter seinem Rücken.

Arthur lebte seit dreißig Jahren in Westdeutschland, er hatte einen neuen Namen angenommen und kümmerte sich nicht mehr um seine eigene Herkunft, um seine katholisch-sozialistische Jugend in Polen.

Aber als er vor einem halben Jahr erfuhr, dass sein Onkel Stanisław, der über sieben Ecken mit Arthurs polnischer Großmutter Renata verwandt war, schwer erkrankt sei, beschloss er, ein drittes Sachbuch über Masuren zu schreiben, diesmal jedoch über die Machtergreifung durch die polnischen Kommunisten in seiner ehemaligen Heimat, allerdings aus der Perspektive seiner eigenen Familie und Verwandtschaft, also ein sehr privates und persönliches Buch.

Aus diesem Grunde war er in den sommerlichen Semesterferien zu seinem Onkel geflogen, einem Zeitzeugen, der kurz nach der Beendigung des Zweiten Weltkriegs im ehemaligen Ostpreußen an der kommunistischen Machtübernahme beteiligt gewesen war: natürlich damals als eine neunzehnjährige Rotznase, die sich für einen Marxisten hielt.

Stanisław, ein ehemaliger Kommunist und Jungmilizionär, der die beiden letzten Jahre des Zweiten Weltkriegs als Zwangsarbeiter der Nazis durchgestanden hatte, besaß über jene schwierige Übergangsphase Wissen aus erster Hand, und Arthur hatte von ihm auch einige traurige Geheimnisse erfahren, in einer Art Beichte …

Sein Onkel erzählte ihm eines Abends plötzlich davon, dass er ein paar junge Soldaten, die sich in den Wäldern von Ermland und Masuren versteckt und als Partisanen und Antikommunisten gegen die neuen Machthaber gekämpft hätten, gefangen genommen und gefoltert habe. Und zwei Partisanen habe er im Kampf erschossen. Doch das sei noch nicht alles. Er habe auch – was Arthur eigentlich schon seit Langem vermutete – Ryszard verraten, Arthurs polnischen Großvater aus Olsztyn, der unter Stalin ins Gefängnis gehen musste, völlig unschuldig, war er doch im Krieg Zwangsarbeiter gewesen und kein Heimatarmeesoldat. Sein

Verbrechen sei gewesen, dass er als hochgebildeter Bourgeois Deutsch und Englisch gesprochen habe, und man sei davon ausgegangen, er sei kurz nach dem Ende des Krieges in der amerikanischen Besatzungszone für ihren Nachrichtendienst angeworben worden – schreckliche Zeiten damals, schüttelte Onkel Stanisław mehrmals den Kopf. Er fügte noch hinzu, er habe außerdem die Kommunisten betrogen: Er habe sich bereits 1968 als Jude ausgegeben, um den Reisepass bekommen und nach Amerika gehen zu können. Ein Offizier habe ihm gesagt, man habe ihn schon seit Längerem beobachtet und verdächtigt, dass er ein mieser Betrüger sei – ein Zionist! Der Offizier habe von Schande gesprochen, weil ihm die Partei das Studium und anschließend ein Leben in Würde ermöglicht habe.

»Du warst nicht der Einzige, der solche Fehler begangen hat … Und mit deinen späteren Taten hast du uns bewiesen, dass du ein rechtschaffener Mensch bist …«, hatte Arthur seinen Onkel zu beruhigen versucht.

Stanisławs Beichte hatte ihn nur für einen Moment aufgewühlt. Arthur kannte solche Geschichten zur Genüge, und ein ganzes menschliches Leben war oft nichts mehr wert, wenn es zur Abrechnung mit dem eigenen Gewissen kam. Es brachte dann nichts, an die positive Metamorphose der betroffenen Person zu erinnern: Das Böse schien mächtiger zu sein. Und es war schade, dass sich der Wanderer zwischen den Welten nicht selbst vergeben konnte. Schließlich hatte sein Onkel in Amerika eine passable Karriere hingelegt. Nach seiner Auswanderung 1971 in die USA wurde er in Berkeley Professor der Soziologie und ein Spezialist für die Sowjetunion – die Wehwehchen und Verbrechen des kommunistischen Regimes waren ihm bestens bekannt, eben meistens aus der Autopsie.

Er erzählte Arthur in diesem Zusammenhang auch davon, wie schwierig es für jüdische Physiker und Überlebende des Holocausts gewesen sei, ihre Karrieren nach dem Ende des Krieges in Amerika fortzusetzen. Man habe ihnen verboten, in Physik zu promovieren. Gegen Biologen habe man nichts einzuwenden gehabt, denn Amerika habe damals noch nicht geahnt, welches Potenzial in der Molekularbiologie stecke – die späteren Nobelpreise auf diesem Fachgebiet seien zahlreich. Amerikas Interesse habe damals lediglich dem Bau und der Weiterentwicklung von Atombomben gegolten, was ja topsecret gewesen sei. Und osteuropäische Soziologen seien willkommen gewesen: als Kenner des Erzfeindes in Moskau, doch selbst sie hätten sich warm anziehen und damit rechnen müssen, von der CIA behelligt zu werden, mochten sie auch Juden sein – man habe einfach überall nach Spionen gesucht, wie im Ostblock ...

Niemand wusste von Stanisławs dunkler Vergangenheit. Arthur war der Erste, der in den masurischen Wäldern davon sowie von dem Betrug mit der Identität erfuhr. Er glaubte dem alten Mann, dessen tragische Geschichte ihm ordentlich unter die Haut gegangen war, wenn auch nur im Augenblick der unerwarteten Beichte.

Dabei hatte Arthur auf dem Grizzly Peak endlich die Ruhe gefunden, die er seit vielen Jahren schon so sehr vermisste: Seine Studenten, Doktoranden, Kollegen und Publikationen – sie hingen ihm alle zum Hals heraus. Nun hatte er mitten im Sommer eine lange Zeit der Meditation gehabt, die er so dringend für seine Konzentration und Arbeit an neuen Artikeln brauchte. Der geregelte Tagesablauf wie in einem Kloster hatte ihn gestärkt und zur Höchstleistung angetrieben. In Berkeley, wo sein Onkel als Emeritus wohnte, konnte Arthur jeden Morgen in die Universitätsbibliothek gehen und für sein neues Buch recherchieren. Am Nachmittag hatte er am Schreibtisch gearbeitet und fast alle Abende in diesen emsigen vier Wochen den Gesprächen mit seinem Onkel gewidmet.

* * *

Aber ein paar Tage vor Arthurs Rückflug nach Europa kam es im Einfamilienhaus des verwitweten Emeritus zu dem heftigen Streit. Es war wieder einmal einer dieser schwülen Abende gewesen: am schönen Grizzly-Peak-Boulevard, dem serpentinenartigen Weg, der zum Regionalpark auf den Hügeln von Berkeley führte, zu den Seen, Wäldern, Golfplätzen und Wanderpfaden. Arthur hatte sich an dem verhängnisvollen Abend einen Abschiedswhiskey eingeschenkt (sein Onkel durfte keinen Alkohol mehr trinken), wobei Stanisławs Neffe mit dem Einschenken nicht sparsam gewesen war: Er musste ja für seinen Onkel mittrinken. Zu Anfang ihres Gesprächs über Amerika und Emigration hatte er sich sehr zurückgehalten, zumal er die Ansichten von Stanisław kannte. Es gefiel Arthur nicht, dass er aus der polnischen Emigration von vor 1989 eine Truppe von Heiligen und Helden machte.

Der alte Mann aus Berkeley schien ihm im Sozialismus, in dem er seine polnische Jugend zugebracht hatte, stehen geblieben zu sein. Folglich war seine ganze Vorstellung von den weltumspannenden Verhältnissen in der Politik und der Ökonomie ein wenig altbacken und gestrig, obwohl er immer noch als guter Sowjetspezialist galt. Sein Name und seine soziologischen Arbeiten waren in Amerika jedem Spezialisten auf diesem Gebiet bekannt.

Irgendwann im Verlauf ihres anregenden Gesprächs und eher in einem Nebensatz hatte Arthur seinem Onkel erklärt, Amerika habe sich zu einem faschistischen Staat entwickelt, spätestens seit dem Mord an Kennedy habe man wissen müssen, wohin die Reise gehe, und nach dem 11. September 2001 sei es endgültig klar geworden, was hier eigentlich gespielt werde, denn nicht umsonst habe man nach seiner Ankunft am Flughafen von San Francisco von ihm ein Iriserkennungsfoto gemacht, wobei er sich wie ein Verbrecher gefühlt habe; Arthur hatte all dies bei einem zweiten vollen Glas Whiskey, ohne groß zu überlegen, gesagt; und er wollte Stanisław gewiss nicht provozieren. Doch für viele alte Emigranten aus Polen war der Westen mit den USA an der Spitze nicht nur eine Art Unterschlupf für Aussätzige, sondern auch das Lager der Guten, Anständigen und Aufrichtigen. Und der Kommentar seines Onkels war vernichtend gewesen: »Ich hoffe sehr, dass du nie wieder amerikanischen Boden, auf dem die bestfunktionierende Demokratie der Welt herrscht, betreten wirst!« Arthur war dann an dem Abend, was letztendlich zur Eskalation geführt hatte, derselben Meinung und versprach Stanisław hoch und heilig, dessen gelobte Wahlheimat tatsächlich nie wieder zu besuchen. Es ging um ein Versprechen, das Arthur kein großes Kopfzerbrechen bereitete, zumal er den europäischen Kontinent ohnehin ungern verließ. Er träumte lediglich noch davon – bevor er eines Tages sterben würde –, einmal Japan zu sehen, aber wer in Europa wollte das nicht?

Das Gespräch wäre vielleicht gar nicht weiter eskaliert, doch nach dem dritten Whiskey konnte Arthur nicht mehr schweigen und antwortete seinem Onkel auf das Einreiseverbot für seinen Neffen, dass die USA in der Summe ihrer Taten ein Produkt der Hypokrisie seien: Sie würden Wasser predigen und selbst Wein saufen. Er sagte außerdem, die Scheinheiligkeit sei noch kein Verbrechen, diese gebe es auch in Europa zwischen Paris und Moskau, aber unverzeihlich sei die Überzeugung Amerikas, die letzte Bastion der menschlichen Zivilisation zu sein, denn eine Steigerung des materialistischen, eroberungslustigen und machtsüchtigen Denkens könne nur zur Selbstvernichtung führen, zum Krieg. Er könne deshalb die Begeisterung so mancher polnischen Emigranten alten Datums für den Westen und vor allem für die USA nur verabscheuen. Er wusste natürlich, dass er quasi auf die Hand spuckte, aus der er aß, war er doch selbst ein Emigrant und kein Kind mehr aus dem masurischen Wald.

Zum Schluss hatte Arthur leider einen Monolog gehalten: »Im Sozialismus musste man ein Antikommunist sein, wenn man sich damals für einen rechtschaffenen Menschen hielt, und im Kapitalismus – im Westen – gibt es nur einen Weg: Man muss sich rasch mehr oder weniger zu einem Marxisten entwickeln, wenn man nicht völlig auf den Kopf gefallen ist. Und selbst wenn man an Gott oder an Ufos glaubt, muss man im Westen früher oder später Marxist werden, wenigstens im Herzen, denn jede andere Haltung bedeutet eine Korruption der Wahrheit und führt zur Unterstützung des verhassten globalen Bankensystems. Innerhalb weniger Sekunden kann man heute Millionär werden oder alles verlieren. Es gibt auch viele andere Kuriositäten, zumal es andererseits *eigentlich* fast unmöglich ist, im Westen ein Linker zu sein. Ich habe in Deutschland und in Frankreich solche Frauen und Männer kennengelernt, die man als wohlhabende Marxisten bezeichnen kann. Im Prinzip ist die ganze westliche Linke, die mitregieren darf, weil sie über Parlamentssitze verfügt, genauso privilegiert wie ihre politischen Gegner, und das ist der erste Todesstoß für ihre Lehre der linken Ideologie, dass sie teure Kleider tragen, teure Autos fahren und in den Medien wie Popstars auftreten. Doch sie merken nicht einmal, dass sie eigentlich nur Nutznießer des kapitalistischen Systems sind und von ihm lediglich toleriert werden.«

»Das ist so in einer Demokratie – eine andere Meinung muss man respektieren, aber scheinbar lebst du immer noch in deinem kommunistischen Polen! Und Kinder dieses Regimes lieben Verschwörungstheorien – so wie du …«, hatte Stanisław seinem Neffen erwidert.

Arthur schämte sich jetzt für seine heftige Empörung und empfand nun die lange Rede, die er unter Alkoholeinfluss gehalten hatte, als völlig unnötig, zumal seine anschließende Reaktion schroff und zynisch ausgefallen war: »Ausgerechnet du, Onkel, willst mich belehren? Ein ehemaliger Stalinist sollte lieber seine Klappe halten …«

Und obwohl dem todkranken Stanisław nur wenige Monate zum Leben verblieben waren, wirkte sein Intellekt immer noch sehr frisch und wach, nur dass er im 20. Jahrhundert feststeckte wie ein Holzsplitter in der Ferse. Er steckte in Zeiten des Kalten Krieges, der Mondlandung und der ewigen Wiederkehr der Dämonen aus Russland fest. Überhaupt sei Russland das größere Problem Amerikas und Westeuropas als der Terror der Islamisten, was, so Arthurs Onkel, der Ukrainekonflikt und die Krimübernahme durch Moskau am besten belegen würden. Denn Russland habe eine Mission und werde immer entweder Christus oder den Kommunismus messianisch manipulieren und instrumentalisieren, um seine Machtansprüche und geistige Überlegenheit gegenüber dem Westen geltend zu machen. Arthur bekam jedes Mal das Kotzen, wenn er solche Sätze hörte.

Stanisław hatte auf den Monolog seines Neffen mehrere kurze Antworten gegeben, die von lästigen Schweige- und Röchelpausen unterbrochen wurden, als würde der alte Mann jeden Moment für immer einschlafen: »Du bist für mich eine einzige Enttäuschung. In der Tat: Ich war jung und bereue meine Entgleisungen, aber dass du meine Fehler wiederholen willst, dazu in dem Alter, da du auf die fünfzig zugehst, ist mir vollkommen unverständlich! Weißt du, es wäre mir lieber, du würdest an Gott glauben und wärst ein Katholik mit Leib und Seele geworden.« – »Du verstehst mich nicht, du verstehst die Welt nicht mehr …« Der letzte Satz hatte Arthurs Onkel zum Schweigen gebracht, und er selbst hatte beim Abschied geschwiegen.

Kapitel 3
Der Interkontinentalflug

Noch kurz vor dem Abflug hatte Arthur seine E-Mails abgerufen, und es waren wie fast jeden Tag ein paar von Malwina, seiner vier Jahre jüngeren Geliebten aus Warschau, dabei gewesen. Ihre Launen wechselten manchmal im Minutentakt, was ihrerseits zu einer Flut an Gedanken,

Spekulationen und Zweifeln führte, die allesamt in brieflange E-Mails einflossen, und wenn er Malwina deshalb ärgern wollte, nannte er sie »meine dänische Stewardess« (den schönsten blonden Stewardessen war Arthur nämlich am Flughafen von Kopenhagen auf dem Weg zu einer Konferenz in Moskau begegnet). Nun hatte er mehr als elf Stunden Zeit, um während des Flugs über einiges, was ihm bisher schiefgelaufen zu sein schien, nachzudenken, in der Hoffnung, ein wenig Ordnung in sein zukünftiges Leben zu bringen. Malwina zum Beispiel: Sie warf ihm oft vor, er sei ihr bestimmt untreu, er sei »ein frauenhungriger Hund«, was im Polnischen eindeutiger klang als »ein geiler Bock« im Deutschen. Sie war eifersüchtig, obwohl sie als verheiratete Frau regelmäßig mit ihrem Mann ins Bett ging beziehungsweise gehen musste.

Arthur hatte Malwina, die obendrein genau wie er in Olsztyn geboren worden war und dort einen großen Teil ihrer Kindheit verbracht hatte – wobei ihre gemeinsame Herkunft aus Ermland und Masuren sie sofort zu Komplizen machte –, vor fünf Monaten auf einer Konferenz in Heidelberg kennengelernt.

Sie war eine in Polen angesehene Historikerin und beschäftigte sich vor allem mit der Geschichte Deutschlands nach 1945. Sie sprach sehr gut Deutsch und tat an der Uni nur das, worauf sie Lust hatte, und da ihre Arbeiten, Artikel und Bücher sich breiter Anerkennung erfreuten, konnte sie sich mehr Extravaganzen leisten als ihre Kollegen. Ihren Fakultätsleiter behandelte sie als einen ihr untergeordneten Soldaten. Arthur vermutete sogar, dass Malwina noch einen anderen Mann liebte und ihn ab und zu traf, doch er stellte ihr nie irgendwelche Fragen – allerhöchstens nach ihren beiden Töchtern.

Aber all die Ungereimtheiten in Malwinas Leben und Liebe zu ihm störten Arthur nicht, ganz im Gegenteil, er mochte ihr Temperament sehr – ihre Unruhe und ihre Verwirrung um ihr eigenes Gefühlsleben.

Im Prinzip hatte Malwina ja recht. Er war »ein frauenhungriger Hund«. Er suchte jetzt nämlich nach einer Stewardess, die er während des ganzen Flugs beobachten wollte: Er liebte es, seinen Blick wie zur Erholung immer wieder auf die ausgewählte Dame zu richten, und nicht selten war es ihm gelungen, mit der fremden Frau einen intensiven Blickkontakt über den ganzen Flug hinweg herzustellen; er hatte natürlich seine Lieblingslektüre dabei: zwei Werke von Simone Weil, die beiden Titel *Schwer-*

kraft und Gnade und *Anmerkung zur generellen Abschaffung der politischen Parteien.*

Die französische Philosophin jüdischer Herkunft wurde 1909 in Paris geboren und hatte nur vierunddreißig Jahre gelebt; ihr schmales Werk war aber gewaltig: die mystischen Studien und Notizen zum Christentum, die kritischen Arbeiten zum Marxismus und Kapitalismus oder ihr Engagement für die Arbeiter und die Hungrigen – all das war beeindruckend, und im eigentlichen Sinne konnte man sie als die Urmutter der New-Age-Bewegung, der Emanzipation und der 68er-Revolte betrachten.

* * *

Schließlich fand Arthur seine Stewardess: eine junge Blondine, die bestimmt nicht älter war als dreißig. Sie gefiel ihm, ihr Gesicht besaß für ihn etwas Vulgäres, *Pornografisches*, was nicht nur mit den slawischen Wangenknochen und den markanten Umrissen ihrer Lippen und Augen zu tun hatte, da war noch etwas anderes, das er studieren musste. Die Stewardess sprach tatsächlich mit russischem Akzent, sie war schlank und flink und bediente auch die Sitzreihe, in der er saß. Die junge Russin (oder vielleicht eine Ukrainerin) vermittelte ihm zumindest das Gefühl der Sicherheit, dass dieser Flug ohne Zwischenfälle verlaufen würde.

Arthur interessierte sich nicht für seine Sitznachbarn. Das Essen aus den Plastikbeuteln und -behältern war wie üblich scheußlich, Henkersmahlzeit in den hohen dünnen Lüften, so kam es Arthur vor. Und er musste während jedes Fluges auch deshalb an Malwina denken, weil sie ihm einmal ganz nüchtern erklärt hatte, sie habe keine Angst vor dem Fliegen, sie könne jederzeit sterben, sollte es so weit sein, sie sei vorbereitet. Ihr Bekenntnis imponierte ihm. Er war nicht bereit; er würde es nie sein.

Wenigstens beruhigte ihn das vulgäre Gesicht der russischen Stewardess: Nein, dieses Flugzeug würde nicht abstürzen, die Augen der Russin hätten es ihm sonst gesagt. Er versuchte zu schlafen – im besten Fall für eine Stunde –, aber es funktionierte nicht. Er las ein paar Seiten aus *Schwerkraft und Gnade* und dachte über die gelesenen Sätze und über vieles mehr nach.

* * *

Obwohl er Historiker war, begeisterte er sich vor allem für theologische Schriften, in erster Linie für die Gnosis, also für die dunkle Seite des Mondes. Nicht nur, dass niemand Simone Weil las, außer vielleicht ein paar Philosophen und Dichter, es las auch niemand Thomas Merton oder Teilhard de Chardin. Das atheistische Gejammer und die Kritik an der römisch-katholischen Kirche, speziell an der vatikanischen Theologie und am Papst, waren immer groß und heftig, doch keiner der Atheisten, Agnostiker und enttäuschten Christen machte sich die Mühe, Simone Weil zu lesen. Ihre Erneuerung der Transzendenz der Lehre Jesu Christi war nämlich sehr zeitgemäß und brauchte keinen offiziellen Segen der Kirche, der so viel Misstrauen entgegengebracht wurde.

Arthur hatte gleich nach seiner Emigration in den Westen 1984 nach einer Medizin zu suchen begonnen, um seinen durch die Kommunisten und die katholischen Pfarrer vergewaltigten Intellekt zu heilen, und er fand dafür schnell Simone Weil, nachdem er sich intensiv mit modernen Mystikern beschäftigt hatte. Und während seine neuen westdeutschen Freunde in jener Zeit Fritjof Capra, Carlos Castaneda und Noam Chomsky lasen, weil sie an Krebs erkrankt waren oder gegen den Terror der kapitalistischen Konsumgesellschaft eine geistige Waffe brauchten, heilte Arthur seine katholisch-sozialistischen Wunden mit solchen Bonmots aus *Schwerkraft und Gnade* wie zum Beispiel: »Zwei Kräfte herrschen über das Weltall: Licht und Schwere.« Oder: »Gott ist schwach, weil er unparteiisch ist.«

Arthurs Blicke suchten von Zeit zu Zeit die Stewardess. Sie wollte ihm nicht gehorchen. Jetzt musste er an die zierliche kränkliche Simone Weil denken. Er hätte diesen kleinen zerbrechlichen und tuberkulosekranken Frauenkörper mit Leichtigkeit in seine Arme geschlossen und vor der Welt versteckt und beschützt.

Die Schwerkraft der Erde sei der Tod und die Gnade des Himmels – Jesu Christi – die Erlösung, behauptete Weil, die mehr oder weniger vom Kommunismus zum Katholizismus konvertiert war: Sie hatte sich als Mystikerin nicht einmal dazu überreden lassen, der katholischen Kirche auf dem Papier beizutreten, weil sie die Liebe Christi von den Morden durch die Inquisition, im Namen Gottes also, scharf trennte.

Und trotzdem wusste die kränkliche Philosophin auch, wie wichtig die Sprache der Erde war, die Sprache des Vergänglichen, Sterblichen und Dunklen, die jeden Menschen anzog und beherrschte: Die Schwerkraft hatte Arthur zum Beispiel zum Bestsellerautor gemacht und ihm Malwina geschenkt und seine erste große Liebe Anna, die gebürtige Danzigerin, die ihn zwar verlassen hatte, die er aber nach wie vor liebte und von der er sich noch nicht hatte scheiden lassen.

Arthurs Umzug dauerte schon ein halbes Jahr. Er besuchte seine Exfrau in ihrer alten gemeinsamen Wohnung regelmäßig, weil sein ehemaliges Arbeitszimmer nicht vollständig ausgeräumt worden war. Kein Wunder: Nicht jeder besaß wie er circa viertausend Bücher.

Ja, er liebte Anna nach wie vor, die blonde Grundschullehrerin, sein masurisches, blauäugiges, langbeiniges Mädchen mit sanfter Stimme, in das er sich in Masuren verliebt hatte, ein Jahr vor seiner Ausreise in die BRD, als sie beide Lyzealisten gewesen waren. Und es war ihm unverständlich, wo die mehr als fünfundzwanzig Jahre ihrer gemeinsamen Ehe geblieben waren – geschweige denn ihre jugendliche Liebe aus den Sommerferien in Masuren der Achtzigerjahre.

Einen Interkontinentalflug fand Arthur immer unerträglich, mochten die Stewardessen noch so nett, die Sitze in der Economy-Class noch so bequem und die Bemühungen um Sauberkeit noch so intensiv sein – man war für den ganzen Tag ein Gefangener in einer klimatisierten Alubüchse. Und die langen Stunden wollten einfach nicht vergehen. Er hatte nun viel Zeit zum Lesen und Nachdenken: Die mehr als dreihundert Passagiere störten ihn überhaupt nicht, er sah sie gar nicht, nicht einmal seine Sitznachbarn nahm er wahr, von denen er durch eine unsichtbare Wand getrennt war, und er hatte nur Augen für seine Stewardess.

In Frankfurt am Main würde er umsteigen müssen, der Weiterflug nach Bremen bedeutete nicht, dass er endlich zu Hause ankommen würde, eigentlich schlief und arbeitete er dort nur. Es war egal, wo er in Deutschland lebte. Jede Stadt war hier für ihn namenlos, da er nur an einem Ort wirklich zu Hause sein konnte, wenn auch bloß in seiner Erinnerung und Imagination: in seiner Geburtsstadt Olsztyn, die früher so geheißen hatte, als wäre sie ein berühmtes Forschungszentrum der modernen Quantenphysik gewesen – *Allenstein*. »Das All ist ein Stein«, übersetzte er den ostpreußischen Namen für seine Freunde Joseph und Bernhard. Aus dieser Stadt kam immerhin auch der Architekt Erich Mendelsohn, der den sogenannten Einsteinturm in Potsdam entworfen hatte – das Observatorium des Potsdamer Leibniz-Instituts für Astrophysik.

Kapitel 4
Das Ultimatum

Im Anflug auf die holländische Atlantikküste dachte er noch über andere Dinge nach, die nicht unbedingt der Sehnsucht nach Malwina geschuldet waren, denn seine Gedanken kreisten jetzt um seine Rückkehr nach Europa. Er war froh, dass er Amerika verlassen hatte, diese letzte Bastion der menschlichen Zivilisation, der sicherlich nur noch der Untergang folgen konnte.

Der ganze Atlantik- beziehungsweise Grönlandüberflug war ruhig verlaufen. Es hatte in den elf Stunden kaum Turbulenzen gegeben. Richtig schlafen konnte Arthur trotzdem nicht, der Rotwein hatte ihm auch nicht geholfen, er war bloß von Zeit zu Zeit für einige Minuten eingenickt und in ein schwarzes Loch gefallen, um schnell aus diesem Blackout in den hohen dünnen Lüften aufzuschrecken.

Aber jetzt kam wieder Europa: Gesehen aus dem Flugzeug, schien ihm der alte Kontinent nichts weiter als eine Schusterwerkstatt aus seiner Heimatstadt Olsztyn zu sein. Für andere war dieser Kontinent vielleicht nur ein verwildertes Schlachtfeld oder ein Schweinestall in Schleswig-Holstein oder eine Arztpraxis auf dem Lande in Portugal oder ein Friedhof nördlich von Amsterdam, und in Paris oder in Berlin wurde gerade der nächste Diktator geboren, und Europa würde eines schönen Tages erneut in Flammen stehen und heulen: Diktatoren starben nie aus, genauso wie Dichter.

Arthur dachte, er hätte noch ein paar Stunden, um vielleicht doch einen tiefen Schlaf, den er dringend nötig hatte, zu finden oder seine Gedanken zu ordnen und wichtige Entscheidungen zu überdenken, aber es stellte sich heraus, dass schon bald Frankfurt am Main in Sichtweite sein würde, in siebzig Minuten. Und er kannte schon das Gefühl der Panik und der ansteckenden Geschäftigkeit, sobald man den Fuß auf den Boden des Flughafens gesetzt hatte. Dann rannte man automatisch hinter der Horde von Geschäftsleuten her, von denen jeder einen anderen Grund für dieses Rennen hatte, obwohl das Ziel das gleiche war: finanzielle Unabhängigkeit und damit die Freiheit, zu tun und zu lassen, was man will. Und es war egal, ob man als Uni-Professor oder Schweißer von

Flugzeugtreppen arbeitete: Jeder wollte vorn sein, jeder wollte Anerkennung und erfolgreich sein; jeder hatte etwas zu sagen, was ihm einmalig und neu vorkam, weil sich jeder in Wahrheit für außergewöhnlich hielt, mochte er auch das Gegenteil behaupten, und seine Außergewöhnlichkeit ließ sich spätestens dann nicht mehr verleugnen, wenn sich Blut im Urin zeigte und es klar wurde, dass sich seine Bestimmung erfüllen würde …

Arthur wusste, dass er nicht mehr einschlafen würde. Er konnte auch nichts mehr lesen. Also blieb ihm nichts anderes übrig, als über die geheimnisvolle Ordnung der Dinge in seinem Leben nachzudenken, über sein kleines Sonnensystem, wenn es auch nur noch wenig Zeit für solche Kontemplationen gab.

Erstens!

Er bereute nicht mehr, dass er den Entschluss gefasst hatte, ein historisches Buch über seine Großeltern aus Masuren zu schreiben. Vor der Reise in die USA zu seinem kranken und konservativen Onkel hatte er viele Zweifel gehegt, schließlich wollte er doch keinen Roman oder eine Autobiografie zu Papier bringen, sondern ein Werk, in dem Fakten und Ereignisse der Vergangenheit ein einigermaßen plausibles Bild der Weltgeschichte ergeben sollten: am Beispiel der Machtübernahme durch die Kommunisten in Masuren, gleich nach dem Untergang des Dritten Reiches. Doch er hatte zu Anfang diese Zweifel, weil er bis jetzt seine eigene Familie und Verwandtschaft immer aus seiner Arbeit herausgehalten hatte. Dies lag nicht nur an seiner wissenschaftlichen Einstellung, an der notwendigen Distanz, die die Wissenschaft forderte. Seine Zweifel kamen auch daher, dass er die private Geschichte niemals instrumentalisieren wollte: Das Private – *das Eingeborene*, wie er es nannte – war ihm ein Heiligtum. Aber nach den intensiven Gesprächen mit Onkel Stanisław und nach vielen Notizen in der Universitätsbibliothek von Berkeley war ihm klar geworden, dass eigentlich nur die individuelle, die private Geschichte zählte und dass die sogenannte Weltgeschichte grausam und unverständlich war wie ein rachesüchtiger Gott, der schweigt und nichts tut oder der zu viel redet und zu viel tut. Und Arthur hatte es außerdem satt, in fremden Schicksalen herumzuwühlen, in fremden Betten zu schlafen und intime Berichte und Zeugnisse zu studieren, weil er spürte, dass ihm nichts mehr heilig war und dass ihn alles kaltließ, mochte jemand ein noch so grausames Schicksal erlebt haben. Er hatte den Entschluss gefasst, endlich seine eigene Geschichte zu erforschen. Nach dem Besuch bei seinem Onkel war ihm nun glasklar, dass er dieses autobiografische Buch unbedingt schreiben musste: über die polnischen Großeltern Renata und Ryszard sowie über die ostpreußischen Irmgard und Jan.

Aber das war noch nicht alles.

Zweitens!

Er hatte in Berkeley genug Zeit gehabt, um über seinen Job als Hochschullehrer nachzudenken. Er war müde und mit seiner Arbeit an der Bremer Uni unzufrieden, und man nannte im Allgemeinen solch eine mit Müdigkeit gepaarte Unzufriedenheit Burn-out. Er musste sich endlich eingestehen, dass er an diesem bei Angestellten und Akademikern äußerst beliebten Syndrom litt und dass dies keine Schande war. Das Unterrichten von Studenten fiel ihm immer schwerer. Sie kamen ihm desinteressiert vor, und er stellte sich schon lange die Frage, warum er an die Erziehung von neuen Historikern nicht mehr glaubte. Er konnte diese Frage nicht beantworten. Der Sinn seiner pädagogischen Arbeit war ihm abhandengekommen. Die Studenten erschienen ihm farb- und irgendwie auch geschichtslos. Und auch die Gespräche mit seinen Kollegen fand er anstrengend und wenig befruchtend für seine eigene Arbeit, zumal sie ihn auch kaum schätzten, sondern lediglich als ungefährlich betrachteten: für ihre eigenen Karrieren. Er erkannte, dass er seinen Job an der Uni kündigen musste: Das Geld, das er mit seinen beiden Sachbüchern verdient hatte, würde für ein paar Jahre reichen; er brauchte sich zunächst keine Sorgen zu machen. Da stand etwas anderes auf dem Spiel. Er hatte den einstigen Glauben an die Weltgeschichte verloren und fühlte sich so, als gäbe es sie gar nicht mehr, als wäre sie bloß von Menschen erfunden worden: Denn das Einzige, was ihn doch am Leben hielt, war seine eigene private Geschichte, und diese konnte er wenigstens begreifen und erklären. Seine Großeltern verstand er, aber ihre Eltern? Und deren Vorfahren? Namenlose und fremde Gesichter … Arthur musste plötzlich an einen Brief von Jacob Burckhardt denken, den der Schweizer Kulturhistoriker 1874 an Nietzsche geschrieben hatte: Darin bedankte er sich für dessen neues Buch *Unzeitgemäße Betrachtungen* und erklärte, dass er die »Geschichte« nie um »dessentwillen« gelehrt habe, was man »pathetisch« unter »Weltgeschichte« verstehe; er habe nur »das Fach« gelehrt, »das Gerüst«, er habe »den Leuten« Grundlagen beibringen wollen. Burckhardt sprach Arthur aus dem Herzen: Er hatte auch einmal versucht, seinen Studenten etwas Elementares beizubringen, doch er fühlte sich plötzlich von der »pathetischen« und für ihn unwirklich gewordenen »Weltgeschichte« erdrückt. Und nun war für Arthur klar: Nach der Trennung von Anna musste auch die Trennung von seinem alten Job folgen.

Drittens!

Des Weiteren – er hatte das Gefühl, in den hohen Lüften auf diesem langen Flug nach Europa endlich Klarheit in seinem Kopf schaffen zu können – beschloss er, Malwina vor vollendete Tatsachen zu stellen. Er begehrte sie von Tag zu Tag mehr und hasste mittlerweile die Sehnsucht nach ihr: Wenn sie ihn wirklich liebte, sollte sie sich dazu auch bekennen und ihren Mann verlassen! Sie trafen sich seit fünf Monaten in Hotels, meist in Berlin – er hatte aber den Eindruck, schon sein halbes Leben in diesen Hotels verbracht zu haben. Zusammen mit ihr natürlich.

Also, ein Ultimatum muss dringend her, dachte er, ich will von ihr kein Entweder-oder hören, nach Ablauf einer bestimmten Zeit ist einfach Schluss, oder wir kommen endlich zusammen!

Er war glücklich und schloss die Augen und schlief endlich ein – wenigstens für ein paar Minuten.

* * *

Er wachte wieder auf, die Stimme des Kapitäns hatte ihn geweckt, und Arthur freute sich schon auf die Ankunft in Frankfurt am Main. Dann würden ihn Malwinas E-Mails freudig begrüßen, sie überschwemmten jeden Tag sein Postfach, er wusste dadurch praktisch immer, wie es ihr ging, er wusste sogar, wie sie angezogen war und was sie gegessen hatte, wo sie sich gerade aufhielt und was sie dachte und fühlte und tat. Alle halbe Stunde rief er ihre E-Mails ab, meistens auf seinem iPhone, und manchmal musste er Malwina beruhigen und ihr sagen, dass er sie wirklich liebe und dass er sie natürlich so schnell wie möglich wiedersehen wolle, wo und wann auch immer.

Durch diesen intensiven E-Mail-Kontakt waren sie dermaßen miteinander verwachsen, dass der trügerische Eindruck, sie würden tatsächlich in einer Wohnung zusammenleben wie ein Ehepaar, gar nicht richtig schmerzte. Sie hatten sich ihren eigenen virtuellen Raum erschaffen, der für sie aber konkrete Maße besaß. Und wenn Arthur an die vielen Briefe dachte, die er seiner Frau Anna im Kalten Krieg aus Hamburg und Bremen nach Polen geschrieben hatte, fühlte er sich plötzlich so, als käme er aus einer längst vergessenen Epoche. Es waren Hunderte von Briefen gewesen, die keinerlei Bedeutung mehr hatten, wie die Staaten, die es auch nicht mehr gab, die Volksrepubliken des sowjetischen Reiches.

Und drittens noch einmal!

Arthur hatte jedenfalls beschlossen, gleich nach seiner Rückkehr nach Hause, Malwina eine wichtige E-Mail – nein, die wichtigste E-Mail aller Zeiten – zu schreiben: Er wollte ihr eine Art Ultimatum stellen. Er konnte sie so selten anrufen, wenn sie zu Hause war, weil sie dann quasi unter ständiger Bewachung stand: von ihrem Mann und ihren beiden Töchtern, oder sie hatte ihre Nachbarn oder Freundinnen zu Besuch, obschon sie all die Tratscherei, wer was wann gesagt oder getan hätte, verabscheute; außerdem lebte sie immer unter Zeitdruck, weil sie ihre Artikel und Referate wie am Fließband herstellte und meistens auf den letzten Drücker. Und Malwina hasste das Skypen, da es ihr so bieder vorkam, vor dem Monitor und der Kamera zu sitzen (das Skypen habe keine ästhetische Form, es sei profan und für die Liebe tödlich, schrieb sie ihm oft). Deshalb musste Arthur seiner Geliebten E-Mails schreiben, doch diesmal hatte er sich etwas Teuflisches ausgedacht. Er hatte es satt, ständig gegen diese verzehrende Sehnsucht zu kämpfen, ständig auf eine Antwort in seinem Postfach zu warten. Er hatte es satt, im Hotel nachts aufzuwachen und die Stunden, die ihm noch mit Malwina verblieben waren, zu zählen. Spätestens in einem Jahr sollte seine Geliebte (dieses Wort mochte Malwina auch nicht) eine klare Entscheidung treffen, sollte bei ihm leben und nur ihm gehören – und er ihr.

Und was liebte er an diesem Mädchen, was, dass er so verzweifelte und keinen einzigen Tag glücklich verbringen konnte, wenn er allein war? Er liebte Malwinas Augen: Sie waren kupferfarben und leuchteten zu jeder Tageszeit immer ganz intensiv, als würden sie von innen brennen. Er hatte weder bei einer Frau noch bei einem Mann je solche kupfernen Augen gesehen, und wenn er Malwina liebte, wurden sie ganz klein, zogen sich zusammen und öffneten sich halb, das kupferne Feuer hörte jedoch nicht auf zu brennen. Und seit fünf Monaten schon, seit ihrem ersten Treffen nach der Konferenz in Heidelberg, gab es praktisch keine freie Minute, in der er nicht an Malwina und an ihre halb geschlossenen Augen gedacht hätte, an ihre Augen aus Kupfer.

Sie hatten schon vor Arthurs Reise nach Berkeley verabredet, dass sie sich nach seiner Rückkehr aus Amerika für wenigstens zwei Tage in Berlin treffen wollten, für ein Wochenende vielleicht. Und trotz des interkontinentalen Zeitunterschieds und Malwinas Aversion gegen Computertechnik konnten sie während seines Aufenthalts in Kalifornien sogar einige Male ganz kurz skypen, allerdings nur dann, wenn Malwina wieder einmal von zu Hause aufs Land geflohen war, um in der Einsamkeit der Natur und ihres Sommerhäuschens aus Holz am Serwent-See – nur wenige Kilometer von Olsztyn entfernt – ihre nicht enden wollenden Artikel und Referate zu schreiben. Sie skypten auch nur dann, wenn sie es vor allem geschafft hatte, für einen Moment nicht daran zu denken, dass sie das Skypen ja hasste. Malwina war auf ihre adlige Herkunft aus Wilna nicht stolz, doch sie pflegte altmodische Manieren, die sie von zu Hause mitgebracht hatte: Man saß gerade am Tisch, eine Frau ging nie hinter ihrem Mann her (»Du bist kein Kameltreiber!«, sagte sie manchmal zu Arthur), das Fluchen war verboten, die Umgangssprache ebenso, und man kochte nicht zu Hause, sondern ging essen oder ließ sich die Gerichte bringen.

Malwina war eine zierliche rothaarige Frau: vierundvierzig Jahre alt, zweiundfünfzig Kilo schwer und eins achtundsechzig groß. Sie kleidete sich gern wie eine Dame aus der Zeit zwischen den beiden Weltkriegen, aber wie eine großstädtische Dame aus einer gebildeten und gut situierten Familie – eine Jeans trug sie selten, und wenn sie zu ihren Studenten ging, um ihre Seminare abzuhalten, achtete sie darauf, dass sie nicht »frivol und pornografisch«, wie sie sich ausdrückte, wirkte, was nicht bedeutete, dass sie sich dann sportlich anzog; an der Uni trug sie auch schicke Kostüme und Kleider und sie hatte absolut kein Problem damit, dass man auf sie mit den Fingern zeigte: »Die Verrückte schon wieder! Sie fühlt sich als etwas Besseres!«

Arthur kam es vor, als hätte Malwina in einer adligen Familie des 19. Jahrhunderts eine gründliche Bildung genossen und ihre Umgangsformen gelernt, und sie hasste auch Facebook und alle anderen sozialen Netzwerke, was Arthur nicht erstaunte: Malwina hasste die billige Selbstdarstellung und die oberflächliche, Nähe und Freundschaft vortäuschende Kommunikation im Netz. Sie war eben konservativ, was solche Dinge wie Liebe und Freundschaft anging, und ihr Zauberwort hieß *Korrespondenz*. Sie korrespondierte mit Arthur und schrieb keine E-Mails.

Das größte Phänomen dabei war Malwinas Talent, mit Arthur zu kommunizieren. Sie besuchte ihn im Traum, sie liebte ihn im Traum, und er konnte sie jedes Mal spüren, als läge sie wirklich bei ihm im Bett, mit ihrem Leib ganz eng an seinem – ja, sie war telepathisch sehr erfolgreich: Er wusste immer, wann sie ihn dringend brauchte und sprechen wollte, und dann meldete er sich sofort bei ihr, wenn ihn wieder einmal diese seltsame Vorahnung überkam; er hatte mit seiner Annahme, sie wolle ihn dringend sprechen, bisher selten falschgelegen. Malwinas Telepathie funktionierte auch in umgekehrter Richtung, denn sie spürte sofort, wenn er traurig war oder Hilfe brauchte. So eine Kommunikation – im Traum und am helllichten Tage – hatte er noch mit keiner anderen Frau erlebt, geschweige denn ausprobiert. Und wenn sie sich beide in Berlin trafen, meistens im Hotel *Bleibtreu*, gab es unzählige Rituale und Verhaltensregeln, die Arthur genau befolgen musste. Er nannte Malwinas liebenswürdige Macken »den Ehrenkodex einer litauischen Gräfin«, was sie dann besonders ärgerte.

Er vermisste sein Mädchen schon so sehr, dass er am liebsten nach Warschau weitergeflogen wäre. Zu Hause erwartete ihn nichts Erfreuliches: Arbeit und Einsamkeit, ora et labora, wie es sein Vater zu sagen pflegte; und Arthur überlegte seit einiger Zeit, ob er nicht zu seinem neun Jahre älteren Freund Joseph ziehen sollte, der in Bremen in einem ehemaligen Wehrmachtsbunker wohnte.

Joseph war Maler und kam aus Stuttgart. Er hatte als Professor der Geschichte und Philosophie keine steile Karriere gemacht, obwohl er ein fanatischer Hegelianer war – als so einen bezeichnete er sich. Arthur musste Joseph für eine Sache bewundern: für seine Liebe zur Freiheit. Vor vielen Jahren schon hatte er seine Stelle an der Bremer Uni aufgegeben, den Wehrmachtsbunker im »Viertel« gekauft und zu einer Art Villa Malaparte umgebaut. Dort widmete er sich dem Studium der Werke von Hegel und dem Malen, wobei er versuchte, Hegels unendliche Geisteswelten aufzumalen, was ihm sogar ganz gut gelang. Das Markenzeichen seiner Malerei war, dass er sich der mittlerweile etwas altbacken wirkenden Stilmittel der Achtzigerjahre und der »Neuen Wilden« bediente – was den Betrachter oft zum Schmunzeln brachte. Im Prinzip war er Maler eines einzigen Bildes. Joseph behauptete, als Schwabe einen besonderen Draht zu seinem großen Landsmann Georg Wilhelm Friedrich zu haben, zumal er die verquere schwäbische Mentalität und Sprache besser verstehen könne als jeder Bremer, geschweige denn ein Ausländer ... Ein Schwabe sei in seinem Denken stets extravagant, eigenbrötlerisch, und wenn er Talent habe, sei er zu ungewöhnlichen Lösungen und Leistungen fähig – ein Pole könne das kaum verstehen.

Kapitel 5
TV-Nachrichten

In Frankfurt am Main, wo sich Arthur ein wenig heimisch fühlte, was er dem Umstand verdankte, dass in der Mainmetropole der berühmte *schwarzbooks*-Verlag seine Sachbücher publizierte und erfolgreich verkaufte, hatte er ausreichend viel Zeit für den Transfer nach Bremen und für einen Drink in einer Bar. Das Flugzeug der Lufthansa war um dreizehn Uhr problemlos gelandet, ohne Verspätung, und Arthur, der im Flieger wenig geschlafen hatte, kam es so vor, als wäre die Nacht während des Interkontinentalflugs verloren gegangen. Wo sind bloß die elf Stunden und vierzig Minuten geblieben?, fragte er sich, praktisch mein ganzes bisheriges Leben?

Sein iPhone rief mehr als zwanzig E-Mails ab, außerdem vier SMS. In der Bar begrüßten ihn die üblichen Verdächtigen: müde Geschäftsleute und ausländische Familien, die von ihrem Interkontinentalflug ebenso erschöpft schienen; außerdem waren da noch die Fernsehmonitore – überall schauten ihn leise gedrehte Fernsehmonitore an, die Nachrichten aus der ganzen Welt zeigten. Man konnte sich vor der Gewalt auf den Bildschirmen, vor den Schießereien, Explosionen und Naturkatastrophen jeglicher Art nicht retten, nirgendwohin flüchten. Gesichter: Hunderte von fremden Gesichtern schauten Arthur an, und die Moderatorinnen und Moderatoren der TV-Sendungen wirkten wie Verwalter von Nationalarchiven, sie wirkten wie Wächter von riesigen Leichenhallen.

Mittags trank Arthur für gewöhnlich keinen Alkohol, doch er wollte sich mit einem Whiskey betäuben, um in Bremen sofort ins Bett zu fallen und bis zum Abend durchzuschlafen. Gegen den Jetlag war der Alkohol die beste Medizin. Und er spürte plötzlich die steinerne Kraft seiner Entscheidungen, die er auf dem Rückflug getroffen hatte, in den Knochen tief und fest wie einen alten Schmerz, der wieder aufgewacht war; er wollte so vieles in seinem Leben mit einem Schlag ändern, doch das ging natürlich nicht.

Er las die E-Mails von Malwina, beantwortete sie geduldig, sie hatten ja ihre lang ersehnte Verabredung in Berlin und mussten noch ein paar Details klären. Erst nach einer Viertelstunde wurde ihm bewusst, dass er von seiner Exfrau dreimal angerufen worden war; sein iPhone konnte nicht lügen. Er dachte: Das ist kein gutes Omen.

Anna rief ihn so gut wie nie an – nicht einmal dann, wenn ihre gemeinsame zwanzigjährige Tochter Rosalia, die in Heidelberg studierte, wieder Geld brauchte und ihre Mutter der verschwenderischen Studentin keines mehr überweisen wollte (Rosalia rief in solchem Fall meistens sofort bei ihrem Vater an und sprach mit weinerlicher Stimme, jedoch in fast korrektem Polnisch: »Mama hat gesagt, du sollst mir auf der Stelle 300 Euro überweisen!«).

Außerdem registrierte Arthur endlich, dass ihn eine SMS aus Olsztyn, von Sławek, seinem besten Freund aus der Schulzeit und einem erfolgreichen Geschäftsmann, erreicht hatte. Es sei eine schlimme Nachricht, er habe es gerade eben auch erfahren, schrieb sein alter Freund, er sei jetzt bei ihm und *vereinige* sich mit seinem Schmerz – als »sein bester Kumpel«, auf den er immer zählen könne, selbst in schlimmster Not. Allmählich dämmerte es Arthur, dass etwas Schlimmes geschehen sein musste. Kalter Schweiß, das Zittern der Finger und erhöhtes Herzschlagen – das waren alles keine willkommenen Vorboten des Weltfriedens. War denn seine Mutter gestorben? Sein Vater? Nein? Wer dann?

Als seine Exfrau ihn wieder anzurufen versuchte und er hastig das Gespräch annahm, verstand er am Telefon zunächst so gut wie kein Wort, weil sie weinte. Er musste auch nichts verstehen. Auf einem riesigen

Fernsehmonitor in der Flughafenbar zeigte sich nämlich das Gesicht seiner jüngeren Schwester Jola aus Warschau. Es handelte sich um ein Facebook-Foto. Und es hieß in einem eingeblendeten *News*-Telegramm, dass in Afghanistan die bekannte junge Fotografin aus Polen von der Polizei versehentlich erschossen worden sei; es sei bei der Jagd nach zwei vermutlichen Talibankämpfern passiert, die junge Frau habe in einem verdächtigen Fahrzeug gesessen.

Arthur nahm einen Schluck Whiskey und zündete sich eine Zigarette an, obwohl das Rauchen überall verboten war. Er hielt immer noch das Telefon an seinem Ohr, konnte jedoch seiner Exfrau nichts sagen, nichts antworten. Sie weinte und schluchzte, aber die Wortfetzen, die sie hervorbrachte, taten ihm genauso weh wie der Anblick des im Fernsehen kurz eingeblendeten Fotos von seiner Schwester.

»Kennen Sie die Dame?«, fragte der verunsicherte Barkeeper hinter der Theke. »Mögen Sie noch einen Whiskey?«

Kapitel 6
Tachykardien

Außer dem Barkeeper interessierte sich niemand für den Tod der jungen Fotografin aus Warschau. Und als es schließlich Anna gelang, ihre Stimme zu zähmen, lud sie Arthur zu sich nach Hause ein – genau genommen in ihre alte gemeinsame Wohnung in Bremen, die sie nach ihrer Trennung vor sechs Monaten behalten hatte; er solle bei ihr essen und übernachten, in dieser schweren Stunde dürfe er nicht allein sein, sagte sie auf einmal ganz nüchtern, und sie würde ihn vom Flughafen in Bremen abholen.

Aber er war allein, obwohl um ihn herum das Leben tobte, und er musste nun die ganze Zeit an seine Kindheit in Olsztyn denken und an seine beiden Geschwister, die Zwillinge gewesen waren und denen der Tod viel zu früh aufgelauert hatte. Er konnte mit seiner Exfrau nicht mehr weiter telefonieren und entschuldigte sich.

Marek und Jola waren zwölf Jahre später als er auf die Welt gekommen: 1979, in einem der schwersten Winter der kommunistischen Nachkriegszeit. Marek war Journalist in Warschau gewesen. Er starb im Sommer letzten Jahres bei einem Autounfall in der Westukraine – nach dem Abebben der Maidan-Proteste in Kiew. Er hatte einen umfangreichen Zeitungsartikel über die sprichwörtliche »Zeit-danach« schreiben wollen, was nun vom Euromaidan übrig geblieben sei, was konkret die Revolution bewirkt habe: vor allem in Zusammenhang mit der Freiheit für den normalen Bürger von der Straße.

Mareks banaler Tod auf dem Rückweg nach Hause – nur noch wenige Kilometer vor der polnischen Grenze – hatte Arthurs zweiundsiebzigjähriger Mutter Janina eine Herzkrankheit eingebrockt: »Nicht anhaltende und anhaltende vertikale Tachykardien« lautete die bombastische Diagnose; die Rhythmusstörungen ihres Herzens konnten sie jederzeit töten, da die zarten Kammern manchmal für Sekunden aufhörten, das Blut zu pumpen, und geschah dies sehr oft, wurde es Arthurs Mutter schwindlig, und sie verlor dann bei diesen Aussetzern sogar kurzzeitig das Bewusstsein, und anschließend, wenn sich ihr Herz nach einer Weile »gefangen« hatte, behauptete sie, sie sei nach der Durchbrechung einer weißen Wand vor ihren Augen wieder – wie schon bei der letzten Attacke – im Jenseits gewesen, wo sie all die Verstorbenen ihrer Familie und ihrer Verwandtschaft gesehen habe. Sie lebte praktisch mit einem Fuß auf der Erde und mit dem anderen bereits im Himmel und in der Hölle, und das fast jeden Tag.

Jetzt aber wusste Arthur – und diese Gewissheit war schrecklich –, dass seine Mutter den Tod des zweiten Zwillings nicht mehr verkraften würde: Dieser schreckliche Verlust musste für ihr schwaches Herz das Ende bedeuten, zumal Jola ihr absolutes Lieblingskind war, ihr Ein und Alles – ihr Äuglein im Kopf, wie man im Polnischen sagt. Wenn er manchmal mit seiner Mutter telefonierte und sie zu Scherzen aufgelegt war, fragte er sie ganz vorsichtig: »Und Marek, hast du im Jenseits auch unseren Marek gesehen?« – »Ja, ich habe ihn schon mehrere Male gesehen, er wollte bloß nie mit mir sprechen, und traurig sah er aus, sehr traurig, aber ich weine nicht mehr, ich denke nur, er hätte noch so viele Artikel schreiben, so viel erleben können, mit fünfunddreißig stirbt man doch nicht. In Wirklichkeit hat ihn seine Neugier umgebracht und nicht Putin und seine Separatisten …«

Janina wollte es nicht wahrhaben, dass es ein banaler Autounfall gewesen war, den er offenbar noch selbst verschuldet hatte, es hieß ja nach der Untersuchung, er sei am Steuer angetrunken gewesen, doch diese Information hatte man der Mutter verschwiegen.

Arthur hasste Begräbnisse: Sie erinnerten ihn an seine Kindheit in Olsztyn; als kleiner Junge ängstigte er sich davor, der Pfarrer hinterm Sarg, der auch für die Katechese zuständig war, würde ihn eines Tages entführen und auf dem katholischen Friedhof eigenhändig begraben.

Arthur würde gewiss auch nicht zum Begräbnis seiner Schwester fahren, zumal er auch weder an den Beerdigungen seiner Großeltern noch an Mareks Beisetzung teilgenommen hatte. Und es gab jetzt nur einen einzigen Menschen, dessen Worte ihn wieder lebendig machen könnten – doch er traute sich nicht, Malwina anzurufen. So wie er sie kannte, würde sie nach der schrecklichen Todesnachricht alles hinschmeißen und den nächstbesten Zug nach Deutschland nehmen oder sich gar in ein Flugzeug setzen, um ihn in wenigen Stunden bereits zu umarmen und seinen Schmerz einzufangen. Er wollte ihren anstrengenden Alltag nicht durcheinanderbringen, und er beschloss, Malwina am Abend kurz zu schreiben.

* * *

Er trank noch einen Whiskey und ging nach dem Drink zu seinem Weiterflug. Unterwegs wurde ihm bewusst, dass er vergessen hatte, die Zeche der Bar zu bezahlen.

Aber das war im Moment nicht mehr wichtig: Die ganze Zeit, auch als er schon im Flieger nach Bremen saß, dachte er an seine Mutter und nicht an Jola, seine Schwester konnte er nicht mehr retten, nicht wiederbeleben, während es für Janina noch Hoffnung gab, obwohl sich ihr Herz in einem erbärmlichen Zustand befand.

Nein, Jesus und Maria aus Olsztyn können nicht so grausam sein und innerhalb eines Jahres drei Todesfälle in einer Familie einfordern, dachte Arthur.

Er war auf einmal wütend: Was hatte Jola dort in den abgelegenen Dörfern und Städtchen dieses kargen und von Kriegen und Kleinkriegen gebeutelten Afghanistan zu suchen gehabt, wenn sie doch vor Kurzem in

Kurdistan gewesen war, wo es schon genug zu sehen, zu erleben und zu fotografieren gab? Immer wieder hatte er seine Schwester gewarnt, dass sie eines Tages nicht einmal von der Kugel eines Taliban-Kämpfers oder eines anderen Islamisten umkommen würde, sondern ganz unspektakulär, sie würde verdursten, irgendwo in der Wüste oder in einem Felsendorf. Ja, Jola hatte schon halb Afrika bereist, war selbst Zeugin des Arabischen Frühlings gewesen – der Bürgerkrieg in Syrien konnte sie daher nicht richtig befriedigen, und ihre Fotos, die meistens von der Interaktion zwischen der Gewalt und dem Freiheitskampf erzählten, waren in Polen so begehrt, dass sie noch mehr Adrenalin verspürte, wenn sie sich auf »die Jagd nach neuen Beweisen« machte, wie sie ihr Fotografieren und ihre Arbeit nannte.

Arthur warf sich bis heute vor, dass er Jola und ihren kleinen Bruder Mitte der Achtzigerjahre einfach verlassen hatte. Er ging damals siebzehnjährig – die Zwillinge wurden gerade sechs Jahre alt – nach Westdeutschland, zu der Schwester seines Vaters, die sich in Hamburg ein neues Leben geschaffen hatte: als Ermländerin aus *Allenstein*, als sogenannte Spätaussiedlerin.

Eigentlich wollte Arthur damals Europa verlassen, die BRD sollte bloß eine Zwischenstation werden. Australien schwebte ihm im Kalten Krieg vor: ein gutes Auswanderungsland, ein Traumland, in dem man von dem atomaren Schlagabtausch zwischen der UDSSR und den USA verschont bliebe, sagte sich in jener dunklen Epoche jeder Auswanderer.

Arthurs Eltern, insbesondere der Vater, verstanden die Welt nicht mehr, als sich ihr ältester Sohn 1984 nach einem kurzen Besuch bei der Hamburger Tante entschloss, die Volksrepublik zu verlassen, für immer: »Wir leben im Kommunismus wie Sklaven oder schlimmer noch: wie Tiere! Und ich habe in Hamburg endlich die Welt gesehen, wie sie uns verboten ist!«, hatte er als Siebzehnjähriger vor seinen Eltern getönt. Der Vater Radosław empfand die Entscheidung seines Sohnes als eine Art Verrat und Ohrfeige, ließ ihn aber gehen: »Du willst den Westen kennenlernen und dich bilden? Bitte schön: Zisch ab! Vergiss jedoch nie: Wir sind Ermländer und haben uns nach dem Krieg nicht wie die Masuren plötzlich zum Deutschtum bekannt!«

Arthur war vor seiner Ausreise weder ein junger Dissident gewesen, der in einer heimlichen Druckerei verbotene Schriften vervielfältigt hätte, noch hasste er damals in den Achtzigern das kommunistische Regime.

Der Hass auf die Kommunisten des Warschauer Paktes und die Abneigung gegen die katholische Kirche Polens kamen bei ihm erst im Westen auf: während seines ersten Besuches in Hamburg und dann verstärkt nach seinen ersten Schritten in der sogenannten Freiheit. Nein, er war in jener Zeit der Entbehrungen und Träume bloß hungrig und wollte all das, was er im Kino – in den amerikanischen, englischen, spanischen, italienischen, französischen und westdeutschen Filmen – gesehen hatte, mit seinen eigenen Augen noch einmal sehen: das Pantheon in Rom, den Ku'damm oder Spaniens goldene Sonne aus Malaga.

Seine Entscheidung aus den Achtzigerjahren bereute er nicht. Gleich nach seiner Ankunft in der BRD änderte er seinen Vornamen – er übermalte ihn, indem er ihm das deutsche H hinzufügte. Als Spätaussiedler durfte man sich in dem Durchgangslager Friedland neu erfinden, obwohl Arthur sich weder deutsch noch ostpreußisch fühlte; aber das Polnische in ihm schien ihm genauso undefinierbar zu sein wie letztlich jede andere nationale Zugehörigkeit. Und vielleicht war das der Grund dafür, dass er an der Bremer Uni Geschichte studiert und bei seinem späteren Freund Bernhard promoviert hatte, und zwar über ein Thema, das sich ausschließlich mit Ostpreußen und den Autochthonen beschäftigte.

Schon in den ersten Wochen in Hamburg und damit in Freiheit lernte Arthur seine Tante besser kennen: Sie wollte aus ihm sofort einen Hafenarbeiter machen … Er sollte so schnell wie möglich Geld verdienen und auf eigenen Beinen stehen. Der deutsche Staat schickte ihn aber nach seiner Einbürgerung zunächst einmal in ein Jugenddorf, in dem Spätaussiedlerkinder aus ganz Osteuropa Deutsch lernten. Doch bereits nach drei Monaten floh Arthur aus dem Heim des Christlichen Jugenddorfwerks Deutschlands wieder zu seiner Tante, da ihn bei den konservativen Christen das bizarre Gefühl gepackt hatte, er sei in Wirklichkeit in der Volksrepublik Polen geblieben und gar nicht in die BRD ausgereist. Der christliche und ideologische Drill der CDU erschreckte ihn und zerstörte seine Illusionen: Der Westen besaß auch seine Unterdrückungsmethoden und Unfreiheiten. Außerdem schmiedeten die Spätaussiedlerkinder Pläne für die Zukunft, die Arthur gar nicht gefielen: Sie träumten von einem Wohnzimmer, in dem die Stereoanlage, der Fernseher, die Urlaubsfotos aus Mallorca und der Autoschlüssel des neuen Golf die einzigen Beweise für ihr Homo-sapiens-Dasein werden sollten.

In Hamburg steckte die Tante den in ihren Augen aufmüpfigen Teenager in ein Gymnasium: Sie hatte ihre Beziehungen spielen lassen, aber nicht deshalb, weil sie Arthur wohlgesinnt war … Sie wollte ihrem Neffen lediglich beweisen, dass er komplett unbegabt war und das Abitur nie schaffen würde. Sie sagte damals jeden Tag, spätestens nach drei Monaten werde er von der Schule fliegen. Sie wiederholte im Prinzip das Lamento der Lehrer aus dem Christlichen Jugenddorfwerk Deutschlands: »Du wirst es niemals packen! Du hast keine Sprache! Keine Sprache, um am Gymnasium die schwierigen Prüfungen zu bestehen!«

Arthur lernte jedoch allen Unkenrufen und Verwünschungen zum Trotz sogar mit Lichtgeschwindigkeit Deutsch; nach einem Ultimatum des Schuldirektors musste er innerhalb von sechs Monaten die neue Sprache so beherrschen, dass ihm Noten in jedem Unterrichtsfach ausgestellt werden konnten. Er nahm sich den Duden vor und lernte alphabetisch und Seite für Seite alles auswendig, was die deutsche Sprache zu bieten hatte.

Drei Jahre danach machte Arthur das Abitur und wurde Zivildienstleistender – er hatte zwar seinen polnischen Reisepass gegen den deutschen getauscht, doch auf seine Eltern und Freunde in Polen wollte er doch nicht schießen; die deutsche Soldatenuniform wäre ihm außerdem zu schwer geworden, er wäre in ihr erstickt, weil er in der Bundeswehrkaserne jeden Tag an den Warschauer Aufstand und den sinnlosen Tod von Basia und Krzysiu hätte denken müssen, an die Sanitäterin und ihren Geliebten, den größten Dichter der jungen Kriegsgeneration.

Hatte er also keine Schuldgefühle? Oder war er doch ein Verräter?

Arthur vermisste manchmal das Einfamilienhaus seiner polnischen Kindheit sehr und manchmal hasste er es wegen all der schweren und traurigen Erinnerungen, und dann war es ihm gleichgültig, was aus dem kleinen Haus eines Tages werden würde – immerhin war er jetzt der einzige Erbe, der noch am Leben war …

Das Haus stand in Olsztyn am Ukiel-See in einer ehemaligen ostpreußischen Siedlung aus den Zwanzigerjahren, und seine polnischen Großeltern mütterlicherseits hatten es im Herbst 1946 von den tropfenweise ausreisenden Deutschen übernommen. Seinerzeit begann für sie in einer vom Krieg verschonten Siedlung ein neues Leben. Heute wohnten seine Eltern in diesem Museum, denn immer noch konnte man im Garten deutsche Schädel und deutsches Besteck ausgraben und einem protestantischen Pfarrer oder einem jungen Archäologen von der Stadt übergeben, damit die Weltgeschichte ihren Zweck erfüllen konnte: den der Bewahrung des Gedächtnisses und den der Mythologisierung.

Das grau verputzte deutsche Haus, nach dem Ersten Weltkrieg erbaut, nannte Arthur den »Austragungsort der Olympischen Spiele meiner Kindheit«. Denn sein polnischer Opa und seine polnische Oma hatten bis zu ihrem Tod gemeinsam mit Arthurs Eltern in der bescheidenen Villa gewohnt, die immer voller Gäste gewesen war, weil Verwandte und Arbeitskollegen zahlreich Arthurs Familie besuchten. Es war also kein Wunder, dass hin und wieder jemand bei einem exzessiven und von Streitereien geprägten Trinkgelage oder einer alle Gemüter erhitzenden Liebesaffäre erwischt wurde. Er bereute, dass es damals keine Smartphones gegeben hatte, mit denen er ein spannendes Drama und eine unterhaltsame Komödie hätte drehen können.

Arthurs Tante aus Hamburg lebte nicht mehr, der Krebs hatte sie besiegt, und ihr polnischer Mann war ein Dummkopf: ein Nationalist und ein Frauenheld. Arthur hatte keinen Kontakt mehr zu ihm.

Alle aus seiner Umgebung starben langsam weg, Arthur verlor Tag für Tag und Zentimeter für Zentimeter auch sein altes Land, das einst prächtig gedieh und nur ihm gehörte: das Land der Kindheit und Jugend. Und nun war Jola tot, und seine Frau Anna, mit der er, da sie sich als Teenager kennengelernt hatten, die erste Hälfte seines Lebens zugebracht hatte, war für Arthur eigentlich auch längst Bewohnerin des Totenreichs beziehungsweise seiner Erinnerungen geworden, weil sie von ihm nichts mehr wollte, nichts mehr erwartete.

Er hatte sie 1988 nach Westdeutschland eingeladen und dann geheiratet. Hätte ihm damals jemand prophezeit, dass diese Liebe einst vollkommen bedeutungslos werden würde, hätte er ihm sicherlich einen Vogel gezeigt. Jeden Tag wurde Arthur also ein Stück von seinem Besitz gestohlen, von ihm abgetrennt wie bei einer Amputation, sodass er selbst im Begriff war, schon bald ein Bewohner der Himmel und Höllen zu werden, die seine Mutter während ihrer Herzaussetzer angeblich besuchte. Offenbar war dort alles genauso eingerichtet wie auf der Erde, wie zum Beispiel in einem Dorf oder Städtchen, zumindest nach Janinas Beschreibungen: nur dass im Jenseits Zeit und Raum offensichtlich keinerlei Einschränkungen mehr erführen; man verspüre keine Schmerzen mehr, so Arthurs Mutter, da man sich in diesem anderen Reich mit Leichtigkeit bewegen und, sobald der Wunsch aufkomme, jeden Ort und Menschen sofort besuchen könne – so unbekümmert stellte sich Janina das Leben auf der anderen Seite vor.

Der tragische Tod ihrer Tochter, der gar nicht so unerwartet kam, wie man denken konnte, ähnelte für Arthur – natürlich rein symbolisch betrachtet – dem Tod einer ermländischen Hornisse, die sich im Sommer gelegentlich in ihren gemeinsamen alten Kindheitsgarten verirrte, um mit Gleichgesinnten noch leichter an Süßes und Nahrhaftes zu gelangen.

Arthur malte sich nun aus, dass er nachher nicht in Bremen, sondern im Garten seiner Eltern landete, in der Zeit rückwärts reisend: Es würde zum Beispiel Juli 84 sein, brandheiß, Jola und Marek würden ihre Hände in eine Regentonne tauchen, um die Frösche, die sie dort selbst ausgesetzt hatten, zu schnappen, zu töten und anschließend zu sezieren. Und Arthur würde zusammen mit Anna auf der Holzbank neben dem Teich sitzen und mit ihr über seine baldige Ausreise diskutieren: über die Freiheit in Westeuropa, über die Angst vor den Atombomben der Sowjets und Amerikaner und über die schönen neuen Kleider, die sich Anna in ihrer Geburtsstadt Danzig gekauft hatte.

Für so eine Zeitreise würde er sein Leben hergeben: für wenigstens eine halbe Stunde in diesem verlorenen Kindheitsgarten, und wenn auch nur als eine Hornisse. Doch solche Teufel, die mit ihm diesen Pakt unterschrieben hätten, gab es nicht. Und er wunderte sich auch nicht mehr darüber, dass Anna ihn aus ihrem Kopf und ihrem Leben vertrieben hatte, obwohl sie irgendwelche Gründe dafür nie angeben konnte. Nach mehr als fünfundzwanzig Jahren Ehe und Liebe war für sie einfach Schluss, und das langsame Sterben dieses einst hübschen und immer nach Sommer duftenden Gartens hatte sich auch schon früh abgezeichnet. Und plötzlich blieb von diesem Liebesapfel nicht einmal der Griebs oder ein einziger Kern. Nichts war geblieben von all den Jahren mit Anna in Polen und dann in Bremen: Und hätte es ihre gemeinsame Tochter Rosalia und die paar Briefe nicht gegeben, wäre die merkwürdige Leere für Arthur wahrscheinlich noch unerträglicher geworden.

* * *

Der Flieger nach Bremen hob verspätet ab, und Arthur schloss die Augen, jedoch nicht, um endlich einzuschlafen. Er wollte bloß mit seinen Erinnerungen allein sein und wenigstens für einige Momente aus der Welt verschwinden. Arthur musste plötzlich an das Gedicht »Capri« von Czesław Miłosz denken, weil der Dichter darin seine Reise von Berkeley nach Europa eindrucksvoll beschrieben hatte, und er erinnerte sich an ein paar Zeilen aus diesem Gedicht und schmunzelte dabei: »Ich fliege mit der Lufthansa, und eine freundliche Stewardess kommt zu mir – sie sind hier so zivilisiert, dass es taktlos gewesen wäre, daran zu erinnern, wer sie einmal gewesen waren.«

Kapitel 7
Der astronomische Himmel über der Heimat

Der Flug nach Bremen sollte nur eine Stunde dauern, Arthur hatte demnach ausreichend Zeit, um seine Gedanken wieder zu sammeln und dort zu beginnen, wo er nach der Landung in Frankfurt am Main aufgehört hatte: beim Studium seiner Lebens-, Liebes- und Familiengeschichte.

Arthurs Mutter war keine Lügnerin, obwohl sie mit ihrem Charme und ihrer weiblichen Schönheit nicht nur Männer leicht um den Finger wickeln konnte. Was sie auf der anderen Seite des Mondes, im Totenreich, gesehen hatte, ging eigentlich niemanden etwas an, und Arthur glaubte ihr und verhöhnte Janina nicht. Denn seine Mutter – eine nüchtern denkende Frau, die im Sozialismus Hunderte von Schülern und Studenten unterrichtet hatte – ängstigte sich vor Verstorbenen und vor dem Unbekannten, Unheimlichen und glaubte nicht an Dämonen, Götter und Teufel und schon gar nicht an fremde Dimensionen und Welten, an Totenreiche oder gar an Außerirdische. Immerhin hatte sie als junge Lehrerin Anfang der Sechzigerjahre in der Nähe von Olsztyn den Angriff eines aufgebrachten ostpreußischen Vaters überlebt, eines Deutschen, der Arthurs Mutter mit einer Sense töten wollte. Dem Bauern gefiel nicht, dass seine Tochter Polnisch besser sprach als Deutsch, ihre Muttersprache, und dass sie sogar im Schülertheater mitspielte und dort als außerordentliches Talent gefeiert wurde.

Wenn aber eine Mutter zwei Kinder verloren hatte, durfte sie sich im Bett mit Benzin übergießen und anzünden, wie es einmal Arthurs Nachbarin getan hatte, weil ihr das Erziehungsrecht für ihre zwei Söhne gerichtlich abgesprochen worden war, oder die Unglückselige und Trauernde – wie zum Beispiel Arthurs Mutter – durfte in ihrer Verzweiflung auch mit dem Jenseits sprechen und die Toten regelmäßig besuchen; der Verlust der Kinder entschuldigte wirklich alles: Das Mutterleid war wichtiger als das rationale Denken eines kalten Verstandes.

* * *

Nach der Ankunft am Bremer Flughafen wurde Arthur wie verabredet von seiner Frau empfangen, von seiner ehemaligen Frau, obwohl sie beide über eine gerichtliche Scheidung noch nie miteinander gesprochen hatten, als wollten sie heimlich prüfen – jeder für sich –, ob ihre Liebe wirklich erloschen war. Anna, die mit ihrem Pkw zum Flughafen gekommen war, weinte wieder und umarmte Arthur und küsste ihn auf die Wangen wie in alten Zeiten. Er sagte nichts, hielt sie lange in den Armen, und dann verließen sie schweigend die Ankunftshalle. Sie beschlossen, Arthurs Koffer und Taschen zu ihm nach Hause zu bringen. Er wohnte in einer ehemaligen Remise, die zu einem Atelier mit einem Wintergarten umgebaut worden war – von seinem Freund Joseph. Seit der Aussteiger und Maler im Zentrum von Bremen in seinen Wehrmachtsbunker eingezogen war, brauchte er die alte Remise nicht mehr, die versteckt im Hinterhof einer Mietskaserne im Neustädter Viertel lag: auf der westlichen Uferseite der Weser, die auf die Altstadt blickte.

»Joseph und Bernhard kommen beide heute Abend zum Abendessen, sie wollen dich ein wenig trösten«, sagte Anna. »Ich konnte ihnen nicht absagen.«

»Das fehlt mir noch«, sagte er, »dass ich von zwei alten Männern und Atheisten in den Schlaf gewiegt werde! Außerdem muss ich meine Mutter und meinen Vater anrufen, und davor habe ich Angst ... Ich werde es einfach nicht schaffen ... Doch ich muss es tun! Ich bin ihnen das schuldig, auch wenn sie wissen, dass ich zum Begräbnis nicht anreisen werde!«

Die Unterhaltung mit Anna drehte sich während der kurzen Autofahrt nur um Jola und ihren tragischen Tod, doch Arthur konnte sich nicht konzentrieren. Er war mit seinen Gedanken beschäftigt, die ihn plötzlich zu gänzlich anderen Ufern lotsten.

Es war für Arthur auf einmal recht trübselig, mit seiner Exfrau durch diese im Zweiten Weltkrieg total zerbombte und ohne jeglichen Sinn für Harmonie wiederaufgebaute Hansestadt, in der ihn eigentlich nichts mehr hielt, zu fahren und sein Leben anzuschauen wie im Kino: Seine bundesrepublikanische Vergangenheit erschien ihm plötzlich völlig bedeutungslos – die dreißig Jahre eines schmerzfreien Lebens, das plötzlich rapide zu altern und sich selbst in Frage zu stellen begann, waren verschwunden. Jedenfalls bestätigte sich für Arthur die These von Adorno und Horkheimer, dass man zwischen dem vierzigsten und fünfzigsten Lebensjahr Zeuge des eigenen Untergangs und der eigenen Vertrottelung würde, obwohl man als junger Mensch geglaubt hatte, dass man selbst niemals ein Trottel werden, nie in solche Gefilde gelangen würde.

Bremen ließ sich für Arthur auf wenige Stichworte reduzieren: Rosalias Geburt, sein Studium der Geschichte und Philosophie an der ehemals kommunistischen Universität – wobei er heute darüber staunte, dass sie sich europaweit eines guten Rufes erfreute, denn zu seinen Studienzeiten vor fünfundzwanzig Jahren blamierte er sich nur, wenn er seine Uni ins Gespräch brachte. Dann gab es da noch die üblichen Sehenswürdigkeiten, die so gut wie jeder kannte: die berühmten Wehrmachtsbunker, den alten Sendesaal von Radio Bremen und Rilkes, Vogelers und Modersohn-Beckers Worpswede, das heruntergekommene Künstlerdorf, das die Bremer aber kaum interessierte.

Und es gab natürlich ein paar leuchtende und ebenso ein paar dunkle Sterne in der Hansestadt an der Weser: das Renaissancerathaus, das unter dem Schutz des UNESCO-Weltkulturerbes steht; Picassos Porträt der hübschen Sylvette; und dann die angeblich bundesweit aktivsten Islamisten sowie die ewig jungen Grünen. Sie waren hier eine Partei, die sich aus vielen alten 68ern und Neomarxisten, meist Exberlinern, speiste und in der Arthurs Freund Bernhard gegen die Bundesregierung wetterte und Seniorenpolitik betrieb: Als ein alter Marxist aus Westberlin, Chomsky-Verehrer und Mitbegründer der Bremer Uni, die von den Linken 1972 aus dem Boden gestampft und in Beton gegossen wurde, konnte er nie seine Klappe halten. Und außerdem hasste er es, wenn man ihn schon zum alten Eisen zählen wollte – sein Intellekt wehrte sich zumindest erfolgreich gegen die Vertrottelung …

Und schließlich durfte man nicht vergessen, den Welthandel mit Autos, Kaffee, Sonarsystemen, Torpedos, Seeminen und Satellitentechnik zu erwähnen, wenn man dieser Stadt einigermaßen gerecht werden wollte, wobei es einem dann sehr schnell klar wurde, warum die BRD weltweit als einer der führenden Waffenexporteure galt. Arthur wohnte außerdem in einer sogenannten Space-Stadt, weil eines der wichtigsten Weltraumunternehmen Europas an der Weser stationiert war.

Doch das Wichtigste und gleichzeitig Eigentümlichste an dieser Stadt war für Arthur, dass er in Bremen seinen Sternenhimmel aus Ermland und Masuren nicht wiederfinden konnte. Er hatte den Eindruck, als würde der hiesige Himmel sich Nacht für Nacht vor den Lichtern einer Großstadt nicht nur verstecken: Er wollte sein kosmisches Geheimnis den Hanseaten nicht preisgeben. Und man musste schon in die niedersächsische Provinz fahren, um im Winter wenigstens die Plejaden und den Orion zu Gesicht zu bekommen. Überhaupt schien es Arthur so, als wären die Sterne, Götter und Teufel für immer aus Deutschland vertrieben worden – zunächst von den Nazis und dann nach 1945 vom Wirtschaftswunder. Christus war hier tot und alle anderen Götter auch. Malwina erzählte er deshalb einmal, dieses Land namens BRD sei im Prinzip eine einzige riesige Fabrik, die weltweit begehrte Exportgüter herstelle.

Jedes Mal, wenn Arthur mit dem Zug zu einer Konferenz fuhr, musste er am Hauptbahnhof von Bremen, wo es angeblich Eingänge zu geheimnisvollen labyrinthartigen Katakomben aus der Nazizeit gab, daran denken, was ihm Bernhard, der als Emeritus schon Mitte siebzig war, von den traurigen stummen Gesichtern einmal erzählt hatte.

Während des Krieges sei er als ein kleiner Junge zusammen mit seiner Mutter oft nach Verden bei Bremen gefahren, um dort in dem Städtchen an der Aller die kränklichen Großeltern mütterlicherseits zu besuchen, und eines Tages habe er am Bremer Hauptbahnhof seine Mutter nach diesen traurigen Gesichtern gefragt. »Schau weg, da ist nichts!«, habe ihm die aufgebrachte Mutter geantwortet. Auf den Gleisen seien mit Häftlingen vollgestopfte Viehwaggons gestanden, und in den winzigen Gitterfenstern habe er ihre traurigen Gesichter gesehen. »Von wegen:

Wir haben nichts gewusst!«, erboste er sich deshalb oft, »jeder hat gewusst, was los ist! Alles andere wäre pure Schwindelei!«

Arthur freute sich, dass er Bernhard heute Abend sehen würde. Dem Emeritus verdankte er viel: Bei ihm absolvierte er Anfang der Neunziger sein Studium, bei ihm lernte er die westliche Linke kennen, bei ihm schrieb er seine Doktorarbeit und entdeckte Noam Chomsky und las die Schriften von Marx und Lenin mit neuen Augen und nicht mehr als junger Mann aus Polen, wo der Sozialismus im Allgemeinen als eine Krebsgeschwulst betrachtet wurde. Im Prinzip war Bernhard neben Joseph für Arthur das schönste Geschenk Bremens, obwohl sich Professor Bernhard Mosau als ein stolzes Kind vom Lande – glücklich aufgewachsen in der Natur – in Gesellschaft stets eindrucksvoll zu präsentieren wusste und deshalb auch nicht ohne Ironie sagte, er sei zwar ein Bremer Bürger, er komme aber aus Dollerup in Schleswig-Holstein! Und in Dollerup sei die Welt noch in Ordnung, in Dollerup habe man nie so gearbeitet oder gefeiert wie in Bremen, und in Dollerup sei man ganz anders gestorben und habe ganz anders geliebt als in Bremen oder an jedem anderen Ort.

Arthur stellte in der Remise seine Koffer und Taschen ab, auf seinem Schreibtisch stapelten sich Briefe, Zeitungen und Werbeprospekte – sein Freund Joseph hatte, wie versprochen, den Briefkasten regelmäßig geleert; Arthur überflog aber nicht einmal kurz die Briefumschläge seiner Post, weil Anna im Auto auf ihn wartete, und sie hatte es schon immer gehasst, wenn sie auf ihn warten musste.

* * *

Erst nachdem Arthur bei seiner Ex zu Hause geduscht hatte und wieder in frische Kleider geschlüpft war, flossen ihm Tränen über die Wangen, die er schon aus Frankfurt am Main nach Bremen mitgebracht hatte. In der Altbauwohnung in einem nach der Jahrhundertwende gebauten Haus in der Uhlandstraße, in der er fast zwanzig Jahre mit Anna zusammengelebt hatte, war es plötzlich so still wie im elterlichen Haus in Olsztyn, vor allem im Schlafzimmer seiner polnischen Großmutter Renata, wenn es im Winter seit Tagen geschneit hatte und die Sonntage dunkel und kurz gewesen waren, praktisch bereits nach der Heiligen Messe in der Kirche immer mit dieser Stille geendet hatten.

Arthur ging nach der Erfrischung im Bad in sein ehemaliges Arbeitszimmer, wo immer noch Kartons mit seinen Büchern standen. Er sah sie regungslos an. Vielleicht war nichts Schlimmes geschehen? Vielleicht hatte er Malwina nie kennengelernt, vielleicht war Anna immer noch seine Frau, sein geliebtes Mädchen aus Danzig? Er brauchte sich nur zu erinnern, und schon erwachten die alten Zeiten zu neuem Leben: Ihre zarten langen Arme umschlossen ihn warm, und dann schaute er wieder in Annas dunkelblaue Augen – in denen keine Unruhe mehr war … Vielleicht stimmte es gar nicht, dass Jola tot war? Vielleicht war gerade die Mauer gefallen, und Anna setzte ihr Lehramtsstudium aus Polen an der Bremer Uni fort, 1989?

Er nahm auf einem Klappstuhl Platz und fragte sich wieder einmal, warum es in dieser Wohnung so still und trostlos war. Er rief nach Anna, doch sie schien nicht zu Hause zu sein. Vielleicht war sie kurz nach draußen gegangen, um noch eine Flasche Rotwein zu besorgen.

Jetzt wurde es allmählich Zeit, bei seinen Eltern in Olsztyn anzurufen. Arthurs Vater meldete sich bereits nach wenigen Sekunden, als hätte er diesen Anruf erwartet, und sagte: »Janina wird es dir nie verzeihen, wenn du uns in diesem allerschwierigsten Augenblick unseres Lebens im Stich lässt … Bitte, du musst uns besuchen, komm so schnell wie möglich nach Olsztyn, du hast doch Semesterferien … Lass uns diesmal nicht allein!«

Radosławs Stimme war schwach und weinerlich, aber ob der Vater wirklich Tränen vergoss, konnte Arthur natürlich nicht erkennen: Der Vater klang in Wahrheit so, als hätte er eine Grippe. Es war auch schwierig, von ihm herauszubekommen, wer nun Jolas Leichnam nach Warschau bringen würde. Die polnische Armee? Und mit einem Flugzeug? Und wann vor allem sollte das geschehen?

Arthur, der sich plötzlich an alte Zeiten erinnerte, als er noch Jahr für Jahr zusammen mit Anna und Rosalia zu seinen Eltern nach Olsztyn gefahren war, versprach seinem Vater, dass er in Bremen so schnell wie möglich alles erledigen und sich dann mit dem Auto auf den weiten Weg nach Masuren machen würde. Sie wussten beide, dass dieses Versprechen eine Lüge war. Er wollte den Vater nicht noch mehr beunruhigen und sein verwundetes Herz quälen: Er musste ihn anlügen. Und Janina konnte mit ihrem Sohn gar nicht sprechen. Sie rief ihn manchmal zwei-, dreimal am Tag an, doch der Tod des zweiten Zwillings hatte sie verstummen lassen. Sie wohnte nun selbst im Totenreich und würde nicht mehr in die Welt ihres Mannes zurückkommen. In ihrem alten deutschen Haus am See in Olsztyn würden nie mehr Ruhe und Freude einkehren. Und Arthur plante nicht, in Deutschland seine Zelte abzubrechen und nach Olsztyn zurückzukehren, um seinen Eltern zu helfen.

* * *

Erst als Anna, die noch eine Flasche Wein und ein Baguette geholt hatte, sein ehemaliges Arbeitszimmer wieder betrat, wurde Arthur gänzlich wach und nüchtern – der Jetlag meldete sich zurück, und er fühlte sich so, als hätte er zehn Stunden durchgeschlafen oder irgendwelche Aufputschmittel genommen. So ähnlich musste sich wahrscheinlich auch das Herzflattern anfühlen, wenn sich Janinas Tachykardien flut- und ebbeartig zurückmeldeten.

»Warum liebst du mich nicht mehr?«, fragte er Anna und wunderte sich sogleich über seinen Mut, dass er diese Frage, auf die er in den letzten Jahren keine richtige Antwort bekommen hatte, erneut einfach stellte. Sie betrachtete ihn wortlos und setzte sich auf einen mit Büchern gefüllten und schon für den Abtransport geschlossenen Karton. Sie sah ihm in die Augen und schwieg. Nach einer Weile sagte sie: »Bitte! Wir haben schon so oft darüber gesprochen – ich habe nichts mehr hinzufügen, Arthur … Das weißt du doch …«

»Aber den Satz, dass es mit uns endgültig vorbei ist, bringst du einfach nicht über deine Lippen … Du liebst mich nicht mehr …«

»Denk an deine Schwester – und nicht an unsere Ehe … Bitte …«

Sie schwiegen und beide taten so, als säßen sie in Arthurs altem Arbeitszimmer ganz allein, zumindest vermieden sie, dass sich ihre Blicke trafen.

Annas stillen Rückzug betrachtete er mittlerweile als eine Meisterleistung: Ohne große Worte, Erklärungen und Vorwürfe beendete sie ihre gemeinsame Liebe, indem sie ihm diese über viele Jahre sanft und still verweigert hatte. Und nie, nie in jener Zeit des langsamen Absterbens ihrer Ehe bekam er auch nur eine einzige klare Antwort auf seine ihm ungeheuer und depressiv erscheinenden Fragen: »Soll ich mit der Trinkerei aufhören? Hast du jemanden kennengelernt und ist er klüger und liebevoller als ich zu dir? Ekelst du dich vor mir? Warum sprichst du nicht mehr mit mir? Bist du verärgert, weil ich Nacht für Nacht an meinem Schreibtisch sitze und schreibe und für dich keine Zeit mehr habe?«

Arthur wusste, dass es keinen Sinn mehr hätte, all diese Fragen, die ihn zur Verzweiflung brachten, Anna erneut auf die Nase zu binden – sie würde sich dann wieder beklagen, sie stehe mit dem Rücken zur Wand, sie ersticke, sie werde ständig für alles schuldig gemacht, und er sei *natürlich* rein wie der morgendliche Sommerregen und habe *natürlich* kein schlechtes Gewissen und nichts falsch gemacht.

Doch Arthur schwieg und stellte Anna keine Fragen mehr. Postkarten, Fotos, Briefe, im Kleiderschrank vergessene Kleider und Schuhe – mehr blieb von ihrer Liebe nicht. Und tatsächlich, es war so, wie ihm alle um ihn herum es immer erzählt hatten, die Erfahreneren und Älteren. Plötzlich ließen sich fünfundzwanzig, dreißig Jahre auf Korngröße zusammenpressen und in der Hosentasche verstecken: Annas Ausreise aus Danzig und Ankunft in Bremen, nach dem Mauerfall ihre erste gemeinsame Ferienreise nach Spanien, nach Katalonien, zu Salvador Dalí in Figueres, an die Costa Brava. Und als Anna an ihrem ersten Studientag in der Vorhalle des Hauptgebäudes der Bremer Uni stand und sich verloren umschaute, da sie nicht wusste, wie man im Westen ein Studium anpacken musste, wie man Prüfungen ablegte und wo ihre Kurse zu finden waren – diese ihre anfängliche Ratlosigkeit und Angst würde Arthur nie vergessen. Er hatte sie in der Vorhalle einfach allein stehen gelassen und war zu seinen Seminaren und Vorlesungen gegangen, was sie ihm später nicht verzeihen konnte. Oder die Szene im Krankenhaus: Er würde auch Annas violette Eingeweide, die er bei der Geburt Rosalias zu sehen bekommen hatte, nie vergessen – das Blut und das Geschrei Annas, die offene Wunde der Welt, das Geschrei der Nike von Samothrake aus Warschau, das Geschrei von ihrer gemeinsamen Liebe aus Masuren, wo sich Arthur und Anna in den Sommerferien 1983 kennengelernt hatten, ein Junge aus Olsztyn und ein Mädchen aus Danzig.

* * *

Das Klingeln an der Tür unterbrach ihr gemeinsames Schweigen, Anna sprang nervös auf und Arthur blieb noch für eine Weile in seinem ehemaligen Arbeitszimmer sitzen, er brauchte zehn Minuten, eine Viertelstunde: Er wollte einen Augenblick mit seinen Gedanken allein sein, er musste nämlich wieder daran denken, dass er während seines Aufenthalts in Berkeley und dann im Flieger nach Europa wichtige Entscheidungen getroffen hatte und dass er Malwina endlich die E-Mail mit seinem Ultimatumsvorschlag schicken musste – der Tod seiner Schwester brachte jedoch alles durcheinander, und was noch vor wenigen Stunden ganz wichtig erschien, erwies sich nun als zweitrangig und sogar bedeutungslos …

Er entdeckte in einem der Kartons die *Neue Jerusalemer Bibel.* Aber Ihn, den Dreimal-Gesalbten, konnte er auch nicht fragen, warum Er Jola und Marek so früh schon zu sich berufen hatte.

In seiner sozialistisch-katholischen Kindheit in Olsztyn trug Arthur den kleinen Jesus immer bei sich wie einen unsichtbaren Talisman, aber er trug Ihn so, als wäre er selbst ans Kreuz genagelt worden: Er litt für Ihn und wollte dem Heiland helfen, damit Er sich wenigstens für einen Tag von Seiner schweren Arbeit in der Kirche erholen konnte. Dem kleinen Jungen wurde damals eines schnell klar: Zu verschnaufen und sich eine Auszeit zu nehmen war das Schwierigste überhaupt, wenn man als Jesus auf der Welt lebte und die Unsterblichkeit als einziges, wirklich erstrebenswertes Ziel anpries.

Erst als Arthur anfing, Bücher zu lesen, musste sich der Heiland mehr und mehr zurückziehen, denn die Erkenntnis, dass niemand genau wusste, was der Gekreuzigte wirklich gesagt oder getan hatte, da Seine Worte und Taten seit fast zweitausend Jahren ständig neu erzählt und interpretiert wurden, fand Arthur bahnbrechend. Er war dann – ein fünfzehnjähriger Schüler – plötzlich traurig, weil er an den Gottessohn, und zwar an denjenigen aus der Bergpredigt, schon vor der Erstkommunion tatsächlich bombenfest geglaubt hatte. Der Erlöser war seine erste große Liebe gewesen, und selbst die Pfarrer und Nonnen, die die schwarze Familie Jesu Christi bildeten und den Kindern im katechetischen Unterricht ständig auf die Finger schauten und wegen noch so kleinen Frevels mit dem Holzlineal auf ihre Handteller hauten, konnten Arthur die Liebe zu Jesus nicht so gründlich vermasseln wie die Bücher und deren häretisches Wissen über die Manipulation der christlichen Erlösungslehre, welche sich die Kirche von Konzil zu Konzil erlaubt hatte.

Doch jetzt würde Arthur Seinen göttlichen Beistand aus der Kindheit in Olsztyn dringend brauchen. Nur Seine leuchtende Kraft der Unsterblichkeit konnte Arthurs Schmerz, der nach dem Tod von Jola auch nach Deutschland gekommen war, lindern. Aber es fiel ihm schwer, an Ihn zu glauben, an den Heiland aus Polen und aus dem Evangelium, wie es die meisten Menschen kannten, auch wenn sie die Bibel nie richtig gelesen hatten.

Recht hatte also Leszek Kołakowski, der bereits in den Achtzigern des vorigen Jahrhunderts ein kleines Buch darüber verfasst hatte, dass der Westen Jesus nicht mehr brauche. Das schmale Werk wurde in seiner Heimat postum veröffentlicht – geschrieben hatte der Philosoph die Abhandlung merkwürdigerweise auf Französisch, als wollte er seine polnischen Landsleute nicht beleidigen –, und das Büchlein trug den pragmatischen Titel: *Der verhöhnte Jesus. Ein apologetischer und skeptischer Essay*. Arthur verschlang den Text innerhalb weniger Stunden und fühlte sich darin bestätigt, dass er kein Verrückter war und alles richtig eingeschätzt hatte: Jesus lag in Westeuropa im Sterben.

Jesus war nämlich nach Arthurs Ausreise in die BRD plötzlich aus seinem früheren Blick verschwunden, was allerdings gar nicht ungewöhnlich war. Jeder, der sich im Westen zur christlichen Nächstenliebe, wie sie vom Heiland gepredigt wurde, bekannte, machte sich sofort verdächtig – es sei denn, er war eine prominente Person oder unter seinesgleichen, wobei in den aussterbenden Gemeinden und Kirchen, die nicht selten geschlossen oder in Kulturhäuser umgewandelt werden mussten, ein Mangel an Priestern herrschte, sodass man die Geistlichen selbst aus Polen »importierte«. Denn hier im Westen verhöhnte man Jesus oder man sah in ihm bloß den modernen ehrenamtlichen Sozialarbeiter und auf keinen Fall den Mystiker oder Erlöser – der Heiland war eine anachronistische Gottheit geworden; wer an sie glaubte, wurde nicht ernst genommen, insbesondere unter den Akademikern, Künstlern, Wissenschaftlern und Schriftstellern, die seltsamerweise für den Buddhismus oder den Islam mehr Empathie aufbringen konnten als für ihre eigene Religion und Tradition.

Und sobald man in Gesellschaft anfing, von seiner Liebe zu Jesus zu sprechen, machte man sich lächerlich. Man wurde dann oft in eine Schublade gesteckt: zu den Dummen und Naiven, die zu Sandalen weiße Tennissocken trugen und hysterisch an von Menschen verursachte Endzeitkatastrophen glaubten. Oder man wurde als ein konservativer und sturer Kopf angesehen, der von den Verbrechen der Kirche nichts begriffen hatte – und somit blieb die nackte Botschaft aus dem Evangelium auf der Strecke und verlor ihre Leuchtkraft, die Arthur noch aus seiner Kindheit kannte.

Als Arthurs sehnsüchtige Gedanken wieder zu Malwina wanderten, der er trotz des tragischen Todes seiner Schwester oder vielleicht gerade deswegen endlich die E-Mail mit seinem Ultimatumsvorschlag schreiben wollte, rief seine Geliebte ihn auf dem iPhone an, um ihm erneut zu beweisen, dass ihre Telepathie ausgezeichnet funktionierte. Als er ihre aufgeregte Stimme zu hören bekam, verging ihm die Lust, ihr von seinem Ultimatum zu erzählen, dass er ihr nur noch ein Jahr zugestehen wolle, danach müsse sie sich endlich entscheiden: für ihn oder für ihren Mann.

»Ich komme schon morgen nach Berlin, wir treffen uns in unserem Hotel«, sagte sie am Telefon. »Ich lasse dich nicht allein in dieser schweren Stunde … Warum hast du mich nicht angerufen? Und wo bist du überhaupt? In deiner Remise?«

»Ich kann jetzt nicht sprechen … Bitte!«

Sie verabredeten sich für den morgigen Abend in ihrem Lieblingshotel in der Bleibtreustraße. In Charlottenburg fühlten sie sich frei, sicher vor Spionen, unerwünschten Gästen und zufälligen Begegnungen. In Warschau konnten sie sich nicht treffen, auch Bremen war dafür eigentlich schlecht geeignet, überall lauerte der Feind, der mit Bestimmtheit neugierige Fragen stellte, vorwitzige Fragen, die Malwina hasste. Und in anderen Stadtteilen von Berlin, vor allem im Osten, kam bei ihnen wieder die atavistische Angst aus dem Sozialismus auf – was sie selbst belächelten, wie auch den obligatorischen Griff nach dem Reisepass, ob er wirklich dabei war, nicht vergessen wurde –, diese uralte Angst davor, jederzeit könnten die Sowjets zurückkommen, wie Gespenster aus dem Untergrund aufsteigen und die Stadt wiederbesetzen und teilen. Arthurs westdeutsche Freunde allerdings verhöhnten ihn, er litte an Russophobie …

Natürlich liebte er Malwina und hatte Sehnsucht nach ihr, aber heute brachte er keine Kraft mehr auf, um Malwina wie gewöhnlich seine Liebesbekundungen auf einem goldenen Tablett zu servieren, was sie wiederum liebte.

Arthur musste wieder an den jungen Jesus denken: Vor der Taufe im Jordan und der Erleuchtung nach der Begegnung mit Johannes dem Täufer hätte Jesus noch ein ganz gewöhnlicher Sterblicher, Liebhaber und Ehemann werden können, doch der Sohn Gottes war ausgerechnet einem Heiligen begegnet, der sofort wusste, wer zu ihm gekommen war und was er zu tun hatte. Und im nächsten Moment dachte Arthur daran, dass man seiner Bestimmung nicht entrinnen konnte. Jola musste jung sterben. Und wenn Malwina sein Ultimatum nicht erfüllen sollte, dürfte er es ihr dann niemals übel nehmen und vorwerfen, denn auch ihre Liebe besaß eine Bestimmung.

* * *

Nach dem kurzen Gespräch mit Malwina und der Meditation über Bestimmung verließ Arthur endlich das halb geräumte Arbeitszimmer, um seinen alten Freund Bernhard zu begrüßen: Er war wie immer pünktlich und hatte für die Dame als Geschenk einen schönen Blumenstrauß mitgebracht, was zur Tradition gehörte. Frauen bekamen von Bernhard immer pfiffige, ästhetisch durchkomponierte Blumensträuße geschenkt.

Arthur hatte seinen alten Mentor und Doktorvater noch nie hysterisch lamentieren und schimpfen gesehen, sein Freund war stets distanziert und rational, manchmal bis zum Schmerz, und mit einigen seiner Ansichten war Arthur absolut nicht einverstanden … Trete der Tod der grauen Gehirnmasse ein, sterbe auch sofort der menschliche Geist – so predigte Bernhard überall, der obendrein auch vergnügt Lenins Formel zitierte: »Die Materie ist nicht ein Erzeugnis des Geistes, sondern der Geist ist selbst nur das höchste Produkt der Materie.«

Bernhard umarmte Arthur herzlich, was eine satte Überraschung war: Er umarmte zur Begrüßung normalerweise niemanden, meistens lächelte er nur freundlich und sprach lediglich den Vornamen seines Gegenübers bei der Begrüßung aus: »Arthur!«, dann schickte er ein freudiges »Hallo!« hinterher.

»So ein wunderbares Mädchen! Und diese Fotos von ihr! Was für eine Tragödie!«, sagte Bernhard, und als er sich im Wohnzimmer an den halb gedeckten Tisch setzte und genüsslich einen Schluck Prosecco nahm, wandte er sich wieder an Arthur: »Ich bin genauso untröstlich wie du …«

»Ich habe schon meine Tränen vergossen, gerade eben …«, antwortete Arthur und trank einen Schluck. »Und ich kann es immer noch nicht glauben, obwohl ich Jolas Bild im Fernsehen gesehen und mit meinem Vater telefoniert habe ... Ja, es war Annas Idee, dass wir uns heute Abend hier treffen, ausgerechnet am Tag meiner Rückkehr aus Amerika. Allerdings macht mir das Herz meiner Mutter die größten Sorgen, und ihr wisst, warum ... Sie wollte mit mir am Telefon nicht sprechen.«

Arthurs Exfrau sagte: »Du musst zu ihr hinfahren ... Zu ihr und deinem Vater!«

»Anna, ich bitte dich! Du weißt doch, dass ich es nicht kann! Ich hasse Begräbnisse!«

Bernhard, der gar nicht erst versuchte, den beschwichtigenden Vermittler zu spielen, sagte geradeheraus: »Mein Freund, du wirst schon die richtige Entscheidung treffen, da bin ich mir sicher! Wir sind zu dir gekommen, um dir in diesem schweren Augenblick beizustehen – mehr können wir nicht tun!«

»Ich weiß, Bernhard, ich weiß! Danke!«, antwortete er seinem Doktorvater. »Lasst uns einfach den Abend noch einmal beginnen, wir brauchen einen Reset! Wir werden essen und trinken und miteinander reden! Und wir schauen uns Jolas Fotos an – ihr Werk wird niemals sterben ...«

Den gekühlten Aperitif hatte Arthurs Exfrau als Erstes serviert: Ohne Alkohol ließ sich Bernhard in Gesellschaft kaum ertragen, das wusste jeder, er murrte meistens und betrachtete jeden Gesprächspartner skeptisch; er war höflich, ging aber schnell auf Distanz, denn jeder schien ihm verdächtig zu sein, zumindest zu Anfang eines Gesprächs, in dessen Verlauf er sich für die fremden Geschichten oft doch noch zu begeistern wusste. Und besonders gesprächig war er, wenn er einen dankbaren Zuhörer fand und seinem Opfer erzählen konnte, dass er seine Muskeln, die – wie er es stets inbrünstig behauptete – an seinem ganzen Körper verkehrt herum sitzen würden, und zwar von Geburt an, endlich fast vollständig »korrigiert« habe; sie seien nun an die *richtigen* Stellen zurückgekehrt, wie es auf den Bildern in einem Anatomieatlas zu sehen sei, und lediglich der kleine Zeh am linken Fuß gehorche ihm noch nicht richtig. Aber das war ja nicht alles. Professor Bernhard Mosau schaffte es auch, über mehrere Stunden in einer Kneipe zu sitzen, zu schweigen und meditative und langatmige Bewegungen auf dem Barhocker zu vollziehen, als wollte er sich bei einem Glas Bier ein wenig strecken wie ein Tier. Diese Streckübungen sahen so befremdlich und dadurch ulkig aus, dass selbst Kinder vor den Fenstern der Kneipe stehen blieben und den alten Mann beobachteten, als hätten sie es mit einem alten Yogi oder Sadhu aus Kathmandu zu tun.

Anna begann zu kochen, und Arthur deckte den Tisch – wie in alten Zeiten. Jeder kannte seinen Aufgabenbereich.

Joseph, der Schwabe, kam leicht verspätet, was nicht ungewöhnlich war, und in der Küche sagte Anna: »Ich treffe mich mit Joseph. Ich hoffe, du hast nichts dagegen! Du hast ja deine Malwina ...«

»Woher weißt du denn, mit wem ich mich treffe?«

»Ich weiß es eben ...«

Joseph, dachte er, ausgerechnet Joseph, der neun Jahre älter ist als ich, der mir schon immer ein Vorbild war, ein gutes Vorbild, und der nun sogar seine Ölgemälde deutschlandweit ausstellt, in einem bescheidenen Rahmen zwar, in kleinen Galerien, doch er ist ein professioneller Maler geworden, vielleicht noch kein Norbert Schwontkowski, unser Bremer Weltbürger und -künstler, aber er ist auf dem besten Wege dahin ... Ausgerechnet Joseph also ...

»Während meiner einmonatigen Abwesenheit ist viel passiert ... Und ich habe mit so dramatischen Ereignissen und Wendungen nicht gerechnet ... Ein furchtbarer Tag heute, den ich nie vergessen werde ... Nichtsdestotrotz: herzlichen Glückwunsch!«, sagte er und ging wieder kurz zu seinen beiden alten Freunden, um nach dem Rechten zu schauen.

Bernhard könnte, fand Arthur, in einem Film einen spanischen Inquisitor oder einen kommunistischen Parteisekretär spielen: Er sah stattlich und ernsthaft aus, stolz und über jeden Zweifel erhaben, während Joseph mehr den Wohlfühl-Typ in Pudelmütze und Strickpullover abgab. Der Maler war klein und stämmig, er hatte kräftige Muskeln und trank genauso gern Rotwein und Wodka wie Bernhard. Doch Josephs Hang zum Urgemütlichen, sein Hang zum Sektierertum, was sich am ehesten an seiner Verehrung für Hegel zeigte, war Arthur gar nicht sympathisch, eher grotesk, und deshalb wunderte er sich über diese scheinbar plötzlich entstandene erotische Anziehung zwischen ihm und Anna. Arthur war eifersüchtig, obwohl er dafür eigentlich keinen Grund mehr haben durfte, ja, gar kein Recht dazu hatte.

Und erst am Esstisch im Wohnzimmer wurde ihm bewusst, was seine Ex an Joseph so anziehend und faszinierend finden musste: Es waren seine Augen, seine warmen, freundlichen Augen, die keinen Hass kannten und die Geborgenheit und Fürsorglichkeit ausstrahlten.

Joseph hatte sich eine halbe Stunde verspätet, was nicht schlimm war: Das Essen ließ noch auf sich warten. Und er bot Arthur gleich nach seiner Ankunft an, ihn zum Begräbnis seiner Schwester in Warschau zu begleiten, wofür sich Arthur bedankte. Er erinnerte die Gäste an seine Aversion gegen Beerdigungsfeiern, und das Thema schien vorerst vom Tisch zu sein.

»Wie liebt er dich?«, fragte Arthur seine Exfrau, als er wenig später in der Küche die Ente aus dem Backofen zerteilte. »Gefällt es dir mit ihm im Bett?«

»Willst du mir wehtun? Du bist doch sonst nie so direkt und vulgär gewesen …«, antwortete Anna.

»Verzeih mir bitte …«

Verdammt, ich bin eifersüchtig, dachte er und schnäuzte sich.

Liebte er Anna immer noch? Natürlich liebte er sie: genauso stark, wie er Malwina liebte. Er stand bloß vor einer riesigen Kugel aus Glas, und er sah in dieser Kugel Anna und ihr ganzes Leben, konnte jedoch zu ihr nicht durchdringen – sie sah ihn nicht, hörte ihn nicht.

* * *

Drei Männer und eine Frau: Die alten Freunde verbrachten im Halbdunkel und im Bewusstsein, dass der Sommer endgültig vorbei war, einen Abend, der gänzlich den Fotos von Jola gewidmet war, »ihren Beweisen« und ihren Privatbildern, die in einem der in Arthurs Arbeitszimmer herumstehenden Umzugskartons vergessen worden waren. Nach dem Essen hatte Anna die fotografischen Schätze auf dem abgeräumten Esstisch ausgebreitet wie Spiel- oder Tarotkarten, damit man sich ein viel zu schnell abgebrochenes Leben und seine Früchte anschauen konnte – und die vier Freunde kamen aus dem Staunen nicht heraus. Arthur schoss mit seinem iPhone ein paar Bilder von dem hübsch geschmückten Esstisch, der sich in eine Art Altar für seine Schwester und ihre Fotoarbeiten verwandelt hatte. Er schickte Malwina die Schnappschüsse, und sie schrieb ihm mehrere SMS zurück, dass sie es bedaure, nicht dabei sein zu können.

Auf Jolas Fotos gab es eine Welt zu sehen, wie sie ihrer Meinung nach wirklich bestaunt werden müsste.

Auf einem Foto aus Syrien hockten kleine Jungen vor einer Metallschüssel, in der es noch eine Handvoll Hirse gab, und sie sahen sich mit ihren hungrigen Augen an. Ein anderes Bild zeigte amerikanische Soldaten in ihrem Militärcamp in Afghanistan, die zusammen mit ihren polnischen Kameraden Weihnachten feierten. Die Szene schien auf den ersten Blick nicht ungewöhnlich zu sein, doch einer der Soldaten blickte direkt in die Kamera, streckte lasziv seine Zunge heraus, auf der ein Stück Oblate klebte: der Corpus Christi. Bilder aus besseren Tagen für Träumer suchte man bei Jola vergeblich: Landschaften voller Blau und Gold, grüne Hügel und Wälder ohne Menschen, sprechende, mit Moos bewachsene und im Nebel ertrinkende Findlinge aus Irland – nein, das war nicht Jolas Universum. Stattdessen tauchte eine alte Frau auf, die auf dem Roten Platz in Moskau mit einem Pappbecher in der Hand vor den Touristen kniete und weinte – da war Jola zu Hause, und auch dort, wo junge Männer und Frauen gepanzerte Wagen der Polizei und des Militärs mit Steinen bewarfen: auf dunklen, rauchenden und zerstörten Straßen. Die Autorin der Fotos war tot, und viele Akteure, die sie abgebildet hatte, gewiss auch: wie die Menschen auf dem postkartengroßen Bild aus Galiny bei Bartoszyce. Was hat es hier zu suchen?, fragte sich Arthur, das vergilbte Foto von seiner ostpreußischen Großmutter Irmgard und ihrem Mann?

II. Gnade
(Irmgard)

Weißt du es noch, kleines armes Land? Kinderhändchen verbrannten am schnellsten: auf dem riesigen Leichenhaufen, im Gestank des Benzins und Menschenfetts. Es geschah auf dem Marktplatz von Bartenstein an der Alle, und du hast nichts gesagt – zugeschaut hast du bloß wie ein Zaungast. Warum?

Kapitel 1
Im Schnee des Schlossgartens

Aber zunächst ging gar nichts mehr, als wollte auch die Sonne nicht mehr leben: Die Zivilisten starben an Krankheiten, an Hunger, an Erschöpfung, oder sie wurden von den Rotarmisten an die Wand gestellt und erschossen, und Frauen jedweden Alters fanden nirgendwo ein sicheres Versteck.

Anfang Februar 1945 – bei minus vierzig Grad und unter den wachsamen Maschinengewehren der Rotarmisten – mussten Überlebende aus Bartenstein ein Massengrab füttern, nur wenige Kilometer von ihrem Städtchen entfernt, in einem Dreiseelendorf namens Maxkeim, dem bis dahin niemand Beachtung geschenkt hatte. Und es war kein Ende in Sicht, die Lkws der Roten Armee brachten eine Ladung nach der anderen: Pferde, Schweine, Kühe, Wehrmachtssoldaten und Zivilisten, deren verbrannte schwarze Gesichter schwer voneinander zu unterscheiden waren.

Die Tierkadaver wurden mit Seilen von den Ladeflächen der Lkws direkt in den gewaltigen, von Baggern ausgehobenen Graben gezerrt, Zentimeter für Zentimeter, und die Überlebenden packten mit bloßen Händen die Menschenleichen an ihren Beinen und Armen und warfen sie in das Grab zu den Tieren. Man hatte den Eindruck, all die toten Leiber würden sich ein letztes Mal gegen ihr Schicksal aufbäumen, weil sich ihre Glieder beim Schleppen und Zerren wie von allein bewegten.

Die Überlebenden, die versuchten, eine Erkennungsmarke vom Hals eines Wehrmachtssoldaten zu reißen, weil sie die Hoffnung nicht aufgaben, ihren Vater oder Bruder doch noch zu finden, bekamen sofort den Gewehrkolben zu spüren: Er traf ihren Kopf, und sie verloren meistens sofort das Bewusstsein und fielen um – in den Graben zu all den toten Tieren und Menschen.

Danach sprach niemand mehr von dem Massengrab in Maxkeim, weil überall Typhus ausbrach und weil es mit dem Sterben weiterging, und jeder konnte von Glück sprechen, wenn er irgendwo etwas Getreide fand und aus dem Schrot eine Suppe kochen konnte.

Und plötzlich kamen Fremde in Ostpreußen an: Polen, die neuen Siedler, Flüchtlinge aus Litauen oder der Ukraine, und sie kamen zu Fuß oder auf ihren Panjewagen angefahren, die mit gerettetem Hab und Gut schwer beladen waren, doch das Wichtigste war, dass sie Kühe, Schnaps und Speck aus ihrer Heimat mitbrachten. Die Überlebenden staunten über die schäbige ärmliche Kleidung der Fremden, und wenn es sich ergab, stahlen sie ihnen den Speck und die Kartoffeln, weil sie hungerten.

* * *

Mitte Februar hörte man in Bartenstein nur noch selten Schüsse der Maschinengewehre und Kanonen, und die Rotarmisten feierten ihren Sieg über die »Faschisten«, wo und wann sie nur konnten (manchmal auch zusammen mit den neuen Herren des Landes, die sich jedoch nicht allzu wohl in ihrer Haut fühlten, weil die Russen überall das Sagen haben wollten, und wenn ihnen etwas nicht passte, schossen sie auch auf die polnischen Milizionäre – genauso bedenkenlos wie auf die Deutschen).

Dann aber begann auf dem Marktplatz von Bartenstein das lichterlohe Verbrennen von Typhusleichen. Alle arbeitsfähigen deutschen Zivilisten wurden von den Rotarmisten in Aufräumtrupps aufgeteilt, die von morgens bis abends im Einsatz waren. Die Aufräumtrupps brachten die Typhusleichen auf Holzkarren oder in Bettlaken zum Marktplatz zum Verbrennen, und anschließend wurden die meist nur zur Hälfte verkohlten Leiber auf die Lkws geladen und in den Stadtwald gefahren, um dort vergraben zu werden.

Die deutschen Typhusleichen wurden auf dem Marktplatz fast täglich verbrannt, direkt vor dem mittelalterlichen Heilsberger Tor, in dem sich das alte ostpreußische Heimatmuseum befand. Die Sowjets und die polnischen Helfer und Milizionäre suchten trotzdem immer noch nach »Faschisten« und ihren Verstecken, wobei sie mehr an Toten und Vermissten interessiert waren, weil ihrer Meinung nach nur ein toter Nazi ein guter Deutscher war.

* * *

Irmgard – ein blondes, blauäugiges Mädchen – war erst neunzehn Jahre alt. Die junge Deutsche, die in Bartenstein, in ihrer Kindheitsstadt, auch zu den Aufräumtrupps gehörte, musste eines Tages staunen: Eine Frau hatte ihr von Immanuel Kant erzählt und gesagt, dass Bartenstein das einzige Städtchen in Ostpreußen sei, das der Philosoph besucht habe. Irmgard, eine Bauern- und Bedienstetentochter, hatte von Immanuel Kant noch nie etwas gehört. Aber nicht nur der Philosoph war ihr unbekannt – von den Verbrechen in den Konzentrationslagern hatte sie in Ostpreußen auch nichts gehört, und eigentlich konnte sie dem ganzen Gerede keinen Glauben schenken: Ihre Landsleute würden doch nie so etwas Schreckliches tun! Wehrlose Kinder und Mütter in den Tod schicken! Juden! Polen! Und überhaupt! Unsere Juden aus Bartenstein sind doch nach Amerika ausgereist! Und der Pole ist unser bester Feld- und Stallarbeiter gewesen!, dachte sie.

Bewacht von den Rotarmisten musste Irmgard zusammen mit anderen jungen Frauen alle Häuser und Wohnungen und Straßen und jeden Winkel des Städtchens aufsuchen und die gefundenen Leichen zum Marktplatz schleppen. Sie war auch bei jenem Einsatz in Maxkeim dabei gewesen, als das große Aufräumen in Bartenstein gerade angefangen hatte, und in dem Massengrab fiel sie einmal in Ohnmacht: Gott sei Dank verlor sie das Bewusstsein nur für wenige Sekunden, sonst wäre sie im Graben bestimmt liegen geblieben, da ihr niemand auf die Beine helfen wollte. Bedeckt von den schweren toten Leibern der Tiere und Menschen hätte sie keine Kraft mehr aufbringen können, um sich zu befreien und aus der Grube herauszuklettern. Die Aufräumarbeiten in den Straßen ihres Städtchens schienen ihr deshalb eher harmlos zu sein – im Vergleich zu dem, was sie in Maxkeim gesehen und erlebt hatte.

* * *

Anfang März, nach der Entlassung aus ihrem Arbeitstrupp, fand Irmgard für die nächsten zwei Monate im Keller einer Mietskaserne eine Bleibe – ganz in der Nähe der niedergebrannten Synagoge. Sie wohnte dort mit zwei Müttern und drei Kindern zusammen, die wie sie Deutsche waren, und sie ging jeden Tag in die Stadt, um Neuigkeiten zu erfahren oder etwas zu essen zu ergattern.

Sie hatte nichts zu tun, obwohl alle Deutschen laut dem neuen polnischen Gesetz arbeiten mussten – und Irmgard wurde sogar von einem polnischen Arzt untersucht und für arbeitsfähig erklärt. Aber sie konnte mit ihrem neuen Dokument, mit ihrer Registrierung und ihrem Gesundheitszeugnis nichts anfangen, obwohl sie wusste, dass die kommunistische Regierung mit diesen Papieren ihre Existenz amtlich bestätigt hatte. Immerhin gelang es ihr, ihre Bartensteiner Geburtsurkunde zu retten – sie hatte das Dokument in ihren Rock eingenäht und konnte den Polen erklären, wer sie eigentlich war.

Die Registrierungspapiere halfen jedoch nicht, den täglichen Hunger zu stillen: Irmgard stand eines Tages vor dem Lebensmittelladen von Herrn Paeslack, der eine unerwartete Warenlieferung erhielt, und sie fiel wieder in Ohnmacht, weil sie Schweinefleisch und Wurstwaren schon seit Monaten nicht mehr gesehen hatte. Zum Glück half ihr jemand diesmal auf die Beine, und zum Glück fand sie kurze Zeit später auf der Straße ein Portemonnaie, doch das Geld kam ihr verdächtig vor – die seltsamen ausländischen Scheine, zudem in polnischer Sprache. Konnte man dafür wirklich etwas kaufen? Schließlich ging sie wieder zum Lebensmittelladen und zahlte mit den neuen Geldscheinen und bekam etwas Speck und Schmalz.

Den Marktplatz von Bartenstein hasste Irmgard mittlerweile, obwohl sie auch fröhliche Erinnerungen an diesen Ort hatte: Im dritten Kriegsherbst verabredete sie sich dort einmal mit einem Jungen, der über beide Ohren in sie verliebt war. Und der Schönling kaufte ihr prompt an dem kalten Novembertag bei Herrn Pledath Lederhandschuhe. Dessen Lederwarengeschäft gehörte vor dem Krieg Herrn Teifus, einem Juden, der angeblich nach Amerika ausgewandert war, weil er vom Bürgermeister gewarnt worden sei – wie alle anderen Bartensteiner Juden –, dass es im Dritten Reich für ihre Sippen bald keinen Platz mehr geben würde …

Unsere Juden haben sich nichts vorzuwerfen, dachte Irmgard oft, sie sind alle nach Amerika gegangen, unser Bürgermeister hat sie gerettet!

Der Marktplatz aber ließ Irmgard nicht nur an die Verbrennung der Leichen oder an die Lederhandschuhe von Herrn Pledath (und Herrn Teifus) denken. Hier waren noch vor Kurzem Soldaten mit Fackeln und Hakenkreuzfahnen aufmarschiert; schließlich galt Bartenstein als eine traditionelle Garnisonsstadt. Der Geruch des verbrannten Menschenfleischs war allerdings in den Bartensteiner Straßen und Häusern heimisch geworden; seit den Aufräumarbeiten verließ er die Luft nicht mehr, zumindest nicht dann, wenn Irmgard wieder an die schrecklichen ersten Tage und Wochen nach der Eroberung ihres Geburtsortes im Januar 1945 dachte – in ihrer Nase wohnte dieser Geruch des Todes.

Und sie konnte nicht glauben, dass sie noch am Leben war, dass sie die schwere körperliche Arbeit beim Verbrennen und Begraben der Leichen und beim Aufräumen der Trümmer auf den Straßen überstanden hatte. Diese blutige Knochenarbeit, bei der auch einige Menschen umgekommen waren, würde Irmgard nie vergessen: In ihren Händen hatte sich die Erinnerung an den Schmerz und die Tortur für immer eingenistet.

* * *

Aber es war schon Mitte Mai und das Leben in der Kälte vorbei: Die Sonne mit ihrer Strahlkraft verschonte noch die zaghaft erwachenden Schrebergärten, die Laubbäume im Stadtwald und die Wildrosen am Fluss, an der Bartensteiner Alle.

Irmgard saß seit zwei Wochen im Gefängnis, sie kam wieder in die Keller der ehemaligen Wehrmachtskaserne, wobei die meisten Gefangenen Frauen jedweden Alters und alte Männer waren. Die junge Deutsche hatte keinen blassen Schimmer, warum sie von den Rotarmisten verhaftet worden war, zumal in den benachbarten Kellern auch Polen gefangen gehalten wurden – von der neuen Miliz.

Irmgard wollte, obwohl sie noch so jung war, eigentlich sterben, und zwar so schnell wie möglich, weil sie sich schuldig fühlte; ihr schlechtes Gewissen ließ sich nicht abstellen, sie war eine Überlebende, ein Glückspilz, denn ihre beiden Schwestern hatte sie in den letzten Tagen des Krieges aus den Augen verloren; niemand wusste, was mit ihnen geschehen war, und genauso verhielt es sich mit ihrem Vater, der angeblich nach Sibirien verschleppt worden war. Er hatte schon als Soldat den Ersten Weltkrieg überlebt, würde er wieder Glück haben? Irmgard war Zeugin, wie man ihn, diesen alten Mann, der in den masurischen Wäldern Panzerfallen hatte ausgraben müssen, für den Abtransport nach Russland abholte. Ihr älterer Bruder war bestimmt auch tot, Deserteure erschoss man auf der Stelle, wenn man sie fasste. Wenigstens hatte er es geschafft, seine Eltern und Geschwister zu warnen, dass »die rote Walze«, wie er sich ausdrückte, bald auch Bartenstein und Gallingen erreichen würde und dass jeder am besten um sein Leben rennen möge. »Haut alle ab!«, schrie er die ganze Zeit. Gleich nach dieser Warnung wollte er wieder zu seiner Einheit zurückkehren, und niemand wusste, was mit ihm geschehen war. Wurde er von einem Vorgesetzten hingerichtet? Oder fiel er im Kampf gegen die Rotarmisten?

Manchmal packte Irmgard die allgegenwärtige Angst vor dem Zufall, weil auch sie von einem betrunkenen Soldaten zufällig erschossen werden konnte, und diese Angst wollte an manchen Tagen nicht kleiner werden. »Gott sei Dank spürst du noch *etwas*«, sagte eine alte Frau, der sie sich im Gefängnis anvertraut hatte, »nur so kannst du einen Überlebenswillen entwickeln: Lass dich von deinem Schmerz nicht besiegen! Du musst nicht sterben wie deine Schwestern!«

Irmgards Städtchen hatte jetzt einen polnischen Namen und einen polnischen Bürgermeister, Herrn Wojciech. Und den neuen Namen auszusprechen, fiel ihr nicht leicht: *Bartoschütze*? Die Schreibweise brachte vor ihren deutschen Augen die Buchstaben zum Tanzen, die Silbe »szy« erschien ihr wie eine Chiffre: »Bartoszyce« musste man jetzt sagen und schreiben. Und eine Sorge plagte sie nicht mehr: dass man sie wieder in eine echte Gefängniszelle der Wehrmachtskaserne bringen würde, wo die Mädchen, aber auch ältere Frauen den Soldaten reihenweise Befriedigung verschaffen mussten. Sie war krank, sie hatte sich mit Typhus angesteckt, sie roch bereits den Tod, den sie auf dem Marktplatz kennengelernt hatte, als der deutsche Leichenberg von Tag zu Tag größer wurde, um schließlich im schwarzen Feuerrauch und bei entsetzlichem Benzingestank langsam abzuschmelzen: auf einen Haufen Knochen und Asche.

Irmgard war davon überzeugt, dass sie den Typhus nicht besiegen würde. Sie musste sterben, weil alle an Typhus starben; fast jeden Tag fielen Häftlinge im Gefängnis tot um wie die Fliegen, und während das neunzehnjährige Mädchen in den Nächten daran dachte, wen es von dem Benzinscheiterhaufen, dem deutschen Leichenberg, persönlich gekannt hatte, erinnerte es sich an den riesigen Apfelbaum im Garten der Gräfin von Nitsche aus Gallingen, einem Dorf bei Bartenstein; im Sommer war es zusammen mit seinen besten Freundinnen auf den Augustapfelbaum geklettert und hatte auf ihm vergnügte Abendstunden mit

Gesprächen über die Liebe und die Sehnsucht nach ihr verbracht. Der Gedanke an die sommerliche Ferienzeit in Gallingen, wo Irmgard später Dienstmädchen der Gräfin geworden war und sie im Bedienstetenhaus des Landschlosses gewohnt hatte, rettete jetzt der jungen Frau das Leben, und »Der Baum der Liebe«, wie sie ihn zusammen mit ihren Freundinnen nannte, erschien ihr immer wieder im Traum.

Doch fand sie ihren eigenen Traum grausam: Das Mädchen glaubte nicht mehr an das Gute im Menschen und in der Welt; der Graf von Nitsche zum Beispiel – er war zwar ein glühender Hitler-Verehrer, aber Irmgard verstand nun nicht, warum die Russen den guten Mann ebenso nach Sibirien verschleppen mussten, obendrein in einem primitiven Viehwaggon: Unmenschlich, unmenschlich!, der Graf ist so ein Herzensguter gewesen, dachte sie, er hat niemandem etwas Böses getan, und unsere Juden sind doch alle nach Amerika gegangen, nicht nach Stutthof!

Von dem Konzentrationslager an der Meeresküste, von Stutthof, hatte sie nichts gewusst, und es fiel ihr schwer zu glauben, dass in ihrer Heimat, im Prinzip in der Nachbarschaft, solche Dinge passiert sein sollten: Dinge, von denen die Russen in dem provisorisch errichteten Gefängnis ihnen erzählten.

Irmgard hatte doch nichts getan, sie war bloß jeden Sommer mit ihrer Mutter nach Königsberg zum Einkaufen gefahren, weil es dort die schönsten Sommerkleider von ganz Ostpreußen gab, die schönsten Kleider für Mädchen, und im Winter fuhr sie gern nach Allenstein ins Theater, zusammen mit ihrer Schulklasse. Es war für sie unbegreiflich, dass sie etwas Falsches gemacht haben könnte, etwas Furchtbares, wofür man sie so hart und … *unmenschlich* bestrafen musste …

Irmgard verabschiedete sich im Gefängnis jeden Tag neu von ihrem Leben, aber ihr Körper wollte noch nicht sterben. Und manche Mithäftlinge, die plötzlich genasen, entließ man sofort, sie seien angeblich in ein am Geserich-See gelegenes Sammellager für Deutsche gebracht worden und von dort aus dann weiter in das besetzte Deutschland. Einige Besserwisser unkten, dass man sie nach Sibirien deportiert habe.

Die junge Frau hatte aber auch gehört, dass viele einfach zu Hause blieben, in ihrer alten ostpreußischen Heimat, sie mussten dann lediglich unterschreiben, dass sie sich zum Polentum bekennen würden. Irmgard konnte kein Wort Polnisch – sie würde allerdings jedes Papier unterschreiben, wenn man sie bloß aus diesem dreckigen Loch entließe: gesund oder ungesund, was spielte das schon für eine Rolle? Die Hauptsache war, dass sie dann wenigstens in Freiheit sterben könnte.

Irmgard fand nicht einmal Kraft, um Nacht für Nacht Tränen zu vergießen, war doch ihre Mutter vor ihren eigenen Augen vergewaltigt und erschossen worden. Musste sie nun unbedingt aus Bartenstein fliehen? Warum war die Mutter nicht zu Hause geblieben? Die Rotarmisten waren doch über das ganze Land wie Kartoffelkäfer über ein saftiges Feld hergefallen. Die junge Frau weinte oft vor Wut auf ihre Mutter, sie machte ihr Vorwürfe und sprach mit ihr ab und zu, als wäre sie gar nicht tot: »Warum bist du nicht in der Stadt geblieben, wo es mehr Schlupfwinkel und Verstecke gibt?«

Und ihre letzte Hoffnung schöpfte Irmgard aus den seltsamen Erzählungen über den polnischen Bürgermeister, den Herrn Wojciech, der sich für die Deutschen sogar persönlich einsetzen würde, um sie vor der Verfolgung oder vor dem sicheren Tod zu retten; aber das sei noch nicht alles - der Gute habe ordentliche Begräbnisse für Irmgards Landsleute angeordnet und sei jedes Mal persönlich auf dem Friedhof erschienen.

Der Bürgermeister ist ein Heiliger wie unser Graf von Nitsche, dachte die junge Frau.

Und dann - völlig unerwartet - besuchte sie im Gefängnis ein polnischer Arzt und verabreichte ihr Medikamente, und es gab wieder regelmäßig Brot und Kartoffeln und manchmal sogar heißen Tee.

Kapitel 2
»Wiedergewonnene Gebiete«

Nach vier Monaten Gefängnis erblickte Irmgard wieder das Tageslicht der Straße – abgemagert zwar, aber gesund, mit kahl geschorenem Kopf und entlaust betrat sie Ende August ihr zur Hälfte zerstörtes und zu ihrem Erstaunen von den Trümmern immer noch nicht gänzlich befreites Städtchen, in dem sie zur Schule gegangen war und am Fluss gewohnt hatte, nicht weit entfernt von der alten Mühle und der niedergebrannten Synagoge. Irmgards altes Leben, obwohl sie sich nach wie vor jung und für neue Herausforderungen stark fühlte, war auf den Straßen von Bartoszyce nirgendwo wiederzufinden. Die Sonne und der Himmel kamen ihr so fremd und irgendwie klein vor, als hätte jemand sie beide ausgetauscht, und auch das Licht hatte sich geändert: Die bunten Zeiten schienen vorbei zu sein, die Ladenfenster und selbst die Gesichter – alles war fremd und grau, und nirgendwo gab es etwas Freundliches und Strahlendes.

Ihr Leben hatte sich gewandelt – und Irmgard fühlte sich wie eine reife erfahrene Dame aus einer Großstadt, eine Dame, die nichts mehr zu verlieren hat. Und wo war die alte Irmgard geblieben? Wo musste man sie suchen? Nach dem achtjährigen Schulbesuch in Bartenstein hatte sie dank der Vermittlung durch ihre Mutter bei der Gräfin von Nitsche Arbeit gefunden, und ihr Verlobter, der bei der Marine war, hatte ihr zwei Jahre lang Postkarten und Briefe geschrieben, doch sein U-Boot wurde zum Ende des Krieges versenkt. Irmgards erste große Liebe ertrank zusammen mit anderen jungen verliebten Matrosen. Dabei hatte sich das Liebespaar nach der Verlobung nur zweimal gesehen – im Sommer 1943 bei Irmgards Eltern, als der Matrose in Bartenstein wieder zu Besuch weilte, und dann zu Weihnachten desselben Jahres. Jetzt war sie allein: Das Mädchen, das sich für eine reife Dame aus der Großstadt hielt, wusste nicht, wohin es gehen und was es machen sollte.

* * *

Irmgard beschloss, in die Altstadt zu gehen, zum Marktplatz, um sich dort umzuschauen. Aber bereits nach wenigen Minuten und Schritten in Freiheit geschah etwas Unerwartetes. Ein junger Mann sprach sie auf der Straße auf Deutsch an, er sagte, sie möge sich am besten auf den Weg nach Deutsch Eylau machen, in das Sammellager am Geserich-See; wenn sie sich schriftlich noch nicht zum Polentum bekannt habe, könne sie sogar ausreisen, was aber nicht so einfach sei, sie müsse die Ausreise nach Deutschland beantragen – wie all ihre Landsleute –, und dann würde sie mit etwas Glück sogar bis nach Hamburg kommen, wo er noch vor wenigen Monaten gewesen sei, als er sich auf die Suche nach seiner Schwester gemacht habe …

Das Mädchen nickte freundlich, seine Gedanken waren jedoch wirr und angstdurchtränkt: Woher wusste er, dass sie eine Deutsche war? Sie hatte sich doch ein buntes Tuch um den Kopf gewickelt.

»Wo wohnst du? Oder hast du keine Bleibe?«, fragte der Fremde. »Komm mit, ich habe ein Zimmer in der Altstadt! Du kannst bei mir übernachten …«

Da sie schwieg, stellte sich der junge Mann Irmgard kurz vor, er sagte, er heiße Jan, er sei schon einundzwanzig und er komme ursprünglich aus Lemberg. Er hoffe sehr, bald seine geliebte Schwester zu finden, die laut dem Roten Kreuz den Krieg überlebt habe und sich angeblich in den sogenannten Wiedergewonnenen Gebieten Polens, also hier im ehemaligen Ostpreußen, herumtreibe.

Jan erschien Irmgard gar nicht als »ein Engel in Not«, sondern eher als eine gierige Elster; die junge Frau konnte keinem Mann mehr trauen, seit sie bei der Gräfin von Nitsche die Rotarmisten aus allen Ecken des Obstgartens hervorkriechen und über die Frauen des Schlosses herfallen gesehen hatte. Sie ging trotz ihrer Bedenken mit Jan mit: Was sollte sie sonst machen? Sie konnte von Glück sprechen, dass der Typhus sie nicht längst getötet hatte. Oder ein betrunkener Soldat. Mit silbernen Gabeln und Esslöffeln hatte einer der Rotarmisten die Gräfin aus Gallingen im Schnee »operiert«. Sie verblutete in ihrem Obstgarten, der gänzlich mit Schnee bedeckt war – und mit roten Lachen. Und da es an dem Tag schneite, hatte Irmgard den Eindruck gehabt, die Mütter, die Schwestern, die Tanten und die Dienstmädchen hätten Fliegenpilze geboren und im Schlossgarten gepflanzt.

»Ich heiße Irmgard. Ich weiß nicht, wo ich unterkommen soll … Von meinen Leuten sind alle umgebracht oder verschleppt worden!«, sagte sie nach einer Weile. »Und ich bin erst neunzehn …«

»Ich habe dir gesagt, dass ich für dich einen Schlafplatz habe. Und hör auf zu flennen!«

»Die halbe Altstadt liegt doch in Trümmern …«

»Aber unser Haus wurde verschont …«

Irmgard ging neben ihrem Retter her, der sich in Bartenstein – Entschuldigung, wir wohnen jetzt in Bartoschütze, dachte Irmgard immer wieder – gut auskennen musste. Er sah viel älter aus – auf den ersten Blick reifer, erfahrener, und die dunkelbraunen Augen blinzelten nicht freudig; sie verbargen nicht einmal ein arges Geheimnis, sie verrieten, dass sie den Tod besser kannten als das Leben: den Soldatentod an der Front. Und Irmgards Schutzengel begrüßte die neuen Bewohner des Städtchens auf Polnisch und wiederholte andauernd, sie solle bloß schweigen und so tun, als verstünde sie jedes Wort.

»Als Erstes besorge ich dir ein Kleid und Schuhe und einen Hut, damit du wenigstens ein bisschen wieder einer Frau ähnelst …«

Er hatte recht: Sie sah abgemagert aus, ihre Augenhöhlen glichen zwei dunklen Gräben, ihre Haut war blass und verriet, dass diese junge Frau eine schlimme Krankheit durchgestanden hatte. Und ihr Körper roch nach Fäulnis und brauchte dringend ein warmes Bad. Irmgards Begleiter hatte auch nicht allzu viel zu bieten, doch wenigstens waren seine abgetragenen Kleider und Schuhe sauber, und er musste regelmäßig essen und schlafen, da er nicht müde oder krank wirkte: Dafür aber trug er in seinen Augen die überall verbreitete Angst, dass man jederzeit erschossen werden konnte.

»Wie kommt es, dass du den Krieg überlebt hast? Warst du nicht bei der Armee?«

»Ich erkläre es dir später, bei mir zu Hause, in meinem Zimmer, unter vier Augen.«

* * *

Sie verließen das Stadtwaldgebiet, das mit ehemaligen Wehrmachtskasernen, Offiziersvillen und Reihenhäusern für Soldaten übersät war, passierten den mit der Kriegsbeute der Sowjets vollgestopften Bahnhofsvorplatz und gingen in die Altstadt, wo es auf dem Marktplatz mehr oder weniger die halbe Welt zu kaufen gab, aber der erste Eindruck täuschte schnell, denn die meisten angebotenen Waren konnte man eigentlich kaum gebrauchen, die alten Teppiche, Möbel, Wandbilder, an denen doch außerdem Blut klebte, weil sie aus den Häusern der Deutschen gerettet oder gestohlen worden waren, wobei es Irmgard nicht klar war, in welcher Währung man zahlte. In Złoty und Dollar? Gesucht wurde vor allem gebrauchte Kleidung, Fahrradreifen, Werkzeug und auf dem Schwarzmarkt

Zigaretten, Schnaps und Fleisch. Mit etwas Glück erhandelte man eine Kuh oder ein Schwein, dieser Verkauf sorgte aber oft für einen Eklat, da die Zuchttiere überall begehrt waren, sowohl bei den Neuankömmlingen aus Litauen, Polen und der Ukraine wie auch bei den russischen Soldaten, die alle Lebewesen, auch Menschen, als ihre potenzielle Kriegsbeute betrachteten. Die Sieger schickten junge ostpreußische oder masurische Mädchen zusammen mit den Kühen und Schweinen nach Sibirien, sie bauten selbst Türen und Fenster aus und schickten sie mit den Zügen nach Russland, und sie waren nicht zimperlich dabei. Man hörte auf dem Marktplatz nicht nur Polnisch und Russisch, Irmgard wurde plötzlich lebendig, sie war das erste Mal seit vielen Monaten sogar fröhlich, weil sie sich darüber freute, dass sie ihre Landsleute endlich in Freiheit treffen und auf der Straße sprechen hören konnte, wobei es ihr merkwürdig vorkam, dass niemand sie und andere Bewohner von Bartenstein verhaften oder gar töten wollte – zumindest nicht offiziell und auf dem Marktplatz. Das habe aber nichts zu bedeuten, meinte ihr Begleiter, dem sie ihre Beobachtung mitteilen musste – zu groß war ihre Verwunderung darüber, dass sie wirklich frei war und andere Leute auch.

Noch vor wenigen Monaten hatte es hier in der Altstadt den Scheiterhaufen mit den brennenden Leichen gegeben, der Marktplatz war in ein riesiges Krematorium für Irmgards Landsleute verwandelt worden, und sehr wahrscheinlich hatte sie sich während der Arbeiten hier mit Typhus angesteckt. Die Deutschen sprachen allerdings leise miteinander und waren eingeschüchtert, sobald sie ihre Geschäfte erledigt hatten, verschwanden sie in den dunklen Gassen.

»Freu dich nicht zu früh …«, sagte Jan. »Ich bekomme einmal in der Woche Besuch von einem der neuen Herren dieses Landes. Der eine Mann heißt Stanisław und ist ein Kommunist und Jungmilizionär mit einer weiß-roten Armbinde: Er besucht mich gerne … Ich muss aber aufpassen und jedes Wort abwägen: Wenn sie nichts finden, denken sie sich eine Geschichte aus. Schuld ist eine schwierige Angelegenheit. Sie lässt sich so auslegen, wie es einem gerade passt.«

»Was wollen sie von dir?«

»Das erkläre ich dir ein andermal …«

* * *

Zum Glück konnten sie die Gasse, in der sich Irmgards Elternhaus befand, nicht passieren, da sie von Militärfahrzeugen blockiert war. Irmgard wollte sich so oder so den Anblick ihres zerstörten oder besetzten Domizils ersparen. Sie war also nicht traurig und enttäuscht – diese Vergangenheit zählte für sie nichts mehr.

Jan wohnte im Hinterhof einer Mietskaserne, die den Angriff der Sowjets überstanden hatte und die in der Nachbarschaft des mittelalterlichen Stadttors stand, dem sogenannten Heilsberger Tor, das ebenso verschont geblieben war. Sie verließen nun den Marktplatz und gingen endlich zu ihm. Es war ein früher Abend, die Sonne strahlte sommerlich, als wäre in Bartenstein und woanders kein Unglück geschehen, kein Blut geflossen, und Irmgard spürte wieder die Müdigkeit der letzten Monate, die auf einmal mit aller Kraft zurückkehrte; der jungen Frau fielen beim Gehen die Augenlider wie von allein zu, selbst dann, als sie das kleine, saubere und im dritten Stockwerk gelegene Zimmer mit den drei Betten, dem Paravent, dem kleinen Herdofen und der Waschecke zu Gesicht bekam. Allerdings musste Irmgard feststellen, dass Jan sich die Wohnung mit einem Fremden teilte, wobei man von einer eigenständigen Wohnung gar nicht sprechen durfte, zumal es auf jeder Etage eine Gemeinschaftstoilette gab. Er erklärte geheimnisvoll, manchmal übernachte bei ihm ein älterer Herr, der sich gänzlich in Schwarz kleide, eine Baskenmütze trage und auffallend wortkarg sei.

»Du wirst es bei mir gut haben, und ich stelle dir vor deinem Bett den Paravent auf, damit du dich in Ruhe ausziehen kannst. Hab keine Angst! Außerdem kannst du bei mir arbeiten. Ich erkläre dir alles später!«

»Warum willst du mir helfen?«

»Ich weiß es nicht! Weil du mir gefällst? Vielleicht nur deshalb«, antwortete er. »Du sahst auf der Straße so hilflos und bedürftig aus. Ich musste an die täglichen Verschleppungen nach Sibirien denken und konnte den Gedanken, man würde auch diese junge Frau nach Russland bringen, nicht ertragen.«

»Es kann immer noch geschehen.«

»Die Russen ziehen sich langsam zurück, und die Kommandantur in Olsztyn wurde schon mehrmals darauf hingewiesen, dass ihre Jungs – meist Deserteure oder Soldaten, die Landstreicher geworden sind – in ganz Ermland und Masuren rauben, vergewaltigen und morden. Die Kommandantur sagt, sie tue ihr Bestes!«

»Es sind Mörder. Ich glaube ihnen kein Wort.«

»Ich auch nicht, aber ich habe sie auch schon einmal angelogen, die neuen Machthaber!«

»Ich muss mich jetzt hinlegen, mir ist schwindlig, Sie erzählen es mir ein anderes Mal, warum Sie lügen mussten: Entschuldige – du wirst mir alles später erzählen«, sagte die junge Frau und ließ sich, ohne die Antwort ihres Gastgebers abzuwarten, auf eines der drei Betten fallen. Ihre Augenlider klappten müde zu, und sie dachte an die langen Sommerferien am Lautern-See und im Schloss der Gräfin von Nitsche. Und sie vermisste jetzt den Geruch der ersten warmen Frühlingstage und den Anblick der blühenden Leberblümchen und Windröschen. Sie vermisste den im Juli stets schon warmen See und den Geruch der Fichten und Kiefern. Sie schlief ein, und sie schlief das erste Mal seit dem Einmarsch der Russen im Januar in Ruhe, als wäre sie wieder ein kleines Mädchen und als hätte es den Krieg nicht gegeben, die Besuche in Danzig auch nicht, bei denen sie unbedingt Hitler einmal sehen wollte, obwohl er doch fast die Hälfte des Krieges ganz in ihrer Nähe verbracht hatte: in seiner masurischen Wolfsschanze bei Rastenburg.

Kapitel 3
Der fremde Mann

Irmgard blieb drei Tage und Nächte im Bett liegen und stand lediglich zur Toilette und für die warme Mahlzeit, die Jan am Abend kochte, auf. Seit drei Tagen gab es Kartoffeln, Zwiebeln und ein Spiegelei, für Irmgard ein richtiges Festmahl. Es quälte sie die ganze Zeit das merkwürdige Gefühl, sie müsse sich um die armen Seelen ihrer zerschlagenen Familie – wohin auch immer sie gegangen sein mochten – kümmern und von ihnen Abschied nehmen, und deswegen schlief sie auch für ihre Schwestern, für ihre Eltern und für ihren Bruder aus, die allesamt aus ihrem Leben so plötzlich und brutal verschwunden waren: Ihre Nächsten sollten ausgeschlafen das Jenseits betreten, ausgeschlafen wie Babys und ohne Hass auf die Rotarmisten, stellte sie sich vor.

Der lange intensive Schlaf hatte sich gelohnt, die junge Frau dachte nicht mehr an das Leid, das sie noch vor einem halben Jahr erfahren hatte, und nun stand sie voller Tatendrang auf, wusch sich in einer Badewanne mit heißem Wasser und zog die Sachen, die Jan für sie besorgt hatte, an: Das Kleid und die Schuhe waren zwar gebraucht, aber sie passten ihr gut und rochen nicht muffig und verschwitzt, ihre alte löchrige Kleidung war nicht mehr zu gebrauchen.

Irmgard setzte sich an den Tisch zu Jan, der wieder für sie gekocht hatte – diesmal gab es sogar etwas Reis und Salz. Sie fragte ihn nach dem Fremden mit der Baskenmütze, warum er sich bis jetzt kein einziges Mal habe blicken lassen, und dann fragte sie nach der Arbeit, die Jan angeblich für sie bereithielt.

Er schwieg erst einmal, dann zündete er sich eine halbe Zigarette an, die er scheinbar für diesen Augenblick aufgehoben hatte. Er sah Irmgard lange an, nahm ein paar tiefe Züge, dann drückte er die Kippe in einer emaillierten Schüssel aus, kniete vor der jungen Frau nieder und fasste sie mit seinen Pranken an den Knien. Er hatte blaue Augen und dunkles krauses Haar. Irmgard zuckte zusammen, blieb jedoch auf ihrem Stuhl sitzen, und Jan sagte: »Der ältere Herr mit der Baskenmütze ist ein Überlebender so wie du … Ich habe keine Ahnung, wann er wiederkommt … Und nächste Woche kriegen wir zwei nagelneue Trecker! Aus Amerika obendrein! Du kannst es dir nicht vorstellen, wie aufgeregt ich bin. Das Essen, das ich dir gekocht habe, kommt auch aus Amerika.«

Er setzte sich wieder an den Tisch und zeigte mit der rechten Hand auf einen Karton voller Blechdosen: »Die UNRRA schickt uns alles – was das Herz begehrt: von der Nähnadel bis zum Trecker. Und nächste Woche beginne ich meine Arbeit als Verwalter eines ehemaligen Landguts von einem echten ostpreußischen Grafen! Die neuen Machthaber haben mich ausgesucht: Pan Stanisław und seine Kumpels … Ich war in Bartoszyce auf der Suche nach Arbeit, und als man mir einen neuen Ausweis ausstellte, bot mir der junge Milizionär diese Stelle an – ich habe nämlich angegeben, dass ich ein echter Bauernjunge aus Galizien sei, dessen ganze Familie auf einem Landgut geschuftet habe. Die Miliz hat meine

Geburtsurkunde aus Lemberg kommen lassen, und das Dokument rettete mir das Leben; sonst wäre ich vielleicht ins Gefängnis gewandert … Wir werden also nächste Woche nach Galiny umziehen … Ein hübsches Dorf … Glaub's mir!«

»Galiny«, wunderte sich die junge Frau. »Was für ein komischer Name!«

»Ja, das Dorf Gallingen musst du doch von früher kennen.«

Irmgard verschlang hastig den gekochten und kräftig gesalzenen Reis, ihr Gesicht wurde ernst, sie bedeckte es mit beiden Händen und wischte sich die Tränen mit den Handballen ab: Sie konnte ihrem Retter doch nicht erzählen, was sie in Gallingen erlebt hatte.

Nach einer Weile sagte sie: »Meine beiden Schwestern sind verschollen, und meine Mutter ist tot, und meinen Vater haben die Rotarmisten nach Sibirien verschleppt, es heißt: in ein Arbeitslager. Und wir kommen aus Bartenstein, ich war Dienstmädchen wie meine Mutter, und in dem Dörflein Maxkeim hat mein Vater auf einem Landgut gearbeitet: als Verwalter.«

Nach dem letzten Satz begann Irmgard zu weinen, sie richtete sich auf und wollte schon wegrennen, da schloss Jan sie augenblicklich in seine Arme, damit sie sich beruhigte. Danach ließ er sie los und blieb vor ihr stehen, während Irmgard auf ihren Platz zurücksank.

»Was ist mit dir, mein Täubchen? Wirst du nun jeden Tag flennen? Ich brauche eine Köchin und Hausverwalterin! Hörst du? Wir kriegen im Schloss von Galiny eine Wohnung und werden für den Staat Schweine mästen und Getreide säen und für die Schüler der Dorfschule Mittagessen kochen … Ich habe mir, während du geschlafen hast, deine Papiere angeschaut: Du hast dich Gott sei Dank zur polnischen Nation bekannt! Fabelhaft. Gutes Mädchen. Und wenn wir geheiratet haben, fasst dich kein Fremder mehr an – jawohl! Und ab heute wird nur Polnisch gesprochen, zumindest in der Öffentlichkeit … Du darfst auf der Straße nicht verraten, dass du Deutsch kannst …«

»Wir heiraten?«, staunte Irmgard.

»Es ist die einzige Lösung … Oder willst du, dass man dich umbringt?«, erklärte er und legte seine Hände auf ihre Schultern.

Ihr Retter hatte recht; in Bartoschütze waren die Zeiten unsicher, jeden Tag geschahen solche Dinge, die nichts Gutes für die Zukunft verhießen. Der Bürgermeister wurde schon zweimal entführt und wieder befreit. Partisanen, die sich in den Wäldern versteckten, griffen die Kommunisten an und wollten es nicht wahrhaben, dass sie keine Chance gegen die neuen Herren hatten. Sie kämpften für ein freies demokratisches Polen und sie akzeptierten die neue Regierung nicht, sie blickten erwartungsvoll nach London, wo die Exilregierung residierte: zusammen mit dem General Anders, von dem sie sich versprachen, er würde auf einem weißen Ross mit seiner glorreichen Armee aus dem Westen kommen und die Diktatur des Proletariats beenden … Sie warteten auf den Krieg gegen Stalin.

Irmgard musste ihrem Schutzengel nach Gallingen folgen, sie hatte keine Wahl. Doch eine Sache ließ ihr keine Ruhe. Sie schob Jans Hände zur Seite. Und sie wusste, dass sie niemals diese Hände lieben würde: Zu schrecklich waren die Erinnerungen an die Fliegenpilze im Garten der Gräfin, zu tief saß er, dieser hässliche Schmerz der Scham, verursacht durch die Ohnmacht und den Ekel. Aber sie musste Jan endlich fragen, warum er noch am Leben war.

»Was hast du während des Krieges gemacht? Und wer bist du? Warum sprichst du so gut Polnisch?«

»Ich vertraue dir«, sagte er und setzte sich wieder hin. »Und da ich genauso wie du niemanden mehr habe, da alle aus meiner Familie tot sind – vermutlich auch meine Schwester –, muss ich mich irgendwie selbst retten. Und dir vertraue ich – ich weiß nicht, warum. Wir werden in Galiny ein neues Leben anfangen.«

Und dann erzählte er endlich von seiner Flucht vor dem sicheren Tod an der Front. Irmgard hatte die ganze Zeit vermutet, dass er bei der Wehrmacht gewesen war und dass er seine Papiere vernichtet und den Polen erzählt hatte, er sei einer von ihnen.

»Ich muss sagen, dass ich bis jetzt sehr viel Glück hatte«, meinte er zum Schluss. »Ich bin ein Sohn polnischer Eltern aus Lemberg, und wir waren so arm wie Kirchenmäuse. Meinen Vater habe ich nicht kennengelernt – er ist kurz vor meiner Geburt im Steinbruch umgekommen, und meine verzweifelte Mutter, bevor sie über alle Berge abgehauen ist, hat mich, als ich ein halbes Jahr alt war, auf der Damentoilette eines Luxushotels ausgesetzt, in der Hoffnung, dass mich eine liebe Familie adoptieren würde. Doch ihre jüngere Schwester hat sich schließlich meiner erbarmt und mich erzogen; sie verliebte sich allerdings in einen Österreicher – genau genommen in sein Geld –, und er wurde mein Stiefvater. Die Nationalsozialisten hatten daher mit mir ein leichtes Spiel, denn ich hatte nach meiner Einbürgerung keine Wahl: Mit achtzehn Jahren kam ich als Österreicher in die Wehrmacht und musste plötzlich für Hitler kämpfen. In der Tschechei wurde ich von der Roten Armee gefangen genommen, es gelang mir aber zu fliehen, dann waren die Amerikaner an der Reihe, sie haben mich nämlich gefasst und nach Hamburg in ein Lager für Kriegsgefangene gebracht. Ich aber wollte meine Schwester suchen – meine Halbschwester – und floh noch einmal glücklich … und vernichtete unterwegs meinen deutschen Ausweis. Ich kam unerkannt bis nach Warschau, und von dort – von dieser Trümmerwüste – ging ich nach Ostpreußen, wo ich mich als ehemaliger Zwangsarbeiter, dem Papiere gestohlen worden seien, ausgab und wo ich meine Schwester vermutete – ich ging nicht in meine alte Heimat nach Lemberg, obwohl ich dort mit meiner Tante und meinem Stiefvater die Kindheit verlebt habe. Wir hatten in Lemberg einen kleinen Lebensmittelladen – mein Stiefvater träumte von einem Kaufhaus, doch nun sind sie beide tot … Und meine Schwester scheinbar auch … Jetzt musst du mir erzählen, was du erlebt hast … Bestimmt nichts Gutes. Ich wäre manchmal auch lieber tot …«

Irmgard schwieg, sie wollte ihm gar nichts mehr erzählen, weil er nicht ihr Retter und Helfer in Not war, sondern in Wahrheit ein Nutznießer der schwierigen Lage, in der sie sich befand. Er hatte eine Frau gesucht und nahm sich einfach die erstbeste, die er auf der Straße getroffen hatte, und seine Wahl war auf sie gefallen – was für ein Zufall, dachte Irmgard. Sie konnte ihm nicht vertrauen, sie liebte ihn nicht, und er würde sie sofort verstoßen, wenn sie ihm ihre Geschichte verraten würde: die Geschichte über die Fliegenpilze im Garten der Gräfin von Nitsche, über die roten Lachen im Schnee.

»Ich werde dich heiraten, dann passiert dir nichts mehr – Heirat ist die einzige Lösung …«, sagte er, richtete sich auf und küsste ihre abgemagerten Wangen mit seinen fleischigen Lippen. »Und du kannst so lange schweigen, wie es dir gefällt. Ich darf dir auch nicht alles sagen … Die Sowjets und der Krieg haben mir jedenfalls das Trinken beigebracht, und das hilft! Nachts träume ich immer wieder von der brennenden Scheune und den Schreien der Gefangenen ... Ich wurde an der Front auch schwer verwundet ...«

»Ich weiß, wovon du träumst: Ich habe dich letzte Nacht wieder zugedeckt und deine heiße Stirn mit einem feuchten Lappen benetzt, und du hast durch den Schlaf geschrien ... Und wir sollen heiraten?! Ich weiß nicht ...«

Sie ließ kurz den Kopf hängen, sie musste den Heiratsantrag annehmen, sie hatte keine Wahl. Jans Wangenkuss, der ihr gar nicht warmherzig vorkam, brachte sie noch mehr durcheinander: Sie wollte doch gar nicht heiraten, nicht diesen Mann, nicht in diesem Land, das für sie keine Verwendung mehr hatte, weil ihre eigene Heimat zu einem Gefängnis geworden war, obendrein einem Gefängnis, in dem sie jederzeit getötet werden konnte, und niemand würde den Mörder verdammen und verfolgen. Heirate, Mädchen, heirate, dachte sie, wenn dir dein Leben lieb ist ...

»Hab keine Angst! Wir fangen ein neues Leben an, verstehst du, Irmgard?«, wiederholte Jan andauernd. »Lass uns nicht mehr über die Vergangenheit sprechen! Und denk daran: Wenn du auf der Straße bist, kannst du kein Deutsch, ist das klar? Die schlagen dich sonst tot ...«

Du wolltest sagen: Sie vergewaltigen dich wieder, dachte Irmgard.

* * *

Sie ging mit ihrem zukünftigen Mann, in den sie nicht verliebt war und den sie sich nicht ausgesucht hatte, in die Stadt, um endlich einmal wieder unter freien Menschen zu sein. Auf dem Marktplatz begegneten sie Herrn Stanisław, dem jungen Milizionär, der Irmgards Retter und Helfer in Not freundlich begrüßte und auch ihr die Hand gab – er küsste sie sogar. Aber sie verstand kein Wort von ihrem Gespräch, außerdem schwieg sie wie ein Grab, und Jan musste ihr später alles übersetzen: »Pan Stanisław ist hocherfreut, dass wir heiraten werden, außerdem habe ich ihm gesagt, dass du eine Polin geworden bist ... So muss man mit ihnen reden: klar und deutlich, das mögen sie, wenn man Farbe bekennt ... Sie denken, ich sei bei der polnischen Armee gewesen und danach Zwangsarbeiter. Und ich weiß, dass sie auf Menschenjagd gehen: Heimatarmeesoldaten und Verräter wie mich foltern sie und stecken sie ins Gefängnis, und manche erblicken nie wieder das Licht der Welt!«

»Und was hast du ihm über mich erzählt? Dass ich eine nette Deutsche bin?«

»Du hast dich zu deiner neuen Nation bekannt, das reicht! Und sie dürfen nicht herausfinden, dass ich Deutsch spreche wie ein Muttersprachler.«

»Übrigens: Ich wusste nicht, was ich da unterschreibe … Den Dolmetscher habe ich nicht verstanden … Sein Deutsch war schlecht – mit diesem russischen Akzent …«

Sie konnten nicht lange in der Stadt bleiben, die Milizionäre und die russischen Soldaten und die Ukrainer und Polen, die aus den Grenzgebieten Litauen und Galizien in die neue Volksrepublik gekommen waren, beäugten das merkwürdige Paar neidisch und – so kam es zumindest Irmgard vor – leicht gierig, als würde man auf dem Marktplatz Sklavenhandel betreiben. Jan ließ sich rasieren – im ehemaligen Fleischerladen der Familie Buschmann hatte sich ein Friseur an sein Werk gemacht. Und Irmgard traute sich nicht, den netten Herrn zu fragen, ob seine Frau vielleicht Perücken zu verkaufen hätte. Sie musste ja auch stumm sein, wie es Jan ihr geboten hatte. Irmgard bekam Kopfschmerzen, und obwohl es draußen sommerlich warm war, nahm sie ihre Mütze, die ihr Jan besorgt hatte, nicht ab. Aus dem Fleischer Buschmann wurde der Friseur Wysocki, und aus dem unverrückbaren Glauben, dass der Sieg doch möglich und sogar sicher war, ein Fiasko: Ausgerechnet beim ehemaligen Fleischer konnte Irmgard die totale Niederlage des Deutschen Reiches endlich spüren und begreifen – der seltsame Austausch von Menschen und Sprachen hatte in Bartoschütze urplötzlich stattgefunden, sodass sich Irmgard in ihrer eigenen Stadt als Fremde fühlte.

* * *

Nachts fiel es der jungen Frau schwer, Schlaf zu finden; sie dachte über ihre Zukunft nach. Hatte sie überhaupt eine? Der Mann, der sie heiraten wollte, war in dieser Nacht nicht da. Er musste nach Galiny fahren und dort etwas Wichtiges erledigen – für den Umzug in der kommenden Woche.

Irmgard versuchte sich daran zu erinnern, wer in diesem Haus, in dem sie seit ein paar Tagen wohnte, einmal gelebt hatte. Auch Juden? Und Ermländer? Alle Gesichter schienen aus ihrem Gedächtnis verschwunden zu sein.

Doch plötzlich erinnerte sie sich an wildfremde Bewohner ihres Geburtsstädtchens, an die sie sonst nie gedacht hatte. Auf einmal wurden sie alle lebendig, sie kamen zu ihr von dem Scheiterhaufen auf dem Marktplatz, und ihre Haare und Gesichter standen in Flammen, was sie seltsamerweise nicht erschreckte: Irmgard erkannte jede einzelne Visage wieder. Sie fiel immer tiefer in einen dunklen Abgrund und wachte aus dem extrem lang dauernden Albtraum verängstigt auf: Hatte sie nun wenigstens eine Stunde geschlafen? Die Sonne ging auf, und Irmgard sah am Bettrand Jan, der ganz in Schwarz gekleidet war und eine Baskenmütze trug. Oder war es der fremde Mitbewohner, der sich bis jetzt kein einziges Mal hatte blicken lassen?

»Wer sind Sie?«, fragte sie schließlich.

»Ich weiß nicht, wer ich bin. Ihr Freund nennt mich ›Die Baskenmütze‹. Ich weiß nur, dass Sie alle schuldig sind. Und Ihr Freund auch!«

»Schuldig? Weswegen? Und Sie? Was ist mit Ihnen? Sie sind natürlich unschuldig!«

Der fremde Mann schwieg. Er musste etwa so alt sein wie Irmgards Vater, Ende fünfzig. Wahrscheinlich versteckte er sich vor den Rotarmisten, und es war auch denkbar, dass er ganz einfach den Verstand verloren und bei Jan ein gutes Versteck gefunden hatte. Vielleicht erlebte er nach dem Einmarsch der Russen etwas, was genauso schrecklich und unbegreiflich war wie der Tanz der Fliegenpilze im Schlossgarten der Gräfin, und wenn seine Frau und seine Töchter vergewaltigt und getötet worden waren, musste er zwangsweise verrückt geworden sein, da sich kein Deutscher mehr an den Rotarmisten rächen konnte.

»Wie heißen Sie, und wo haben Sie früher gewohnt?«

»Früher?«, wunderte er sich. »Man nennt mich ›Die Baskenmütze‹. Und ich komme von hier … Und ich wohne in diesem verlassenen Zimmer: zusammen mit dir, meine Tochter. Ich kann dir lediglich meine Nummer sagen. Ich habe keinen Namen mehr!«

»Nummer?«, wunderte sich Irmgard. »Menschen tragen keine Nummern!«

»Doch«, sagte er. »Soll ich sie dir zeigen? Besser nicht!«

Er legte sich in seinem Wintermantel, der für diese Jahreszeit viel zu warm war, auf sein Bett, aber auch ohne die Schuhe ausgezogen zu haben. Er blickte in der Morgendämmerung in Richtung des Fensters und sagte: »Wir sind alle schuldig und wir wissen's nicht einmal! Schau: Ich besaß einmal zwölf Bienenstöcke, und eines Morgens fand ich in jedem einen abgehackten Menschenkopf, doch deiner war nicht dabei gewesen, meine Tochter. Gott sei Dank!«

Irmgard richtete sich in ihrem Bett auf, blieb aber auf ihrem Hintern sitzen, denn ihre Beine versagten ihr den Dienst: Was erzählte ihr der alte Mann? War es wirklich wahr? War seine Familie geköpft worden?

»Kennen Sie das Dorf Gallingen? Und den Imker Breitkreuz?«

»Nein, kenne ich nicht ... Aber in Galiläa bin ich einmal gewesen, wo unser Herr gepredigt hat. Er war auch schuldig. Weißt du, liebste Tochter, mein Vater hat sich auf dem Grab seines Vaters erschossen. Und ich werde es auch tun müssen. Ich weiß bloß nicht mehr, wo ich sein Grab suchen soll. Kannst du mir helfen?«

»Niemand kann Ihnen helfen. Und ich brauche selbst Hilfe ...«, antwortete die junge Frau. »Und jetzt sollten Sie sich schlafen legen: wenigstens für ein paar Stunden!«

»Ja, mein Kind, wir sollten in Deutschland alle schlafen gehen ...«

»Gibt es keinen Gott? Warum hilft er uns nicht?«

»Er hat uns verlassen ... Er ist nach Galiläa gegangen und sucht dort nach seinem Sohn ...«

Irmgard hatte sich noch nie die Frage gestellt, warum sie all die Jahre vor dem Einmarsch der Russen in Ostpreußen so gedankenlos in die Bartensteiner Stadtpfarrkirche gegangen war, um am Gottesdienst teilzunehmen – gedankenlos, weil sie nie ernsthaft darüber nachgedacht hatte, ob Gott wirklich Wunder tun und auch ihr helfen könnte, geschweige denn einer ganzen Nation. Außerdem war es ein evangelischer Gott und damit ein Deutscher, was die junge Frau früher nicht gewusst hatte, und sein Haus war nun zerbombt worden. Es sah nicht danach aus, als würde man die größte Kirche von Bartenstein wiederaufbauen wollen. Für wen denn? Für Jesus und Maria der Polen?

Irmgard war wach und hatte keine Lust mehr zu schlafen. Es gab allerdings für sie auch nichts Wichtiges zu tun, sie musste bloß auf Jan warten. Es wäre unklug gewesen, die nächsten Tage auf der Straße, auf dem Marktplatz zu verbringen, wo sie für die Soldaten und die Miliz ein gefundenes Fressen darstellen würde. Sie starrte den alten Mann an, der im Halbschlaf mit ihr sprach: »Kindchen! Du willst heiraten?! Wie schön! Dein Geliebter hat dir sicherlich verschwiegen, was er im Krieg erlebt hat. Ich werd's dir aber erzählen! Es ist des Vaters Pflicht! Du sollst aufgeklärt in die Ehe gehen, damit du deinem Mann auch in schwerster Stunde tapfer zur Seite stehen kannst … Er war Soldat und hatte seine Befehle. Einmal musste er eine Scheune anzünden: Sie war voller Gefangener … Aber Befehl ist Befehl! Sie starben in den Flammen einen schrecklichen Tod, die tschechischen Partisanen. Meine Tochter! Seit diesem Tag findet er keine Ruhe, doch vielleicht wirst du ihn umgarnen und endlich in den Schlaf wiegen – auf deiner hübschen Brust!«

Kapitel 4
UNRRA

Der Umzug nach Galiny dauerte länger als geplant, obwohl sie nichts besaßen und nicht einmal die Betten und die emaillierten Schüsseln und Eimer mitnehmen durften, da sie ihnen nicht gehörten. Mit einem einzigen Koffer fuhren sie in das neue polnische Dorf, der Chauffeur von Herrn Stanisław brachte sie mit dem Dienstwagen nach Galiny. Und Irmgard schwieg weiter wie ein Grabstein, was ihre Vergangenheit anbetraf: Sie konnte sich wenigstens sicher sein, dass sie in Galiny niemanden treffen würden, der das Dienstmädchen der Gräfin aus alten Zeiten kennen und dadurch verraten könnte – alle deutschen Bewohner von Gallingen mussten entweder tot oder geflüchtet sein, andere wiederum hatte man längst nach Sibirien verschleppt. Irmgard hatte trotzdem Angst vor der Wiederbegegnung mit dem Schloss der Gräfin von Nitsche, und Jan durfte von den Vergewaltigungen im Schlossgarten nichts erfahren; sie schämte sich, wenn sie daran dachte, und fühlte sich schuldig, obwohl sie eigentlich gar keinen Grund dafür hatte.

Zum Glück waren das Schloss und das ganze Gut der Gräfin nicht wiederzuerkennen, als Irmgard dort ankam und sich in ihrem alten Revier ein wenig umsah. Sie war auch hier eine Fremde wie in Bartoschütze, eine Ausländerin.

Jan begleitete sie bei der Besichtigung auf Schritt und Tritt und sagte: »Wir müssen einander nicht lieben, wir haben uns zufällig getroffen, aber wir könnten wenigstens versuchen, das Beste aus unserem Schlamassel zu machen. Wir sind wie zwei Geschwüre. Und ich werde dir Polnisch beibringen und dich beschützen. Ein Pole würde dich nicht akzeptieren – ich ja, weil wir aus dem gleichen Holz geschnitzt sind.«

»Du bist aber doch Pole.«

»Ich weiß nicht, wer ich bin. Und ich will es nicht wissen. Und eines Tages erzähle ich dir vielleicht, was ich im Krieg erlebt habe.«

»Deine Albträume, die dich manchmal nachts plagen – und du sprichst dann im Traum – haben mir schon alles, was ich wissen muss, erzählt. Und du fragst mich auch nicht nach meiner Vergangenheit. Ich bin dir dafür dankbar.«

»Hältst du mich für dumm? Ich kann mir schon denken, was du erlebt hast ...«

»Nein, dumm bist du weiß Gott nicht ... Ich verstehe nur nicht, warum du mir unbedingt helfen willst ...«

»Zerbrich dir nicht unnötig den Kopf! Komm, wir schauen uns lieber alles genau an, wir werden es hier gut haben, das verspreche ich dir! Es ist ein wunderbares Schloss! Du musst dir alles genau ansehen, es wird dir gefallen ... Bist du denn je hier gewesen? Kennst du das Schloss?«

»Nein«, antwortete Irmgard, wobei sie darüber verwundert war, dass sie ihre Tränen unterdrücken konnte. Sie musste nun ununterbrochen an die Fliegenpilze im verschneiten Obstgarten der Gräfin von Nitsche denken.

Die fast eintausend Hektar Land verwilderten, die Felder lagen nicht brach, sondern im Sterben, und die Möbel und Kunstwerke, die Kleider und Bücher waren von den Rotarmisten auf dem Vorhof verbrannt worden. Sie schafften es Gott sei Dank nicht, die ganze Einrichtung zu zerstören, ein Teil der Bibliothek wurde sogar verschont, einiges mit den Viehwagen nach Russland verschickt, aber die Zimmer der Bediensteten waren leer geräumt worden, auch der Speicher und die Keller für die

Vorräte. Kartoffeln gab es noch, wobei Jan am Tag ihrer Ankunft erklärte, dass der beachtliche Haufen nicht zu verkaufen sei.

»Die Kartoffeln bringen uns über den Winter … Uns und meine Arbeiter ebenso!«, freute er sich.

Es glich einem Wunder, dass die Turmuhr über dem Einfahrtstor des Renaissanceschlosses immer noch funktionierte, die Zeiger sich nach wie vor bewegten und Minuten und Stunden zählten, als wäre nichts geschehen.

Die nackten Wände sowohl in den Wirtschaftsgebäuden – im Speicher und in den Ställen – wie auch in den Salons und Gästezimmern erschreckten Irmgard nicht einmal, als sie an ihnen vorbeiging und den kalten Verputz mit den Fingerspitzen berührte, um sich zu vergewissern, dass sie wirklich lebte und nicht längst im Totenreich weilte, in dem die Mauern angeblich durchlässig sind, damit die Engel ihre Schützlinge, die Verstorbenen, besser bewachen können. Sie hatte im russischen Gefängnis von den im Sterben liegenden alten Frauen und Männern viele Geschichten über das Jenseits gehört, um ruhig behaupten zu können, dass sie nun selbst dort bei den Toten gewesen sei, wie zu Besuch.

Die Stofftapeten in den Schlosszimmern waren abgerissen, die Kronleuchter fehlten, weil sie längst auf dem Weg nach Russland waren. Oder: Zerbrochen und zerschossen in tausend Teile und Splitter schmückten sie das Parkett. Irmgard empfand auf einmal kein Mitleid mit den ehemaligen Besitzern, die ihr Hab und Gut verloren hatten und nicht nur ihr Leben; ihre Haut wurde ihnen abgezogen, weil ihre Söhne Polen, Frankreich und Russland überfallen hatten. Allmählich dämmerte es Irmgard, dass der ältere Herr, der eine Baskenmütze trug und sich auf dem Grabstein seines Vaters erschießen wollte, mit seiner Behauptung recht haben musste: Alle Menschen waren schuldig, und er meinte damit wohl seine eigenen Landsleute, die den Krieg angefangen hatten. Für einen kurzen Augenblick glaubte Irmgard sogar daran, sie trage die Hauptschuld am Ausbruch des Krieges, obwohl sie niemanden umgebracht, niemanden gehasst hatte. Für einige Sekunden spürte sie, dass sie eine harte Strafe verdiente und dass sie diese Schuld nie mehr loswerden würde.

Die Nacktheit der Räume und der stachelige Fußboden mit den Glassplittern verursachten nach langer Betrachtung dennoch einen stechenden Schmerz, der Irmgards Brust erhitzte: Sie kannte das Schloss aus ihrer Kindheit und auch danach als einen Ort der Schönheit und Weisheit, vor der selbst die Dorfpfarrer Respekt hatten, und das schon seit Jahrhunderten. Die alte Bibliothek des Grafen von Nitsche, in der es juristische, medizinische und historische Bücher aus alten Epochen gegeben hatte, bot allerdings den schlimmsten Anblick: Irmgard verstand nichts von Büchern, doch ihr wurde in den hohlen Bibliotheksräumen mit den zerschlagenen Bücherregalen klar, dass die Vernichtung der alten Welt endgültig war und dass die neue Zivilisation keine Gnade kannte.

Sie schwieg bei der Besichtigung des Schlosses und der Wohnung, in der sie zusammen mit Jan leben und Kinder zeugen sollte. Und während sie schwieg, schwärmte ihr zukünftiger Mann von den neuen amerikanischen Treckern und von den Arbeitern aus Litauen und Polen, die ihm gehorchen würden, und er schwärmte von einer Zukunft, in der er zwar im Dienste des Staates, aber doch Herr über sein Leben und seine Familie, die er hier in Galiny zu gründen beabsichtigte, bleiben würde.

»Jetzt zeige ich dir noch den Obstgarten!«, sagte Jan. »Im Sommer wirst du dort mit unseren Kindern spielen …«

Aber Irmgard antwortete, dass sie nichts mehr sehen wolle und könne – sie sei schlicht und einfach überwältigt von Gottes Güte, die ihr hier zuteilwerde, und sie habe so viel gesehen, dass es ihr für eine ganze Woche reiche; sie müsse sich erst daran gewöhnen, dass sie frei sein könne und hier überhaupt wohnen dürfe.

Jan akzeptierte schweigend die Entscheidung seiner zukünftigen Frau und ging zu seinen Treckern und Arbeitern, und die Männer fotografierten und bewunderten die Motoren und die riesigen Reifen der UNRRA-Traktoren und machten zahlreiche Probefahrten. Irmgard musste sich schließlich fragen, ob das unter die staatliche Verwaltung gestellte Landgut ihrer Gräfin von Nitsche jemals wirklich das werden würde, was es einmal gewesen war: ein wohlhabender und glücklicher Ort und nicht bloß ein Gutshof mit Pferden, Kühen, Schweinen, Hühnern und Getreidefeldern, die den Bartensteiner Landkreis ernährt hatten.

* * *

Am Abend, nachdem Irmgard die kleine Wohnung in einem Seitenflügel des Schlosses geputzt und eine Kartoffelsuppe gekocht hatte, kam hoher Besuch aus Bartoschütze: Pan Stanisław wollte nach dem Rechten schauen und außerdem eine wichtige Nachricht überbringen: »Tja, Pan Jan, wir sind uns unseres Sieges sicher, doch bis dahin ist der Weg noch steinig und voller Prüfungen! Unser Bürgermeister ist heute Morgen getötet worden! Und wir werden den Mörder finden und bestrafen – mag er auch einer von uns sein. Viele Polen haben ihm seine Liebelei mit den Deutschen übel genommen … Ich persönlich tippe auf die Partisanen, auf die imperialistischen Kräfte! Dabei war unser Bürgermeister bloß gnädig und hat die Deutschen wie Menschen behandelt und nicht wie Verbrecher! Die neue Regierung will auch gnädig sein – man muss nur auf uns hören!«

Er blieb zum Abendessen und stellte eine Flasche Schnaps auf den Tisch. Und jedes Mal, wenn Jan kurz nach draußen ging, weil er eine schwache Blase hatte, wurde der junge Milizionär ernst und sagte zu Irmgard auf Polnisch Dinge, die sie natürlich nicht verstand – bis auf diese drei Wörter, die sie sehr wohl verstand, weil die junge Frau sie schon oft auf den Straßen gehört hatte: »Du deutsche Hure!«

Jan dolmetschte hin und wieder aus dem Polnischen für Irmgard, jedoch nur das, was sich der Milizionär ausdrücklich wünschte: »Das deutsche Mädchen soll sehen, dass wir keine Ungeheuer sind: wir nicht!«, grinste er zufrieden.

»Wissen Sie, Pan Jan, Sie sind unser Mann!«, sagte er kurz vor dem Schlafengehen, nachdem die Flasche Schnaps geleert worden war. »Sie arbeiten mit uns und für uns – und wenn alles gut klappt, werden wir noch in diesem Herbst eine Schule in Galiny eröffnen: Sie werden dann für den Dorflehrer, den wir Ihnen besorgen, eine Wohnung in Ihrem – Pardon: in unserem – Schloss zur Verfügung stellen, verstehen Sie?«

Eine zweite Flasche Schnaps tauchte plötzlich auf. Pan Stanisław – nein: Genosse Stanisław – blieb in Galiny auch über Nacht, und Irmgard hatte Angst vor ihm und seinem Fahrer, weil sie beide betrunken waren und weil sie wusste, dass Jan, sollte ihr etwas zustoßen, die beiden besoffenen Kerle umbringen würde. Aber es geschah nichts dergleichen. Ungewöhnlich war nur eines an diesem ersten Tag in Galiny: Ihr zukünftiger Mann kam zu ihr angetorkelt und nach Schnaps stinkend und zerrte sie ins Bett, fiel jedoch der Länge nach hin und schlief sofort ein. Sie verbrachte die ganze Nacht zusammen mit Jan in diesem provisorischen Ehebett, und er rührte sie nicht an, nicht einmal am frühen Morgen, als er sich, so wie er geschlafen hatte – vollständig angezogen –, rekelte und seine Glieder knacken ließ, um wach zu werden.

»Stanisław ist ein Schwein. Sollte er dir etwas tun, töte ich ihn auf der Stelle«, sagte er zur Begrüßung.

Kapitel 5
Ein klassischer Landstreicher

Drei Wochen nach dem Besuch von Herrn Stanisław – es war jetzt Anfang Oktober – geschahen in Galiny furchtbare dunkle Dinge, die eigentlich niemand mehr erwartet hatte.

Am späten Nachmittag kehrte Irmgard von ihrer Arbeit auf dem Feld nach Hause zurück. Die Felder wurden von zwei russischen Pionieren und auch einem polnischen entmint, und es machte Jan große Freude, dass die Zeit des Mordens, Vergewaltigens und Stehlens schon bald ein Ende finden würde, zumindest auf dem Landgut in Galiny, das er zu verwalten hatte. Irmgard war skeptisch, da sie wusste, dass die drei Soldaten für die Minenfreilegung von Stanisławs Vorgesetzten geschickt wurden, und der junge Milizionär dachte nur an seine Karriere und an das Wohl der Polnischen Arbeiterpartei PPR … Das musste Jan doch wissen, dass er mit einer Schlange und einem Lügner Geschäfte machte, der kein Interesse daran hatte, Menschen zu helfen. »Ich habe keine andere Wahl, Liebste, ich muss mich mit ihnen irgendwie einigen«, antwortete Jan jedes Mal, wenn sie ihm ihre Bedenken äußerte.

Die junge Frau machte sich an dem trüben und kalten Nachmittag in der Küche daran, ein paar Kartoffeln zu schälen und zu kochen, um sie mit Buttermilch, etwas Quark und Salz für die hungrigen Männer und ihren Chef Jan zu servieren. Sie war im Schloss allein, die beiden Pioniere und der Pole hatten ihren letzten Arbeitstag, allerdings wusste keiner, wohin sie verschwunden und ob die Felder jetzt wirklich minenfrei waren. Schließlich glich selbst die neue Staatsgrenze zwischen Russland und Polen einer Schlange, die sich jeden Tag woanders zum Schlafen legte. Und sobald ein Dorf von der Sowjetunion verschluckt wurde, machten sich die Menschen auf den Weg in den Süden, weil sie überall, bloß nicht bei Onkel Stalin leben wollten.

Irmgard fühlte sich so, als wäre sie stumm, als wäre sie schon stumm geboren worden, weil ihr ihre Muttersprache zum Klotz am Bein geworden war. Wenn Jans Arbeiter die Küche betraten, verstummte sie sogleich und lauschte den verschiedenen Sprachen, die die Männer benutzten und die sie ein wenig an die Zeiten erinnerten, als in ihrer Heimat Arbeiter aus dem Ausland noch willkommen waren: Litauer, Polen, Weißrussen und so weiter. Irmgard setzte einen zweiten Topf mit Kartoffeln auf, der Kochherd, der mit Holz befeuert wurde, schien zurzeit ihr einziger Verbündeter zu sein. Sie verbrachte viele Stunden in seiner Nähe, weil er ihr Wärme spendete und weil das Holz so friedlich und hoffnungsvoll brannte, obwohl sie für die Männer nur kochen und Wäsche waschen musste – der Scheiterhaufen mit den Erschossenen und Typhustoten tauchte in Irmgards Albträumen immer seltener auf.

Und Jan ließ sie nachts nach wie vor in Ruhe, er rührte sie nicht an, er lag nur neben ihr und sagte: »Du brauchst keine Angst zu haben. Aber wenn wir verheiratete Leute sind, werde ich dich lieben, und du wirst mich auch lieben.«

Er verschonte sie schon seit Wochen, und Irmgard war ihm dafür dankbar. Er stellte nie eine Frage, obwohl er wusste und auch gehört hatte, was in Bartenstein und an anderen Orten geschehen war und immer noch geschah: mit all den Mädchen und Frauen, die jedem wie ein zum Abschuss freigegebenes Wild vorkommen mussten. Und Irmgard ekelte sich vor dieser Nacht, in der es dann endlich passieren würde: Trotzdem würde sie sich ihm hingeben, um ihre Ruhe zu haben und um endlich weiterzukommen – mit dem Leben und mit den Jahren.

Plötzlich betrat ein Fremder die Küche – er hatte nicht einmal an die angelehnte Tür geklopft. Das Schlosstor wurde nie geschlossen, und man konnte durch die Fenster im Parterre in alle Gebäude eindringen, in alle Seitenflügel des Schlosses, auch in das Bedienstetenhaus mit den provisorischen Arbeiterwohnungen. Der fremde Mann schwieg und sah sie ruhig atmend an: Irmgard kannte diesen Blick. Sie wusste, was gleich mit ihr geschehen würde. Der Eindringling musste Anfang dreißig sein. Er sprach sie erst auf Russisch, dann auf Polnisch und schließlich, nachdem er gemerkt hatte, dass sie keine slawischen Sprachen verstand, auf Deutsch an: »Gib mir was zu essen.« Er war ein klassischer Landstreicher, der nicht einmal einen Rucksack dabeihatte. Und er musste sich beeilen, wollte er nicht erwischt werden, denn jederzeit konnten die Männer von der Arbeit auf den Feldern zurückkommen. Der Fremde sagte: »Die Kartoffeln müssen abkühlen … Willst du mich umbringen? Leg sie alle auf den Tisch!«

Irmgard leerte den Topf auf dem Tisch aus und sah reglos zu, wie der Dampf in die Luft stieg. Und der Landstreicher kam auf sie zu, aber von hinten, und legte seine Hände auf ihre Brüste: »Wenn du anfängst zu schreien, töte ich dich, kapiert?«

Sie nickte. Der Landstreicher sprach Deutsch mit hartem Akzent. Vielleicht war er ein Ermländer oder ein Masure, dessen ganze Familie von den Sowjets ausgelöscht worden war? Jetzt hassten die Masuren ihre früheren Verbündeten: die Deutschen.

Er riss Irmgards Hemd auf, die Knöpfe gaben schnell nach, und schon hatte er nackte gesunde Brüste in seinen Händen. Die heißen Kartoffeln auf dem Tisch dampften immer noch, und die junge Frau dachte, dass sich der Eindringling mit seinen Absichten beeilen müsse und dass Jan ihn umbringen würde, sollte er jetzt gleich hereinkommen, um zusammen mit seiner Frau und seinen Männern zu speisen.

»Dein Glück ist, dass ich in Eile bin«, sagte der Fremde, schnappte sich eine Kartoffel und verschlang sie zur Hälfte, obwohl sie immer noch heiß schwitzte; er trank auf die Schnelle einen Becher Buttermilch und dann ein Glas Wasser. Irmgards Brüste waren nach wie vor entblößt, und der Mann schaute sie die ganze Zeit gierig an. Er hatte große grobe Hände, dreckige Fingernägel und dunkelbraune Augen. Und er trug ausgemusterte Armeekleidung, die Irmgard nicht richtig einordnen konnte, eine Mischung aus Wehrmachtsbeständen und dem bäuerlich und billig anmutenden Stil der Roten Armee.

»Ich werde zurückkommen, da kannst Gift drauf nehmen, und dann werden wir uns miteinander ein wenig amüsieren, du deutsche Hure!«

Er lief weg, und Irmgard erzählte niemandem von dem Überfall.

* * *

Aber ein paar Tage später erschien er tatsächlich wieder auf dem Schlosshof, und diesmal war Irmgard wirklich für lange Stunden allein, da alle Arbeiter mit ihrem Chef weggefahren waren und auf den Feldern schufteten, weit weg von ihrem Zuhause. Der Fremde verlor keine Sekunde, seine Hast verriet die Absicht, er wollte nicht einmal etwas essen oder trinken, er sprang auf Irmgard wie ein Hund, warf sich auf sie mit seinem ganzen Körper, als wäre sie diejenige, die ihn überwältigen wollte. Ihre Schultern und ihr Kopf knallten mit schrecklicher Wucht auf den gefliesten Fußboden der Küche, und sie schrie nicht einmal, da sie von dem Aufschlag betäubt wurde und nichts mehr spürte. Der Fremde riss ihr als Nächstes das Kleid vom Leib, und sie wehrte sich nicht und sagte nichts, brüllte nicht. Stattdessen schrie der Landstreicher, der sie heute überrascht hatte, um sein Versprechen einzulösen: »Du deutsche Hure! Warum wehrst du dich nicht? Ihr habt es verdient, ihr deutschen Huren.« Er drang in Irmgard ein, dann schrie er weiter: »Du Hure: Das ist für Stutthof, wo mein Bruder umgekommen ist! Jetzt wirst du für alles zahlen! Mir für alles büßen!«

Für einige Sekunden musste Irmgard das Bewusstsein verloren haben, denn sie wachte auf einmal aus einem kurzen weißen Traum auf, der ihr Gedächtnis wieder in Gang brachte. Und dann war sie wieder hier bei ihm, diesem Tier, diesem Fremden, den sie hasste und gegen den sie nichts, gar nichts unternehmen konnte.

Plötzlich riss jemand den Eindringling von ihrem Leib, hievte den Fremden hoch wie in einem harmlosen Ringkampf, richtete ihn auf und schmetterte ihn zu Boden; er brüllte dabei tierisch wütende Laute, und es geschah alles so schnell, dass Irmgard nicht einmal mitbekommen hatte, wie ihr Retter in die Küche hereingeplatzt gekommen war. Sie erkannte ihn erst an seiner Stimme und seinen Worten, die er auf Deutsch sagte: »Du Mörder: Ich bringe dich um!« Es war Jan, der im richtigen Moment aufgetaucht war.

Die junge Frau besaß kaum Kraft, um sich aufzurichten. Auf dem Rücken liegend drehte sie lediglich den Kopf zur Seite, um zu prüfen, ob sie sich nicht irrte. Nein, sie irrte sich nicht, es war Jan, der ihr schon wieder das Leben rettete. Er saß auf dem Bauch seines Gegners und drosch pausenlos mit den Fäusten auf den fremden Mann ein. Jan würde ihn töten, da war sich Irmgard sicher. Doch er brachte sein böses Werk nicht zu Ende – zumindest nicht jetzt, nicht in der Küche.

Draußen vor dem Eingang zum rechten Seitenflügel des Schlosses der Gräfin von Nitsche gab es einen Haufen alter Ziegelsteine, aufgestapelt von Jans Arbeitern für die provisorischen Reparaturen, die überall fällig waren. Irmgards zukünftiger Mann zerrte den schlaffen und abgekämpften Körper des Eindringlings, dessen leises Röcheln Jan noch wütender machte, zu dem roten Haufen, wo er einen Ziegelstein in die Hand nahm und dem Fremden den Schädel zertrümmerte. Und Irmgard hatte sich auf allen vieren nach draußen geschleppt, um Jan daran zu hindern, dass er den Fremden tötete. Sie wusste, dass es sinnlos war, was sie sich mit allerletzter Kraft vorgenommen hatte. Jan würde jeden Angreifer und Vergewaltiger ermorden.

Der Fremde war tot, und Jan übergoss seine zukünftige Frau mit kaltem Wasser aus dem Brunnen, damit sie aufstand und wieder klar denken konnte. Dann sagte er: »Los! Hilf mir! Wir werden den dummen Hund hinter der Scheune vergraben. Pan Stanisław darf davon nichts erfahren. Und du musst jetzt tapfer sein. Denk immer daran, dass er dich totgeschlagen hätte, wenn ich nicht aufgekreuzt wäre …«

Irmgard stand auch tatsächlich auf und wischte sich einmal mit dem rechten Ärmel über ihre geschwollenen, blutenden Lippen. Ihr Unterleib tat ihr weh, und sie spürte plötzlich ein heftiges, kaltes Stechen zwischen ihren Beinen, als würde jemand in ihrem Bauch mit einem metallenen Löffel herumwühlen und alle Eingeweide umkrempeln. Der Schmerz dauerte nicht lange, Gott sei Dank, aber nachdem er aufgehört hatte, schoss eine Fontäne, ein Gemisch aus Blut, Wasser und anderem, aus ihrem Unterleib. Dann verlor Irmgard erneut das Bewusstsein.

III. Schwerkraft
(Arthur)

Kleines armes Land, jetzt hast du genug gesehen und erlebt, von all dem Leid oder Glück. Deine Leute werden dich trotzdem immer und überall vermissen, wie dein untreuer Arthur, dein nächster Sohn auf der Flucht, im Ausland, im großzügigen Universum. Kleines armes Land! Du glaubst also immer noch an Liebe! Wie großzügig von dir!

Kapitel 1
Auf dem 14. Bahnsteig

Kurz vor Semesterbeginn nahm Arthur wieder einen ICE nach Berlin, um Malwina zu treffen, diesmal für drei Tage. Es war idiotisch, eine solche Reise zu unternehmen, steckte er doch mitten in der Vorbereitungsphase: Die Planung der Seminare, Prüfungen und Artikel für wissenschaftliche Zeitschriften und Verlage liefen auf Hochtouren. Am 1. Oktober sollte der ganze Zirkus wieder von vorn beginnen und ihn erneut Tag für Tag in eine betrübliche Stimmung versetzen, obwohl er von seinem Plan, den Uni-Job an den Nagel zu hängen, nach wie vor überzeugt war. Er wollte bloß ein paar Arbeiten abschließen, und dafür brauchte er genau ein Jahr. Seinen einzigen Doktoranden zum Beispiel durfte er nicht enttäuschen.

Arthurs Freund Joseph besaß eine bescheidene Zweizimmerwohnung ganz in der Nähe des Savignyplatzes, den Malwina wegen seiner charmanten Cafés über alles liebte und in dessen benachbarten Boutiquen sie schon oft die Hälfte ihres Monatsgehalts ausgegeben hatte. »In Charlottenburg wurde Walter Benjamin geboren, wusstest du das?«, fragte Malwina ihren Geliebten, als sie sich hier das erste Mal für ein Wochenende einquartiert hatten. »Er ist mir mein liebster Charlottenburger, weil er der Weltgeschichte ein menschliches, dem Traum zugewandtes Gesicht verpassen wollte …« – »Solche Heiligsprechung der Zeit und ihrer historischen Persönlichkeiten kennen wir schon aus dem Sozialismus, in dem im Namen einer Utopie und für eine glorreiche Zukunft gemordet wurde – nein, danke, das ist nichts für mich, diese billige, weil verlogene Mythologisierung«, hatte Arthur ihr damals geantwortet; aber er hatte auch hinzugefügt: »Immerhin habe ich mit Anna, als wir zwei *Schöne Zwanzigjährige* gewesen sind, in der Gegend von Portbou wunderbare Semesterferien verbracht, Anfang der Neunziger, und wir haben auch Benjamins Grabmal besucht. Wenn mir damals jemand erzählt hätte, eines Tages würde ich dir begegnen …«

Da Malwina es hasste, in der winzigen und ziemlich verkommenen Wohnung von Joseph zu übernachten, hatte sie für die drei Tage und Nächte wie üblich zwei Einzelzimmer in einem Hotel gebucht, eben in der Nähe des Savignyplatzes. Sie sagte oft: »Du und deine Freunde! Müssen sie immer dabei sein, müssen sie alles über uns wissen? Wo wir sind, was wir tun?« Sie beklagte sich manchmal. Deshalb gingen sie einfach in Hotels, auch, weil Arthur seine Ruhe haben und solche an seinen Nerven zerrenden Vorwürfe, wie Malwina sie äußerte, vermeiden wollte. Aber ab und zu spielte er mit seiner Geliebten gern Katz und Maus, weshalb er sich für jedes Treffen eine neue Überraschung ausdachte. Diesmal hatte er etwas vorbereitet, was sie nicht ablehnen würde – das wusste er.

Joseph parkte am Wannsee ein sechs Meter langes und gebrauchtes Segelboot aus Holz, das er in Polen gekauft und das er Anfang Mai auf einem Trailer nach Berlin gebracht hatte – es handelte sich um eine klassische Jacht mit zwei Segeln, eine Omega. Er verprasste sein bescheidenes Erbe mütterlicherseits, das gar nicht so bescheiden zu sein schien, wie es Joseph oft betonte – Arthur drückte dabei ein Auge zu, er kannte die demonstrative Erhabenheit der westlichen Linken gegenüber materiellen Dingen, deren goldenes Glitzern ihnen zum Schluss nicht im Wege stand; seinen beiden Söhnen aus der geschiedenen Ehe bezahlte Joseph allerdings lediglich das Studium. An schönen Wochenenden im Sommer segelte er in der Hauptstadt, obwohl er dies genauso gut auch in Bremen hätte tun können, auf der Weser nämlich – die Berliner Seen aber waren verlockender.

Und da Malwina große Sehnsucht nach einer gemeinsamen Segeltour auf den masurischen Seen Mamry, Tałty und śniardwy hatte und Arthur ständig fragte, ob er wirklich segeln könne wie ein echter Skipper aus Mikołajki, dachte er sich, er werde sie nun überraschen und ihr die »Dreitausend Seen« aus Masuren – aus ihrer gemeinsamen Heimat – nach Berlin holen.

Arthur kannte die deutsche Hauptstadt nur von Konferenzen und den gelegentlichen Begegnungen mit Joseph oder Malwina. Und so war Berlin für Arthur durch die Liebe zu seiner Warschauer Professorin innerhalb weniger Monate zu einem heiligen Ort avanciert, einem Zufluchtsort, an dem sich zwei Liebende vor der Welt und vor ihren Familien und Freunden verstecken konnten. Sie hatten beide kein schlechtes Gewissen, wenn sie die Zeit an der Spree und Havel in Hotels totschlugen – sie lagen im Bett in Malwinas Hotelzimmer, liebten sich und sprachen miteinander über Reisen, die sie zu zweit wahrscheinlich nie unternehmen würden. Oder sie gingen in die *Paris Bar* in der Kantstraße, »zu den

Atheisten«, wie es Arthur zu sagen pflegte. Und wenn es ihnen dort nicht gefiel, weil es bei den herumphilosophierenden Promis und Auslandsgästen zu laut war, wechselten sie in das *Grand Café Cappuccino* in der Mommsenstraße, zumal Malwina dieses Lokal liebte, vor allem wegen der eklektischen Einrichtung, die ihrer Meinung nach die Höhepunkte der Moderne zitierte; sie mochte aber auch die zwielichtigen Gäste, die Roma und Russen, die dort mitten im Frühling in Pelzmänteln auftauchen konnten, dann selbstvergessen mit ihren vergoldeten iPhones herumspielten und auf ihre Opfer irgendwo in der Stadt lauerten, um wieder Geld zu scheffeln.

Selten besuchten sie in Berlin Arthurs Freunde, was mehr oder weniger an Malwinas Unwillen lag, da sie die Stunden, während derer sie beide endlich allein sein durften, vollends genießen und mit niemandem anderen als mit Arthur teilen wollte. In Kreuzberg wohnte zum Beispiel der polnische Dichter mit dem für die Einheimischen unaussprechlichen Namen Szczepan Międzyrzecki, der romantische Monologe über die Verderbtheit der menschlichen Zivilisation hielt, dabei locker eine Schachtel Zigaretten wegrauchte und eine Flasche Rotwein im Eiltempo leerte: Bereits nach einer Weile in dem kalten Qualm Międzyrzeckis bekam Malwina Atemnot, ihr schwaches Herz drohte zu kollabieren, und sie musste sich dann augenblicklich auf den Balkon retten, um etwas frische Luft zu schnappen. Sie litt unter viel zu niedrigem Blutdruck, und jede extreme Stresssituation oder jede schlaflose Nacht brachten ihr Herz in Bedrängnis, sodass sie im schlimmsten Fall Ohnmachtsanfälle oder sogar einen Kreislaufstillstand erlitt und dann wiederbelebt werden musste. Das schreckliche Blaulicht und Sirenengeheul, das seiner Geliebten gelten würde, machte Arthur sofort Angst, als drückte jemand bei ihm auf den Einschaltknopf: Es reichte nur ein einziger Gedanke daran, plötzlich den Notdienst für Malwina rufen zu müssen – und schon hatte er bei diesem schrecklichen Gedanken die Hosen voll.

* * *

Der ICE von Hannover nach Berlin passierte endlich die ehemalige deutsch-deutsche Grenze in Helmstedt, die für Arthur wahrscheinlich für immer existierte. Der Schnellzug kam aus der Zukunft, denn sobald

Arthur aus dem Fenster schaute, sah er wieder die alte Weltgeschichte, wie sie in Ostdeutschland gewütet und neue Menschenopfer gefordert hatte. Warum hatte er vor dieser Landschaft Respekt und sogar Angst? Warum fühlte er sich in ihr nicht wohl? Er erinnerte sich an die sozialistischen Grenzkontrollen und Schäferhunde, an die Schreie der Grenzsoldaten und an ihre misstrauischen Mienen. Der »Neue Mensch« des Kommunismus war offenbar ein potenzieller Verbrecher gewesen, jeder schien damals verdächtig zu sein. Und dieses Gebiet hatte sich vom Nationalsozialismus leider nie erholen können, weil der kommunistische Spaten die hiesige Erde noch einmal durchpflügt und vergewaltigt hatte. Und obwohl schon mehr als fünfundzwanzig Jahre seit dem Ende der DDR vergangen waren und die Erde ausreichend Zeit für die Erholung gehabt haben musste, schien alles auf ihr hier nach wie vor verseucht und krank zu sein.

Bernhard und Joseph und andere Freunde von Arthur, die im Westen geboren wurden und lebten, interessierten sich kaum für Ostdeutschland: Sie sprachen nie davon, eine Konferenz in Dresden oder woanders zu organisieren; in Florenz ja, aber nicht in Rostock. Arthur erinnerte sich auf der Bahnstrecke nach Berlin auch an andere seltsame Verhaltensweisen, die seine Freunde an den Tag zu legen pflegten: Die westlichen Linken konnte man sehr schnell beleidigen, insbesondere die westdeutschen Linken, meinten sie doch, ihre Hausaufgaben nach dem Zweiten Weltkrieg mehr als perfekt erledigt zu haben.

Arthur reiste immer in der ersten Klasse, da man in der zweiten beim Arbeiten – Schreiben und Lesen – meistens erheblich gestört wurde, was nicht an der Enge in den Waggons lag, sondern an den Fahrgästen, die auf den Langstrecken die zweiten Klasse in ihr Wohnzimmer mit privaten TV-Sendern verwandelten, unentwegt telefonierten, hemmungslos Alkohol tranken und im Allgemeinen die Lautstärke ihrer mobilen Geräte und ihrer eigenen Stimmen nicht unter Kontrolle hatten.

Arthur machte Notizen für sein neues Buch über Masuren und musste an die merkwürdige Besichtigung der totalen und endgültigen Zerstörung der Schlossbibliothek in Galiny denken, von der ihm seine Großmutter Irmgard einmal erzählt hatte. Sie begegnete nach dem Krieg in dieser Bibliothek einer zerstörerischen Kraft, die selbst vor Büchern und dem Wissen eines ganzen Volkes keinen Halt gemacht hatte. Und er dachte im nächsten Moment an Malwina, die jedes Mal, wenn sie in Berlin weilte, wenigstens für eine Stunde in die Staatsbibliothek in der Potsdamer Straße ging, um dort in der Stille eines Lesesaals zu versinken. Nach ihrem Besuch bei den Büchern sagte sie meistens: »Ich liebe deine beiden Großmütter, die Zwangsarbeiterin und die Ostpreußin … Die Zeuginnen des Untergangs … Sie sind unsterblich, während die irdischen Reiche vergehen, verschwinden.« – »Wie pathetisch und wie wahr«, lachte er dann.

Vom Hauptbahnhof und von Malwina trennten ihn noch weniger als zwanzig Minuten. Sie waren am Gleis 14 verabredet. Seine Geliebte würde auf ihn warten. Jetzt musste er leider die Musik auf den Smartphone-Kopfhörern ausschalten, um quasi wieder unter die Lebenden zurückzukehren: Die meditative Filmmusik von Tōru Takemitsu, die ihn fast jeden Abend, wenn er noch am Schreibtisch saß und arbeitete, begleitete, liebte er. Malwina aber reagierte auf die orchestrierten, klassisch anmutenden Kompositionen des Japaners allergisch, sie verbarg dann ihren Kopf unter dem Kissen und verstummte. Er wusste natürlich, dass diese sphärischen Klänge, die schreckliche Bilder von dramatischen Ereignissen hervorriefen – Bilder wie aus Filmen von Kurosawa –, Malwina traurig machten, ja, sie sogar in Angst versetzten. Und trotzdem spielte er ihr Takemitsus Symphonien und Arabesken liebend gern vor, weil er wollte, dass sie in seine Welt eintauchte und mit ihm dort weilte, um sich an die Atmosphäre dieses fantastischen dunklen Reiches allmählich zu gewöhnen – an ein Klima, das auch das Seinige war. Immer wieder sagte er: »Sollten wir eines Tages zusammenleben, wirst du Takemitsu und andere Komponisten ziemlich oft zu hören bekommen, zumindest so lange, bis sie auf dich nicht mehr beklemmend wirken werden …« – »Ich werde mein Bestes tun, versprochen, aber jetzt noch nicht …«, antwortete sie dann und lachte meistens herzlich.

Es war früher Nachmittag, als er den Bahnsteig betrat. In der Stadt schien Arthur das Wetter, was die Segel- und Windbedingungen betraf, immer so – wie er es nannte – geschlechtslos zu sein: Erst am Seeufer würde er feststellen können, ob es überhaupt einen Sinn hatte, mit Josephs polnischer Omega loszusegeln. Malwina war nirgendwo zu sehen, obwohl der Berlin-Warszawa-Express schon lange stillstand. Es war jedes Mal wie verhext – er konnte sie auf dem Bahnsteig nie finden, immer sah sie ihn zuerst.

Kapitel 2
In einem Hotel in der Nähe

»Ich muss dir etwas Wichtiges sagen«, flüsterte sie ihm ins Ohr, als sie beide auf dem Weg zum Bootssteg mit den vertäuten Jachten, wo auch Josephs Omega zu finden sein sollte, kurz stehen blieben.

»Ich weiß, du willst wieder von mir Abschied nehmen, von uns und unserer Liebe«, antwortete er und gab ihr einen Kuss, bevor sie ihre Suche entlang des Seeufers fortsetzten.

»Aber es ist diesmal wirklich unser letztes Treffen. Ich kann nicht so weiterleben – zwischen zwei Ländern und Männern, zwischen zwei Sprachen …«

»Und das soll ich dir glauben? Es ist immer das letzte Treffen, wenn wir uns sehen; dass wir dabei nicht müde werden, obwohl sich diese Situation ständig wiederholt, ist eigentlich ein positives Zeichen! Doch vielleicht belügen wir uns selbst – dann sollten wir uns heute noch trennen.«

»Und wir werden es tun!«, sagte Malwina und küsste ihn erneut.

Jede Begegnung nach längerer Zeit und Abstinenz von ihrer Liebe begann mit der festlichen Erklärung Malwinas, sie werde ihm nie mehr schreiben, ihn nie wiedersehen.

Arthur musste seine Geliebte nicht davon überzeugen, dass eine kurze Segeltour vor dem Abend in einem italienischen Restaurant in Charlottenburg ihnen beiden guttun würde: Malwina vergaß sogar ihre leichte Verschnupfung darüber, dass Arthur schon wieder einen seiner Freunde um Hilfe hatte bemühen müssen, damit diese Segeltour überhaupt erst stattfinden konnte.

Das Wetter war für Ende September herrlich, ein warmer Spätsommernachmittag beherrschte den mit der Havel vereinigten Wannsee, den Arthur durch die vielen Segeltouren mit Joseph besser kannte als manch einen See, der ihm in Masuren schon mehrmals gute Dienste geleistet hatte, sowohl beim Angeln wie auch beim Segeln. Er verspürte zudem ein universelles Mitgefühl für den Dichter Kleist und seine Geliebte Henriette, die beide hier in der Nähe begraben lagen und als Selbstmörder von der Kirche und ihrem Kirchenlehrer Augustinus von sämtlichen Friedhöfen Berlins auf ewig verbannt worden waren. Und wenn man in der Nähe der mit prächtigen Villen übersäten Ufer des Wannsees segelte, dachte man eher an einen bedrohlichen und mörderischen See, weil man ganz automatisch nach der Großindustriellenvilla suchte, in der der Holocaust beschlossen worden war. Fand man endlich das mörderische Gebäude, sah man vom Himmel Menschenasche in den Wannsee regnen … Der arme Dichter, der Selbstmörder und seine Liebste, die er mit ihrem Einvernehmen getötet hatte – sie hatten Massenmörder als Nachbarn in den dunklen Tiefen des Sees, wo die Ertrunkenen hausten, als wären sie in Masuren.

Und trotz all der Bekenntnisse von Malwina, die er zur Genüge kannte und die nichts änderten, weil sie beide zum Schluss jeder Begegnung sofort eine neue planten, wurde ein heikles Thema immer gemieden: das Ultimatum, das er Malwina vor fast einem Monat gestellt hatte. Unmittelbar nach dem Tod von Jola, als sie sich in Berlin wieder trafen, hatte Arthur seiner Geliebten klargemacht, dass er nicht mehr länger warten wolle. Spätestens in einem Jahr müsse sie eine Entscheidung treffen, hatte er ihr gesagt, und ihn oder ihren Mann wählen.

Sie fanden den richtigen Bootssteg und begannen mit der Arbeit – mit dem Auspacken und Stellen der Segel, die unter der Regenplane der Omega trocken und sicher untergebracht waren.

Auf einmal sagte er: »Du schläfst mit mir und mit deinem Mann. Du bist eine Bewohnerin von zwei Planeten, doch genau dieses doppelte Leben liebe ich an dir. Wir sind alle so zwei-, dreigesichtig – nur wenige geben es zu. Und diejenigen, die am lautesten schreien, sie seien rein wie Bergquellwasser, sind natürlich die Schlimmsten, die Verdächtigsten: In ihrem Dreck und Zwielicht möchte man nicht stecken …«

»Bitte, beleidige mich nicht … Ich bin untröstlich – wir sehen uns so selten, und ich wache in Warschau mit dir auf und schlafe mit dem letzten Gedanken an dich jeden Abend ein …«

»Ich doch auch!«

»Aber du hast es einfacher: Deine Frau hat dich rausgeschmissen.«

»Ich liebe sie. Das heißt, ich liebe unsere alte Liebe.«

»Und mich? Mich liebst du noch mehr als deine Anna?«

»Ich liebe in Wirklichkeit nur dich, und so, wie ich dich liebe, habe ich noch nie geliebt!«

»Und Anna? Warum erzählst du mir dann, dass du auch sie liebst?«

»Ich kann mich nur wiederholen: Die alte Liebe liebe ich. Das darfst du mir nicht verbieten.«

»Du liebst die Erinnerungen?«

»Malwina: Denk nur an deine Töchter, als sie klein waren, und an die ersten Tage nach der Hochzeit …«

Ihre Koffer und Reisetaschen standen in dem »Ersatzhotel« in der Nähe des Savignyplatzes, in ihrem geliebten *Bleibtreu* war nichts mehr frei gewesen. Immerhin konnten sie noch zwei Einzelzimmer in der Nachbarschaft ihres Lieblings unter den Hotels ergattern und zudem in der Bleibtreustraße; danach fuhren sie sofort mit dem Taxi zum Wannsee, um Zeit zu sparen und dadurch mehr vom Segeln zu haben, und nun bestiegen sie die von ihnen endlich hergerichtete Omega und wollten schon in den See stechen, da verzögerte Malwina den Start: Sie telefonierte mit ihrem Mann und ihren beiden Töchtern, knöpfte ihr Hemd auf und machte es sich auf dem Deck bequem, wo sie ihr Gesicht und ihre Brüste im weißen Büstenhalter in die Sonne hielt. Dabei brauchte Arthur seine Geliebte an den Steuer- und Backbordschoten, vor allem außerhalb des Hafens, denn Josephs Jacht war lang, und Arthur hatte mit dem Steuern und der Großschot schon genug zu tun.

Malwina ließ sich mit ihren Telefongesprächen und dem Umziehen Zeit, und es dauerte deshalb noch ein wenig, bis sie die Bootsstege mit den vertäuten Jachten und Motorbooten endgültig hinter sich lassen konnten. Gott sei Dank wehte kein starker Wind, der alte gute Altweibersommer bremste stürmische Winde aus, und das leise Wassergeplätscher am Bug ließ sie beide träumen, es sei Hochsommer und sie würden auf dem Mamry-See in Richtung Sztynort unterwegs sein.

Aber Malwina musste tatsächlich im siebten Himmel und wieder in Masuren sein: Sie war glücklich, und genau dieses glückliche Gesicht wollte er sehen. Berlin, ihre Stadt, in der sie ein Jahr studiert und am Grunewald-See bei einem Komponisten und seiner mittlerweile verstorbenen Frau gewohnt hatte, kannte sie schon seit ihrer Jugend, doch eine Segeltour auf der Havel – das habe sie sich nicht vorstellen können …

»Du verwöhnst mich, und ich mag es, wenn du mich so verwöhnst …«, sagte sie, während sie die Schot in ihren kleinen Händen festhielt, als hätte sie Angst, ins Wasser zu fallen und zu ertrinken.

Arthur sagte: »Ohne dich müsste ich auf dieser Welt wie ein Krüppel leben ... Du bist mein fehlendes zweites Ich. Du hast mich wie eine verschollene Zwillingsschwester endlich wiedergefunden – nach zig Jahren der Sehnsucht und der Suche nach mir.«

Er verwöhnte sie nicht nur, er liebte sie wirklich. Malwina erwiderte seine Liebe genauso unmissverständlich und versuchte, ihm andauernd neue Liebesbeweise zu liefern: Ohne mit der Wimper zu zucken, hatte sie dem Begräbnis seiner Schwester beigewohnt, in seinem Namen, wofür Arthur seiner Geliebten sehr dankbar war. Er hatte sie um diesen Gefallen gebeten, und nicht einmal Arthurs Mutter, die mit ihm wieder telefonieren konnte und ihm wegen seiner Abwesenheit auf der Beerdigung keine Vorwürfe mehr machte, wusste, welcher geheimnisvolle Gast Jola die letzte Ehre erwiesen hatte. Malwina erinnerte sich ziemlich oft an den traurigen Anlass, ihre Stimme klang dann ernsthaft und festlich, sie habe sich unter die Beerdigungsgäste gemischt, weil sie so zahlreich gewesen seien – mehr als einhundert Leute –, und ihre Anwesenheit sei nicht aufgefallen, wie denn auch? Und sie sei froh, dass sie der Mutter ihr Beileid habe bekunden können, obwohl die Gute naturgemäß nicht gewusst habe, wer sich ihr kurz und schmerzlos gezeigt, wer ihr ein paar Trostworte gesprochen habe wie ein Geist.

»Sie hat nicht geweint, falls dich das überhaupt interessiert ...«, erklärte Malwina. »Aber ich konnte ihre Sehnsucht nach dir spüren – vielleicht war es auch meine Sehnsucht, die ich in ihren Augen gesehen habe. Und dass du nicht nach Warschau gekommen bist, ist eigentlich unverzeihlich, zumal wir uns hätten treffen können ...«

»Du hast mir schon so oft beschrieben, was du auf dem Friedhof in Warschau erlebt hast ... Ich bin doch in Wahrheit an dem Tag, an dem Jola beerdigt wurde, vor meiner Vergangenheit und damit vor mir selbst geflohen ..., ähnlich wie schon 1984, nach meiner Ausreise, als ich die ganze Welt umarmen und sehen wollte, was ja in Olsztyn, wo mir die Decke auf den Kopf fiel, nicht möglich war. Anders gesagt: Ich bin damals vor meinem Land, dem sozialistisch-katholischen Regime, und vor meinen Eltern und der Einöde ihres Lebensstils geflohen – jede Heimkehr gleicht deswegen für mich einer Niederlage ...«

»Wie pathetisch!«

»Nein, du kennst die Emigration nicht. Der Defätismus und die Exaltiertheit sind die schlimmsten Feinde der Emigranten ... Man hat kein ausgewogenes – normales – Verhältnis mehr zu seinem Geburtsort, aber auch nicht zu seiner neuen Bleibe … Alles erscheint dir irgendwie verlogen und unecht …«

Malwina brachte ihm jedenfalls nicht nur teure Geschenke aus Warschau mit, sie sprang für ihn buchstäblich ins Feuer, wenn er es wollte, und er wollte sie manchmal ins Feuer springen sehen, weil er nach den vielen Jahren der Dürre und der kaputten Liebe endlich einmal wieder spüren musste, dass ihn jemand begehrte und brauchte. Dass jemand für ihn in Flammen stehen und verbrennen konnte.

Und Malwina – war sie gut gelaunt – liebte es, in Gesellschaft zu kokettieren, Männerblicke zu erhaschen und sich zu präsentieren wie ein Model auf dem Laufsteg; aber sie machte auch auf der Omega eine fabelhafte Figur, fand Arthur: Sie hatte ihre Schuhe mit den hohen Absätzen ausgezogen und stemmte sich, auf der Bordkante sitzend und die Schot in der Hand, gegen das Deck. Ihre Beine waren kerzengerade. Arthur liebte Malwinas kleine Füße und die rot lackierten Zehennägel, die er »Pralinen« nannte. Mit einer flotten Jacht wie mit der Omega konnte man den Wannsee, der dank der Havel riesig wirkte, locker in eine Badewanne verwandeln – schnell kam man an den Ufern der Pfaueninsel an und kehrte noch schneller zu seinem Hafen im Osten zurück.

Arthur segelte am liebsten in Masuren, und trotzdem machte es ihn stolz, dass er Malwina seinerseits zu beweisen wusste, wie sehr er sie liebte: Die Segeltour mit der Omega machte sie nicht nur glücklich, denn ein Traum ging für sein Mädchen endlich in Erfüllung. Sie durften zum Beispiel nicht für eine ganze Woche zusammen verreisen: Malwinas Mann würde sie mit gewöhnlichen Anrufen in den Wahnsinn treiben, mit »nervigen Fragen«, ob sie denn wirklich am Schreibtisch sitze und arbeite, wie sie es geplant habe – endlich allein zu sein, um in Ruhe an einem Text für die Uni zu schreiben.

* * *

Nach einer halben Stunde auf dem Wasser mussten sie kurz anlegen, weil Malwina vor Freude über ihren perfekten Skipper aus Masuren in Arthurs Armen verschwinden wollte: zum Festhalten und Küssen. »Küss mich, küss mich, ich habe solche Sehnsucht gehabt – zum Verrücktwerden«, sagte sie.

Malwina war eine geduldige Frau. Nie gingen sie in den ersten Stunden ihres Rendezvous sofort miteinander ins Bett, um das Hotel bis zum nächsten Morgen nicht mehr zu verlassen, obwohl sie sich meistens mehr als fünf, sechs Wochen nicht gesehen hatten und die Sehnsucht und die Gier nicht mehr auszuhalten waren.

* * *

Sie segelten noch eine ganze Stunde auf der Havel weiter – in südwestlicher Richtung, als wollten sie nach Potsdam fahren, und Arthur musste Malwina die ganze Zeit bei guter Laune halten, was nicht einfach war, weil sie plötzlich auf ihr Lieblingsthema zu sprechen kam: den Selbstmord. Immer wenn sie glücklich zu sein schien, drehte sie den Spieß um und sprach vom Selbstmord, davon, dass es auch noch diese Möglichkeit gebe und dass sie sie jederzeit nutzen dürfe.

»Wenn wir nicht zusammenleben können – in einem Staat, in einem Land, in einer Wohnung, du und ich, dann sollte man vielleicht nicht zögern …«, sagte Malwina.

»Und was würde dann aus deinen beiden minderjährigen Töchtern werden?! Was macht eine Sechzehnjährige zusammen mit ihrer siebzehnjährigen Schwester, die ja noch beide bei ihren Eltern leben müssen, wenn ihre Mutter Selbstmord begeht? Oder ihren Ehemann nach mehr als zwanzig Jahren verlässt? Und würden die Mädels mich als ihren Stiefvater akzeptieren? Zerbrich dir also nicht unnötig den Kopf um Dinge, die nicht eingetreten sind, vielleicht nie eintreten werden … Schließlich erinnere ich dich an den ›Siebten Kreis der Hölle‹ – betrachte diese kleine Geschichte als eine Art Parabel: Selbstmörder sitzen dort zusammen mit den Verschwendern, die ihr Hab und Gut vernichtet haben, und sie leiden schrecklich, weil ihnen ihre Leiber weggenommen wurden: Sie sind zu Gestrüpp verkommen, zu toten Zweigen, und ihre letzten Blätter werden von Harpyien, den Halb-Vogel-halb-Mensch-Dämonen, gefressen … Willst du nach dem Tod so ein trostloses Leben fristen?«

»Dass du als Zögling deiner marxistischen Freunde aus dem Westen an ein Leben nach dem Tod glaubst, wie es sich ausgerechnet Dante vorgestellt hat, erstaunt mich«, grinste Malwina.

»Ich habe es von dir gelernt, von meiner faschistisch-katholischen Professorin aus Warschau, an die Ewigkeit zu glauben – was auch immer sie bedeuten mag.«

»Ich glaube nicht an die Ewigkeit, sondern an Bestimmung, und vor dem Tod habe ich keine Angst, wie du weißt. Ich kann jederzeit sterben.«

»Ich nicht, ich werde nie bereit sein!«

»Kein Wunder«, lachte Malwina, »so wie du mich als eine ›faschistisch-katholische Professorin‹ verhöhnst, weil ich angeblich konservativ sei, so kann ich dich als einen ›marxistischen Atheisten‹ beschimpfen, obendrein ›neomarxistischen‹ wegen deiner geliebten ›Frankfurter Schule‹ und deines geliebten Marcuse: Ich bin im Übrigen gar nicht so konservativ! Du liebst außerdem meine Stewardessenkostüme und wie ich mich schminke und was ich lese und wie und was ich schreibe in meinen Artikeln. Und ich habe vor dem Tod deshalb keine Angst, weil ich weiß, dass es eine kosmische Ordnung gibt, die göttlichen Ursprungs ist, während du unbedingt für immer und ewig sterben willst, wenn dein eigenes Leben zu Ende gegangen sein wird. Für mich ist das Universum heilig – für dich ein Spielplatz der Mächtigen.«

»Wozu lese ich dann Simone Weil? Ich suche doch auch nach einer Transzendenz.«

»Mit der Transzendenz ist es wie mit dem Blues: Man spürt ihn und hat ihn oder eben nicht.«

»Großartig! Danke! Du hast mir sehr geholfen! Doch du selbst denkst über den Selbstmord nach …«

»… selten und nur in schwärzesten Stunden, um mich abzureagieren …«, entschuldigte sie sich.

Malwina liebte es auch, das Spiel »Was wäre wenn?« zu spielen. Sie konnte manchmal stundenlang davon erzählen – während ihre Augen dabei kupfern leuchteten und die Welt verwundert anschauten –, wie sie beide ihr mögliches Eheleben miteinander verbringen würden. Malwina träumte mit offenen Augen und weissagte Arthur, was er dann – unter ihrer Herrschaft – essen und anziehen und lesen würde. Und er antwortete ihr darauf mit seiner eigenen Vision und beschrieb Malwina inbrünstig, was er denn gerne mit seiner neuen Ehefrau unternehmen, anstellen oder gar nicht erst anfangen würde. Sie konnten in solcher Träumerei viele Stunden verbringen, die nur ihnen gehörten und die sie ihre alltäglichen Sorgen aus Warschau und Bremen vergessen ließen.

Kapitel 3
Bleib treu!

Nach dem fast schon obligatorischen Gang zum Italiener und einer Flasche Rotwein zum Essen trugen ihre Beine sie leichten Schrittes zurück zum Savignyplatz und zu ihrem Ersatzhotel in der Bleibtreustraße. Es war kein weiter Weg. Ausnahmsweise hatte Arthur drei Gläser Rotwein mitgetrunken – Malwina hasste es nämlich, wenn er zu viel intus hatte, und er selbst hasste es mittlerweile auch, weil der Alkohol in seiner Familie immer eine Plage gewesen war und viel Schaden angerichtet hatte. Er wurde schon mit diesem geschädigten Erbgut geboren, und der Alkohol, der verschiedenste Verkörperungsformen annehmen und sich stets perfekt materialisieren konnte, hatte lange Zeit seinen wichtigsten Schutzengel gespielt, bis es Arthur plötzlich klar geworden war, dass dieser Schutzengel einen schlauen Betrüger spielte und nur eines im Sinn hatte: die Seele seines Schützlings zu vernichten. Der Schutzengel der Trunkenheit lud auch andere Trinker zu den Saufgelagen ein, auch längst Verstorbene, und sie saßen dann auf den Schultern von Arthur und genossen jedes von ihm getrunkene Glas Wodka, Wein oder Whiskey: Sie löschten mit ihm zusammen ihren Durst.

Bereits im Restaurant ließ sich Malwina von Arthur unter ihrem Rock berühren, er streichelte ihre Knie, seine Hand wanderte noch tiefer unter den dünnen Stoff, was ihm jedoch nicht richtig gelingen wollte, da Malwina unter ständiger Beobachtung von jungen Männern, den Küchenhilfen hinter der Theke mit den Vorspeisen, gestanden hatte. Im Kokettieren war Malwina eine Meisterin, und Arthur, der es liebte, mit ihr Katz und Maus zu spielen, seine Geliebte aus Warschau von Zeit zu Zeit zu necken, sagte unterwegs zu ihrem Hotel, im Restaurant habe sie geleuchtet wie eine Prinzessin aus einem Fünfzigerjahre-Film, und er würde diesen Abend mit dem wunderbaren Klon von Sissi, der jungen Kaiserin, nie vergessen …

Er musste ihr allerdings erklären, um was für einen Film es sich überhaupt handelte, und Malwina antwortete ihm: »Ich bin doch eine litauische Gräfin und keine Kaiserin von Österreich-Ungarn! Und wie du mich immer ärgerst!«, lachte sie. »Ich bringe dich eines Tages um!«

»Eine Professorin und Spezialistin für deutsche Geschichte und Kultur nach 1945, die *Sissi* nicht kennt – das ist mehr als bedenklich!«

»Meinen Studenten zeige ich die Filme von Fassbinder!«

Malwina hatte beim Italiener – wie gewöhnlich – wenig gegessen, sie klagte oft, sie sei schrecklich hungrig, um anschließend, wenn sie am Restauranttisch saß, wie ein Spatz nur das Schmackhafteste aufzupicken: Schon nach wenigen Bissen hatte sie keine Lust mehr. Sie ähnelte einer minderjährigen Balletttänzerin, sie wog nichts, und ihr Alter wurde immer falsch geschätzt, weil sie über gute Gene verfügte und im Gesicht überhaupt nicht alterte. Und obwohl sie klein war und eine leichte Neigung zum Zunehmen besaß, hatte sie schlanke Glieder, feste Muskeln und keine Falten, was daran lag, dass sie regelmäßig Sport trieb und Kohlenhydrate vermied; die beiden Schwangerschaften hatten sie zwar gesundheitlich mitgenommen, doch sie pflegte ihre Gesundheit und achtete fast schon übertrieben auf ihre Körperhygiene. Arthur nannte die Stellen, die er gernhatte und die er oft streichelte, seine »Lieblinge«: am Hintern, am Busen, an den Hüften.

* * *

Sie lagen seit etwa einer Stunde im Bett, aber in Malwinas Zimmer, und sie waren hellwach und sprachen über ihr gemeinsames Doppelleben, über die zwei Monde und Sonnen in ihrem System.

Malwina bestand darauf, immer zwei Einzelzimmer zu buchen. Man traf sich dann bei ihr zur Diskussion der Lage wie auf einer Konferenz, und Arthur nahm seine Bettdecke jedes Mal mit, wenn er zu seiner Geliebten kam, als wollte er ihr bloß einen kurzen Besuch abstatten. Sagte er etwas, was Malwina nicht gefiel – ihr nicht schmeichelte, sie nicht munter machte –, konnte er von ihr jederzeit wieder in »seine privaten Gemächer«, wie sie sich ausdrückte, zurückgeschickt werden. In Wahrheit war es so, dass Malwina sich selbst und ihn belog. Sie brauchte die beiden Zimmer als einen Beweis für ihre Aufrichtigkeit, dass sie nichts falsch machte, wenn sie Arthur traf – eine Selbsttäuschung, die seiner Meinung nach gar nicht notwendig war, denn Arthur liebte die beiden Zimmer, in denen sich Malwina abwechselnd aufhielt: mal in Warschau, mal in Berlin – in ihrem alltäglichen Leben zusammen mit ihrer Familie oder mit ihm in Berlin und Bremen; auf der Erde oder in ihren Büchern und Träumen; in ihrer Holzhütte am Serwent-See oder auf einem anderen Kontinent, wenn sie zu einer Konferenz und einem Vortrag geflogen war.

In einem dieser beiden Zimmer würde Malwina eines Tages sterben, und man würde sie auf einem Friedhof in Olsztyn oder in Warschau beerdigen; dort in diesem sterblichen Zimmer hatte sie einen Namen und einen Beruf und war die Bewohnerin des Planeten Erde, auf dem die Melancholie jeden Morgen voller Elan erwachte und selbst den Schmetterlingen oder den Löwen als guter Kompagnon diente – sie begleitete jedes Lebewesen wie ein Schutzengel, und nicht einmal die Vulkane waren gegen die Melancholie gefeit. Denn auch sie mussten sich mit ihrem eigenen traurigen Begleiter arrangieren und konnten ihn hinter ihrem Rücken täglich atmen hören: den geduldigen Tod.

Doch die größten und mächtigsten Melancholiker waren die Sterne, weil ihr Tod – der der Sonnen – elend lange und qualvoll dauerte.

Aber in ihrem gemeinsamen Zimmer, dem mehr oder weniger utopischen, lebte Malwina ein ewiges Leben: Wenn sie sich mit Arthur traf und in seinen Armen lag. Dieses Zimmer kannte keinen Tod, und sein Begleiter und Schutzengel war die Liebe, und es hatte mit der Liebe zwei Kinder gezeugt: die Utopie und die Sehnsucht – in ihm lebten die beiden Kinder und schenkten Malwina und Arthur die Illusion von Ewigkeit, die in einem echten Hotelzimmer nur wenige Tage und Stunden dauerte.

»Jedes Mal, wenn wir uns wiedersehen, bete ich zu Gott, dass unsere gemeinsamen Tage niemals ein Ende finden mögen – ich bete wie ein kleines Mädchen«, sagte Malwina; sie war nackt und lag ruhig neben Arthur und schaute ihm in die Augen. »Und ich liebe wie ein kleines Mädchen, das ich einmal gewesen bin: Ich könnte nämlich hier in unserem Berliner Hotel mit dir zusammenleben. Wir würden einander besuchen, und in den Pausen würden wir lesen und schreiben, jeder seine eigenen Artikel. Und nachts würden wir uns lieben, so wie heute.«

»Wenn wir nichts falsch machen und das Glück uns nicht verlässt, werden wir uns in diesen beiden Hotelzimmern eines Tages nie mehr wie zwei Flüchtlinge und Verbrecher fühlen: Wir werden ein Liebespaar bleiben, das sich endlich offiziell und ohne Gewissensbisse trifft.«

»Du hast mir ein Ultimatum gestellt. Und das hat mir wehgetan! Weil du mich wie ein Kind behandelst.«

Er wunderte sich, dass Malwina jetzt auf seine Forderung, in naher Zukunft endlich Farbe zu bekennen, zu sprechen kam.

»Es tut mir leid, wenn ich dir damit wehgetan habe, aber wir werden doch nicht bis in alle Ewigkeit so weitermachen können … Es sei denn, es kommt zu einer unvorhersehbaren Katastrophe, einem Krieg oder einem Meteoriteneinschlag … Oder zur Rückkehr des Messias, was ja unwahrscheinlich ist, dass er uns zu unseren Lebzeiten mit seiner Wiederkunft beehren wird …«

»Du weißt doch, dass ich nach dir Sehnsucht habe und dich liebe. Und ich habe keine Angst vor dem Krieg, nicht einmal vor Russland …«

»Ihr Polen mit eurer Russophobie …«, lachte Arthur.

»Und du bist jetzt ein Westeuropäer, ja?«

»In deinem Land übertreiben sie mächtig mit der Angst vor Russland, findest du nicht?«, grinste er. »Katyn hin, Katyn her … Die polnischen Opfer sind ein Wassertropfen im Meer, wenn man bedenkt, dass Stalin Millionen seiner eigenen Landsleute hat ermorden lassen.«

»Du hast es gut, mal bist du einer von uns, mal auf der anderen Seite – bei den gutmütigen Linken und Sozialdemokraten des Westens, die am liebsten Kommunisten geworden wären: Ihnen fällt es ja leicht, die Fehler ihrer Idole zu übersehen. Aber vor allem bist du naiv. Wir helfen den Ukrainern, wo wir nur können, und sie kommen zu uns und arbeiten bei uns, aber wir retten ihre Söhne und Töchter, die noch ihr ganzes Leben vor sich haben, aus den Kriegsgebieten, und diese Geretteten berichten von Massakern und Verstümmelungen an jungen Menschen – die Separatisten kennen keine Gnade.«

»Die Geretteten putzen eure Häuser und Wohnungen, und ihr bringt ihnen Tischmanieren bei … Plötzlich seid ihr die besseren Menschen und Bürger – der bessere Teil Europas …«

»Nein, wir retten ihnen das Leben und warnen den Westen davor, jemandem zu vertrauen, der seine eigenen Verbrechen immer noch nicht verarbeitet hat und der diesen ständig neue hinzufügt.«

»Ich verstehe vollkommen, was du mir sagen willst, aber meine beiden Freunde Bernhard und Joseph sind als Linke nicht davon zu überzeugen, dass die Russen die wahren Aggressoren in dem Ukrainekonflikt sind. Sie haben schon zu Solidarność-Zeiten die Polen kritisiert, indem sie ihnen vorwarfen – ähnlich wie manche Sozialdemokraten –, mit ihren Streiks den Dritten Weltkrieg zu provozieren, obwohl sie am liebsten herausgeschrien hätten, die Polen hätten die sozialistische Sache verraten. Meine Freunde sind einfach unbelehrbar und glorifizieren Russland und seinen Präsidenten – ihre linke, der Utopie verpflichtete Sehnsucht nach Erlösung und Erfüllung einer kommunistischen Zeit und Epoche auf Erden macht sie blind für die Realität, die sie am liebsten manipulieren würden, was in der Sowjetunion auch oft geschehen ist. Intellektuelle waren schon immer anfällig für attraktive Erlösungslehren, und das hat damit zu tun, dass sie die Utopie so sehr herbeisehnen, dass sie schließlich ein Recht zu haben glauben, von der Geschichte eine Belohnung zu erhalten … Aber davon mal abgesehen: In Polen hat es auch schon immer solche Hitzköpfe – meist eifrige Patrioten – gegeben, die ähnlich wie in Russland die Geschichte ihres eigenen Landes mythologisiert und mehr oder weniger ausgebessert haben, um als Unschuldslämmer und Helden zu glänzen …«

»Du sagst mir nichts Neues: Das Mythologisieren ist bei uns auch heute ein populärer Nationalsport, aber was hat all das mit unserer Liebe zu tun?, frage ich dich jedoch. Denn wir beiden leben – das hast du oft selbst bemerkt – unsere eigene Utopie aus …«

Das Gespräch über den Krieg in der Ostukraine zog sich für Arthur ein wenig in die Länge, weil Malwina das ihm bekannte und unter vielen Kritikern Moskaus einheitliche Bild vom blutrünstigen und wiederauferstandenen Stalin viel zu plausibel darstellte. Der halb nackte Präsident auf einem Reitpferd und mit einem Silberkettchen, an dem das Christuskreuz baumelte – das Bild ließ natürlich jeden nüchtern denkenden Historiker erschaudern; denn Diktatoren liebten solche patriarchal-maskulinen Posen und Rollen: eine Prise Pantheismus, Sport, Glaube an Gott und Vaterland – das war ihr Rezept.

Malwina sagte: »Die These, Russland werde eines Tages die Welt vor dem übertriebenen Materialismus und Rationalismus des Westens retten, indem es einen für alle europäischen Länder vernichtenden Krieg anfangen werde, ist für einen Historiker nutzlos, mein Freund. Das ist pure Esoterik. Verstehst du?«

»Aber ohne Utopie ist die Weltgeschichte unerträglich: ein Gemetzel der Machthungrigen wäre es dann, mehr nicht.«

»Du argumentierst manchmal wie ein Gnostiker und Theologe, dabei bist du eigentlich ein marxistischer Hegelianer: Joseph hat dich ganz einfach angesteckt, weil du daran glaubst, dass die Zeit in jeder Epoche ihre Erfüllung finden müsse …«

»So ist es. Deswegen möchte ich nicht mehr unterrichten … Der Beton der Bremer Uni ist sprichwörtlich: Ich kann ihn nicht sprengen! Den Beton der katholischen Kirche und der Kommunisten konnte ich schon in unserer masurischen Heimat nicht sprengen …«

* * *

Sie versuchten, ihre stets kurzen Tage, an denen sie zusammen sein konnten, möglichst sinnvoll zu nutzen. Sie besaßen eine riesige Schublade, deren Gesprächsthemen problemlos für ein ganzes Leben reichen würden und die sie nur sehr langsam abarbeiten konnten. Manche Themen wiederholten sich, der Selbstmord zum Beispiel oder die Verantwortung, die man für seine Ehepartner und Nächsten trug. War es denn völlig egoistisch, fragte sich Malwina des Öfteren, wenn man plötzlich aus der gewohnten Umgebung ausbrach, um mit seiner oder seinem Liebsten endlich zusammenleben zu können? War dann diese Liebe verlogen und der Ausdruck von purem Egoismus? Fragen über Fragen.

Sie konnten von Glück sprechen, wenn sie in ihrer ersten gemeinsamen Nacht nach langer Trennung vor drei Uhr morgens einschliefen. Es war nur schade, dass es in ihrem Lieblingshotel, dem *Bleibtreu*, das gar nicht so teuer war, wie man es in dieser Gegend erwarten würde, keine freien Zimmer mehr gab, obwohl sich Arthur mit dem Direktor des *Bleibtreu*, einem jungen Juden aus Frankfurt am Main, sogar ein wenig angefreundet hatte.

Der Hoteldirektor hieß Jonathan Rosenwasser und bat Arthur, er möge ihn wegen Reservierung stets persönlich kontaktieren, und er versprach ihm sogar einen kleinen Rabatt.

»Und Sie, Herr Bekier, Sie haben keine jüdischen Wurzeln?«, fragte der sonst stets diskrete Hoteldirektor eines Tages.

»Nein, Herr, Rosenwasser – ich hoffe, Sie sind nicht enttäuscht.«

»Nein, Herr Bekier, ich hoffe, *Sie* sind nicht enttäuscht!«

»Nein, Herr Rosenwasser, das bin ich nicht – die polnischen Wurzeln reichen mir vollkommen …«

Einmal hatte der Hoteldirektor Arthur und Malwina zum Dinner bei sich zu Hause eingeladen. Seine schwangere Frau kochte ein orientalisches Gericht mit Reis und Huhn, wobei die Mezze, eine üppige und buntscheckige Vorspeise, unschlagbar war. Die schwarz-weißen Fotos von Haifa an der Wand im Wohnzimmer, die menschenvollen und berühmten Strände von Haifa und Tel Aviv ließen Arthur sofort an die maskulinen Geschichten von Marek Hłasko denken, die dort in der mörderisch heißen Sonne spielten.

Arthur stellte dem jungen Hoteldirektor oft vorwitzige Fragen, was Malwina kritisch beäugte; es gehöre sich nicht, meinte sie, jemanden bei jeder Begegnung dermaßen penetrant auszufragen, zum Beispiel wie oft er nach Israel in Urlaub fliege und ob und wie er in Deutschland überhaupt leben könne. Jonathan Rosenwasser antwortete Arthur immer sehr freundlich – selbst zu Hause war er tadellos und wie ein Hoteldirektor angezogen –, Deutschland sei seine Heimat und er fühle sich in Berlin genauso zu Hause wie in Frankfurt am Main, woher er komme, doch am besten gehe es ihm und seiner Frau in Israel, wenn sie dort ihre Sommerferien verbringen würden.

Ihr dem *Bleibtreu* benachbartes Ersatzhotel gefiel Malwina und Arthur trotz alldem; die Einrichtung erinnerte an die Sechzigerjahre, die Dielen in den Fluren knarrten und verliehen dadurch dem Altbauambiente den romantischen Charakter einer Telenovela, und die in den Zimmern herrschende Sauberkeit war ohnehin das Wichtigste, vor allem für »die Professorin aus Warschau«, wie er Malwina zu titulieren pflegte, wenn er sie ein wenig ärgern wollte (sie konnte jedenfalls im Namen der Sauberkeit auf Luxus gut verzichten). Sie hätte außerdem eine sogenannte Duschkrankheit, was seine Geliebte jedes Mal, wenn er dies bemerkte, zum Kichern brachte; dabei hatte Arthur mit seiner Diagnose gar nicht übertrieben. Sie stand manchmal mitten in der Nacht auf und ging duschen, als müsste sie spätestens um sechs Uhr dreißig am Flughafen sein, um einzuchecken und nach Amerika zu fliegen, und wenn er sie fragte, warum sie wieder geduscht habe, antwortete sie meistens, dass sie schon am frühen Morgen auf den Beinen sein müsse, sie wolle etwas Zeit sparen und richtig wach werden, sie müsse nämlich ein wichtiges Buch weiterlesen, um einen dringenden Artikel endlich zu Ende zu schreiben. »Aber wir haben doch eine Art Ferien, Malwina«, beklagte sich Arthur, »lass uns die wenigen Stunden, die wir miteinander teilen können, nicht mit unserer Arbeit füllen«, so antwortete er ihr immer, und sie kam frisch geduscht zu ihm und schmiegte sich an seinen warmen Körper unter der Bettdecke und küsste ihn …

Kapitel 4
Malwinas *Yoni*

Im Morgengrauen, als die Sonne in ihr Zimmer schien, wurden sie wach, und ihre Körper waren wieder voller Sehnsucht und Unruhe, da der nächste Abschied näher rückte. Arthur verlor allmählich den Überblick über die Anzahl ihrer Begegnungen »in der vierten Dimension«, wie es Malwina nannte, in ihren Hotelzimmern. Von Zeit zu Zeit kam es ihm so vor, als wären sie bereits in ihrer Jugend ein Liebespaar gewesen. Das Vertrauen, das sie beide miteinander verband, war für ihn ganz selbstverständlich, was Malwina auch jederzeit für sich bestätigen konnte. Ein seltsames Gefühl von Geborgenheit und Sicherheit hatte sich bei Arthur eigentlich schon zu Anfang ihrer Bekanntschaft und Vertrautheit eingestellt; dabei war zwischen ihnen beiden nichts sicher, gar nichts.

Sein Ultimatum nahm Malwina nicht wirklich ernst, denn sie hätte ihm auch eines stellen können, weil sie behauptete, dass er ja zu seiner Frau Anna zurückkehren wolle, er wisse bloß nicht, wie er es anstellen solle – er liebe sie ja nach wie vor. Ihr provokantes Urteil ärgerte ihn. Natürlich spürte er für Anna mehr als nur Sympathie, aber er konnte Malwina letztendlich nicht erklären, warum sich die beiden Liebenden von einst in zwei pruzzische Steinskulpturen verwandelt hatten – in zwei Findlinge aus Masuren, die nebeneinanderstanden, doch nach ihren eigenen Gesetzen und Launen lebten, weil sie nichts mehr zu verbinden schien. Vorwürfe, ja, Vorwürfe hätte er Anna gern und wiederholt gemacht, aber das brachte wenig; sie würde ihm die Augen auskratzen, wenn sie wieder einmal hörte, sie, nur sie habe ihr gemeinsames Liebesleben zerstört.

Er küsste Malwina und streichelte ihren nackten Rücken und Hintern, er liebte es, sie am ganzen Körper zu streicheln, dafür musste sie sich in seinen Armen verstecken und still in ihnen liegen, damit er sie mehr oder weniger gänzlich besaß. Malwina bekam nach kurzer Zeit keine Luft mehr und klagte, er habe sie gefangen genommen, sie fühle sich wie der Jonas im Bauch des Wals, er habe ihren zierlichen Körper verschluckt und werde ihn nie mehr in die Freiheit entlassen.

»Werden wir es endlich tun?«, fragte Malwina.

»Hast du keine Angst?«

»Nein – vielleicht nur ein bisschen.«

Sie drehte sich auf die andere Seite, damit er mit dem bösen Werk beginnen konnte: Der Anus, der Herrscher über alle Kreise der Hölle, der mächtigste und schrecklichste Gott, der dunkelste Verführer rief wieder nach ihnen – sie hatten beide schon so oft darüber gesprochen, ob sie endlich dem Anus die ihm gebührende Ehre erweisen sollten, und jetzt, da es nun scheinbar kein Zurück mehr vor dem Eintritt in die Dunkelheit gab, überkamen sie beide Zweifel. Aber Arthur ließ sich nicht abschrecken und drang langsam in Malwina ein, und sie ächzte nicht einmal, obwohl er spürte, dass er ihr ein wenig wehtat. Sie liebten sich eine Weile, doch Malwinas Körper sagte ihm, er möge bitte aufhören, und dann klagte seine Geliebte, sie sei außer Atem, sie bekomme keine Luft mehr und sie spüre Schmerzen, die nicht angenehm seien – sie habe es sich doch ganz anders vorgestellt. Dennoch konnten sie über ihren Versuch und ihr Scheitern sogar lachen, um sich anschließend wieder lange und ausdauernd zu lieben.

»Verzeih mir, ich wollte dir nicht wehtun …«, sagte er.

»Du hast mich überfallen – wahrscheinlich war das die einzige Lösung. Mach dir keine Sorgen, bitte!«

Nach einer kurzen Erholung setzten sie ihre Bemühungen fort, da es aber Malwina nach wie vor nicht gut ging, kehrten sie beide in ihre alten Gefilde zurück, und Arthur drang in Malwinas *Yoni* ein und musste wenig später ihren Mund mit der Hand kurz zudecken, weil sie bei jedem Orgasmus die Kontrolle über ihre Stimme verlor und das ganze Hotel aufweckte. Es störte sie nicht einmal, dass er sie anflehte, sie möge leiser sein, nein, sie konnte nicht einmal wiederholen, was er eben zu ihr gesagt hatte.

Bald danach schliefen sie erschöpft am Morgengrauen ein.

Kapitel 5
Im Westen ein Marxist

Malwina stand trotz der kurzen Nacht früh auf, sie wollte tatsächlich wenigstens ein Kapitel aus einem Buch, das sie für eine Zeitschrift besprechen musste, lesen, und sie plante schon eine erneute Segeltour und einen Ehrenbesuch bei ihrem Freund in Berlin-Grunewald, der als alternder Komponist in seiner Stadtvilla ein ruhiges und zurückgezogenes Leben führe, so Arthurs Geliebte, ein Leben mit toten Helden in den Regalen, in denen man fossile Knochen und Strandmuscheln von Rainer Werner Fassbinder, Rolf Dieter Brinkmann, Rudi Dutschke oder Karlheinz Stockhausen entdecken könne. Malwina sagte, sie werde ihren alten Freund anrufen und eine Uhrzeit für ihren Besuch mit ihm ausmachen, Arthur solle sich keine Sorgen machen.

Arthur war auch schon wach, er lag allerdings noch im Bett und sah Malwina dabei zu, wie sie sich für die Segeltour anzog: cappuccinofarbene Söckchen und eine Jeans, ein Matrosen-T-Shirt und eine warme Bluse, dann blaue Mokassins. Er bewunderte sie in allen Rollen und Verkleidungen, egal, ob sie als ein Junge oder ein Matrose auftrat, als Geschäftsfrau oder als Gräfin aus Wilna – er liebte und begehrte alle Figuren, in die Malwina gern schlüpfte.

»Gestern hat mein Fahrgast auf der Segeltour Stöckelschuhe getragen, und heute will er uns als einfacher Matrose beeindrucken?«, fragte Arthur.

»Wissen Sie, der masurische Skipper ist ein echter Bauer ... Er hat etwas Besseres nicht verdient, da er von wahrer Größe und Erhabenheit keine Ahnung hat ...«

Arthur ließ sich von Malwina nicht provozieren – sie bat ihn, auch endlich zu duschen, um mit ihr zum Frühstück zu gehen. Aber, wie gesagt, er schaute ihr lieber dabei zu, wie sie ihr Haar föhnte und sich schminkte, die Augen und die Lippen. Sie hasste es, dabei gestört zu werden, liebte es jedoch, heimlich beobachtet und bewundert zu werden; sie liebte die anschließenden Lobeshymnen auf ihr strahlendes Aussehen, und sie freute sich über jedes schöne Wort, das ihr und ihrer kupfernen Haar- und Augenfarbe galt, ihrer Weiblichkeit und Figur.

Malwina besaß aber auch das außerordentliche Talent, dringende Fragen wie aus dem Nichts zu stellen, plötzlich wichtige Kommentare und Bemerkungen zu machen, und das zu jeder Zeit – sie musste nur gut gelaunt sein. So eine Frage konnte einschlagen wie ein Torpedo, Arthurs Kopf wurde dann schlagartig heiß, und er verlor das Gefühl, alles unter Kontrolle zu haben. Ja, die Gräfin aus Wilna, seine Warschauer Geliebte und Professorin, verstand es auch sehr gut, ihn aus dem Gleichgewicht zu bringen und zu verunsichern. Ihr messerscharfer Verstand und ihre Sehnsucht nach der Liebesutopie, die sie mit Arthur teilte, bildeten eine oft explosive Substanz, ein Gift, das für sie beide gedacht war. Schon ein einziges falsches Wort konnte nämlich zwischen ihnen zum Streit führen.

»Wozu hast du dich habilitiert, wenn du die Uni verlassen willst? Wozu die Mühe?«, fragte Malwina, die sich im Badezimmer schminkte, dessen Tür weit aufgerissen war; Arthur saß im Bett und konnte im Spiegel Malwinas Gesicht beobachten.

»Ich muss dir doch nichts erklären! Unsere Studienreform, die Umstellung auf den Bachelor- und Masterabschluss – die sogenannte Modularisierung von Studiengängen –, hat aus den Studenten Zombies gemacht, die unter der Verschulung der Uni leiden. Kreatives und selbstständiges Denken wird nicht mehr gefördert, nur die Leistung zählt, der später international anerkannte Abschluss! Der Staat ist zwar die lästigen Studienabbrecher und Langzeitstudenten endlich losgeworden: Gleichzeitig hat er sich ein Eigentor geschossen, da er das geistige Potenzial seiner jungen Talente durch die Reform buchstäblich einschränkt. Ich muss mich zum Beispiel in einem Semester mit fünfzehn Hausarbeiten und achtzig Praxisberichten beschäftigen – das ist ziemlich fad und hat nichts mit Forschung zu tun. Wenn man noch nebenbei die Habilitation schreiben muss, wird es an der Uni richtig grauenvoll. Und du musstest ja auch eine Habil schreiben, sonst hätten sie dich in die Arbeitslosigkeit geschickt: Du kennst doch die ganze Problematik …«

»Aber ich bin keine Bestsellerautorin …«

»Ach, die paar Kröten, die ich mit den beiden Büchern verdient habe – ich bin endlich meine Schulden los und kann die nächsten vier, fünf Jahre getrost in die Zukunft schauen und machen, was ich will. Danach kommt so oder so das dicke Ende: Dritter Weltkrieg, Landung der Außerirdischen und Rückkehr zum Urchristentum – Origenes und sein Omegapunkt, der prophezeit, dass nach der Apokalypse für alle Menschen und Geister, sowohl für die Guten wie auch für die Bösen, eine Zeit der Auferstehung und Vergebung anbrechen wird. Und der ganze Spuk kann dann wieder von vorn anfangen: neue Sterne, Planeten, eine neue Menschheit! Danke für diese schönen Aussichten!«

»Du bist verrückt: Warum zerbrichst du dir den Kopf wegen der Apokalypse? Du glaubst doch nicht mehr an den Gott aus deiner Kindheit«, sagte sie und verließ das Badezimmer. »Ich denke, im Westen bist du Marxist geworden …«

Arthur wurde nachdenklich; erst einmal konnte er seiner Geliebten nichts Konkretes antworten, denn dass er überhaupt einmal an den polnischen Christus geglaubt und ihn geliebt hatte, kam ihm heute, nach Jahrzehnten, sehr seltsam vor. Wo war der kleine Junge aus Olsztyn mit seiner Bewunderung für den Gottessohn und für das ewige Leben?

Die sozialistischen, katholischen und pruzzischen sowie die polnischen, deutschen, ukrainischen und jüdischen Götter blieben 1984, als Arthur zu seiner Tante väterlicherseits nach Hamburg kam, das Abitur nachholte und später das Studium der Geschichte begann, zu Hause in Olsztyn, in Ermland und Masuren. Christus und Maria, Perkunos und Lenin, Bartel und Gustabalda, Karol *Marks* und Engels, Breschnew und Gierek, die gealterten Rockstars, die gealterten Dichter und Revolutionäre und die toten Götter Milczewski-Bruno, Stachura und Kaczmarski – er hatte niemanden mehr, den er anbeten konnte.

Einerseits war es eine seltsame Befreiung, die er nach seiner Ausreise 1984 in Hamburg und Bremen bei den Norddeutschen erlebte, da die hiesigen Gläubigen, die zum größten Teil evangelisch waren, ihm im Vergleich mit den hysterisch anmutenden Katholiken aus Polen wie Atheisten vorkamen, und außerdem zwang ihn keiner mehr, jeden Tag das Kreuz Jesu Christi zu tragen und Seiner Heiligen Mutter die Tränen abzutupfen – mit einem weißen Stofftaschentuch von seiner Erstkommunionsfeier. Er war plötzlich frei, ideologisch frei.

Andererseits fing Arthur an, die Heiligen Sonntagsmessen aus seiner Kindheit zu vermissen, ebenso das schreckliche sonntägliche Läuten der Kirchenglocken, das die Menschen in den Dörfern und Städten von Ermland und Masuren in hörige Sklaven Jesu Christi verwandelte. Das Glockenläuten, das Sonntag für Sonntag Olsztyn in seiner Gewalt hielt und jeden Passanten hypnotisierte und ihm befahl, in die Kirche zu gehen und Christus und Seine Heilige Mutter um Gnade zu bitten, vermisste er auf einmal, denn die westdeutschen Straßen und Häuser und deren Bewohner und selbst die Wälder und Seen und die Zäune (weil hier in seiner neuen Bleibe alles umzäunt und geschützt werden musste) schienen gegen das römisch-katholische Glockenläuten immun zu sein. Der römisch-katholische Gott aus Olsztyn war in Westdeutschland tot. Und man traf hier nirgendwo einen Pfarrer, dessen Anblick allein schon einem grausig und angsterregend werden konnte, oder wenigstens ein paar Ertrunkene, denen man im masurischen Land der Seen und Wälder fast täglich begegnete.

Und nachdem er Bernhard und nach seiner Promotion Joseph kennengelernt hatte, ging es mit seinem alten Glauben an das Glockenläuten der Kirchen in Olsztyn weiter abwärts; Christus war in seinem neuen Leben und Land zu nichts mehr zu gebrauchen, ebenso die pruzzischen Götter – auch sie waren unerwünscht. Der Einzige, der Arthur ein wenig erhalten blieb, war Marx, doch der westliche Marx wollte mit dem polnischen oder sowjetischen *Marks* nichts zu tun haben, zumal er zutiefst darüber enttäuscht war, dass die Revolution des Proletariats nicht in seinem dafür vorhergesehenen Garten stattgefunden hatte.

Er sagte nach dieser langen Denkpause: »Allein das Gespräch darüber, warum es im Westen einen solchen Abfall vom Glauben, die sogenannte Apostasie, gibt, kann in bestimmten Kreisen als lächerlich empfunden und daher sogar freundlich übergangen werden, und ich weiß, wovon ich rede, da ich schon an vielen Konferenzen unserer Historiker teilgenommen habe. Aber so schwierige Themen am frühen Morgen und auf nüchternen Magen: Malwina! Ich begehre dich, bin unausgeschlafen und möchte hier in diesem Hotel zusammen mit dir wohnen bleiben – für immer und ewig! Mehr Glück brauche ich nicht. Jetzt werde ich endlich duschen gehen … Sonst ziehst du noch allein los – ich kenne dich.«

»Nein, ich werde warten: Das Bad ist frei. Und beeile dich trotzdem – ich bin hungrig! Morgen müssen wir uns wieder für lange Zeit trennen, diesmal für immer natürlich, hoffe ich, und ich möchte mit dir einen sonnigen und langen Tag verbringen – wir können auch schweigen, aber es muss schön sein!«

»Wir werden einen langen Abschied voneinander nehmen.«

»Ja, diesmal einen glücklichen Abschied …«

»Den letzten vielleicht …«, sagte er. »Übrigens: Mein Zimmer verfügt auch über eine Dusche … Gib mir bitte eine Viertelstunde … Ich bin gleich zurück.«

* * *

Er zog seine Hose und sein T-Shirt an, küsste Malwina und ging barfuß über den Flur zu seinem unbenutzten Zimmer.

Arthur hatte aus seinem Zimmer – außer dem Kissen und der Bettdecke – für die Nacht nichts mitgenommen. Alles andere, sein Koffer und seine Kulturtasche, befand sich in diesem anderen Raum, in dem er – so stellte er sich das vor – eines Tages auch Malwina tatsächlich verlieren und später selbst sterben würde, denn wenn er im Hotelzimmer seiner Geliebten schlief, wusste er, dass er gemeinsam mit ihr den ewigen Traum von der Utopie ihrer Liebe verwirklichte: in diesem von ihnen künstlich geschaffenen Raum, der immer existieren würde.

Und jedes Mal, wenn er sein Hotelzimmer betrat und das frische Laken auf seinem Bett und das saubere Waschbecken und die saubere Dusche sah, ergriff ihn seltsamerweise wieder das altbekannte Gefühl aus seiner ehemaligen Bremer Wohnung, in der nun Anna allein wohnte: das Gefühl der Einsamkeit, das eigentlich mehr der Überzeugung, er sei einsam, glich. Erst nachdem er Malwina kennengelernt hatte, wurde ihm schlagartig bewusst, dass er nach seiner Ausreise in die BRD viele lange Jahre in der Einsamkeit des eintönigen Alltags an der Uni und zu Hause zugebracht hatte. Die wenigen Freunde, die ihm über den Weg liefen, hatten sich von ihm schnell wieder abgewandt, so auch ein erfolgreicher Fußballer oder ein polnischer Schriftsteller und Emigrant, Männer in seinem Alter, denen er im Laufe seiner Emigration in Hamburg begegnet war; Bernhard und Joseph verfügten in ihrem Charakter über eine angenehme Oberflächlichkeit, sodass sie im Gegensatz zu den meisten Bekannten von Arthur nicht zu radikalen Ansichten neigten. Sie waren zwar beide konsequent in ihrem Tun und Denken, doch gleichzeitig akzeptierten sie Arthur und seine Fehler; die zwei Herren waren sogar viel toleranter als er. Und letztendlich hatte Arthur auch mit Bernhard und Joseph Frieden geschlossen – er wusste, was er von ihnen zu erwarten hatte, und seine Einsamkeit würden sie ohnehin nie verstehen, zumal sie ihr Geburtsland niemals verlassen würden, um in einem fremden Land ein neues Leben anzufangen.

Kapitel 6
Die Baskenmütze

Arthur duschte und zog ein frisches Hemd an. Als es an der Tür klopfte, dachte er, es sei Malwina, deshalb rief er einfach: »Herein!« Er stand mitten im Zimmer, band sich eine Krawatte um und staunte wie ein kleiner Junge, denn es trat jemand ein, den er schon seit vielen Jahren nicht mehr gesehen und vor allen Dingen hier in einem Berliner Hotel nicht erwartet hatte. In seiner Familie war es freilich ein alter Bekannter: der merkwürdige Mann, immer ganz in Schwarz gekleidet und mit einer abgetragenen, ebenso schwarzen Baskenmütze auf dem Kopf, der selbst im Sommer einen langen Herbstmantel trug. Wie ein Komet besuchte er

Arthur und seine Eltern regelmäßig, hielt einen kurzen Monolog über die Schuld und die Sünde Adams und seiner Nachfahren und verschwand nach einer halben Stunde. Arthur kannte ihn schon seit seiner Kindheit, und niemand wusste, wer er war, wie er hieß und was er eigentlich wollte: Vor allem konnte der Mann nicht sagen, wo er wohnte und wann er geboren worden war. Deshalb bekam er in Arthurs Familie den Spitznamen »Die Baskenmütze«, zumal er sie nicht einmal dann abnahm, wenn er es sich auf dem Sofa im Wohnzimmer gemütlich machte, um seine alte Predigt von Schuld und Sünde zu halten, und seltsamerweise tauchte er meistens für drei, vier Jahre unter, um dann plötzlich wieder in der Tür zu stehen und so zu tun, als hätte man sich mit ihm verabredet.

Arthur rührte sich nicht von der Stelle, band sich nur die Krawatte etwas fester zu und sprach mit gefasster Stimme, die ihn selbst überraschte: »Sie hier? Und dann noch um diese frühe Zeit? Wie haben Sie überhaupt herausgefunden, dass ich in diesem Hotel wohne?«, fragte er. »Dass ich überhaupt nach Berlin gefahren bin? Haben Sie vielleicht mit meiner Mutter gesprochen? Hat Janina Ihnen gesagt, wohin ich gefahren bin?«

Der Mann mit der Baskenmütze, der etwa Ende sechzig sein musste, setzte sich auf einen Sessel und sagte: »Ich verlange nicht viel! Ich möchte nur ein Glas Wasser und bitte um etwas Geduld, damit ich euch in Ruhe von eurer Schuld erzählen kann, denn ihr seid alle schuldig! Alle!«

»Brauchen Sie Hilfe? Wollen Sie Geld haben? Ich hole gleich mein Portemonnaie, ja?«, fragte Arthur und gab seinem Gast eine ungeöffnete kleine Flasche Wasser, die er im Zug nach Berlin gekauft hatte – der unerwartete Besucher ließ sie sogleich wie etwas sehr Kostbares in der Innentasche seines Mantels verschwinden.

»Nein, ich brauche keine Hilfe!«, antwortete der Herr mit der Baskenmütze. »Sie kennen doch meine Geschichte, ich habe sie schon viele Male erzählt. Mein Vater hat sich auf dem Grabstein seines Vaters erschossen, und ich werde es auch bald tun – ich werde Sie und Ihre Eltern mit meinen Besuchen in naher Zukunft nicht mehr belästigen … Aber mein Sohn wird die schwere Arbeit des Predigers und Büßers fortsetzen. Ich bin langsam müde … Ihr macht keine Fortschritte!«

Arthur setzte sich auch – auf den Bettrand. Alle in seiner Umgebung hatten offenbar nur noch ein Thema: den Selbstmord.

»Das dürfen Sie nicht tun«, sagte er, wobei ihm dieser Satz mehr oder weniger automatisch über die Lippen huschte. »Sie sind Prediger, sagten Sie, ein Prediger begeht keinen Selbstmord … Denken Sie doch daran, was der Heilige Augustinus gesagt hat: ›Denn wer sich selbst tötet, tötet auch einen Menschen.‹«

»Sie werden mir nicht vorschreiben, was ich zu tun habe, verstehen Sie, Arthur? Ich besuche Ihre Familie schon seit Jahrzehnten, und in der Tat: Ich stehe in der Pflicht gegenüber unserem Herrn, ich muss Ihm treu sein. Aber ich muss auch unserer sündigen verdorbenen Sippe treu sein, und wir sind alle und immer und überall schuldig, weil wir die alte Schuld fortpflanzen …«

»Wissen Sie, ich verstehe Sie überhaupt nicht, warum sollen wir alle schuldig sein? Und selbst dann, wenn es die Wahrheit wäre: Gibt es denn keine Vergebung?«

»Nein, es ist alles nur eine Frage der Schuld, da niemand ohne Sünde ist. Doch jetzt muss ich gehen. Ich habe noch einen weiten Weg vor mir. Ich fahre heute nach Polen zurück, mein Zug wird nicht auf mich warten. Und vor mir liegen noch einige Besuche, die ich erledigen muss …«

»Einen Moment bitte«, unterbrach Arthur ihn, »ich möchte Ihnen etwas sagen, ich erinnere mich nämlich daran, dass mir meine ostpreußische Großmutter Irmgard von Ihnen erzählt hat – oder von Ihrem Vater? War er ein Deutscher?«

»Keine Ahnung, ich weiß es nicht mehr: Ich weiß nur, dass wir alle schuldig sind. Und jetzt lassen Sie mich gehen …«

Der Herr mit der Baskenmütze machte sich wortlos auf den Weg und stöhnte und röchelte dabei ein wenig, als hätte er auf dem Rücken eine schwere Last zu tragen; in gewisser Hinsicht hatte er auch eine schwere Last zu tragen: die Schuld seiner ganzen Sippe sowie das Kreuz ihres Herrn Jesu Christi aus Olsztyn.

Als Arthur in seinem Hotelzimmer wieder allein war, kehrte er zum Bettrand zurück, wo er während des kurzen Besuches gesessen hatte. Nachdenklich setzte er sich wieder hin: Wie würde er nun Malwina erklären, dass er gelegentlich mit einem schwarzen Engel sprach, der ihm und seiner Familie meist unangekündigt erschien? Sie würde ihm kein einziges Wort von dem, was er hier erlebt hatte, glauben. Und vielleicht sollte sie auch nicht alles wissen, zumal sie einmal zu ihm gesagt hatte, dass sie seine Vergangenheit nicht kennen und nicht wissen müsse, wie er einmal gewesen sei.

Arthur machte sich wahrscheinlich unnötige Sorgen. Der Herr mit der Baskenmütze existierte vielleicht gar nicht. Vielleicht war er eine Art Schutzengel ohne Arbeit, der vor langer Zeit seine eigene Familie verloren hatte? Und bloß eine neue suchte? Arthur beschloss, Malwina zu verschweigen, dass er einen alten Besuch erhalten hatte, einen Besuch, den er schon aus seiner Kindheit kannte und vor dem er sich als kleiner Junge, wenn er vom Unterricht nach Hause gekommen und bis zur Rückkehr seiner Eltern von ihrer Hochschule allein gewesen war, immer gefürchtet hatte: vor der bösen Baskenmütze und ihren Predigten.

Kapitel 7
Plejaden und Orion

Nach einer einstündigen Segeltour auf dem Wannsee und der Havel fuhren sie mit der s-Bahn zwei Stationen zurück und stiegen in Grunewald aus, um Malwinas Freund, den deutschen Komponisten, zu besuchen. Es war wohl die letzte Segeltour mit der Omega, und Joseph würde die Jacht bald wieder nach Bremen zurückführen, zum Überwintern an der Weser.

»Hast du deinem Freund Bescheid gesagt? Ist er wirklich zu Hause? Du wolltest doch mit ihm telefonieren …«

»Lass dich überraschen«, antwortete seine Geliebte auf dem Bahnsteig der s-Bahn. »Du wirst nichts bereuen …«

Arthur fand es irgendwie vollkommen natürlich, dass der deutsche Komponist am Waldrand in der Nähe des Wannsees wohnte. Malwinas Vorstellung seiner Person war zwar liebevoll, ließ jedoch darauf schließen, dass der alte Herr ziemlich konservativ – vermutlich ein Misanthrop oder gar ein Reaktionär – sein musste, aber auf hohem Niveau, denn er las, so Malwina, Ernst Jünger oder Arthur de Gobineau gern und sicher auch den Essay *Die Schere* von Jünger. Er war außerdem mit großer

Wahrscheinlichkeit ein Pantheist und konnte Arthur erklären, warum Chopins Sonaten nicht so gut wie diejenigen von Beethoven seien, zumal er einer Generation angehörte, die liebend gern aufklärerisch und moralisierend auftrat; Arthur kannte diese Kinder des Zweiten Weltkriegs zur Genüge, seine ehemaligen Kollegen von der Uni und den Konferenzen, sie waren weder Fisch noch Fleisch, weil sie sich unschuldig fühlten und gleichzeitig ganz genau wussten, welche Gräuel die Nazis, ihre Eltern, begangen hatten. Es graute ihnen deshalb davor, andauernd erklären zu müssen, warum ihre Väter und Mütter solche schlimmen Verbrechen begangen hatten, und von den jüngeren Generationen wurden die Sprösslinge der Nazis oft leichtfertig beschuldigt, als hätten sie im Krieg mit ihren Eltern zusammen mitgemordet. Aus dem Grunde wohl waren die Kinder der Täter Meister im Verdrängen oder Schönreden oder Klagen – etwas anderes blieb ihnen auch nicht übrig, und Arthur taten sie bloß leid, da man sie in so eine Schublade steckte.

Geboren 1934, trug der Komponist fast das ganze deutsche 20. Jahrhundert in seinem Gedächtnis, und seine wichtigsten Herausforderer, vor denen er großen Respekt habe, so Malwina, seien längst tot und zu Fossilien in seinen Regalen mit den Büchern, LPs und Videos geworden: Dutschke oder Fassbinder zum Beispiel. Malwina verteidigte jedoch ihren alten Freund, obwohl Fassbinder, so Arthurs Geliebte, in seinen Filmen auf solche Typen gespuckt habe – auf die gebildeten Spießer, die den Zweiten Weltkrieg und die Schuld an ihm verdrängten und die Ernst Jüngers heroische Schere im Kopf benutzten, um das Schwache und Hässliche auszuschneiden und Nietzsches Übermenschen auf dem weißen Ross zu huldigen.

»Warum verteidigst du ihn so inbrünstig?«

»Er hat mir während meines Studiums sehr geholfen, wir haben uns oft über die Geschichte der BRD unterhalten, und manchmal mussten wir uns auch streiten, jedenfalls konnte ich vieles besser begreifen. Außerdem kann er doch aus seiner Haut nicht heraus – er ist in diesem deutschen Mosaik eines der vielen Steinchen und damit ein Kind seiner Epoche. Als Historiker sollten wir gefälligst Distanz wahren und unsere Urteile vorsichtig treffen.«

»Ach, das habe ich nicht gewusst! Sieh mal einer an!«, lachte er.

Arthur und Malwina ließen sich Zeit auf dem Weg zum Komponisten; sie verzichteten am Bahnhof auf das Taxi und gingen zu Fuß; sie wählten einen angenehmen und ruhigen Spaziergang am frühen Nachmittag, der ihren Lungen und Köpfen guttun sollte, nachdem sie in ihrem Hotel kaum geschlafen hatten.

»Du weißt, ich kenne den Komponisten ja gar nicht«, sagte Arthur unterwegs. »Vielleicht wird er sich durch meine Anwesenheit gestört fühlen?«

»Nein, er ist ein neugieriger, netter älterer Herr …«

»Was willst du mir damit sagen? Dass ich ein Ekel bin?«

Malwina sah ihn verärgert an und sagte: »Auf der Jacht von Joseph hast du mich heute Morgen geküsst und anschließend geliebt, in der frischen Brise in der Mitte des Sees, und jetzt fängst du von vorn an und machst alles, was wir heute erlebt haben, kaputt … Er ist mein Freund.«

»Du hast mich geküsst und vergewaltigt und dann geliebt«, grinste Arthur.

»Ich weiß eben, wie man es tun muss! Es hat dir außerdem gefallen!«

»Ja, es hat mir gefallen. Aber es ist doch nicht nur das – wir haben auch über den Glauben gesprochen, darüber, dass ich den polnischen Jesus aus meiner Kindheit, der in unserer Heimat die Volksmassen regiert, nicht mehr ertrage, dass ich Ihn verloren habe und dass das fatal ist, weil ich in Wahrheit in einem sozialistisch-katholischen Paradies geboren und aufgewachsen bin, in dem man in jedem masurischen Kuhdorf nicht nur glaubt, sondern auch weiß, dass Jesus der einzige Herrscher, die einzige Lösung im Kampf gegen den Tod ist. So hochtrabend habe ich zu dir gesprochen! Atheisten habe ich jedenfalls in meiner Kindheit nicht gekannt, selbst die Parteifunktionäre mussten beten … Und auch solche Jungs, die ihre Feinde und Opfer im Wald für ein paar Złoty fast zu Tode prügelten – sie haben auch brav gebetet.«

»Das Land, das du beschreibst, gibt es nicht mehr; du bist 1984, im Jahr deiner Ausreise und damit bei George Orwell, stehen geblieben; inzwischen leben wir in unserer postkommunistischen Demokratie auf einem Pulverfass, auf dem die Anhänger verschiedener Ideologien und die Liberalen sich gegenseitig die Köpfe einschlagen – letztendlich leider nichts Neues. Aber mein Komponist wird dir gefallen. Er ist sehr klug, und seine Musik heilt. Im Übrigen glaubt er an Gott, obwohl er nicht aus unserer alten Volksrepublik kommt.«

»Bernhard und Joseph, meine Brüder im Geiste, die bekanntlich bekennende Linke sind – solche Burschen hasst er bestimmt.«

»Er toleriert sie, solange sie ihn auch tolerieren.«

»›Reaktionäre sind geistige Schmarotzer!‹ – Ich weiß nur nicht mehr, wer das gesagt hat …«

»Hör auf, so abwertend über meinen Freund zu sprechen. Du kennst ihn doch gar nicht!«

Sie blieben beide auf dem Bürgersteig kurz stehen, und Arthur gab Malwina einen Kuss: »Verzeih mir. Aber meine Freunde liebst du bekanntermaßen auch nicht …«

* * *

Nach einer halben Stunde kamen sie vor einer unauffälligen Stadtvilla an, einem für hiesige Verhältnisse bescheidenen Gebäude im Bauhaus-Stil, das von außen eine Renovierung dringend nötig hatte, zumal die Fassade und selbst das Dach von Schimmel, Algen und Moos befallen waren. Der Garten erschien Arthur riesig, ein halbes Fußballfeld, und die ganze Gegend strahlte Ruhe und Geborgenheit aus, wobei sich die meisten Bewohner des Villenviertels am liebsten hinter ihren Zäunen, Mauern, Gittern, Hecken und Bäumen versteckten – oder in ihren Geländewagen, die Militärfahrzeugen ähnelten.

»Eine kranke Gegend«, sagte Arthur. »Einsamkeit – überall Einsamkeit. Nur dass es hier etwas schöner ist als in Pankow oder am Kottbusser Tor: wegen der Natur. Aber der Geruch der Kiefern beißt nicht einmal richtig: in meiner Nase passiert nichts Aufregendes. Meinst du, dass es hier auch Ertrunkene gibt, wie in Olsztyn?«

»Du bist ungerecht … Und meine Einsamkeit in Warschau interessiert dich nicht? Dass ich auch eine Ertrunkene bin, weil unsere Liebe keine Erfüllung findet? Dass ich mit einem Kühlschrank, wie du immer spöttelst, zusammenlebe?«

»Immerhin gibt es jeden Tag etwas zu essen. Ich kenne Männer und Frauen – die leben mit einem Papagei, Hund oder Goldfisch zusammen.«

»Du bist heute so zynisch.«

»Weil wir uns morgen trennen. Für immer natürlich. In einem Samuraifilm hätte ich dich entführt, allerdings hätte ich dann dein Dorf niederbrennen und deinen Mann töten müssen – er weiß nämlich nicht, was er an dir hat. Welches Herz und welche Malwina, Königin aller Malwinas weltweit.«

»Zynisch und ungerecht: Was ist mit dir los? Ich habe meinen Mann geliebt und auf bestimmte Art und Weise liebe ich ihn weiter, so wie du deine Anna liebst. Das weißt du doch – er ist bloß nicht imstande, zu erkennen und zu erspüren, was ich eigentlich brauche, oder besser gesagt: wie ich über elementarste Dinge der Liebe denke, aber er hat mich noch nie im Stich gelassen.«

»Ein toller Kühlschrank! Komm, lass uns lieber deinem Komponisten die Flasche Primitivo, die du ihm gekauft hast, endlich übergeben.«

* * *

Sie klingelten bei Malwinas Freund. Seine Haushälterin öffnete ihnen die Tür zu einem mit Gemälden, Büchern und Schallplatten vollgestopften Flur, der wiederum in einen geräumigen Salon mit einem schwarzen, antiquiert wirkenden und in der Mitte des Raumes exponierten Bösendorfer-Flügel führte. Dort musste sich jedenfalls auch eine Art Wohnzimmer mit einer Sitzecke befinden, weitere Gemälde und Bücherregale wurden durch die geöffnete Salontür sichtbar.

Die ältere Dame begleitete die Gäste in den Salon, wo sie auf den Komponisten warten mussten, und sie brachte ihnen auf einem Tablett eine Flasche Wasser und eine Schüssel mit roten Weintrauben. Wenig später erschien schon der deutsche Komponist, ein hagerer Typ, der gar nicht so alt aussah, wie Malwina ihn beschrieben hatte. Er hieß Horst und verfügte scheinbar über gute Gene – sein Blick verriet jedoch, dass er langsam, aber sicher bereits auf der anderen Seite lebte, im Totenreich: Seine Augen besaßen nichts Lebendiges mehr, strahlten keine Neugierde aus, und so war auch die Stimme des Witwers – leise und matt.

Horst begrüßte herzlich seine ehemalige Untermieterin, die in der Villa als Studentin und später Doktorandin ein Zimmer bewohnt hatte, ohne dafür etwas zahlen zu müssen. Malwina konnte ihm sogar ein Lächeln abringen, und der Komponist, der Arthur kurz die Hand gab und ihm kaum Aufmerksamkeit schenkte, kam sogleich auf alte Zeiten zu sprechen: auf die goldenen Neunziger – er freute sich plötzlich –, als er jeden Tag nach dem Komponieren für seine Frau und die bezaubernde Mieterin aus Warschau gekocht habe; es sei eine Epoche der Wende und des Aufblühens in Europa gewesen, und er habe endlich seine Schuld gegenüber Polen begleichen können, lachte er. Arthur musste über dieses so urplötzliche Geständnis kurz nach der Begrüßung staunen, er schwieg aber.

»Malwina, du bist eine wunderschöne Professorin geworden! Was treibst du in Berlin?«

Während sich die beiden alten Freunde unterhielten, sah sich Arthur ein wenig um.

Der Bösendorfer war schon etwas in die Jahre gekommen, die Bücher und die Schallplatten ebenso, von den Möbeln gar nicht zu reden, die teilweise sogar aus den Siebzigern stammten. Und überall begegnete man Zeugnissen der Geschichte, der bundesrepublikanischen Geschichte – auf einem Foto mit dem Bundespräsidenten Richard von Weizsäcker, dann auf Fotos bei den Berliner Philharmonikern, auf Gemälden aus Kassel und Düsseldorf und in Buchtiteln. Es roch nach Staub und Mittagessen, der schon vor langer Zeit lackierte Dielenboden war aber sauber und knarrte nicht. Im Hintergrund hörte Arthur das Gespräch zwischen Malwina und ihrem Freund, während er sich in aller Ruhe die Fotos anschaute. Obwohl die Villa über großzügige Räume und Fenster verfügte, herrschte in ihr ein unangenehmer Dämmerzustand, den Arthur aus Olsztyn kannte: Kurz bevor seine Großmutter Renata starb, legten sich langsam die Schatten des Todes über ihr kleines Schlafzimmer, und die Lampenlichter wurden im ganzen Haus immer schwächer, als sollten sie bald auch erlöschen – so einen Eindruck hatte er zumindest damals stets gehabt.

»… Arthur ist ein Kollege. Wir schreiben gemeinsam ein Buch, lieber Horst«, sagte Malwina.

»Vor einer Ewigkeit habe ich auch mit einer Kollegin zusammengearbeitet, wir schrieben gemeinsam an einer großartigen Oper … Du brauchst also keine Bedenken zu haben, Malwina, das kann schon funktionieren, was ihr beiden vorhabt … Aus unserem Projekt ist leider nichts Konkretes geworden, schade … Euch wünsche ich deswegen viel Glück!«

Was erlaubt er sich eigentlich?, dachte Arthur, der innerlich auf Krawall gebürstet war.

Malwina schwieg auf einmal, und Horst erzählte von seiner neuesten Arbeit, einer Symphonie, für die er einen Titel gewählt habe, der leider schon vergeben sei, *Plejaden und Orion*, denn so heiße schon eine Komposition eines gewissen … Tōru Takemitsu (er dachte wohl, seine Gäste wüssten nicht, von wem er spreche). Arthur musste aber aufhorchen, der deutsche Komponist hatte den Japaner sogar persönlich gekannt, ein Foto aus den Achtzigern bezeugte ihre Bekanntschaft. Takemitsus Musik zu Akira Kurosawas Film *Ran* kannte man doch überall, vorausgesetzt, man liebte Kurosawas Filmkunst. Aber das stand jetzt nicht zur Debatte.

Arthur beendete seine dezente Besichtigungstour durch den Salon und setzte sich auf die Couch, sodass er auf Malwinas Beine im Sessel gegenüber starren konnte. Arthur wollte ihre Unterhaltung mit dem alten Mann nicht stören, allerdings erweckte der Titel der Symphonie bei ihm Neugier: warum ausgerechnet solche Sternbilder und Mythen? Warum so prätentiös, oder steckte da mehr dahinter?

Nachdem er Horst seine Fragen gestellt hatte, fühlte er zunächst keine Erleichterung, da der Komponist für längere Zeit in Schweigen verfiel und ihn bloß herausfordernd ansah: Sein Blick gewann dann plötzlich von Sekunde zu Sekunde an Kraft und Lebendigkeit, als würde der alte Mann gerade in diesem Moment auferstehen und den Raum des Todes und seiner Schatten verlassen.

»Wissen Sie, Pan Arthur, ich bin untröstlich«, begann er endlich, während seine Haushälterin Kaffee und Cognac servierte. »Takemitsu hat genau das getan, wovon ich schon immer geträumt habe: Er hat mir einen schönen Titel gestohlen und ein Werk komponiert, das uns davon erzählt, wie unsere Zeit und unser Raum entstanden sind oder, besser gesagt, welche Funktion diese Schöpfung haben mag – dieser zerbrechliche und gleichzeitig herrliche Wintergarten, den wir im kalten unendlichen Universum die Milchstraße nennen und in dem wir wohnen. Denn damit wir in unserer sterblichen Welt, dem besagten Wintergarten, überhaupt überleben können, werden jeden Tag viele großartige Opfer gebracht: Die Sterne und Planeten opfern sich für uns Menschen und für die Tiere, die ebenso Opfer bringen, genauso wie die Pflanzen. Die Geschichte der sieben Schwestern, der Plejaden, ist damit nicht bloß eine

Selbstmordgeschichte, da sich doch alle sieben Mädels, wie Sie wissen, aus Sehnsucht nach ihrem toten Bruder umgebracht haben sollen, um wieder bei ihm zu sein. Das ist die ganze Story, wie sie bei Ovid oder Robert Graves nachgelesen werden kann. Die Frage ist allerdings: Was wollen uns die Plejaden mit ihrer drastischen Metamorphose sagen? Ich sehe es so: Sie sind zu Sternen geworden, damit wir ihre Liebe und ihren Kampf gegen den Tod nie vergessen – damit wir weiterleben können. Es ist also eine Aufopferungsgeschichte der Natur, die uns da erzählt wird. Der fleißige und übermotivierte Jäger Orion jagt aber die schönen Plejaden bis heute, anstatt endlich zu erkennen, dass er sie nie wird fangen können. Mit anderen Worten: Er führt einen Krieg, den er nie gewinnen wird – einen sinnlosen Krieg gegen die Natur, gegen unseren makellosen Wintergarten, den wir doch in Wahrheit nicht besitzen, weil wir hier bloß Gäste sind, die jeden Tag selbst Opfer bringen müssen … Es lohnt sich außerdem nicht, Eroberungskriege zu führen, und wir Deutschen wissen das wohl am besten!«

»Eine schöne Geschichte, und deine neue Symphonie ist bestimmt auch ganz wunderbar gelungen«, sagte Malwina. »Kannst du uns wenigstens den Anfang vorspielen?«

»Vielleicht später. Jedenfalls weiß ich, dass unsere deutsche Tragödie, womit ich den Nationalsozialismus und die Teilung meine, kein Ausländer begreifen kann – nicht einmal ein Pole … Unsere eigene Hochnäsigkeit hat uns damals das Genick gebrochen, und nur wir allein können verstehen, was eigentlich in jener dunklen Epoche geschehen ist: Wir Deutschen haben mehr oder weniger uns selbst geschlagen.«

Den letzten Satz hatte Arthur, da er mit älteren Menschen aus dieser allmählich aussterbenden Generation der BRD selten verkehrte, schon lange nicht mehr gehört. Im Übrigen nannte er die Alten dieses Schlags, die Kinder der Nazis, »Goldfische im Glas«, was Malwina ein wenig wütend machte, da eine so sarkastische Umschreibung jeglichen Respekt vermissen lasse, zumal er doch Historiker sei und Distanz haben müsse.

Also doch ein Pantheist, dachte Arthur zufrieden, Horst glaubt wirklich daran, dass die Natur nur eine Funktion hat: uns mit ihrer Schönheit zu ergötzen, zu betören und uns einen bequemen Lebensraum zu bieten – dass die Natur vollkommen geradlinig ist und nicht weiß, was gut oder böse ist, und uns auch zu fressen vermag, interessiert diesen Pantheisten nicht … Was soll ich ihm entgegnen? Er ist ja selbst ein Jäger!

»Und wo ist unser freier Wille? Tragen wir gar keine Verantwortung für die Schöpfung? Für die Natur?«, fragte Arthur und dachte sich, ich werde dem Komponisten seinen Pantheismus ein wenig verderben: »Sie denken wie der Jäger der Plejaden, übersetzt heißt das – wie einst die Sowjets und heute die Neoliberalen, die sich den sogenannten Konsens von Washington erdacht haben, und nach dieser Methode sei die Natur bloß dazu da, um sie mit technologischen Mitteln zu beherrschen, kurz gesagt: sie zu zähmen und auszubeuten. Aber vielleicht liegt das daran, dass der Mensch im 20. Jahrhundert vor allem diese eine Art zu denken besonders liebgewonnen hat: dass alles, was er sieht und berührt, ihm gehören, dass ihm die Welt dienen muss. Und das ist eigentlich exakt die Philosophie von Orion, dem fleißigen Jäger …«

»Eine interessante Bemerkung«, antwortete der Komponist etwas gelangweilt, da er in seine Thesen und Symphonien unheimlich verliebt zu sein schien. »Ich bleibe bei meiner Sichtweise: Wir werden die Natur niemals überlisten, dafür ist sie viel zu flexibel – als unsere große Meisterin!«

Malwina, die das Gespräch bis jetzt etwas teilnahmslos und verträumt verfolgt hatte, mischte sich plötzlich ein und sagte: »Schaue ich mir die Sterne an, denke ich manchmal an all die fremden Wesen aus den fernen unbekannten Welten, die unseren Planeten ebenso beobachten, die jedoch von unserer Liebe nichts wissen …«

»Bravo! Du bist immer für eine Überraschung gut …«, freute sich Horst.

Arthur wollte noch einen Satz zum Monolog von Horst sagen, doch er hielt sich nach Malwinas Bemerkung zurück, zumal der Komponist ihr guter Freund war.

Eine Frage konnte er sich dennoch nicht verkneifen und meinte: »Horst, glauben Sie wirklich, dass ich die Natur hasse?«

Aber der deutsche Komponist grinste nur und ging auf die Provokation nicht ein. Er bat seine Gäste, ihm zu seinem Schreibtisch zu folgen. Er zeigte Arthur und Malwina, die Noten lesen konnte, die Partitur seiner Komposition mit dem unglückseligen Titel, und dann setzte er sich kurz an den Bösendorfer und spielte den Symphonieanfang, der schön und ruhig klang und gar nicht passte zu den idealistischen und pantheistischen und dadurch etwas pathetischen Ansichten des alten Komponisten.

Während ihr Freund auf dem Flügel spielte, sah Malwina ihren Arthur ein wenig sehnsuchtsvoll an, jedoch ganz anders als auf der Jachttour auf dem Wannsee und der Havel. Sie schien ihm sagen zu wollen, sieh doch, ich liebe dich, und ich weiß, dass wir trotzdem niemals zusammen sein werden; soll ich mich nun umbringen, wohnen auch in mir die sieben plejadischen Töchter von Atlas und Pleione, bist du mein verlorener Bruder? Bin ich deine Alkyone und du mein gehörntes Sternbild?

Kapitel 8
Überall und nirgendwo

In der Nacht konnten sie beide nicht einschlafen, und sie liebten sich wieder in Malwinas Zimmer, aber ihre Liebe war aggressiv, weil sie voller Trauer steckte wegen des nahenden Morgens, an dem sie sich wieder würden trennen müssen. Sie wälzten sich im Bett wie Karpfen in einem Wasserbecken auf dem polnischen Weihnachtsmarkt, und Malwina rang die ganze Zeit nach Luft, obwohl das Fenster in ihrem Zimmer angelehnt war: »Liebst du mich?«, fragte sie andauernd. – »Natürlich liebe ich dich!« – »Bringst du mich morgen zum Zug?« – »Selbstverständlich tue ich das!«

Sie warf ihm vor, er habe sich bei Horst wie eine Diva aufgeführt, und Arthur musste sich bei seiner Geliebten entschuldigen. Natürlich hatte er sich wie eine Diva benommen, weil er auf den deutschen Komponisten eifersüchtig war. Jedes Mal, wenn Malwina bei Arthur zu Besuch weilte, denn es waren letztendlich Besuche bei ihm, in seinem Revier, wollte er ihr sein *eigenes* Deutschland zeigen, sein Land, in dem er seit 1984 lebte, obgleich nur als einer von vielen Millionen Ausländern – jedoch mit einem bundesrepublikanischen Reisepass ausgestattet.

Arthur war auf Malwinas Freund eifersüchtig, weil der als uralter Einheimischer glaubte, er sei im Prinzip ein Gutsbesitzer, er *besitze* sein Geburtsland, Deutschland *gehöre* nur ihm, und alle Zugereisten seien bloß Gäste, die man lediglich freundlich dulden müsse. Arthurs Interpretation, die uralten Einheimischen, die unter Hitler geboren worden seien, seien »Goldfische im Glas« und damit Gefangene ihrer eigenen nationalen Geschichte, würde Horst ihm niemals abkaufen, um sie zum Beispiel als etwas Neues und Visionäres weiterzuempfehlen. Denn dass Deutschland mittlerweile auch Arthur und anderen Zugereisten *gehörte*, begriff der Komponist nicht.

Mit Skepsis beobachtete Arthur immer wieder, wenn zwei Vertreter dieser uralten deutschen Spezies, zwei »Landgutsbesitzer« und »Goldfische«, aufeinandertrafen, dann dabei hochnäsig ihre Standpunkte vertraten und sich letztendlich kaum einigen konnten, was eben im Fall von Horst und seinesgleichen nicht nur ein Stereotyp zu sein schien, sondern gängige Praxis.

Arthur hatte sich bei Malwina entschuldigt, und aus dem Grunde bohrte er in diesem Brett nicht mehr weiter, obwohl ihm seine Zunge kaum gehorchen wollte. Starb denn diese Hochnäsigkeit unter all den alten »Landgutsbesitzern« und »Goldfischen« nun wirklich aus?, fragte sich Arthur. Horst, obwohl er sich als ein international anerkannter Komponist zu Europa bekannte, konnte doch letztendlich nichts dafür, dass er einer der letzten Vertreter »des nationalen Kultursadismus« war, wie es Arthur zu nennen pflegte, wenn er in seinen Artikeln über den Nationalismus und den Mythos des »Deutschen Ostens« schrieb.

Malwina hat recht, der Komponist kann nicht aus seiner Haut heraus, dachte er, die blochsche Formel der »Gleichzeitigkeit des Ungleichzeitigen« ist scheinbar nach wie vor gültig …

»Verzeih mir, wirklich, ich wollte dich nicht beleidigen«, sagte Arthur noch einmal und küsste Malwina auf ihren Bauch, der zwei Töchter zur Welt gebracht hatte und den er für seinen Lebenswillen bewunderte und liebte; er verglich ihn gern mit einer dreidimensionalen Landkarte, auf der man Malwinas wichtigste Lebensstationen verfolgen könnte – von ihrer eigenen Geburt bis zu dem Punkt, an dem sich seine Geliebte heute befände: Die sanften Hügel und Wellen auf ihrem Bauch erzählten ihm ihre bisherige Lebensgeschichte und auch die ihrer Töchter.

»Küss mich überall dort, wo ich dir am besten gefalle und schmecke«, sagte Malwina. »Und hör auf zu sprechen, ich hab's dir verziehen, wirklich ...«

Er leckte ihre *Yoni* und steckte seinen rechten Zeigefinger in den feuchten, engen Trichter. Sie liebte es, wenn er sie leckte, küsste und gleichzeitig den Finger in ihr drinhielt und dabei mit der Zunge ihre Klitoris reizte. In solcher Stimmung des totalen Selbstvergessens, »in dieser oralen Hymne auf ihre zarte *Yoni*«, so Arthur, konnte Malwina lange Zeit verharren, »... bis zum grauen Morgen ...«, sagte sie manchmal, nur dass Arthurs Kräfte schnell nachließen, zumal er so erregt war, dass er keine Geduld aufzubringen vermochte, weil er Malwina überall berühren und küssen musste.

Jetzt drang er wieder von hinten in Malwina ein, und dauerte es zu lange, bis sie beide den Höhepunkt zusammen erreichen konnten, hörten sie mit allen Eroberungsversuchen auf und blieben für einige Augenblicke still nebeneinander liegen. Sie wechselten nach der Pause die Position und liebten sich auch auf dem Sessel, und Malwina fragte ihn andauernd, ob sie ihm gefalle und ob er sie begehre. Er bejahte jedes Mal ihre Frage und machte so lange weiter, bis sie wieder einen ihrer berühmten Schreie ausstieß, über die sie sagte, sie spüre in dem Moment des herausgeschrienen Orgasmus, wie Zeit und Raum ineinanderfließen würden, und dieses Erlebnis sei eine ungeheure Befreiung, ein wohltuendes Abschalten ihres eigenen Ichs und Bewusstseins, wenn auch nur für wenige Sekunden.

Als sie mitten in der Nacht für eine halbe Stunde einschliefen und dann beide in den Armen des Anderen aufwachten, spürten sie plötzlich wieder den Hunger nach schnellem und erfülltem Sex; es passierte ihnen oft, dass sie so wild und panisch wegen der baldigen Trennung einander umarmten und mit heftigen Küssen bedeckten, um sich sofort wieder zu lieben.

Kurz nach drei Uhr schliefen sie immer noch nicht, und Malwina fragte ihn: »Was wirst du morgen tun? Nach deiner Rückkehr nach Hause?«

»Ich werde mich für die Seminare vorbereiten und am Mittwoch zur Uni gehen und das neue Semester anfangen. Und ich will mich mit Joseph verabreden. Ich muss mit ihm einiges besprechen. Vielleicht wird er mir helfen – ganz bestimmt wird er mir helfen.«

»Wobei soll er dir helfen?«

»Malwina – ich möchte doch die Uni endlich verlassen, wie es Joseph auch getan hat. Er weiß, wie es einem geht, wenn man sich für das Leben des Robinson Crusoe entschieden hat. Joseph und ich haben oft über den Selbstmord diskutiert, wie wir es manchmal auch tun; allerdings will ich mich nicht mehr umbringen – vielleicht habe ich es auch nie gewollt! –, obwohl ich unglücklich in eine litauische Gräfin und Professorin verliebt bin, die mit einem Kühlschrank zusammenlebt und aus Verantwortung gegenüber ihrer Familie nichts ändern will. Und trotzdem denke ich ab und zu über den Suizid nach – rein theoretisch zumindest … Das ist auch mein gutes Recht! Aus unserer Liebe wird doch nichts Gescheites!«

»Bitte, hör auf! Es reicht, dass ich schon für Verwirrung sorge, indem ich mir ähnliche Gedanken mache, wenn ich dich in Warschau vermisse … Du hast außerdem eine einzige Aufgabe, du musst das neue Buch über Masuren schreiben! Und du erinnerst dich doch daran, was der Pallottiner Sadzik in seinem Vorwort zu *Land Ulro* von Miłosz schreibt – nämlich dass der Mensch den Kontakt zum Dasein nicht verlieren dürfe, weil er dann oberflächlich werde und nur ans Vergnügen denke. Arthur – du musst *hinhören*, schlaf nicht ein! Außerdem: Was würde ich außerdem ohne dich machen, wenn du Selbstmord begingest? Spinnst du? Ich bin doch so glücklich darüber, dass wir einander getroffen haben!«

»Ich natürlich auch«, sagte Arthur. »Bloß: Du bist viel klüger als ich.«

»Nein, das darfst du so nicht sagen. Wir ähneln einander so sehr, dass wir eine Einheit bilden, vor allem in der Verzweiflung über unsere unerfüllte Liebe. Wir wissen beide, dass wir meine Familie nicht zerstören dürfen. Und dein Ultimatum verstehe ich als einen Akt der Verzweiflung. Du darfst von mir eine klare Entscheidung fordern, du machst mir jedoch keine Vorwürfe – dabei könntest du es tun. Und ich habe dir schon so oft gesagt, dass du dir eine andere Frau suchen solltest – eine Frau, die keine Familie hat und mit der du ein neues und unbefangenes Leben anfangen könntest.«

»Wenigstens schaffst du es, mich immer zum Lachen zu bringen, wenn du mich an ein anderes Mädchen verkaufen möchtest … Dafür bin ich dir dankbar, mehr jedoch nicht. Ich staune nämlich, dass du mich in die Arme einer anderen Frau schieben willst, damit ich endlich glücklich bin. Aber ich will nur dich, verstehst du?«

Arthur musste stets darüber lachen, wenn Malwina wieder einmal den Spieß umdrehte und versuchte, ihn sozusagen vorm Ertrinken zu retten, obwohl sie selbst noch vor Kurzem aus einem dunklen Gewässer gerettet werden musste, weil sie über die Sinnlosigkeit ihrer Liebe, die keine Erfüllung finden konnte, so unglücklich war, dass sie gelegentlich ganz ernsthaft über den Suizid nachdachte.

Malwina schwieg, und er sagte: »Aber was ist das bloß für eine aussichtslose Begegnung, die wir miteinander erleben? Du hast deinen Mann und deine zwei Töchter, dann den Job an der Uni und dein Land, das du ebenso nicht vernachlässigen darfst – lauter Verpflichtungen. Und dein katholischer Pseudogott aus Polen, der vor allem eifrige Patrioten und Wahrheitsbesitzer betreut, diktiert dir nach wie vor, was zu tun ist, wie einst im Sozialismus: Er will uns für unsere Liebe bestrafen, uns ins Gefängnis namens schlechtes Gewissen stecken! Und auf die Freiheit kannst du doch getrost pfeifen, wie ich! Wir können mit ihr kaum umgehen, weil wir Kinder eines kommunistischen Regimes sind und in Wahrheit eine klare Entscheidung nicht treffen können – aufgrund unseres sozialistischen Gebrechens, das da heißt: Unentschlossenheit und Angst vor der Zukunft. Wir werden nie zusammen sein, Malwina. Wir haben nicht den Mut dazu!«

»Bitte, hör auf! Tu mir das nicht an! So kurz vor unserer Trennung! Wir werden niemandem wehtun, und nur das zählt! Das ist unsere Entscheidung! Unsere egoistischen Gründe dürfen keine Rolle spielen ...«

Arthur schwieg. Er bereute jetzt seine Worte. Er hatte ihr wehgetan, das wollte er nicht. Er dachte an die Barsche, die in den Seen in Olsztyn und in den benachbarten Gewässern herumschwammen und nach neuer leichter Beute suchten. Was für eine seltsame unvollkommene Schöpfung, diese Raubfische. Und er musste plötzlich an seine Großmutter Renata denken und an ihr Leid im Krieg. Er kam sich nun so schäbig und bedeutungslos vor mit seinem Liebeskummer. Seine Suche nach erfüllter Liebe mit Malwina schien ihm lediglich dem Intermezzo eines Zirkusclowns zu gleichen; es war eine Suche, bei der das Wahre, Unverfälschte für Arthur schnell für immer verloren ging – in einem Krieg dürfte es ähnlich zugehen, stellte er sich vor, in Sekundenschnelle konnte man alles verlieren, seine Liebe und seine Hoffnung. Aber das sagte er Malwina nicht mehr. Er schlief in ihren Armen ein.

IV. Gnade
(Renata)

Kleines armes Land! Wer ist schon imstande, deine bösen Wälder und Seen zu lieben, deine bösen Scherze zu verstehen, trachtest du doch jedem und nicht nur einem dahergelaufenen Hund nach seinem Leben! Deine Sprache ist finster und verräterisch, deine Sonne ein kalter Stein! Kleines armes Land, warum musst du immer wieder deine Kinder töten?

Kapitel 1
In Polen

Renata ging lieber in die Dorfkirche von Galiny als in den Wald, in dem es von blutrünstigen Dämonen nur so wimmele, erzählte sie ihrem Mann. Sie habe einmal beim Pilzesammeln Rotarmisten beobachtet, wie sie eine junge Frau und einen jungen Mann per Kopfschuss hingerichtet hätten, Deutsche oder Masuren müssten es gewesen sein, und sie sei anschließend selbst um ihr Leben gerannt, weil die Soldaten ihre Anwesenheit entdeckt hätten. »Rysiu, deine Partisanen, die Antikommunisten, sie wohnen auch im Wald! Und ich habe Angst, dass sie dich eines Tages töten werden!«, jammerte sie, wenn sie sich wieder einmal darüber stritten, ob es richtig war, nach Ostpreußen auszuwandern, in die »Wiedergewonnenen Gebiete«. »Wir hätten in Polen, bei meinen Eltern und meinem Sohn bleiben sollen, denn hier bringen sie dich noch um!« – »Aber Renatka, meine Liebste, wir sind doch in Polen! Das Land gehört jetzt uns!«

Renatas Mann Ryszard wurde innerhalb von drei Wochen zweimal von den Partisanen entführt – der neue Dorflehrer von Galiny sollte ihnen als Übersetzer dienen, weil er Deutsch konnte. Allerdings wurden seine Sprachkenntnisse während der langen Tage im Wald kein einziges Mal gebraucht. Ryszard hatte noch nie so viel und so gut geschlafen wie während seiner beiden Entführungen, wobei man ihm jedes Mal erklärt hatte, sein Einsatz werde schon bald kommen … Und da die Partisanen die Rückkehr der Londoner Exilregierung in ein freies Polen mit Gewalt erkämpfen wollten und von ihrem Sieg überzeugt waren, dachten sie auch bereits an die Zukunft, in der ihr freies Land gute Lehrer haben sollte – Lehrer, die keine Kommunisten waren.

Ihr heiliger Rysiu habe bisher mehr Glück als Verstand gehabt, behauptete Renata. Der junge Milizionär Stanisław aus Bartoszyce, der ihm die Leitung der Dorfschule von Galiny mit den Worten »Die Arbeiterpartei glaubt an Ihre Talente!« anvertraut hatte, jagte die Partisanen durch halb Masuren, und Stanisław schaffte es bis jetzt problemlos, den Lehrer aus Galiny aus der antikommunistischen Gefangenschaft zu befreien. Doch niemand wusste, wie es nun weitergehen würde: mit dem Krieg in den Wäldern, mit der Verwaltung durch die polnischen Parteifunktionäre. Und sowohl die neuen Machthaber – die Kommunisten – wie auch ihre Widersacher waren fest davon überzeugt, dass sie für eine gerechte Sache kämpften.

Renatas Mann war erst sechsundzwanzig – zwei Jahre jünger als sie, und Renata nannte ihn seit ihrer Trauung in Braunschweig liebevoll Rysiu.

Ihre Rückkehr aus dem besiegten Deutschland nach Polen hatte sie beide bisher viel Kraft gekostet. Sie waren zwar endlich frei, und ihr neues Leben machte ihnen zu Anfang sogar Hoffnung, dass vor ihnen eine lange Zeit des Friedens lag, aber seit sie in Ostpreußen angekommen waren, blickten sie eher unsicher in die Zukunft – in die sozialistische Zukunft.

Dabei hatte alles so gut angefangen: Zwei Wochen nach Kriegsende heirateten sie, um nicht nur ihre Liebe, die sie unter Hitler zusammengebracht hatte, zu feiern, sondern auch die Befreiung aus der vierjährigen Zwangsarbeit. Der Standesbeamte war vielleicht ein ehemaliges NSDAP-Mitglied gewesen, doch das hatte bei der Trauung keine Rolle gespielt: Wenigstens in der Kirche durften sie sich darauf verlassen, dass der katholische Priester als ein der Menschheit Wohlgesinnter bezeichnet werden konnte, zumal er aus Polen kam, genauso wie ihre Trauzeugen.

Nach dem 8. Mai 1945 hatte Renata freilich nur noch ein einziger Wunsch geplagt: Sie wollte so schnell wie möglich Jaruś wiedersehen, ihren kleinen Sohn aus ihrer ersten Ehe, den siebenjährigen Jaruś, der während des Krieges bei ihren Eltern geblieben war und erst dann nach Galiny und Masuren kommen sollte, wenn sich die Lage in dem neuen Bezirk gänzlich stabilisiert hätte.

Renata hatte den Kleinen im Krieg vier lange Jahre nicht gesehen, und die Begrüßung nach ihrer Rückkehr in das elterliche Dorf bei Konin würde sie nie vergessen. Ihr Sohn hatte sie nicht erkannt. Er fragte seinen Großvater, wer nun diese fremde Frau sei und was sie von ihm wolle. Jaruś weinte auch nicht, als sich Renata erneut von ihm verabschiedete, um ihrem Mann nach Masuren zu folgen.

Sie musste Jaruś leider noch ein Weilchen – eine kurze und unbedeutende Zeit, wie sie hoffte – mit ihren Eltern allein lassen, mit dem Dorfschmied und Quacksalber und seiner Frau, die zwölf Kinder zur Welt gebracht hatte und die – wie es auf dem Lande üblich war – in ständiger Gottes- und Teufelsfurcht lebte.

Renata dachte immer öfter daran, dass sie einen Fehler begangen hatte: Sie machte sich Vorwürfe, ihren kleinen Sohn zum zweiten Mal allein gelassen zu haben. Ihre Eltern kümmerten sich zwar um den Jungen voller Hingabe, wie es ihnen eben nur möglich war, und Jaruś musste keinen Hunger leiden. Doch er brauchte eine Mutter, obwohl er Oma und Opa als seine wahren Eltern betrachtete und liebte. Der Schmerz wegen dieser Trennung ließ Renata nicht los, zumal sie die in beiden Fällen nicht selbst verschuldet hatte. Sie fragte sich andauernd, warum sie nach der Heirat mit Ryszard nicht aufgepasst hatte: Was war eigentlich nach dem 8. Mai geschehen? Was hatte sie verpasst? Wo war ihr der entscheidende Fehler passiert? Renata erinnerte sich jeden Tag an die ersten Wochen nach dem Ende des Krieges und suchte nach einer Erklärung für ihre Willensschwäche, da sie sich bei ihrem Mann nicht hatte durchsetzen können. Jaruś würde ihr eines Tages als Erwachsener Vorwürfe machen, das wusste sie jetzt schon.

Renata hatte jedenfalls zusammen mit Ryszard einen langen und anstrengenden Weg nach Hause zurückgelegt. Polen war so nah und gleichzeitig so weit entfernt vom besiegten Deutschland.

Nach ihrer bescheidenen Hochzeit auf einem deutschen Bauernhof, auf dem sie all die Kriegsjahre schwer geschuftet hatten, machten sie sich nämlich auf den Nachhauseweg, doch sie kamen in der von den Amerikanern besetzten Zone nicht weit.

Erst im frühen Herbst wurden sie von der amerikanischen Armee mehr oder weniger entlassen und durften nach Polen zurückfahren. Ryszards Brüder und Schwestern, die schon Ausreisepapiere für Amerika, Kanada, Australien oder England besaßen, zeigten ihnen damals den Vogel: »Zu den Sowjets geht ihr? Zu den Kommunisten? Sie halten unser Land besetzt wie vor Kurzem noch die Nazis … Und man sagt, dass es bei uns nichts zu essen gibt und alle arm sein müssen – standesgleich vor ihrem Onkel Stalin …«

Über Stettin, wo die sowjetische Armee ihr Hauptquartier aufgeschlagen hatte, zu Tausenden campierte und berauscht von ihrem Sieg die Zivilbevölkerung terrorisierte, fuhr das jung vermählte Ehepaar nach Polen. In überfüllten Viehwagen der neu gegründeten polnischen Bahnen kamen sie zunächst nach Poznań, zu Ryszards Eltern. Dort blieben sie eine Woche, dann brachen sie nach Zamęty auf, in das Heimatdorf von Renata, um endlich Jaruś und die Großeltern zu treffen.

Und Ryszard, dem sowohl bei seinen Eltern in Poznań wie auch in Renatas Heimatdorf langweilig war, entschied sich eines Tages für einen Umzug nach Masuren. Er sagte zu seiner Frau: »Wir haben zwar unter den Deutschen gelitten, aber wir haben auch gesehen, dass sie einen besseren Lebensstandard gewöhnt sind – wir werden deshalb im ehemaligen Ostpreußen unser Glück suchen, und die neuen Machthaber brauchen Lehrer und Schreibkräfte, und ich bin Lehrer, ich kann sogar Deutsch und Englisch!«

Seine Erklärung musste Renata schlucken, sie wäre sogar lieber in Poznań geblieben, dann hätte sie an den Wochenenden ihren Sohn im Dorf ihrer Eltern besuchen können. Und am liebsten wäre sie sogar in das heimatliche Dorf zurückgegangen, zu Oma und Opa von Jaruś, die doch den Krieg überlebt und den Kleinen tapfer beschützt hatten, denn sie wusste, dass ihre Eltern genauso wie sie selbst jeden Tag Todesängste hatten ausstehen müssen.

Kapitel 2
Das Böse

Es war bereits Ende Oktober, und das junge Ehepaar wohnte – wie es Renata bei jeder Gelegenheit wiederholte – bei den Deutschen, nämlich im Schloss von Galiny, in dem die Ostpreußin Irmgard und ihr Verlobter Jan Nachbarn waren. Die Arbeiterpartei stellte ihnen eine Wohnung zur Verfügung, dafür musste Ryszard die meist verwaisten Kleinkinder zusammen mit den obdachlosen Halbwüchsigen aus mindestens vier, fünf Nationen unterrichten: Deutsche und Polen, Ukrainer, Weißrussen und Litauer, darunter auch viele Juden. Das Kinder- und Jugendheim von Bartoszyce war überfüllt, und die Jugendlichen und selbst die Kleinsten schickte man aufs Land und gründete provisorische Heime und Schulen für all die elternlosen Mädchen und Jungen.

Renata und Ryszard gingen beide so gut wie jeden Abend früh ins Bett, da es im Schloss immer noch keinen elektrischen Strom gab. Manchmal las Ryszard vor dem Einschlafen einen französischen Roman aus dem 19. Jahrhundert oder Gedichte von polnischen Romantikern; er las diese Bücher, die er aus Poznań mitgebracht hatte, bei Kerzenlicht, und Renata wurde dann wütend: »Du machst dir deine Augen kaputt … Du liest zu viel, die Bücher werden dir außerdem dein Herz verderben und deinen Verstand rauben, und du hasst die Kirche, in unsere Arbeiterpartei willst du aber auch nicht eintreten – Pan Stanisław würde dann vielleicht dafür sorgen, dass wir wenigstens Strom bekämen und mehr zu essen …«

* * *

Es war wieder ein so früher Abend, an dem Renata sich schwer ins Bett schleppte und nach harter körperlicher Arbeit endlich schlafen wollte. In Deutschland erst hatte sie gelernt, Kühe zu melken, was schon erstaunlich war, kam sie doch selbst vom Land. Aber ihr Vater, der in dem Dorf bei Konin ein bekannter Hexer und Quacksalber für Tiere und Menschen war, hatte sie vor mühseligen Arbeiten auf dem Hof und Feld stets erfolgreich bewahrt – ihre Geschwister mussten stattdessen schuften. Sie wollte ja damals eine Nonne werden oder wenigstens eine Beamtin hinterm Postschalter. Ihre Träume wurden durch den Kriegsausbruch am 1. September 1939 zerstört, und nun litt sie darunter, dass ihr Mann ein Gotteslästerer war und sie bei jeder Gelegenheit verhöhnte: »Du mit deinen Gebeten! Sie haben uns unter den Nazis nichts geholfen – der Amerikaner musste uns erst befreien –, und sie werden uns auch jetzt nichts nützen, verstehst du, du naives Gemüt?«

Wenigstens hatte sie im ehemaligen ostpreußischen Schloss Arbeit gefunden – der Pole Jan, der ein undurchsichtiger Bursche zu sein schien, beschäftigte sie auf dem Landgut, das er zwar humorvoll sein Eigen nannte, das jedoch voll und ganz dem Staat gehörte, wie alles in der neu entstehenden sozialistischen Volksrepublik. Renata musste Kühe melken, Hühner und Schweine füttern, wobei sie alle in diesen Zeiten des Hungers über die wenigen mageren Tiere auf dem Landgut glücklich sein konnten. Sie war außerdem eine sparsame, erfinderische Köchin, die aus dem Nichts eine Suppe zu kochen vermochte, was sie in ihrer Zwangsarbeitszeit gelernt hatte. Und jede Lebensmittellieferung nahm sie persönlich in Empfang, um die knappen Waren vernünftig einzuteilen. Sie sammelte alte Kleidung und flickte sie für die Arbeiter von Jan, und wenn es sein musste, schleppte sie auch schwere Steine und schuftete auf dem Feld oder im Wald, während ihr Mann die in ihren katholischen Augen von Gott viel zu hart bestraften Waisenkinder und Krüppel unterrichtete.

Aber sie fühlte sich eigentlich mehr wie die Krankenpflegerin ihrer Nachbarin Irmgard, da diese kein Polnisch konnte. Renata arbeitete mit ihr zusammen auf dem Hof und brachte ihr die neue Sprache bei: jeden Tag ein paar Brocken Polnisch mehr. Immerhin machte Deutschland seinen Zwangsarbeitern ein einziges sinnvolles Geschenk: Renata erlernte im Krieg auch ein wenig die deutsche Sprache und konnte sich deshalb rasch mit Irmgard anfreunden und jeden Tag für sie aus dem Polnischen übersetzen.

Ryszard las bei Kerzenlicht einen Roman, und Renata sagte: »Wir müssen ihr vergeben …«

»Wem denn schon wieder?«, ärgerte sich ihr Mann.

»Na, der jungen Deutschen, was denkst du denn?«

»Es gibt nichts zu vergeben, alles ist vorbei, das Spiel ist aus, denn die meisten Schurken, die ganz gewöhnlichen Täter von der Straße, werden wir sowieso nicht zu fassen kriegen – sie werden unter uns unerkannt weiterleben. Die großen Fische dagegen sind doch alle längst aus Europa abgehauen. Und die Verbrecher, die man gefasst hat, werden nicht fünf Jahre lang in Konzentrationslagern gequält, sondern gleich nach dem Gerichtsurteil gehängt. Und was nutzt uns die Tatsache, dass man Göring und seinesgleichen zum Tode verurteilt hat? Nichts! Außerdem hat er angeblich Selbstmord begangen. Jetzt schlaf endlich, wir haben morgen wieder einen schweren Tag vor uns …«

»Wir werden uns nicht einmal fromm liebhaben?«, fragte Renata.

»Nein, heute nicht, ich bin kaputt, meine Schüler sind unberechenbar – ich komme mir manchmal wie ein Gefängniswärter vor. Gestern zum Beispiel hat sich ein zwölfjähriger Junge mit einer Handgranate schwer verletzt. Wir mussten ihm beide Beine amputieren. Das Elend hört einfach nicht auf … Ich habe dir davon nichts erzählt, weil ich dich verschonen will. Du hast in diesem Krieg genug Gewalt gesehen …«

»Ich habe auch meine Sorgen: Die kleine Irmgard zum Beispiel – es liegt mir sehr am Herzen, dass sie glücklich wird! Wir müssen sie vor Herrn Stanisław und den bösen Dämonen aus dem Wald beschützen. Wildfremde Männer kommen mindestens einmal in der Woche bei uns auf dem Hof vorbei und drohen uns … Ich muss ihnen mit Mühe erklären, dass ich keine Deutsche oder Masurin bin und dass Irmgard eine Stumme ist. Aber Herr Stanisław leckt sich auch die Finger nach der jungen Deutschen …«

»Jetzt siehst du endlich, dass es keinen Gott gibt … Das Böse kommt immer nur vom Menschen, nur vom Menschen, denn die Natur weiß nicht, was sie tut: Sie folgt lediglich ihrem Instinkt.«

»Gute Nacht, mein Liebster – wenn du so schreckliche Dinge erzählst, will ich lieber schlafen und von der Welt nichts mehr hören …«

* * *

Renata bekam noch einen Kuss von ihrem Mann, bevor sie sich auf die andere Seite drehte und ihren Kopf unter der Bettdecke versteckte. Ihre Augen hielt sie geschlossen, doch sie wollte gar nicht einschlafen. Sie musste an ihren kleinen Sohn denken. Wann würde sie ihn wiedersehen?

»Du wirst nicht mehr lange leiden müssen! Nur noch ein Weilchen!«, wiederholte andauernd ihr Mann, um sie zu beruhigen.

Renata hoffte natürlich, dass dieses Weilchen keine Ewigkeit dauern würde, doch im Moment konnte selbst ihr gebildeter Mann ihr nicht helfen, da er kaum einzuschätzen wusste, wie lange noch das Morden und Plündern in Masuren weitergehen würde. Sie spürte keine Angst vor den Soldaten und Herumtreibern aus dem Wald, in Deutschland hatte sie ja jeden Tag damit rechnen müssen, dass sie erschlagen werden konnte, ohne besonderen Grund obendrein; sie war eine unbedeutende Arbeitssklavin gewesen und hatte im Krieg gelernt, mit dieser Todesangst zu leben. Außerdem glaubte sie an Gott und an seine Familie, an den polnischen Jesus Christus und die polnische Heilige Maria aus ihrem Heimatdorf, und sie vertraute auch ihrem Schutzengel und anderen Engeln, die sie schon oft vor dem sicheren Tod aus den Händen der Nazis beschützt hätten, wie sie behauptete. Und trotzdem war sie ein wenig verunsichert, weil sie noch nie solche Wälder, noch nie solche Seen gesehen hatte, die die Menschen entführten und töteten. Überall in den Dörfern wohnten Ertrunkene, und selbst der Dorfpfarrer – ein Deutscher, da es in Galiny noch keinen katholischen Priester aus Polen gab – erzählte ihr einmal von den bösen Geistern und Dämonen aus dem Wald und aus den benachbarten Seen. Ryszard erklärte ihr, sie müsse jedes Wort des deutschen Pfarrers in eine normale – heutige – Sprache übersetzen; der Gute wolle nur die Weiber und Kinder davor warnen, sich nicht unnötig von ihrem Zuhause zu entfernen, denn überall würden Diebe und Mörder grassieren und die Landbevölkerung und auch die Städter terrorisieren.

Doch diese Warnung galt nicht für Renata, die wusste, dass der Satan in seiner ganzen Schlauheit und Hartnäckigkeit ein sehr begabter böser Engel war, viel begabter als der Mensch, der, wie ihr Mann behauptete, die Wurzel allen Übels sei. Die Banditen überfielen nämlich auch die Menschen in ihren Häusern, und von Irmgard hatte sie erfahren, wie es dann zugehen konnte: Frauen hätten jedenfalls keine Chance, sodass sich Renata darüber wunderte, dass ihre deutsche Freundin überhaupt noch lebte.

Renata dachte vor dem Einschlafen noch einen Augenblick an ihren ersten Mann, an den Vater ihres kleinen Sohnes Jaruś: Gleich in den ersten Tagen im September 1939 kam ihr Mann Henryk in einem Gefecht mit der Wehrmacht um. Liebte sie ihn immer noch? Sein weißer Schädel besuchte sie in ihren Albträumen. Und sie wusste, dass sie an ihren gefallenen Soldaten nicht mehr denken durfte, sie hatte einen neuen Mann, aber sie fürchtete sich vor der Wiederbegegnung mit ihrem Soldaten beim Jüngsten Gericht, denn es hieß im Johannesevangelium, dass *alle*, die – wortwörtlich – in den Gräbern seien, Seine Stimme am Ende aller Tage zur Stunde des Gerichts hören würden. Renata hatte sich diese Worte nach einer Predigt in der Kirche genau gemerkt, und deshalb fiel es ihr schwer, ihren ersten Mann zu vergessen, und gleichzeitig quälte sie ein anderer schrecklicher katholischer Gedanke: dass sie ihrem neuen Mann treu sein musste und ihn nicht einmal mit einem Toten, einem gefallenen Soldaten, betrügen durfte.

Sie schlief bei Kerzenlicht ein und träumte nicht vom Schädel ihres jungen Soldaten wie in der letzten Nacht.

Aber im Morgengrauen wachte sie auf und stellte fest, dass ihr Mann verschwunden war. Sie sah aus dem Fenster: Er unterhielt sich auf dem Vorplatz des Schlosses lautstark mit dem Nachbarn, dem Verwalter des alten ostpreußischen Landguts von Galiny. Und sie war sich sicher, dass die beiden Männer über Irmgard und Herrn Stanisław sprachen und dass sie von niemandem gehört werden wollten, obwohl sie ihre Stimmen nicht beherrschten und offensichtlich sehr verärgert waren.

Kapitel 3
Ein Kind des Teufels

Renata hatte noch nie eine andere Frau auf den Mund geküsst, und sie wunderte sich, dass sie überhaupt auf diese Idee kam, dass sie überhaupt darüber nachdachte, wie es denn wäre, Irmgard einen Lippenkuss zu verpassen – einen Versöhnungs- und Trostkuss: Es ging ihr doch nicht darum, dass sie ihre deutsche Freundin »fromm liebhaben« wollte, wie sie es gelegentlich mit ihrem Mann tat. Ganz im Gegenteil, Renatas Gott befahl ihr diese Versöhnungsgeste, eine Kleinigkeit eigentlich, ein harmloser Kuss auf die Lippen und vielleicht noch auf die Wangen, und trotzdem schämte sie sich und musste daran denken, dass sie sich vor sich selbst ekelte, weil sie plötzlich Lust bekam, unbändige Lust, Irmgard zu küssen und zu umarmen, als wäre sie doch ein Mann … Sie dachte: Und wenn schon, es ist nur ein Wunsch – wir müssen ihnen vergeben, und Irmgard ist doch unschuldig, ich werde sie beschützen, vor allem vor Herrn Stanisław und seinen betrunkenen Milizionären! Ihr darf nichts Böses mehr zustoßen!

Renatas Mann ärgerte sich, wenn er aus dem Mund seiner Frau, einer eifrigen und hysterischen Katholikin, wie er fand, wieder einmal davon hörte, dass man den Deutschen ihre Taten vergeben müsse; er sagte, er werde weder den Sowjets noch den Nazis vergeben, er sei nicht gläubig und müsse für niemanden Mitleid empfinden, schon gar nicht für potenzielle Mörder.

Ryszard hielt ihr oft eine Art Predigt und erklärte, Mitleid als die Grundidee des Christentums sei, so der deutsche Philosoph Nietzsche, den sie natürlich nicht kenne, ein Zeichen von Schwäche. Seine Bücher schätze er außerordentlich, wobei nach dem verlorenen Krieg, so Ryszard, der Spieß mehr oder weniger umgedreht worden sei: Alle Deutschen müsste man nämlich töten, denn der deutsche Philosoph habe in einem seiner berühmten Bücher geschrieben, dass die Schwachen und Missratenen zugrunde gehen sollten ... Nach der Niederlage der Nazis habe sich plötzlich etwas, was einmal groß gewesen sei, als klein erwiesen. Nietzsches Philosophie richte sich deshalb ausgerechnet gegen seine eigene Nation – gegen die Nazis, die schwach und missraten gewesen seien, obwohl sie stark und vollkommen werden wollten. Es sei doch sehr amüsant, wie schnell letztendlich dieser künstlich aufgeblasene und hysterische Ballon namens Nationalismus geplatzt sei! Renatas Mann bezeichnete eine solche Entwicklung als eine der größten Absurditäten der Weltgeschichte, die scheinbar zu allem fähig sei – zu jeder Missgeburt.

Ryszard wartete übrigens, genauso wie die Partisanen, auf die Rückkehr des Generals Anders, der seine Heimat bestimmt befreien werde, so Renatas Mann, der General sei jetzt bei der polnischen Exilregierung in London gestrandet, und Anders werde die Rückeroberung Polens vorbereiten und bald schon zurückkommen.

Renata verstand nicht, was ihr Mann eigentlich von ihr und von der Welt wollte: Mitleid und Empathie – warum soll Liebe zu seinem Nächsten ein Zeichen der Schwäche sein?, fragte sie sich. Und sie hasste den deutschen Philosophen, der Überheblichkeit und falsche Stärke predigte. Wie hieß er noch? Den merkwürdigen Namen konnte sie sich nicht merken.

Trotz alledem bewunderte Renata ihren Ryszard, er war klug und gebildet, er beherrschte Fremdsprachen, er trank keinen Schnaps und er kam aus Poznań, wo er sogar ein Studium angefangen hatte – der Kriegsbeginn am 1. September erwischte auch ihn in einer neuen Lebensphase, die mit Gewalt beendet wurde, denn der junge Student musste eine Uniform anziehen und verteidigen, was von Polen nach dem Überfall noch übrig geblieben war. Renata konnte ihm vieles verzeihen, zumal Ryszard während der Zwangsarbeitszeit in einer besonders aggressiven und der Naziideologie ergebenen Bauernfamilie beschäftigt gewesen war – er hatte oft heftige Prügel einstecken müssen, sadistische Prügel, da der junge Sohn des Hofbesitzers, ein armeeuntauglicher Krüppel, seinen Frust jeden Tag neu ausgelebt hatte.

Aber in einem Punkt machte Renata ihrem Mann schwere Vorwürfe: Sie mochte es nicht, wenn er wie ein Berserker von Rache sprach und den Kriegsverlierern und den neuen Unterdrückern, den Kommunisten, die Pest an den Hals wünschte. Sie sagte dann: »Du bist viel zu klug, um so schlimme Dinge, die so böse sind, jemandem zu wünschen! Wir müssen weiterleben und deshalb dürfen wir keinen Groll in unserem Herzen tragen … Dein Hass schwirrt förmlich durch die Luft und macht mich krank …«

Renata kochte jeden Tag in der Schlossküche für die Dorfschüler das Mittagessen – seit einer Woche gab es wieder elektrischen Strom im ganzen Dorf, weshalb sie eine neue Aufgabe bekam und Köchin der Dorfschule wurde. Und da auch die auf dem Landgut des neuen sozialistischen Staates beschäftigten Arbeiter essen mussten, kochte sie zusammen mit Irmgard die Kartoffel- und Sauerkrautsuppen eben auch für die Männer, die froh waren, überhaupt etwas Warmes in den Magen zu bekommen, obschon nur einmal täglich – zum Sterben zu viel, zum Leben zu wenig, wie sie höhnten. Im Prinzip gab es jeden Tag eine Suppe und ein Stück Brot auf die Hand, eine einzige Schnitte für jeden.

Renata war ein wenig stolz darauf, dass sie für den Mann von Irmgard arbeiten durfte, weil er seine deutsche Frau so behandelte, als wäre sie das Kriegsopfer und nicht er selbst – Jan konnte sogar Deutsch, was in dieser Gegend nicht ungewöhnlich war (Renatas Mann kam es trotzdem verdächtig vor: »Und wenn er ein ehemaliger SS-Soldat wäre? Man kann nie wissen, mit wem man hier im alten Ostpreußen zu tun hat …«). Außerdem sorgte der Landgutsverwalter dafür, dass sich die Trecker und die Tiere in den Ställen wie Pilze nach dem Regen vermehrten – einmal in der Woche holte Jan eine neue Kuh oder ein neues Schwein auf den Schlosshof von Galiny, und einmal in der Woche kamen russische Soldaten und nahmen offiziell das eine oder andere Tier wieder mit; einen Überfall hatte es bisher Gott sei Dank nicht gegeben.

Jan hatte beträchtliche Geldmittel von Herrn Stanisław bekommen und kaufte in ganz Masuren eifrig ein – angeblich auch auf dem Schwarzmarkt –, damit das alte Landgut endlich in die Gänge kam und den Landkreis Bartoszyce ernähren konnte. Aber 30 000 Złoty für ein Pferd auszugeben, schien Renata mächtig übertrieben zu sein – für sie war dies eine unvorstellbare Summe, zumal sie wusste, dass sie so viel Geld nie besitzen würde.

Renata betete Morgen für Morgen und Abend für Abend auch für den neuen sozialistischen Staat – wie auch für ihren kleinen Sohn und für ihren Mann und für Irmgard. Doch sie wurde unruhig, wenn sie an die Wälder und Seen dachte – der hiesigen Natur widmete sie kein einziges Gebet. Sie bat den Schöpfer sogar darum, ihren Mann in einen anderen Bezirk zu versetzen, am besten zurück nach Hause, nach Poznań; ihr Gott hielt sich allerdings in dieser Angelegenheit bedeckt und half ihr nicht, was Renata ihm ein wenig übel nahm.

* * *

Die Schüler – wobei die meisten von ihnen längst volljährig waren – aßen auch an diesem Montag im Speisesaal des Schlosses wieder zusammen mit den Männern, die bei Herrn Jan eine Arbeit gefunden hatten. Es gab nie einen Streit zwischen den Arbeitern und der Jugend, obwohl die Männer ehemalige Soldaten, Partisanen oder KZ-Häftlinge waren; und trotzdem: Um des Friedens willen empfahl es sich, ihnen keine Fragen nach ihrer Vergangenheit zu stellen. Die wenigen Mädchen, die Renatas Mann ebenso unterrichten musste, wurden in Ruhe gelassen – sowohl von den Arbeitern wie auch von den Jungen. Ein paar derbe Sprüche gab es schon hin und wieder zu hören, auch derbes Gelächter, es geschah jedoch nie etwas Schreckliches, und Pan Jan passte darauf auf, dass seine Männer die Nerven nicht verloren und nach Feierabend zu ihren Ehefrauen zurückkehrten. Er hatte immerhin sieben Angestellte – und jeder war ein Hitzkopf.

Aber einer der neuen polnischen Arbeiter kam aus Litauen und sprach mit dem typischen Akzent aus dem polnisch-litauischen Grenzgebiet. Für Renata war er ein Greis, in Wirklichkeit habe er vor Kurzem seinen fünfzigsten Geburtstag gefeiert, so Ryszard, und sei zusammen mit seiner Familie – mit zwei Töchtern, einem Sohn und ihrer Mutter – vor den Sowjets in das neue Polen geflohen.

Der Arbeiter aus Litauen brachte eine Kuh und einen Panjewagen mit nach Galiny und wurde von den anderen Dorfbewohnern als reicher Mann betrachtet. Die neuen Machthaber wiesen ihm eine Wohnung in einem Zweifamilienhaus an der Hauptstraße von Galiny zu, die zu den großen ermländischen Seen Lutry und Dadaj führte – er bedankte sich jedoch und quartierte sich in zwei freien Zimmern im rechten Flügel des Schlosses ein, wogegen niemand protestierte. Dann fing er an, bei Jan zu arbeiten – seine aus Litauen mitgebrachte Kuh musste er allerdings an das staatliche Landgut übergeben, und das unter den wachsamen Augen der Milizionäre von Herrn Stanisław. Der Arbeiter aus Litauen besaß ein besonderes Talent, das man in einem Dorf immer gut gebrauchen konnte: Er war wie Renatas Vater Quacksalber für Tiere und Menschen, für ihre Gebrechen, Krankheiten und Seelen, und da es einen Arzt nur in Bartoszyce gab, in dem Grenzstädtchen an der Łyna, empfing man den polnischen Litauer Józef in Galiny mit offenen Armen.

Renata saß am Esstisch stets an der Seite von Irmgard, um sie vor bösartigen Scherzen oder Angriffen – vor allem von Männern – zu beschützen. Doch es war eigentlich nicht notwendig: Die Polen und Litauer ließen die junge Deutsche meistens in Ruhe, zumal sie den Zorn ihres Mannes, des mächtigen Landgutsverwalters, fürchteten; er war ein gedrungener Bursche, ein aus Galizien stammender Bär, und mit seinen wilden Blicken flößte er jedem kampflustigen Schlagetot bereits nach kurzer Zeit Ehrfurcht ein – man sah ihm an, dass er an der Front gewesen war und schlimme Dinge erlebt oder getan hatte.

* * *

Nach dem Mittagessen sagte Renata zu ihrer Freundin: »Wir gehen heute Abend endlich zu Herrn Józef, er wird uns helfen, das kann ich dir versprechen!«

Irmgard nickte still mit dem Kopf. Vielleicht hatte sie an einem einzigen Tag zu viele Neuigkeiten erfahren; meistens war sie still, vor allem dann, wenn andere Polen dabei waren.

Heute war sie still – ihr zukünftiger Ehemann hatte nämlich vor dem Mittagessen feierlich angekündigt, dass am kommenden Freitag seine Hochzeit mit der jungen Frau aus Bartoszyce stattfinden werde, zu der alle herzlich eingeladen seien. Mit keinem einzigen Wort erwähnte er, dass die Braut eine Deutsche war und eigentlich aus Bartenstein kam, ihrer Geburtsstadt.

Irmgards Schweigen und ihr leises Lächeln, ihre schüchternen Gesten und die Tatsache, dass sie gleich nach dem Essen in die Küche verschwunden war, hatten die Tischgesellschaft verunsichert, zumal die Arbeiter mit einem Gläschen Schnaps auf die Braut anstoßen wollten. Irmgards Verhalten war einfach nicht einladend gewesen, niemand kritisierte sie, und niemand fragte die junge Deutsche, ob sie glücklich sei. Die Glückwünsche, die die Männer an die Braut richteten, landeten schließlich beim Landgutsverwalter.

Den Abwasch erledigten die beiden jungen Frauen immer zusammen, und als sie an diesem Nachmittag in der Küche allein waren, sagte Irmgard: »Ich weiß nicht, von wem das Kind ist ... Ich kann es nur vermuten ...«

»Vater nicht wichtig«, antwortete Renata. »Aber: Ich darf nicht wegmachen dein Baby ...« Sie fuhr auf Polnisch fort, obwohl sie wusste, dass ihre Freundin nichts verstand, doch die Holzhammermethode war die einzige Lösung, ihr die neue Sprache beizubringen; außerdem konnte Renata im Deutschen nicht alles, was sie sagen wollte, ausdrücken: »Ich käme in die Hölle – nicht einmal im Fegefeuer gäbe es für mich ein ruhiges Plätzchen –, wenn ich dein Kind umbringen würde. Verstehst du? Diese schwierige Aufgabe muss Herr Józef erledigen, unser Quacksalber, der an Christus und Maria nicht glaubt – zumindest nicht so wie ich und die Kirche!«

Sie beeilten sich nicht mit ihrer Arbeit, sie hatten viel zu besprechen und konnten ihr dunkles Vorhaben heute Abend endlich realisieren, da Renatas Mann die Einladung zum Hechte-Angeln vom Landgutsverwalter angenommen hatte. Die beiden Männer wollten am frühen Abend bereits aufbrechen und zu einem der benachbarten Seen fahren, um dort ihr Glück in den Abendstunden und noch einmal am frühen Morgen zu versuchen. Von den Deutschen hatte es eine üppige Erbschaft im Schloss gegeben: Die Soldaten der Roten Armee schafften es einfach nicht, alle wertvollen Gegenstände nach Hause zu schicken, zu ihrem »Mütterchen Russland«, wie sie ihre Heimat nannten. Im Schloss konnte man immer noch Angelruten oder andere Gegenstände des Alltags finden, selbst noch wertvolle Gemälde und Kleider, ein Fahrrad oder ein Buch.

»Ich weiß, Pan Stanisław ist gewesen der Vater!«, sagte Renata.

Irmgard protestierte wieder, nein, nein, Pan Stanisław sei es auf keinen Fall, und nach dem Abwasch nahm die junge Deutsche ihre neue Freundin an der Hand und führte sie nach draußen. Dann zeigte sie auf die Scheune, in der sich ein Trecker und zwei Zugpferde den dunklen engen Raum teilten: Auf dem Dachboden gab es dafür ausreichend Heu für den kommenden Winter. Renata verstand überhaupt nicht, was die junge Braut ihr damit sagen wollte, als sie ihr erklärte, dass die Antwort auf alle Fragen gleich hinter der Scheune liege.

Nachdem die Frauen den Vorhof des Schlosses verlassen hatten und zu den Wirtschaftsgebäuden, den Scheunen und Bedienstetenhäuschen gekommen waren, erzählte Irmgard von den Besuchen eines fremden Soldaten, der nun hier begraben worden sei. Renata begriff immer noch nichts, aber als sie beide die Wiese betraten, die hinter der Scheune lag, wurde ihr blitzartig klar, was geschehen sein mochte.

»O Gott!«, rief sie. »Jan hat ihn ermordet, und du bist von dem Fremden schwanger geworden, der nun hier liegt …«, sagte sie auf Polnisch.

Sie musste nichts übersetzen. Sie umarmte Irmgard, die zu schluchzen begann. »Das ist ein Kind des Teufels – du darfst es nicht behalten!«, murmelte Renata. »Herr Józef ist unsere Rettung – er und seine Frau! Und es muss heute geschehen, und schnell muss es geschehen, damit du dich bis Freitag wieder erholen kannst. Du heiratest doch … Morgen kannst du den ganzen Tag im Bett liegen bleiben und krank sein, ich werde die Kühe melken und die Schweine füttern, und du wirst wieder zu Kräften kommen.«

Es war windig auf der Wiese hinter der Scheune, der Himmel sah nach Regen aus, aber es fiel noch kein einziger Tropfen von den dunkelblauen Wolken, die nach Galiny aus den nordischen Gefilden geeilt waren. Das dunkle Blau hing tief und schwer über dem Dorf, und seine Düsternis wirkte erdrückend und bedrohlich: Wo war die Sonne des späten Altweibersommers geblieben?

»Dieser Himmel verspricht nichts Gutes, das spüre ich«, sagte Irmgard.

Kapitel 4
Der Quacksalber

Ryszard und Jan, die im Begriff waren, aus Not eine Männerfreundschaft zu schließen, fuhren mit einem Motorrad und den deutschen Angelruten gegen Abend weg, wie sie es angekündigt und einander versprochen hatten. Das Verschwinden der Männer war für die beiden Frauen eine Befreiung: Renata und Irmgard gingen nämlich sofort zu Herrn Józef und seiner Frau, mit der er sechs Kinder gezeugt haben sollte – drei seien aber leider verstorben. Sie wohnten in zwei geräumigen Zimmern, die einst für Empfänge genutzt worden waren: Der alte Glanz war nicht nur am Stuck an den Decken zu erkennen, sondern auch an den Schränken und Betten – solche Möbel hatte Renata in Deutschland gesehen, aber nun wirkten sie in dem in die Obhut des sozialistischen Staates übergebenen Schloss etwas verloren. Hatte der kommunistische Leviathan bereits angefangen, konkrete Formen anzunehmen? Wurde das Ungeheuer bereits überall sichtbar? Solche Fragen beschäftigten auch Renata, die so gut wie jeden Tag von ihrem Mann einen kritischen Vortrag über den neuen sozialistischen Staat zu hören bekam.

Die Kinder von Herrn Józef mussten den Raum, in dem es auch eine Waschecke gab, verlassen, und der kleine stämmige Mann, dessen fette Augenbrauen und dreckige Fingernägel eigentlich nichts Gutes verhießen, bat seine Frau, einen Tee für die Gäste zu kochen, den er auf dem Schwarzmarkt besorgt habe.

Renatas Freundin stand schüchtern in einer Ecke des Zimmers – ausgerechnet dort, wo die Wände von Feuchtigkeit und Pilzen dunkelgrau waren; mit gesenktem Kopf und schweigend bewegte sie sich keinen Schritt weiter und lauschte dem Gespräch, das – so viel durfte sie sofort begriffen haben – unangenehm verlief. Renata musste die junge Braut verteidigen, denn der Quacksalber hasste die Deutschen und wünschte ihnen den Untergang und ewige Folter in der Hölle, was sich dadurch ausdrückte, dass er fast täglich Jahwe oder gar Christus in seine Gebete einflocht und um eine grausame Strafe für die Nazis bat. Und jeder konnte seine Gebete hören, die er ganz einfach überall, wo er sich aufhielt, vor sich hin murmelte.

Józefs Frau, ein von Teigwaren rund und speckig gewordenes Weib, beschimpfte ihn und warf ihm Gotteslästerung vor, wenn er seine Hasstiraden hielt – wie jetzt schon wieder. Sie sagte: »Wir sind alle Kinder Gottes, der Vater im Himmel wird über die Deutschen richten und nicht der Mensch …«

»Du siehst, wie er über die Juden gerichtet hat, dein Vater im Himmel – Unschuldige sind durch den Kamin gejagt worden, während die Deutschen jetzt Kaugummi und Schokolade und Fleischkonserven aus Amerika kriegen und wir armen Schlucker auch, obwohl wir kein fremdes Land überfallen, keine Massenmorde durchgeführt haben … Die in Amerika lebenden Juden schicken nun den Sauerkrautfressern Fleischkonserven und Kaugummi – da hast du deine Gerechtigkeit. Und bring uns endlich den Tee! Oder bist du wieder schwanger? Du bewegst dich wie eine Fliege im Teer!«

Seine pummelige Frau verschwand beleidigt, das Gespräch ging aber hastig und mit unverminderter Aggression weiter.

»Herr Józef, wir bekommen sogar Trecker aus Amerika geschenkt«, sagte Renata, die sich bemühte, die ganze Diskussion in ruhigere Gewässer zu leiten.

»Ich kann es nicht tun …«, sagte Herr Józef. »Ich will nicht und ich kann nicht … Dieses Volk soll aussterben und nie wieder die Erde bevölkern … Es sind Mörder, die glauben, der Herrenrasse anzugehören. Jetzt müssen wir sogar Freunde werden, da der Osten Deutschlands kommunistisch wird wie wir – eine Schande! Und dafür haben wir geblutet und gelitten und gekämpft – dafür sind wir gestorben, dass wir nun Freunde werden? Vor einem halben Jahr noch haben sie uns gefoltert und erschossen, und all das sollen wir einfach so vergessen? Eine Schande! Ich habe zwei Brüder verloren und bin selbst einer tödlichen Treibjagd bei uns im Dorf nur mit viel Glück entkommen. Nein, sie müssen aussterben, müssen aufhören zu existieren, wie es sich der berühmteste Engländer mit der Melone und der Zigarre gewünscht hat!«

Józefs Frau brachte den Tee, und Irmgard rührte sich immer noch nicht von der Stelle.

»Herr Józef, aber Sie haben völlig recht, deshalb sollten Sie – gerade deshalb, weil Sie allen Deutschen den Tod wünschen – unsere Bitte sehr ernst nehmen und sie erfüllen!«, sagte Renata und blickte dabei mal auf den

Quacksalber, mal auf ihre Freundin, die weiterhin schwieg, auch dann noch, als man sie höflich bat, sich an den Tisch zu setzten und Tee zu trinken.

Und Herr Józef geriet in Wut über die für ihn durchschaubare Beeinflussung und Manipulation, die sich die Frau des Dorflehrers erlaubt hatte: »Mädchen, hältst du mich für einen Dummkopf? Meinst du, dass ich nichts merke?«

Er redete noch eine Weile wirres Zeug über die Nazis und die Sowjets und schickte seine Frau Barbara kurz nach draußen; sie musste prüfen, ob jemand an der Tür oder an den Fenstern stand und lauschte, um den berühmten Quacksalber auszuspionieren. Herrn Józefs Frau konnte aber nichts Verdächtiges entdecken, und nachdem er seine Hasstiraden beendet hatte, sagte er: »Also gut, ich werde es tun. Aber nur dann, wenn ihr sofort zahlt, ich habe eine große Familie und muss sie schließlich ernähren. Ich tue es nur wegen des Geldes.«

Renata hatte etwas gespart und die Scheine vor ihrem Mann versteckt. Sie hatte das Geld dabei und sagte: »Sie sind wirklich ein Heiliger, Herr Józef! Ein Heiliger!«

Er freute sich diesmal, als wären die Komplimente, die ihm Renata machte, wertvoller als das Honorar, das er sich gewünscht hatte.

»Und nun werden Sie, mein Täubchen, das, was ich dem deutschen Mädchen zu sagen habe, schön übersetzen!«

Er stand auf, ging dreimal um den Tisch herum und setzte sich wieder hin und begann mit seiner Rede: »Die violette Farbe ist der beste Schutz vor einer Schwangerschaft. Sag ihr, du hübsches Ding, dass sie sich violett kleiden muss, dann wird ihr in Zukunft nichts Böses mehr geschehen. Violett schützt vor Dämonen und Vergewaltigern aus dem Diesseits und auch aus dem Jenseits … Aber das ist noch nicht alles, was ich ihr zu sagen habe. Du musst mich schön übersetzen, damit sie sich später nicht wundert, wenn sie wiederkommen werden, um sich an ihr zu vergehen, und ich kann dir sagen, sie werden wiederkommen, die Dämonen und Soldaten. Sag ihr also, dass sie die ungewollte Liebesfrucht hinter der Scheune vergraben muss. Ich spüre, dass dort jemand auf dieses Opfer wartet. Jemand, der sehr böse ist und den man besänftigen muss. Sag ihr das alles.« Und während Renata für ihre Freundin übersetzte, wandte sich Herr Józef an seine Frau: »Ich brauche jetzt mein Werkzeug und heißes Wasser! Und lasst uns dann bitte allein!«

Kapitel 5
Unschuldige

Ein langes Stück Draht, das mit einem Haken endete – ein so primitives Instrument hatte Renata noch nie gesehen. Und sie musste die ganze Zeit daran denken, dass es sich schrecklich anfühlen musste, wenn dieser Haken den eigenen Leib aufriss und in ihm herumwühlte wie ein Maulwurf unter einem Grasbüschel; sie schwor sich jedenfalls, alles zu tun, um so einen radikalen Eingriff zu vermeiden. Wirklich alles? Die arme Irmgard! Die Arme!, dachte sie.

Renata ließ sich nicht ausladen, weder von Herrn Józef noch von ihrer deutschen Freundin, sie musste der sogenannten Operation – mehr oder weniger aus Angst – beiwohnen. Sie verkroch sich auf ihrem Stuhl in einer dunklen Ecke. Und sie betete zu Maria und zu ihrem Sohn und dachte sich: Ich will das alles nicht sehen, ich habe nichts gesehen! Gar nichts! Ich will die Welt nicht mehr sehen!

Gleich nach dem Eingriff fiel ihre Freundin in einen tiefen Schlaf – der Quacksalber hatte sie mit Schnaps betäubt. Um Mitternacht erst zog Irmgard in ihre Wohnung um, Renata half ihr dabei, und jetzt schlief die junge Deutsche in ihrem zukünftigen Ehebett. Sie schnarchte leise, während Renata die besorgte Krankenschwester spielte und Wache hielt: in einem bequemen Sessel, den man vor dem Abtransport nach Russland gerettet hatte.

Es geschahen auch Wunder im neuen Polen, und eines davon hatte Renata auf dem Schlossvorhof erlebt: Ein sowjetischer junger Offizier kam vor ein paar Tagen mit einem voll beladenen Lkw nach Galiny und ließ von seinem Soldatentrupp Möbelstücke an bedürftige Arbeiter des staatlichen Landguts verteilen. Seine Hilfsbereitschaft schien persönlich motiviert zu sein, eine Propagandaaktion war es auf keinen Fall gewesen. Der Offizier versprach auch weitere Hilfe und sogar Schutz für die gepeinigten deutschen Frauen, aber selbst er sah keinen Unterschied zwischen einer Ostpreußin und einer Masurin.

Das arme Ding!, seufzte Renata, was wird bloß aus ihr werden? Renata hätte ihre deutsche Freundin am liebsten sofort nach der »Operation« von Herrn Józef zurück in ihre Wohnung befördert und ins Bett gelegt, doch der Quacksalber hatte das Mädchen noch zwei Stunden bei sich zur Beobachtung schlafen gelassen, um auf eventuelle Blutungen reagieren zu können.

Renata gingen die letzten Worte des Quacksalbers nicht aus dem Kopf; nach dem Eingriff sprach Herr Józef nämlich Folgendes: »Eigentlich ist es Frauensache, doch in unseren Zeiten gibt es keine Moral und oft auch keine Wahl – jeder muss flexibel sein, und meine Frau ist, was solche Dinge angeht, leider zu nichts zu gebrauchen! Sie kann den Tod nicht mehr sehen …«

Ein Tod weniger, ein Tod mehr – Renata hatte keine Berührungsängste mehr; ihr jüngster Bruder hatte das KZ in Dachau überlebt, und selbst nach dessen Befreiung musste er noch im Gefängnis lange auf die Freiheit warten, zumal er als ein ehemaliger Kommunist auch bei den Amerikanern schlechte Karten hatte. In Polen kam er jedoch nie an, und niemand wusste, was ihm wohl zugestoßen war. Vielleicht saß er immer noch in Dachau?

Aber den Anblick des mit Blut beschmierten Drahtes würde Renata bestimmt nicht mehr so leicht vergessen – das perverse Instrument mit dem bösen Haken landete nach dem Eingriff in einer emaillierten Schüssel, genauso wie die Leibesfrucht, und diese, die der Quacksalber als verdorben und böse bezeichnete, hatte die junge Frau immer noch vor Augen: eine Art Kaulquappe, gewickelt in einen Fetzen Bettlaken.

* * *

Renata schlief nach Mitternacht in ihrem Sessel ebenfalls ein und träumte vom Besuch in der Dorfkirche, um ihre Sünden zu beichten. Doch niemand war da, der sie erhören wollte – der Priester war nicht da, die Skulpturen Jesu und Mariä waren verschwunden, ebenso der Altar, und an den Wänden fand man kein Kreuz, kein heiliges Porträt. Es hatte keinen Sinn, die Sünden den kalten roten Ziegelsteinen oder den Bäumen draußen zu beichten. Auch der Wind und der nahe gelegene Lutry-See wollten Renatas Sünden nicht erhören, und deshalb verließ sie traurig die kleine Kirche von Galiny und ging nach Hause. Unterwegs allerdings traf sie ihre deutsche Freundin. Wie immer schwieg Irmgard und ließ sich nichts anmerken, weder Freude noch Schmerz.

»Wo gehst du hin, meine Liebe?«, fragte Renata.

»Ich bringe mein Kind zu seinem Vater«, antwortete die junge Deutsche. »Schau, hier ist es!«

Irmgard knöpfte ihren Mantel auf, und ihre Haut war durchsichtig, sodass man alle Organe und ihr Baby sehen konnte. An dieser Stelle im Traum wehrte sich Renata gegen das schreckliche Bild und wachte augenblicklich auf. Ihre Freundin war ebenfalls aufgewacht und sagte: »Ich habe Durst, gibt es Wasser?«

Renata holte ein volles Glas aus der Schlossküche; der alte Brunnen, der schon ein paar Jahrhunderte auf dem Buckel hatte, schien unerschöpflich zu sein – wenigstens musste man sich keine Sorgen ums Wasser machen. Renata half ihrer Freundin beim Trinken, sie musste das Glas halten, und dann dachte sie an ihren Traum und ihre Sünden: »Ich habe ein unschuldiges Kind getötet!«, rief eine Stimme.

»Wir dürfen Jan nichts sagen …«, sorgte sich Irmgard. »Er würde mich umbringen …«

»Nein, er hat Angst, viel Angst …«, antwortete Renata und musste über sich selbst staunen, dass ihr ausgerechnet das hässliche Wort auf Deutsch ganz leicht eingefallen war: Angst! Ihr Wortschatz war im Dritten Reich auf dieses einzige Wort zusammengeschrumpft.

»Doch. Du kennst ihn nicht. Er war bei der Wehrmacht. Er hat Partisanen in Tschechien hingerichtet. Es war ein Befehl, er musste es tun.«

Das Gespräch dauerte nicht lange, es machte Irmgard müde, die sich obendrein noch darum sorgte, ob sie je wieder richtig gesund werden würde: »Ich werde bestimmt keine Kinder mehr kriegen können. Das weiß ich, ich spüre es …«

»Du musst zu Gott beten …«

»Bitten – um Gnade!«, korrigierte Irmgard ihre polnische Freundin. »Geh jetzt schlafen, du brauchst auch etwas Ruhe …«

»Nein, ich wache die ganze Nacht hier …«

* * *

Renata blieb auch tatsächlich über Nacht bei der Deutschen und schlief im Sessel. Sie wachte immer wieder auf, ihr Schlaf war kurz und wurde ständig durch Albträume oder durch von draußen kommende Geräusche unterbrochen, doch jedes Mal, wenn sie einen Blick in die Nacht wagte – durch das Fenster oder vor die Tür –, fand sie niemanden und nichts Verdächtiges. Der wolkenlose Himmel brachte die Sterne zum Tanzen, die sich in dieser Gegend tiefhängend präsentierten, sodass man schnell den Eindruck gewann, sie könnten jederzeit in die Wälder und Seen herunterpurzeln und die Kiefern in Brand stecken oder im Wasser für immer erlöschen. So einen Himmel, der so bedrohlich und schön zugleich war, gab es über dem elterlichen Dorf von Renata nicht, die sich in ihrer neuen Heimat fremd und überflüssig fühlte. Es kam ihr vor, als wohnte sie in einem Durchgangslager, das sie so bald nicht verlassen würde. Und schaute sie all die Sterne an, von denen Ryszard ihr erzählt hatte – die Plejaden und den Orion, den Großen Wagen und den Polarstern –, musste sie daran denken, wie nichtig ihr eigenes Leben war und dass sie die Sehnsucht nach ihrem kleinen Sohn wahrscheinlich nie mehr loswerden würde. »Wo bist du, mein Kleiner? Wie geht es dir? Lieber Jaruś?«, fragte sie und weinte, bevor sie wieder einschlief.

Und wurde sie erneut wach, prüfte sie, wie es Irmgard ging, doch ihre Freundin schlief tief und fest und träumte scheinbar ruhig, da ihr Gesicht keine Zuckungen zeigte, keine einzige Regung. Kurz nach Sonnenaufgang wachte Renata erneut auf, diesmal aber nicht wegen eines schrecklichen Albtraums – nein, sie wachte plötzlich auf, weil sie nur noch von einem einzigen Gedanken besessen war: Gab es Gott wirklich, und wenn ja, warum hatte er Irmgards Baby nicht gerettet, geschweige denn all die anderen Babys und Kinder, die in den Konzentrationslagern oder bei den Bombardierungen umgekommen waren? Warum mussten Unschuldige sterben? Und sie beschloss, am kommenden Sonntag den Dorfpastor aufzusuchen, denn obwohl er ein Deutscher war, musste er eine Antwort auf ihre Fragen kennen. Schließlich diente er Gott und nicht einem Diktator und seiner Nation.

Kapitel 6
Keine Erlösung

Der Hochzeitstermin wurde noch einmal verschoben, da die Braut – offiziell zumindest – der von Tag zu Tag wachsenden Dorfgemeinde als plötzlich erkrankt gemeldet wurde; eine Woche später sollte nun die Trauung im Schloss stattfinden, wieder an einem Freitag. Irmgard gewann so Zeit für ihre Erholung, worüber Renata am allermeisten froh war. Sie sorgte sich nämlich um die Gesundheit ihrer einzigen Freundin in Galiny und ging sogar zum Dorfpriester und betete mit ihm zusammen für eine baldige Besserung, wobei der deutsche Pastor gar nicht wusste und wohl nicht ahnte, was die junge Frau des Landgutsverwalters Jan eigentlich durchgemacht, was für eine böse Krankheit das arme Mädchen angefallen hatte.

Die Sonntage waren im Dorf die schwierigsten Wochentage, da man nach der Sonntagsmesse normalerweise nicht arbeiten durfte, was Pan Jan und sein neuer Angelfreund ignorierten. Renatas Mann zum Beispiel verzog sich jeden Sonntag in die alte Schlossbibliothek, die er für den Schulgebrauch provisorisch wiederhergestellt hatte. Er organisierte auch neue Bücher, die hier in Masuren in polnischer Sprache schwer aufzutreiben waren, zumal überall das Papier für den Druck fehlte. Von den Deutschen waren nur noch wenige bibliophile Kostbarkeiten übrig geblieben, aber es gab immerhin solche Bände, die teilweise im 17. und 18. Jahrhundert gedruckt wurden und die in Galiny, dem deutschen Gallingen, der adligen Sippe von Nitsche gehört hatten, den Erbauern des Schlosses.

Für Renata waren die merkwürdigen Sitzungen und Studien ihres Mannes in der ehemaligen ostpreußischen Schlossbibliothek unverständlich und zugleich anstrengend, weil sie sich jeden Sonntagnachmittag langweilte und dabei nun endlich begriff, was ihre Tante ihr vor dem Krieg hatte sagen wollen, wenn sie wieder einmal dozierte, dass hübsche Mädchen an Sonntagen nie allein gelassen werden dürften; man müsse sie nach der Heiligen Messe entführen und verzaubern, sonst würden sie nur auf dumme Gedanken kommen. Renata wollte richtig verzaubert werden und fragte ihren Ryszard andauernd, wann er ihr endlich »einen dicken Bauch«, wie sie sich gern ausdrückte, machen wolle, wie lange sie denn darauf noch warten müsse, auf das kleine Geschenk, auf das Päckchen des Himmels …

Es war für sie nur schwer zu akzeptieren, dass ihr Mann unzählige Stunden still und konzentriert über totem und verstaubtem Papier verbrachte, während Pan Jan zu ihr solche Dinge sagte, die Renata teilweise um den Verstand brachten – insbesondere dann, wenn er auf seinem amerikanischen Trecker saß wie einer dieser Boys, die sie bei den Alliierten im befreiten Deutschland gesehen hatte: »Hätte ich bloß meine Irmgard nicht kennengelernt, hätte ich dich, mein Kleines, an das Scheunentor genagelt – das kannst du mir glauben … Mit meinen eigenen Händen … Und mit meiner Lust … Aber es geht nicht – ich bin ein treuer Hund!«

* * *

Das Wetter – auf den Punkt gebracht: ab Oktober meist regnerisch und windig – wiederholte in Ermland und Masuren auch in diesem ersten Herbst 1945 seine kalten Tänze; es war schon seit Tagen äußerst unfreundlich. Renata hasste solches Wetter und konnte sich kaum vorstellen, dass es hier im Sommer, wie es ihr Irmgard einmal versicherte, wochenlang brütend heiß werden könne.

Auch an diesem langweiligen und langen Sonntag Ende Oktober war es feucht und kalt, und Renata zog sich warm an, als sie sich auf den Weg zum Pastor machte, mit dem sie sich nach dem provisorischen Gottesdienst für Protestanten und Katholiken verabredet hatte (einige Polen waren auch tatsächlich gekommen). Ihr Mann fragte sie nicht einmal danach, wohin sie denn wieder gehen wolle.

Das Pfarrhaus, in dem auch der tägliche Schulunterricht stattfand, stand wie die kleine evangelische Kirche an der Hauptstraße, die durch Galiny nach Bartoszyce führte. Und da es zum Mittagessen einen gebratenen Hecht gegeben hatte, wollte Renata dem Pastor etwas Gutes tun und brachte ihm ein seltenes Stück Fisch mit: damit der Pastor gute Laune bekam. Renatas Mann und sein neuer Freund Jan hatten vier Hechte von ihrem herbstlichen Angelausflug an den Lutry-See mitgebracht.

Man konnte schon sein Leben verlieren, wenn man von der Miliz oder von den Soldaten beim Wildern erwischt wurde, aber Pan Jan hatte seine

Methoden und wusste, wen man bestechen und wie man am See oder im Wald wildern musste.

In den Wäldern würden Menschenfresser hausen, behauptete Renatas Mann, er habe sie während seiner beiden Entführungen durch die Partisanen gesehen; wie Parasiten würden sie von Dorf zu Dorf ziehen und Opfer suchen und verschleppen, um sie in ihren Waldverstecken zu töten und zu verspeisen. Renata glaubte ihrem Mann kein Wort. Sie wusste, dass er einen sonderbaren Humor hatte, dass er unberechenbar war – der Krieg und die Prügel im Dritten Reich erklärten wohl einiges, die Veränderungen in Ryszards Gehirn und Verhalten waren das Ergebnis dieser unmenschlichen Folter. Aber ein wenig Angst hatte Renata trotzdem, wenn er solche Geschichten erzählte, zumal sie selbst auf viele Leichen von Zivilisten und Soldaten am Straßenrand oder im Wald gestoßen war und gelegentlich immer noch stieß.

Der deutsche Pastor empfing die junge Frau des Dorflehrers mit einem freudigen Gesicht, was die Besucherin wunderte, war er doch meistens betrübt und fast schon weinerlich. Er sagte gleich an der Tür: »Du verstehst doch meine Sprache, und mein Polnisch ist so schlecht … Aber ich habe gute Nachrichten: Ihr werdet bald … erlöst werden, die katholische Kirche schickt euch einen Priester aus ihren eigenen Reihen, einen Landsmann von euch. Was aus mir wird, kann ich allerdings nicht sagen. Vielleicht muss ich nach Deutschland ausreisen. Eigentlich wollte ich meine Landsleute nicht im Stich lassen. Aber was führt dich zu mir, Frau Renata?«

»Verabredung und Frage«, sagte sie und übergab ihm das Geschenk.

Der Pastor bedankte sich für den Fisch, den er erst am Abend verzehren würde, er wolle den Hecht dann mit seiner Tante aus Königsberg teilen, dem einzigen Menschen, der ihm aus seiner Verwandtschaft und Familie übrig geblieben sei – alle anderen seien im Krieg umgekommen, hier in Ostpreußen oder in Dresden, wohin es viele Flüchtlinge verschlagen habe. Dresden sei eine Falle der Alliierten gewesen, und es hätte sicher weniger Opfer gegeben, wenn die Leute in Ostpreußen geblieben wären.

Renata war es manchmal müde, all die Klagen der Deutschen zu hören. Irgendwann konnte einem schon der Kragen platzen, zumal die Polen im Dorf sich nicht über ihr Schicksal beschwerten, obwohl sie allen

Grund dafür hatten. Warschau existierte nicht mehr, die Hauptstadt war dem Erdboden gleichgemacht worden, zumindest nach den Beschreibungen von Überlebenden, und in den Konzentrationslagern sowie in den Städten, Dörfern und Wäldern und auf offenen Feldern seien nicht nur polnische Juden hingerichtet worden, so Ryszard, sondern genauso viele polnische Christen, man müsse daher von Millionen Toten insgesamt sprechen, und all die Zerstörungen und Menschenverluste könne selbst so eine Kriegsbeute wie das ehemalige Ostpreußen nicht ersetzen.

»Verzeih, meine Tochter! Wir waren verabredet, stimmt. Wie geht es dem deutschen Mädchen? Besser?«

»Gut«, antwortete Renata und betrat den geräumigen Flur mit dem Treppenhaus. Der Boden war wie ein Schachbrett gefliest, die Atmosphäre düster, und Jesus Christus, der überall anzutreffen war – am Kreuz oder auf üppigen Gemälden –, erschien Renata müde und traurig (und irgendwie passend zu den Fragen, die sie seit dem Eingriff durch den Quacksalber quälten).

Sie setzte sich auf den ihr vom Pastor zugewiesenen Platz in seinem Empfangszimmer.

»Vater«, begann sie, »ein Problem mit mein Herz hier und in Kopf: Warum ist Böse so groß in Welt? Bitte die Antwort! Obwohl Christus ist da!«

Der Pastor ging in seinem Zimmer auf und ab, schweigend und leicht gebückt, als suchte er etwas auf dem Fußboden. Schließlich setzte er sich an seinen Schreibtisch und sah Renata direkt ins Gesicht. Er begann mit seiner Antwort noch ein wenig zögerlich, und er sprach langsam und mit Bedacht. Renata verstand nicht alles, und manche Geschichten, die ihr der Pastor kurz erzählte, hatte sie selbst erlebt, manches kam ihr sogar so vertraut und doch unglaublich vor, dass sie dachte, der alte Mann habe ihr in den Kriegsjahren jeden Tag zugeschaut, während sie versucht hatte zu überleben, das Ende des Krieges möglichst unverletzt zu erreichen, um anschließend ihren Geliebten zu heiraten und nach Hause zu ihrem Sohn zurückzukehren.

»... und ich habe Soldaten gesehen«, erzählte der Pastor, »denen der Kopf abgeschossen wurde und deren enthauptete Leiber immer noch ein paar Meter liefen, geköpften Hühnern ähnlich, bevor sie endgültig tot umfallen. Ich habe gesehen, wie Frauen und Kinder bei lebendigem Leib verbrannten, wie Kleinkinder brennend in den Himmel schossen und als schwarze Bälle aus Asche wieder auf die Erde fielen. Und die Russen brachten mich schließlich nach Stutthof – zur Besichtigung des KZs –, wo ich dann das Elend unserer Zeit und unsere Verbrechen sehen sollte, und ich habe *alles* gesehen. Und trotzdem kann ich dir nicht erklären, woher das Böse in uns kommt: Es liegt wohl daran, dass ich auch oft Schönes, Erhabenes, Großes gesehen habe, das das Böse überschattet, ausgeblendet und sogar ausgeschaltet hat. In Königsberg und in Allenstein und selbst in unserem kleinen Bartenstein, woher ich komme, gab es einmal wunderbare Bibliotheken und Schlösser – es gab Schuster und Bäcker, Schneider und Krämer, Kirchen und Synagogen, und all die prächtigen Gebäude, all die lebendigen Menschen hatten mir Hoffnung gemacht, dass wir nichts Falsches tun, dass uns eine Zukunft voller Siege und Errungenschaften bevorstand. Selbst ich habe für unser Pfarrhaus eine Waschmaschine von Miele gekauft! Aber dann ereilte uns der Krieg. Und ab und zu hörte man tragische Geschichten über schlimme Verbrechen und Verluste – die Unkenrufe, wenn unsere Söhne, Onkel und Väter von der Front in den Heimaturlaub kamen oder als Krüppel nach Hause zurückkehrten, doch wir wollten ihnen nicht zuhören, weil wir alle an den Endsieg geglaubt haben: an den Endsieg! Allerdings: Was soll man schon sagen, wenn selbst unser Herr von Stauffenberg, unser Landsmann und Held, es nicht geschafft hat, den Führer zu töten! Wenn ihm allerdings das Attentat gelungen wäre, hätte er sicherlich dafür gestimmt, den Krieg fortzusetzen, weil er ein stolzer Patriot war und euch Polen als minderwertige Wesen angesehen hat – genauso wie die Russen. Abschaum waren sie alle für ihn gewesen, Abschaum einer niederen Rasse. Aber das Böse in uns ist trotzdem unerklärlich, zumal wir keine Kraft und auch keine Begabung haben, um es richtig zu bekämpfen, da es immer wieder zurückkehrt: Unsere einzige Waffe, die uns geschenkt wurde, ist Christus – die Liebe also –, wobei selbst der Gottessohn am Kreuz hängen musste! Satan, der gefallene Engel, ist in seinem Drang nach Freiheit und Unabhängigkeit vom Schöpfer so listig, dass er es immer wieder schafft, uns zu verführen, zu verblenden … Christus wird deshalb bis in alle Ewigkeit am Kreuz hängen und jeden Tag von Neuem für uns leiden und sterben und auferstehen müssen, um wieder gekreuzigt zu werden – zumindest solange wir leben und sündigen … Verstehst du, Renata, meine Tochter?«

Er war jetzt müde und sank in seinem Sessel tiefer ein, wurde kleiner und schwieg.

»Sie glauben nicht an Gott?«

»Ich flehe Sie an, Renata, lassen Sie bitte Gott aus dem Spiel. Ich habe von unseren irdischen Angelegenheiten gesprochen. Der Himmel braucht keine Erlösung.«

»Was heißt Wort ›Spiel‹ und ›Angelegenheiten‹?«

»Gehen Sie, bitte, lassen Sie mich jetzt allein. Ich habe alles gesagt.«

»Nein. Nicht alles.«

Er schaute Renata in die Augen und schien über etwas Wichtiges nachzudenken; er sagte: »Ich muss mich für meine Landsleute entschuldigen: Sie stehlen Kartoffeln von Ihrem Hof.«

»Wir erlauben das«, sagte Renata, die diese kleinen Diebstähle selbstverständlich bemerkt hatte; sie meldete die Verluste ihrem Landgutsverwalter nicht, da sie wusste, dass manche Familien – insbesondere die deutschen – hungerten und auf Almosen und auf solche regelmäßigen Kleindiebstähle angewiesen waren, weil sie sonst nicht überleben würden.

Kapitel 7
Wir fürchten uns alle

Am Abend musste Renata wieder die Kühe melken, ließ aber ihre Aushilfe Irmgard in Ruhe schlafen, um sich noch ein wenig erholen zu können. Pan Jan hatte drei neue Kühe gekauft, doch er verriet niemandem, wo er diesen Schatz aufgetrieben hatte. Da mittlerweile schon neun Rinder im Stall standen, musste man die Milch regelmäßig nach Bartoszyce zur neu gegründeten Genossenschaft bringen, die sich in der alten ostpreußischen Molkerei gegenüber dem Friedhof befand. Der Handel auf dem Schwarzmarkt war gefährlich, er endete manchmal sogar tödlich, ließ man sich von den falschen Milizionären und Soldaten erwischen, Herrn Jan schien das allerdings nicht zu beeindrucken.

Renata hatte sich von der Begegnung mit dem deutschen Pastor mehr versprochen – eine richtige Antwort, die eines Priesters würdig wäre, und nicht bloß eine lange Klage über das Unerklärliche des Bösen im Menschen. Also war sie wütend und musste sich beherrschen, da sie den Zitzen der Kühe nicht wehtun durfte: »Armselige Kreatur! Wozu wird man Priester, wenn man die wichtigste Frage nicht beantworten kann: Warum es das Böse in unserer Welt gibt?!«, sprach sie mit sich selbst. Sie saß auf einem Hocker und molk die allabendlich ungeduldig wartenden »Mütterchen«, Renatas Lieblinge unter all den anderen Tieren; in der Luft lag ein süßlicher Duft, der ihre Nase reizte. Das Jucken empfand sie als angenehm erfrischend, es erinnerte sie irgendwie an die kalten Winter ihrer Kindheit und die Spiele draußen, wenn sie von einem Schneeballauf nackter Haut erwischt wurde. Beim Melken wird es mir, dachte Renata, immer so schnell und seltsam heiß, als hätte ich zwei, drei Schnäpse hintereinander getrunken … Dabei musste sie an Ryszard denken, was sie erstaunte: Wollen wir uns wieder fromm liebhaben, mein Liebster?, schoss es ihr durch den Kopf.

Morgen früh würde sie nach dem Melken den Stall wieder ordentlich ausmisten müssen, aber dann würde Irmgard endlich wieder dabei sein, und sie freute sich auf ihre Freundin. In diesem Moment bemerkte Renata nicht einmal, dass jemand den Stall betreten hatte und sich ihr mit schnellen Schritten näherte. Die Stimme des Mannes erkannte sie sofort, es war der Landgutsverwalter Jan, der zu ihr sagte: »Irmgard geht es schon besser!«

»Ich weiß.«

Jan blieb hinter Renatas Rücken stehen. Sie konnte seinen schweren Atem hören, und als sie sich umdrehte, sah sie, dass er durchgeschwitzt und im Gesicht mit Öl beschmiert war. Er hatte wohl an seinem Trecker herumgeschraubt und den halben Motor aus- und wieder eingebaut.

»Seid ihr auch zu unserem Quacksalber gegangen?«, fragte Jan.

»Nein.«

»Du lügst.«

»Nein, ich lüge nicht.«

»Sie ist nicht krank, sie wollte bloß das kleine elendige Ding in ihrem Unterleib loswerden«, sagte er, wobei seine Augen gläsern und feucht wirkten.

»Ich weiß nicht, wovon du sprichst, Jan«, antwortete Renata und richtete sich auf.

Er legte seine rechte Hand auf Renatas Schulter und seine Finger massierten sanft ihre Haut, bevor sie dann fest zupackten und ihre Schulter kurz fest drückten, sodass es ihr sogar wehtat. Er ließ sie wieder los und sagte: »Du musst mich nicht anlügen. Ich weiß auch, wer hinter der Scheune liegt – und ich weiß, was die Sowjets getan haben, als sie nach Galiny gekommen sind. Wir heiraten trotzdem. Und du wirst mir bald die Wahrheit sagen, hast du verstanden, Renata?«

Er machte ihr Angst, obwohl sie fühlte, dass er ihr nichts Schlimmes antun wollte. Und trotzdem wurde sie das Angstgefühl nicht los, auch in dem Moment nicht, als er ihr plötzlich eine Art Abschieds- und Beruhigungskuss auf die Wange gab und sagte: »Wir fürchten uns alle, weil wir überlebt haben. Und jetzt mach deine Arbeit fertig und geh schlafen. Ich werde draußen Wache halten, die ganze Nacht – unsere Rinder sind für die Soldaten ein Leckerbissen. Ich schlafe heute auf dem Strohsack im Stall, im Heu ist es nicht kalt. Wir sehen uns morgen früh …«

Dann ging er weg. Renata wusste, dass Jan eine Schusswaffe zu Hause hatte und sie auch oft bei sich trug, eine deutsche Pistole: Er hatte sie in sein Geheimnis mehr oder weniger einweihen müssen, denn Renata erwischte ihn einmal dabei, wie er die Waffe sorgfältig reinigte, um anschließend die auf dem Tisch liegende, schussbereite Pistole schweigsam anzustarren, als würde er einen Plan schmieden. Es hatte jedenfalls Renata nicht nur beeindruckt, sondern auch beunruhigt, dass Jan – in ihren Augen – so etwas Gefährliches und Teuflisches besaß, das er außerdem noch liebkoste und pflegte wie ein Haustier … Jan befürchtete die ganze Zeit, dass Landstreicher oder marodierende Rotarmisten das alte Landgut überfallen könnten, um nicht nur etwas zu essen zu stehlen – sondern auch seiner Frau und ebenso Renata zu Leibe zu rücken, keine Frage.

»Ich hasse diese Mörder, weißt du, ich hasse sie«, sagte Pan Jan, als Renata nach getaner Arbeit den Vorplatz des Schlosses betrat und wieder auf ihren Landgutsverwalter traf, der auf einer Bank saß, eine Zigarette rauchte und Schnaps aus der Flasche trank. »Geh zu deinem Mann – er sitzt wieder in der Bibliothek. Kümmere dich um ihn, die Bücher werden ihn nicht glücklich machen …«

Kapitel 8
Wo liegt der Osten?

Bis zu der am Freitag stattfindenden Hochzeit blieben nur noch drei Tage, aber zum Glück hatte sich Irmgard von ihrer »Krankheit« einigermaßen erholt und konnte sogar ihrer Arbeit auf dem Landgut nachgehen.

Auch an diesem Abend ging Renata allein ins Bett: Ihr Mann saß in der Schlossbibliothek am Schreibtisch, belagert von Büchern und seinen Notizen, und vergaß wieder einmal Gott und die Welt. Manchmal trank er, bevor er sich endlich schlafen legte, mit dem Landgutsverwalter einen Gute-Nacht-Schnaps, dann weilte er noch eine Stunde in der Wohnung von Jan und Irmgard und unterhielt die beiden mit seinen unglaublichen Geschichten aus dem Dritten Reich und seinem Wissen aus Büchern und Zeitungen – auf Deutsch. Oder die beiden Männer unterhielten sich über aktuelle Themen und ereiferten sich dabei und wurden wütend auf die neuen Machthaber, auf Herrn Stanisław und seine Vorgesetzten, weil es meistens doch nur um Politik ging. Sie redeten über das sich hartnäckig verbreitende Gerücht, Juden würden kleine Kinder jagen wie Kaninchen und entführen, um sie bei blutigen Ritualen ihrem Gott zu opfern und ihr unschuldiges Blut zu trinken. Ryszard verlachte solche Gerüchte und bezeichnete sie als dämliche Behauptungen verängstigter und abergläubischer Idioten, aber dem einsamen und aus seiner Heimat vertriebenen Volk war in den Weiten der ostpreußischen Provinz nicht zum Lachen zumute. Und die beiden Männer redeten auch über die Neuankömmlinge, die Vertriebenen und Flüchtlinge, die fast täglich aus allen Himmelsrichtungen nach Ostpreußen kamen.

Ein junger Bursche, der allerhöchstens achtzehn oder neunzehn Jahre alt war, wurde zum Beispiel kürzlich in die Truppe von Jan aufgenommen und arbeitete auf den Feldern und als Mechaniker bei den amerikanischen Treckern. Renatas Mann, der sich mit dem Jungen ein wenig angefreundet hatte, erklärte dem Landgutsverwalter und auch allen anderen, der neue Arbeiter sei ein Heimatarmeesoldat gewesen, der seine wahre Identität vor der Miliz verbergen müsse, wenn er wirklich überleben wolle, aber bei Herrn Jan sei er eigentlich in guten Händen. Die orthodoxen Kommunisten, vor allem die in der Sowjetunion ausgebildeten Funktionäre, oft polonisierte Juden, kannten keine Gnade und jagten im Namen der sozialistisch-stalinistischen Ideologie jeden, der am Warschauer Aufstand im August und September 1944 teilgenommen hatte. Sie brachten ihn sofort um oder schickten den Delinquenten ins Gefängnis – für immer –, und der NKWD half bei dieser Jagd auf Feinde des Proletariats tatkräftig mit, sodass mancher arme Wicht sogar in den Gulag geschickt wurde.

Harte Zeiten, sehr harte Zeiten, unmenschliche und radikale, sagte Ryszard oft zu seiner Frau, seien angebrochen, als wäre der Krieg gar nicht zu Ende gegangen.

Renata konnte nicht einschlafen und machte sich auf die Suche nach Ryszard, und ihre Vermutung erwies sich sofort als richtig: Er arbeitete wieder in der Schlossbibliothek.

Sie staunte darüber, dass die ehemalige ostpreußische Bibliothek von ihrem Mann wirklich wieder zum Leben erweckt worden war: eigentlich nur durch wenige Griffe – durch die Aufrichtung der Bücherregale und das Einsortieren der geretteten Titel, die jeden Tag mehr wurden und die sich dank des intellektuellen Eifers von Ryszard vermehrten. Man brauchte nicht einmal die Wände mit den Einschusslöchern neu zu streichen; die Narben wurden plötzlich unsichtbar, ebenso die Blutflecken – man stellte eine Kommode oder einen Schrank vor die verletzte Wand, man hing ein Bild auf, und schon waren die Spuren des Krieges und der Weltgeschichte beseitigt.

Renata begrüßte ihren Mann mit einem Lächeln, Ryszard schwieg aber und vertiefte sich wieder in die Lektüre am Schreibtisch. Die junge Frau ließ sich durch seine Gleichgültigkeit nicht durcheinanderbringen, sie setzte sich einfach auf Ryszards Schoß – sie musste dabei ihre Beine spreizen – und fragte: »Wie heißt eigentlich der Bursche, der Warschauer Soldat?«

Es gelang Renata, ihren Mann aus seiner Lethargie zu wecken: Er musste ihr direkt in die Augen schauen und sagte: »Eine seltsame Frage. Gefällt er dir? Magst du ihn?«

»Ach wohin denkst du … Er wird Unglück über uns bringen, das spüre ich …«

»Er heißt Tomasz …«

»Stanisław wird früher oder später herausfinden, dass der Bursche ein Betrüger ist.«

»Wenn wir uns ein wenig bemühen, wird der junge Milizionär von uns nichts erfahren. Außerdem ist Tomasz kein Betrüger, sondern ein Held … Wie du … Du bist meine Heldin! Der Warschauer Bursche verriet mir nämlich, er habe die gewaltige Explosion der Sprengladung einer deutschen Panzerfalle in der Jan-Kiliński-Straße und auch die Flucht durch die Abwasserkanäle nur deshalb überlebt, weil er jeden Tag zu der Heiligen Maria, der Königin Polens, gebetet habe, sie möge ihn retten – ihn und alle anderen nicht … Er schäme sich nun dafür und habe ein schlechtes Gewissen, weil alle seine Freunde im Kampf gefallen seien … In der Kiliński habe es einen grausigen Regen aus Asche, Blut und Körperteilen der Einwohner und Aufständischen gegeben, die Beschreibungen in der Apokalypse seien dagegen harmlos, so der Bursche … Er ist ein Zeuge und Held der Weltgeschichte …«

Renata unterbrach ihn: »Rysiu … Du liebst mich nicht mehr – sonst würdest du nicht fast jeden Abend in diese kalte dumme Bibliothek fliehen, um deine Weltgeschichte zu studieren, und ich verstehe außerdem nicht, warum du mich in eine so entlegene und wilde Gegend entführt hast. Deine ganzen Versprechen vom Wohlstand haben sich nicht erfüllt. Die Russen haben in diesem gottlosen Land der Protestanten alles zerstört oder weggeschleppt, hier ist nichts mehr zu holen, und die Wälder und Seen machen mir Angst, genauso wie die wilden Menschen, die aus aller Herren Länder kommen und das Land bevölkern: Außerdem herrscht überall Chaos, man kann jederzeit ausgeplündert, überfallen oder getötet werden … Mit Polen, wo immer Recht und Ordnung geherrscht haben, hat das hier nichts zu tun … *Das* ist ein verdammtes, verseuchtes Land – du siehst doch, wie ich leide … Dein Drang nach Osten kommt uns teuer zu stehen …«

»Ach Renatka«, antwortete ihr Mann, »wenn ich könnte, würde ich noch tiefer und weiter in den Osten reisen, bis nach Asien, zu der Chinesischen Mauer, um dort in der Stille eines buddhistischen Tempels zu meditieren. Und noch ein Stückchen weiter und tiefer im Osten muss endlich das Ende der Welt zu finden sein, dann kommt endlich *Shambhala* oder das Reich, das im Allgemeinen das Jenseits genannt wird. Aber davon verstehst du nichts, weil du an den römisch-katholischen Christus, einen von Menschhand gemachten und um der Macht willen geschaffenen Gott, glaubst. Und in einem Punkt irrst du dich übrigens: Wir sind im Ermland, hier lebten einst auch viele Katholiken …«

»Wenn ich so dumm bin, warum hast du mich dann geheiratet?«

»Weil du mir im Nazideutschland das Leben gerettet hast, ist doch ganz einfach! Und ich habe mich in meine polnische Krankenschwester und Bäuerin verliebt … Wie in dem Buch von Hemingway, das von Liebe und Krieg handelt, verstehst du?«, lachte er.

Was er lachend behauptete, stimmte wirklich: Renata hatte ihn gepflegt, als er – damals noch nicht einmal ihr Verlobter – einige Wochen im Bett verbringen musste, weil er fast zu Tode geprügelt worden war. In den letzten Kriegsmonaten versteckte sie ihren Ryszard in der Scheune ihrer Gutshofbesitzer, die mehr Mitleid mit ihr hatten als andere deutsche Bauern, die ebenso Zwangsarbeiter verschiedener Nationalitäten beschäftigten. Ein Belgier zum Beispiel hatte sich in Renata während des Krieges verliebt und wollte sie nach dessen Ende heiraten, doch sein Antisemitismus stank ihr bis zum Himmel, genauso wie sein Lob für die Nazis, obwohl sie ihn all die Kriegsjahre für schwere Körperarbeit missbraucht hatten.

»Wir zählen zu den Guten und werden niemanden verraten«, sagte Renata. »Und wir wollen uns jetzt fromm liebhaben, ja?«

Sie wartete seine Antwort nicht ab, sondern richtete sich auf, zog entschlossen und wie ein kleines Mädchen ihren Rock über den Kopf aus, und gleich als nächstes knöpfte sie Ryszards Hose auf. »Ich hasse deine Bücher, hörst du?«, flüsterte sie ihm ins Ohr. »Ich hasse sie …«

Und dann fegte sie mit einer heftigen Handbewegung ein paar dicke Bände, die stark nach altem Staub rochen, vom Tisch weg – sie landeten dumpf auf dem Parkettboden, und Renata umarmte Ryszard und begann, ihm seinen Pullover und sein Hemd vom Leib zu reißen, sodass er versuchte, sie zu bremsen und ihre plötzlich entbrannte Gier wieder irgendwie zu stoppen, was Renata wütend machte. Warum tat er das? Warum tat er ihr weh? Ab und zu verhöhnte er sie, sie sei ein naives Ding und Gemüt, weil sie viel zu gutmütig sei, und sie nahm ihm seine Vorwürfe nicht übel, sie liebte ihn trotzdem und wollte so bald wie möglich ein Päckchen von ihm erhalten, ein schönes, warmes, lebendiges Päckchen, das zu einem gesunden Kind heranwachsen konnte. Sie wollte nicht mehr über den Krieg und all die schrecklichen und hässlichen Dinge sprechen; sie hoffte nur, dass Ryszard ihr endlich »den dicken Bauch« machte.

Sie liebten sich am Schreibtisch, und während Ryszard kein vernünftiges Wort mehr herausbrachte und die Beine des wackeligen Möbelstücks auf dem kahlen Parkettboden hin und her rutschten, begann Renata mit ihrer alten Litanei: Sie betete zu der Heiligen Gottesmutter und bat sie um Vergebung, und ihre Gebete spornten Ryszard zu ihrer Freude nur noch mehr an, weil er sich nicht mehr bremste und vor »dem dicken Bauch« keine Angst mehr zu haben schien. Und Renata musste an »die vier letzten Dinge« denken, von denen Ryszard ihr einmal erzählt hatte und die da hießen: Tod, Gericht, Hölle und Himmel. Im selben Augenblick schoss es ihr durch den Kopf: Jesus Christus und alle Heiligen! Wir werden ein frommes Baby zeugen, auch wenn sein Vater ein Lästerer ist!

* * *

Spät in der Nacht kehrte Renata an den Ort des Geschehens zurück, da ihr Mann nach wie vor über den Büchern saß und Notizen machte. Draußen wehte ein kräftiger Herbstwind, dessen Geheule Renata geweckt hatte: Es kam ihr unheimlich und böse vor. Sie fürchtete sich vor einem Überfall aus dem Wald, vor den betrunkenen Soldaten und vor anderen ungebetenen Besuchern, die wie Geister und Untote in einer anderen Dimension lebten und ähnlich den Landstreichern von Dorf zu Dorf zogen und nach Nahrung und Wärme suchten, aber auch nach solchen Opfern, wie Irmgard eines war.

»Rysiu, sag mir, weil ich nicht einschlafen kann – sag mir, wo liegt der Osten? Was ist dort? Vilnius? Smolensk und Wolga, Mongolei? Was kommt dann, China? Und die Unsterblichen, wo leben sie? Wirklich dort an diesem Ort, von dem du träumst? Gibt es dort ein glückliches Land ohne Krankheit und Krieg und Tod und Hunger? Und was haben eigentlich die Deutschen im Osten gesucht, wenn sie es so schön am Main und an der Mosel hatten?«

Er küsste Renata auf ihre Hände, dann auf ihren Bauch, der sich hinter einem hauchdünnen Nachthemd versteckte. Er antwortete ihr: »Geh schlafen, Liebchen! Ich erzähl's dir morgen! Für heute reicht es!«

Kapitel 9
Genossin Renata

Pan Stanisław kam nicht allein zur Hochzeit von Irmgard und Jan. Er brachte den jungen russischen wohltätigen Offizier mit, der wiederum einen Akkordeonspieler mit anschleppte, der zwei weitere Soldaten dabeigehabt hatte, damit sie alle zusammen Tanzmusik auf der Hochzeitsfeier im Schloss spielen konnten – im Namen der Freundschaft mit den sowjetischen Genossen. Auf jedem Tisch im Speisesaal standen zwei oder drei Flaschen Schnaps, was bei den Schwarzmarktpreisen nicht selbstverständlich war, und es gab auch *bimber*, den selbst gebrannten Wodkaersatz, und Speck und Brot. Auch die Schüler von Ryszard waren anwesend, dann ein paar neue Bewohner des Dorfes, ein Mann mit einer Baskenmütze auf dem Kopf und der junge Heimatarmeesoldat aus Warschau sowie weitere Arbeiter vom staatlichen Landgut. Sie hatten alle Durst – bis auf die Braut, der Renata in Bartoszyce ein Hochzeitskleid besorgt und auf einer alten Singer-Nähmaschine geändert hatte, weil es sonst etwas zu groß und weit ausgefallen wäre. Ein Fotograf war auch da sowie ein polnischer katholischer Priester, dessen baldiges Erscheinen der deutsche Pastor schon mehrmals angekündigt hatte.

Jan war katholisch, und seine Braut musste in Windeseile schwören, dass sie der römisch-katholischen Kirche treu sein würde. Der Priester hatte sich die schnelle Konvertierung jedenfalls teuer bezahlen lassen …

Die Zeremonie der Vermählung fand in der schlosseigenen Kapelle statt – allerdings ohne den Milizionär Stanisław und seinen russischen Begleiter und Aufseher. Renata war stolz auf ihre beste deutsche Schülerin, auf ihre Freundin Irmgard, der sie das wichtigste polnische Wort beigebracht hatte: »*Tak!*« für »Ja, ich will dich zum Manne nehmen!«.

Renata fühlte sich von Kopf bis Fuß so, als würde sie selbst noch einmal heiraten, sodass sie während der Trauung in der Schlosskapelle ein paar Tränen verlieren und sich wieder anhören musste, sie sei ein naives Gemüt: »Warum weinst du, mein Liebchen? Sei nicht albern …«, sagte ihr sichtlich gelangweilter Ryszard. »Es sind doch nur weltliche, sterbliche Dinge, die hier passieren …«

Aber eines hatte sich wegen der Hochzeit im Dorf doch verändert: Im Schlossspeisesaal, in dem die Jungvermählten gefeiert werden sollten, hing an der Wand kein Kreuz mehr, sondern ein gerahmtes Porträt von Stalin – wie es der junge russische Offizier von Herrn Jan gewünscht hatte –, und neben der polnischen Nationalfahne hing die sowjetische. Die Sitzordnung ließ auch nichts zu wünschen übrig, sie entsprach der Vorstellung von Pan Stanisław, der gleich zu Beginn der Hochzeitsfeier zu Renatas Mann gesagt hatte, er werde bei manchen Delinquenten – wie bei dem Herrn mit der Baskenmütze oder dem jungen Burschen aus Warschau – ein Auge zudrücken und vergessen, was für eine schwierige Aufgabe er normalerweise im Schweiße seines Angesichts und für die hoch geschätzte Polnische Arbeiterpartei PPR zu erfüllen habe. Nachdem Stanisław später – nach einigen Schnäpsen und Diskussionen über die neuen Zeiten im Geiste des Stalinismus – tanzen gegangen war, sagte Ryszard ganz entspannt in die Runde am Tisch, der junge Milizionär sei ein Idiot, der eines Tages so enden werde wie Robespierre. Hätten die Russen keine Musik gespielt, wäre die augenblickliche Stille, die sich nach Ryszards Bemerkung eingestellt hatte, unerträglich geworden.

Renata machte sich Sorgen um ihren Mann, zum ersten Mal in Polen machte sie sich richtige Sorgen, die größer und schlimmer waren als im Nazideutschland. Sie wusste, dass der Tod seinem Kandidaten ein- oder zweimal vergeben konnte, aber beim dritten Mal würde der Tod Ryszard nicht mehr verschonen; deshalb sagte sie zu ihrem Mann, er solle endlich sein Maul halten, sonst würde er nicht nur sich selbst, sondern auch sie und ihr warmes, lebendiges Päckchen in ihrem Bauch in Gefahr bringen.

»Deine Überheblichkeit wird dich eines Tages den Kopf kosten, und unsere kleine Familie wird womöglich darunter für immer leiden müssen …«

Es dauerte nicht lange, bis die meisten Männer gehörig einen sitzen hatten – vom selbst gebrannten Schnaps des Landgutsverwalters völlig erledigt auf den Stühlen oder auf den Bänken schliefen. Und Irmgard, mit der Jan nur einmal getanzt hatte, machte beim nächsten Tanz auch keine gute Figur, diesmal mit dem Milizionär und Jungoffizier Stanisław, der schon wenig später, als er wieder am Tisch saß, zu Renata sagte: »Sie ist ein hübsches blondes Ding, diese Irmgard! Aber sie muss so schnell wie möglich unsere Sprache lernen, während Ihr Mann endlich unserer Arbeiterpartei beitreten muss. Wenn er noch einmal entführt wird – von diesen Volksfeinden und Kanaillen –, werde ich ihn nicht mehr befreien … Und Sie, Sie werden Irmgard Polnisch beibringen … Haben wir uns verstanden, Genossin?«

»Ich bin noch keine Genossin, aber ich werde mir Mühe geben …«

»Kommen Sie am Montag nach Bartoszyce – ich werde Ihnen persönlich den Parteiausweis ausstellen …«

Stanisław hatte an seinem Tisch einen starken Verbündeten, den russischen Offizier, der ihm zwar aufmerksam zuhörte und sein Gehirn anstrengte, um das Polnische besser zu verstehen, der aber die ganze Zeit nach Renata schielte, sodass ihn die Stalin- und parteitreuen Monologe seines polnischen Genossen gar nicht richtig zu interessieren schienen. Die bildhübsche junge Polin, schleimte der Russe unverfroren, könne ihm einen Tanz ja nicht abschlagen. All die russischen Komplimente versetzten Renata in Hochstimmung, sie war aber dennoch beunruhigt, zumal sie ständig an das Schicksal ihrer deutschen Freundin denken musste, die mit niemandem mehr tanzen wollte.

Doch Renata hatte vor niemandem Angst und schon gar nicht vor solchen Menschen, wie es Pan Stanisław einer war – oder auch der russische Offizier: Ryszard musste sie nicht dauernd vor »dem schlimmen Bösen der neuen Zeit« und der kommenden sozialistischen Volksrepublik warnen, denn sie wusste, dass der Jungkommunist und -milizionär so verschlagen und hinterlistig war wie die Wälder und Seen Masurens, die auf den ersten Blick jeden Abenteurer mit ihrer Schönheit anlocken, um ihn anschließend gefangen zu nehmen oder zu ertränken. Renatas Mann hatte ihr versprochen, dass sie in Galiny, diesem abgelegenen Dorf, keine zwei Jahre verbringen würden, doch war es woanders wirklich besser? Überall gab es jetzt einen Herrn Stanisław und seine Schergen. Noch konnte man in einem Krämer- oder Lebensmittelladen darauf hoffen, dass man für seine Essensmarken ein wenig Fleisch oder Mehl ergattern würde, doch überall behaupteten die verängstigen Menschen, dass alle Kleinläden bald verschwinden würden und dass es dann in jedem Dorf Kolchosen gäbe wie in Russland. Jeder bekäme dann seine wöchentliche Ration Fleisch, jeder die gleiche Ration und kein Gramm mehr – so stellte sich auch Renata den Sozialismus vor.

Pan Stanisław und Ryszard unterhielten sich an einem Tisch, der noch frei war von schlafenden betrunkenen Köpfen, und ihr Mann winkte Renata zu, sie möge vorbeikommen und einen letzten Schnaps mit ihnen zusammen trinken, zumal sich der russische Offizier plötzlich verzogen hatte; und niemand wusste zu sagen, wohin er eigentlich gegangen war. Gefährlich, dachte Renata.

Sie verabschiedete sich von Irmgard, die sich auf den Weg zu ihrer Hochzeitsnacht machen wollte, da sie die traurigen und ein bisschen einfarbigen Balladen der russischen Akkordeons nicht allzu sehr zu mögen schien. Und Jan drängte seine Frau, endlich mit ihm zusammen aufzubrechen, er könne, sagte er, den Jungmilizionär, diese »kommunistische Schlange«, nicht länger ausstehen. Der polnische Priester pflichtete ihm bei: »Gott möge dich vor dem Satan und seiner Versuchung beschützen auf deinem langen Pfad in den Himmel, mein Sohn!«

Aber wem konnte man überhaupt noch trauen, Renata? Wem? Als sie sich nämlich zu ihrem Mann und dem Jungmilizionär setzte, schwor sie sich, beharrlich zu schweigen und keine Frage von Pan Stanisław zu beantworten. Sie nickte also nur mit dem Kopf und tat so, als würde sie den Schnaps mittrinken, entsorgte ihn aber geschickt in einem emaillierten Becher, aus dem jemand schwarzen Tee getrunken hatte.

»Sie werden den Warschauer Jungen jeden Tag schön beobachten und mir einmal in der Woche Bericht erstatten, Panie Ryszardzie«, fuhr Stanisław mit seinen ideologischen Tiraden fort. »Er ist genauso verdächtig wie Jan, weil in unseren Zeiten einfach jeder verdächtig ist. Und Sie, Sie als verdorbener Intellektueller aus dem Westen, verstehen wohl am besten, was diese modernen Zeiten mit sich bringen und was sie erfordern: Mut und Anstand, nicht wahr? Mut zur Tat und zum Bekenntnis! Und ich kann Ihnen versprechen, Ryszard, dass Sie Ihren Posten schnell verlieren werden, wenn Sie mit uns nicht kooperieren wollen. Ja, Sie würden in Masuren nirgendwo Arbeit finden, wenn Sie uns verarschen sollten, kapiert?«

»Warum müsst ihr immer so vulgär werden, wenn ihr endlich mal an die Macht kommt, ihr selbsternannten Verteidiger des Volkes und des Himmels auf Erden?«, fragte Ryszard.

Renata staunte über den Mut ihres Mannes und fürchtete, der Offizier werde jetzt mit voller Wucht zurückschlagen und Ryszard drohen, ihn einzusperren und vors Kriegsgericht zu stellen, doch Genosse Stanisław lächelte bloß und zündete sich eine Zigarette an. Er streifte sich seine Armbinde in den Farben der polnischen Nationalfahne ab und drückte sie Renatas Mann in die Hand: »Sie werden die Binde als Zeichen unserer Macht noch mit Stolz tragen, das verspreche ich Ihnen! Es geht um den *Neuen Menschen*, um die Tötung jedweden Glaubens, mit anderen Worten: um die Wahrheit, die noch nie so stark und rein war wie in unseren Tagen, Ryszard!«

* * *

Später, am frühen Morgen schon, bat Renata ihren Mann, ihr zu erklären, warum er sie zu diesem unglückseligen Gespräch herbeigewinkt habe. Sie lagen schon seit einer Stunde im Bett und konnten nicht einschlafen.

»Der Drecksack hat versucht, mich einzuschüchtern, und ich brauchte eine vernünftige Zeugin. Er war schon betrunken, ich nicht, jedenfalls hat er die Kontrolle über seine dummen Gedanken verloren, und ich wollte, dass du alles mithörst, damit du mir keine Vorwürfe machen kannst, wenn mal was passiert … Du sollst verstehen, alles verstehen. Wir werden hier nicht lange bleiben, dieses Schloss ist ein gefährlicher Ort – wir werden nach dem Winter nach Olsztyn gehen, dort wird uns Pan Stanisław nicht vermuten.«

Trotz der Erklärungen und Beruhigungen ihres Mannes, den sie bewunderte und den sie nie verraten würde, hatte Renata nach dem Gespräch zwischen Herrn Stanisław und ihrem Mann ein ungutes Gefühl, und selbst ihr Jesus Christus und die Heilige Maria konnten dieses Gefühl der Ohnmacht gegenüber der Arbeiterpartei und ihrem Vorzeigemitglied Pan Stanisław aus ihrem erschrockenen Herzen nicht mehr verjagen. Sie wusste, dass auch ein Umzug nach Olsztyn nichts helfen würde, weil solche Männer wie Stanisław überall, in jeder Straße, in jedem Dorf und jedem Städtchen, auf ihre Opfer lauerten und solche Freiheitsdenker und Subjekte, wie ihr Mann eines war, jagten, um sie schließlich für ihre Ideologie einzuspannen oder – bei Widerrede – ins Gefängnis zu stecken oder gar zu töten.

Ryszard sagte: »Schlaf endlich, mein Spatz, der du am frühen Morgen in unserem Obstgarten auf einem Ast immerzu nur hin und her herumhüpfen möchtest, während um uns herum jeden Tag gemordet wird – aber uns wird nichts passieren. Glaub mir! Ich habe die Nazis überlebt und ich werde auch die Stalinisten überleben.«

Und so schliefen sie beide ein, und Renata träumte, sie sei zu Besuch auf dem Hellen Berg in Tschenstochau, aber zur Zeit der sogenannten Schwedischen Sintflut im 17. Jahrhundert, als das ganze Land in Flammen stand und ein Schloss nach dem anderen erobert und niedergebrannt wurde, genauso wie römisch-katholische Klöster und Sanktuarien. Sie wunderte sich, dass sie noch lebte, denn der Turm des Mariensanktuariums auf dem Hellen Berg brannte lichterloh – genauso wie ihre Beine und Arme und ihr Haar, aber sie schrie nicht, das kriegerische Feuer der Protestanten tat ihr nicht weh …

Ein Geschrei weckte sie jedoch wieder auf.

* * *

Renatas Mann zog sich in aller Ruhe schweigend an – auf ihn waren zwei Maschinengewehre gerichtet, und die beiden Partisanen mahnten Ryszard zur Eile: »Den Landgutsverwalter sollten wir eigentlich auch mitnehmen, weil er eine Deutsche geheiratet hat … Er hat eine Strafe verdient – unser Dorflehrer nicht … Und die Russen sind besoffen – die könnten wir im Schlaf kaltmachen …«

Renata, die allmählich begriff, was eigentlich in ihrem Schlafzimmer geschah, biss in ihr Kopfkissen, um ihre Tränen zurückzuhalten und ihre Angst einzudämmen, die sie in ihrem Hals und ihrer Brust plötzlich ergriffen hatte. Einer der Partisanen sagte zu ihr: »Du bist ganz still! Du hast nichts gesehen und nichts gehört!«

Dann verließen sie zusammen mit ihrem Mann das Schlafzimmer, und Renata saß aufrecht im Bett und kaute auf dem Kopfkissen. Sie blieb in dieser Haltung lange sitzen, atmete durch die Nase, und nachdem sich ihre Augen gänzlich an die Dunkelheit gewöhnt hatten, glaubte sie, draußen Schatten der Partisanen und ihres Mannes zu erkennen. Sie waren schlaue Burschen, denn die Soldaten des jungen russischen Offiziers lagen betrunken in der Scheune, und Pan Stanisław schlief im Gästezimmer des Schlosses seinen Rausch aus. Die Partisanen konnten ihn jetzt gleich mit Leichtigkeit und Wonne töten.

Renata hatte die schlimmsten Befürchtungen: Es war schon die dritte Entführung – und dieses Mal würde ihr Mann nicht mehr nach Hause zurückkehren. Alleluja! Alleluja! Das ist das Ende, und es hilft kein Gebet mehr, mein Rysiu hat wie immer recht, die Schwedische Sintflut wird noch einmal kommen und uns Katholiken diesmal aus unserem Land vertreiben für immer und ewig: Wir werden alle sterben, Rysiu, alle! Und dann öffnete sie ihren Mund und zog das Stück Kopfkissen, auf dem sie herumgekaut hatte, heraus: Es war feucht, ihren Unterkiefer spürte sie nicht mehr, er war wie festgefroren. Aber weinen – sie konnte wieder weinen, und Renata sagte: »Rysiu! Sie werden dich töten! Verfluchte Antikommunisten!«

Sie legte sich auf den Rücken und deckte sich mit der Bettdecke bis zu ihren Augen zu und schluchzte. Die Tür zum Schlafzimmer hatten die Partisanen nicht geschlossen, und Renata hörte auf einmal Schritte und öffnete ganz weit die Augen: »Hab keine Angst, ich bin's, Irmgard«, sagte ihre Freundin, die ganz leise das Schlafzimmer betrat; sie kam im Nachthemd zu ihr und legte sich sofort zu Renata ins Bett und begann zu flüstern: »Sie wollten auch meinen Jan mitnehmen, aber er hat sie auf Knien angefleht, ihn vom Landgut nicht zu entführen, sonst würden die Russen am frühen Morgen alle töten! Jan ist jetzt in den Stall gegangen, um zu schauen, ob die Partisanen Kartoffeln gestohlen haben. Ich weiß nicht, ob ich ihn liebe. Es ist doch meine Hochzeitsnacht! Und ich bin vor den Rotarmisten zu dir geflüchtet – sie können doch jederzeit wach werden!«

Die letzten Worte ihrer deutschen Freundin wirkten auf Renata wie das kalte Brunnenwasser, mit dem sie sich jeden Morgen im Gesicht und Schritt wusch. Sie stieß Irmgard von sich weg, als wären sie beide zwei kleine Schwestern, die sich beim Spielen im Garten gestritten hätten: »Du hast deinen Jan vor Gott geheiratet!«, sagte sie auf Polnisch. – »Ich habe nichts verstanden, Renata, bitte, lass mich jetzt bei dir schlafen: Ich habe solche Angst!« – »Du musst warten auf dein Mann!«

In der Nacht hörte man draußen ein leises Klopfen, als würde jemand Nägel in einen Sarg schlagen. Renata konnte nicht enträtseln, was dieses merkwürdige Geräusch bedeuten und woher es genau kommen mochte. Sie nahm ihre frisch vermählte Freundin in die Arme und deckte sie mit ihrem Mantel zu: »Hörst du es, das Klopfen?«, fragte sie in ihrer Muttersprache. – »Ja, ich verstehe dich endlich: Ich höre es auch …« Und Renata dachte: Jetzt oder nie – ich muss sie küssen!

V. Schwerkraft
(Arthur)

Kleines armes Land, lass sie alle in Ruhe sterben und vorher noch ordentlich einander hassen oder lieben … Du hast doch keine andere Wahl! Du musst sie alle dulden!

Kapitel 1
Kriegserklärung

Josephs Bitte konnte er einfach nicht abschlagen, und Malwina sagte: »Du fährst nicht zum Begräbnis deiner Schwester, aber wenn der Vater deines Freundes stirbt, kuschst du wie ein braver Hund und bietest dich sogar prompt als Sargträger an, und das, obwohl Josephs Erzeuger ein ss-Mann gewesen ist. Bist du verrückt, Arthur?«

Er liebte es, wenn sie sich plötzlich ärgerte und für einen Moment wütend wurde. Er antwortete ihr: »Ich lebe in diesem Land wie einst in Polen, und der Tod gehört nun mal dazu ... Joseph hat mir schon so oft geholfen, mir Geld geliehen und mich immer besucht, wenn ich mit ihm reden wollte – insbesondere in der Zeit, in der ich einsam und verloren war, als Annas Abkehr von mir immer größer wurde und ich sogar über den Selbstmord nachgedacht habe.«

»Und nun ist er sogar in deine Frau verliebt! Denk doch mal nach! Siehst du dieses Chaos nicht, für das du mitverantwortlich bist?«

»Nein, sehe ich nicht! Sie treffen sich bloß ab und zu ... Und ich habe meine Frau nicht verlassen – sie hat es getan!«

Arthur hatte sich von der Uni ein paar Tage freigenommen, extra für Malwinas Besuch in Bremen, und es war erst Donnerstag, das ganze Wochenende stand ihnen noch bevor, was sie selbst kaum glauben konnten. So funktioniert also die Ewigkeit, freuten sie sich.

»Lass uns nicht streiten«, sagte Arthur, »wir haben bis Montag noch so viele Gespräche vor uns, und wir sollten nichts überstürzen!«

Malwina war erst vor wenigen Stunden mit dem Zug nach Bremen gekommen. Er hatte sie mittags am Hauptbahnhof abgeholt – es war ihr dritter oder gar vierter Kurzbesuch in der Hansestadt.

Morgen sollte also das Begräbnis auf dem Land – nicht in Bremen – stattfinden, um vierzehn Uhr.

Josephs Vater hatte sich schon vor Jahren einen kleinen Dorffriedhof am Weserdeich irgendwo in der Nähe von Bremen ausgesucht. Wie »romantisch«, hatte Arthur gedacht, als er von dieser Suche nach einem stillen Ort auf dem Land gehört hatte; in den Grabstein würde man bestimmt Verse von Stefan George meißeln, und der Friedhof würde auf einem Hügel liegen und von Bäumen umsäumt sein – versteckt im gedankenschwangeren Nebel wie auf einem Gemälde von Caspar David Friedrich –, und nirgendwo würde es einen Hinweis auf die ss-Vergangenheit des Verstorbenen geben.

Es herrschte mildes Aprilwetter, bestens geeignet für ein stilles Begräbnis im Norden, dachte Arthur. Und er freute sich, dass Malwina ihn in Bremen tatsächlich besucht hatte. Nach ihrem herbstlichen Treffen in Berlin und den beiden Segeltouren auf dem Wannsee vor einem halben Jahr waren noch weitere Begegnungen in der deutschen Hauptstadt gefolgt, und jedes Mal hatte Arthur seine Geliebte gefragt, ob sie sich vorstellen könne, ihn auch einmal wieder in Bremen zu treffen, ihn dort an der Weser zu küssen und zu lieben wie in einem Berliner Hotelzimmer. Ihre Antwort lautete stets: »Nein!« Doch er wusste, dass sie ihn bloß überraschen wollte – es sollte ihm so vorkommen, als ob ein Besuch in Bremen ihre Idee wäre.

In Wahrheit wären sie am liebsten beide an Malwinas Lieblingssee in Olsztyn gefahren, an den Ukiel-See, aber für diese lange und anstrengende Reise fehlte ihnen einfach die Zeit, da sie von ihren Universitäten andauernd mit dienstlichen Aufgaben gequält wurden. So war es, und die Wochen und Monate, die zwischen ihren Begegnungen lagen, machten sie krank und eifersüchtig: Überall witterten sie Gefahren für ihre zerbrechlichen Liebestreffen oder für eine gemeinsame Zukunft.

Wenigstens gefiel Malwina Arthurs kahle Atelierwohnung in der einstöckigen Remise in der Bremer Neustadt: einhundertfünfzig Quadratmeter Freiheit für eine einzige Person über einer stillgelegten Autowerkstatt; außerdem war es nicht mehr kalt, denn die Kälte war Malwinas größter Feind, und das Atelier verfügte nicht über eine ausreichende Heizung.

Seine Geliebte war aus Berlin angereist, wo sie in einem Bibliotheksarchiv drei Tage lang recherchiert hatte. Mit zwei Koffern voller Kleider und voller Bücher kam sie in Bremen an; sie reiste immer mit mindestens einem schweren Koffer voller Bücher, weil sie ständig neue kaufte und unterwegs zu ihren Konferenzen ständig neuen Stoff für ihre Artikel lesen musste. Und auf Reisen zog sie keine bequeme Kleidung an, sondern ein Kostüm und Stöckelschuhe, als hätte sie wieder einmal eine Einladung zum Abendessen im Warschauer Präsidentenpalast erhalten, was zwei-, dreimal im Jahr vorkam. Sie fungierte dann nicht bloß als Dolmetscherin – die prominenten Gäste aus dem Ausland wollten auch einen anspruchsvollen und unterhaltsamen Abend beim Präsidenten erleben. Und Malwina erklärte jedes Mal, wenn sie auf Reisen war, und zwar nicht ohne Stolz, dass sich die meisten Männer fast schon darum prügelten, ihr den Koffer beim Einsteigen in den Zug zu reichen und im Waggon auf die Kofferablage zu legen. Besonders junge Soldaten wären sehr hilfsbereit, und sie sei schon oft als Prinzessin angesprochen worden, warum so eine hübsche Prinzessin so schwer beladen allein unterwegs sei …

* * *

Aber jetzt kehrte Ruhe im Atelier und im Leben der beiden Liebenden ein – sie hatten nicht einmal den abendlichen Gang ins Restaurant gewagt, sondern waren ihrer Liebesgier anheimgefallen … Außerdem gab es im Bett und mit einer Flasche Rotwein etwas Wichtiges zu feiern: Malwina hatte sich endlich für eine Lösung entschieden. Sie sagte, sie werde Warschau und ihren Mann und die beiden im Prinzip erwachsenen Töchter und Olsztyn und ihre Eltern in Olsztyn und ihre ganze Vergangenheit verlassen, um in Deutschland eine neue Stelle an der Uni und eine kleine Wohnung zu suchen. Sie wolle unabhängig sein und ihren Geliebten endlich in Ruhe und ohne schlechtes Gewissen treffen. Und all das, lachte sie, würde ausgerechnet hier geschehen, im »Vierten Reich«, wie sie beide das neue vereinigte Deutschland nannten, was eine kleine humoristische Abwehrreaktion auf die politische Korrektheit ihrer Historikerkollegen war. Sie fügte noch hinzu, sie habe nie daran gedacht, eines Tages nach Deutschland auszuwandern, aber sie sei bestens vorbereitet: als Spezialistin für die moderne deutsche Geschichte. Ohne es zu wissen, habe sie sich ihr ganzes Leben lang auf diesen letzten Schritt und die Revolution in ihrem Curriculum Vitae vorbereitet, grinste sie.

»Du willst mein Ultimatum erfüllen? Aber dein ›Ich-liebe-dich!‹ klingt mehr nach einer Drohung: ›Haben wir uns verstanden, Genosse?!‹ Und warum können wir nicht zusammenwohnen?«

»Ich muss unabhängig sein. Das wird natürlich dauern, bis ich irgendwo eine brauchbare Stelle finde, und du weißt, dass es nicht einfach ist, speziell in Berlin … Aber ich finde schon eine und hole dann meine beiden Töchter nach Berlin, wo ich am liebsten leben würde … Und mein Mann wird sie natürlich nicht gehen lassen wollen!«

»Ich bin so glücklich, ich spüre, dass du mich nicht anlügst …«, sagte Arthur und küsste Malwina. »Das ist ein großartiger Sieg, den ich da errungen habe …«

»Nur du? Und ich? Ich habe nicht gesiegt?«, lachte Malwina – und dann verschwanden sie unter der Bettdecke. Sie blieben so nicht lange liegen, da Malwina keine Luft bekam und asthmatisch atmete; sie räusperte sich, ihr zartes kränkliches Herz meldete sich wieder und brauchte dringend frische Luft. Ihre Haut war warm und feucht, vor allem am Bauch und an ihrem zarten Hals. So wenig trennte sie voneinander, nur die Biologie ihrer Körper, Arthurs Hals war kräftig und breit, Malwinas Arme dünn und so zerbrechlich wie die Äste einer Eberesche.

Arthur küsste Malwina und fuhr fort: »Es ist unser erster gemeinsamer Tag – ich muss morgen nicht unterrichten, und wir werden bis Montag feiern! Das Wochenende gehört uns! Ich zeige dir ein Bremen, das eine Ausländerin normalerweise nie zu Gesicht bekommt …«

»Das ist ja vielleicht kein großes Kunststück! Du wohnst ja hier! Aber dafür liebe ich dich, dass du mich in Deutschland entführst … Dass du mir dieses Land heimisch machst … Schmackhaft … Sodass ich hier sogar ganz normal leben könnte, allerdings – im Übrigen – nur zusammen mit dir …«

»Wir gehen gemeinsam nach Berlin«, lachte er, »und ich bin sogar damit einverstanden, wenn du dir deine eigene Wohnung mietest! Wir werden uns gegenseitig besuchen.«

Natürlich gefiel ihm die Idee von zwei getrennten Haushalten gar nicht, aber er wollte nicht wie ein Nörgler wirken, dem man einen Finger gibt und der trotzdem die ganze Hand fordert.

Malwinas Entscheidung überraschte ihn wirklich, und sie hatte recht, denn eigentlich war noch nichts geschehen, und bestimmt würde es noch ein oder gar zwei, drei Jahre dauern, bis sie wirklich zusammenleben würden, in einer Wohnung, in einem Land. In ihren Träumen nannten sie diesen Ort ihres Glücks »Kosmopolen«, was sie als Idee den polnischen Emigranten, die in den kommunistischen Zeiten überwiegend in Paris oder London gewohnt und gearbeitet hatten, verdankten. Dort in dieser imaginären Landschaft lebten alle nur für die Liebe und ihre

Sehnsucht nach Harmonie und Glück; es gab dort Seen und Wälder, und jeder Gast, der sein Zuhause verloren hatte und der auf der Suche nach Liebe war, wurde in »Kosmopolen« sofort willkommen geheißen, in dieser großzügigen Republik der Freiheit, in der der kalte Verstand, der zwischen Böse und Gut immer so entschied, wie es ihm gerade passte, nichts zu suchen hatte.

Sie liebten sich bei halb geöffneter Terrassentür, weil es so schwül und heiß war wie im Sommer. Malwina präsentierte jedes Mal, wenn sie sich trafen, ihre neueste Wäschekollektion, und sie war diesbezüglich sehr fleißig; sie brachte von ihren Konferenzen in Polen und in anderen europäischen Ländern immer etwas Neues mit.

Und sie liebten sich so, als würden sie in wenigen Stunden bereits wieder auseinandergehen müssen. Sie waren gierig und mussten sich bremsen, fiel ihre Trennung doch erst auf den kommenden Montag. Endlich hatten sie viel Zeit füreinander, und sie staunten darüber, dass ein wunderbares Glück sie ereilt hatte.

Da die Vorhänge in Arthurs Atelier zugezogen waren, paradierte Malwina nackt durch die Räume der ehemaligen Remise. Das Einzige, was ihr Liebhaber besaß, war die beachtliche Bibliothek, deren Umzug immer noch auf seinen Abschluss wartete – der Rest bestand aus bescheidenen Dingen, die er teilweise als Andenken sogar noch aus Polen mitgebracht oder geschenkt bekommen hatte. Wie eine Angelrolle zum Beispiel, die mindestens dreißig Jahre alt war, wenn nicht noch älter. Sein Vater hatte sie im Keller des Hauses am Ukiel-See wiedergefunden: Angeblich hätte sie Arthur als ein kleiner Junge mehrmals benutzt. Malwina liebte solche Devotionalien der privaten Geschichte, weil sie viel mehr über einen Menschen sagten als seine ganze Biografie, denn persönliche Gegenstände können nicht lügen, so dachte sie zumindest und behauptete das bei jeder Gelegenheit.

Malwina verschwand im Badezimmer, um zu duschen, und Arthur blieb liegen und überlegte, was er von Malwinas Kehrtwende halten sollte, denn es würde – wie es ihm schien – wirklich eine neue Epoche in ihrer beider Leben eintreten, eine gewaltige Wende, an die er noch nicht so recht glauben konnte. Sie würden tatsächlich zusammenleben? Doch wo? Und war Deutschland wirklich der richtige Ort? Aber gab es überhaupt noch einen »richtigen« Ort in Europa, wo man sicher, wo man keinem sozialen Niedergang ausgeliefert war? Keinem Bürgerkrieg? Keinem Börsencrash? Keiner Umwelt- oder Naturkatastrophe? Keinem Terror? Überall standen die Zeichen auf Sturm, überall wartete man auf den Zusammenbruch der europäischen Währung, auf einen terroristischen Anschlag, auf eine Überschwemmung oder auf einen großen Krieg unter den Völkern. Und in jedem Land gab es Erleuchtete und Propheten, die den Teufel an die Wand malten und die dazu rieten, auszuwandern, alles Geld von der Bank abzuheben oder Wasserfilter und genügend Nahrungsvorräte zu besorgen. Die Polen fürchteten sich vor dem Einmarsch der Russen, und die Russen fürchteten sich vor der Expansion des Westens und der Europäischen Union – sogar mehr als vor China. Und die Atheisten fürchteten sich vor den radikalen Gotteskriegern, und die Erde fürchtete sich davor, eines Tages ein Krüppel zu werden, weil man ihr an jeder Ecke den Atem nahm, ihre Bodenschätze stahl und die Kammern mit ihren Lebenssäften leer pumpte. Die Erde sagte zwar noch nichts, sie hustete aber kräftig und ließ ihren Meeresspiegel steigen, weil sie weinte. Jeder konnte sehen, wie sie weinte.

Arthur lag auf dem Bauch und breitete seine Arme und Beine aus wie bei einer Priesterweihe, jetzt endlich hatte er das ganze Bett für sich allein, und er schlief in diesem dunklen Traum von einer ungewissen Zukunft ein, obwohl es noch gar nicht spät war – erst kurz nach neunzehn Uhr.

Kapitel 2
Über Wasser laufen

Als Malwina vom Duschen zurückkehrte, wurde er wach; er fühlte sich grässlich, Übelkeit und ein allgemeines Unwohlsein plagten ihn. Dabei hatte er höchstens eine Viertelstunde geschlafen, was hatte sich also in so kurzer Zeit geändert?

Malwina merkte zuerst nichts, sie legte sich wieder zu ihm ins Bett und begann ihn zu küssen, doch er verschob ihre zarten Küsse auf später, stöhnte nur und schob Malwinas Hand sanft zur Seite, ihre zarte Hand, die ihn streichlen wollte: »Was hast du? Was ist los?«, fragte sie besorgt.

»Mir ist schlecht …«

»Nein: Jetzt, da es endlich ernst wird und ich meine Entscheidung getroffen habe, wird dir schlecht?«

»Woher willst du wissen, was mit mir los ist?«

»Mein armer Arthur … Ich werde mich um dich kümmern! Du bist schwer krank!«

»Gar nicht wahr. Ein Schwächeanfall. Doch vielleicht muss es mir ja schwindlig und übel werden! Hast du dir überhaupt Gedanken darüber gemacht, wie wir es anstellen wollen? Und wo wir wohnen werden? Wir können nicht nach Olsztyn gehen … Ich werde nie wieder in Polen leben. Es ist vorbei! Ich kann nicht in meine Heimat zurückkehren … Es ist alles Geschichte geworden, die Volksrepublik gibt es nicht mehr … Und du, du willst doch auch nicht, dass wir nach Olsztyn gehen und dort leben …«

»Manchmal denke ich, es wäre die beste Lösung …«

Aber sie stritten sich nicht mehr, sie waren auch Weltmeister darin, versponnene Träume und unendliche Traumwelten mitten am Tage zu entwickeln, die sie beide über lange Stunden tragen konnten, als würden sie mit einem Segelflugzeug über Hügel und Täler gleiten, und so spekulierten sie über ihre Zukunft in Deutschland und darüber, wo Malwina ihre akademische Karriere am besten fortsetzen könnte, wen sie persönlich gut kannte, wen man um Hilfe bitten sollte. Und so lebten sie in ihren stundenlangen Gesprächen andere Leben – sie dachten sich Biografien von Menschen aus, die sie niemals werden würden. Sie besaßen Kinder, Villen, Traumjobs, oder sie waren arm und führten ein langweiliges Dasein von Kleinbürgern. Aber sie waren glücklich – jedes Mal –, da sie einander liebten.

»Wir werden dort leben, wo ich eine Stelle finde, und du kannst doch überall an deinen Sachbüchern arbeiten … Du willst ja ohnehin nicht mehr unterrichten«, sagte Malwina, die nach der Dusche ein frisches Höschen und ein weißes kurzes Nachthemd angezogen hatte. »Und du musst dein Buch über deine Großeltern zu Ende schreiben, unbedingt!«

»Ja, das muss ich, obwohl ich manchmal denke, dass es keinen Sinn hat – ich kann mir in meinem Kopf ihre Geschichte erzählen und zurechtlegen, wie ich sie haben will. Aber wenn ich sie der Welt schenke, wird sie plötzlich so fremd und unglaubwürdig, weil das immer so geschieht ... Das Ungewöhnliche wird zum Gewöhnlichen.«

Malwina beschwichtigte ihn: »Mach dir keine Sorgen, schreib einfach weiter!« Und nach einer Weile in völliger Stille fragte sie: »Geht es dir schon besser?«

»Ja, ein bisschen. Ich werde eine Magentablette schlucken, vielleicht zwei, das hilft immer, zumindest bei ehemaligen Alkoholikern«, lachte er und holte sich eine Bullrich-Salz; unterwegs stellte er den CD-Player an und fütterte ihn mit einer Händel-CD – mit den *Concerti Grossi*, die Arthur über alles liebte; sie lockerten jede Stimmung, mochte diese auch am Nullpunkt angelangt und ganz mies sein. Dann legte er sich wieder auf sein Bett und ließ sich den Rücken massieren, kratzen und tätscheln, was Malwina widerstandslos tat. Dabei mussten sie lachen: Zwei Affen im Käfig oder auf einem Felsen irgendwo in der goldenen Landschaft Südafrikas – das waren sie auch, zwei Affen, die manchmal über sich selbst lachten. Seine Geliebte hasste es nur, wenn Arthur mit seinem iPhone herumspielte und ständig die E-Mails prüfte – wie jetzt.

»Unterhalte dich mit mir, lass das schreckliche Spielzeug endlich in Frieden ...«

»Dann frag mich etwas ...«

Malwina musste nicht lange nachdenken – was das Stellen unbequemer Fragen anging, war sie sehr begabt: »Warum verlässt ein siebzehnjähriger Junge seine Eltern und warum lassen sie ihn gehen?«

»Wir haben einander nicht mehr ertragen können ... Außerdem habe ich meine Tante in Hamburg geliebt ...«

»Du spinnst ... Ich kann es eigentlich nicht glauben ...«

»Doch, doch – ich habe als pubertierender Teenager meine katholisch-sozialistischen Eltern, die jedem eigentlich ganz harmlos erscheinen mochten, gehasst wie die Pest. Sie symbolisierten für mich unsere verdorbene Volksrepublik: vor allem die überall herrschende Verlogenheit. Beim näheren Hinsehen, hauptsächlich im täglichen Leben, erschienen sie einem wie mir unerträglich, mörderisch anstrengend: Ich hatte zumindest als Kind immer den Eindruck gehabt, Mama und Papa würden sinnlose Arbeiten verrichten, als schleppten sie Steine von A nach B und wieder zurück. Ich dachte als aufmüpfiger Vierzehnjähriger stets nur: Na ja, selbst Spinnen müssen spiritueller und sinnlicher sein als diese beiden Geschöpfe, die sich Mann und Frau nennen und meine Eltern sind. Dabei waren sie weder richtige Dissidenten noch Kommunisten … Heute würde ich sie als harmlos bezeichnen, *normal*. Ich weiß, ich bin sicher ungerecht in meinem damaligen Urteil gewesen. Denn eigentlich darf man sie gar nicht als farblos und uninteressant bezeichnen. Ihr Hauptproblem bestand darin, dass sie die Langeweile der Ehe und der Liebe im geregelten Alltag nicht ertragen und deshalb einander ständig betrogen haben. Wenn man wirklich liebt, muss man doch nicht nur treu sein, sondern auch bereit für das Radikale, Unerklärliche – sonst endet alles in der Tretmühle des Alltags, und spätestens dann sollte man hellhörig werden, weil man schon zu ahnen beginnt, dass sich nichts mehr ändern wird, dass nur noch der Tod kommt …«

Malwina ließ sich diesmal ein bisschen Zeit mit ihrer nächsten Antwort – nach einer Weile sagte sie: »Sie haben sich als junge Menschen kennengelernt und später nicht mehr zueinander gepasst … Was meinst du, warum wir uns gefunden haben und warum wir einander so anziehen? Weil wir heute reifer sind und wissen, was wir wollen. Als ich jung war, war mir nicht klar, dass ich eines Tages ohne die Gespräche über Philosophie und Religion und unser Dasein, ›die Beschäftigung mit der Ontologie‹, wie du es zu nennen pflegst, unglücklich sein würde. Ich wusste nicht, dass ich jemanden wie dich brauchen würde, um etwas, was mir als ganz wichtig erscheint, bis ins letzte Detail besprechen zu können. Heute weiß ich das alles, verstehst du? Und was uns noch miteinander verbindet, ist unsere gemeinsame Herkunft, unser Geburtsort. Wir lieben beide unsere Allensteiner Seen, das Segeln, das Rudern, den Geruch von blühenden Heidekrautfeldern im Wald, die Lieder unserer Rockbands, die Filme aus unserer Epoche, die Bücher aus jener Zeit, Bücher von Cortázar, Robert Walser und Stachura … Es wundert mich nur immer wieder, dass wir uns in unserer Kindheit nicht begegnet sind!«

Er nickte und starrte ihre Hände an, ihre Fingernägel, ihre kleinen Hände, und er schaute in ihre messingfarben leuchtenden Augen und sagte: »Wir sind doch in Olsztyn auf verschiedene Schulen gegangen, Liebes. Und vielleicht haben wir uns einmal irgendwo getroffen, ganz zufällig, und wir wussten nicht einmal, dass wir uns eines Tages wiedersehen würden, aber unter ganz anderen Umständen …«

Malwina schmiegte sich wieder an ihn, sie wollte jeden Zentimeter seiner Haut spüren, küssen und riechen. Und sie überraschte ihn mit einem Geständnis: »Aber wir werden heiraten, nicht unbedingt kirchlich …«

»Heiraten?«, erschrak er. »Und nicht unbedingt kirchlich?«

»Aus Rücksicht auf deine marxistische Gesinnung, die aber deiner westlichen Sozialkritik entspringt – selbstverständlich«, grinste Malwina.

»Bin ich wirklich ein so langweiliger Atheist?«

»Ein ganz furchtbarer Atheist aus dem Westen …«, kicherte sie. »Und stolz wie ein Gockel!«

Dabei hatte Arthur allen Grund, ein Gegner der Kirche zu sein oder wenigstens ein Gnostiker, ein unverbesserlicher Ketzer also. Dafür hatte er in seiner Kindheit – er brüstete sich immer damit – eine viel zu gute Ausbildung genossen, um nicht kritisch und skeptisch zu werden, was den römisch-katholischen Glauben und selbst andere Religionen anbetraf.

Arthur hatte Malwina schon oft erzählt, was der katholische Gott der Dreieinigkeit mit ihm in seiner Kindheit angestellt hatte.

Er war als Kind – natürlich ohne es zu wissen – zum Gnostiker und Häretiker geworden, weil er die Nonnen und Priester und ihre religiöse Strenge, diesen speziellen Fanatismus, nicht ertragen konnte: die totale Strenge und Kälte, welche die Geistlichen auch allen anderen Kindern gegenüber an den Tag legten. Und in gewisser Hinsicht fühlte sich Arthur durch diese spezielle Erfahrung seiner Kindheit bis heute darin bestätigt, dass sich der Satan die schönste und effektivste Tarnung gesucht hatte, die man sich nur auswählen konnte: nämlich die des Priesters, denn als ein Mann der Kirche war er unsichtbar, unantastbar und unschlagbar.

Und trotzdem vermisste Arthur in Westdeutschland seinen alten Kindheitsgott, seinen Gott aus Olsztyn, den polnisch-katholischen Christus und ebenso die polnisch-katholische Maria, die beide noch obendrein sozialistische Wurzeln besaßen. Er schämte sich auch nicht, mit Malwina über seine uralte kindliche Sehnsucht nach Jesus offen zu sprechen, und er hatte kein schlechtes Gewissen mehr. Er erinnerte sich nur noch mit Schmunzeln an die Schuldgefühle, die ihm der kirchliche Jesus in Olsztyn, der jeden Tag neu gekreuzigt wurde, machen wollte, wenn der zwölfjährige Arthur wieder einmal gesündigt hatte.

Malwina, die sich schon seine Tiraden gegen die Kollaboration so mancher Kirchenvertreter mit dem Satan – immerhin ihrem wichtigsten Feind und Widersacher – seelenruhig angehört hatte, pflegte dann zu sagen: »Ich weiß doch, dass du im Grunde deines Herzens so wie ich an Jesus Christus glaubst …«

»An ein Ende des Irdischen beziehungsweise unseres ganzen sichtbaren und unsichtbaren, jedoch aus dem Sternenstaub entstandenen Universums – ja, daran glaube ich schon, aber was dann, was kommt danach, wenn einmal wirklich alles enden, jeder Stern verlöschen, jedes Atom verschwinden wird? Ich habe in Masuren, in unserer gemeinsamen Heimat, gelernt, Ebereschen am Feldweg so zu lieben wie Frauen, und das ist mehr, als man von einem Land überhaupt beigebracht bekommen kann. Bloß eines konnte es mir nicht beibringen, dieses kleine arme Land: das Gehen über Wasser … Wie dem auch sei: Wir werden heiraten!«

»Dann lass uns draußen darauf anstoßen – in einer Bar! Und du irrst dich, du kannst über Wasser laufen: zum Beispiel mit mir zusammen!«

Kapitel 3
Stolpersteine

Nachts verließen sie ihr Domizil in der Neustadt und gingen zu Fuß und über die Weser ins Viertel, um dort im Café *Engel* oder *Piano* oder in der Bar *Lagerhaus* auf ihre gemeinsame Zukunft anzustoßen und auf andere Gedanken zu kommen. Malwina begann unterwegs zu weinen, was Arthur zunächst nicht bemerkte. Auf der großen Weserbrücke küsste er ihre Wangen und wischte ihr mit seinem rechten Sakkoärmel die Tränen vom Gesicht. Malwina brauchte ihm nichts zu erklären, denn er wusste, weswegen sie weinte: wegen ihrer beiden Töchter – und weil ihr endlich richtig klar geworden war, dass sie ihre Kinder tatsächlich verlassen würde, womöglich für immer. Malwinas Euphorie war verflogen, die Töchter waren zu alt für die Emigration, sie machten bald Abitur und wollten danach im Ausland studieren, aber in England und nicht in Deutschland.

»Lass mich bitte ein wenig trauern«, sagte sie. »Ich muss dir nichts erklären, ich weiß. Aber mein altes Leben hat das Recht darauf, in Ruhe zu sterben …«

»Malwina: Wir sind *Menschen auf der Brücke* …«

»Das ist mir kein großer Trost, dass du Szymborskas Gedicht zitierst … Und ich möchte mich selbst nicht aus der Ferne beobachten … Das kann ich jetzt einfach nicht leisten …«

»Malwina, und ich bin nicht bloß ein Zuschauer in diesem Kino … Ich gehöre zu dir, und du nimmst deine Töchter ganz einfach mit nach Deutschland …«, erklärte er beschwichtigend, doch er glaubte selbst nicht an seine Worte.

Denn ihre beiden Mädchen besuchten in Warschau internationale Schulen und lernten verschiedene Fremdsprachen – nach Berlin oder in eine andere deutsche Großstadt würden sie bestimmt nicht umziehen wollen und schon gar nicht in die deutsche Provinz. Niemand wollte die Freundschaften und die angenehme schulische Umgebung zerstören, und schon gar nicht ihre Mutter. Die Mädchen erwarteten außerdem später – wie alle Mädchen aus einem sogenannten guten Hause, in dem es keine Geldsorgen gab – ein Studium in England oder gar in Amerika, da Englisch die deutsche Sprache im neuen Polen, das sich nach 1989 vorgenommen hatte, ein durch und durch westeuropäisches Land zu werden, von ihrem Thron gestoßen hatte. Das Vorhaben, den USA und der EU ein treuer Kompagnon zu werden, gelang allerdings nur bedingt, da es ausreichend viele konservative Kräfte im Land gab, meist eifrige Katholiken und Patrioten, die in den Deutschen und Russen immer noch Eroberer und Todfeinde sahen.

Arthur versuchte, seine Geliebte mit Küssen und Versprechungen, er werde sie in der Not nie alleinlassen, zu trösten, es gelang ihm aber nicht, da sie fragte, was er mit einer Notsituation eigentlich meine. Es schlich sich bei ihm der verstörende Gedanke ein, dass Malwina niemals – niemals – Warschau und ihre Familie verlassen würde.

»Es wird alles gut, keine Sorge …«, sagte er, obgleich er selbst davon nicht allzu sehr überzeugt war. »Ich versuche doch bloß, Bernhard Mosau nachzueifern, meinem alten Doktorvater und ehemaligen Kollegen von der Uni: Obwohl er ein Apokalyptiker ist, verlässt ihn nie der Glaube an uns Menschen und an die Liebe …«

* * *

Arthur war in Wahrheit ziemlich verzweifelt: Nur noch ein echter Wirbelsturm konnte helfen, ein Wunder bewirken und das Schicksal, das den beiden Liebhabern blühte, abwenden. Genau genommen müsste etwas Ungeheures passieren, was sich ja leider schon langsam abzeichnete – eine Katastrophe, die eine Völkerwanderung verursachen könnte: Zusammenbruch der europäischen Währung, Chaos in Europa, Chaos auf den Straßen, auf denen der Mob Banken und Ämter und Regierungsgebäude in Brand stecken würde; von solchen Zuständen war man in Europa im Prinzip nicht mehr weit entfernt.

Arthurs Freund Bernhard malte des Öfteren – meistens bei einem Glas Rotwein – kein aufmunterndes Zukunftsbild, obwohl er als Alt-68er und Parteisoldat der Bremer Grünen, bei denen er sich in der sogenannten Altenpolitik engagierte, ein unverbesserlicher Optimist war. Und trotzdem, seine Einschätzung fiel nüchtern aus. Er prophezeite, die Überflutung Europas durch Millionen Flüchtlinge aus Afrika – der Exodus aus solchen Gebieten, in denen Hunger, Trockenheit, Überbevölkerung oder Krieg herrschten – werde nicht mehr lange auf sich warten lassen. Hinzu kämen noch sogenannte interne Krisen der Europäer: Schuld- und Finanzsorgen Griechenlands und anderer europäischer Länder, der Konflikt zwischen der Ukraine und Russland, das Pulverfass Balkan sowie die wachsende Gefahr terroristischer Angriffe durch IS-Kämpfer, der Brexit und der Siegeszug der Rechtskonservativen, die Rückkehr des Nationalismus und des Autoritären – all diese Katastrophen und Ereignisse seien bloß der Anfang eines kommenden europäischen Niedergangs. Und gleichzeitig sei dieser kommende Niedergang eine Chance für eine Wende: für die Abkehr vom materiellen und strikt rationalen Denken.

Bernhard Mosau mochte eigentlich keine Menschen, deren Spezialität es war, Unkenrufe zu verbreiten. Er wiederholte jedoch gern, als Chomsky-Verehrer fühle er sich in stürmischen Zeiten stets wie ein Fisch im Wasser, und dieses Gefühl habe ihn das erste Mal 1968 überwältigt, als er ein junger Marxist gewesen sei. Während seines Studiums in Berlin seien so gut wie alle Studenten seiner Fakultät auf die Straße gegangen, um gegen das verkrustete Establishment der BRD zu protestieren. Und er habe damals gelernt, dass man in brenzligen Situationen niemals aufgeben dürfe, sondern weiterkämpfen müsse – wie sein Freund Rudi Dutschke es ihn gelehrt habe.

Aber wollte Arthur dem Teufel wirklich einmal richtig ins Gesicht sehen? Dass in Europa eine blutige Revolution ausbräche, dass der Mann von Malwina dabei verschollen ginge oder gar umkäme und dass sie dann zu ihm nach Deutschland flöhe? Nein, sagte er sich: Junge, wach auf, du bist kein Mörder! Wünschst du dem Mann deiner Geliebten wirklich den Tod?

* * *

Arthur fuhr fort und erzählte Malwina wieder von seinem Freund und Mentor Bernhard sowie von seinen Visionen. Zum Schluss betonte er: »Bernhard ist natürlich eine Art Vorbild für mich. Wir könnten eine Revolution in Europa gut gebrauchen, aber müssten sie natürlich überleben …«

»Sei nicht albern. Dann kannst du meinen Mann gleich umbringen.«

Er lachte: »Dazu fehlt mir der Mut … Und die Berechtigung … Außerdem: Zwischen einem Wunsch und dessen Ausführung liegen oft Welten …«

»Was sollen wir bloß machen?«, fragte Malwina, als sie nach dem Gespräch auf der Brücke ihren nächtlichen Spaziergang zu einer Bar fortsetzten – allerdings hörte sie auf zu schluchzen und war schon etwas besser gelaunt. »Wo sollen wir leben? Wie neu anfangen?«

»Ich habe keine Angst«, erklärte Arthur seiner Geliebten. »Weder vor einem Weltkrieg noch vor dem Zusammenbruch der EU: Es wäre nur eine Wiederholung dessen, was ich schon im Sozialismus erlebt habe – ein nächster Untergang, nichts weiter. Doch ich mache mir Sorgen, weil du unglücklich bist: weil du weinst und deine Töchter, obwohl sie schon so groß sind, in Wahrheit nicht verlassen kannst.«

* * *

Sie gingen jetzt durch das Zentrum Bremens und erreichten die sogenannte Schlachte, die mit Cafés und Kneipen bespickte Uferpromenade der Weser, wo es auch maritime Männerchöre, kitschig-spießige Piraten- und Touristenschiffe des Binnenverkehrs sowie urige Gaststätten für Biertrinker zu bewundern gab; dann gingen sie durch einen Schnellstraßentunnel, in dem Straßenjazzer spielten, und anschließend durch die Böttcherstraße, die jeden Touristen anlockte und die auch Arthur seiner Geliebten nicht vorenthalten wollte. Wäre hier nicht das Paula-Modersohn-Becker-Museum untergebracht worden, erstickte die Gasse im Kitsch, doch trotzdem musste man diese goldene Pracht gesehen haben: das Sonnengold der Skulpturen, die beweglichen Außenwände in einem der roten Backsteingebäude, Gesichter und Figuren, die sich als Glockenspiel drehten und furchterregende Seemannsfratzen schnitten – »Halleluja!«, rief man staunend; und die Tee- und Kaffeesorten aus aller Herren Länder durfte man auch nicht vergessen, diese ungeheure Auswahl an Gerüchen, Geschmäckern und Farben. Es folgte der Rathausplatz, die alten Banken der Hanseaten, dann der Dom und das UNESCO-Rathaus, und Arthur erinnerte sich an die in den Stein gemeißelten Sonnensymbole und Menschen- und Zentaurengesichter, die man in der Westkrypta des Bremer Doms bewundern konnte: Das ganze Universum, eingeschlossen dort in den Katakomben wie ein Nusskern in seiner Schale, und der seiner gewahr gewordene Mensch wurden in der Krypta im Stein verewigt. Die wichtigste Nachricht der Steinreliefs, die eigentliche Botschaft Jesu Christi aus der romanischen Epoche, lautete damit: Der Mensch muss sich seiner selbst und des heiligen und unendlichen Raumes, in dem er zu leben hat, bewusst werden, wenn er die Erlösung erreichen will.

Malwina, die bei ihren Deutschlandbesuchen einige besondere Rituale pflegte, suchte in jeder Straße, auf jedem Bürgersteig nach den Stolpersteinen, die sie schon aus Berlin oder Frankfurt kannte. Gab es sie auch hier in der Hansestadt, die in Messing eingravierten Namen, Lebens- und Todesdaten der Holocaustopfer, die direkt aus ihren Wohnungen in ein KZ verschleppt und in den Tod geschickt worden waren? Arthur musste sich wundern, er hatte in Bremen noch nie irgendwelche Stolpersteine gesehen, doch natürlich gab es hier welche, er hatte bloß bis jetzt nie auf sie geachtet.

* * *

In einem Straßencafé trafen sie unverhofft auf Bernhard Mosau.

»Kenne ich den Herrn? Ist es nicht dein Mentor, von dem du auf der Weserbrücke gesprochen hast?«, fragte Malwina.

Arthurs alter Freund saß im *Piano* an einem Fenstertisch und genoss seinen Drink und seine Ruhe. Er floh jeden Donnerstagabend in eine beliebige Bar im Viertel und ließ sich auf den toxischen Wellen seiner Drinks zwei, drei Stunden lang treiben, wobei er während dieser Meditation mit niemandem sprach.

Bernhard begrüßte herzlich die Überraschungsgäste, küsste sogar Malwina auf die Wangen und sagte: »Von Ihnen habe ich schon viel gehört! Es freut mich, dass wir uns endlich kennenlernen!«

Malwina antwortete: »Und Arthur erzählt von Ihnen immer in höchsten Tönen! Sagt man es so im Deutschen?«

»Natürlich! Bitte, setzt euch zu mir!«

Bernhard kam gleich zur Sache und redete und redete. Sein Monolog handelte wieder einmal von seinen Sorgen, von seiner Wut auf die Ungerechtigkeiten und die Hypokrise der Welt, von seiner Einsamkeit und seiner Wut auf seine Frau und seine Familie und auch auf seine Partei, weil er sich von ihnen allen missverstanden fühlte; die Klage Bernhards störte freilich keine Menschenseele – in seiner Einsamkeit brauchte Arthurs Freund bloß dringend einen oder zwei Zuhörer.

Malwina konnte die spontane Begegnung noch nicht richtig einschätzen, und Arthur kam nicht dazu, ihr irgendetwas zu erklären, auch nicht mit seinen Füßen unter dem Cafétisch.

Sein Freund war zwar aufgebracht, doch er hatte seine Wut im Griff, was nicht ungewöhnlich war, denn eigentlich gab es seinerseits selten etwas Neues. Seit Jahren schon geschah nämlich immer das Gleiche, meistens einmal im Monat, er wollte dann wieder sterben (Selbstmord kam für ihn nicht in Frage, es musste schon eine Krankheit sein), er wollte niemanden sehen, niemanden sprechen.

Bernhard hatte sich also wieder einmal von seiner Frau und von seinen Kampfgenossen, die teilweise noch im Jahre 1968 lebten oder die das Lager gewechselt hatten und sich heute mit Verschwörungstheorien beschäftigten, getrennt – diesmal angeblich endgültig. Aber es war jedes Mal endgültig, sodass man diese Wutausbrüche und Entscheidungen nicht richtig ernst nehmen durfte.

Bernhard war jedenfalls glücklich, dass er Malwina endlich kennenlernen konnte, und sie wollten ihm beide auf einen Drink Gesellschaft leisten und sprachen mit ihm bald so, als gehörte er zu ihrer polnischen Sippe, als wäre er ein beliebter Onkel aus Breslau oder Tschenstochau.

Er war neugierig, aber ohne Penetranz, und er stellte vorsichtig ein paar Fragen: Malwina musste ihm von ihrer Arbeit an der Uni und von ihren Eltern, die in der Justiz und in der Direktion der Reifenfabrik STOMIL gearbeitet hatten, erzählen. Arthur fiel dazu eine etwas andere Frage ein, nämlich ob ihr Vater und ihre Mutter verlogene oder ganz normale Parteifunktionäre gewesen seien, was seine Geliebte schwarz-weiß nicht beantworten konnte. Im Gegenteil, die adlige Herkunft ihrer Sippe aus Wilna habe bis 1989 eher für Schwierigkeiten gesorgt, man habe ihrer Familie stets misstraut – dafür hätten die Mutter und der Vater allerdings wunderbare Karrieren hingelegt, fand Arthur.

Bernhard interessierte sich allerdings auch für seine Ausreisegeschichte, obwohl ihm Arthur schon so oft davon erzählt hatte.

Er sagte zu seinem Freund: »Bei uns ist alles anders gewesen. Mein Vater ist ein misstrauischer Mann, er hält jeden für einen Verräter. Das liegt vielleicht daran, dass er nicht weiß, wer er ist: Ermländer, Pole oder Deutscher? Masure? Und die Wahrheit ist die, dass ich damals, als ich Anfang der Achtziger beschloss, in die BRD zu fliehen, nicht nur in meine Tante, die Schwester meines Vaters Radosław, ein wenig verliebt war: Ich konnte in der Tat vor allem meinen Papa nicht mehr ausstehen, der ja im Sozialismus weder Fisch noch Fleisch sein wollte. Er beschimpfte die Solidarność-Gewerkschafter als unseriöse Kleingeister, und nur deshalb, weil sie solche Kleingeister seien, habe er sich niemals entschließen können, mit ihnen zusammenzuarbeiten. Später unterstützte er sie trotzdem … Und die Partei? Wer glaubte schon an die Partei? Er auch nicht, die Partei war ihm auch ein Dorn im Auge gewesen. Es gelang mir Gott sei Dank, aus Olsztyn und Polen und von meinen Eltern zu fliehen, und ich bin auch vor den vulgären Trinkgelagen und dem stumpfen Patriotismus solcher Männer wie mein Vater geflohen, denn ich hasste seinen gemütlichen Regionalismus: Ermländer, *Warmiak* im Polnischen – wer soll denn das sein?, fragte ich mich damals, eine Art Hobbit oder gar ein verkappter Deutscher, der eigentlich Pole sein wollte? Mir war nur nicht klar, dass ich mit meiner Ausreise in die BRD auch die deutsche Geschichte des 20. Jahrhunderts heiraten würde: und damit auch die meiner Familie. Plötzlich war ich ein sogenannter Spätaussiedler und Besitzer eines deutschen Reisepasses … Plötzlich träumte ich von stillen Grasfeldern, auf denen einst Baracken eines KZs gestanden haben … ›Musste ich mich etwa mitverantwortlich fühlen?‹, lautete damals meine wichtigste Frage …«

»Und wo haben deine Eltern gearbeitet?«, fragte Malwina. »Nicht einmal unsere Mütter und Väter haben damals einander gekannt, obwohl sie aus derselben Stadt kommen …«

»Sie waren beide an der pädagogischen Hochschule tätig. Der Einzige aber, der es bei uns wirklich zu etwas gebracht hatte, war mein Großvater Ryszard – als Lehrer für Deutsch und Englisch musste er jedoch acht Jahre im Kittchen absitzen, weil er von den Stalinisten des Verrats bezichtigt und verurteilt wurde. Genau genommen hat ihn unser Onkel Stanisław verpfiffen. Das ist eine lange und verworrene Geschichte …«

»All das beantwortet immer noch nicht befriedigend die ewige Frage, warum du Olsztyn verlassen wolltest – und damit auch Polen«, warf Malwina ein. »Aber wir wollen dich nicht noch mehr quälen …«, lachte sie.

»Ihr kennt doch die wahren Gründe!«, sagte Arthur.

Er liebte Malwinas Aussprache. Ihr Deutsch war nahezu perfekt, er bewunderte sie dafür. Und es blieb nicht bei einem Glas Wodka oder Weißwein, Bernhard Mosau bestellte ständig eine nächste Runde. Er genoss nicht nur seine wiedergewonnene Freiheit – die neueste Trennung von seiner Frau, von der Politik, von seinen alten Kameraden: Er konnte sich an den polnischen Geschichten nicht satthören. Er gehörte zu den vaterlosen Söhnen, deren Erzeuger an der Front in Russland gefallen waren. Bernhard sorgte sich vielleicht deshalb so sehr um seinen Schützling, obwohl er pensioniert war: »Warum also?«, wiederholte er die Frage von Malwina. »Und warum haben sie dich überhaupt gehen lassen? Der Staat und deine Mutter haben sich dir nicht widersetzt?«

»Doch! Natürlich haben sie versucht, mich zu Hause zu halten wie einen Hund an der Leine, aber heute muss ich eine ganz andere Antwort geben … Heute fühle ich mich beinahe schuldig, denn wäre ich nicht geflohen, wären meine beiden Geschwister vielleicht noch am Leben …«

So ein Bekenntnis hatte wohl niemand erwartet, und Arthur, der Schwierigkeiten hatte, sich das Rauchen abzugewöhnen, beschloss, eine Zigarette zu rauchen, was in einer gewöhnlichen Kneipe gar nicht mehr so einfach war. Man musste in einen kleinen, dafür bestimmten Raum gehen, der keine Fenster besaß und der durch den Gestank des kalten Nikotinrauchs, des Alkohols und der abgestandenen Luft wegen nicht besonders einladend wirkte. Aber Arthur wollte für eine Zigarettenlänge allein sein, und da er gemerkt hatte, dass Malwina den 68er-Veteranen mochte, verschwand er, ohne ein schlechtes Gewissen zu haben. Sie mochte ihn nicht nur deshalb, weil er ein sympathischer älterer Herr war: Ihr gefielen seine Integrität und seine Klarheit im Denken und Sprechen, und sie hatte von einem Deutschen noch nie einen so unmissverständlichen Satz über Juden, Israel und Deutschland gehört, wie Bernhard Mosau ihn ihr gegenüber formuliert hatte: »Wir Deutschen dürfen Israel und die Juden niemals, niemals kritisieren und müssen ganz einfach schweigen.«

* * *

Als Arthur den Raucherraum betrat, staunte er nicht schlecht. In einem alten und kaputten Stoffsessel – es sah dort aus wie in einer verwahrlosten Kneipe mit zusammengewürfelter Einrichtung, etwa wie im kultigen *Klub der Polnischen Versager* in Berlin – saß wieder der Herr mit der Baskenmütze, den er das letzte Mal in der deutschen Hauptstadt getroffen beziehungsweise im Hotelzimmer empfangen hatte. Der Überraschungsgast rauchte eine Zigarre und schien sich prächtig zu amüsieren, weil er sagte: »Sie, Pan Arthur, Sie sollten lieber aufpassen! Sie kennen doch die Oper *Don Giovanni*, aber Sie haben die falschen Schlüsse gezogen! Sie denken, dass Sie unschuldig sind, bloß das stimmt leider nicht … Ich werde immer wieder an Ihre Tür klopfen …«

»Wissen Sie, ich bewundere Sie für Ihre Geduld! Und Sie werden mich scheinbar überall finden können, sollte ich mich auch in den Untergrund begeben und tief unter der Erde verstecken wie ein nach Schwefel stinkender gefallener Engel … Sie finden mich überall …«

»Leider bringe ich Ihrer Familie kein Glück … Ihre Mutter schickt mich diesmal …«, sagte der Herr mit der Baskenmütze.

»Was ist? Nun sagen Sie schon!«

Arthur lebte ständig mit der Angst, dass seine Mutter jeden Tag an einer Herzattacke sterben könnte.

»Ich weiß nicht, wie ich es Ihnen sagen soll … Eigentlich wollte Frau Janina ihren Sohn persönlich anrufen …«

»Nun sagen Sie schon, was los ist«, ärgerte sich Arthur, der sich eine Zigarette aus Malwinas Vorräten für eine lange vertrunkene Nacht anzündete.

»Wissen Sie, jemand, der Ihnen viel bedeutet und der hinter dem Ozean lebt, ist gestorben …«

»Onkel Stanisław …«, sagte Arthur.

»Sie wissen am besten, um wen es sich handelt! Sie kennen auch seine Lebensgeschichte besser als ich, und auch Sie tragen für die Taten des Verstorbenen die Verantwortung. Niemand lebt allein, niemand kann sich von der schrecklichen Vergangenheit seiner Vorfahren lösen, nur weil er in jener Zeit noch nicht geboren wurde, noch nicht gelebt hat. Jeder muss so denken, als wäre er bei den schrecklichen Ereignissen dabei gewesen, verstehen Sie, Arthur? Nur dann kann er hoffen, dass ihm vielleicht vergeben wird, verstehen Sie, Arthur?«

Kapitel 4
Die astralen Kinder

Noch in derselben Nacht – draußen dämmerte es bereits – bekam Arthur einen Anruf aus Berkeley, und zwar von der Tochter von Onkel Stanisław, seinem einzigen Kind, das der Soziologe und ehemalige Stalinist mit einer Polin, ebenso einer Emigrantin und ehemaligen Stalinistin, in den USA gezeugt hatte. Während seines privaten Studienaufenthalts in Kalifornien im letzten Sommer traf Arthur die Tochter von Stanisław nur ein einziges Mal. Ihr Verhältnis zu ihrem Vater schien nicht besonders gut zu sein, immerhin konnte sie noch Polnisch, aber sie wusste so gut wie nichts über die kommunistische Vergangenheit ihres Erzeugers, des bekannten Professors und Wissenschaftlers, obwohl sie selbst sehr streng wirkte und einen diktatorischen Umgang mit ihren Mitmenschen zu pflegen schien. Der Apfel fällt nicht weit vom stalinistischen Stamm, konnte man in diesem Fall sagen, was Arthur sogar diebisch freute, weil es offensichtlich war, dass es auch so etwas wie ein historisches Erbgut geben musste. Der Herr mit der Baskenmütze ist vielleicht gar nicht so verrückt, dachte er, wir sind alle schuldig!

Jedenfalls wechselte er mit Irena, seiner gleichaltrigen Cousine aus San Francisco, am Telefon ein paar Worte auf Polnisch und Englisch, er verriet ihr jedoch nichts von seiner noch frisch wirkenden Begegnung und Unterhaltung mit dem alten Freund seiner Mutter und Familie, dem geheimnisvollen Herrn mit der Baskenmütze. Es fiel ihm auch schwer, Stanisławs Tochter anzulügen, doch er hatte keine Wahl: Irena würde ihm nicht glauben, wenn er ihr erzählte, dass seine Familie in Polen einen seltsamen Umgang mit einem älteren Herrn pflege – eigentlich keinem Familienfreund, sondern einem Fremden, der sich für einen Prediger halte und der »Baskenmütze« heiße, der Arthurs Familie regelmäßig besuche und der ihr obendrein den ewigen Vorwurf mache, dass sie alle schuldig seien, *alle*, und dass auch er selbst schuldig sei, an all den Schrecklichkeiten, die im 20. Jahrhundert passiert seien.

Zum Schluss versprach er der Kalifornierin, er werde gleich am nächsten Morgen in Olsztyn anrufen und Janina vom Tod des Onkels berichten. Das sei nicht nötig, meinte Irena, sie habe es schon getan und mit Janina kurz gesprochen … Arthur hörte dann am Apparat ein langes Schweigen, nach dem Irena das interkontinentale Gespräch etwas aufgeregt fortsetzte: Der Tod ihres Vaters sei eine Erlösung gewesen, eine Erlösung für alle, sagte sie ohne Umschweife, bevor sie auflegte. Sie war eine sprichwörtliche Zicke, und es tat Arthur sehr leid, dass der kalifornische Emigrant seine eigene Tochter nicht allzu sehr gemocht hatte – ja, er hatte in Berkeley kein gutes Wort über die Dame verloren.

Mit seiner Mutter Janina hatte Arthur das letzte Mal vor zwei Wochen telefoniert; er war froh darüber, dass sie überhaupt wieder mit ihm sprach und sich auch nicht mehr in ihrem Zimmer einschloss. Sie fragte ihn die ganze Zeit, wann er sie endlich besuchen wolle, und er antwortete, dass er schon bald zu ihr kommen werde, zumal er überlege, seinen Uni-Job aufzugeben, um sich gänzlich dem Schreiben seiner Sachbücher zu widmen. »Dein ›Schon-bald‹ klingt wie eine Drohung, dass du mich doch nicht besuchst!«, antwortete sie ihm wütend.

* * *

Er legte sich wieder ins Bett, in dem Malwina bereits seit einer Stunde schlief. Sie wurde aber langsam wach, der Anruf aus Amerika hatte sie doch aus der Nachtruhe gerissen.

»Es war die Tochter von Stanisław, Liebes, schlaf weiter!«, sagte er.

»Dann ist er wirklich gestorben, dein Onkel?«, murmelte sie und hielt dabei ihre Augen geschlossen. »Komm jetzt bitte zu mir, ich werde dich trösten …«

»Bitte schlaf weiter und mach dir keine Sorgen … Für ihn ist der Tod eine Erlösung von seinen Schmerzen und von seiner Vergangenheit …«

Er hatte Malwina in die Geheimnisse der Biografie seines Onkels nicht eingeweiht. Doch jetzt, da Stanisław tot war, hatte es keinen Sinn mehr, die Wahrheit zu verheimlichen. Er wartete bloß auf einen passenden Augenblick, dann würde er seiner Geliebten alles erzählen.

Am nächsten Morgen mussten sie nicht allzu früh aufstehen. Das Begräbnis fand erst um vierzehn Uhr statt, und danach plante Joseph in seinem Haus, dem ehemaligen Wehrmachtsbunker, eine Art Leichenschmaus, eine Totenfeier, an der auch Malwina teilnehmen sollte, fand Arthur. Sie war nicht begeistert, denn die wenigen Tage, die sie miteinander verbringen konnten, erschienen ihr kostbar und unverkäuflich, sodass ihrer Meinung nach keine einzige Stunde verschenkt werden durfte.

»Aber wir wollen doch zusammenleben – bald werden wir jeden Tag zusammen sein«, erklärte Arthur, um sie ein wenig zu besänftigen.

Ihr zorniges Wesen, das seit ihrem Besuch in Bremen intensiver als sonst zum Vorschein trat, überraschte ihn. So zornig und nervös hatte er Malwina noch nie erlebt, und er konnte sich diese Metamorphose nur damit erklären, dass sie sich große Sorgen um ihre gemeinsame Zukunft machte. Es war eben doch nicht so einfach, seine Familie, sein Land und seine Muttersprache zu verlassen.

Auf der anderen Seite passte es Arthur, dass Malwina wohl endlich begriff, was es bedeutete, ein Emigrant zu sein. Vielleicht war die Erfahrung der Emigration, wie er sie in Deutschland gemacht hatte, auch der Grund dafür, dass Arthur seinen verstorbenen Onkel Stanisław für seine kommunistische Vergangenheit nicht beschuldigte, ihn nicht in die Hölle schickte und ihm allerhöchstens einen kurzen ernüchternden Aufenthalt im Fegefeuer wünschte.

Und obwohl Malwina plötzlich gar nicht mehr schlafen konnte, ließ sich Arthur wie immer, wenn ihn die Müdigkeit gepackt hatte, von seiner Fantasie in die Ferne treiben, tief in den ermländischen Osten seines Landes, wo an der Grenze zwischen Ermland und Masuren die beiden Seen Dadaj und Giełądzkie lagen, wo die Wälder immer dichter, dunkler und feuchter wurden, wo Arthurs Träume wohnten. Er schlief schon fast ein, aber Malwina küsste ihn auf die Lippen und dann auf seine Brust, was er liebte und was ihn aus seinen dunklen und warmen Phantasien wieder weckte.

»Das nächste Mal treffen wir uns in Galiny und in Olsztyn und an unseren Seen, am Dadaj- und Giełądzkie-See …«, murmelte Arthur.

Malwina und Arthur liebten sich und ließen sich durch keine Anrufe mehr aus der Ruhe bringen. Hatte Stanisławs Tochter vergessen, dass sie auf einem anderen Kontinent lebte und dass sie Arthur weckte, wenn sie so spät in der Nacht bei ihm in Europa anrief? Oder kamen die Anrufe aus Polen, weil Janinas Herz den Geist aufgegeben hatte und sie endlich im Jenseits weiterleben konnte, ohne Angst vor einer erneuten Attacke der schmerzhaften Aussetzer, der Tachykardien? Weilte ihr Herz endlich in der ewigen Sonnenlandschaft, in der man überall die alte und beliebte Rundfunksendung *Lato z Radiem*, »Sommer mit dem Radio«, zu hören bekam? In diesem Reich wollte Arthur eines Tages auch leben, womöglich zusammen mit Anna aus jener Zeit, in der sie noch jung und keine Furie war, zu der sie sich später in Westdeutschland entwickelt hatte. Wer rief also so spät an? Onkel Stanisław vielleicht, um sich endgültig zu verabschieden? Oder gar der Großvater Jan? Musste er seine amerikanischen Trecker in Galiny wieder reparieren? Brauchte er Hilfe?

Der Anrufbeantworter schaltete sich ein, aber im selben Moment legte der Anrufer auf.

Sie liebten sich noch lange, und Arthur mochte es, wenn Malwina auf seiner Brust einschlief, doch lediglich für wenige Minuten, und dann erneut mit dem Küssen und Streicheln seiner Arme und seines Brustkorbs begann, als würde sie ihren Geliebten heilen wollen – mit ihren nackten Händen wie beim Reiki.

Nach der Liebeserschöpfung im Morgengrauen in den Schlaf zu fallen und für zwei, drei Stunden zu verschwinden, gefiel Arthur sehr. Er hatte dann den Eindruck, eine zweite Nacht würde nun beginnen, eine Verlängerung, doch an diesem Morgen sollte die Verlängerung später eintreten als gewöhnlich, denn Malwina fing plötzlich an, vom Tod ihrer Großeltern zu erzählen: Sie hätten lange Zeit bei ihr zu Hause in Warschau gewohnt, und Malwina habe sich um das alte Liebespaar gekümmert; ihre Oma und ihr Opa hätten ihr vor allem mehr bedeutet als ihre eigenen Eltern, die im Sozialismus ein Leben geführt hätten, das man normalerweise aus amerikanischen Blockbustern kenne: Hasardspiele, wechselnde Liebhaber, Alkohol, dunkle Geschäfte, Politik, Skandale, Schlagzeilen – aber alles in der Allensteiner Provinz, im kleinen Rahmen, was das Ganze umso schäbiger gemacht habe, fand Malwina. Und ihre Großeltern seien ihre wahren Eltern und nicht bloß Ersatzeltern gewesen. Aber sie seien beide leider tragisch umgekommen – und sie fühle sich schuldig und für ihren Tod sogar verantwortlich.

»Wie schlimm war denn ihr Unfall gewesen?«, fragte Arthur.

Schlimm, ganz schlimm, das Auto, mit dem die Großeltern zum Serwent-See unterwegs gewesen seien, um wie jeden Herbst Hechte zu angeln, sei mit einem anderen Pkw frontal zusammengestoßen. Die Bremsen hätten laut Gutachten versagt, und man wisse trotzdem nicht, warum sie plötzlich auf die Gegenspur ausgeschert seien. Die liebende Enkelin habe die Fahrt leider nicht verhindern können. Sie fühle sich bis heute schuldig an diesem tragischen Tod.

Und bei dem Begräbnis in jenem verhängnisvollen Oktober habe Malwina die Anwesenheit der tragisch Umgekommenen nicht nur gespürt – es sei eine geistige Präsenz auf der Beerdigung gewesen, die sich physisch angefühlt habe. Und sie sei auch in Ohnmacht gefallen, weil sie als Einzige den Großvater und die Großmutter wirklich – leibhaftig – gesehen habe. Sie seien zu ihrer eigenen Beerdigung gekommen, um von ihrer Enkeltochter Abschied zu nehmen, und sie hätten ganz normal ausgesehen, als wären sie gar nicht gestorben, sie seien bloß für die kalte Jahreszeit viel zu leicht gekleidet gewesen – sie hätten warme Mäntel tragen müssen, da es geregnet habe. »Und wenn man bedenkt, dass sie das KZ Dachau überlebt hatten, ist der Unfall mit dem Auto umso tragischer und absurder gewesen«, sagte Malwina. Arthur umarmte sie.

»Jetzt verstehst du, warum ich an dem Begräbnis des Vaters von Joseph nicht teilnehmen wollte«, flüsterte sie ihm ins Ohr.

Wenigstens weint sie nicht mehr, dachte Arthur und musste im nächsten Moment staunen, als er davon hörte, dass sie beide noch eine wichtige Gemeinsamkeit hatten: Malwina erzählte ihm nämlich, sie habe als kleines Mädchen viele Nächte direkt unter der Zimmerdecke verbracht, sie habe ihren Körper im Bett liegen gesehen und sich so leicht gefühlt wie eine Seifenblase oder ein Schmetterling; über viele Jahre habe sie dort unter der Zimmerdecke geschlafen, und im Morgengrauen, kurz vor dem Erwachen, sei sie dann in ihr Bett wieder – gewissermaßen – zurückgekehrt. Sie habe in ihren Körper buchstäblich hineinspringen müssen, und wenn sie Lust gehabt habe, habe sie auch andere Zimmer im Haus ihrer Großeltern, wo sie fast die ganze Kindheit verbracht habe, besucht.

»Unglaublich! Dann sind wir die sogenannten Zimmerdeckenkinder! Ich habe all das, was du erzählt hast, genauso erlebt! Besonders als ich noch ein kleiner Junge war. Ich konnte nachts mit Leichtigkeit meinen Körper verlassen, und meistens saß ich dann auf dem Lampenschirm …«

»Aber die Ursache für meine Zimmerdeckenreisen war die Faulheit meines Herzens, das nachts viel zu langsam arbeitete … Und bei dir? Dein Herz ist doch gesund!«

»Ich habe keine Erklärung dafür, warum ich als Kind diese kurzen und verträumten Reisen machen konnte. Sie haben mir jedenfalls nie Angst gemacht. Heute sind sie völlig ausgeschlossen – ganz einfach unmöglich … Und ich kann nur hoffen, dass ich die Tachykardien meiner Mutter nicht geerbt habe …«

Kapitel 5
Die Wahrheit

Am Telefon sagte Arthurs Mutter, jetzt seien ihr nur noch die Enkelkinder geblieben, an denen sich ihr Herz ein wenig erfreuen könne, doch Rosalia lebe im Ausland, und die Kleinen seien leider in Warschau und würden sie viel zu selten besuchen, selbst im Sommer viel zu selten. Und sie sagte, es werde nichts mehr so sein wie früher einmal, als Arthurs Geschwister Jola und Marek klein gewesen seien … Nie mehr.

Er versprach seiner Mutter erneut, dass er sie wirklich bald besuchen und auch länger als nur eine Woche in Olsztyn bleiben würde. Er musste sich zwingen, besonnen zu bleiben, er hätte am liebsten in den Hörer geschrien, dass sie nicht allein leide, dass sie keine Lizenz zum Leiden besitze, schließlich habe er zwei Geschwister verloren.

Beruhige dich, du bist eben keine Mutter, sagte er sich im nächsten Moment, und du leidest nicht unter einer Herzkrankheit …

Janina hatte ihn am frühen Morgen selbst angerufen, um ihm die schlechte Nachricht aus Berkeley zu verkünden. Die Tochter von Stanisław vertraute Arthur wohl nicht, denn seine Mutter meinte, Irena habe sie um diesen Anruf gebeten, er habe schließlich dem Onkel sehr nahegestanden, seine Bücher seien doch Arthur sehr wichtig gewesen.

»Ich weiß bis heute nicht, mit wem er in unserer Familie verwandt war«, staunte Arthur am Telefon. »Ich bringe das ständig durcheinander.«

»Er war der Sohn der ältesten Schwester meiner Mutter, deiner Oma Renata, ist doch ganz einfach …«

»Und der Herr mit der Baskenmütze? Was suchte er schon wieder bei euch in Olsztyn? Und warum hast du ihn nach Bremen geschickt? Er hat mich gesucht und gefunden!«

»Er macht doch, was er will, das weißt du doch … In Deutschland weilt er schon seit einigen Tagen, und ich habe ihn gestern Abend angerufen, er möge dich besuchen und dich auf die schlechte Nachricht ein wenig vorbereiten …«

»Er beschuldigt uns ständig – wir sind doch keine Nazis, und nur weil mein Vater eine ostpreußische Mutter hatte, meine Oma Irmgard, geht er auf uns los … Was will er überhaupt von uns?«

»Aber er hat recht … Brüder und Schwestern töten einander, nicht irgendwelche Stämme und Nationen …«

Na ja, wenigstens redet sie wieder mit mir, dachte Arthur, und sie will sich nicht mehr umbringen, zumal sie weiß, dass ihre Tachykardien sie eines Tages sowieso umbringen werden; es gibt immer etwas oder jemanden, und auf dieses Etwas oder diesen Jemanden ist Verlass, sodass man schließlich doch umgebracht wird.

* * *

Arthur musste seinen Wagen entstauben, er benutzte den Renault selten, zumal er eigentlich Joseph gehörte, der ihn Arthur bloß in seine Obhut übergeben hatte. Und da sie schon um elf Uhr Bremen wieder verlassen konnten – nach dem Ausschlafen und einem obligatorischen Espresso, wobei Malwina wie üblich fast eine ganze Stunde zum Schminken gebraucht hatte –, fuhren sie mit dem Auto gar nicht in das Dorf an der Weser, wo um vierzehn Uhr das Begräbnis stattfinden sollte.

Sie beschlossen, erst einmal in einem exklusiven Restaurant am Weserdeich, wenige Kilometer von dem Dorffriedhof entfernt, zu frühstücken. Nach einer Dreiviertelstunde kamen sie am Zielort an, das Restaurant hieß *Browiede* und residierte in einem restaurierten Reetdach-Bauernhaus. Sie bestellten ein Sektfrühstück, und Arthur konnte sich sogleich ordentlich ärgern, weil ihn seine Frau anrief und fragte, ob er seine Geliebte, dieses leichte Mädchen aus Warschau, mitbringen wolle, Joseph habe ihr alles erzählt. Das leichte Mädchen? Seit wann sie denn solche Begriffe benutze? Obendrein noch für eine Gräfin aus Wilna und Professorin aus Warschau? Warum so vulgär?

Anna entschuldigte sich, sie sei gereizt, das Begräbnis bringe sie durcheinander, und Arthur musste seiner adligen Professorin aus Polen genau erklären, wen sie bei der Beerdigung treffen würden. Bernhard zum Beispiel werde auf jeden Fall kommen, sagte Arthur schließlich, und Malwina möge sich auf etwas gefasst machen, sie werde auch endlich seine Tochter Rosalia kennenlernen, die sei dann auch da.

Er hatte kein gutes Gefühl bei dem Gedanken daran, dass er in wenigen Stunden bereits den Sarg mit dem Leichnam von Josephs Vater tragen würde, den Sarg mit dem toten ss-Mann, der genauso wie Heinz Reinefarth, der ehemalige Generalleutnant der Waffen-ss und Bürgermeister von Westerland, eine ganz normale Karriere im vom Marshall-Plan geretteten Teil Deutschlands machen durfte. Reinefarth hatte bloß Zigtausende polnische, im Warschauer Aufstand auf seinen Befehl hin getötete Zivilisten auf dem Gewissen gehabt. Josephs Vater – Träger des Eisernen Kreuzes – war dagegen ein kleiner Fisch gewesen und hatte noch lange nach dem Krieg an einem Gymnasium unterrichtet. Direktor sei er sogar geworden, ein echter Direktor eines deutschen Gymnasiums auf dem Lande.

»Ich muss Joseph helfen, das bin ich ihm schuldig ...«, wiederholte Arthur ständig, als sie in der Gaststätte am Deich frühstückten und Espresso macchiato tranken. Draußen schickte sich die Sonne offenbar an, der hanseatischen Landschaft einen ersten warmen Frühlingstag zu schenken. Die Weser schien in diesem Augenblick der friedlichste Fluss der Welt zu sein. Man musste nicht gleich nach Masuren fahren, um solche stillen Ecken zu finden, und trotzdem kam Arthur diese stille Landschaft fremd und dadurch irgendwie verlogen vor. Du kommst nun mal nicht von hier, deswegen hast du stets den Eindruck, du seist am falschen Ort, in falscher Zeit!

Malwina war ihm wegen seiner Zusage und Teilnahme an der Beerdigung eines ss-Mannes immer noch ein wenig böse, und wahrscheinlich hatte sie auch recht, ihm böse zu sein. Er hatte das Begräbnis seiner Schwester Jola ausgelassen und sich damals in seiner Remise versteckt – eigentlich vor der ganzen Welt verbarrikadiert – und an dem in Galiny spielenden Buch gearbeitet, während ihre Mutter aus Olsztyn in schrecklicher Trauer um ihre beiden Kinder weinte und sich fast das Leben genommen hätte.

* * *

Es war immer das Gleiche: Man konnte vor diesem Land der Seen und Wälder nicht fliehen, denn seine Landschaft wirkte auf jeden Betrachter so, als wäre sie zerstückelt und anschließend zusammengewürfelt worden, und dieses geheimnisvolle Chaos brachte jedwede Vorstellung von der gewöhnlichen Ordnung der Dinge durcheinander. Spätestens dann wusste man, dass es ein besonderes Land war, in dem sich zwar der Tod und die Geburt täglich die Hand gaben wie überall auf der Welt, aber das tägliche Sterben und Gebären schien hier trotzdem nicht ausreichend zu sein: Denn die Erde dort in Ermland und Masuren war angeblich verseucht, man sprach zumindest allerorts von einer unerklärlichen Strahlung, die sich tief in den Erdschichten unter den Seen versteckte und die Menschen verrückt machte. Und manche Historiker stellten leicht hysterisch fest, die geografische Lage sei das ganze Geheimnis, warum es manchen Ländern in allen Epochen immer schlecht gehe, warum gewisse Völker ständig nationale Tragödien erlebten, doch für Arthur war diese

Erklärung höchst verdächtig. Danach dürfe es für bestimmte Kandidaten keinen Fortschritt geben, Frankreich müsse in Frankreich liegen – und Polen werde immer das Polen zwischen den zwei Bodybuildern Russland und Deutschland sein.

Doch wie auch immer: Wer die ermländisch-masurische Erde in seinen Hosentaschen trug, weil er in diesem Land wie zum Beispiel Arthur geboren war, musste mit allem rechnen – mit dem Schlimmsten, aber auch mit unerwartetem Glück.

Trotzdem war es notwendig, dass man diese verseuchte Erde liebte, weil sie sonst noch eifersüchtiger und bösartiger werden konnte. Man musste sie lieben und sich nach ihr sehnen. All das wusste Arthur mittlerweile, zumal er Malwina als eine Art Geschenk und Glücksbringerin betrachtete, ein Geschenk aus seiner und auch ihrer Heimat. Und genauso schnell und überraschend, wie sie Arthur von seinem geliebten Land geschenkt worden war, konnte sie ihm von dieser verseuchten Erde auch wieder genommen werden, und das machte Arthur Angst und flößte ihm Respekt vor seiner Heimat ein.

Vielleicht war die Angst vor dem Verlust der Liebe und vor der Trennung von Malwina und von Anna der Grund dafür, dass er in Deutschland oder in Italien spürte, in der Fremde würde ihm eigentlich nichts Böses zustoßen können, was natürlich naiv von ihm gedacht war … Im Ausland hatte er zumindest immer den trügerischen Eindruck, dass der Tod, wie Arthur ihn nur aus Ermland und Masuren kannte, hier abwesend war. Der Tod wohnte ja in Polen und würde weder ihn noch Malwina oder Anna im Ausland erwischen. Aus dem Grunde war er sehr neugierig, wie er die Beerdigung des Vaters von Joseph durchstehen würde.

Mit anderen Worten: Er hatte mit den hiesigen Toden und Geburten nichts zu tun, er konnte mit ihnen nichts anfangen, es war ja ein fremdes Terrain, auf dem er sich befand. Und seine Geschwister Jola und Marek waren nicht in Deutschland oder in Italien beerdigt worden.

Als die Fernsehbilder von den Flüchtlingen aus Syrien und anderen arabischen Ländern, die jeden Tag zu Tausenden Westeuropa erstürmten, auch zu seinem Bewusstsein vorgedrungen waren, fühlte er sich plötzlich wie ein Eindringling, der in der BRD nur geduldet wurde. Seltsam, dachte Arthur. Er hatte plötzlich Angst davor, aus Deutschland »abgeschoben« zu werden, obwohl ihm das, juristisch betrachtet, gar nicht passieren konnte – er besaß doch die deutsche Staatsangehörigkeit seit mehr als dreißig Jahren.

In seiner Heimat wäre dieses Angstgefühl bestimmt nicht erwacht, zumindest nicht unter seinen Füßen, die sich auf dieser anderen, aber eben heimatlichen Erde wohl und sicher fühlten.

Dreißig Jahre und nichts dazugelernt, dachte er, du »Gastling«, der du meinst, weil du deutsche Sachbücher schreibst und einen bundesrepublikanischen Pass besitzt, ein echter Deutscher zu sein.

Plötzlich – er kannte es schon – wachte in ihm wieder dieses betäubende Gefühl der Zugehörigkeit zu einer Nation und der absoluten Vereinigung mit ihr auf: durch die Sprache, durch die Gene, durch die psychologischen Verhaltensweisen.

* * *

Er erzählte Malwina von seinen Überlegungen zu seiner Herkunft sowie zu den neuesten Fernsehbildern, die am Straßenrand oder am Bahnhof kampierende Flüchtlinge zeigten.

»Jetzt kannst du dir vorstellen, wie sich meine Großeltern 1945 im ehemaligen Ostpreußen gefühlt haben mussten …«, sagte er.

»… und die Juden erst, die man auf der Flucht verraten und gefasst hatte«, unterbrach ihn Malwina. »Man braucht sich nur die Bilder von Felix Nussbaum anzuschauen – diese Hoffnungslosigkeit angesichts der herannahenden Apokalypse …«

»Und die Polen? Was ist mit uns? Vergiss nicht, wo wir sind: Im Kalten Krieg konzentrierte man sich in Westdeutschland lange Zeit in erster Linie auf die Verarbeitung der Geschichte des Holocausts, was verständlich ist, aber dadurch wurde der millionenfache Mord an uns Polen während der Okkupation sowie die totale Zerstörung des Landes stiefmütterlich behandelt. Für polnische Rechtskonservative ist das heute ein gefundenes Fressen!«, gab Arthur zu bedenken.

Sie mussten sich wieder streiten: Das Kriegsleid der Polen und Juden – durfte man beider Leidenswege miteinander vergleichen?

Malwina zeigte immer viel Verständnis für Unruhestifter. Sie verteidigte Jan Tomasz Gross, den polnisch-jüdischen Historikerkollegen von der Princeton University, Malwina erinnerte Arthur immer wieder an dessen aufrührerische Bücher.

Gross schien für Arthur darunter zu leiden, dass die Handlanger Gomułkas ihn aus Polen verjagt hatten, genauso wie andere polnische Juden, die zur Ausreise gezwungen wurden, nämlich nach den Straßenprotesten von 1968, als man das antizaristische Drama *Die Totenfeier* im Warschauer Nationaltheater absetzte, und zwar wegen seiner gefährlichen, weil antisowjetischen Aktualität.

Ein einziges Foto könne nichts beweisen, behauptete Arthur lapidar, und das einfache gottesfürchtige Bauernvolk sei schon immer gemein und zu jeder Schandtat bereit gewesen, egal ob in Polen oder Russland.

Arthurs Skepsis gefiel Malwina, sie fragte schließlich, ob er die neuen Filme *Nachlese*, *Rose* und *Ida* gesehen habe?

Natürlich, sogar zusammen mit seinen Studenten. Jedoch seit die rechtskonservative Regierung in Warschau an der Macht sei, gebe es ununterbrochen einen Streit mit der Opposition – eben nicht nur wegen der Verfassung –, und ob Polen wirklich frei sei, sei nun mal dahingestellt. Man brauche sich nur mit seinem Freund Sławek zu unterhalten, dem Geschäftsmann aus Galiny, der ja behaupte, die Kommunisten seien in den Untergrund gegangen und würden nach 1989 weiterhin regieren: getarnt als Demokraten.

Malwina antwortete ihm, er wisse doch, dass sie Verschwörungstheorien nicht ausstehen könne …

Kapitel 6
Das Begräbnis und die Totenfeier

Den Dorffriedhof am Deich erreichte man über eine Autobahn und einige winzige Weser- und Kanalbrücken, wobei das alte Künstlerdorf Worpswede der nächste große Nachbar war.

Joseph und seine beiden erwachsenen Söhne aus erster Ehe stöhnten leise unter der schweren Last … Und das Tragen eines Sarges – wie sich das gehörte: gestützt auf die Schulter – fühlte sich für Arthur im Großen und Ganzen so an, als würde er an einem Vorbereitungskurs für sein eigenes Begräbnis teilnehmen. Wer wird das eines Tages für mich tun?, fragte er sich, wer wird mich ins Grab legen?

Malwina sah in ihrem dunkelvioletten, vor einem Jahr während einer Konferenz in Avignon gekauften Trauerkleid blendend aus, und auf ihren Ratschlag hin war Arthur samt einer Krawatte in ein schwarzes Hemd und Sakko geschlüpft, und er trug sogar einen schwarzen Hut – er hatte die Sachen zum Umziehen im Auto mitgenommen.

Doch die ganze Maskerade half herzlich wenig ...

Das behutsame und rhythmische Herablassen des Sarges mit Hilfe von Seilen kam zum Stocken. Denn der Sarg des dreiundneunzigjährigen ss-Mannes entpuppte sich plötzlich als etwas zu lang; es handelte sich um wenige Zentimeter, die im Wege standen – wie es sich schnell herausstellte.

Joseph musste von den direkten Nachbarn des Friedhofs, einer deutschstämmigen Familie aus Kasachstan, eine Holzsäge besorgen – das Ehepaar hatte dafür Verständnis, schließlich hatte es im sozialistischen Alltag der Sowjetunion gelernt, zu improvisieren und stets flexibel zu sein; drei, vier Zentimeter vom Sargdeckel verhinderten das Herablassen in das fachmännisch ausgehobene und verschalte Grab, dessen Wände mit Alubrettern gesichert worden waren. Eine banale Sache und doch von größter Dringlichkeit. Arthur flüsterte in der kurzen Pause, in der sich Joseph und seine Helfer mit der Säge abmühten, Malwina ins Ohr: »Pass auf, die sägen jetzt dem ehemaligen ss-Mann seine Füße ab ...« Lachen konnte er darüber selbst nicht, es war traurig und irgendwie respektlos dem Verstorbenen gegenüber, mochte auch im Sarg ein Kriegsverbrecher liegen und sehnsüchtig auf seine Beerdigung warten.

Zum Glück hatte sich der junge evangelische Pastor eine Erkältung geholt; er war mit seiner Nase beschäftigt und wollte seine priesterliche Pflicht so schnell wie möglich erledigen, um sich endlich in seinem Pfarrhaus auf dem Sofa auszuruhen. Er hustete die meiste Zeit und ertrug die ganzen Leiden mit viel Geduld – das Husten, das Geräusch des Sägens, die kichernden Kinder, die verdutzten und sich ständig räuspernden Trauergäste: was für eine Kakofonie angesichts des stillen Todes eines Greises ...

Dabei hatte Joseph für den letzten Weg seines Vaters etwas Gutes tun wollen: Drei Tage vor dem Begräbnis fuhr er zu einem Baumarkt, besorgte ein paar Bretter und nagelte den Sarg eigenhändig zusammen; die Außenwände bemalte er buntscheckig mit Bildsequenzen, die die wichtigsten Ereignisse aus dem Leben des Verstorbenen chronologisch erzählten, wobei er auch die schwarzen Tage der Schande nicht vergaß – allerdings fehlten auf der ss-Uniform die Runenzeichen und das Hakenkreuz und auf der Schirmmütze der Totenkopf. Joseph hatte sich nur zu sehr auf die im Internet gegoogelten Grabmaße verlassen, er hätte besser vor der Beerdigung zu dem kleinen Friedhof mit der filigranen Kapelle in der Mitte, die hier schon seit mehr als fünfhundert Jahren stand, fahren müssen, um das ausgehobene Grab richtig auszumessen.

Schließlich kam der Sarg nach dem Absägen der störenden Kanten endlich dort an, wo sich seine Bestimmung erfüllen sollte – als das Zuhause für die letzte Ruhe des ss-Leichnams. Das »Vaterunser« wurde vom Pastor intoniert und in der Aprilwärme eines nordisch frischen Nachmittags zusammen mit den Trauergästen flott zu Ende gesprochen. Nur Malwina brachte den deutschen Chor ein wenig durcheinander – sie sprach das Gebet auf Polnisch.

Der Pastor hielt anschließend eine kurze Grabrede, die vor allem den Sohn des Abgeschiedenen etwas aufmuntern sollte: Die Seele des Verstorbenen werde endlich den verdienten Frieden finden, da die Barmherzigkeit Gottes unermesslich groß sei … Joseph musste trotz der guten Absichten grinsen, als wollte er sagen, dass es bei diesem Kandidaten für das Totenreich wenig Hoffnung auf Frieden gebe … Arthurs Freund warf eine Handvoll Sand auf den Sarg und blieb noch eine Weile am Grab stehen.

Malwina, die Arthur vor der Beerdigung immer wieder belächelt hatte, er sei ein Verräter, schien sich auf einmal gar nicht zu amüsieren: Sie griff als Erste nach einer Handvoll Erde aus dem neben dem Grab aufgeschütteten Sandberg und ließ die Sandkörner auf den Sargdeckel rieseln. Hinter ihrem Rücken bildete sich sofort eine Schlange.

Die Trauergäste waren allerdings nicht allzu zahlreich erschienen: Arthurs Exfrau und Tochter waren anwesend, ebenso Bernhard Mosau und Professor Beck, die beiden Sargträger – die zwei Söhne von Joseph (ihre Mutter war aber nicht gekommen), dann Josephs Schwester mit zwei Kindern und vielleicht die drei, vier Weggefährten seines Vaters, ebenso

Greise, die nur Joseph zu kennen schien. Um was für Weggefährten handelte es sich eigentlich? Diese Frage beschäftigte Arthur seit dem Moment, in dem er zusammen mit den drei anderen Sargträgern den ss-Mann endlich in das Grab herabgelassen hatte.

Joseph nahm schließlich die Beileidsbekundungen entgegen: Er hatte kalte, feuchte Hände. Man verabschiedete sich auf dem Friedhof mit einem Wangenkuss, und als Rosalia Malwina einen Kuss verpasste, wurde Anna für einige Sekunden ganz blass und steif wie nach einer tödlichen Spritze, und selbst Arthur lief ein kalter Schauer durch den ganzen Körper: Was zum Teufel wird das, Rosalia?

Und er staunte immer noch darüber, dass es ihm vor der Beerdigung mit Leichtigkeit gelungen war, Malwina seiner Frau Anna und seiner Tochter Rosalia vorzustellen.

Arthurs Tochter war gut gelaunt, und es fiel ihr schwer, ihre gute Laune zu verbergen. Sie machte ihm auch keinerlei Vorwürfe und gab sich Mühe, einigermaßen höflich und ernsthaft zu wirken – wahrscheinlich wollte sie auch wieder etwas Geld von ihrem Papa kassieren. Jedenfalls machte Rosalia seit einiger Zeit ihren geliebten Papa für die Trennung von ihrer Mutter verantwortlich, was sie nicht davon abhielt, sich gut mit ihm zu verstehen.

Nur sein Institutsdirektor ging Arthur schon den ganzen Nachmittag mächtig auf den Nerv, weil er jedem Gesprächspartner zwischen den Zeilen zu verstehen gab, dass er sehr wohl von dem Gerücht wisse, wonach Arthur einen stillen Abgang plane. Dieser Plan schien ihn zu freuen. Zum Glück war Bernhard zur Beerdigung gekommen und konnte Arthur einen großen Teil der Arbeit abnehmen und den Direktor Beck in seine Schranken weisen, was Bernhard im Übrigen mitleidslos tat und was er schon zu seiner Dienstzeit ebenso kaltblütig getan hatte.

* * *

Später, als sie gemeinsam den inselkleinen, von einer brusthohen Mauer und von Lärchen, Linden und Eichen umzingelten Dorffriedhof, der so penibel gepflegt war wie ein japanischer Garten, verließen, sagte Malwina: »Hast du es gemerkt? Hier gibt es auch jüdische Gräber aus dem 19. Jahrhundert …«

»Ja, aber niemand von der Trauergesellschaft hat sie beachtet …«

Auf dem Friedhofsparkplatz verteilte Joseph seine Trauergäste, die er zu sich nach Hause eingeladen hatte, auf die vorhandenen Autos: Arthur fühlte sich plötzlich an seine Kindheit erinnert, denn es kam ihm vor, als organisierte sein Freund einen Ausflug zu der Wolfsschanze bei Kętrzyn, dem masurischen Städtchen, das früher Rastenburg geheißen hatte und ein ansehnliches Kreuzritterschloss besaß. Arthur hatte als Schüler zwei, drei unvergessliche Schulausflüge zu den Bunkern von Hitler und dem Schloss absolviert – er wunderte sich allerdings über die plötzliche Erinnerung an die Ausflüge nach Rastenburg: Warum ausgerechnet jetzt? Nur weil Joseph selbst in einem ehemaligen Wehrmachtsbunker wohnte?

Joseph schien endlich etwas entspannter zu sein, seit sein Vater und vor allem der ss-Mann unter der Erde waren. Er sagte zum Schluss, er freue sich auf seine Gäste und den Leichenschmaus und er erwarte alle spätestens in einer Stunde in seinem Bunker. Er posaunte auf dem Parkplatz, er könne leider niemanden mehr mitnehmen, obwohl auf dem Hintersitz seines Pkw alle drei Plätze frei waren. Die greisen Männer und Weggefährten des verstorbenen Kameraden fühlten sich ausgeschlossen; sie blieben auf dem Parkplatz etwas ratlos und enttäuscht stehen, während die Autos wegfuhren.

»Wie schade«, sagte Malwina, »sie hätten bestimmt etwas Historisches und Kolossales zu erzählen gehabt.«

Arthur sagte: »Ja, wie schade, aber Joseph hat sie zusammen mit seinem Vater beerdigt, und sie haben es nicht einmal gemerkt … Dieses Kapitel scheint für ihn abgeschlossen zu sein … Tony Judt irrt sich nicht: Der Beitrag des Nationalsozialismus zur Ideengeschichte ist vollkommen uninteressant und belanglos – aus dem Grund hat er auch *Die Wohlgesinnten* nicht gelesen. Er dachte sich wohl: Ernst Jüngers Biografie und Werk kenne ich schon zur Genüge aus anderen Publikationen …«

»Für mich ist die Arbeit von Reinhart Koselleck das Maß aller Dinge. Der Zweite Weltkrieg hat ihm nämlich die Augen geöffnet, während andere weitergeschlafen haben. Er denkt wie ein Dichter oder ein buddhistischer Mönch: allumfassend. Sein Historikerkopf ist in allen vorstellbaren Zeitschichten unterwegs, und die Yin-und-Yang-Gesetze finden bei ihm eine praktische Anwendung: zum Beispiel in seinen *asymmetrischen Gegenbegriffen* …«

* * *

Nach einer knappen Stunde parkten sie im Viertel und gingen zu Fuß zu dem Wehrmachtsbunker, dessen Außenwände nicht mit irgendwelchen Graffiti verschandelt waren. Es gab auch kein hässliches Weingewächs, das die ganze Anlage wie ein Tarnnetz bedecken würde.

In der Tür wurden sie beide von Rosalia wie schon auf dem Friedhof herzlich begrüßt, und das Mädchen gefiel Malwina wieder sehr.

Allerdings ... Nachdem man ihnen ein Glas Prosecco gereicht hatte, bemerkte Arthurs Geliebte ganz beiläufig, es sei so schade, dass sie keine Kinder mehr zusammen haben könnten; wie würde denn heute wohl ihre gemeinsame Tochter aussehen? Und heißen? Arthur war so überrascht von diesen Fragen, die wie im Vorbeigehen gefallen waren, dass er Malwina nur noch eines ins Ohr flüstern konnte: »Ich liebe dich ...«

Malwina schien nach dem ersten Eindruck von dem Bunkerhaus begeistert zu sein: Im Bauhaus-Stil kannte sie sich gut aus, und am meisten begeisterte sie Josephs Atelier. Nachdem sie diesen Raum in der ersten Etage betreten hatte, wollte sie gar nicht mehr zu dem Leichenschmaustisch mit den italienischen Vorspeisen und Hauptgerichten zurückkehren.

Arthur begleitete sie im Atelier auf Schritt und Tritt und sagte: »Dafür, dass er fleißig die ›Neuen Wilden‹ kopiert, ist er ziemlich erfolgreich. Er muss sich aber wegen der Verkäufe keine Sorgen machen, er gehört noch zu der Generation in Deutschland, die geerbt hat. Und gegen seinen notorischen Pessimismus hilft ihm nur etwas Farbenfrohes und Ungestümes – Poppiges ... Das Malen ist für ihn eine Art Therapie, obwohl er das nicht gerne hört ...«

»Kein Wunder! Kein Künstler würde zugeben, dass er sich selbst therapiert ...«, antwortete Malwina.

Sie blieb vor einem großflächigen Gemälde stehen, das noch nicht fertig war und das Adam und Eva auf einer Shopping-Tour in einem Kaufhaus darstellte; sie betrachtete es aufmerksam und ließ nicht erkennen, ob ihr das Bild gefiel oder nicht; sie fragte lediglich: »Was hat eigentlich sein Vater in der schwarzen Uniform gemacht?«

»Ganz harmlos. Was weiß ich denn? Geistig Behinderte oder Kommunisten beaufsichtigt ... Als ein fleißiger Friseur Juden und Polen kahl geschoren ...«

»Sei nicht zynisch. Joseph ist dein Freund!«

»Er hat stets erklärt, der SS-Mann sei im Krieg in Frankreich gewesen – der alte Mann habe jedoch über diese schreckliche Zeit nie ein Wort verloren.«

»Joseph hätte die Akte seines Vaters im Bundesarchiv studieren können: Jeder kann das, nicht nur ein Historiker …«

»Er hatte schon immer Angst davor gehabt, die Büchse der Pandora in seiner Familie zu öffnen. Andererseits habe ich ihm daraus nie einen Vorwurf gemacht, sagte er doch stets über seinen Papa, er sei bestimmt ein Mörder gewesen …«

Sie sahen sich noch ein paar unfertige Gemälde an, deren Thematik meistens um den Sündenfall kreiste. Aber Joseph hatte alles in die heutige Zeit katapultiert: Zwischen Kaufhäusern und Fabriken, zwischen Krieg und Frieden mehr oder weniger, in der eingefrorenen und relativ sorglosen Zeit Westeuropas nach 1945 spielte sich sein antibiblischer Sündenfall ab.

Malwina setzte sich auf einen Drehstuhl am Schreibtisch und drehte sich um hundertachtzig Grad zu Arthur herüber, um ihm offenkundig etwas Wichtiges zu sagen: »Ich bin eifersüchtig. Ich bin es deshalb, weil ich das Leben, das du mit Anna geführt hast, nicht mehr werde führen können: als wir jung und voller Elan gewesen waren, keine Angst vor Fehlern gehabt hatten …«

»Ich muss dir mit dem Buch Kohelet antworten: ›Ein jegliches hat seine Zeit.‹ Es war uns einfach nicht in die Wiege gelegt, dass wir uns früher treffen … Apropos Zeit: Ich habe erst vor Kurzem erfahren, dass Joseph in meine Frau praktisch schon immer schwer verliebt war. Das Liebesglück ist ihm nun hold, und trotzdem wohnen sie nicht zusammen. Ich weiß nicht, wozu sie sich dann überhaupt treffen. Und wir?«

»Wir? Du zweifelst an meiner Entscheidung?«

»Nein, keineswegs …«

»Ich will doch mit dir zusammenleben!«

Sie mussten sich jetzt zu den anderen Trauergästen gesellen, denn Joseph trommelte seine Freunde und Verwandten am üppig gedeckten Leichenschmaustisch zusammen.

Die ganze Trauerfeier kam Arthur schlagartig wie ein schlechter Traum vor: Inmitten dieser auf den ersten Blick beschwichtigend wirkenden Bilder. Josephs poppige Gemälde suchten nach einem Ausweg und fragten, woran man heute glauben und was einem ein wenig Hoffnung im Kampf gegen den Materialismus und Konsumwahn spenden könnte. Aus dem Grunde verpflanzte er gerne biblische Motive und Geschichten in die moderne Zeit. Er wollte prüfen, ob sie für den heutigen Menschen verständlich und brauchbar waren. Er suchte im Prinzip nach dem Mythos und den Legenden der modernen Zeit, in der er geboren wurde. Und zusammen mit Josephs Gästen, die gebildet, atheistisch und liberal waren und die vergnügt einen Aperitif in der Hand hielten und lachten, fühlte sich dieser Niedergang des Westens tatsächlich gar nicht so schlimm an. Die Betäubung mit Alkohol, Drogen und guter Laune funktionierte bestens, seit dreißig Jahren schon, die Arthur in der BRD unter solcher Narkose verbracht hatte.

* * *

Joseph hielt noch eine kurze Trauerrede, die er mit dem Satz beendete: »Ihr wisst ja alle, wer unser Vater gewesen ist.«

Wenigstens klappte es reibungslos: Malwina glänzte wieder mit ihrer Diplomatie, Distanz und Intelligenz und unterhielt sich neugierig mit Rosalia und später sogar mit Arthurs Exfrau, wobei Arthur zunehmend – von Glas Rotwein zu Glas Rotwein – borstiger und zynischer wurde, was Joseph gar nicht gefiel.

Als Arthur mit seinem Freund endlich unter vier Augen sprechen konnte, sagte er: »Schau mal, unsere Frauen sprechen Polnisch miteinander … Wann lernst du Polnisch? Und wirst du meiner Tochter ihren nächsten Urlaub finanzieren? Und du trauerst ja gar nicht … richtig! Warum weinst du nicht? Hast du deinen Vater nicht geliebt?«

»Tu mir das nicht an, bitte! Nicht heute! Du bist doch endlich glücklich, weil du Malwina kennengelernt hast: Man sieht deinen Augen und deinem Gesicht an, dass du gesund und verliebt bist. Also: rede mit mir wie ein Freund …«

»… und *mein* Freund geht mit *meiner* Frau ins Bett …«

»Ihr habt euch getrennt. Und du – ich kann mich nur wiederholen – bist glücklich mit deiner Malwina …«

»Verzeih mir«, sagte Arthur nach einer Weile. »Die Eifersucht ist eine seltsame Krankheit!«

Arthur wusste auch – und er hatte davon erst kürzlich erfahren –, dass Josephs und Annas »Verhältnis« schon viel früher angefangen hatte, und trotzdem durfte man es eben nicht als eine Affäre bezeichnen, da zu der Zeit Arthur zwar noch mit Anna zusammenlebte, ihre Ehe aber keinerlei Qualitäten einer Liebe oder wenigstens einer Freundschaft mehr aufwies.

* * *

Joseph kümmerte sich um seine Trauergäste, jede neue Getränkebestellung wurde sofort realisiert, aber Arthur hatte das Gefühl, sein Freund fliehe bloß vor ihm und schwierigen Gesprächen.

Und Bernhard musste man ein wenig bremsen, damit er nicht nur von seinen Krankheiten erzählte, dass er endlich gesund geworden sei, dass er seine Muskeln und Adern und Sehnen endlich vollständig im Griff habe – er könne gerade sitzen, gehen und die Welt in richtigen Proportionen betrachten. Arthur liebte eigentlich diese Monologe eines Hypochonders, weil sie früher oder später ausarteten und zu völlig anderen Ufern und Themen führten, zum Beispiel zu den Ideologen und Helden der Studentenbewegung der Sechzigerjahre, zu Bernhards »generativen Strukturalisten und Linken«, wie er sie selbst gerne bezeichnete: zu Noam Chomsky und Roland Barthes, gelegentlich auch zu sogenannten echten Philosophen wie Herbert Marcuse, Theodor w. Adorno und Max Horkheimer. Und Arthur freute es riesig, wenn er wieder einmal beobachten durfte, wie das Schiff des Direktors des Instituts für Geschichtswissenschaften in einer Diskussion mit Bernhard unterging, weil Professor Beck überhaupt gar keine Begabung für ein unabhängiges und spekulatives Denken besaß, sondern nur für auswendig gelernte Formeln. Beck war ein guter Funktionär, und hatte er die Wahl zwischen einer Biografie über Breschnew oder einer über Sartre, entschied er sich stets für die Lektüre über Breschnew, was in den Augen von Bernhard und Joseph bedeutete, dass ihr ehemaliger Uni-Kollege gar nicht dazu fähig sei, beurteilen zu können, was Größe und Anstand überhaupt seien.

Für einen Augenblick gelang es Arthur, Malwina aus den Krallen seiner Frau und seiner Tochter zu befreien; die drei hatten sich an einem schwierigen Thema festgebissen: der Emigration der Polen in den Zeiten der Solidarność und des EU-Beitritts – zwei Emigrantenwellen, die man gar nicht miteinander vergleichen könne, diesbezüglich schienen sich die drei Frauen einig zu sein. Und Arthur wollte seiner Geliebten noch die anderen Räume des Wehrmachtsbunkers zeigen. Eine sogenannte Wohnungsführung und -besichtigung gehörte zu einem üblichen polnischen Ritual, wenn man irgendwo zum ersten Mal zu Besuch war.

Doch eigentlich ging es ihm nicht direkt um den Bunker – um die Architektur und Einrichtung, sondern um seine Wandlung, die vollständige Metamorphose. Denn Joseph hatte es tatsächlich geschafft, aus der *Weltgeschichte* wieder eine bewohnbare, alltägliche *Geschichte* zu machen. Es gab nichts mehr in diesem neuen Haus, das an den Nationalsozialismus erinnerte. Überhaupt hatte Arthur den Eindruck, als hätte in dem ehemaligen Wehrmachtsbunker keine Renovierung und kein Umbau stattgefunden, sondern vielmehr eine geschickte Vertuschung. Nichts mehr, gar nichts mehr sollte an die schwarze Molkerei erinnern, die hier einst gestanden und den Lebenden ihre letzte Hoffnung genommen hatte.

Malwina musste kurz nach draußen gehen, um frische Luft für ihr Gemüt zu tanken. Sie rauchte selten, und wenn, dann ausschließlich die dünnen langen Eve-Zigaretten, vor allem zu einem Glas Wein oder Martini. Aber in dem Bunker fühlte sie sich auf einmal nicht mehr wohl. Dabei hatte Joseph riesige Fenster einbauen lassen, die Räume waren hell und eigneten sich durch ihre Größe bestens für Empfänge jeglicher Art. Die Metamorphose war bestens gelungen.

Nach ihrer Rückkehr konnte Malwina ihr polnisches Gespräch mit Anna und Rosalia fortsetzen, vor allem mit Arthurs Tochter, die dafür, dass sie nicht in Polen geboren worden war und ihr Polnisch nur durch die Gespräche mit den Eltern gelernt hatte, keine gravierenden Sprachfehler machte, was Malwina wiederum faszinierte.

* * *

Nach einer knappen Stunde lichtete sich das Feld, man blieb sozusagen plötzlich unter sich, selbst die Schwester von Joseph war mit ihren Kindern verschwunden – ebenso seine beiden Söhne. Bernhard, Anna, Rosalia, der Direktor Beck und natürlich Malwina – sie alle blieben Joseph noch erhalten, und die Diskussionsrunde schien für Arthur eröffnet zu sein, zumal er nie daran gedacht hätte, dass er so einer Truppe einmal gegenübersitzen würde.

Anna machte ihm wie immer den Vorwurf, dass er in seinem Intellekt keinen Mumm habe, weil er in Anwesenheit von Professor Beck stets schweigen oder übervorsichtig mit seiner Wortwahl umgehen würde. Hinter seinem Rücken würde er aber Beck, seinen ihm so verhassten Vorgesetzten, kritisieren und als ein Ungeheuer darstellen, und das sei schäbig, kleingeistig und amoralisch, über jemanden in dessen Abwesenheit schlecht zu reden. Sie sprach auf Polnisch, aber so laut, dass Malwina alles hören konnte. Annas alte Kritik, die sie bei passender Gelegenheit sofort entstaubte, langweilte Arthur allerdings. Er ärgerte sich gar nicht mehr.

Arthur dachte außerdem: Endlich sagt sie, wo der Schuh drückt! Warum um Gottes willen soll ich besser sein als andere Männer? Und warum brachte sie, wenn wir unter vier Augen waren und uns stritten, nie den Mut auf, mir zu sagen, was sie von mir eigentlich hält? Musste und muss es immer in Gesellschaft geschehen, damit sie mich in Anwesenheit von Fremden erniedrigt?

»Mut? Er ist nicht mutig?«, fragte Arthurs Geliebte, die sich empörte. »Jemand, der beabsichtigt, das Handtuch zu werfen, weil ihm seine Freiheit wichtiger ist als ein sicheres Monatsgehalt, wird wohl kaum ein Feigling sein, oder? Und seine Bücher über Masuren? Hat er nicht alles auf den Kopf gestellt? Die ostpreußische Landschaft entzaubert und im modernen Polen wiederbelebt? Den Deutschen ihre einstige Würde zurückgegeben, obwohl sie – mehr oder weniger – sich selbst aus diesen Grenzgebieten vertrieben haben, all die Rudolfs und Fritz', Ernas und Irmgards? Und hat er nicht dem Detail seine ursprüngliche Kraft wiederverliehen – dem Unscheinbaren? Und was ist mit der monströsen Weltgeschichte? Versprüht sie nicht in seinen Büchern wieder Hoffnung, dass der Mensch doch kein Sklave dunkler Machenschaften ist, sondern sein eigener Schmied?«

»Du sprichst von seinen privaten Sachbüchern …«, lächelte Anna.

»Allerdings! Ich spreche von seinen Bestsellern! Man muss für die Leute schreiben und nicht für die Elite!«

Arthur war es nicht wichtig, dass Malwinas Verteidigungsrede bei seiner Frau scheiterte. Er hatte nichts anderes erwartet. Er staunte nur über Malwinas Gesinnungswandel, war sie doch in allem, was sie tat, elitär und abgehoben, fast schon misanthropisch, vor allem dann, wenn sie ihre eigenen Bücher und Artikel schrieb. Er musste schmunzeln: Die konservative, faschistisch-katholische Gräfin aus Wilna weiß ganz genau, was sie tut!

* * *

Er ging zu der Stereoanlage und wechselte die CD – so viel Liebesmusik spukte in seinem Kopf herum, Lieder und Kompositionen aus all den heißen Sommern, die er mit Anna in Masuren oder in Italien verbracht hatte, vor allem in den Achtzigern und Neunzigern, in einem anderen Jahrhundert, das ihm nun sehr fremd vorkam, ähnlich einem verstaubten, vergessenen Buch in einer Bibliothek, auf das man unerwartet stieß. Was sollte er jetzt auflegen? Seinen Liebling Schönberg? Oder Chopin vielleicht? Tōru Takemitsus Aufnahmen besaß er nicht.

Jedenfalls musste Arthur für einen kleinen Augenblick allein sein. Es tat ihm nämlich weh, wenn er seine beiden Frauen Anna und Malwina auf dem Sofa sitzen sah: Doch noch mehr tat ihm die Tatsache weh, dass er eine wichtige Schlacht verloren hatte – die Schlacht um die eine einzige Liebe, die doch Anna werden sollte, nachdem er sie in Masuren kennengelernt und später nach Westdeutschland entführt hatte.

Arthur bekam plötzlich Sehnsucht nach Anna und nach dieser Zeit, die einmal ihre vollkommene Erfüllung gefunden hatte. Er würde doch jetzt nicht, nur weil ihn sein Gedächtnis betrog und alles, was ihm einmal lieb gewesen war, in Erinnerung zurückrief, Malwina gestehen, er liebe zwei Frauen. Nein. Darum ging es gar nicht. Außerdem war er kein Grünschnabel mehr, solche Fehler machte er nicht mehr, er würde zu Malwina niemals sagen: »Ich liebe dich, aber ich liebe noch eine andere Frau!« Oder: »Ich liebe dich, aber ich liebe immer noch meine Ex … Verzeih mir!«

Er legte irgendetwas auf, ohne die Beschriftung der CD zu lesen – was ihm gerade in die Hände geraten war. Danach kehrte Arthur zu der Vorspeisentafel zurück, und da Joseph gerade nichts Besseres zu tun hatte, als Rosalia gute Studientipps zu geben, befreite er seine Tochter, indem er seinen Freund entführte, um mit ihm ein paar Worte zu wechseln.

Rosalia bedankte sich sogar mit einem Augenzwinkern: Sie hasste Männer im Alter ihres Vaters oder Josephs, die es liebten – zumal als Hochschullehrer –, moralische, gut gemeinte Tiraden zu halten. Sie verstünden von Pädagogik nichts, meinte sie nüchtern; immerhin war Didaktik ihr Lieblingsfach an der Uni, an der sie Romanistik und Wirtschaftsgeschichte studierte (worauf Arthur als Vater und vor allem Historiker sehr stolz war, dass Rosalia beruflich mehr oder weniger in seine Fußstapfen treten wollte, jedoch den Ballast aus Osteuropa, »sein misslungenes Sozialismusexperiment«, wie er es nannte, nicht mehr tragen musste).

* * *

Die Musik, die Arthur gewählt hatte, gefiel den Trauergästen: Albinoni, barocke Schmuckstücke aus Venedig.

»Ich möchte mich entschuldigen, Joseph«, begann Arthur, der seinen Freund in die Küche bemüht hatte, »ich war bestimmt kein schlechter Sargträger, und dein Vater soll seine verdiente Ruhe finden. Ich will auf etwas anderes hinaus: Ich besitze weder Anna noch Malwina, und ich weiß, dass du meiner Frau nichts antun wirst, was unsere eigene Liebesgeschichte, die leider kein gutes Ende genommen hat, in irgendeiner Weise verstellen würde und in schlechtem Licht erscheinen ließe. Du musst mir trotzdem helfen, ein letztes Mal: Wenn ich nämlich diesen nächsten Schritt nicht schaffe, werde ich bei Beck bis zu meiner Pensionierung die lästige Sisyphusarbeit erledigen und dann an meinem letzten Arbeitstag völlig entmutigt meinen Schreibtisch und mein Bücherregal räumen müssen, um anschließend als unbedeutender Geisteswissenschaftler auf den Straßen von Bremen einsame Spaziergänge zu machen. Nein, danke! Doch jetzt, da ich Malwina gefunden habe und da meine eigenen Bücher sich von allein schreiben, fehlt mir noch der Mut, das Wichtigste zu tun: Ich will aus diesem Labyrinth des Minotaurus, in dem ich schon seit Jahren herumirre, irgendwie heil und gesund herauskommen. Und dafür brauche ich deine Hilfe.«

Joseph, der gar nicht wie ein Professor und Künstler aussah, sondern wie ein ganz gewöhnlicher Straßenpenner, sagte: »Aber was kann ich für dich tun? Ich bin doch selbst heilfroh, dass ich den Teufelskreis der Uni verlassen habe …«

»Eben, darum geht es mir! Wie hast du es geschafft? Denn Freiheit, mein Lieber – und du musst es mir schon selbst sagen –, gibt es sie wirklich, oder muss man erst in einen Bunker aus dem Zweiten Weltkrieg ziehen und sich in ihm vor der ganzen Welt verschanzen? Und wenn ich eines Tages bei dir anklopfen sollte, schlag mir nicht die Tür vor der Nase zu, bitte! Versprichst du mir das?«

Joseph schenkte zwei Gläser Rotwein ein: »Ich hasse irgendwelche Versprechen, weil man sie meistens nicht hält …«, und anschließend stießen sie auf ihr erfolgreiches Abkommen an, wobei Arthur aus den Augenwinkeln gemerkt hatte, dass Malwina ihn die ganze Zeit beobachtete, während Anna längst den Blick für ihn verloren hatte. Er war für sie durchsichtig geworden, ein Mann aus Glas.

So einfach ist das, dachte er, eine Anna wird durch eine andere Anna ersetzt, denn Hauptasche ist, dass man wieder einen warmen, lachenden Körper spüren kann, der einen nicht nur wärmt und anlächelt – er muss treu und unsterblich sein, er darf nicht dem Tod dienen, er muss ganz der Sonne gehören und aus ihr stammen wie ein Engel.

* * *

Erst als Joseph mit seiner Light- und Cinema-Show den alten Wehrmachtsbunker in eine Art Museum des italienischen Films verwandelte, verließen Arthur all die giftigen Gedanken und manichäischen Engel, die ihn und sein Herz terrorisiert hatten.

Ein Heimkino-Beamer projizierte die berühmtesten Szenen aus Fellinis, Rossellinis, Viscontis, De Sicas, Scolas, Pasolinis, Antonionis und Bertoluccis Filmen auf eine riesige nackte weiße Wand, und dazu lief im CD-Player Techno, ununterbrochen in ein und demselben Rhythmus – ein durch Tachykardien verrückt gewordenes Herz begann zu pochen; es sei ein Beat, der auferweckte Tote erneut begraben könne, hatte Arthurs kranke Mutter jedes Mal gesagt, wenn sie zufällig irgendwo Techno zu hören bekam. Josephs Gemälde wirkten in dem psychedelischen Rave-Licht gar nicht mehr fröhlich und hoffnungsspendend, sodass selbst die Apokalypse keine Erlösung bringen konnte, und überall lachten schmerzverzerrte und dem Tod geweihte Gesichter Arthur an.

Er tanzte sogar mit Rosalia, die ihm in diesem Moment der Freude und Entspannung in seinen Armen so fremd vorkam – gar nicht wie seine Tochter, das kleine Mädchen, das er einst jeden Morgen zur Schule gebracht hatte; es fiel ihm immer noch schwer, sich daran zu gewöhnen, dass Rosalia jetzt eine junge attraktive Frau war, eine junge und erntereife Schönheit; und er tanzte auch mit ihrer Mutter und später mit Malwina, als wäre nichts geschehen.

Arthur sah heute auch zum ersten Mal, wie seine zwanzigjährige Tochter einen Joint rauchte, und er war eifersüchtig, weil Rosalia es zusammen mit Joseph tat. Schlagartig wurde ihm klar, dass er sie verloren hatte und dass seine Mission in Bremen und vielleicht auch in Deutschland, da er in diesem Land nichts mehr zu tun hatte und sich auch nichts Neues suchen und überlegen wollte, beendet war; Rosalia hatte offenbar einen Ersatzvater gefunden, und es gab nichts und niemanden mehr, der Arthur in diesem Land brauchte und halten würde; seine Sachbücher konnte er überall schreiben. Eine Rückkehr nach Masuren, obwohl in Polen seine Eltern und seine Geliebte lebten, kam dennoch nicht in Frage, zumal die neue Regierung mit ihrer Überbetonung des nationalen Selbstbewusstseins wie auch die Wiederauferstehung der Rechtskonservativen für Arthur immer fraglicher und letztendlich unerträglicher waren – durch die hysterisch-messianische Ideologie, man habe nun endlich die Nation von allen Blutsaugern, Verrätern und Schlechtigkeiten zu befreien. Und vielleicht bot Joseph tatsächlich die beste Lösung an: Man musste sich verschanzen hinter einer dicken Schicht Beton. Sein Freund konnte sich das allerdings leisten: moralisch, weil er seinen verbrecherischen Vater unter die Erde gebrachte hatte, und finanziell, weil er über ein beachtliches familiäres Erbe verfügte, das er vollständig verprassen durfte.

Kapitel 7
Der Sachsenhain und das Labyrinth des Minotaurus

Am Tag danach fuhren Malwina und Arthur nach Verden, in Bremens mittelalterliches Nachbarstädtchen. Dort besuchten sie den sogenannten Sachsenhain, um spazieren zu gehen und sich ein wenig von den Strapazen der Trauerfeier zu erholen. Die ganze Anlage bestand aus viertausendfünfhundert Findlingen, die im Prinzip in Form einer Swastika von den Nazis aufgestellt worden waren, und zwar Mitte der Dreißigerjahre, als der baldige millionenfache Mord – vor allem in Osteuropa – noch nicht absehbar war. Man lief im Sachsenhain im Kreis und sollte als Nationalsozialist nachempfinden, welche Kraft die Swastika besaß, die doch seit Jahrtausenden schon die Bewegung der Milchstraße nachahmte.

Es war ein schöner Ausflug an diesem sonnigen Nachmittag, und Malwina kam aus dem Staunen nicht heraus, da Arthur ihr einen Ort zeigte, an dem sich womöglich das Schicksal des europäischen Christentums entschieden hatte: Hätte Karl der Große die Schlacht gegen die Sachsen und ihren Herzog Widukind in Verden verloren, die Feinde zu Tausenden nicht geköpft, wäre Jesus Christus vielleicht ganz anders, zu einer anderen Zeit und auf einem anderen Pfad, nach Europa gekommen, um es gänzlich zu erobern.

Die Findlinge, die eine riesige Wiese umsäumten – den sogenannten Thingplatz, auf dem Älteste über die Zukunft ihres Stammes beraten hatten –, ließen sich schnell wieder zum Leben erwecken: Man dachte plötzlich an all die Schlachten zwischen den Christen und Heiden, außerdem hatte man im Kopf die Bilder von den Aufmärschen der NSDAP und der HJ, als säße man im Kino und schaute sich die schwarz-weiße Wochenchronik der Nationalsozialisten an.

Malwina blieb oft stehen, um die biblischen Sentenzen zu lesen, die in die Steine gemeißelt waren, jedoch erst nach dem Zweiten Weltkrieg, und zwar um der Vergebung willen: *Gib Brot* oder *Mit Leiden helfen.*

Arthur liebte diesen in der Geschichte Deutschlands tief verankerten und dadurch zeit- und raumlosen Ort. Die meisten Deutschen und so gut wie alle ausländischen Besucher ahnten gar nicht, was sich hier einst zugetragen haben mochte: dass Jesus Christus seine vatikanische Mission im Sachsenhain erfolgreich absolviert beziehungsweise begonnen hatte.

Arthur besuchte den Thingplatz und seine Findlinge und Bäume oft zusammen mit auswärtigen Gästen, und er wollte unbedingt, dass Malwina den Sachsenhain auch einmal zu Gesicht bekam, weil man nur dort begreifen konnte, warum die Nationalsozialisten von ihrer Wahrheit und ihrem Recht so überzeugt waren, dass sie sogar auf die militärisch wahnwitzige Idee kamen, Russland und seinen weiten Osten zu erobern, um der arischen Rasse Brot und Freiheit zu sichern. Dort im Sachsenhain wurde einem schnell klar, wie aufregend und bombastisch die Fackelzüge der Hitlerjugend und der SS zur Sonnenwende gewesen sein mussten: diese ewig brennenden Lichter der Welterretter, der Beschützer der Schönheit, Gesundheit und Freude am Dasein. Die SS hatte im Sachsenhain ihre eigene Heilige Messe gefeiert und der Schwarzen Sonne gehuldigt, um später ohne Zweifel und Bedenken ihre Feinde töten zu können: die Juden, die Slawen und die Bolschewiken sowie die Freimaurer aus London und New York, die im 21. Jahrhundert bei den Anhängern der Verschwörungstheorien Illuminati hießen.

Malwina und Arthur drehten mehrere Runden, und die frische Luft und die Stille der Findlinge und der um sie herum wachsenden Bäume ließen sie beide ein wenig zur Ruhe kommen.

»Jetzt weißt du endlich, wie es ist, wenn man wenigstens für einen Augenblick das Labyrinth des Minotaurus verlassen kann: so wie wir jetzt. Diese Minuten hier gehören nur uns«, sagte Arthur und küsste Malwina; ihre Lippen, rosa geschminkt, waren kalt und erschienen ihm plötzlich so fremd, so jungfräulich, als küsste er sie zum ersten Mal. Ihnen blieben noch zwei Tage, und Arthur konnte nicht glauben, dass sich sein Leben am Montag, wenn Malwina Bremen verließe, tatsächlich diametral änderte. Seine Geliebte musste erst einmal nach Hause zurückfahren, daran durften sie beide nicht rütteln. Doch wie sollte es weitergehen?

»Liebst du mich?«, fragte Malwina. »Sag es mir! Liebst du mich?«

Ja, er liebte sie. Doch er wusste nicht, was er Malwina als Erstes vorschlagen sollte: ein Abendessen beim Italiener oder einen Anruf in Warschau, dass niemand mehr auf sie warten solle, da sie nicht mehr zurückkommen werde, denn sie sei nun seine Frau geworden.

»Wir werden doch nicht an der üblichen Moralvorstellung in solchen Fällen scheitern, oder?«, fragte Malwina. »Jetzt siehst du, wie teuer die Freiheit ist. Wir müssten alles opfern, nur um glücklich zu sein. Doch alle anderen würden darunter leiden und für die Freiheit, die wir uns einfach genommen hätten, bezahlen …«

Er hasste es, wenn sie ihm die Wahrheit sagte und sie wie eine Zyankalikapsel verabreichte. Er küsste ihre Lippen noch einmal. Sie waren immer noch kalt. Die Lippen eines Schutzengels, dachte Arthur, so schmecken sie also – bitter und lieblich zugleich.

Als Arthur seine Geliebte aus Warschau auf der Konferenz in Heidelberg kennengelernt hatte, machte er sich noch Selbstmordgedanken, die ihn damals nicht einmal wunderten oder erschreckten. Jeder Mensch musste wenigstens einmal über diese Möglichkeit nachdenken, einmal dem Selbstmord entgegentreten. Arthur war zu jener Zeit, als er von Anna keine Lebens- und Liebeszeichen mehr erhielt, am Boden zerstört. Ihre alte Liebe hatte das Morsen verlernt, es gab keine Töne, keinen einzigen Ton mehr zu hören. Nur die Erinnerungen blieben wach. Und dann kam Malwina und befreite ihn aus diesem schwarzen Tunnel, der kein Ende zu haben schien. Sie pflegte ihn und kämpfte um ihn, kämpfte gegen die Aussichtslosigkeit, als würde er mit schweren Verbrennungen in einer Klinik liegen. Und seine Geliebte schaffte es, ihn zu heilen. Und nun, da sie endlich die Entscheidung getroffen hatte, Warschau, ihre Familie und ihren Mann zu verlassen, freuten sie sich beide gar nicht.

Malwina sagte: »Vergiss es, wir werden nie zusammen sein, wir haben gar nicht den Mut dazu, das Glück der anderen zu zerstören, damit es uns endlich gut geht. Ich fahre in zwei Tagen nach Warschau zurück, ganz klar!«

VI. Gnade

(Ryszard)

Kleines armes Land: Du musst deine Kinder lieben, denn ohne ihre täglichen Gelächter, Kämpfe und Tode wirst du untergehen und in Vergessenheit geraten. Liebe sie, liebe sie deshalb jeden Tag mehr!

Kapitel 1
Warten auf den Feind

Anfang November gelang es Ryszard, aus der mehrtägigen Gefangenschaft und dem Versteck der Partisanen im Wald des von Olsztyn aus schnell erreichbaren, im Osten liegenden Serwent-Sees zu fliehen – diesmal ohne Hilfe des jungen Milizionärs aus Bartoszyce, so glaubte Ryszard es zumindest, denn das Maschinengewehrfeuer hatte auch den Partisanen gegolten. Wer es aber gewesen sein mochte, wer die Schützen waren, wusste er nicht – in dem heillosen Durcheinander. Vielleicht hatten die Milizionäre von Herrn Stanisław eine Razzia organisiert und alle Kämpfer aus dem Wald getötet. Ryszard war in dem Gefechtschaos losgerannt und hatte sich in einem verlassenen Bauernhaus versteckt, bevor er sich wieder auf den Rückweg nach Galiny machte. Er wurde wie durch ein Wunder von keiner Kugel getroffen, wobei er niemals auf die Idee kommen würde, in Galiny in die Kirche zu gehen und für das Wunder der Heiligen Maria zu danken. An so eine Vorsehung glaubte er nicht, und er bewunderte die jungen Männer aus dem Wald trotzdem, weil sie tatsächlich fest davon überzeugt waren, dass ihr Land von General Anders und den westlichen Alliierten in dem kommenden und aus ihrer Sicht unvermeidlichen Dritten Weltkrieg gegen Stalin gerettet werde, spätestens nächstes Jahr. Dabei war es Ryszard sonnenklar, dass die naiven Kämpfer schon bald gefangen genommen oder in einem nächsten Gefecht erschossen werden würden. Ihr größter Feind bereitete sich auf seinen Auftritt bereits mächtig vor: der kalte lange Winter, der die Partisanen aus dem Wald und ihrer Holzhütte mit Sicherheit verscheuchen würde.

Ryszard fuhr einmal in der Woche nach Bartoszyce und besuchte dort seine Geliebte Ela, die Sekretärin des jungen Milizionärs Stanisław. Ela berichtete ihm, dass die Gefängnisse der Miliz in der ehemaligen Wehrmachtskaserne restlos überfüllt seien und dass die Gefangenen manchmal auf Nimmerwiedersehen verschwänden. Ela diente ihm als ausgezeichnete Informantin, und er erzählte in Galiny niemandem von dem Terror der Miliz beziehungsweise des sogenannten Sicherheitsamts, da er seiner Frau und auch Jan und Irmgard keine Angst einjagen wollte. Zudem musste man jeden Tag mit der Todesangst leben, weil marodierende Rotarmisten spontan Bauernhöfe überfielen, um zu stehlen, zu vergewaltigen und zu morden.

Ryszard musste seit seiner glücklichen Rückkehr schon die dritte Nacht im Kuhstall verbringen – bewaffnet bis an die Zähne. Zusammen mit Jan und dem jungen ehemaligen Heimatarmeesoldaten Tomasz aus Warschau hielt er abwechselnd Wache. Eine Horde Rotarmisten war vor ein paar Tagen über das ganze Schlossgut hergefallen und hatte sechs Kühe mitgenommen; jetzt besaß Jan nur noch drei Rinder, obendrein alte und geschwächte Tiere, die viel zu wenig Milch hergaben.

Zum Glück waren Renata und Irmgard bei dem morgendlichen Überfall nicht im Schloss gewesen, sondern in der Stadt, wo es auf den Ämtern etwas Dringendes für Irmgard zu erledigen gab. Und an diesem verhängnisvollen Morgen unterrichtete Ryszard wieder in seiner Dorfschule, während sein Freund Jan, der Quacksalber Józef und die paar Arbeiter auf der Baustelle der neuen Fischerei schufteten und am nahe gelegenen Dadaj-See aushalfen. In Najdymowo, einem Dorf am östlichen Seeufer, gab es außerdem ein altes deutsches Ziegelwerk, das noch nicht gänzlich zerstört war und das man schleunigst in Betrieb nehmen wollte, weil die Regierung angeblich beschlossen hatte, Warschau wiederaufzubauen.

Die drei Kinder des Quacksalbers, zwei Mädchen und einen Jungen, die alle nicht älter als dreizehn waren, konnte Ryszard ausnahmsweise davon überzeugen, seine Schule endlich zu besuchen, und somit waren sie auch nicht zu Hause auf dem Schlossgut gewesen, als es zu dem Überfall kam. Ihr Vater hielt nichts vom Schulunterricht, und Ryszard drohte ihm des Öfteren mit Konsequenzen, er werde bald Herrn Stanisław aus der Stadt holen und ihn einsperren lassen: »Kinder brauchen Bildung, Herr Józef, auch im Sozialismus!«

Aber die Frau des Quacksalbers hatte den Überfall nicht überlebt. Sie wurde vergewaltigt, und anschließend stachen die sowjetischen Soldaten ihr die Augen aus, weil sie vermeiden wollten, dass das Opfer sie wiedererkannte. Sie hätten dann allerdings auch alle anderen Dorfbewohner töten oder blind machen müssen – irgendwelche Zeugen gab es nämlich immer; auch in diesem Fall. Wahrscheinlich aber waren die Soldaten längst in der sowjetischen Verwaltungszone und auf dem Weg nach Kaliningrad, um ihre Beute mit den hungernden Kameraden zu teilen.

Kalmücken? Marodierende Banden? Oder Rotarmisten – wer tat solche Dinge?, fragte sich jeder im Dorf. Ryszard wusste natürlich, dass die Männer in ihren Heimatdörfern an der Wolga keine Belohnung erwartete, sondern nur harte Arbeit in der Kolchose. Und so wenige Kilometer vor der neuen Grenze war es ihre letzte Chance, den besiegten Faschisten ihre Schätze zu rauben, die vielleicht noch irgendwo Gold versteckten oder wenigstens eine Kuh und ein junges Weib.

Die Frau des Quacksalbers kam jedenfalls auf der Straße, die nach Bartoszyce und Russland führte, um; sie musste in ihrem unerträglichen Schmerz und im Gesicht vor Blut triefend losgerannt sein, in der schlimmsten Sonnenfinsternis ihres Lebens. Und dann war sie wohl direkt vor die Räder des Lkw, mit dem ihre Peiniger gekommen waren, gelaufen. Denn ihr lebloser Körper sah furchtbar zugerichtet aus: Beine und Arme waren gebrochen, und ihre Wirbelsäule ragte aus dem Rücken hervor wie ein abgebrochener Ast.

Der Quacksalber beerdigte seine Frau Barbara auf dem alten deutschen Friedhof von Galiny. Er beschloss, das Landgut zu verlassen und in Polen ein neues Zuhause zu suchen, weit weg von Ostpreußen, um alles zu vergessen. Aber Herr Jan hielt ihm seine Pistole an die Stirn und sagte, ein Quacksalber sei schon fast ein echter Arzt, und ein Dorf brauche einen »Doktor«, weil die Ärzte in der Stadt faul seien und selten aufs Land fahren würden. Sie hätten außerdem Angst davor, entführt oder ermordet zu werden, und so hatte Józef keine Wahl. Er blieb in Galiny und redete mit niemandem mehr darüber, was passiert war.

* * *

Sie lagen alle drei im Heu, im warmen Heu: Ryszard, Jan und der junge Soldat des Warschauer Aufstands. Über ihren Köpfen brannte eine Petroleumlampe.

»Jetzt verstehe ich endlich, warum der junge Bursche, der Offizier der Roten Armee, so freundlich gewesen ist – selbst auf meiner Hochzeit!«, sagte Jan. »Da wurde doch kein einziges Weib nachts aus dem Bett gezerrt, während wir unseren Rausch ausschliefen!«

»Stimmt. Und, was denkst du?«, fragte Ryszard.

»Das ist eine Gangsterbande. Der russische Offizier hat das Schloss als Vorzeigeobjekt der neuen Regierung ausgemacht und seinen Komplizen mitgeteilt, dass es bei uns in Galiny viele Kostbarkeiten zu holen gibt: Kühe und sogar drei Schweine! Und unsere Frauen und Töchter!«

»Stimmt. Die Möbel haben sie auch mitgenommen – die sie uns zunächst selbst geschenkt haben …«, freute sich Ryszard, der auf seine polnische Sherlock-Holmes-Nase stolz war, obwohl es sich in diesem Fall um keine große Denkleistung handelte.

Das verstaatlichte Landgut, das in Ermland und Masuren ein Vorzeigeobjekt hätte werden sollen, war ruiniert. Eine einzige Person durfte nicht mehr als fünfzehn Hektar Land beackern und besitzen – so schrieb es das neue Gesetz vor; und man musste viel zu hohe Steuern zahlen, sodass es sich nicht lohnte, ein wohlhabender Bauer zu sein. Auf dem staatlichen Landgut war alles anders: Jan musste auch Steuern zahlen, doch er beschäftigte Arbeiter, die jeden Tag essen wollten und ein Dach über dem Kopf brauchten, wobei Herr Stanisław schon mehrmals erklärt hatte, die landwirtschaftliche Reform sei bloß der Anfang, die Kolchosen seien das geheime Ziel, obwohl die neue Regierung den Leuten überall verspreche, Kolchosen würden nie nach Polen kommen. Denn davor hatte jeder Neuankömmling in Ermland und Masuren die größte Angst: dass man ihm das Land, die wenigen Hektar sogar, irgendwann wegnehmen würde.

Seit einer Woche gab es nun auch kein frisches Brot mehr, und der Hunger trieb nicht nur die Rotarmisten in den Wahnsinn. Was nutzten einem einhundert Złoty, wenn es kein Brot zu kaufen gab?! Was nutzte einem die landwirtschaftliche Reform?!, fragte man sich allerorts.

»Wir werden uns selbst verteidigen!«, sagte Jan. »Wenn sie schon unseren Frauen die Augen ausstechen und uns Milch und Fleisch und Brot stehlen, müssen wir uns wehren …«

»Du bringst mich zur Verzweiflung, mein Freund«, antwortete Ryszard. »Eigentlich haben wir uns von Ostpreußen und den ›Wiedergewonnenen Gebieten‹ etwas mehr versprochen …«

»Warum bist du nicht nach Amerika gegangen? Du warst doch in der amerikanischen Zone«, sagte Jan. »Schau doch, was aus mir geworden ist … Und du bist ein gebildeter Mann! Ich weiss, was du in Bartoszyce tust! Du hilfst solchen Analphabeten wie mir und fertigst für sie ihre amtlichen Schreiben an. Deshalb wohl fährst du einmal in der Woche in die Stadt. Stimmt's?«, grinste Jan.

»Stimmt …«, grinste Ryszard.

Der junge Soldat des Warschauer Aufstands schwieg die ganze Zeit, er klebte an seinem Gewehr, einem deutschen Gewehr, wie an einem Rettungsring – er legte es nie weg und hielt es mit beiden Händen immer ganz nah an seinem Körper, als wäre es seine Geliebte. Jan hatte die deutschen Gewehre aus dem Wald geholt, wo es nach wie vor viele verweste Soldatenleichen gab. Der Warschauer war keine Hilfe für Jan, weil er stets abwesend wirkte, und wenn man auf ihn nicht aufpasste, schlief er sofort ein. Sein Schlaf war ruhig, er schrie nicht, bewegte sich nicht, und wenn er aufgewacht war, sagte er nichts. Tomasz war eine lebende Leiche. Er war ein toter junger Mann, dessen Herz noch immer von der Angst vor einem Angriff der Deutschen am Leben gehalten wurde: Er lebte in ständiger Angst vor den Wehrmachts- und SS-Soldaten, die seine Kameraden vor seinen Augen getötet hatten. Da gab es keinen Platz mehr in seinem Kopf und Herzen für patriotische Gedichte und Lieder, die er einst selbst rezitiert und gesungen hatte, vor allem an der sogenannten Geheimen Universität in Warschau. Dabei konnte Ryszard jedem Zweifler – er würde dafür seine Hand ins Feuer legen – bezeugen, dass der Warschauer Heimatarmeesoldat über eine umfangreiche Bildung verfügte. Die wenigen und bescheidenen Gespräche mit dem schüchternen und traumatisierten jungen Mann hatten ihm ausgereicht. Denn wahrscheinlich war Tomasz einfach nur froh, dass er überhaupt noch lebte und in diesem Kuhstall Wache halten durfte, obwohl jeder wusste, dass er bei einem Angriff kläglich versagen und sofort erschossen werden würde.

Aber nicht nur Tomasz war eine lebende Leiche. Das ganze Land schien Ryszard tot zu sein, und er begriff endlich, warum die Romantiker und Anhänger des Messianismus Polen mit dem gekreuzigten Jesus Christus verglichen und ihrer Heimat die Erlöserrolle zuschrieben. Doch ihr Messianismus hatte keine Chance gegen die deutschen Konzentrationslager und die sowjetischen Gulags.

»Eine Sache lässt mir keine Ruhe«, wandte sich Ryszard wieder an seinen neuen Freund. »Meinst du, dass ich mir keine Gedanken darüber gemacht habe, was mit dir im Krieg los gewesen ist?«

»Und zu welchem Schluss bist du gekommen?«

»Na, für dich bin ich ein Gebildeter, ein Philosoph. Und einer, der Bescheid wissen muss. Also, was hast du denn im Krieg angestellt? Warst du nicht auf der anderen Seite? Bei den Bösen? Was für eine Wahrheit verbirgst du eigentlich vor Herrn Stanisław?«

Sie lagen also alle drei im Heu, im warmen Heu, die Filzdecken beschützten sie vor Kälte und Ungeziefer. Tomasz schlief wieder tief und fest. Über ihren Köpfen brannte eine Petroleumlampe, eine der wenigen, vor den Russen geretteten Lampen. Jan steckte sich eine Zigarette an. Sie hatten sogar etwas zu trinken: Wasser aus dem Schlossbrunnen und den selbstgebrannten Schnaps. Das Licht der Petroleumlampe verwandelte den Kuhstall in eine bedrohliche Kulisse, eine Scheune konnte schnell in Brand geraten. Überall schien der Tod zu lauern, dessen Schatten nach wie vor jeden Menschen verfolgten, als wäre der Krieg noch lange nicht zu Ende. Jeder spürte seine Präsenz, seine Fangarme und Unersättlichkeit. Und es roch überall nach Schweiß und Kuhmist und Alkohol und solchen Ausdünstungen, die nur eine Horde tötungswütiger Soldaten hinterlassen konnte.

Ryszard fügte noch hinzu: »Jan, führ mich nicht mehr an der Nase herum. Warst du bei der Wehrmacht, so wie Tomasz bei der Heimatarmee gewesen ist?«

Jan rieb sich kurz seine Nase, seine fette Kartoffel, und goss sich und Ryszard noch einen Schnaps ein. Er hatte riesige, überdimensionale Hände und ebenso große abstehende Ohren. Außerdem war sein Kopf viel zu klein für den breiten und reichlich mit Blut gefüllten Hals, dessen Adern kräftig pochten, als wollten sie sagen: »Hier, ich lebe, und keiner schafft es, mich zu töten!«

Jan steckte sich wieder eine Zigarette an und sagte: »Ich habe geahnt, dass du die Wahrheit kennst. Du bist ein schlauer Bursche, weil du lesen und schreiben kannst und weil du ein Bücherwurm bist – deshalb muss man mit dir besonders aufpassen. Doch du wirst Herrn Stanisław nichts sagen, versprochen? Du wirst ihm nichts verraten? Aber ich ahne, dass du mich durchschaut hast. Tomasz ist dagegen nichts wert für die neuen Machthaber. Mich würden sie sofort töten, Tomasz lediglich ins Gefängnis stecken …«

»Du bist also bei der Wehrmacht gewesen?«, fragte Ryszard.

»In der Tschechei. Mein Vater war Österreicher und lebte mit einer Polin zusammen. Ich hatte auch eine Schwester. Ich weiß nicht, ob sie beide den Krieg überlebt haben.«

»Du musst zum Roten Kreuz gehen und sie suchen lassen ...«

»Genau das darf ich nicht mehr tun ... Ich bin nämlich gleich nach meiner Ankunft in Masuren dahin gegangen, weil ich eben das Rote Kreuz um Hilfe bitten wollte ... Stattdessen handelte ich mir sofort Ärger mit der Miliz ein ... Ich wurde von Herrn Stanisław vorgeladen, und er fragte mich, wer ich nun in Wirklichkeit bin ... Gott sei Dank kam meine Geburtsurkunde aus Lwów gerade noch rechtzeitig und rettete mich vor einer Verhandlung. Und das Angebot der Arbeiterpartei, Verwalter eines Landguts zu werden, konnte ich ihnen nicht abschlagen, zumal ich nichts zu tun hatte. Das ist die ganze Wahrheit. Außerdem plagen uns jetzt andere Sorgen – unsere Frauen und Arbeiter haben seit vier Tagen keine einzige Scheibe Brot mehr gegessen.«

»Ich fahre morgen Nachmittag in die Stadt, gleich nach dem Schulunterricht. Ich werde mich ein wenig umsehen, vielleicht gelingt es mir, eine neue Brotlieferung für das Landgut zu organisieren ...«

»Ein sinnloses Unterfangen. Selbst die Kartoffeln gehen uns langsam aus. Die Deutschen klauen wie die Raben ... Ich muss mir was einfallen lassen, damit wir und die Deutschen nicht mehr hungern müssen ... Außerdem weiß ich, mit wem du dich in Bartoszyce treffen willst und wozu«, lachte er. »Pass auf dich auf, lieber Rysiek! Herr Stanisław wird dich das nächste Mal aus den Händen der Partisanen bestimmt nicht mehr befreien. Oder er wird dich mit einem der Waldsoldaten verwechseln und dir eine Kugel verpassen ... Absichtlich verwechseln!«

»Du fängst an zu halluzinieren! Schlaf jetzt lieber, ich werde nun die Wache für die nächsten zwei Stunden übernehmen ...«, antwortete Ryszard.

Der Landgutsverwalter verkroch sich in seinem Nest im Heu und deckte sich mit dem Pelzmantel zu – bis zur Nasenspitze, seinen Kopf wärmte eine russische Panzerhaube. Neben Jan hatte der junge Warschauer sein Nachtlager aufgeschlagen, er schlief tief und fest auf einer mit Heu bedeckten Pritsche, der arme Wicht – sie würden ihn beide in dieser Nacht nicht mehr wecken.

* * *

Ryszard hüllte sich in seine Filzdecke und ging nach draußen, um den ersten Kontrollgang auf dem Schloss- und Landgutsgelände durchzuführen; er wollte außerdem wieder schnell nüchtern werden. Die drei Gläser Schnaps und die Gespräche mit Jan hatten ihn ein wenig benebelt. Er wusste, er würde heute Nacht nicht mehr als vier Stunden schlafen können, und morgen erwartete ihn kein leichter Tag. Er würde wieder seine Schüler unterrichten, die, zum Teil schon erwachsen, meistens kaum lesen und schreiben konnten. Doch er betreute auch drei sehr begabte Köpfe, ein masurisches Mädchen und zwei polnische, in Litauen geborene und in Warschau aufgewachsene Jungen, wobei der eine einem richtigen Genie glich. Der älteste Schüler war schon einundzwanzig und ein Analphabet. Eigentlich müsste man alle Kinder wie auch die Halbwüchsigen in einen schweizerischen Kurort schicken, damit sie sich dort erholten. Darüber hinaus brauchten sie eine professionelle Betreuung von Ärzten, nicht bloß deshalb, weil viele von ihnen Krüppel geworden waren, denen eine Hand, ein Arm oder ein Bein fehlte. Aber als junge und kräftige Menschen besaßen sie nach wie vor gute Chancen, durch tägliche Übungen und Gymnastik ihre Lebensqualität zu erhöhen. Für ihre Psyche, für ihre verletzten Seelen freilich gab es keinerlei Hilfe. Deshalb brauchten sie eigentlich dringend eine Art Kuraufenthalt, verlängerte Sommerferien, die Ryszard für sie leider nicht organisieren konnte. Renatas kleiner Sohn Jaruś durfte sich glücklich schätzen, er hatte den Krieg unbeschadet überstanden. Und er hatte gute Ersatzeltern gefunden.

Ryszard rauchte eine halbe Zigarette, die er sich für diesen Augenblick aufgehoben hatte. Er liebte seine Frau Renata, er liebte sie wirklich, doch er fühlte sich auch zu Ela hingezogen, der Sekretärin von Herrn Stanisław. Renata wäre eigentlich eine gute Partie für den Landgutsverwalter, das hatte Ryszard schon oft gedacht, und der rebellische Gedanke verfolgte ihn in letzter Zeit vor allem dann, wenn er allein war so wie jetzt und vor seinen Augen kein aufgeschlagenes Buch lag, das ihn zerstreute. Mit Ela konnte er aber über die Bücher, die er gerade las oder gelesen hatte, sprechen. Und sie verstand, warum er die Einsamkeit in Galiny so gut vertrug: Ryszard liebte nämlich seinen Beruf, er stand gerne dozierend vor der Klasse und ließ sich für seine Bildung und sein Wissen von den jungen Menschen bewundern – schließlich hätte er genauso gut an der Universität moderne Literatur oder gar Philosophie unterrichten können. Seine Schülerinnen und Schüler verstanden zwar nichts von Dichtung und Philosophie, sie brachten ihm aber Respekt entgegen, vor allem die Halbwüchsigen, die Schlagetots, die im Krieg in Rechtlosigkeit und Armut gelebt hatten. Er war stolz auf sich, dass es ihm gelang, die Schüler in seinen Bann zu ziehen und sie der rauen und grausamen Realität zu entreißen, auch wenn es oft zum Streit unter ihnen kam. Außerdem war da noch die Schlossbibliothek, die er vor dem Untergang retten wollte. Er studierte hier die deutschen und lateinischen Bücher von Christoph Hartknochen: *Alt- und Neues Preußen* und *Preussische Kirchen-Historia*. Es war ihm klar, dass diese bibliophilen Schätze aus dem 17. Jahrhundert so schnell wie möglich einer Universität übergeben werden mussten. Er befürchtete nämlich, dass die polnischen Kommunisten die vor dem Feuer oder der Ausfuhr in die Sowjetunion geretteten Bücher aus deutscher Feder selbst vernichten würden.

Ryszard beschloss, seiner Frau einen Gutenachtkuss zu geben, obwohl er eigentlich hier draußen Wache halten musste: Er durfte seinen Posten nicht verlassen. Ihn quälte aber die böse Ahnung, dass Renata vielleicht wieder bei ihrer deutschen Freundin weilte … Seit der Landgutsverwalter seinen Männern befohlen hatte, Nachtwache zu halten, übernachteten die beiden Mädchen in einem entlegenen Zimmer des Schlosses, natürlich in einem Bett, weil sie sich angeblich vor einem erneuten nächtlichen Überfall fürchteten – seitens der Partisanen oder der Rotarmisten. Sie hatten sich geschworen, sie würden sich von diesen Mördern und Dieben niemals voneinander trennen lassen – nur über ihre Leichen! Ryszard hatte in der Nacht zuvor kurz an ihrer Tür gelauscht. Sie kicherten und erzählten sich Liebesgeschichten, die in einer Großstadt spielten, vielleicht irgendwo im fernen Amerika, wo der Zweite Weltkrieg nicht gewütet hatte.

Ryszard plagten auch andere böse Ahnungen. Er wusste, dass er zusammen mit seiner jungen Frau das Dorf so bald wie möglich verlassen sollte, denn früher oder später würden die Partisanen ihn erneut entführen und die betrunkenen Rotarmisten seine junge Frau töten. Was würde dann aus Jaruś werden?

Auf dem Land war das Leben gefährlicher, als er sich das vorgestellt hatte, und Ryszard verlor allmählich die Hoffnung, dass hier in der Provinz eines Tages wirklich Frieden und Ordnung einkehren würden. Er erzählte allerdings nichts von seinen Ängsten Renata oder Jan wie auch all den anderen Bewohnern von Galiny, er wollte niemanden verunsichern und aus seinem Traum vom besseren Leben im ehemaligen Ostpreußen wecken. Vor allen Dingen wäre seine Frau enttäuscht, da er Renata vor der Ausreise in das neue Polen das Blaue vom Himmel versprochen hatte.

Er dachte immer öfter daran, Galiny zu verlassen. Man musste seiner Meinung nach in die Hauptstadt von Ermland und Masuren ziehen, nach Olsztyn, dort waren zwar die Zerstörungen genauso schlimm wie in anderen ehemaligen deutschen Städten, aber die Hälfte der Allensteiner Häuser war verschont worden, obwohl die Sowjets eine Straße nach der anderen in Brand gesteckt hatten.

Und Ryszard hatte aus Galiny und auch aus Bartoszyce fliehen müssen, weil er beim Kartenspiel mit den Milizionären Schulden gemacht hatte, die so schwer auf ihm lasteten, dass er den Eindruck nicht mehr loswurde, er trage die Schulden auf dem Rücken und werde unter dieser Last bald zusammenbrechen und sterben – oder in einem der benachbarten Seen ertrinken.

Er geriet auch wegen der Sekretärin von Herrn Stanisław mächtig in Bedrängnis. Bei jedem Treffen flehte sie ihn an, er möge ihr endlich versprechen, dass er sie aus Bartoszyce entführen und heiraten werde. Ela träumte von einer Wohnung in Krakau, da die ganze Stadt wie durch ein Wunder unversehrt geblieben war, und sie sagte, im schlimmsten Fall würde sie mit ihm zusammen auch nach Warschau oder Danzig fliehen. Er antwortete ihr bloß: »Keiner weiß, ob sie jemals wieder normal funktionieren, die beiden Städte deiner Träume … Ich glaube nicht, dass die Kommunisten es schaffen werden, Warschau wiederaufzubauen!«

Ryszard betrat den rechten Seitenflügel des Schlosses – er war, was seine topografischen Orientierungstalente anging, eine Niete. Er verlor oft die Orientierung, vor allem in einer Stadt, und im Schloss der Gräfin von Nitsche gab es viele Zimmer, die noch leer standen und auf neue Flüchtlinge warteten. Auch diesmal klopfte er an die falsche Tür, zudem herrschte in diesem ellenlangen Flur eine Dämmerung, die ihm unheimlich vorkam. Aber irgendwo am Ende dieses Tunnels musste ein Lämpchen oder eine Kerze brennen. Vor einer anderen geschlossenen Tür blieb Ryszard wieder kurz stehen, da er seltsame Geräusche zu vernehmen glaubte. Wohnte hier der Quacksalber zusammen mit seinen Kindern? Man hörte nämlich jemanden beten, doch es schien kein katholisches Gebet zu sein, sondern ein jüdisches, vielleicht handelte es sich sogar um ein chassidisches Klagelied, denn solche Lieder hatte Ryszard vor dem Krieg in Mława gehört, bei seiner Tante mütterlicherseits. War der Quacksalber ein polnischer Jude aus Wilna und kein Bauer? Niemandem mehr konnte man hier trauen, und Ryszard dachte sofort daran, dass er selbst der größte Verräter und Betrüger war.

Kapitel 2
Der Schulunterricht und die Belohnung

Nach insgesamt sechs Stunden Wachdienst auf dem Schlossgelände und wenigen kurzen Schlafpausen ging Ryszard hundemüde zu seiner Frau, die schon auf den Beinen war. Sie begrüßte ihn mürrisch, als sich Ryszard leise in ihre gemeinsame Schlosswohnung hereinschlich. Renata ahnte schon, was ihr am Wochenende wieder blühte … Deshalb war sie so feindlich und kratzbürstig zu Ryszard; er sagte immer, sie hätte wieder ihre Freitagslaune und würde ihn mit ihrer mürrischen Miene und ihren bösartigen Neckereien bloß bestrafen wollen.

Er liebte Renata, auch wenn sie gar nicht richtig zueinander passten – sie das Bauernmädchen, er der gescheiterte Gelehrte. Aber er liebte sie, Renata hatte ihm unter den Deutschen das Leben gerettet. Und Ryszard sparte nicht mit Liebesbeweisen, jeden Tag versuchte er, ihr zu zeigen, dass er sie wirklich liebte. Denn bevor er sich zum Unterricht in die provisorisch eingerichtete Schule begab, wollte er Renata einen Abschiedskuss verpassen. Für den Nachmittag plante er nämlich eine Reise nach Bartoszyce, wo er seine »Kunden« betreute – so nannte er die Analphabeten aus den ehemaligen Grenzgebieten im polnischen Osten, für die er verschiedene amtliche Dokumente ausfüllte oder übersetzte. Natürlich würde er wie üblich bei Ela übernachten, und am nächsten Tag wollte er sich wieder auf den Rückweg nach Galiny machen. Er vermisste mehr und mehr das Stadtleben, so wie er es in Poznań vor dem Krieg kennengelernt hatte: Er vermisste vor allem die langen Sitzungen und Diskussionen mit Freunden in den Cafés. Ela bot ihm in Bartoszyce eine Art Ersatz dafür, was ihm die Deutschen gestohlen hatten: Gespräche über Bücher und Philosophen am Tisch mit einer weißen Tischdecke und zartem Teegeschirr.

Ryszard musste sich außerdem ein wenig erfrischen. Nach der langen und kalten Nacht, in der das Warten auf einen Überfall ihn sehr ermüdet hatte, fühlte er sich krank und ausgelaugt; seine Beine waren ihm schwer geworden, sein Rücken tat ihm weh, sein Herz hämmerte, als hätte er tagelang gezecht, und sein Kopf platzte vor Schmerzen. Er wusste nicht, dass es so anstrengend werden konnte, Wache zu halten, nachts hin und her zu laufen und gegen das grausige Gefühl anzukämpfen, dass die Zeit gar nicht vergehen will.

Eigentlich hatte Ryszard an seinem Körper nichts auszusetzen, er hatte ihm bisher gute Dienste geleistet, vor allem während des Krieges, als Ryszard auf dem Bauernhof in Deutschland regelmäßig geprügelt worden war. Immerhin war es ihm sogar gelungen, dem Tod zu entkommen, was er auch seiner Frau verdankte, ihrer Heilkunst und Geduld. Und Kurts Wutausbrüche waren im ganzen Dorf bekannt, er galt als Henker – einen Zwangsarbeiter aus Belgien hatte er sogar totgeschlagen. Dummerweise wurde Ryszard nach seiner Gefangennahme im September 1939 ausgerechnet Kurts Eltern, die den Bauernhof in Niedersachsen betrieben – wie später dann auch nach dem Krieg –, zugeteilt. Renata hatte etwas mehr Glück gehabt, ihre Bauernfamilie bekannte sich zu der Naziideologie nur auf dem Papier. Und Kurt lebte immer noch. Einen Gehbehinderten, dessen linkes Bein kürzer war als das rechte, würde man doch auf den ersten Blick nicht für einen grausamen Henker halten. Bei Joseph Goebbels war man sich sicher, mit wem man es zu tun gehabt hatte, doch bei diesem Bauernsohn, den keine Braut haben wollte? Wer war Kurt? Und all die anderen unsichtbaren und mordenden Kurts?

Renata sagte ab und zu: »Kurt hat auf deinen Kopf so oft eingedroschen – es ist ein Wunder, dass er dir den Schädel nicht zertrümmert hat. Aber den Verstand, den hat er dir herausgeprügelt: für immer und ewig!«

Ryszard besaß grenzenloses Vertrauen in seine Kräfte. Nur manchmal – und insbesondere dann, wenn er über seinen Büchern in der Bibliothek saß und in eine Art Meditation verfiel – spürte er, dass er ein Gefangener dieses sterblichen, zerbrechlichen Domizils war, das ihm dann viel zu klein erschien; dieser schreckliche Zustand der Ohnmacht gegenüber seiner eigenen Sterblichkeit und der Unendlichkeit des Raums und der Zeit verunsicherte ihn sehr, fühlte er sich doch zu Höherem berufen … Aber der Ausbruch des Krieges hatte seine Träume von einer Professur für Philosophie oder Literatur zerstört, und nun war er zu alt, um sein Studium fortzusetzen. In diesem zerstörten, aber dafür »wiedergewonnenen« Land gab es außerdem gar keine Möglichkeit, seine jugendlichen Träume zu erfüllen. Würde er sich deshalb den neuen Machthabern anschließen und über Leichen gehen? Nein, das bestimmt nicht.

Von Zeit zu Zeit, wenn er ein Buch las, wiederholten sich diese Anfälle der Ohnmacht und des Zweifels: Das Blut stieg ihm dann heftig in den Kopf, sodass die Buchstaben vor seinen Augen zu tanzen begannen, und dann dachte er jedes Mal, sein Herz werde aufhören zu schlagen, ganz plötzlich. Ihn überkam in solchen Momenten die schreckliche Angst, dass er es niemals schaffen würde, all die Bücher, die er jemals zu Gesicht bekommen und durchgeblättert hatte, zu lesen, und er wollte doch alles wissen, alles erfahren, alle Bücher verschlingen.

* * *

Renata wusch sich über einer emaillierten Schüssel. Ryszards Frau schämte sich jedes Mal, wenn man sie beim Waschen und der morgendlichen Toilette erwischte. Sie sagte: »Dreh dich mal um! Hast du noch nie eine nackte Frau gesehen? Gott wird dir eines Tages deine gierigen Augen ausstechen …«

Es war bereits kurz nach sieben, Renata hätte längst in der Küche sein müssen, wo sie Tee für alle Schlossbewohner kochte und normalerweise auch das Frühstück vorbereitete. Es gab aber seit Tagen schon nur noch Kartoffelpuffer.

Renata zog sich in Eile an. Ryszard küsste seine junge Frau auf die Lippen, doch sie schob ihn angewidert von sich weg. Sie war wütend und wirkte beleidigt und unversöhnlich.

Renata sagte: »Du fährst heute Nachmittag wieder zu deinem Flittchen … Meinst du, dass ich nicht Bescheid weiß?«

»Renata, ich bitte dich – ich werde in Bartoszyce arbeiten und am Samstag oder Sonntag komme ich nach Hause zurück. Ich verdiene Geld ... In Bartoszyce findest du so gut wie niemanden, der amtliche Dokumente lesen und vernünftig beantworten kann.«

»Du lügst. Du fährst wieder zu deinem Flittchen und wirst das ganze Geld beim Kartenspiel verlieren ... Zum Glück bist du kein Säufer! Ja, du kommst immer nach Hause zurück, das ist wahr, denn du weißt, dass nur ich dich richtig glücklich machen kann – dein Flittchen kann mir nämlich nicht das Wasser reichen, in keiner Beziehung, deine Geliebte ist dumm und hässlich und sie glaubt nicht an Gott und hat ihren sündigen Körper bestimmt auch den Deutschen verkauft ...«

»Renata, du fantasierst, ich habe in Bartoszyce keine Geliebte!«, beruhigte er seine Frau; seine Mundwinkel zitterten und seine Nase juckte wieder – sie juckte immer dann, wenn er Renata anlügen musste.

Renata trocknete ihr Haar mit einem deutschen, vor den Russen geretteten Handtuch, das einst der Gräfin von Nitsche und ihrer weißen zarten Haut gedient haben musste, weil es ihre eingestickten Initialen trug. Solche Handtücher gab es nur in Deutschland, und Ryszard dachte plötzlich daran, wie die Gräfin von Nitsche die Badewanne verlassen und ihren Körper abgetrocknet hatte, während im selben Moment Soldaten an der Front fielen und Kinder und ihre Mütter in einem KZ ermordet wurden.

Ryszard wusch sich auch, er rasierte sich sogar – einmal in der Woche rasierte er sich, er musste das Rasiermesser und die Seife schonen. Es gab an diesem Morgen natürlich wieder nichts Neues, nichts Frisches zu essen, und er wollte nicht auf die Kartoffelpuffer warten. Er konnte die Kartoffelpuffer nicht mehr sehen. Er musste bis zum Abend durchhalten – Ela trieb immer etwas zu essen auf, schließlich arbeitete sie für die Arbeiterpartei und die Miliz, und die Milizionäre hatten immer etwas zu essen.

Ryszard zog sich um, packte seinen Rucksack und verabschiedete sich von seiner Frau mit einem Wangenkuss, die dann sagte: »Gott mag dir beim Jüngsten Gericht verzeihen! Ich aber nicht. Niemals! Außerdem bist du ein Feigling. Du wirst zu mir auf Knien angekrochen kommen und mich um Verzeihung anflehen!«

Und selbst als Ryszard schon draußen war und in Richtung des Schlosstors ging, hörte er immer noch Renatas wüste Beschimpfungen. Sie weckte das ganze Schloss auf, in den Fenstern zeigten sich plötzlich neugierige Fratzen der Nachbarn.

* * *

Am Freitag unterrichtete Ryszard lediglich vier Stunden: zunächst Polnisch, danach Mathematik, wobei er kein besonderes mathematisches Talent war, obwohl er sich selbst für jemanden hielt, dem das logische und abstrakte Denken keine Schwierigkeiten bereitete. Die Anzahl der Schüler, die seine Schule besuchten, variierte ständig, da die Kinder und Halbwüchsigen entweder beim Spiel mit Handgranaten und Schusswaffen tragisch umkamen oder ganz einfach von zu Hause flohen, weil es dort nichts zu essen gab, der Vater ein Säufer war und Abend für Abend der ganzen Familie drohte, er werde alle totschlagen. Außerdem kamen ständig neue Kinder und Halbwüchsige dazu, da der Flüchtlingsstrom nicht abreißen wollte.

Ryszards Liebling – und jeder Lehrer hat seinen Liebling – hieß Antoni; er nannte ihn liebevoll Tońko. Der Junge war vierzehn Jahre alt und kam ursprünglich aus Lemberg. Er konnte Gedichte von Tuwim auswendig, er rezitierte auch Mickiewicz, Słowacki oder Staff problemlos, und er schämte sich nicht, vor der Klasse aufzutreten und die Gedichte vorzutragen. Außerdem kannte er die Primzahlen und wusste, wie man sie ermitteln musste, denn sein Vater hatte ihm eine einfache Methode gezeigt: das sogenannte Sieb des Eratosthenes. Aber Tońkos Vater war im Warschauer Aufstand umgekommen, und der Junge lebte in Galiny bei seiner Mutter, die daran zweifelte, dass Warschau wiederaufgebaut werden könne. Sie wollte eigentlich Galiny verlassen und in eine Großstadt ziehen, doch erst in ein paar Jahren, wenn Polen aus den Ruinen auferstanden wäre, und sie wollte Ryszard nicht sagen, was sie von Beruf und ob sie adlig war, wie er vermutete, und dies in der Wildnis verbergen wollte.

Ryszard machte sich um den Jungen Sorgen – noch hatte ihn die Ideologie der Kommunisten nicht verdorben, noch war es möglich, den Musterschüler zu formen und auf ein Studium vorzubereiten. Am besten in Krakau, weil in Krakau – wie in Paris – die Zivilisation vor den Barbaren vielleicht gerettet werden konnte … Weder den Nazis noch den Sowjets gelang es nämlich, ihre zerstörerischen Pläne zu realisieren: Die Deutschen mussten fliehen und Schlesien verteidigen, und die Russen mussten ihren Feind jagen und endgültig vernichten. Die Stadt konnte somit ihre Häuser, ihre Jagiellonen-Universität, ihre königliche Burg, ihre florentinische Altstadt und selbst das jüdische Viertel Kazimierz in die Friedenszeit hinüberretten, und dort an der Jagiellonen-Universität sollte Tońko studieren; Ryszard erzählte ihm davon oft und in höchsten Tönen, um den Jungen zu motivieren und anzustecken.

Die neue Schule wurde in einer ehemaligen Remise der Feuerwehr provisorisch eingerichtet, dort gab es viel Platz und große helle Fenster. Die Schreibtische und Stühle aus Holz stammten allerdings aus einer echten Schule, die in Galiny von einer russischen Granate getroffen worden war – aus einem Klassenraum konnten die Dorfbewohner die Einrichtung retten. Und trotz all dem Glück im Unglück musste Ryszard im provisorischen Klassenraum ein Stalin-Bild an die Wand hängen, was ihm nicht leichtgefallen war. Außerdem musste er ein paar Propagandaplakate der neuen Volksregierung aufhängen. Er musste das tun, Herr Stanisław hatte es ihm persönlich aufgetragen, das kommunistische Propagandamaterial in der Remise und im Schloss der Gräfin von Nitsche für alle sichtbar zu verteilen.

Ryszard kam zum eigenen Unterricht meistens zu spät, was daran lag, dass er oft noch ein wenig in der Küche seiner Frau helfen musste: Er holte ein paar Eimer Wasser aus dem Brunnen, machte Feuer, schälte Kartoffeln oder hackte draußen das Holz. Und er schaute auch in der Schlossbibliothek vorbei und griff nach dem erstbesten Buch, das er im Regal fand. Er nahm zum Unterricht immer ein Buch mit, aber nicht deshalb, um daraus den Schülern vorzulesen – Tońko konnte als Einziger Latein, und deutsche Schüler mussten nun Polnisch lernen: Drei ostpreußische Kinder, ein Junge und zwei Mädchen, besuchten Ryszards Schule und hatten große Mühe, die slawische Schi-Tschi-Aussprache zu lernen. Erstaunlicherweise verfügten sie über ein ausgezeichnetes Gedächtnis und behielten schnell die neuen Vokabeln.

Ryszard nutzte jede freie Minute und las im Unterricht ein Buch, wenn seine Schüler in Mathematik eine Aufgabe auf dem Papier lösen oder im Polnischunterricht einen Aufsatz schreiben mussten. In dieser Zeit langweilten sich die Analphabeten, die eigentlich stillsitzen und das Schreiben von Buchstaben und Zahlen üben sollten. Meistens versuchten sie, ihre Mitschüler zu ärgern und zu stören, und Ryszard drohte ihnen dann mit schlimmen Konsequenzen, die sie aber selten ernst nahmen, weil sie wussten, dass es leere Drohungen waren. Er durfte die Störenfriede nicht zur Weißglut bringen, da sie unberechenbar waren. Sie hatten mit eigenen Augen gesehen, wie ihre Eltern, Geschwister und Verwandten gefoltert, erschossen und verschleppt wurden. Ihnen musste man jede Schwäche, jeden Wutanfall vergeben.

Ryszard versuchte deshalb, seine aufmüpfigsten Schüler mit Humor zu besänftigen, mit Witzen ihre Wut zu bändigen. Bisher war es ihm gelungen, jedes aggressive Feuer zu löschen, zumal die schwierigsten und wütendsten Burschen nach wie vor Respekt vor der Bildung des in ihren Augen aus der großen weiten Welt gekommenen Lehrers hatten, des Mannes aus dem Westen. Vielleicht besaßen sie nur deshalb diesen Respekt, weil Ryszard versuchte, seinen Schülern Wissen mit Anekdoten und Geschichten zu vermitteln: durch Unterhaltung wie in einer Rundfunksendung.

Aber an diesem Morgen kam er überpünktlich in die Remise, sogar viel zu früh, seine Schüler waren noch gar nicht da, der Unterricht begann erst um halb neun.

Von Zeit zu Zeit brachte Ryszard seinen Schülern Kartoffeln mit, manchmal sogar zwei Laibe Brot.

* * *

Ryszards Lieblingsschüler trudelte als Erster an diesem vernebelten und kalten Freitagmorgen in der alten Remise ein. Er brachte ein Buch mit, das sorgfältig in Zeitungspapier gewickelt war. Eine Rarität, wie sich schnell herausstellen sollte: Gedichte von Adam Mickiewicz, aber eine uralte und sehr gepflegte Ausgabe von 1899, betitelt *Balladen und Romanzen*. Der vierzehnjährige Tońko war schmächtig gebaut, er hatte ein zartes Mädchengesicht, und über seiner Oberlippe gab es nicht einmal einen Schnurrbartansatz, nicht einmal einen flauschigen Streifen aus weißen Härchen. Er war blond, blauäugig, klein und humpelte, da er sich während des Krieges das rechte Bein gebrochen hatte, und da nirgendwo ein Arzt zur Stelle gewesen war, wuchsen die Knochen zwar wieder zusammen, doch ein wenig krumm und schief. Tońko hatte keine Schmerzen, aber er wurde von anderen Schülern immer wieder gehänselt, auch von solchen, die selbst krumm und schief waren, weil sie auch Kriegsverletzungen erlitten hatten.

Der Junge sagte: »Es ist ein Geschenk für Ihre Bibliothek – von meiner Mutter …«

»Ich weiß gar nicht, wie ich dir danken soll«, antwortete Ryszard. »Ich werde mich eines Tages erkenntlich zeigen, und vielleicht komme ich sogar zu Geld, dann werde ich deine Mutter fürstlich bezahlen …«

»Wir brauchen kein Geld. Meine Mutter weiß, was Sie für mich tun, und deshalb schenkt sie Ihnen das kostbare Buch … Für Ihre polnische Bibliothek!«

»Das ist sehr großzügig von deiner Mutter, zumal die Schlossbibliothek vor allem aus deutschen Büchern besteht … und aus lateinischen. Wir müssen sie gesund machen und den Menschen zur Verfügung stellen, damit sie wieder ein ganz normales Leben führen können.«

»Ich lese Bücher und meine Mutter auch, aber die Menschen haben Hunger und brauchen zurzeit keine Gedichte und Romane …«

Dafür liebte Ryszard den Jungen aus Warschau: dass er sich wie ein Erwachsener um die Welt und um seine Mutter und Mitschüler sorgte. Ryszard prophezeite ihm im späteren Berufsleben einen raschen Aufstieg. Er glaubte nicht daran, dass die Kommunisten Tońkos Talente missbrauchen könnten. Der Junge würde nie in eine Situation geraten, fand Ryszard, in der er sich selbst verleugnen müsste. Denn Tońko war nicht nur außergewöhnlich intelligent, sein ganzes Naturell war offen und positiv, allen Menschen gegenüber stets wohlwollend eingestellt, und selbst solche Mitschüler, die ihm ab und zu ein blaues Auge verpassten oder ihn vor der Klasse oder auf der Straße im Dorf öffentlich verhöhnten, waren für Tońko keine bösen Teufel, sondern verlorene Seelen, denen man sofort helfen musste. Ryszards Frau bemerkte im Allgemeinen über solche gutmütigen Geister, sie seien dazu verurteilt, ihr Leben lang zu leiden.

»Fahren Sie heute wieder in die Stadt?«, fragte der Junge, der sich darüber glücklich schätzen konnte, dass es ihm gelungen war, ein brauchbares Paar Soldatenstiefel im Dorf aufzutreiben, obendrein in passender Größe; und auch sein Mantel und sein Sakko sahen ganz passabel aus. Im Vergleich zu seinen Mitschülern wirkte Tońko so, als wäre er in Galiny bloß auf der Durchreise – ein wohlbehütetes Kind, dessen Eltern im Geld schwimmen, könnte man meinen. Dabei war es eigentlich egal, was Tońko anzog: Er trug seine Kleider mit der Würde eines adligen und gebildeten Abiturienten aus Wilna oder Lemberg. Er lebte in einer falschen Zeit an einem falschen Ort; er kam aus einer Welt, die es nie wieder geben würde: aus der Zweiten Republik Polen, welche nach der langen, über hundertjährigen Periode der Teilungen des polnischen Staates ein unerfüllter Traum bleiben sollte – ein Traum der Nationalisten und Demokraten, der Faschisten und Sozialisten. Ein Traum von Józef Piłsudski und Walery Sławek.

Tońko saß am Tisch stets aufrecht und hielt das Besteck wie ein echter Genießer. Seine Mitschüler mochten ihn eigentlich alle nicht und manchmal beschimpften sie ihn, er sei schwul und vom Teufel besessen. »Ihr wisst doch gar nicht, was das Wort ›schwul‹ bedeutet«, lachte Ryszard seine Pfleglinge aus.

»Ja, ich fahre heute in die Stadt«, antwortete er Tońko. »Wieso? Willst du mitkommen? Zur Belohnung für deine Hilfe beim Unterrichten und als Dank für das Geschenk von deiner Mutter würde ich dich ausnahmsweise mitnehmen … Du müsstest dich aber selbst um einen Schlafplatz kümmern … Dort, wo ich übernachte, geht es nicht!«

»Das kann ich mir schon denken«, freute sich der Junge. »Sie sollten nur meiner Mutter Bescheid sagen, dass ich mit Ihnen zusammen nach Bartoszyce fahre und in der Stadt auch über Nacht bleibe … Sonst denkt sie, ich bin abgehauen und zu den Partisanen gegangen. Oder die Sowjets hätten mich nach Sibirien verschleppt. So denkt sie, meine Mutter …«

»Für eine Rotznase weißt du schon viel zu viel – du solltest dich in der Stadt in Acht nehmen. Die Häuser und die Menschen in Bartoszyce haben lange, spitze Ohren …«

Seit einer Woche schon versuchte Ryszard, zwei Halbwüchsigen, die scheinbar nur mit viel Glück und Hilfe ihrer Schutzengel die Pazifikation ihres Dorfes durch die Ukrainische Aufständische Armee überlebt hatten, das Schreiben beizubringen. Sie machten langsam endlich Fortschritte, und da Ryszard ein schlechtes Gewissen hatte, weil er nach Bartoszyce fahren und Ela treffen würde, wollte er den beiden Glückspilzen und Bauernsöhnen, die im Massaker von Wolhynien ihre Familien verloren hatten, etwas Gutes tun: Während Tońko mit den restlichen Schülern das Lesen und Rechnen üben würde, könnte er ganze zwei Stunden seinen auserwählten Analphabeten widmen.

Tońko entwickelte sich mehr und mehr zu einem Assistenten und Vertreter des Dorflehrers. Dank seiner Überredungskunst gelang es ihm zum Beispiel, den Quacksalber und seine Kinder davon zu überzeugen, dass es wohl das Beste wäre, wenn die Familie zu ihrem alten Leben zurückkehren würde – ein routinierter Alltag sei die beste Medizin gegen jedweden Schmerz, sagte der Junge, was Ryszard staunen ließ. Der Quacksalber sagte lediglich: »Was weißt du schon vom Schmerz!« Seine zwei Töchter und sein Sohn besuchten jedenfalls wieder regelmäßig die Schule, was Ryszard unheimlich freute. Über den Tod ihrer Mutter verlor man im Unterricht kein einziges Wort, auch nicht über den Racheakt, der von den Flüchtlingen aus Litauen verübt wurde. Erst auf dem Schlossgelände, wenn Ryszard zufällig die Kinder des Quacksalbers traf, fragte er sie, ob sie vielleicht ein Gespräch unter vier Augen oder Nachhilfe in Polnisch oder Mathematik wünschten. Bei der Gelegenheit versuchte er sie zu trösten, was ihm nie richtig gelingen wollte; er sagte meistens: »Eure Mutter war eine Heldin, und euch gehört die Zukunft! Glaubt mir!« Er selbst schenkte jedoch seinen eigenen Worten keinen Glauben, denn er wusste, dass die drei Teenager ihr Misstrauen gegenüber ihrem Lehrer nie mehr verlieren würden, weil er ihre Mutter nicht hatte retten können.

Die Schüler waren nie pünktlich, doch gegen neun füllte sich der provisorische Klassenraum in der ehemaligen Remise endlich vollständig – es gab eine Geschlechtertrennung, die Mädchen blieben unter sich, und die Jungen saßen vor den riesigen Fenstern des alten Baus. Ryszard zog sich mit zwei seiner Pfleglinge, die noch nicht lesen und schreiben konnten, zurück: Sie drängten sich zusammen an einem kleinen Tisch in der hintersten Ecke der Remise und übten das Buchstabieren, wobei Ryszard sich die ganze Zeit darum sorgte, ob sein Zögling und Liebling es schaffen würde, den Unterricht ohne Streitigkeiten und Unterbrechungen durchzuführen. Tońko gab sein Bestes, doch manche Schüler hatten keinen Respekt vor den neuen Machthabern, deren Ikonen wie zum Beispiel das Stalin-Bild ihnen genauso schnurzpiepegal waren wie die Devotionalien in der Kirche.

Ryszard las seinen Schülern gerne aus Büchern vor, am liebsten ein paar markante Sätze aus den *Fabeln und Parabeln* von Krasicki, des seiner Meinung nach größten Meisters der Ironie. Krasickis Fabeln, obwohl sie schon zwei Jahrhunderte auf dem Buckel hatten, waren für jeden Schüler leicht verständlich, weil hier Tiere mit menschlichen Stimmen davon erzählten, dass sie jedem Hilfsbedürftigen und in Not Geratenen sofort helfen würden; dabei wollten sie nur ihren Gegner überlisten – wie die neuen Machthaber, die Kommunisten – und ihn besiegen, ihm seine Seele oder seinen Reichtum rauben. Ryszard pikste lediglich ein paar herausragende und logisch nachvollziehbare Szenen heraus, damit seine Schüler von allein darauf kamen, welche Stichworte für die vorgelesene Geschichte wichtig waren. So konnten sie sich besser die Stichworte merken. Erst dann buchstabierten sie und schrieben sie die Vokabeln auf, und seine Schüler staunten selbst darüber, dass es ihnen gefiel, die Buchstaben aufzuschreiben und zu einem Begriff zusammenzufügen. Und sie stellten andauernd Fragen zu der vorgelesenen Fabel. Ryszard beobachtete dabei ihre Gesichter, die sich vor intellektueller Anstrengung verzerrten; er beobachtete, wie ihre Hände gestikulierten, als wollten sie die Geschichten weitererzählen, und die dreckigen Fingernägel, die Warzen und die Schnittwunden an ihren Händen störten Ryszard optisch und ästhetisch genauso wenig wie ihre Wunden aus dem Krieg und den gefährlichen Spielen mit Munition und Waffen. Die Schüler sprachen die Buchstaben mit zitternder Stimme aus und freuten sich, wenn sie ein ganzes Wort bilden und ablesen konnten. Er korrigierte sie nicht sofort, wenn sie einen Fehler machten. Er gab ihnen etwas Zeit zum Nachdenken und Überprüfen ihrer Leistung. Und manchmal berührte er kurz die Hände oder streichelte flüchtig die Köpfe seiner Schüler und sprach dabei ein Lob aus: »So ist es gut, das hast du gut gemacht!«

Tońko schaffte es, zwei lange Stunden durchzustehen, obwohl Ryszard mehrere Male eingreifen und die ganze Klasse beruhigen musste. Das fiel ihm nicht schwer, schließlich erwartete ihn am Abend eine schöne Belohnung: das Essen mit Ela und eine ganze Nacht in Elas Wohnung, in der sie allein lebte.

Kapitel 3
Der weite Weg nach Bartoszyce

Es war gefährlich, per Anhalter nach Bartoszyce zu fahren. Fast jeden Freitag stellte sich Ryszard dennoch an die Straße und meistens hielt ein Lkw-Fahrer an, der sich erbarmte und Ryszard auf der Ladefläche oder in der Fahrerkabine mitnahm. Auf die Miliz oder das Militär brauchte man gar nicht zu zählen, sie hielten nie an, und das war auch besser so, denn man konnte schnell in unvorhersehbare Schwierigkeiten geraten.

An dem heutigen Nachmittag, einem verregneten und kalten Novembertag, zog sich das Warten am Straßenrand wie gewöhnlich in die Länge. Tońkos Mutter – eine erstaunlich junge Mutter, die wahrscheinlich mit sechzehn oder siebzehn Jahren schwanger geworden war – machte sich Sorgen, Ryszard musste sie beruhigen; Frau Helena, wie sie hieß, ging selten aus dem Haus, sie fuhr auch selten in die Stadt. Sie versteckte sich in Galiny in ihrem Haus, und es gelang bisher niemandem – nicht einmal Ryszard –, sie in ein langes Gespräch zu verwickeln. Selbst Tońko verriet nicht allzu viel über die Vergangenheit seiner Mutter und seiner Familie aus Warschau. Jedenfalls versprach Ryszard Frau Helena, dass er sich um ihren Jungen in Bartoszyce kümmern und am nächsten Tag obendrein etwas zu essen mitbringen würde: als ein Dankeschön für das Buch mit den Gedichten.

»Für Ihre famose Bibliothek«, sagte die rothaarige und zarte Frau Helena zum Abschied; doch in ihr Haus wurde Ryszard nicht hereingebeten, das ganze Gespräch hatte sich mehr oder weniger auf der Türschwelle abgespielt. Er mochte Frau Helena sehr, praktisch vom ersten Augenblick an, als er sie einmal in der Schule gesehen hatte, er mochte vor allem, dass sie ein Geheimnis besaß und von dessen Aura umgeben war, und er überlegte sogar, ob er Frau Helena nicht verführen sollte. Aber eine merkwürdige Stimme, die ihn offensichtlich warnen wollte, sagte ihm, die junge Warschauerin sei durch den Krieg so verletzt und mehr oder weniger in Handlungsunfähigkeit getrieben worden – durch den Tod ihres geliebten Mannes und durch die Zerstörung ihrer Heimatstadt –, dass sie noch viele Jahre brauchen werde, um wieder eine »ganz normale«

Liebesbeziehung aufbauen zu können. Er spürte, dass Frau Helena, eine Großstadtdame, mit ihren Gedanken immer noch bei ihrem getöteten Mann war und dass sie überhaupt gar kein Interesse hatte, einen verrückten Bibliothekar und Lehrer besser kennenzulernen, der überdies seine Frau betrog. Sie mochte ihn, das spürte Ryszard auch, aber der Krieg hielt sie immer noch gefangen: Eingesperrt in seinem Kerker sah Frau Helena kein Licht, keine Hoffnung für ihre Zukunft.

Ryszard liebte hübsche Frauen, doch er würde es nie wagen, der Großstadtdame aus dem zerstörten Warschau einen verführerischen Vorschlag zu machen: für ein Treffen an einem See oder in einer Bar in einer nahe gelegenen Stadt. Außerdem – Tońko in der Schule und in der Schlossbibliothek zu unterrichten, zu fördern und seinen Wissensdrang zu stillen, machte Ryszard nicht nur Spaß; er sah es als seine verdammte Pflicht an. Er konnte sich jedoch nicht vorstellen, einmal sein Ersatzvater zu werden … Und er müsste dann Renata und Ela verlassen und in eine Rolle schlüpfen, die er im Prinzip noch nie richtig gespielt hatte. Den kleinen Jaruś hatte er bis jetzt nur einmal gesehen …

* * *

Ryszard und sein Schüler Tońko warteten schon seit einer halben Stunde auf einen gnädigen Lkw-Fahrer. Es regnete immer stärker, und sie stellten sich unter ein Vordach am Straßenrand, das einen Haubitzen- oder Granateneinschlag überstanden hatte, denn das dazugehörige Gebäude war eine Kriegsruine.

»Wie lange müssen wir hier noch warten?«, fragte der Junge.

»Du hast es eilig, was? Wenn wir am frühen Abend in Bartoszyce ankommen, wird man von Glück sprechen können. Und wir werden uns trennen müssen – du kriegst was zu essen, keine Bange, aber dann verlässt du die Wohnung, die wir besuchen wollen … Es ist nur ein Zimmer, verstehst du?«

»Wo soll ich denn pennen?«

»Ich dachte, du wüsstest es! Du wirst bei der Person schlafen müssen, die du besuchen willst, kapiert? Du willst mir doch nicht weismachen, dass du in Bartoszyce nichts zu erledigen hast! Ich weiß nicht, was du vorhast. Aber aus reinem Vergnügen fährst du nicht in die Stadt …«

Der Junge schwieg beharrlich. Schon den ganzen Tag beschäftigte Ryszard ein merkwürdiger Gedanke, der ihm keine Ruhe ließ. Noch vor Kurzem bevölkerten Deutsche das Dorf Galiny, und polnische und litauische Gastarbeiter schufteten auf den wohlhabenden Bauernhöfen. Und nun waren sie alle verschwunden, die Häuser und die Straßen und die Baumalleen aber geblieben – wie die Seen und die Feldgrillen, die Sonne und der Mond. Unzerstörbar schien die Ordnung der hiesigen Natur zu sein – die Seen und Wälder merkten nicht, dass schon wieder neue Bewohner in das Land gekommen waren, um es zu besiedeln, um hier zu gebären und zu sterben. Und Ryszard musste grinsen – gleichzeitig wurde er melancholisch, weil er auch wusste, wie illusorisch der Glaube war, man könnte sich mit der Natur des Landes und seiner Geschichte für immer und ewig vermählen und verbrüdern. Ein Junge, der 1933 in Gallingen geboren wurde und 1944 in einem nahe gelegenen See ertrunken war, hatte gar keine Zeit gehabt, um zu erkennen, dass er in eine dem Untergang geweihte Welt hineingeboren worden war, die ihm zu seinen kurzen Lebzeiten unzerstörbar vorgekommen sein musste. Und wie dieser Junge, dachte Ryszard, würden auch viele Kommunisten in Ermland und Masuren, dem neuen Bezirk namens Mazurski, in diese Falle tappen und ein ähnliches Schicksal erleben: Sie verkündeten bei jeder Gelegenheit, das Land samt den Seen, Wäldern und fruchtbaren Feldern würde ihnen niemand mehr wegnehmen. Was konnte jedoch der elfjährige Junge, der im Dritten Reich geboren und gestorben war, lernen und erfahren, zumal er sein Dorf kaum verlassen hatte? Und weshalb schickte man ihn für nur elf Jahre auf den Planeten Erde und dann ausgerechnet in ein mörderisches Land, das ein perfektes Regime und ein perfektes Vernichtungssystem aufgebaut hatte? Wie die junge Deutsche Irmgard, um die sich Renata so pflichtbewusst und herzlich kümmerte, hatte er nichts von den Morden in den Konzentrationslagern gewusst. Wie auch? Wer hätte ihm erklären können, was wirklich gespielt wurde?

Zwei Lkws fuhren im Schneckentempo durch Galiny, hielten aber leider nicht, als Ryszard die beiden Laster mitten auf der Straße zu stoppen versuchte. Es regnete immer heftiger, der Himmel färbte sich dunkelgrau, und der Regen roch winterlich und würde schon bald dem Schnee weichen müssen. Die Ankündigung eines langen und harten Winters konnte jeder vernehmen – und jeder konnte spüren, dass die Menschen Angst vor einer Hungersnot hatten.

Ryszard dachte, diesen Winter überstehen wir nicht, wenn wir nichts Vernünftiges zu beißen kriegen; wir müssen mit Herrn Stanisław reden, und Jan sollte mal wieder seinen Geschäftssinn schärfen – er ist doch sonst so geschäftstüchtig! Es bringt nichts, nachts mit einem Gewehr das Landgut zu überwachen.

Allerdings behielt Ryszard seine düsteren Gedanken für sich, er wollte Tońko nicht noch mehr verunsichern. Und wieder fragte er sich, was der Bursche wohl im Schilde führen mochte, wen er eigentlich in Bartoszyce treffen wollte. Eine böse Vorahnung ließ Ryszard im Moment keine Ruhe.

»Mir ist kalt! Wir sollten einfach losgehen – irgendjemand wird schon unterwegs halten …«, meinte Tońko.

Ryszard sagte: »Wir werden nach wenigen Minuten klitschnass sein, und bei der Kälte wird dann jeder Schritt zu einer Tortur. Wir können es uns nicht leisten, krank zu werden. Unser Quacksalber wird uns kaum helfen können, und die Militärärzte haben andere Sorgen … Sie müssen sich um die Angeschossenen kümmern, um die Soldaten und um das alte Krankhaus in Bartoszyce, wo jeden Tag Menschen aus mindestens fünf verschiedenen Nationen sterben oder geboren werden …«

»Meister«, sagte Tońko, wobei Ryszard diese Bezeichnung ironisch verstand und nicht als eine Art Lob und Verneigung, »Meister, glauben Sie wirklich an all die Geschichten, die im Dorf erzählt werden?«

»An was für Geschichten?«

»Na – an die über die bösen Werwölfe, die angeblich in den Wäldern grassieren. Und an die Geschichten über Juden, die kleine Kinder entführen, um ihr Blut zu trinken …«

»Wer hat dir so etwas Dummes erzählt?«

»Na – Meister, Sie wurden zum Beispiel mehrmals von den Partisanen entführt, von den Waldmenschen … Was sagen die denn? Was wollten sie eigentlich von einem Dorflehrer und ehemaligen Zwangsarbeiter? Ich frage mich bloß: Wer kennt die Wahrheit? Werden wir tatsächlich eines Tages von unseren Freunden im Westen befreit? Und kehren wir dann nach Hause zurück?«

»Ich kann es dir so erklären: Wenn die Partisanen ein wenig realistischer denken würden, hätten sie mich nicht dreimal in den Wald verschleppt … Manche von ihnen sind hoffnungslose Träumer und Idealisten, andere wiederum haben immer noch nicht verstanden, dass der Krieg vorbei ist …«

»In einem Nachbardorf haben die Partisanen Zivilisten verprügelt und sogar getötet, weil sie die armen Leute für Stalinisten gehalten haben …«

»›Wo es viele Helden gibt, ist auch der Andrang der Feiglinge groß!‹ Ein guter Satz. Ich weiß nur nicht mehr, wer diesen Satz gesagt hat …«, antwortete Ryszard.

Er wurde langsam selbst ungeduldig, es waren nur wenige Kilometer von Galiny nach Bartoszyce, und trotzdem konnte sich diese kurze Reise über Stunden in die Länge ziehen. Ryszard brauchte einmal sogar sechs Stunden – für eine Strecke von bloß zehn, vielleicht zwölf Kilometern, die man zu Fuß normalerweise locker in zwei, drei Stunden bewältigt. Doch es regnete oft, und man musste manchmal in den Straßengraben springen oder in den Wald fliehen oder sich in einer Ruine verstecken, weil Diebe, Mörder, Obdachlose, Betrunkene, Verrückte, Rotarmisten oder Partisanen auf den Straßen waren und jeden Tramper und Reisenden als ein potenzielles Opfer ansahen. Jedenfalls hatte es Ryszard noch nie geschafft, in weniger als sechzig Minuten in Bartoszyce anzukommen, meistens musste man lange am Straßenrand auf einen Lkw-Fahrer, der sich erbarmte, warten, und ging man, regnete es ausnahmsweise nicht, zu Fuß, geriet man schnell in die Fänge von irgendwelchen Gewalttätern.

»Ich werde meine Freundin Ela besuchen, du kommst mit – dann wirst du dich endlich satt essen! Du darfst nur nicht glauben, dass du bei ihr übernachten kannst … Es ist ein kleines Zimmer in der Altstadt. Was willst du überhaupt in Bartoszyce, Freundchen? Solange du mir nichts verrätst, kann ich dir auch nicht helfen …«

»Sie müssen mir nicht helfen. Ich werde jemanden treffen – im Namen meiner Mutter …«

»Geht es um ein Geschäft? Braucht ihr Geld?«

»Sie sind ein sehr neugieriger Mann – wie unser Milizionär Stanisław!«

»Du spinnst, mein Kleiner!«, lachte Ryszard. »Ich habe lediglich darüber nachgedacht, ob ihr, du und deine Mutter, Hilfe braucht. Vielleicht steckt ihr in Schwierigkeiten, die ihr allein nicht bewältigen könnt? Und wenn du mir nichts verrätst, wird sich auch nichts ändern.«

»Ich darf Ihnen nicht erzählen, wen ich in Bartoszyce treffe. Es tut mir leid! Ich habe meiner Mutter geschworen, dass ich schweigen und niemandem unser Geheimnis verraten werde … Und schlafen kann ich in den Ruinen in der Altstadt oder zur Not im Stadtwald …«

»Das ist viel zu gefährlich … Und im Stadtwald wirst du nirgendwo ein trockenes Plätzchen finden … Außerdem: Vergiss nicht die ehemaligen Wehrmachtskasernen, die sich nun in den Händen von Miliz und UB befinden. Es wäre äußerst dumm und risikoreich, wenn du einem ihrer Henker über den Weg laufen würdest. Und ich glaube nicht, dass man dann Herrn Stanisław wirklich um Hilfe bitten könnte …«

Ihr Gespräch im kalten Regen, wobei sie den trockenen Fleck Erde unter dem Vordach der fast unversehrt gebliebenen Veranda nicht verließen, hielt sie warm; sie rauchten sogar eine Zigarette, mussten aber mit dem Tabak sparsam sein – die nächste Zigarette hoben sie sich für die Stadt auf, für das Abendessen bei Ela. Und fuhr ein Militär- oder Milizfahrzeug vorbei, gerieten sie beide in Panik und taten so, als wollten sie gerade die Straße überqueren – als ganz gewöhnliche Passanten und Bewohner von Galiny. Zum Glück hielten die Soldaten der polnischen Armee oder die Funktionäre der Miliz gar nicht an und schenkten ihnen keine Beachtung. Selbst die Sowjets schienen mit wichtigeren Dingen beschäftigt zu sein, als sie in zwei Lkws, nach Leckerbissen und Raubgut Ausschau haltend, Galiny passierten.

»Normalerweise lese ich immer ein Buch, wenn ich auf einen Lkw-Fahrer, der sich meiner erbarmen soll, warte. Und ehrlich gesagt: Ich hasse diese Warterei! Jeder, der Bücher liebt und liest, hasst es, sinnlos am Straßenrand zu stehen und zu warten.«

»Ist das die Unruhe des Intellekts, unseres Geistes«, fragte der Junge, »von der Sie uns so oft erzählt haben? Und im Krieg, was haben Sie im Krieg gelesen? Gab es Bücher in der Gefangenschaft?«

»Ich hatte Glück: Ein Belgier versorgte mich mit guter Lektüre auf Deutsch, Englisch und Französisch. Er war Zwangsarbeiter wie ich, aber auf einem benachbarten Bauernhof. Er bekam hin und wieder Pakete von seiner Tante und wurde dann in ein Städtchen versetzt, wo er das Glück hatte, bei einem Grafen zu dienen, der ein Pferdenarr war und eine mehrsprachige Bibliothek besaß. So kam ich zu meiner täglichen Kost Philosophie und Literatur – der Belgier brachte mir einmal in der

Woche frische Ware. Es war nicht nur die Liebe von Renata, die mich gerettet hat – ohne die Bücher des Belgiers hätte ich den Krieg nicht überlebt … Niemals! Ich hätte früher oder später Selbstmord begangen!«

»Herr Professor, ich verrate Ihnen, wen ich in Bartoszyce treffe, wenn Sie mir sagen, warum Sie regelmäßig in die Stadt fahren. Es ist doch nicht nur wegen der Sekretärin von Herrn Stanisław? Sie hüten ein Geheimnis – wie ich auch –, ein Geheimnis kann einem bloß manchmal ganz schön schwer werden …«

»Ich dachte, du hast deiner Mutter versprochen dichtzuhalten? Du bist vielleicht einer! Aber offenbar zählt dein Wort nichts …«, lachte Ryszard. »Woher weißt du denn überhaupt, dass ich in Bartoszyce Frau Ela treffe? Oder hast du von deiner Mutter einen Auftrag bekommen? Bist du ihr Spion? Und was sollte ihr dieses Wissen nutzen?«

»Ich mache mir nur Sorgen … Sie sind der klügste Mann, der mir jemals begegnet ist! Allerdings haben Sie in Deutschland eine Frau geheiratet, die Ihr Schutzengel ist – warum bringen Sie sich selbst in Schwierigkeiten, indem Sie Frau Renata betrügen? Man sagt, Sie seien außerdem ein Spielertyp. Und hätten Spielschulden … in der Stadt Schulden … Und Sie betrügen auch die junge Sekretärin!«

»Alles Unsinn, mein kleiner Moralapostel! Und der klügste Mann ist dein Vater und nicht ich. Aber man kriegt weder von deiner Mutter noch von dir eine Auskunft darüber, was mit ihm im Krieg *wirklich* geschehen ist … Vielleicht hat er den Warschauer Aufstand überlebt und sitzt im Gefängnis? Wie soll ich dir vertrauen, wenn ihr mir nicht vertrauen wollt? Hm? Und du verstehst noch nichts von Liebe und davon, wie groß mein Hunger nach einem Leben in Frieden und in einer europäischen, vom Krieg nicht gezeichneten Großstadt ist … Langsam dämmert's mir, dass ich nicht nach Polen hätte zurückkehren sollen! Amerika wäre wohl die bessere Lösung gewesen!«

»Mein Vater ist tot! Und ich bin doch ein Großstädter, Sie müssen mir nichts erklären … Aber wir sind nur knapp dem Massaker von Wola entgangen … Der junge Heimatarmeesoldat Tomasz auch. Ich habe mit ihm gestern kurz gesprochen. Er ist jedoch nicht mehr ganz bei Sinnen … Er erzählt manchmal ein wirres Zeug, aus dem man einfach nicht schlau wird! Was soll man schon von jemandem halten, der ständig eine Tote namens Maria zitiert, wohl seine erste Liebe! Ein Satz geht mir nicht mehr aus dem Kopf: ›Maria hätte niemals erlaubt, dass ich getötet werde, niemals! Sie hätte es nicht zugelassen!‹ Was mag sie wohl bedeuten, diese Klage? Hat Maria zusammen mit ihrem Geliebten im Aufstand gekämpft? Ist sie von den Deutschen erschossen worden?«

»Es wundert mich, dass er dir überhaupt etwas erzählt! Tomasz ist bereits gestorben, sein Geist wandelt durch die Landschaften der Totenwelt, aber sein Körper ist noch hier auf der Erde …«

Der Regen schwächte etwas ab, der peitschende Wind zog sich allmählich zurück, und plötzlich kam ihnen ein Lkw entgegen, der ein ziviles Fahrzeug zu sein schien. Sie hatten Glück, denn der Laster kam direkt vor ihren Füßen zum Stehen, und aus der Fahrerkabine sprang auf die Straße ein älterer und fettleibiger Mann, der, ohne ein Wort zu sagen, losrannte – er rannte stöhnend zu den Ruinen des Einfamilienhauses mit der Veranda, um sich dort vor neugierigen Blicken zu verstecken. Er hatte ein rundes Gesicht mit einer Schweinenase, sodass man beim Anblick dieser Fratze automatisch grunzen wollte. Außerdem war er kurzbeinig, und sein Wanst war im neunten Monat schwanger. Wenig später konnte man hören, wie der Alte mit dem Schweinegesicht hinter einer Mauer seine Notdurft erledigte: »Der hat es aber eilig!«, lachte Tońko; es dauerte nicht lange, und der Lkw-Fahrer kroch aus seinem Versteck wieder hervor und fragte Ryszard freundlich und mit einer piepsigen Stimme, ob er sie beide nach Bartoszyce mitnehmen solle.

Ryszard hatte in seinem Rucksack etwas Zwieback gebunkert, den er für diese Fahrt und für den Jungen aufgehoben hatte. Der Lkw-Fahrer, dessen fetter Bauch fast das Lenkrad berührte, sagte während der Fahrt kein einziges Wort. Er bedankte sich nicht einmal für den Zwieback, den ihm Ryszard ebenso wortlos gereicht hatte.

Erst als sie nach einer halben Stunde die Stadtgrenze passiert hatten, sagte der merkwürdige Typ: »Gott möge euch beschützen! Ihr solltet am besten am Heilsberger Tor aussteigen – das ist in der Altstadt! Dort lasse ich euch raus!«

Kapitel 4
Elas ewige Nacht

Ela wohnte schon seit zwei Monaten in der nach wie vor kriegsversehrten Altstadt, und zwar in einem Zimmer, das sie mit niemandem teilen musste, was fast schon einem Wunder glich, da der Wohnraum wie überall sehr knapp war. Ryszards Geliebte, eine zierliche Brünette mit zarter weißer Haut, hatte kleine Brustwarzen und schlanke Beine – sie war das Gegenteil von Renata, die mit ihrem mächtigen Busen jeden Männerblick anzog; ihr derber Körper eines Bauernmädchens aus Großpolen strahlte Vitalität und Stärke aus, wie sich das für eine echte Dirne vom Land gehörte, spottete Ryszard. Sollte Renata eines Tages eine alte Frau werden, würde sie bestimmt wie ihre Mutter aussehen, stellte er sich oft vor, und dieser Gedanke beunruhigte ihn ein wenig, obgleich er Renatas physische Derbheit und zugleich die Zartheit und Güte ihres Herzens erregend fand; eben ein ganz anderer Acker, ein ganz anderer Obstgarten, dachte er. Ela aber war kränklich, und man wunderte sich, wie wenig sie aß und wie sie den Krieg überhaupt hatte überstehen können. Aber Ryszard liebte diesen zerbrechlichen, schmächtigen und Zartheit ausdrückenden Körper, weil er ihm so unschuldig und mädchenhaft vorkam, als wären sie beide wieder Teenager. Er weckte in ihm Erinnerungen an die Kindheit und die ersten Küsse in der Schule und die Träume unter der Bettdecke, wenn der herbstliche Himmel bedeckt und regenträchtig war.

In Elas Mietskaserne, in der angeblich einmal die Wohnung von Irmgards Eltern war, wohnten Familien mit Kindern – in den meisten Fällen zu sechst in einem oder zwei Zimmern. Die größte Sorge, die Ryszard plagte, war aber Elas undurchsichtiges Verhältnis zu Herrn Stanisław. Ryszard wusste, dass seine Geliebte ihn eifersüchtig machen wollte. Sie prahlte geradezu damit, sie würde regelmäßig den Milizionär in ihrem Zimmer zu Besuch empfangen, natürlich nur in der Woche und nur auf einen Sprung, von Montag bis Donnerstag, denn das Wochenende gehöre ihrer wahren Liebe. Er glaubte ihr kein Wort, nahm allerdings an, dass Ela erpressbar war – schließlich durfte sie allein ein Zimmer in einer

Mietskaserne bewohnen. Der Drang nach Luxus war ihre größte Schwäche, und eines Tages würde er Ela zerstören, stellte sich Ryszard oft vor.

Sie gingen zu Elas Mietskaserne. Die Stadt badete im dunklen Dunst des heranziehenden Winters. Feucht und kalt war die Luft, die ihren Lungen Ehrfurcht einflößte.

»Schau, wir sind sogar pünktlich, um diese Zeit kocht sie meistens!«, sagte Ryszard freudig. »Ich bin gespannt, was sie uns heute servieren wird! Ich kann dir Köstlichkeiten versprechen!«

* * *

Kurz nach siebzehn Uhr klopften die beiden Tramper aus Galiny an Elas Tür. Sie war zu Hause und öffnete ihnen voller Vorfreude: Sie zeigte sich nicht einmal überrascht, dass Ryszard in Begleitung gekommen war. Es schien ihm sogar, als würde seine Geliebte den Jungen kennen – vielleicht vom Sehen auf der Straße? Tońko war nicht das erste Mal in der Stadt.

Es roch tatsächlich nach warmem Essen, und dieser Geruch versetzte alle in eine Hochstimmung, als gäbe es gleich etwas Wichtiges und Großartiges zu feiern. Ela aß wie ein Spatz, aber sie konnte gut kochen, und sie wiederholte bei passender Gelegenheit – meistens im Bett, wenn sie sich liebten –, es errege sie ungemein, ihm beim Essen am Tisch zuzuschauen. Die Gabel in den rauen Männerhänden …, schwärmte sie, das Messer, das Schmatzen …

Ela gab dem Jungen aus Galiny die Hand zur Begrüßung – Ryszard nicht, er musste selbst nach Elas Hand greifen, um sie zu küssen. Sie hatte wieder ihr dunkelblaues Kleid angezogen und die Nylons aus den amerikanischen Soldatenpaketen, die Deutschland erreichten und danach auch den polnischen Schwarzmarkt. Tońko wirkte ein wenig verunsichert, deshalb musste ihm Ryszard helfen und ihn bei dem Gespräch am Tisch unterstützen, damit er bei Ela keinen falschen Eindruck hinterließ. Sie hasste Langweiler, und schließlich hatte Ryszard seinen begabtesten Schüler stets in den Himmel gelobt, wenn er seiner Geliebten ein paar Worte über ihn erzählte. Jetzt mussten Beweise präsentiert werden.

Ela bat ihre Gäste, die ihre klammen Mäntel selbst ablegen mussten, an den gedeckten Tisch.

»Tońko hat seinen Vater im Warschauer Aufstand verloren«, sagte Ryszard. »Er wird in Olsztyn Abitur machen oder vielleicht in Bartoszyce – er ist eigentlich schon so weit, um jederzeit die Hochschulreife erringen zu können. Und dann wird er studieren, nicht wahr, Tońko?«

Der Junge nickte. Er hatte Hunger, weil in diesen Zeiten jeder Hunger hatte, und es roch die ganze Zeit nach Sauerkraut, Speck und Kartoffeln, die in einer Schüssel dampften.

»Ihr könnt euch Glückspilze nennen! Es ist alles fertig!«, sagte Ela. »Meine Intuition kriegt heute die beste Note!«

Ela servierte ihr Gericht, und es gab Wodka in einer Karaffe und schwarze Schokolade, in kleine Stücke gebrochen und auf dem Tisch in einem Teller zu einer Pyramide gestapelt. Tońkos Miene verriet Ryszard, dass sein Lieblingsschüler allmählich zu begreifen schien, warum für den Lehrer aus Galiny der Wochenendausflug nach Bartoszyce so wichtig war. Und es gab bei Ela auch reichlich Zigaretten und sogar ein Radio, das funktionierte. Ryszard wusste, dass der Junge aus Warschau klassische Musik und Schlager liebte, und selbst Ela hatte bald den Eindruck, da sie ihren Geliebten verständnisvoll angrinste, dass der Teenager sich wie zu Hause fühlte, wie in seiner Wohnung in Warschau, die der ss-General Oskar Dirlewanger von seinen ss-Einheiten sehr wahrscheinlich in die Luft hatte sprengen lassen.

Ryszard sagte: »Tońko hat eine Verabredung, aber keine Übernachtungsmöglichkeit …«

»Wir werden für dich schon einen Schlafplatz finden – es ist nur eine Nacht«, sagte Ela, die das Sauerkraut, den Speck und die Kartoffeln für ihre Gäste auf die Teller verteilte. »Zur Not wirst du bei mir übernachten – Ryszard, du hast doch nichts dagegen, oder?«

»Natürlich nicht!«, grinste er. »Ich habe heute Abend auch eine Verabredung – für lediglich zwei, drei Stündchen …«

»Du wirst mich doch nicht allein lassen!«, protestierte Ela. »Also, der Tońko schläft hier bei uns …«

»Du bist die Herrin des Hauses …«, meinte Ryszard.

Sie begannen zu essen, und Ela sah ihren Geliebten lächelnd an, der gar nicht glücklich über diese Lösung war, doch seine Geliebte hatte recht. Sie aßen das Sauerkraut aus einem Weckglas, das Ela offenbar irgendwo in einem Keller in der Altstadt hatte auftreiben können. Der

Speck war gewürfelt worden, und am besten schmeckte die Kruste. Dazu tranken sie Wodka und schwarzen Tee, wobei Tońko von einem Gläschen Schnaps nicht verschont blieb: »Auf ein freies Polen«, sagte Ela. – »Auf ein freies Polen!«, wiederholten die beiden Gäste im Chor.

»Wann hast du heute Abend deine Verabredung?«, fragte Ryszard seinen Zögling.

»Ich muss leider gleich nach dem Essen verschwinden und komme spätestens um zehn wieder zurück … Wegen der Sperrstunde.«

»Du verhörst ihn ja richtig«, lachte Ela.

Ryszard kannte ihr Leid. Sie wollte ein Kind von ihm haben. Und sie hatte angeblich niemanden mehr auf dieser Welt – weder Geschwister, Eltern noch irgendwelche Verwandtschaft. Alle waren umgekommen – in den Konzentrationslagern, an der Front und durch die Bomben, die auf ihre Stadt abgeworfen worden waren. Auf ihr geliebtes Gdynia. Aber sie beklagte sich nie und vermied es jedes Mal, über den Krieg zu sprechen. Sie wollte nur noch alles vergessen. Dabei war sich Ryszard dessen bewusst, dass sie in der Woche, wenn sie in ihrem Zimmer allein war, oft weinte. Und sie weinte fast jeden Tag. Sie war für Herrn Stanisław ein leichtes Opfer – er konnte sie manipulieren und ausnutzen, weil sie sogar von einem Schuft in die Arme genommen und getröstet werden wollte. Ihr Leben glich einer gläsernen Kugel, die man wie einen Handschmeichler jeden Tag bei sich trägt, und wenn Ela die Kugel herausholte und einen Blick auf sie warf, sah sie die kleine Hölle, die in dieser Kugel eingefroren war für alle Ewigkeit. Die Miniatur der Hölle und ihrer Kreise.

»Sie haben es hier sehr schön in Ihrer Wohnung, Frau Ela«, sagte Tońko. »Ich danke Ihnen für das Essen und die Musik im Radio – diese Einladung werde ich nie vergessen …«

Ryszard musste wieder einmal über die Bescheidenheit und Ehrlichkeit seines Musterschülers staunen. Er mochte ihn deshalb, weil der Junge nie den Eindruck vermittelte, jemanden an der Nase herumführen zu wollen. Und manchmal übermannten Ryszard Sorgen um ihn, weil ihm klar war, dass Tońko auch lernen musste zu lügen. Manchmal war eine Lüge überlebensnotwendig. In gewisser Hinsicht belog sich Ryszard selbst, er sollte es endlich zugeben, dass er sich um Tońko sorgte wie um seinen eigenen Sohn. Dabei erschien ihm der geringe Altersunterschied gar nicht maßgebend.

Der Krieg hat uns alle alt gemacht, dachte er oft, wir sind um Jahre gealtert und haben keine Kraft mehr, unsere Jugend auszuleben; ich bin doch erst sechsundzwanzig, aber ich fühle mich wie ein alter Mann.

»Und du bist dir sicher, dass ich nicht mit dir mitkommen soll? Zu deiner Verabredung?«, fragte er Tońko. »Am späten Abend sollte sich ein Junge deines Alters in der Stadt nicht herumtreiben ...«

»Herr Professor, ich werde pünktlich sein! Und Sie haben hier zu tun ... Gehen Sie wieder spielen?«, grinste er.

Diese Frage kam urplötzlich, sie ließ Ryszard ein wenig erschaudern, sein Rücken wurde kalt und steif. Ela machte große Augen, sie war mit dem Essen fertig und zündete sich eine Zigarette an. Sie sagte: »Ryszard geht nicht mehr in diese ›böse Spelunke‹ in der Stadt, ich habe ihn geheilt ... Nicht wahr, mein Liebster?«, lachte sie ihn an.

Ryszard schwieg, denn seine Geliebte log den Jungen an. Sie weiß doch, dachte er, dass ich sehr wohl heute Abend wenigstens für eine Stunde verschwinden muss ... Ich brauche das Geld, ich habe Schulden, und ich werde diesmal gewinnen.

»Du hast vergessen, dich vor dem Essen zu bekreuzigen«, sagte er zu Tońko, da er die Frage seiner Geliebten kaltschnäuzig übergehen wollte. »Du tust das doch sonst immer. Und heute nicht? Was ist mit dir los?«

»Herr Professor, ich glaube nicht an Gott, der Krieg hat mich *sehend* gemacht, ich kann ihn nirgendwo finden, den Allmächtigen – in unserem Speisesaal im Schloss, wenn wir mal eine warme Suppe von Frau Renata kriegen, bekreuzige ich mich nur deshalb, weil ich mir gegenüber meinen Peinigern und Feinden Respekt verschaffen will. Ich weiß nicht, ob dies, was ich da rituell tue, wirklich hilft. Ich bilde es mir zumindest ein.«

»Jan wiederholt des Öfteren, der Krieg habe uns bewiesen, dass es keinen Gott geben könne«, sagte Ryszard. »Ich wäre mir da nicht so sicher ... Für den Abfall vom Glauben hast du noch viel Zeit, mein Bester. Die schönsten Jahre dafür werden in deinem Leben noch kommen«, lachte er. »Lass dich weder vom Atheismus noch von der Religion versklaven ...«

Tońko wurde nach dem letzten Satz still. Ela bot dem Jungen Schokolade an und sagte: »Wir werden auf dich warten. Und nun geh schon, sonst kommst du zu deinem Termin zu spät …«

So fürsorglich und voller Empathie für einen Fremden kannte Ryszard seine Geliebte gar nicht. Speziell vor Fremden hatte sie Angst und ging ihnen, wenn möglich, aus dem Weg. Sie mochte eigentlich niemanden mehr kennenlernen.

»Ich werde dir das Kanapee neben dem Kleiderschrank zum Schlafen einrichten, für die Nacht öffne ich eine der Schranktüren sperrangelweit, dann wirst du deine Ruhe haben und uns nicht sehen. Ich ziehe auch den Vorhang zu, du wirst dich wie in einem Hotelzimmer fühlen. Die Toilette ist im Flur, und waschen kannst du dich morgen in meiner kleinen Küchenecke.«

Tońko verabschiedete sich von seinen beiden Wohltätern. Er ging freudig weg, doch Ryszard konnte sich des Eindrucks nicht erwehren, dass seinem Zögling ein schwieriges Gespräch bevorstand. Er mochte sich täuschen, ja, er wollte sich täuschen, aber er empfing von Tońko keine guten Nachrichten – von seinen Augen, seiner Gestik und den hastigen und nervösen Schritten. All dieses seltsame Gebaren schien nichts Gutes zu verheißen. Draußen wartete auf den Jungen eine kalte und dunkelviolette Nacht, und an jeder Ecke lauerte Gefahr, und der Tod weigerte sich, den Kampf um die Stadt endgültig aufzugeben.

* * *

Kaum dass der Junge das Zimmer im zweiten Stockwerk verlassen hatte, trat eine wohltuende Stille ein. Ela saß reglos am Tisch, nicht einmal ihre Lippen und Mundwinkel konnte Ryszards von der puren Gier nach Liebe gesteuerter Blick zum Erzittern bringen. Er klopfte mit den Fingern auf den Tisch, was sie nicht aus der Ruhe brachte. Sie liebte ebenso wie er diesen stillen Augenblick, in dem alles vorstellbar war und noch nichts passierte, obwohl sie beide wussten, was sie gleich erwartete und was sie miteinander tun würden. Und wie es endete.

Nach einer Weile sagte Ryszard: »Wo hast du deinen Fächer? Hast du ihn wieder versteckt? Soll ich ihn suchen?«

Er liebte es, wenn Ela am Tisch saß und den Fächer herausholte und ihr Gesicht bis zur Hälfte verdeckte, sodass er nur ihre Augen und ihre hohe Stirn sehen konnte. Es war ihr Lieblingsspiel, den Fächer nahm sie auch mit ins Bett, und sie verbarg hinter ihm ihr Gesicht, wenn er ihre Brüste küsste und ihren Bauch. Der Fächer fiel ihr irgendwann aus der Hand, und dann stöhnte sie leise. Es war ein leises Stöhnen, das ihn um den Verstand brachte.

Ela sagte: »Ich glaube, ich weiß, wen dein Junge heute Abend treffen wird …«

»Du bist meine Hohepriesterin aus Delphi …«

»Sei nicht albern, Ryszard. Dein liebster Schüler hat schlimmen Ärger mit unseren Machthabern …«

»Was du nicht sagst! Haben wir denn nicht alle Ärger mit ihnen?«

Sie sagte nie »Rysiu« zu ihm. Sie hasste die Verniedlichung. Sie konnte sehr gut Deutsch, aber sie hasste auch diese Sprache, weil diese Sprache ihre Familie ausgelöscht hatte. Sie behauptete nur, im Deutschen würde man niemals zu jemandem »Rysiu« sagen, niemals.

Er stand vom Tisch auf und ging auf sie zu. Er stellte sich hinter ihren Rücken und massierte ihren zarten Nacken, er konnte fühlen, wie ihr Herz heftig pochte, da seine Hand unter ihr Kleid schlüpfte und den Büstenhalter berührte.

»Wen trifft er also heute Abend?«, fragte er.

»Stanisław …«

»Was willst du mir damit sagen?«

»Du bist manchmal so ein Idiot!«, ärgerte sie sich.

»Das weiß ich. Du sagst mir nichts Neues …«

»Du wurdest doch dreimal von den Partisanen aus dem Wald entführt. Kapierst du es immer noch nicht, worauf ich hinauswill?«

»Sie sind keine wirklichen Partisanen. Es sind Verzweifelte, die nicht begriffen haben, dass der Kommunismus gesiegt hat, und es gibt auch ein paar Verrückte, die mit dem Töten nicht aufhören können.«

»Politik interessiert mich nicht.«

»Du begreifst das nicht. Es sind keine Partisanen, diese Antikommunisten und Freiheitskämpfer, sie sind eine herrenlose Armee, die zum Teil schon gegen Hitler und Stalin gekämpft hat. Und einige von ihnen wollen bloß untertauchen, weil sie ganz einfach Banditen sind. Doch niemand weiß, wer das Oberkommando hat.«

»Sie kämpfen angeblich für eine gute Sache. Gefällt dir dieses Land nicht mehr?«

»Ich hasse das Morden. Also, wen wird er heute Abend treffen? Stanisław? Wozu?«

Ela drehte sich zu ihm um, blieb aber auf ihrem Stuhl sitzen: »Tońkos Vater lebt, ich kenne seinen Namen und die Geschichte von Tońkos Familie und ihrer Flucht aus Warschau. Nachdem du von der letzten Entführung nach Hause gekommen bist, hat die Miliz – bist du jetzt glücklicher? – die Männer aus dem Wald geschnappt. Und Tońkos Vater war einer der Gefangenen. Er sitzt nun im Gefängnis. Ich bin mir sicher, dass der Junge heute Abend Stanisław trifft und hofft, für seinen Vater etwas Gutes tun zu können …«

Ryszard zündete sich auch eine Zigarette an, er wurde wütend, und unter seiner Schädeldecke spürte er plötzlich einen heftigen, heißen Stich: »Dieser Hurensohn! Ich bringe ihn eines Tages um!«

»Das wirst du ganz sicher nicht tun, du bist nicht der Mann dafür …«, antwortete Ela, der es genauso wie ihm selbst klar war, dass man seine Drohungen nicht ernst nehmen durfte: Er war unfähig, jemanden zu töten, und trotzdem stellte er sich vor, wie seine Hände Stanisławs Hals umklammerten, wie sie den Adamsapfel eindrückten, und er sah dabei dem wehrlosen Opfer in die Augen und genoss die Vorstellung, dass der Milizionär gegenüber der Todesangst völlig machtlos war.

Ela richtete sich auf und nahm Ryszard die brennende Zigarette aus der Hand, die sie sogleich auf ihrem leeren Teller ausdrückte. Sie hatte es scheinbar eilig. Ela presste ihre Lippen gegen Ryszards schmalen und geschlossenen Mund: Sie küsste ihn, während er nichts unternahm, seine Arme hingen schlaff herab, seine Oberlippe bewegte sich kaum. Sie flüsterte ihm ins Ohr: »Willst du mich in den Wahnsinn treiben? Warum stehst du da so rum und tust nichts? Ryszard, ich bitte dich! Ich warte jeden Tag auf meinen Ryszard, und der Freitag ist der einzige Lichtblick und Stern, der meinem Leben einen Sinn verleiht! Aber diese Belohnung am Wochenende ist gleichzeitig meine schlimmste Illusion! Ich will doch mit dir zusammenleben! Ich habe das Warten auf meinen Geliebten so satt!«

»Wären wir uns damals bloß nie über den Weg gelaufen!«, sagte er.

Ryszard umarmte sie endlich, legte seine Handflächen auf ihren Rücken, den er streichelte, und er küsste Ela auf die Stirn und dann auf die Augenlider, wenn sie sich kurz schlossen. Er sagte: »Stanisław wird Tońkos Vater niemals freilassen, das muss ich dir nicht erklären …«

»Wir haben diesmal so wenig Zeit für uns – dein Junge kommt schon in wenigen Stunden zurück … Es war mein Vorschlag, ich weiß!«

Er schwieg und begann, ihr Kleid am Rücken aufzuknöpfen. Er wusste: Sie musste der Partei beitreten, sie war Zeugin von Foltern im Keller der ehemaligen Wehrmachtskaserne und sie kannte Geheimnisse, die besonders wertvoll waren und deren Kenntnis für jeden Normalsterblichen brandgefährlich werden konnte. Sie wusste auch, woher die Transporte mit den Häftlingen kamen, aus welcher Gegend und welchen Städten. Als Ryszard sie das erste Mal gefragt hatte, warum sie diese Arbeit erledige, antwortete sie, das sei nicht sein Problem und außerdem sei ihre Arbeit ganz harmlos im Vergleich zu den Gräueltaten der Nazis. Sie stritten sich oft, wenn dieses leidige Thema wieder einmal in ihren Gesprächen auftauchte, und Ela antwortete immer das Gleiche, sie wolle nicht mehr im Elend leben, sie schließe lieber den Pakt mit dem kommunistischen Teufel, und es habe gar keinen Sinn, der Vergangenheit nachzutrauern; die neue Gesellschaftsordnung erlaube ihr, ihre Erinnerungen an den Krieg auszulöschen. Er antwortete ihr, sie wisse doch am besten, dass dies niemals klappen könne und dass sie sich lediglich selbst belüge. Ryszard hasste diese endlosen, zu nichts führenden Gespräche, bei denen er den Part des Moralisten und Besserwissers übernahm, und Ela hasste die Deutschen.

Und während er sie mit Küssen bedeckte, aber es nicht schaffte, ihr Kleid und ihren BH vollständig aufzuknöpfen und von ihrem Leib zu lösen, redete Ela auf ihn ein, dass man dem Jungen unbedingt helfen müsse. Der Junge werde es allein nicht schaffen, und zum Schluss werde seine Mutter mit einem schwarzen Tuch auf dem Kopf und mit einem weißen Taschentuch in der Hand weinend im Büro von Herrn Stanisław erscheinen und ihn um Gnade für ihren Mann anflehen. Aber es werde keine Gnade geben, sie habe diese verzweifelten Visiten von Ehefrauen und Müttern schon oft erlebt.

»Ich werde mal mit Stanisław unter vier Augen sprechen, sie bringen Tońkos Vater sonst um, daran gibt es für mich keinen Zweifel«, sagte Ela;

sie sprach leise und schmiegte ihre Nase an seine, was Ryszard zum Lachen brachte. Er liebte ihre kleine spitze Nase, die sie immer, wenn er sie küsste, mehr oder weniger in seinem Gesicht zu verstecken versuchte.

»Wenn du deine weiblichen Waffen einsetzt, wird er vielleicht Tońkos Vater verschonen ...«, grinste Ryszard; es war ihm klar, dass er diesen Satz niemals hätte sagen dürfen, aber er war auch eifersüchtig.

»Warum willst du mich verletzen? Warum sagst du solche bösen Dinge?«, fragte sie; Ela schob ihn sanft von sich weg und ließ ihr aufgeknöpftes Kleid auf den Boden gleiten.

»Verzeih mir bitte«, sagte er. »In meiner ganzen Ratlosigkeit bin ich manchmal unausstehlich ... und beleidigend, ich weiß. Aber es geht mir um den Jungen, er ist unsere Zukunft ...«

»Die Zukunft unseres Staates ist mir schnurzpiepegal ... Wir müssen lediglich deinem Jungen helfen, und ich will, dass wir beide glücklich sind und endlich von hier fliehen ... Ich verstehe überhaupt nicht, wie du mit dieser Bäuerin zusammenleben kannst ... Nur weil sie dir das Leben gerettet hat? Und wer rettet meines? Doch nicht der Staat ...«

»Vorhin haben wir noch einen Toast auf ›ein freies Polen‹ ausgebracht und einen Wodka getrunken. Doch das Land sei dir egal, sagst du ... In Wirklichkeit liebst du es genauso wie ich, du Lügnerin!«

»In unseren Kreisen bringt man solche Trinksprüche ...«

»Wie kannst du es nur mit diesen Leuten jeden Tag aushalten, mit diesen Mördern!«

Ela schwieg, sie stand nun halb nackt vor ihm, ihr BH landete auch schon auf dem Boden, neben dem Kleid, das sie sofort auf einen Bügel in den Kleiderschrank hängte, jetzt musste er nur noch das Höschen und die Nylons abstreifen und unter das Kopfkissen auf ihrem Bett stecken, wie sie es selbst tat, weil sie es hasste, wenn ihre Kleidungsstücke verstreut auf dem Teppich, unter dem Bett oder auf dem Kanapee lagen. »Ich bin keine Nutte«, sagte sie. Ein unaufgeräumter Tisch mit leeren Wodka- oder Weinbrandflaschen und mit benutztem Geschirr störte sie überhaupt nicht, doch im Liebesrausch vergaß sie nie, ihre Nylons und ihr Kleid ordentlich im Schrank zu verstauen, ihr Höschen unter dem Kopfkissen zu deponieren, um es gleich vor dem Aufstehen wieder anzuziehen – auch ihr Morgenrock hing neben dem Bett, denn sie stolzierte nicht gerne nackt im Zimmer herum: Diesen herrlichen Anblick wiederum, insbesondere wenn Ela Schuhe mit hohen Absätzen trug, nur das und sonst nichts, liebte Ryszard über alles. Dann nannte er sie: »Meine Arletty … Meine liebe Arletty!« – »Ich bin hübscher als die Französin! Und nur weil du sie einmal im Kino und nackt auf einem Foto gesehen hast, musst du nicht gleich so verrückt werden … nach deiner Arletty!«, pflegte sie in solchen Momenten zu sagen.

Es war kalt, man musste den Kachelofen endlich in Gang bringen, Ryszard nahm seine Geliebte an der Hand und führte sie zu ihrem Bett am Fenster.

Er sagte: »Weißt du, was Arletty zu ihrer Verteidigung gleich nach der Vertreibung der Deutschen aus Paris gesagt hat? ›Mein Herz schlägt französisch, aber mein Hintern ist international!‹«

»Ich habe in Gdynia deutsche Soldaten gemieden wie die Pest …, auch auf dem Land, wohin uns die Deutschen ausgesiedelt hatten … Ich hasse diese degenerierten Bastarde … Man sollte sie alle töten, sie sind keine Menschen …«

»Du sagst mir nichts Neues, und dein Zorn auf die Deutschen wird sich früher oder später legen«, antwortete er. »Aber was mir viel wichtiger erscheint, ist: Herr Stanisław beschäftigt dich nicht nur deswegen, weil du Deutsch kannst und einen hübschen Hintern hast … Er weiß, dass der neue Staat treue Handlanger braucht …«

»Ich bin keine Kollaborateurin …«

Sie schlüpfte unter die Bettdecke, und Ryszard begann ihre kalten Füße zu massieren, damit seine Geliebte nicht mehr fror, damit sie aufhörte zu zittern. Ihre Gänsehaut erregte ihn, er küsste ihre Füße und streifte langsam die Nylons ab, anschließend das Höschen, das er sofort unter Elas Kopfkissen verstaute.

»Ich werde es nicht mehr lange hier aushalten. Zur Not gehe ich allein nach Olsztyn oder gar Krakau, ich werde dich einfach verlassen, wenn du nicht endlich eine Entscheidung triffst! Ja, und ich bin eine Kollaborateurin – nur meines Herzens allerdings. Ich will studieren und eine Karriere in der Stadtverwaltung machen, es muss schon eine große Stadt sein. Olsztyn ist mir fast zu … nahe und eigentlich viel zu klein und so deutsch … Ich sollte lieber ins Ausland gehen, egal, wohin, Hauptsache, du würdest mich begleiten. Dann wären wir endlich frei und müssten niemanden mehr fürchten und niemandem mehr nachtrauern.«

Nach einer Atempause sagte sie: »Du liebst mich doch, stimmt's, Ryszard?«

»Natürlich stimmt das ...«

Sie begann zu weinen, es waren jedoch sichtbar Tränen der Freude, die Ryszard verblüfften, weil er sich nicht erinnern konnte, wann er Ela das letzte Mal in einem solchen Zustand der Erregung und tiefen Freude erlebt hatte. Er wischte ihre Tränen mit den Fingerkuppen von ihren Wangen. Ela glühte wie im Fieber: Ihr Gesicht war heiß und feucht, und sie bat ihn, ihre Beine zu spreizen und ihre *Yoni* zu liebkosen. Sie tat es wortlos; mit ihren beiden Handflächen drückte sie auf seinen Kopf, drückte seine Schultern in die Tiefe, sie schob ihn regelrecht nach unten, zu ihrem Schoß, und er verstand sofort, was sie von ihm verlangte.

Sie war außer Atem. Sie sagte nach einer Weile: »Du könntest in Olsztyn oder in Gdańsk an einer Schule Polnisch unterrichten, ich würde studieren, und du würdest endlich ein echter Lehrer werden. Es gibt bestimmt Kurse für Lehrer, sie brauchen dringend überall neue Lehrkräfte. Nach zwei, drei Jahren könnten wir ein normales Leben führen, und dann würde ich für dich ein Kind gebären. Das verspreche ich dir!«

Sie sprach leise, und er hörte ihr kaum zu. Er begriff nicht – angesichts all der Morde, die täglich und millionenfach in ganz Europa geschehen waren –, wie dieser junge und zerbrechliche Körper den Krieg überhaupt hatte überleben können: unversehrt, wunderschön, voller Würde und Stolz. Und er erfüllte Elas Wunsch, sie musste ihm nichts mehr sagen, nichts mehr erklären. Ihre Stimme klang für ihn in diesem Augenblick so, als würde jemand im Nebenzimmer beten und zwischendurch sogar ein leises Klagelied singen. Weit entfernt schien ihre Stimme zu sein, während ihre gespreizten Beine und ihre *Yoni* ganz nah waren und jetzt nur ihm gehörten. Er liebte diesen Geruch, der sich für den Rest des Tages in seiner Nase einnistete, und er küsste Elas Bauch und bewegte sich langsam – Zentimeter für Zentimeter – wieder vorwärts, allerdings musste er sich bremsen, weil er so gierig und von der Sehnsucht, die sich in der Woche angestaut hatte, besessen war, dass er am liebsten auf der Stelle mit Ela aus Bartoszyce fliehen würde. Niemand würde sie suchen, es herrschte an vielen Orten ein administratives Chaos. Aber dann würde er jede Nacht diese zarten, weißen Brüste und den Geruch von Elas *Yoni* besitzen wie ein prall gefülltes Portemonnaie. In jeder Sekunde wollte er

Ela überall küssen und lieben – und mit ihr zusammen einschlafen und aufwachen und all das gleichzeitig.

Doch da war noch sein zweites Ich, die andere Seite seiner Liebe, denn sobald er wieder in der Schlossbibliothek am Schreibtisch saß und die Bücher katalogisierte und eine besonders seltene Ausgabe in seinen Händen hielt und las, wartete er darauf, dass Renata den kalten Raum der Bibliothek betrat, um ihn ins Bett zu holen, damit er am nächsten Morgen ausgeschlafen sein würde, weil er seine Schüler vernünftig unterrichten sollte. Renata las nichts, sie wusste nicht einmal, wie man ein Buch richtig in den Händen hält, sie begriff aber, wie wichtig Bildung war, gerade jetzt, da der Untergang der Zivilisation verhindert worden war. Das und nur das verstand sie schon, und dafür bewunderte er seine Frau.

Ela sagte: »Bitte, bleib jetzt zu Hause, geh heute nicht zu den anderen Männern in diese dreckige Spelunke – du wirst wieder verlieren und deine Schulden werden noch größer werden …«

»Wenn ich es heute Abend nicht tue, werde ich es am nächsten Freitag wieder versuchen … Du denkst nicht logisch.«

»Du hast morgen früh viel zu tun – Geburts- und Heiratsurkunden, die ins Polnische übersetzt werden müssen. Du hast doch Kunden, deine Petenten.«

»Damit verdiene ich lediglich so viel, dass ich etwas Speck und vielleicht noch Eier und Brot kaufen kann. Aber es gibt zurzeit keine neue Warenlieferung, und das wenige, was es gibt, wird sofort verkauft, um nicht zu sagen: den Verkäufern im Laden oder auf dem Markt aus den Händen gerissen.«

»Deine Bauern bringen dir morgen etwas zu essen! Sie bringen dir immer etwas zu essen! Bitte, bleib hier!«

»Aber nur wegen Tońko! Und du erstaunst mich immer wieder! Du willst mit mir abhauen, und es kümmert dich überhaupt nicht, was aus Renata wird … Überhaupt nicht!«

»Du kannst nicht zwei Herren dienen! Und sie ist nicht die richtige Frau für dich … Ich habe dir ein Paket mit Büchern vorbereitet – Romane, die ich in den letzten Wochen gelesen habe. Liest sie Bücher für dich? Nein! Ich lese aber alles, was ich auftreiben kann, weil ich …«

Er unterbrach sie: »… Ela, bitte, dieses Gespräch hat keinen Sinn. Renata kann kaum lesen und schreiben …«

»Willst du ihr dein Leben lang ein falscher Diener sein? Sie hat dich vor dem sicheren Tod gerettet – musst du deshalb bis in alle Ewigkeit in ihrer Schuld stehen?«

»Ela, du glaubst nicht an Gott … Renata, obwohl sie gläubig ist, weil sie nichts anderes kennengelernt hat als ihre polnische Dorfkirche, fragt oft, ob es Gott wirklich gibt! Ihre kindliche Frage ist in Wahrheit sehr schlau … Denn es muss einen plausiblen Grund dafür geben, dass alles um uns herum nur für uns – wie es scheint – existiert. Deshalb auch lese ich Bücher, weil ich diesen Grund herausfinden will, verstehst du das?«

»Du bist so klug und redest solchen Unsinn … Es gibt keinen Gott! Der Krieg hat uns bewiesen, dass es ihn nicht gibt. Er ist in Stutthof und Dachau und Auschwitz und Warschau gestorben, dieser Gott.«

»Der Gott der Kirchen – ja! Dort in den KZs ist er brutal geopfert und ermordet worden, jedoch nicht im ganzen Universum, und diese Frage sollten wir uns stellen, zumal wir im Angesicht des Todes unsere existenziellen Probleme nicht loswerden. Sie bleiben bestehen, weil die Welt nicht verschwindet und weil Nachgeborene die Erde weiterhin bevölkern werden. Außerdem: Wie kannst du in dieser ewigen Nacht leben? Wie geht das? Erkläre es mir bitte! Es muss ein furchtbares dunkles Land sein, das das Sonnenlicht verabscheut. Nein, Ela, das ist keine Lösung …«

»Ohne unsere Liebe bin ich eine tote Frau, ich hänge mich dann auf!«

»Leeres Gerede, mein Kind!«

Er sagte diesen Satz mit einem ironischen Lächeln, er wollte seine Geliebte beruhigen, in Wahrheit sorgte er sich um sie: Würde sie wirklich imstande sein, sich umzubringen – aus Liebe zu ihm?

Ela schmiegte ihre Nase in sein Gesicht und umarmte Ryszard ganz fest: Sie sagte dann meistens, sie wolle sich in seinen Armen verstecken, sie ziehe bei ihm ein, in seiner Wohnung fühle sie sich endlich glücklich, was Ryszard jedes Mal ganz rührselig stimmte. Und eigentlich mochte er diese seine Rührseligkeit nicht, er schämte sich sogar ein wenig, obwohl ihm klar war, dass gerade in so einem Moment ihre Liebe unschlagbar war; es gab einfach am Horizont kein einziges Hindernis mehr, das sie nicht hätten überwinden können! Ryszard drang in Ela ein, und sie sagte plötzlich: »Denk bitte an Tońko, denk die ganze Zeit nur an ihn … Wir müssen ihm helfen … Denn uns kann man nicht mehr helfen … Soll er wenigstens glücklich werden!«

Kapitel 5
»Herr Professor, gibt es Gott?«

Ryszard blieb den ganzen Abend bei Ela, er ging nicht in die »böse Spelunke«, um wieder Karten zu spielen. Seine Geliebte schlief, sie hatte das Kanapee neben ihrem Kleiderschrank für den Jungen vorbereitet und den Vorhang zugezogen, sodass zwei getrennte Räume entstanden und dem Gast für die Nacht der Eindruck von Intimität vermittelt wurde. Es war eine Täuschung, nichts weiter, und Ryszard dachte, dass auch die neue Regierung solche Täuschungen anwandte, um Menschen zu verführen und für ihre Zwecke einzusetzen. Dass Ela dies wusste und gleichzeitig trotzdem mit der Regierung kooperierte, tat ihm sehr leid. Ihren Drang nach Freiheit beziehungsweise Befreiung von der Vergangenheit und den Kriegserinnerungen respektierte er selbstverständlich, doch musste man gleich mit einer Bande von Halunken und Betrügern kooperieren? Und all das um der seelischen Betäubung willen, weil sie alles vergessen wollte (ihre Eltern, ihren Freund – die erste große Liebe –, die alle im Krieg umgekommen waren)? Und plötzlich wurde ihm bewusst, dass er für Ela ebenso Verantwortung trug – wie für seine Frau. Ela wiederholte es oft, die Liebe zu ihm sei ihre einzige Hoffnung und das Einzige, das sie wirklich besitze.

Ela schlief tief und fest, und er las am Tisch eine Anthologie polnischer Gedichte – von Kochanowski bis Staff – und zur Abwechslung Paul Valérys Gedichte im Original und in der Übersetzung von Staff. Er trug nur eine Hose und ein Unterhemd, es war warm, er hatte den Kachelofen zum Glühen gebracht, die Steinkohle von Herrn Stanisław würde bestimmt noch zwei, drei Wochen reichen, und bis dahin musste sich Ela keine Sorgen machen. Der Winter würde bestimmt lang und kalt sein, niemand konnte behaupten, vor diesem schrecklichen ostpreußischen Winter keine Angst zu haben. Womit würde man heizen, was essen, würde es überall Strom geben, und wie teuer würde das Brot werden? Solche Fragen plagten die Bewohner von ganz Masuren, und bei den Russen hinter der künstlichen Grenze sah es bestimmt nicht besser aus.

Wenigstens hatte es aufgehört zu regnen, und der Wind, der noch vor zwei Stunden in der ganzen Stadt gewütet hatte, verzog sich allmählich. Ela war an diesem Abend besonders gereizt und voller schwarzer Gedanken, was an dem stürmischen Wind lag. Jedes Mal, wenn dieser Wind von der baltischen Meeresküste Bartoszyce erreichte und die Regentropfen aufwirbelte und zwischen den Häusern und Ruinen heulte, wurde Ela unruhig. Der Kopf tat ihr weh, und sie musste sich hinlegen und ein wenig schlafen.

Jetzt lag sie halb nackt in ihrem Bett, nur die kleinen Füße schauten unter der Bettdecke hervor, bis zur Nase war sie zugedeckt, und im fahlen Licht des Nachttischlämpchens gingen die Konturen ihrer Augenbrauen und -lider verloren. Was soll ich nur mit dir machen?, fragte sich Ryszard. Er schaute sich Elas Schuhe mit den hohen Absätzen an, die vor ihrem Bett standen – daneben die Hauspantoffeln, als hätte sie sich gerade eben schlafen gelegt. Renata hatte große Füße – seit er Ela kannte, kamen ihm die Schuhe seiner Frau viel zu groß vor: und vor allem so fremd, als hätte er Renata vor wenigen Tagen erst kennengelernt.

Gebeugt über die auf dem Esstisch ausgebreiteten Bücher warf er dauernd einen Blick auf seine Armbanduhr. Er bekam Angst, dass Tońko inhaftiert werden könnte, obwohl er ein Kind war, ein Fünfzehnjähriger, dessen Charakterreife und dessen ernsthaftes Gesicht Tońko viel älter erscheinen ließen, doch er war schlicht und einfach noch nicht volljährig und damit ein Kind. Erst der Krieg hatte Ryszard klargemacht, was das größte Verbrechen der Menschheit seit ihrer zivilisatorischen Geburt war: das Töten von Kindern, das sowohl beabsichtigte wie auch das in Kauf genommene Töten im Krieg. Eine Zivilisation, die ihre eigenen Kinder ermordete, durfte man weder als fortschrittlich noch ethisch hoch entwickelt bezeichnen, fand er.

Dabei hatte er selbst womöglich verantwortungslos gehandelt? Ryszard hatte doch Tońkos Mutter ein Versprechen gegeben, er durfte auf keinen Fall am nächsten Morgen ohne seinen Lieblingsschüler nach Hause zurückkehren. Und überhaupt: Warum ist *sie* nicht losgefahren, um Herrn Stanisław gnädig zu stimmen?, fragte er sich die ganze Zeit.

Er ärgerte sich jetzt über seine Dummheit, er hätte den Jungen zu seinem merkwürdigen Treffen begleiten sollen, er kannte doch Herrn Stanisław von seinen zahlreichen Besuchen in Galiny und auch von der

Hochzeitsfeier des Landgutsleiters. Dieser Mann war unberechenbar und sehr gerissen und intelligent, und jeder, der sich ihm in den Weg stellte, wurde sofort angegriffen und vernichtet. Ryszard hatte den jungen Milizionär schon mehrmals in der »bösen Spelunke« getroffen – an der Theke, nicht beim Kartenspiel. Herr Stanisław sah immer nur zu und grinste alle Spieler an, ach ja, er trank zwei, drei Wodka und ging dann wieder weg. Ryszard erinnerte sich noch daran, dass der Milizionär sich irgendwelche Notizen während seines Besuchs in der Bar gemacht hatte; Ryszard hatte Herrn Stanisław allerdings nie darauf angesprochen.

Schließlich zog Ryszard das Hemd und den Pullover wieder an, auch die Socken und seine ausgelatschten Schuhe. Und dann seinen Mantel, er wollte Tońko suchen gehen. Er fasste die Türklinke an und drehte den Schlüssel im Türschloss um, da wurde Ela plötzlich wach und fing an, nach ihm zu rufen: »Bleib bitte zu Hause! Geh nicht weg! Ich habe dich doch darum gebeten!«, rief sie.

»Ich mache mir Sorgen um den Jungen, ich gehe in die Stadt, um ihn zu suchen – keine Bange, ich werde nicht in meiner Bar vorbeischauen … Schlaf jetzt, bitte!«

»Bleib hier, Ryszard, ich flehe dich an!«

Er sagte nichts mehr, er öffnete vorsichtig die stets kräftig quietschende Tür, um die Nachbarn nicht aufzuwecken und zu stören, und betrat das Treppenhaus, in dem seit Wochen schon kein Licht mehr brannte.

* * *

Auf der Straße setzte er seinen Hut trotz des schwächer gewordenen Windes noch tiefer auf als sonst; draußen war es stockfinster, und nirgendwo gab es einen Passanten zu sehen. Die Sperrstunde zeigte ihre Wirkung, obgleich viele sie ignorierten, auch die Barbetreiber und -besucher. Ryszard konnte sich nicht entscheiden, welche Richtung er einschlagen sollte. Seine Bar war nicht weit entfernt, sie befand sich im Erdgeschoss des alten ostpreußischen Hotels, das während der Kriegshandlungen nur wenig gelitten hatte. In zehn Minuten würde er dort ankommen, es hatte ja keinen Sinn, zu der ehemaligen Wehrmachtskaserne zu gehen, durch den Eisenbahntunnel und dann ein Stückchen durch den Stadtwald; die Miliz würde ihn nicht ernst nehmen, und in dieser dunklen Gegend war man um die Uhrzeit ein gern gesehener Gast – zum Ermorden und Ausrauben …

Wo konnte er nur stecken, der schlaue Tońko? Ryszard machte sich Gedanken, die allesamt chaotisch waren, und selbst sein Bauch, ein guter Ratgeber in solchen Situationen, streikte und wollte ihm nichts Intuitives sagen. Und so beschloss er trotz alldem, einen Blick in die »böse Spelunke« zu werfen.

Als er dort ankam, blieb er vor der Eingangstür stehen und zögerte – er wusste, dass er die Bar nicht betreten durfte, er würde bestimmt wieder spielen und verlieren, wie fast jeden Freitag. Aber er hatte keine Wahl, und just in dem Augenblick, da er die Entscheidung getroffen hatte, öffnete sich die schwere Eichentür der Hotelbar, und zu seinem Erstaunen sprang ihm Tońko entgegen, der ebenso perplex war und zunächst kein Wort herausbrachte. Er blieb abrupt stehen und sagte nach einer Weile: »Herr Professor, was tun Sie hier? Ich hätte vielleicht meine Mutter oder gar meinen Schutzengel erwartet, aber Sie?«

»Das könnte ich dich auch fragen: Was machst du hier und obendrein so spät? Und seit wann dürfen Minderjährige solche Spelunken so spät besuchen? Was soll ich deiner Mutter sagen?«

»Ich komme gerade von meiner Verabredung zurück …«

»Ich weiß Bescheid, meine Spione arbeiten überall, und sie leisten exzellente Arbeit … Komm, wir gehen rein – ein Schnaps wird mir nicht schaden …«

»Herr Ryszard, ich flehe Sie an, tun Sie das nicht! Frau Ela wird es Ihnen nicht verzeihen – sie ist doch Ihre beste Spionin, nicht wahr? Sie hat Ihnen bestimmt bedeutet, zu Hause zu bleiben …«

Aber er hörte nicht auf den Jungen, er nahm ihn wie ein Kind an der Hand und zerrte ihn in die Bar hinein. Sie setzten sich an einen freien Tisch, und niemand wunderte sich über Ryszards Ankunft, er war hier jedem bekannt. Er traf in der Bar seine potenziellen Petenten, die eine Übersetzung aus dem Deutschen oder ein neues Dokument für die Miliz und das Einwohnermeldeamt brauchten, die einen Antrag stellen mussten und nicht wussten, was und wie und wann. Und er traf hier ein paar ausgekochte Kartenspieler und Schlitzohren, gegen die er leider meistens keine Chance hatte. Zum Glück schaffte er es immer wieder aufs Neue, doch noch einen kleinen Gewinn zu erspielen, sodass er wieder als kreditwürdig galt. Das Geld war wenig wert und die Beträge, die er schuldete, überschritten noch keine gefährliche Grenze. Allerdings musste er bei den nächsten Spielen gewinnen. Wenn ihm das nicht gelingen sollte – ja, würde er dann mit Ela nach Olsztyn fliehen? Oder gar nach Krakau? Er war doch ein ehrenwerter Mann … Zumindest hielt er sich für einen solchen, er wusste aber auch, wie schnell man in einen gefährlichen Sog geraten konnte, der einen immer tiefer und stärker in den Abgrund riss, aus dem kein Ausweg mehr möglich war. Vor diesem Sog und Trichter hatte er Angst.

Er ging an die Theke und knallte sein für einen Wodka und ein Bier abgezähltes Geld auf den Ladentisch, im Prinzip das, was sein Portemonnaie hergab.

Der Barmann sagte: »Ich hoffe, du weißt, was du tust … Heute Abend ist schon einer hier gewesen, der die Rotznase ebenfalls zum Trinken verführen wollte … Du kennst den Herrn bestens …«

»Was du nicht sagst! Und der Junge ist normalerweise härtere Sachen gewohnt …«

Seinen Freunden, mit denen Ryszard Karten spielte, sagte er lediglich, er sei heute Abend nicht bereit, den Kampf mit ihnen erneut aufzunehmen, und sie lachten ihn aus. Außerdem fühle er sich unpässlich, fügte er noch hinzu. Zum Schluss erklärte er, er sei beschäftigt und kümmere sich um den Jungen aus Galiny, der in Bartoszyce etwas Wichtiges zu erledigen habe. Seine Freunde sagten: »Herrn Stanisław entgeht nichts, pass lieber auf dich auf, Rysiek!« – »Das will ich tun …«

Wenigstens gab es in der Stadt immer etwas zu trinken, wenn auch die Preise für Wodka und Bier unverschämt hoch waren. Privatgeschäfte, die den kommunistischen Machthabern ein Dorn im Auge waren, florierten. Irgendwann würden sie sich auch diese Kapitalisten radikal vorknöpfen, da war sich Ryszard sicher. Nur gegen den Hunger waren sie zurzeit alle machtlos, auf dem Schwarzmarkt erreichten die Preise für ein bisschen Speck oder Brot ihren Höchststand.

Er kehrte mit den beiden vollen Gläsern an seinen Tisch zurück und sagte zu seinem Zögling: »Ein Bier wird dich nicht töten … Du stehst unter meiner Obhut, sag aber nichts davon deiner Mutter …«

Der Junge schwieg. Nach etwa einer Minute und einem gewaltigen Schluck Bier aber wurde er wütend, ganz urplötzlich wütend auf die ganze Welt, und sein Wutanfall erschreckte Ryszard ein bisschen, obschon er doch so einiges von seinen Schülern gewohnt war. Tońko platzte der Kragen, er erhob seine Stimme und beschimpfte aufs Übelste die Menschen, die ihm nahestanden; er fing an, jeden und alles regelrecht niederzumähen: seine eigene Mutter, Herrn Stanisław, Jan, Renata, Ela und Irmgard, und dann die Kriegshelden und den Warschauer Aufstand und die Versorgungslage im neuen Polen – in den »Wiedergewonnenen Gebieten«. Tońko erntete sofort misstrauische und missbilligende Blicke von Männern, die an einem Tisch Karten spielten; auch der Barmann schaute den Jungen streng und mit bitterernstem Gesicht an, als wollte er sagen: »Noch ein Wort und du fliegst raus, du blöder Schnösel!«

Aber das war nicht alles, was Tońko zu bieten hatte. Nachdem er seine Stimme wieder in den Griff bekommen hatte, fuhr er mit den wütenden Angriffen fort: »Was glauben Sie, Herr Professor, wen ich heute Abend getroffen habe? Sie sind doch als Lehrer ein Vertreter der neuen Macht und der kommenden Zeit. Was glauben Sie eigentlich, wen Sie vor sich haben? Einen Idioten? Einen naiven Jungen aus Warschau? Oder wirklich ein Genie, das bloß noch nichts gesehen, nichts mitgekriegt, nichts erlebt hat? Kennen Sie die Namen der Generäle der Wehrmacht und der ss? Oder anders gefragt: Kennen Sie die Befehlsempfänger, die Hitlers Aufforderung, unsere Hauptstadt dem Erdboden gleichzumachen, sehr gewissenhaft ausgeführt haben? Natürlich nicht. Sie waren ja in Deutschland, Sie waren nicht bei uns, während all das geschah: die vollkommene Vernichtung unserer Rasse, unserer polnischen Rasse …«

Der Junge nahm einen Schluck Bier, Ryszard trank seinen Wodka, ein volles Glas, die Hand zitterte ihm dabei, und er spürte in seiner Kehle eine wohltuende Wärme. Er spürte die Hitze seines eigenen Leids, von dem er Tońko schon vor langer Zeit hatte erzählen wollen.

»Du bist sehr ungerecht in deinem Urteil über mich und andere, mein Lieber, sehr, du kannst gar nicht wissen, was ich in Deutschland erlebt habe, gar nichts weißt du … Und von Rassen lass uns lieber nicht mehr sprechen …«

»Sie bringen mich zur Verzweiflung. Reden Sie bitte mit mir nicht mehr wie mein Vater. Beantworten Sie mir bitte nur eine einzige Frage: Bitte! Gibt es Gott?«

Tońkos Augen verrieten, dass seine Frage ernst gemeint war: Sie erstarrten und zuckten nicht, keine Provokation konnte sie aus der Fassung bringen.

Was sollte er dem Jungen antworten? Natürlich gab es Gott, natürlich hatte Er alles erschaffen und selbst die Kirchen und ihre Priester und den Teufel und die Propheten – einfach alles. Und trotzdem gab es Ihn nicht, weil der freie Wille Seine geheimste Waffe war: Niemand sollte sich als Sein Sklave fühlen. Es gibt Ihn also, weil es Ihn eben nicht gibt, und Er heißt gar nicht Gott, sondern …, dachte Ryszard, sondern irgendwie anders … Eigentlich ist Er namenlos.

Ryszard versuchte der Frage von Tońko auszuweichen und sagte: »Du bist mir vielleicht einer! Du hast doch selbst gesagt, dass es Gott gar nicht gibt, dass Er im Krieg gefallen ist wie ein Soldat. Deshalb, lass uns das Thema beenden und von was anderem sprechen. Mein Freund, wen hast du heute Abend getroffen? Du willst mir doch nicht sagen, dass du deinen Vater befreien kannst – du allein, du mit deinen Kräften, du mit deiner Zauberkraft, die du gar nicht besitzt …«

Sie tranken ihre Gläser Bier aus und schauten dabei einander feindlich und verdrossen an. Tońko kaute die ganze Zeit an seinem Hemdkragen, an der spitzen Ecke, außerdem knirschte er mit den Zähnen.

»Ich will lediglich erfahren, ob es Gott gibt. Und Frau Ela sollte ich erdrosseln! Sie hat Ihnen alles verraten! Hat sie auch mit meinem Vater gesprochen?«

»Nein, oder besser gesagt: Das weiß ich nicht! Ich weiß nur, dass du Herrn Stanisław gesprochen hast …«

»Ich musste lange auf ihn warten. Und er kann mir nicht helfen. Er meinte, dass mein Vater ein Verräter sei und dass es ihm leidtue, und es sei bedauerlich, dass es mein Vater sei, aber damit solle ich nun gefälligst leben und zurechtkommen …«

Ryszard musste sich zu dieser Geste nicht zwingen, es geschah von allein, er streichelte kurz Tońkos rechte Wange. Es gelang ihm nicht, den Jungen zu trösten. Aber sein bester Schüler bekam feuchte Augen, und Ryszard dachte: Dieses Morden wird nie aufhören, so wie man nie aufhören wird, die Geschichte neu zu schreiben.

Kapitel 6
Wassertropfen und die Wahrheit

Kurz nach Sonnenaufgang kamen drei Milizionäre von Herrn Stanisław zu Ela. Sie machten sich keine besondere Mühe, nach dem lauten und heftigen Klopfen an der Tür zu warten, bis die Sekretärin ihnen öffnen würde – sie traten die Tür einfach ein. Und dann holten sie Ryszard aus dem Bett, um ihn unten auf der Straße in den *Czapajew*, den sowjetischen Geländewagen, zu setzen und offenbar zu Herrn Stanisław zu bringen. Ela schrie die ganze Zeit: »Seid ihr verrückt? Er hat doch nichts verbrochen! Gar nichts!« Ihre verzweifelten Schreie und Versuche, Ryszard zu befreien, halfen jedoch nichts, sie nahmen ihren Geliebten einfach mit. Noch im Treppenhaus zog er sich an.

Er war nicht einmal verängstigt, schließlich hatte er schon einige Erfahrung damit, regelmäßig abgeholt beziehungsweise entführt und anschließend an einen streng bewachten Ort gebracht zu werden. Er war todmüde und auch ein wenig verkatert, da er noch den Wodka von Ela in seinem Kopf und seinen Adern spürte, den er nach dem Besuch in der »bösen Spelunke« geleert hatte. Und er war wütend, weil er gestern nicht gespielt hatte, und heute, so wie es aussah, würde er kein einziges Dokument übersetzen oder schreiben, wodurch ein sicherer Verdienst entfiel. Zum Glück ließen die finsteren Typen Tońko in Ruhe, den Ela wie einen kleinen Jungen umarmte und die ganze Zeit am Kopf streichelte, während sie die Milizionäre anbrüllte, die ja ihre eigenen Arbeitskollegen waren. Ryszard schaffte es noch, Ela seine Bitte zu übermitteln, sie möge den Jungen nach Galiny begleiten, er dürfe nicht allein nach Hause trampen.

»Darf ich erfahren, wohin Sie mich bringen und was mir vorgeworfen wird?«, fragte er im Auto, während sie losfuhren.

»Halt deine dumme Fresse, du Arschloch«, sagte einer der jungen Milizionäre, der neben ihm auf dem Hintersitz saß und eine Waffe auf ihn richtete.

Der junge Mann auf dem Beifahrersitz war etwas freundlicher, denn er sagte: »Genosse, stellen Sie keine Fragen …«

Nach einer halben Stunde Fahrt kamen sie vor einer alten ostpreußischen Villa im Stadtwald an. Dort standen zwei schwarze Citroëns des Sicherheitsdienstes UB, in der Villa brannte Licht. Das Gebäude machte keinen guten Eindruck auf Ryszard, es handelte sich offenbar um einen finsteren Bau mit einer finsteren, weil nationalsozialistischen Vergangenheit; oder wer sonst hatte dieses Haus einmal bewohnt und bewirtschaftet? Bartenstein war doch eine klassische Garnisonsstadt der Wehrmacht. Als er die Eingangstreppe mit den bombastischen Säulen betrat, dachte Ryszard: Verdammt, hier komme ich nicht mehr lebendig heraus, das war's dann wohl. Und was macht der UB hier? Ist Herr Stanisław in Wahrheit ein *Ubek*? Verdammt!

Ryszards Begleiter führten ihn in ein kleines Zimmer, in dem nur ein Schreibtisch, zwei Stühle und ein Schrank mit Aktenordnern standen. Man befahl ihm, sich zu setzen, und dann fing ein langes und sinnloses Verhör an. Die Fragen wiederholten sich: Name? Beruf? Wohnhaft? Was hast du in Deutschland gemacht? Bist du ein Spion der Amerikaner? Und so weiter. Name? Adresse? Beruf? Bist du ein Spion der Amerikaner? Kennst du einen gewissen Ignacy Twardowski? Name? Beruf?

Natürlich kannte er Herrn Twardowski, den Vater von Tońko. Er kannte ihn aus den bescheidenen Erzählungen des Jungen über den Warschauer Aufstand und über Tońkos Warschauer Kindheit und Familie. Aber Ryszard wusste nicht, dass der Gute einer der Partisanen aus dem Wald war. Ignacy hatte sich ihm nicht vorgestellt, Ryszard wusste nicht einmal, wie der Mann aussah.

»Ich muss auf die Toilette«, sagte er zu dem Milizionär, der ihn verhörte.

»Was Sie nicht sagen! Aber ich will ja kein Unmensch sein! Kommen Sie mit!«, antwortete ihm sein Peiniger.

Sie wechselten die Etage und landeten im Keller, wobei Ryszard wieder von den drei Wächtern begleitet wurde. Dort im Keller gab es einen riesigen Duschraum mit zwei vergitterten und verdunkelten Fenstern, an den Decken waren Wasserbrausen und Haken angebracht, in den gefliesten Wänden steckten auch Haken, und auf einer Holzbank lagen Seilbündel. Mit einem Wasserschlauch konnte man den ebenso gefliesten Fußboden problemlos reinigen, da es überall Abläufe gab.

»Ich will nicht duschen, ich muss auf die Toilette …«, wiederholte Ryszard, der keinen Zweifel mehr daran hegte, dass er den Duschraum nicht mehr lebendig verlassen würde; in diesem Keller spürte man die Präsenz des Todes, die hiesigen Mauern waren nicht nur Zeugen zahlreicher Folterungen und Morde geworden, weil sie jeden Betrachter mit ihren Blut- und Exkrementflecken einzuschüchtern wussten – sie rochen auch übel, sie rochen nach verwesten Tierkadavern und menschlichen Leichen.

»Du hältst jetzt dein dummes Maul!«, sagte einer der Wächter.

Sie trugen alle keine Uniformen, und auf den ersten Blick waren sie kaum als Mitarbeiter der Miliz oder des Sicherheitsdienstes zu erkennen.

Schließlich schnappten sie sich zwei Seilbündel und befahlen Ryszard, sich in die Mitte des Duschraums unter eine Wasserbrause zu stellen, was er ohne Widerrede tat. Er konnte auch nicht mehr sprechen, die Angst vor dem Schlimmsten, vor Folter und dem Tod, hatte sich seiner bemächtigt – er war machtlos gegenüber den Befehlen.

Die Männer befestigten die Seile an den etwa auf Augenhöhe angebrachten Wandhaken, dann banden sie mit ihnen seine beiden Hände fest und zogen an den Seilen, bis seine Arme auf beiden Seiten waagerecht ausgestreckt waren und Ryszard wie ein Kreuz dastand. Sie machten die Seile so stramm und fest, dass er sich nicht mehr setzen konnte. Sie zurrten auch seine Füße fest, und er fragte sich, warum sie sich so viel Mühe gaben, wenn sie ihn doch einfach erschießen mussten; im Stadtwald würde man seine tief in der Erde vergrabene Leiche niemals finden. Stattdessen befestigten sie noch ein Seil, das von der Decke herabhing und das sie ihm unter den Armen festmachten; dann zogen sie seinen ganzen Körper hoch, sodass seine Füße kaum noch Kontakt zum Boden besaßen. Er kam sich wie eine im Spinnennetz gefangene Beute vor.

»Und jetzt wird geduscht, du Hurensohn!«

Irgendjemand machte das Licht aus, die Tür ging auf, dann drehten sie an dem Wasserhahn, und Ryszard spürte plötzlich Wassertropfen, die auf seinen Kopf und seine Stirn und die Nase und den Nacken fielen – so langsam und zart wie im Mai, wenn das morgendliche Nieseln auf den Wiesen die Schnecken, Grillen und Marienkäfer zum Leben wiedererweckte. Er musste sogar kurz lachen, weil er das langsame und kalte Tropfen gar nicht als bedrohlich empfand – er fühlte sich in die Zeit seiner Kindheit in Poznań zurückversetzt; er erinnerte sich an die nach dem

Tod von Marschall Piłsudski verhängten Trauertage, als er eines Nachts von Wassertropfen, die von der Decke in seinem Zimmer auf sein Gesicht fielen, geweckt wurde. Bei den Nachbarn hatte es einen Rohrbruch gegeben. Ryszard war siebzehn, als der Diktator starb, und er ging damals auf das Marcinek-Gymnasium, an dem viele glühende Anhänger des Marschalls ihr Abitur machten, zu denen er nicht zählte.

Die Wächter verschwanden, die Tür ging zu, es wurde stockfinster in dem Duschraum. Die kalten Tropfen schienen jetzt von Minute zu Minute schwerer zu werden, als würden Pfefferkörner auf seine Haut herunterrieseln, und er fragte sich, was die Miliz mit ihm anzustellen beabsichtigte. Bereits nach ein, zwei Stunden würde er wirr zu reden beginnen – vor Erschöpfung, und nach vierundzwanzig Stunden dürfte die nächste Phase einsetzen: das Träumen mit offenen Augen, wenn Verstorbene und längst vergangene Zeiten in die Gegenwart eindringen und man nicht mehr weiß, wie spät es ist und in welchem Jahr man sich befindet. Ryszard kannte dieses furchtbare Gefühl des totalen Chaos, als hätte jemand mitten am Tage die Sonne ausgeknipst. In Deutschland, wo er einmal fast zu Tode geprügelt worden war, hatte er das zerbrechliche Bewusstsein des Menschen besser kennengelernt. Es war ein Albtraum gewesen, nicht mehr zu wissen, wer man war und wo man sich befand, an welchem Ort und zu welcher Zeit, zumal Ryszard drei Tage lang nicht hatte schlafen können. Sein Kopf glich einem Vulkan in den Sekunden vor dem Ausbruch.

Er urinierte in seine Hose, der Harndrang ließ sich nicht mehr unterdrücken, und bereits jetzt schon kam es ihm so vor, als wären mehrere Stunden vergangen; seine Beine spürte er nicht mehr, seine Arme wurden steif und heiß und schmerzten. Er dachte wieder an die Zeit vor dem Krieg, an *Sanacja*, die vom Marschall Piłsudski nach dem Putsch ausgerufen wurde, um das Land endlich von allen bösartigen, korrupten und amoralischen Kräften zu befreien. Moralische Wiedergeburt und Erneuerung war die Parole gewesen, Wende zum Guten. Jetzt waren die nächsten Moralisten an der Reihe, die im Namen des Kommunismus eine Säuberung durchführen wollten, um alle Krankheiten der Gesellschaft zu heilen. Würde es nie aufhören?, fragte er sich und schloss die Augen. Er wollte schlafen, todmüde war er. Aber es klappte nicht auf Anhieb mit dem Schlaf.

Er nickte schließlich nach einem langen und nervösen Hin-und-her-Wälzen im Kopf ein, doch sein Schlaf hatte nur kurz gedauert – so schien es ihm zumindest, aber vielleicht irrte er sich, vielleicht war viel mehr Zeit vergangen, und als er gänzlich wach wurde, konnte er nicht sagen, was er in diesem dunklen und feuchten Raum tat. Er schrak zusammen: Das Nichtwissen, das Nichtverstehen, wer er war und was er hier tat, machte ihm Todesangst. Er kam sich wieder wie eine im Spinnennetz gefangene Beute vor. Wo war die Erde? Der Himmel? Der Osten? Der Westen? Die Plejaden? Der Orion? Der Große Wagen? Galiny? Und Renata und Ela?

Erst als das Licht anging und er ein ihm bekanntes Gesicht wiederzuerkennen glaubte, beruhigte er sich ein wenig. Name? Adresse? Beruf? Kennst du Ignacy Paderewski? Nein? Twardowski?

»Herr Ryszard, Sie haben in die Hose gepisst!«, sagte eine ihm wohlbekannte männliche Stimme. »Das ist nicht schön … So ein gebildeter und kluger Mann wie Sie beherrscht die einfachsten menschlichen Schwächen nicht …«

Ryszard dachte, ich kenne diesen Mann, wie ist noch sein Name? Er sagte: »Wie spät ist es?«

»Es sind zwölf Stunden seit Ihrer Ankunft vergangen, Herr Rysiek!«, antwortete der Bekannte. »Und nach weiteren zwölf Stunden werden die Wassertropfen die Wahrheit aus ihnen herausquetschen wie aus einer Zitrone.«

»Ich habe nichts zu sagen … Ich weiß nichts«, sagte Ryszard, der endlich Herrn Stanisław wiedererkannte – und auch seine eigene Stimme.

»Denken Sie an die Wassertropfen …«, antwortete der junge Milizionär, »und beantworten Sie alle Fragen, die ich Ihnen stellen werde. Was haben Sie, Ryszard, in der amerikanischen Besatzungszone gemacht? Wurden Sie wirklich dreimal entführt? Von den Partisanen? Vielleicht sind Sie nicht nur ein amerikanischer Spion, sondern auch einer der Partisanen! Wissen Sie, das ist ein großes, ja schlimmes Verbrechen: Landesverrat! Sind Sie ein Landesverräter? Jedenfalls stecken Sie in Schwierigkeiten, und ich möchte Ihnen etwas anvertrauen, was Ihrem Gedächtnis wieder auf die Beine helfen wird. Ihre Frau Renata …«

»… was ist mit meiner Frau Renata? Was haben Sie ihr angetan?«, schrie Ryszard.

»Ach gar nichts – was hat sie mir angetan?, müssten Sie eigentlich fragen. Renata ist nämlich meine Nichte … Wenn Sie Ihre Frau wiedersehen wollen, sollten Sie meine Fragen gewissenhaft beantworten …«

VII. Schwerkraft

(Arthur)

Kleines armes Land! In Wahrheit gehören dir nicht einmal deine Häuser. Nicht wahr? Aber vielleicht möchtest du auch keine toten Steine verwalten und dich an deinem steinigen Besitz ergötzen. Vielleicht willst du bloß Menschen gebären und wieder begraben. Gebären – begraben!

Kapitel 1
Die violetten Abendlevkojen der Mutter

Arthur hatte sich nach der langen Autofahrt von Bremen nach Olsztyn hingelegt. Es ging schon auf neunzehn Uhr zu, und er wachte nach fast zwei Stunden tiefen und erholsamen Schlafs wieder auf: in seinem alten Kinder- und Jugendzimmer, das er sich in der sozialistischen Kindheit mit seinem jüngeren Bruder Marek hatte teilen müssen – allerdings nur zwei Jahre lang, bis zu Arthurs Ausreise nach Deutschland. Aufgrund des großen Altersunterschieds war es damals zwischen ihm und Marek fast täglich zum Streit gekommen, zum »Dritten Weltkrieg«, wie es der Vater Radosław jedes Mal entnervt nannte – so heftig sprangen sich seine beiden Söhne an den Hals. Und immer wollte der kleine Marek, ein resoluter Fünfjähriger, siegen, immer wollte er recht haben. Und vielleicht war es wirklich nicht weiter verwunderlich, dass Arthur siebzehnjährig zu seiner Tante nach Hamburg geflohen war. Er wollte so schnell wie möglich erwachsen werden – und frei, vor allem frei. Nun, da sein Bruder Marek schon seit mehr als zwei Jahren tot war und Arthur wieder in diesem Zimmer wohnte, flossen ihm Tränen über die Wangen. Er vermisste seinen kleinen Bruder, er vermisste ihn jetzt mehr als die Zwillingsschwester Jola, und er war nach wie vor wütend auf sich selbst, wütend auf sein damaliges Verhalten, da er den kleinen Marek bei jedem Streit aggressiv und laut angeschrien hatte. Es lief stets nach dem gleichen Muster ab, er schloss die Zimmertür und stellte laute Musik an, damit die Eltern unten im Wohnzimmer das Geschrei nicht hören konnten. Arthur schämte sich heute und bereute, dass er imstande gewesen war, solche Töne aus seinem wutentbrannten Hals hervorzubringen. Dabei war alles so harmlos und unbedeutend gewesen, was der fünf-, sechsjährige Bursche gelegentlich angestellt hatte.

Der kleine Marek hatte Arthurs Bücher und Notizhefte zum Malen und Zeichnen benutzt, unerlaubt selbstverständlich; der kleine Marek hatte die Seiten aus Arthurs Büchern und Heften herausgerissen; der kleine Marek hatte ihn bespuckt, wenn Arthur nachts Musik von seinem Tonband gehört hatte; der kleine Marek war ein Verräter gewesen, weil er am nächsten Morgen pflichtbewusst zu den Eltern gerannt war, gleich nachdem er seine Äuglein aufgemacht hatte, um Mama und Papa voller Inbrunst zu petzen, dass sein älterer Bruder nachts das Fenster geöffnet und eine Zigarette geraucht habe. Und nun lag der kleine Marek auf dem Friedhof in Olsztyn und seine Schwester in Warschau. Der Mutter Janina waren wenigstens die »polnischen« Enkelkinder geblieben, zwei Söhne von Marek und eine Tochter von Jola, allesamt Warschauer, die ihre Großmutter Gott sei Dank regelmäßig besuchten, was man von Arthurs Tochter nicht behaupten konnte; Rosalia kam selten zu Besuch nach Olsztyn.

Es war schon Ende August, und gegen Abend und dann vor allem nachts blühten im Garten Janinas die violetten Abendlevkojen, *maciejka*. Arthur freute sich auf dieses Ereignis, er hatte sich schon als Kind zusammen mit seinem Großvater Ryszard am späten Abend oft auf die Gartenbank gesetzt, um den einzigartigen Moment zu erwischen, wenn die verschlafenen Levkojen ihre violetten Flügel öffneten und der Duft aus ihren süßen, zarten Leibern in die Luft stieg. Als Arthur älter war und zu pubertieren begann, schlich er sich nachts allein aus dem Haus, um diesem Ereignis beizuwohnen, insbesondere im August, wenn die Perseiden an der Erde längst vorbeigeflogen waren und der Himmel wie gereinigt von aller Schlechtigkeit erstrahlte.

Und sosehr er sich auch angestrengt hatte, war es Arthur nie gelungen, den Augenblick des Aufblühens zu erwischen. Plötzlich standen die Blüten offen, und es roch überall nach Zuckerwatte und Limonade und dem Parfüm, das seine Mutter für gewöhnlich auf einer ihrer Auslandsreisen zu den sozialistischen Brüdern in Ungarn oder der Tschechoslowakei kaufte.

Vor drei Stunden erst war Arthur mit dem Wagen von Joseph in Olsztyn angekommen, nach einer fast zwölfstündigen Fahrt auf der Autobahn. Wenigstens war die Begrüßung der Eltern gar nicht so schwer und traurig ausgefallen, wie er sie sich vor der Reise vorgestellt hatte – immerhin lag sein letzter Besuch in Olsztyn schon eine ganze Weile zurück. Vor mehr als zwei Jahren hatte er seine Eltern das letzte Mal besucht, als die beiden Zwillinge noch lebten. Jedenfalls hatte die Mutter bei der Begrüßung keine einzige Träne vergossen, der Vater musste sich mehrmals schnäuzen – aber als Arthur Janina umarmte und auf die Wangen küsste, dachte er, ihr Herz würde ihr aus der Brust springen, so heftig hatte es gepocht, vor Wiedersehensfreude natürlich, weil ihr einziger Sohn noch am Leben war und er sie endlich in seine Arme schloss und ihr seine Sohnesliebe bewies.

Arthur war nach wie vor müde, die Erinnerungen an seine Kindheit hatten ihn ermattet. Aber Janina und Radosław warteten auf ihn mit dem festlichen Abendessen. Er durfte nicht mehr liegen bleiben, durfte nicht mehr träumen: In drei Tagen bereits war er mit Malwina verabredet – und dann auch mit seinem alten Schulfreund Sławek.

Arthur stand auf und ging ans Fenster: Er blickte auf die Beete mit den Abendlevkojen. Immerhin machte es Janina wieder Spaß, im Garten zu arbeiten. Der Tod der beiden Zwillinge hatte aus ihr eine alte Frau gemacht. Sie, eine erst einundsiebzigjährige Frau, war rasant gealtert, und ihre einst jugendhafte und sonnengebräunte Haut war grau und faltig geworden. Ihren einst leuchtenden Augen sah man die vielen schlaflosen Nächte an, die Arthurs Mutter in Trauer verbracht hatte.

Er nahm eine Dusche und rasierte sich noch einmal, da sich seine Gesichtshaut seit der Rasur um vier Uhr morgens – kurz vor der Abfahrt nach Polen – wieder stoppelig anfühlte. Er rasierte sich für seine Mutter Janina, die in ihm keinen auf die fünfzig zugehenden Mann sehen wollte, sondern einen Jungen, dem sie im Allensteiner Ukiel-See das Schwimmen beigebracht hatte.

Draußen war es seit Tagen schon heiß und schwül, als sollten sich die schlimmsten Unkenrufe der Anhänger der weltweiten Klimakatastrophe erfüllen. Esoterikfreaks warteten auf den baldigen Polsprung, die Apokalyptiker auf das Wiederauftauchen von Atlantis.

Kapitel 2
Von Barschen und Menschen

Das Haus seiner polnischen Großeltern Renata und Ryszard, die beide schon seit dem Ende der Neunzigerjahre des vorigen Jahrhunderts auf dem sogenannten Kommunalfriedhof in Olsztyn ruhten, war mit dem Fahrrad keine Viertelstunde vom Ukiel-See entfernt – zu Fuß dauerte es vielleicht zehn Minuten länger. Sommer für Sommer hatte Arthur im Ukiel gebadet, zunächst mit seinen Schulfreunden, später auch zusammen mit den Zwillingen und der Mutter.

Sein altes Zimmer lag im ersten Stockwerk, über dem es noch den Dachboden gab, auf dem man nach wie vor vergessene deutsche Koffer und alte Zeitungen in den von Staub und Spinnennetzen beherrschten Ecken entdecken konnte. Arthurs Eltern hatten noch nie im Geld geschwommen, ganz im Gegenteil: Während seiner Kindheit geschah es oft, dass die Großeltern mütterlicher- und väterlicherseits die beiden Hochschullehrer unterstützten. Der Vater Radosław hatte sich nie bemüht, in den Semesterferien in Hamburg einen Job zu suchen; er hätte schließlich bei seiner Schwester wohnen können. Und als Radosławs Mutter Irmgard noch lebte, hatte sie ihren Sohn nach Westdeutschland zum Geldverdienen zu schicken versucht: »Fahr endlich zu deiner Schwester und bring einen Batzen D-Mark nach Hause mit, ihr könntet ein neues Auto gebrauchen, und die Fassade eures Hauses am Ukiel-See ist seit dem Ende des Krieges kein einziges Mal gestrichen worden …«

Als Arthur im Erdgeschoss ankam und den Salon betrat (so nannte die Mutter das größte Zimmer in ihrem Haus), schwieg der Vater und Janina sagte: »Ich bin so glücklich, dass du uns endlich besuchst … Wenigstens kann man sich bei dir darauf verlassen, dass du in deinem Beruf von niemandem mit einer Pistole oder einer Bombe bedroht wirst …«

Arthur grinste: »Angesichts der neuesten Entwicklung in unserer Heimat und in Europa ist das nicht mehr ausgeschlossen, zumal ich als Historiker eine aussterbende Spezies bin. Heute sind Geschichtsschreiber gefragt!«

Er wusste, dass sich der Vater durch solche Aussagen gerne provoziert fühlte, dennoch schwieg Radosław. Er verteidigte seine Heimat wie ein fanatischer Patriot, aber er war in Wahrheit ein Löwe im Käfig, dem obendrein die Pfoten gebunden waren: Er hielt sich für einen Ermländer aus Fleisch und Blut, und gleichzeitig witterte er überall eine Verschwörung gegen sein geliebtes Polen – eine Verschwörung der Deutschen oder der Russen, die aus der polnischen Geschichte und Wirtschaft ein Instrument ihrer Politik machten.

Janina deckte indes im Wohnzimmer den Tisch: Zum Abendessen gab es Salzgurken aus dem Garten vor der Tür, es gab Kartoffeln und gebratenen Fisch, den der Vater geangelt und zubereitet hatte. Obwohl Radosław keinen Wodka mehr vertrug – er bekam Asthmaanfälle, und die Raucherei hätte ihn beinahe umgebracht –, stellte er eine im Gefrierfach gekühlte Flasche Sobieski auf den Tisch, und die Mutter servierte ihrem Sohn den Fisch, obwohl Arthur noch gar nicht am Tisch saß. Er sah sich die Bücher in den Regalen an, er entdeckte auch seine eigenen, die er seiner Mutter geschickt hatte, obwohl sie kein Deutsch sprach und las: Der Vater übersetzte ihr manchmal ein paar Sätze, doch sein Deutsch war auch nicht mehr das, das er noch als Kind von seiner Mutter Irmgard gelernt und mit ihr gelegentlich gesprochen hatte.

Auf dem großen Wochenmarkt in der Nähe des Westbahnhofs von Olsztyn konnte man dienstags, freitags oder samstags frisch geräucherten Fisch aus den umliegenden Seen kaufen, der nichts zu wünschen übrig ließ; die Fischer kamen aus dem Dorf Bartoły Wielkie oder aus Dorotowo am nahe gelegenen Wulpińskie-See, auf dem sich vor dem Zweiten Weltkrieg ein berühmtes Fährunglück zugetragen hatte. Jeder kannte die ehemalige ostpreußische Insel Herta auf diesem See, in dem das Wasser bis heute glasklar ist wie in dem benachbarten und bei den Allensteinern beliebten Bade- und Segelort Pluski am Pluszne-See. In den Zwanzigerjahren habe man, hieß es in den Reiseführern, auf der *Herta* exquisit gespeist, es habe auf der Insel ein königliches Restaurant gegeben, das aber nach dem Unfall mit vielen ertrunkenen Gästen nicht mehr an seinen einstigen Erfolg habe anknüpfen können. Jedenfalls boten die Fischer auf dem Wochenmarkt ausgezeichnete Hechte aus diesem See feil, aber ihre Konkurrenz aus der masurischen Wildnis im Süden der sogenannten Allensteiner Seenplatte schlief nicht und verfügte ebenso über beste Qualität und Auswahl: Es gab bei ihr Forelle, Kleine Maräne, Plötze, Renke, Hecht, Brasse, Schleie und Zander zu kaufen, frisch oder geräuchert.

Trotz alledem bestand der Vater darauf, dass sein Fisch der beste weit und breit sei. Er besaß eine kleine Räucherei im Garten, wobei auch die Nachbarn mit seinen Aalen und Kleinen Maränen versorgt wurden, und zwar im Prinzip das ganze Jahr über, da Radosław selbst im Winter auf den zugefrorenen Seen angelte. Die Mutter machte sich deswegen schreckliche Sorgen, er werde eines Tages im Februar ertrinken, da das

Eis unter seinen neunzig Kilo nachgeben und einbrechen werde. Viele Männer seien so leichtsinnig und sinnlos beim winterlichen Angeln ertrunken, zumal sie meistens auch dicke schwere Pelzmäntel und Winterstiefel angehabt hätten, um sich naturgemäß vor der Kälte zu schützen …

Arthur setzte sich angesichts der Ungeduld seiner Eltern, die für ältere Menschen in solchen Situationen typisch ist, endlich an den gedeckten Tisch.

Sie begannen alle drei zu essen, aber ohne ein Gebet, ohne Danksagung für die Gottesgaben, obwohl im Wohnzimmer an einer exponierten Stelle an der Wand ein Kreuz aus Holz hing neben einem Foto, auf dem der Papst Johannes Paul II. und der Dichter Czesław Miłosz in ein Gespräch vertieft zu sehen waren. Es fehlte auf dem Bild Lech Wałęsa, doch den Rudelführer der unabhängigen Gewerkschaft aus Danzig habe der Vater mit einer Schere ausgeschnitten, meinte die Mutter.

»Wir haben schon in den Achtzigern davon gesprochen, dass Wałęsa ein geheimer Mitarbeiter der *esbecja* ist. Die neue Regierung, die jetzt eine Hexenjagd veranstaltet, sagt uns also nichts Neues«, erklärte der Vater. »Doch die Wahrheit kennt nur Gott … Er wird auch mit der Witwe von General Kiszka abrechnen. Neulich fand sie nämlich ganz zufällig im Schreibtisch ihres Mannes die Akte des geheimen Mitarbeiters namens *Bolek* …«

Radosław war noch nie ein eifriger Kirchgänger gewesen, aber seit dem Tod von Marek und Jola begleitete er seine Frau gelegentlich an den Sonntagen in die Heilige Messe. »Wenn wir die Kirche nicht hätten, wären Mord und Totschlag in unserem Volk an der Tagesordnung!«, freute er sich.

Da der Vater schwieg, fragte Arthur ihn, was für einen Fisch er denn da gerade genüsslich verspeise. Natürlich wusste er, was für einen Fisch er auf dem Teller liegen hatte, aber man musste dem Vater manchmal auf die Sprünge helfen. Er war ein enttäuschter Nörgler, der weder mit den Kommunisten noch mit den Politikern der Gegenwart zufrieden zu sein schien. Dabei machte ihm Janina den Vorwurf, er würde am liebsten die Rechtskonservativen wählen, er hätte aber Angst, sich zu blamieren, fände man heraus, dass seine Mutter eine Ostpreußin gewesen sei. Dieser alte Vorwurf schmerzte den Vater Radosław ganz besonders, und die scharfe Zunge seiner Frau hatte schon oft dazu geführt, dass Arthur als Kind schlaflose oder laut unterbrochene Nächte hatte durchstehen müssen. Radosławs Befürchtung, er sei seiner Frau, ihrer Bildung und Herkunft aus einer traditionsreichen polnischen Familie nicht würdig, hatte ihn in den Alkoholismus getrieben. So hatte Arthur über viele Jahre seine Eltern gehasst. Ihr Geschrei und ihre Vorwürfe, die sie einander Nacht für Nacht gemacht hatten, blieben in seinem Gehörgedächtnis stecken wie ein Nagel in einem Brett. Dass sie beide regelmäßig fremdgegangen waren, hatte irgendwann keine Rolle mehr gespielt. Janina empfand nicht einmal mehr Mitleid mit ihrem Mann, aber da sie sich selbst als eine Großstadtdame aus einer besseren Familie – gebildet und halbadlig – begriff, sagte sie ihm nie, er sei ein Bastard, weil er als Ermländer von einer ostpreußischen Mutter geboren worden sei. Doch all das gehörte der Vergangenheit an – heute waren sie zwei alte Menschen geworden, die niemanden mehr hatten und gemeinsam sterben wollten.

Der Vater schmatzte und knusperte beim Essen wie gewöhnlich und gab Arthur endlich eine Antwort: »Es ist dein Lieblingsbratfisch: der Barsch. Merkst du das nicht mehr, was ich dir da gebraten und aufgetischt habe? Der Westen hat dich stumpfsinnig gemacht … ES IST DER BARSCH! DEIN LIEBLINGSFISCH! DER BARSCH!«

Das stimmte voll und ganz. Arthur liebte den Barsch, wenn er, ein wenig gesalzen und im Mehl gewälzt, in Butter und reichlich Öl in der Pfanne auf halber Gasflamme goldbraun frittiert wurde. Vor allem im Sommer, direkt an einem Seeufer, schmeckte der Barsch so am besten.

Janina legte Musik auf: Entweder spielte sie die Hits von Mary Hopkin, der in Vergessenheit geratenen Blondine mit der »süßen Engelsstimme eines bildhübschen Mädchens«, wie Janina jedes Mal schwärmte, oder sie legte Bach oder Brahms auf, manchmal auch Moniuszko. Die Musik während der Mahlzeiten machte den Vater eigentlich wahnsinnig, doch er ertrug es mit Fassung. Er hasste auch die Engelsstimme der Hopkin, die seine Schwester in Hamburg über alles geliebt hatte. Die Kassetten mit den Aufnahmen des britischen Engels hatten Arthurs Eltern seinerzeit in den Weihnachtspaketen aus Hamburg bekommen. »Westliche Bildungshilfe« nannte er damals die musikalischen Beilagen in den Paketen, die für gewöhnlich mit Lebensmitteln und gebrauchter Kleidung gefüllt waren.

Das Gespräch kam nur schwer voran, und Arthur wusste nicht, ob es einen Sinn machte, über die Zwillinge zu reden.

Irgendwann aber sagte die Mutter: »Marek und Jola haben ihre Arbeit geliebt, und sie waren sich dessen bewusst, dass sie jederzeit getötet werden konnten: wie Soldaten an der Front. Sie waren Reporter und Journalisten. Und ich habe dank ihrer Arbeit viele Persönlichkeiten, Idole und Talente kennengelernt, wie zum Beispiel Jolas Vorbild Krzysztof Miller, den wohl besten Fotografen Polens.«

Der Vater schwieg wieder, er schien von der Gesprächigkeit und Offenheit seiner Frau beeindruckt zu sein, aber auch Arthur war beeindruckt. Noch vor einem halben Jahr war es unvorstellbar, dass Janina in einem Telefongespräch auch nur ein Wort über die beiden Zwillinge verlor.

»Es ist so schade, dass du meine Enkelin Rosalia nicht mitgenommen hast!«, fuhr die Mutter fort. »Aber gut, sie ist mit ihrem Studium beschäftigt: Warum soll sie sich mit ihrer alten Großmutter aus Olsztyn abmühen?«

»Mama, sei doch vernünftig, sie vermisst und liebt dich …«

Janina wechselte das Thema und sprach in diesem traurigen und nüchtern wirkenden Ton, als diktierte sie einen Bericht, weiter: »Und dass du dich von Anna getrennt hast, schmerzt mich auch sehr …«

Der Vater, dem solche Gespräche meistens den Schweiß auf die Stirn trieben, sprang plötzlich auf: »Ich hole aus dem Keller eine Flasche Wasser und für mich ein Bier – das dürft ihr mir nicht verbieten! Ein Bier ist erlaubt!«

Nachdem er, aufgebracht und heimtückische Bemerkungen und Sticheleien seitens der Mutter witternd, das Wohnzimmer verlassen hatte, sagte Arthur: »Ich habe eine neue Liebe gefunden …«

»Eine verheiratete Frau …«, sagte die Mutter.

»Malwina will sich von ihrem Mann trennen. Aber was ist das hier, ein Verhör? Ich habe dich auch nie gefragt, warum du nicht den Mut aufgebracht hast, Radosław den Laufpass zu geben …«

»Bitte, du weißt doch, dass ich ein krankes Herz habe …«

Sie schwiegen beide und warteten auf die Rückkehr des Vaters. Radosław hatte noch nie eine gute Figur in diesem alten ostpreußischen Haus gemacht, das lediglich vier Zimmer besaß. Er beschwerte sich lebenslang, er sei in diesen Mauern nur Gast, das Haus gehöre seiner Frau beziehungsweise seinen Schwiegereltern Ryszard und Renata. Er war in der Altstadt von Olsztyn aufgewachsen, und an das Schloss in Galiny, in dem sein Vater Landgutsverwalter gewesen war, konnte er sich kaum erinnern. Dafür aber erinnerte er sich sehr gut an die Beschimpfungen auf den Allensteiner Straßen, Beschimpfungen, die ihm und seiner Mutter gegolten hatten: Man erkannte damals schon an seiner kurzen Latzhose, dass er ein Kind einer deutschen Frau sein musste, denn Irmgard hatte sie ihm geschneidert, er sah wie ein kleiner Hitlerjunge aus.

Als Radosław wieder aus dem Keller zurückkam und Arthur den Wodka einschenkte, wirkte er wie ausgewechselt: Er war guter Laune und begann zu erzählen: »Bei uns hat sich viel verändert, mein Junge! Wir schreiben jetzt unsere Geschichte neu! Dabei war dein polnischer Großvater Ryszard der wichtigste Zeuge in diesem Trauerspiel! Er wurde so oft von Partisanen, die man heute etwas hochtrabend ›Verstoßene‹ nennt, entführt, und jedes Mal kam er seltsamerweise mit dem Leben davon. Er hätte damals normalerweise getötet werden müssen, aber er hatte Glück, letztendlich genauso wie mein Vater, dein Opa Jan, dessen größter Feind die Angst vor der totalen Entblößung gewesen ist: nur weil er ein Jahr lang bei der Wehrmacht hatte dienen müssen. Ihm blieb keine andere Wahl, er musste sich zu Tode saufen; und trotzdem ist aus seinen Kindern etwas Gutes geworden: Ich bin Hochschullehrer und meine Schwester seligen Angedenkens hat auch studiert, obwohl ihre Eltern einfache Arbeiter und Bauern gewesen sind …«

Der Vater setzte sich endlich und sagte, er wolle nun mit seinem einzigen Sohn anstoßen und ihn noch einmal zu Hause, in der Heimat, willkommen heißen. Es war der richtige Moment gekommen, dass der Vater in Tränen ausbrechen und sich selbst bemitleiden würde, indem er wie gewöhnlich in für ihn festlichen Augenblicken sagte, er habe seine Kinder immer geliebt und auf Händen getragen, wohingegen seine Mutter und sein Vater ihn oft allein gelassen und einfach vergessen hätten. Aber Radosław brach nicht in Tränen aus, er schnäuzte sich lediglich, er rieb sich seine Nase rot, trank einen Schluck Bier nach dem Anstoßen und sagte schließlich: »Ich darf nicht heulen, darf nicht leiden, darf nichts mehr sagen, weil doch deine Mutter mittlerweile einmal in der Woche ihre Herzaussetzer hat – dann redet sie mit den Toten!«

»Radek, bitte, beruhige dich«, sagte Janina, »willst du mich wieder im Bett sterbend liegen sehen, mit blassem Gesicht und leblosen Augen? Ich darf mich nicht mehr aufregen!«

Arthurs Mutter war einst eine hübsche und äußerst attraktive Frau gewesen, eine Dame aus einer der europäischen Metropolen, so kleidete sie sich meistens, als müsste sie jeden Tag angesehene Gäste empfangen. Sie legte viel Wert auf ein gepflegtes Aussehen. Sie mochte die Mode der Sechzigerjahre, und ihr Schmuck war stets dezent, wie auch ihr Make-up. Janina hatte für ihr Alter nach wie vor schöne Hände: lange Finger und zarte, gepflegte Fingernägel. Es gab keine blauen Äderchen zu sehen, keine Altersflecken und keine Falten. Und die Hände der Mutter verrieten nichts über die Tragödie, die sie heimgesucht hatte – aber in den Augen konnte man sehen, dass sie ihre einst strahlende Kraft vor Kurzem eingebüßt hatten.

Arthur trank sein Glas Wodka leer und bat dann die Mutter, sie möge ihm noch einmal den Barsch servieren, falls es überhaupt noch welchen in der Pfanne gebe, und Janina freute sich, dass ihr Sohn so hungrig war und sie um den Nachschlag gebeten hatte und nicht den Vater.

Während Janina in der Küche verschwand, fragte der Vater nach Arthurs Plänen, wohl aus Sorge, er könnte schon morgen wieder verschwinden. Arthur beruhigte Radosław, er werde bloß für ein paar Tage wegfahren und dann wieder nach Hause zurückkommen und mit seinen Eltern die restliche Zeit verbringen – im Garten zum Beispiel, wie in alten guten Zeiten.

»Deine Malwina, diese Frau Professor aus Warschau, sie kommt doch aus Olsztyn, nicht wahr?«, fragte die Mutter, als sie mit dem gebratenen Barsch aus der Küche zurückkam.

»Ja, sie ist gerade auch bei ihren Eltern. Wir werden in drei Tagen gemeinsam in die masurische Wildnis aufbrechen und unter anderem Sławek besuchen – im Übrigen in Galiny, im Schloss eurer Eltern …«, antwortete Arthur. »Er hat das ganze Landgut samt allen Gebäuden gekauft und in ein Hotel umgewandelt …«

»Sławek habe ich noch nie leiden können«, sagte der Vater.

Er ließ kein gutes Haar an Arthurs altem Schulfreund, keinen trockenen Faden, wie man im Polnischen sagt, Sławek habe doch kurz nach der Wende Investoren aus dem Westen geholt und sei an dem Ausverkauf der polnischen Fabriken beteiligt gewesen, zum Beispiel in der Textil- und Möbelindustrie. Dann habe er sich dumm und dämlich verdient, weil er als Diener der westlichen Investoren gut aufgepasst und selbst Investitionen getätigt habe, die ihn reich gemacht hätten. Und nun spiele er sich heute als ein großer Patriot und Moralist auf und schwärme von der neuen Regierung. Sławek glaube an die Verschwörung, die am Runden Tisch 1989 stattgefunden habe: Oppositionelle aus der Solidarność-Bewegung hätten mit den Kommunisten die ersten freien Wahlen vereinbart, doch gleichzeitig hätten sie das Land wirtschaftlich unter sich aufgeteilt, wie die Mafia, und sie hätten noch viel Schlimmeres getan, ein richtiges Verbrechen verübt, indem sie verhindert hätten, dass man ehemalige kommunistische Verbrecher oder Agenten verurteilte.

»Papa, du irrst dich«, sagte Arthur. »Sławek ist ein guter Bursche. Er erlebt momentan ein politisches Blackout, übrigens wie viele Vertreter der ehemaligen Eliten. Nicht wahr?«

Der Vater war erbost, man sah seine Wut in seinem rot angelaufenen Gesicht, seine Unterlippe zitterte, in den Mundwinkeln tauchte Speichelschaum auf, und die Mutter sagte: »Ich flehe dich an, Radek, bitte, denk an mein Herz! Außerdem nennst du dich selbst einen Patrioten und behauptest, dass die Wende ein Betrug gewesen sei – ausgetragen auf dem Rücken der Armen … Doch was hätten sie damals denn tun sollen? Blut vergießen? Einen Bürgerkrieg riskieren? Die Sowjets hätten nicht einmal einmarschieren müssen. Sie waren schon da, stationiert in ihren Garnisonsstädten auf unserem Gebiet …«

Arthur musste sich bremsen, er wollte sich in diesen Streit nicht mehr einmischen, obgleich ihm klar war, dass so ein Gespräch wie dieses über die Politik und seine Heimat immer noch viel einfacher war als ein mögliches Gespräch über den tragischen Tod der beiden Zwillinge. Arthur räumte den Tisch ab, was der Mutter gefiel: Sie hasste die Arbeit in der Küche. Und Arthur war sich im Klaren, dass er vor diesem einen schwierigen Thema, dem Tabu in ihrer Familie, nicht fliehen konnte. Früher oder später würde er sich der Wahrheit stellen müssen. Würde er dann, sollte es endlich zu diesem Gespräch kommen, seine Mutter umarmen und ihr eine Erklärung für all das, was geschehen war, geben können? Natürlich nicht. Vielleicht hatte er ja selbst Angst, nicht seine Mutter und sein Vater, vielleicht war er derjenige, der mit diesen beiden sinnlosen Toden seiner Geschwister nichts mehr zu tun haben wollte?

* * *

Arthur kochte polnischen Kaffee, der dem türkischen Aufguss glich, und brachte die drei in Metallkörbchen steckenden Gläser auf einem Tablett vorsichtig zu seinen Eltern, die ihm wieder schweigend begegneten. Sie blickten auf den laufenden und viel zu laut eingestellten Fernseher, der auf Arthur wie eine dritte Person wirkte, die mit am Tisch saß und den müden Eltern eine Art Vortrag hielt.

»Der Kaffee bringt mein Herz um …«, beklagte sich die Mutter schließlich.

In dem Moment, als Arthur Janinas Klage hörte, erlebte er etwas Unheimliches: Er hatte den Eindruck, dass das Leben seiner Eltern in Sekundenschnelle an ihm vorbeigerauscht sei, als habe er einen Kurzfilm über die wichtigsten Ereignisse ihrer Vita gesehen.

* * *

Die pädagogische Hochschule in Olsztyn, an der Radosław und Janina ihr halbes Leben zugebracht hatten, existierte schon lange nicht mehr, gut zehn Jahre vor der Pensionierung der Eltern wurde sie liquidiert. Die neu gegründete Universität Ermland und Masuren begrub unter sich die Vergangenheit und die Arbeit von Arthurs Eltern, denen es schwergefallen war, sich an der Uni neu zu erfinden.

Der Vater hatte Soziologie und Politik unterrichtet und die Mutter Geschichte. Sie hatten Hunderte von Lehrern ausgebildet, doch das zählte nicht mehr. Ihre Erfolge im Beruf waren wie vom Erdboden weggefegt worden. Auf dem Wochenmarkt trafen die Eltern manchmal ihre ehemaligen Studenten, die sie ausgebildet hatten. Aber das war es schon!

Die wenigen Weihnachtsbesuche in Hamburg und Bremen zählten nur noch als familiäre, auf Fotos festgehaltene Erinnerung, zumal Arthur sich von Anna getrennt hatte und seine Hamburger Tante nicht mehr lebte, die Schwester von Radosław, die auch nur selten Besuch von Arthurs Eltern erhalten hatte. Und sein Vorschlag, einen Untersuchungstermin in der Herzklinik in Bremen zu vereinbaren, war bei der Mutter nie auf Gegenliebe gestoßen. Sie wolle niemandem etwas schuldig bleiben, sagte sie und ignorierte Arthurs Liebeserklärung: »Ich bin doch dein Sohn! Ich werde für die Kosten aufkommen und mein Erspartes gerne opfern!« Die Bremer Herzklinik galt als eine der besten in Deutschland, vielleicht sogar europaweit.

Und dann starben die Zwillinge bei Unfällen, über die man eigentlich dachte, so ein schlimmes Unglück werde andere treffen, aber nicht die Mitglieder der eigenen Familie. Es spielte bald auch keine Rolle mehr, dass sich der Vater und die Mutter bereits in den Siebzigern des vorigen Jahrhunderts im »Komitee zur Verteidigung der Arbeiter« engagiert hatten und später auch bei der unabhängigen Gewerkschaft. Sie waren keine hohen Dissidententiere gewesen, aber sie verteilten in jener Zeit immerhin die *ulotki*, die Flyer, und die Zeitschriften des Komitees und organisierten aus Hamburg Druckerschwärze. Und heute?

Heute blickte vor allem der Vater auf diese Zeit des Aufbruchs und der Revolution melancholisch zurück und fühlte sich betrogen, da es seiner Meinung nach viel zu viele Verlierer der Wende gab, vor allem unter den ehemaligen Mitgliedern des »Komitees zur Verteidigung der Arbeiter« oder der unabhängigen Gewerkschaft. Radosławs nörgelige Haltung, zumal der Vater auch mit der neuen Regierung nicht zufrieden war, brachte Arthur oft in Rage, da er Radosławs latenten Opportunismus nicht ausstehen konnte. Schlussendlich hatte der Vater Angst davor, dass man ihn als Betrüger entlarven würde, weil er eine ostpreußische Mutter hatte und damit deutsche Wurzeln besaß. Radosław hatte Angst, sein Ansehen in der Gesellschaft zu verlieren. Diese Angst war die Hauptursache dafür, dass er nie ein Risiko einging. Sonst wäre er nach Deutschland zu seiner Schwester ausgewandert, oder er hätte wie Onkel Stanisław eine richtige universitäre Karriere gemacht, er hätte Bücher geschrieben und wäre auch ein berühmter Dissident geworden. Wenigstens besaßen beide Männer eine sogenannte dunkle Vergangenheit, derer sie sich ihr Leben lang geschämt hatten.

* * *

Aber Arthur hielt sich an diesem ersten Abend in Olsztyn mit seiner Kritik an der Lebensweise und dem Opportunismus des Vaters zurück. Der Tod der Zwillinge hatte ihm die Zunge entschärft und die Hände gebunden und machte ihn zu einem verständnisvollen Therapeuten.

»Du weißt doch, dass ich keinen Kaffee und auch keinen Wein mehr trinke«, sagte die Mutter. »Der Arzt hat mir alles verboten, alles, was mein Herz schwächen könnte. Ich darf nicht einmal um meine Kinder weinen … Du bist von uns abgehauen, und der Tod hat mir dann die Zwillinge genommen. Ich fühle mich heute so, als hätte ich nie Kinder gehabt.«

»Du darfst dich nicht aufregen«, sagte der Vater, der nicht begriff, dass er eigentlich derjenige war, dem man dies ständig vorwerfen könnte, denn er fand immer einen Grund, um die Mutter zu kritisieren – selbstverständlich nur zu ihrem Besten!

Aber Janina hörte nicht auf ihren Mann, sie trank sogar einen Schluck Kaffee und bat um ein kleines Gläschen Likör, der in ihrer Vitrine mit dem Porzellan und den Büchern stand, versteckt hinter den Vasen und Gläsern. Arthur sprang sofort auf, er brauchte nicht zu überlegen, ob es richtig war, den Wunsch von Janina zu erfüllen. Wie lange lebt sie noch?, fragte er sich. Vielleicht wird sie das Blühen ihrer Abendlevkojen nächstes Jahr nicht mehr erleben.

»Ich bin schon ruhig! Wir haben schließlich etwas Wichtiges zu besprechen«, wehrte sich die Mutter. »Wir müssen unser Testament ändern: Das Haus soll dir gehören, obwohl wir Enkelkinder haben, die von ihren Großeltern auch großzügig bedacht werden sollten – eigentlich. Du bist Gott sei Dank keine arme Kirchenmaus, sondern ein Bestsellerautor und obendrein mit einem monatlichen Professorengehalt ausgestattet. Du hast uns in Not auch oft geholfen. Das Haus soll aber nur dir gehören. Das ist unser Wunsch …«

Arthur musste erst einmal einen Wodka trinken, das war jetzt die kleinste Sorge, mit der er sich beschäftigen wollte: das Erbe. Außerdem hatten die Eltern eine falsche Vorstellung von seinem Vermögen, sie dachten tatsächlich, er wäre steinreich und besäße in Bremen eine Jacht, die in Wirklichkeit ein kleines altes Segelboot war und die obendrein seinem Freund Joseph gehörte.

Arthur wusste einen Moment lang nicht, wie er der Mutter antworten sollte. Er hatte den Eindruck, dass alles, was er sagen würde, sich als falsch entpuppen könnte. Er musste aber etwas sagen: »Ich bin nicht nach Olsztyn gekommen«, begann er, »um meine Erbschaft mit euch zu regeln …«

»Du hast uns in schwerster Stunde alleingelassen. Das Geld für die beiden Begräbnisse hätten wir gemeinsam, sprich: mit den verwitweten Eheleuten, schon zusammengekratzt, keine Bange …«, ärgerte sich Janina.

»Ich habe die Zwillinge nicht umgebracht …«, sagte Arthur.

Der Vater wurde wieder lebendig: »Das behauptet auch niemand … Deine Mutter will dir nur sagen, dass wir dich auf den beiden Begräbnissen vermisst haben. Und daher haben wir uns oft gefragt, ob du überhaupt fähig bist, Mitleid zu empfinden.«

Arthur musste staunen. Der letzte Satz bohrte sich in seinen Kopf und ließ ihn heiß werden; der Schmerz war für einige Sekunden unerträglich, während das Herz – sein flüchtendes Herz – besonnen blieb und im alten Rhythmus weiterpochte. Das Blut stieg Arthur in den Kopf, er spürte plötzlich, dass er hier nichts mehr tun konnte: weder für seine Eltern noch für sich selbst. Er ließ den Blick sinken, dann schenkte er sich einen Wodka ein, den dritten mittlerweile; der Wodka war inzwischen warm geworden, da der Vater die Flasche auf dem Tisch hatte stehen lassen. Nach jedem Einschenken hätte sie sofort ins Gefrierfach wandern müssen. Doch der Vater trank nicht mehr mit und dachte nicht mehr an die Rituale.

Da Arthur schwieg, sagte die Mutter: »Jola hat uns schon vor zehn Jahren gewarnt, dass wir in Europa von den USA in einen Krieg mit den Moslems verwickelt werden – wir haben sie damals ausgelacht! Und erinnert ihr euch an ihre Fotoreportagen aus Italien, die sie vor zehn Jahren gemacht hat? Niemand wollte auf sie hören, als Jola von Flüchtlingen in überfüllten Booten und Schiffen berichtete. Und nun ist sie wie ein Soldat im Kampf gefallen. Jetzt verstehe ich, wie sich die Mütter fühlen müssen, die ihre Söhne in Afghanistan verloren haben – die Mütter der Soldaten aus den Kasernen von Bartoszyce zum Beispiel, gleich um die Ecke.« Und dann wandte sie sich an Arthur: »Ich weiß, mein Sohn, ich weiß, du hast Jola gewarnt! Und selbst Marek hast du gewarnt! Du hast kein schlechtes Herz … Der Vater weiß nicht, was er da wieder sagt …«

»Warum willst du mich immer vor meiner Familie erniedrigen?«, empörte sich Radosław.

»Vor was für einer Familie denn?«, schlug die Mutter zurück. »Wir sind keine Familie mehr … Frag mal deinen Sohn! Tu es endlich!«

Arthurs Eltern begannen den alten Streit, den er schon aus seiner Kindheit und Jugend kannte: War ihr ältester Junge wirklich ein Zerstörer, der in ein intaktes System eingedrungen war und alle Lichter zum Erlöschen gebracht hatte, wie sie es darstellten? Besaß er wirklich nicht die Fähigkeit, Empathie für seine Liebsten zu empfinden? Und wenn ja: War das der Grund dafür, dass ihn seine Frau Anna ganz einfach vergessen hatte wie einen Schlüssel oder eine Brieftasche, die man irgendwo abgelegt hat? War er ein Zerstörer? Hatte er die Zwillinge getötet? Natürlich nicht, er machte sich schon genug Vorwürfe, sie verlassen zu haben, als sie das Schulalter erreicht hatten. Er wusste damals, was den beiden zu Hause blühte: die Zechgelage des Vaters, die unaufhörliche Zankerei und das hysterische Geschrei nachts, die beiderseitigen Verdächtigungen, eine Geliebte oder einen Geliebten zu haben, die Beschimpfungen: »Du Hure!« – »Du Hurensohn!«

Manchmal dachte er, die Eltern wollten ihre Schuld auf ihn übertragen, ihn für ihr eigenes Versagen verantwortlich machen, hatte er sie doch verlassen …

* * *

Er konnte das nicht mehr hören; er ging deshalb kurz in den Garten, um eine Zigarette zu rauchen und den Abendlevkojen für die kommende Nacht viel Erfolg zu wünschen. Bei den Blumenbeeten der Mutter vermisste er aber auf einmal seinen Großvater Ryszard, der ihm die Soziologie, Geschichte und Philosophie als ein Paket zusammengeschnürt und geschenkt hatte: Nur dank seines Geschenks war er zu dem geworden, was er heute zu sein glaubte – ein Historiker und Sachbuchautor, der nie wieder der Illusion erliegen wollte, dass er fremde Schicksale und Lebensläufe vor dem Vergessen retten könnte; in Wahrheit zählte nur die Rettung der eigenen Erlebnisse und Erfahrungen, die ein Individuum ausmachten, zumal ein einzelner Mensch gegenüber dem Kollektiven und Öffentlichen machtlos und entblößt dastand. Es war ihm auch das klar geworden: dass man heute – so schien es auch seinem Freund Joseph – nirgendwo mehr ein Versteck für seine Siebensachen und sein Glück fand.

Da packte ihn ein anderer schrecklicher Gedanke: Was, wenn ich sie umbringen würde, wenn ich meine Eltern töten würde, wäre das nicht ein Segen für sie? Wenn sie wüssten, sie könnten heute Abend all ihr Leid beenden – aus meiner Hand sozusagen?

Er drückte die Zigarette in einem Blumentopf aus, was die Mutter hasste.

Er wunderte sich nicht einmal, dass er über diese schreckliche Möglichkeit kurz nachgedacht hatte. Er wollte doch, dass sie nicht mehr litten. Und trotzdem würde er es niemals tun, niemals: Diese Erlösung konnte er ihnen nicht schenken, und vielleicht hatten die Eltern ja recht und er besaß keine Empathie? Für niemanden.

Er dachte im nächsten Augenblick an Rosalia – wenn ihr etwas zustoßen würde … Aber er schrak aus seinen Gedanken schnell auf: Sein iPhone zeigte eine Nachricht von Malwina, sie sei schon in Olsztyn angekommen und weile bei ihren Eltern. Und sie hoffe, dass bei ihm alles in bester Ordnung sei …

Kapitel 3
Das unverhoffte Wiedersehen mit den Zwillingen

Der Vater verabredete sich mit Arthur für den kommenden Morgen zum Angeln, wie Arthur es vorhergesehen hatte. In Wahrheit wollte Radosław bloß mit seinem Sohn unter vier Augen sprechen. »Ich habe dir viel zu sagen, viel zu sagen! Ich werde dir nichts verschweigen, und du kannst sicher sein, dass ich unglaubliche Dinge zu berichten habe!«, verabschiedete er sich, bevor er schlafen ging – in seine Gemächer im ersten Stockwerk; dort könne er schnarchen und nach Belieben einen fahren lassen. Trotzdem behauptete Radosław, er stehe nun seit Jolas Tod jede Nacht auf, um zu prüfen, ob Janinas Herz weiterschlage und alles in Ordnung sei – er stelle sich dafür sogar den Wecker. Die Mutter schlief nämlich in ihrem Zimmer, das sie sich neben dem Salon eingerichtet hatte und das einst ihre Eltern bewohnt hatten. Als Arthur im Pyjama nach dem letzten Film im ersten öffentlichen Programm noch einmal in die Küche kam, um sich eine Flasche Wasser für die Nacht zu holen, bemerkte er, dass bei seiner Mutter Licht brannte und dass sie sich mit jemandem unterhielt. Zum Teufel, dachte er, was tut sie da eigentlich um diese Uhrzeit? Soll ich Radek wecken und ihm Bescheid sagen?

Arthur warf einen Blick auf seine Armbanduhr. Es ging schon auf zwei Uhr morgens zu, bereits in drei, vier Stunden musste er wieder aufstehen, wie sich das für einen richtigen Angler gehörte. Der Vater angelte nie am Ukiel-See und nie auf den restlichen fünfzehn Seen, die die Woiwodschaftshauptstadt Olsztyn zu bieten hatte: für mehr als einhundertsiebzigtausend Einwohner, die – wie alle Einheimischen – nicht wussten, was für ein Glück es eigentlich war, wenn man jederzeit ohne großen Aufwand zum Segeln, Fischen oder Baden herausfahren durfte. Radosław bevorzugte die Gewässer im Südosten der Allensteiner Seenplatte, den Pluszne- oder Serwent-See, wo er sich jedes Mal ein Ruderboot mit einem akkubetriebenen Außenborder auslieh, wobei Pluszne plüschigkuschelig und dadurch sehr beliebt bei den Allensteinern war, die aus ihm im Sommer ihre Badewanne machten. Das Wasser dort war sauberer als woanders, und es gab in dem Touristendorf Pluski einen breiten Badestreifen, wo man sich so fühlte wie an der adriatischen Küste. In Pluski, einem vor der Kriegszerstörung geretteten Dorf, bestand allerdings die Gefahr, dass man in der ostpreußischen Rockergaststätte *Złoty Strug*, *Zum goldenen Hobel*, versackte und erst mehr oder weniger auf allen vieren die Kneipe verließ, was Arthur schon oft erlebt hatte.

Und nun blieben ihm nur noch ein paar lausige Stunden Schlaf, er zögerte deshalb, ob er wirklich bei seiner Mutter vorbeischauen sollte, um sie zu fragen, warum sie noch nicht schlafe. Er freute sich schon sehr auf die Angeltour mit dem Vater, da er mit der Rute in der Hand und mit Radosław in einem Boot die ruhigsten und nachhaltigsten Augenblicke ihrer Vater-Sohn-Geschichte erlebt hatte. Beim Angeln auf dem See war der Vater erträglich und tadellos zugänglich – das Ungeheuer verwandelte sich dann in einen sanften Riesen. Aber würde dies wieder gelingen?, fragte sich Arthur. Und wann haben wir das letzte Mal zusammen geangelt? Vor einer Ewigkeit! Ihm war jetzt, als hätte er Olsztyn nie verlassen und wäre bloß mit dem Vater vom Angeln auf dem Pluszne-See zurückgekehrt – mit drei Hechten und fünf Barschen.

Er war beunruhigt, trank ein ganzes Glas Wasser und beschloss, der Mutter doch noch einen kurzen Besuch abzustatten – aus Sorge um ihre Gesundheit. Normalerweise ging Janina früh ins Bett und schlief zwölf Stunden pro Tag, von zweiundzwanzig Uhr bis zehn, und dann, wenn sie langsam wach wurde, brauchte sie weitere Stunden, um in Ruhe zu baden, sich zu schminken und zu frühstücken. Sie durfte sich nicht aufregen, durfte keine Radio- und TV-Nachrichten hören und sehen, keine schweren Einkaufstaschen tragen und keinen intensiven Sport treiben – ein Spaziergang im Park oder eine Fahrradtour im gemächlichen Tempo am Kortowskie-See reichten völlig aus, mehr war nicht erlaubt. Sie musste leben wie Dornröschen und Schneewittchen. Aber natürlich missachtete Janina all die Empfehlungen des Arztes und erfand jede Woche neue Termine und Aktivitäten: Maniküre, Pediküre, Zahnarzt, Frauenarzt, Friseur, Französischunterricht, Vortrag, Lesung, Konzert, Straßendemonstration – bis zum Tod von Jola habe die Mutter, so der Vater, nicht einmal Zeit gehabt, um ihm pünktlich ein vernünftiges Mittagessen zu kochen; es brauche sich also niemand zu wundern, dass sich Janinas Herz wie ein Epileptiker verhalte, unberechenbar und aggressiv. Dass er selbst einen Beitrag zu dieser Erkrankung geleistet haben könnte, kam dem Vater nie in den Sinn.

* * *

Arthur klopfte an Janinas Tür, die nur einen Daumen breit geöffnet stand, sodass es ausreichte, in das Zimmer der Verstorbenen und in Vergessenheit Geratenen, in dem die Mutter die meiste Zeit mit ihren Erinnerungen an die Toten verbrachte, einen neugierigen Blick zu werfen.

»Komm herein, mein Sohn, wir warten auf dich!«, sagte die Mutter.

Er folgte der Einladung der sanften Stimme, die jetzt so spät in der Nacht und an diesem Ort fremdartig klang. Ein mit einem weißen Tischtuch verdecktes Nachttischlämpchen schenkte gerade so viel Licht, dass er die Verwandlung in Janinas Gesicht und Augen erkennen konnte: Die Mutter hatte sogar rote Bäckchen und schien hellwach zu sein, von ihrer Krankheit und der Trauer um ihre Zwillinge war nichts zu sehen.

»Er weiß nicht, dass ich manchmal nachts aufwache und mit ihnen spreche, wenn unsere Kinder zu Besuch kommen …«

Arthur wollte sich auf den Stuhl am Schreib- und Schminktisch setzen, aber die Mutter fing plötzlich an zu schreien: »Nicht auf den Stuhl! Bitte! Bei mir auf den Bettrand, zu meinen Füßen, jedoch nicht auf den Stuhl. Da sitzt schon jemand.«

Er sah sich in Janinas Zimmer automatisch um, dann musste er grinsen: Natürlich war da niemand – er entschloss sich trotzdem, das Spiel mitzuspielen. Er dachte: Ist es das, was mir der Vater sagen will? Kann sie wirklich mit Verstorbenen sprechen? Hat meine Mutter den Verstand verloren?

Der Platz am Schminktisch war frei und sah einladend aus, er hatte dort als kleiner Junge oft gesessen und mit den Lippenstiften, Nagellacken, Make-up-Pinseln und Tuschen experimentiert, genau an demselben Tisch, der damals allerdings im Schlafzimmer gestanden hatte.

»Wer sitzt da, Mama, wen siehst du dort auf dem Stuhl in deinem Königreich?«, fragte er, als er am Bettrand, direkt zu Janinas Füßen, Platz nahm. »Da ist doch niemand ...«

»Du kannst deine Schwester nicht sehen und nicht hören, aber ich kann es«, lächelte die Mutter. »Dort, wo ich lebe, würdest du nicht nur Jola treffen, sondern auch Marek und andere ... Den Tod gibt es an und für sich nicht, das Leben geht dort drüben ganz normal weiter, nur dass das Warten auf das Ende der Welt, auf das Gericht Gottes, unerträglich wird, obwohl du dir jederzeit einen Wunsch erfüllen kannst. Möchtest du dich am goldenen Meeresstrand sonnen, schon wird dein Wunsch erfüllt ... Allerdings sind meine Kinder nicht glücklich – tödlich Verunglückte oder von Mördern und Terroristen Getötete sitzen im Jenseits unter ihresgleichen zusammen, Opfer bleiben also unter sich, genauso wie die Selbstmörder nur mit den Selbstmördern und die Schlagetots mit den Schlagetots verkehren und so weiter ...«

»Aber wenn du Jola wirklich siehst und hörst – was sagt sie jetzt, in diesem Moment? Sie muss mich doch auch sehen und hören!«

Er sah Janina, die schwieg, direkt ins Gesicht; die Augen der Mutter erzählten ihm mehr als ihre abstrusen Behauptungen: Janina glaubte wirklich daran, dass die Zwillinge sie regelmäßig besuchten und dass ihr die Tore des Totenreichs offen standen, sodass sie jederzeit einen Blick auf die andere Seite wagen konnte. Allmählich dachte er sich, was ihm der Vater beim Angeln beichten würde. Die Grenze zwischen Janinas

Zimmer, in dem sie ihre jenseitigen Gäste empfing, und den restlichen Räumen des alten ostpreußischen Hauses am Ukiel-See, das einst den polnischen Großeltern gehört hatte, schien Arthur auf einmal nicht unüberbrückbar zu sein. Es war wohl ganz einfach, wenn man sie wirklich überschreiten wollte.

Und noch andere Fragen bedrängten Arthur in diesen stillen Minuten: Gab es zum Beispiel Reinkarnationen? Falls die Mutter ihre verstorbene Tochter tatsächlich kontaktieren konnte, müsste Jola das doch wissen. Und was war mit den Großeltern los? Mit Ryszard und Renata? Jan und Irmgard? Wo wohnten sie dort drüben?

»Und was ist mit Marek, ist er heute Nacht auch anwesend? Kannst du ihn sehen?«, fragte er schließlich; er traute sich nicht, Janina die anderen Fragen, die ihn bedrängten, zu stellen; er wollte die Mutter nicht noch mehr verwirren.

»Natürlich – er sitzt neben dir, und du spürst es nicht einmal«, antwortete Janina. »Er schweigt die meiste Zeit, zumal deine Schwester ununterbrochen redet wie früher. Ihre Fotos haben mir schon immer gut gefallen, vor allem die Porträts der Obdachlosen aus Olsztyn, aber nicht die Kriegsfotos aus dem Nahen Osten, doch ihr unglaubliches Geschwafel konnte ich noch nie ertragen. Ich habe Jolas Wortkaskaden nie verstanden, und Jola hat mir, was du nicht weißt, wirklich alles aufgetischt, alles, wobei ich das meiste gar nicht hören wollte: dass der Penis ihres Mannes zu groß sei und dass ihr Geliebter genau die richtige Länge habe, weshalb sie endlich spüren könne, was Liebe in Wirklichkeit bedeute. Ich habe all die Sauereien einfach ertragen müssen. Mein kleines Töchterchen hat sich darum den Teufel geschert …«

»Mama, ich bitte dich«, unterbrach Arthur die Mutter, »aber was sagt sie jetzt? In diesem Augenblick?«

Janina blickte ihn verdutzt an: »Jetzt? Jetzt sagt sie, dass du recht gehabt hättest … Sie habe letzten Endes verstanden, dass deine Warnungen keine überheblichen Ratschläge des älteren Bruders gewesen seien, sondern Liebesbeweise. Und sie sagt, sie leide deshalb schrecklich, weil sie nicht auf dich gehört habe. Und somit habe sie ihre Tochter viel zu oft verlassen, um auf ausgedehnten Auslandsreisen ihre Fotos zu machen. Und sie sagt, dass sie am meisten bereue, ihre kleine Tochter vernachlässigt zu haben – im Namen ihrer Karriere.«

Arthur bedeckte mit beiden Handtellern kurz sein Gesicht, atmete sogleich tief durch, rieb sich die Augen, aber dann konnte er den Blick von Janinas Schminktisch nicht mehr abwenden. Er dachte: Beim besten Willen, auch wenn ich mich sehr anstrenge – Jola will sich vor meinen Augen einfach nicht materialisieren, sie will mir nicht einmal als Geist erscheinen, Mama, was soll ich tun?

»Armes Kind!«, sagte die Mutter. »Mein armes Kind! Warum musstest du vor mir sterben? Das ist ungerecht! So ungerecht! Und jetzt geh bitte endlich schlafen, Jola – ich bin auch müde …«

Janinas Blick wanderte wieder zu ihm, sie sagte: »Ich bin nicht verrückt …«

»Nein, Mama, du bist nicht verrückt …«, antwortete er.

Arthur erhob sich und legte sich neben die Mutter, die davon gar nicht überrascht zu sein schien. In seiner Kindheit war er oft zu ihr ins Bett gekrochen, um bei ihr einzuschlafen und in der sorglosen Nacht zu verschwinden. Damals, als er sechs, sieben Jahre alt war, hatte er die mütterliche Wärme gebraucht, um die Albträume abzuwehren und später ein Mann zu werden. Niemand roch so gut, niemand war so zart, niemand sprach mit ihm so geduldig und voller Verständnis wie die Mutter. Der kleine Arthur, der Erstklässler, hatte sich in sie verliebt und sich auch dafür ein wenig geschämt.

Und heute, nach fast fünfzig Jahren und den beiden Todesfällen in der Familie, fand eine Umpolung statt – denn heute musste er die Mutter in seine Arme schließen und ihr Wärme und Trost spenden und sie in der Nacht verstecken und beschützen.

Er streichelte ihre Stirn und sagte: »Schlaf jetzt bitte, Mama! Du hast doch ein krankes Herz, schlaf bitte! Morgen musst du nicht kochen, du hast keinen Arzttermin, und am Abend lade ich dich in das neue Restaurant am Ukiel-See ein, damit du dich von den Strapazen des Tages erholst. Du wirst am Fenster sitzen oder gar auf der Terrasse und damit direkt am Wasser, es ist noch warm so kurz vor dem Beginn des Altweibersommers, und der Mond wird aus dem See auftauchen und hoch in den Himmel schießen, wie du es mir immer erzählt hast, wenn wir in den Sommerferien zwei Wochen im Erholungszentrum in Pluski verbrachten …«

Die Mutter zog ihre Augenbrauen zusammen: »Unsere Sommerferien werde auch ich nie vergessen – zumindest warst du dann am glücklichsten, das stimmt! Und du meinst gewiss das Restaurant *Przystań*? Es ist übrigens viel zu teuer und gar nicht mehr so neu, und wenn du Geld zu verschenken hast, gib es lieber deiner Tochter oder meinen Warschauer Enkelkindern! Und nun sage ich dir gute Nacht, der Vater will dich bereits um fünf Uhr morgens aus dem Bett werfen …«

Arthur blieb aber noch neben Janina liegen, er musste der Mutter den üblichen Bericht erstatten, wie es ihm so in letzter Zeit ergangen sei. Janina war unersättlich, was Neuigkeiten anbetraf. Sie fragte nach seiner Warschauer Geliebten, der hübschen und klugen Frau Professor Malwina, sie wollte erfahren, wie es ihren beiden Töchtern gehe und auch seinem neuen Buch. Janina konnte nicht glauben, dass Arthur, den sie in seiner Kindheit »mein Klügster« oder »mein Schönster« genannt hatte, seinen Hochschuljob zu quittieren beabsichtigte, um sich gänzlich der Geschichte seiner Familie und Autobiografie zu widmen. Und noch unglaublicher fand sie Arthurs neues Buchprojekt, das sich ausschließlich mit den ersten Nachkriegsmonaten im Schloss von Galiny beschäftigte und ihren wie auch des Vaters Eltern gewidmet war.

Selbst die Geschichten über die Flüchtlinge aus Syrien oder Afghanistan ließen ihre Augen wieder wach und lebendig werden, und sie fragte ihren Sohn aus, als würde er in einem Asylantenheim arbeiten. Arthur hatte Mühe, der Mutter zu erklären, dass es hier immer wieder zu massiven Problemen komme und dass es nicht nur um die Versorgung von knapp einer Million Kriegsflüchtlingen aus Syrien und anderen Ländern gehe – er wollte Janina und ihr schwaches Herz nicht noch mehr in Bedrängnis bringen. Ihm war klar, dass man die globale Völkerwanderung des 21. Jahrhunderts nicht mehr stoppen konnte, aber er musste vermeiden, der Mutter Angst zu machen. Sie wiederholte zwar oft, sie werde den kommenden Frühling nicht mehr erleben, die Welt könne ihretwegen gänzlich aufhören zu existieren oder verrückt werden, sobald sie gestorben sei, aber in Wahrheit machte sie sich Sorgen um ihre Enkelkinder. Gleichwohl sagte sie: »Ich habe übrigens keine Angst vor dem Islam, genauso wenig wie vor dem Christentum. Es handelt sich nur um von Menschenhand gemachte Götter, die kommen und wieder gehen. Und trotzdem ist es gut zu wissen, dass es so jemanden wie Christus gibt, der durchaus recht haben und unsere Rettung sein könnte. Ich besuche deshalb auch die Sonntagsmesse – ich, eine alte Sozialistin und Linke, die in den Achtzigern aus der Partei ausgetreten ist und sogar die streikenden und ewig unzufriedenen Arbeiter unterstützt hat.«

Ihre letzten Worte wurden jetzt immer leiser. Arthur verstand deswegen nur noch einen Satz: »›Mein Klügster, mein Schönster‹, du bist meine Rettung …«

Er spürte unter seinen Fingerkuppen warme Tränen der Mutter, er streichelte noch ein letztes Mal ihr Gesicht und schlief dann selbst ein.

Und wie in alten Zeiten träumte er wieder an der Seite seiner ersten großen Liebe. Er träumte von einer langen, menschenleeren Brücke, die im kalten Nebel lag und auf der man längst vergessene und ungeliebte Personen traf – Menschen, die man eigentlich nicht mehr wiedersehen wollte. Und trotzdem wog der Traum selbst nicht schwer und besaß keine dunkle Farbe, obwohl Arthur dann tatsächlich eine vernebelte und wenig einladende Brücke betrat und dort zu seiner Verwunderung die Mutter traf. Er lief ihr in die Arme im kalten und feuchten Nebel, in dem sie beide große Mühe hatten, ein einziges Wort auszusprechen. Er kannte das Gefühl der Ohnmacht aus anderen Träumen: Man will fliehen, es gelingt jedoch nicht, da man allerhöchstens zwei, drei Schritte machen kann, und dies mit größter Mühe. Aber er war glücklich, und die Mutter auch, dass sie auf dieser unbekannten Brücke einander begegneten. Und er schlief so fest ein, dass er voller Schrecken aufwachte und sogar einen Angstschrei ausstieß, als der Vater ihn wach rüttelte: »Pst! Du weckst sie noch auf, sei leise! Es ist so weit! Wir fahren in einer halben Stunde los!«

Kapitel 4
Zwei Angler und die große weite Welt

Der Vater besaß einen alten roten Škoda, dessen Kofferraum wunderbare Schätze barg: seine besten Angelruten, Kescher und Taschen, die vor Haken, Posen, Schnüren und Blinkern aus allen Nähten platzten. Arthur liebte die Anglerausrüstung des Vaters, weil wenigstens dort, in dieser Schatztruhe, Ordnung herrschte. Er hatte als Junge viele Stunden damit verbracht, die verschiedenen Plastik- und Metalldosen und deren Inhalt zu studieren: die Bleigewichte, die Haken oder die Stopper. Und als der Vater die Thermoskanne mit dem Kaffee und die Plastikbeutel mit den geschmierten Brotschnitten einpackte, begann sich Arthur über den Ausflug zum Pluszne-See zu freuen. Die ganze Müdigkeit des kurzen Schlafes an der Seite der Mutter war von ihm gewichen, der Geruch des frisch gefangenen Fisches ergriff bereits jetzt schon seine Nase.

»Du siehst nicht gerade erholt aus …«, grinste der Vater. »Zieh dir etwas Warmes an, am frühen Morgen ist es am Wasser immer kalt. Und rasieren kannst du dich nach unserer Rückkehr … Wir müssten eigentlich längst auf dem Weg nach Pluski sein …«

»Ich werde mich beeilen, versprochen«, antwortete Arthur, der sich wie ein kleiner Junge vorkam; die Fürsorglichkeit des Vaters, die Arthur im Teenageralter stets gehasst hatte, machte ihn jetzt aber munter und verlieh ihm zusätzliche Kraft. Er wusste, er konnte sich auf Radosław verlassen, und er war zu Hause, wo seine Bremer Sorgen schnell verschwanden, als hätte er Anna und Rosalia nie kennengelernt, seine eigene Familie nie gegründet; Hiob hat seine erste Frau und seine ersten Kinder auch vergessen, dachte er, und dann wandte sich Arthur wieder an den Vater: »Manchmal wünsche ich mir, ihr hättet mir damals die Ausreise in den Westen aus dem Kopf geschlagen …«

»Ach was!«, freute sich Radosław. »Es ist nun zu spät, um noch einmal diesen Garten zu betreten und Erdbeeren zu pflücken. Heute weißt du es selbst, doch in jenem Sommer, als ich versuchte, dich zum Bleiben zu überreden, hast du uns sogar mit Selbstmord gedroht. Schließlich haben wir dich gehen lassen, ohne zu ahnen, dass wir unsere Kinder eines Tages für immer verlieren würden. Und Kinder sind grausam. Man liebt sie, man erzieht sie, und dann verschwinden sie. Meistens endgültig. Und du bist natürlich keine Ausnahme. Wir haben für dich stets nur das Beste gewollt, wir hätten dich also überallhin ziehen lassen, keine Frage … Selbst nach Australien!«

»Meine Tochter sehe ich auch nur noch zwei-, dreimal im Jahr. Und da ich mit Anna nicht mehr zusammenlebe, werde ich mich nicht wundern, wenn Rosalia ihren Papa doch einmal etwas öfter besuchen würde …«

Der Vater schwieg, er war unruhig und ging zu seinem Wagen. Arthur beeilte sich mit dem Anziehen, er putzte sich nicht einmal die Zähne, er spülte nur den Mund und trank in Sekundenschnelle einen halben Liter Wasser, weil er ein wenig verkatert war und die Kopfschmerzen im Anmarsch zu sein schienen.

* * *

Draußen dämmerte es, ein milchiger Dunst bedeckte die Straßen. Arthur rieb sich die Augen, um zu prüfen, ob er sich nicht täuschte: An diesem frühen Morgen wirkte alles ein bisschen verschwommen, als ob die Welt betrunken wäre … Von Jahr zu Jahr wurde Arthurs Sehvermögen schwächer; die unzähligen Lesestunden am PC-Monitor und all die Bücher aus vierzig Jahren forderten scheinbar ihren Tribut.

Ich werde doch nicht krank, dachte er, Diabetes wäre das Letzte, was ich jetzt gebrauchen könnte … nur, weil ich Rotwein hektoliterweise konsumiert habe, was ich allerdings nicht mehr tue … Es wäre bittere Ironie, ein bitteres Ende … Ohne meine Bücher bin ich ein Nichts.

Der Vater saß am Steuer, und Arthur prüfte die nächtlichen WhatsApp-Nachrichten von Malwina, die ihm wieder einmal ihren ganzen Tag im telegrafischen Stil geschildert hatte. Außerdem schrieb sie, dass sie sich auf die morgige Begegnung freue und sie kaum erwarten könne. Sie habe bereits zwei Einzelzimmer im Schloss seines Freundes reserviert – in dem Dorf Galiny bei Bartoszyce. Arthur war sauer. Er hatte sie doch gebeten, nichts zu reservieren. Sławek, immerhin der Besitzer des Schlosshotels, wollte sich persönlich um die Zimmer kümmern. Und überhaupt, was hatte sie vor? Was sollten sie beide mit zwei Zimmern anfangen? Empfing sie vielleicht Besuch? Von ihrer Familie etwa?

»Bist du dir sicher, dass du weißt, was du da tust?«, fragte der Vater. »Eine verheiratete Frau … Mit zwei Töchtern … Was macht ihr Mann eigentlich?«

»Das, was jeder gemacht hat, der nach '89 besser leben wollte. Er ist wie Sławek ins kalte Wasser gesprungen, und plötzlich war er reich geworden. Irgendjemand musste den ausländischen Konzernen dabei behilflich gewesen sein, damit sie in Nullkommanichts ihr Kapital vermehren konnten – im frei gewordenen Polen.«

»Du redest plötzlich wie ich, dabei bist du doch ein westlicher Linker«, freute sich der Vater. »Du müsstest mich jetzt aufklären, mir eine runterhauen, mich beschimpfen, dass ich noch im 19. Jahrhundert lebe und dass ich an dieses Märchen glaube, Polen sei bloß eine Kolonie der Europäischen Union, vor allem der Deutschen und Franzosen, die sich bei uns dumm und dämlich verdient hätten ... Warum bist du so friedlich? Friedlicher als deine Mutter! Sie hat ein krankes Herz, aber sie beschimpft mich jeden Tag, ich sei ihrer nicht würdig, ich sei überhaupt der größte Versager, dem sie je begegnet sei. Und sie spricht mit Geistern und Gespenstern – du kannst dir das nicht vorstellen. Ich muss mit ihr einiges durchmachen! Neulich wollte sie ihren Ausweis nicht mehr verlängern – sie sagte, sie sei doch gestorben und brauche keinen Ausweis mehr. Aber um die Rente zu bekommen, braucht sie natürlich einen gültigen Ausweis. Ich habe sogar darüber nachgedacht, sie zu entmündigen ... Ein befreundeter Arzt erklärte mir, dass dies gar nicht so einfach sei. Dabei geht es nur um sie, es wäre zu ihrem Schutz gewesen.«

Arthur sagte: »Sie wird sich bald wieder erholen und in deine Welt und Realität zurückkehren. Betrachte es als eine Art Selbsttherapie, die sie betreibt: Sie muss mit Jola sprechen, sie muss sich von ihrer Tochter verabschieden. Anständig verabschieden ...«

Am frühen Morgen wirkte Olsztyn wie ausgestorben, die Stadt verwandelte sich plötzlich in ein provinzielles Nest und erweckte den Anschein, als sei sie gar nicht die Hauptstadt einer Woiwodschaft, sondern ein Grenzkaff irgendwo in der masurischen Wildnis. Und trotz dieses Eindrucks, der vor allem dem grauen und kalten Nebel geschuldet war, stellte Olsztyn das neue Polen dar, das Polen der riesigen Einkaufsgalerien, der herausgeputzten Straßen, der neuen Restaurants und Hotels, an deren Mauern die blauen Schilder mit den goldenen Sternen der Europäischen Union prangten. Viele Investitionen flossen aus der gemeinsamen Kasse in Brüssel ins Land. Und die Straßen erst: Überall baute man das Straßennetz aus, erneuerte alte Routen oder legte neue Strecken und Autobahnen an. Arthur musste sich sogar zwingen, an alte Zeiten zu denken: an seine Jugend in Olsztyn, als der Sozialismus und die wirtschaftliche Krise den Höhepunkt erreichten, weil es so gut wie nichts mehr zu kaufen gegeben hatte, keine Schuhe und keine Hygieneartikel.

»Du bist darüber begeistert«, sagte der Vater, »wie es bei uns aussieht, dabei ist das nur eine große Täuschung, denn es gibt in Polen einfach viel zu viele arme Menschen, nicht nur Rentner … Um diese Leute haben sich die bisherigen Regierungen wenig geschert!«

Arthur kommentierte nichts mehr, er wusste, dass er seinem Vater niemals irgendwelche Ratschläge geben durfte, weil er dann beleidigt war. Radosław gehörte der ›Generation der Beleidigten‹ an, wie Arthur sie in seinen Sachbüchern nannte. Es handelte sich dabei um Männer, die wie Radosław kurz nach dem Zweiten Weltkrieg geboren worden waren und die im Stalinismus ihre Kindheit verbracht hatten. Sie alle trugen in sich die Angst vor dem Übervater, dem guten Onkel Stalin. Er hatte auf sie aufgepasst, sie erzogen und ausgebildet. Unter seinem wachsamen Auge, dem Auge des Großen Bruders, konnten sie keinen einzigen Schritt unbeobachtet und frei tun, kein einziges Wort ungehört sagen. Und da sie in der Schule wie auch zu Hause ständig auf ihr moralisch-ideologisches Verhalten dem allsehenden Auge gegenüber überprüft wurden, fürchteten sie sich davor, Fehler zu begehen; infolgedessen entwickelten sie bereits als kleine Indianer, Cowboys, Samurai, Polizisten, Soldaten und Feuerwehrleute Komplexe. Und als erwachsene Männer versagten sie sich selbst das Greinen und Klagen, waren sie doch im Geiste der Stärke des kommunistischen Übermenschen aufgewachsen, der zu jeder Höchstleistung fähig war, wie es hieß. Die Angst vor dem Auge des Diktators wurden sie jedoch nicht mehr los, was wiederum dazu führte, dass sie überall wie Helden und Meister auftraten, die keine Kritik ertragen konnten. Überall witterten sie Hinterlist und Häme. Und sie fühlten sich sofort beleidigt, wenn man nicht ihrer Meinung war. Arthur nahm jedoch all dies seinem Vater auch nicht mehr übel. Er sah ihn als ein Opfer der Weltgeschichte an, und er warf ihm nicht mehr vor, dass Radosław nicht auf die Barrikaden gegangen und kein berühmter Dissident geworden war. Denn Arthur wusste mittlerweile selbst, dass es zum Schwierigsten gehörte, in Zeiten des Untergangs und der Unterdrückung mutig zu sein und sich aufzubäumen.

Seit er von seinen Kollegen an der Universität in Bremen, aber auch an anderen deutschen Universitäten regelmäßig spöttische Bemerkungen zu seinen Bestsellerbüchern kassierte – vor allem auf Facebook und in verschiedenen Internetforen –, wusste er genau, wie schnell man dann dazu neigte, den Schwanz einzuziehen und sich in eine dunkle Ecke zu verkriechen. Im Prinzip hatte der Erfolg seiner Sachbücher dazu geführt, dass er die Lust am Unterrichten und an dem Schreiben von wissenschaftlichen Artikeln verloren hatte. Die anderen nahmen ihn nicht mehr ernst und versuchten schon seit Langem, seinen Namen und seinen Ruf zu zerstören, was ihnen auch bestens gelang. Gerade vor zwei Tagen hatte Joseph ihm wieder einmal eine E-Mail geschickt, welche die Verunglimpfung des Sachbuchautors zum Thema hatte: »Wie kannst du nur mit diesem Idioten, der ›Historiker‹ genannt werden will, befreundet sein?«, schrieb ein ehemaliger Kollege von Joseph. »Er kennt die Geschichte seines Geburtslandes nicht, er ist in Wahrheit ein furchtbarer Ignorant und Verräter. Er manipuliert und mythologisiert die Rolle der Deutschen im Osten und er hat weder Max Webers *Die Polenpolitik* noch Bismarcks böse Sprüche – geschweige denn Naumanns Schriften – richtig verstanden. Und nun greift er uns ständig an – wir sollten ihm endlich den Garaus machen …«

Kapitel 5
Drang nach Osten – Drang nach Westen

Sie fuhren in Richtung Olsztynek, ehemals Hohenstein, in dessen Nähe einmal das Tannenberg-Denkmal gestanden hatte – ein makabres Denkmal, das genauso gespenstisch gewirkt haben musste wie einst die Wolfsschanze Adolf Hitlers in den mücken- und mistfliegenreichen Wäldern von Rastenburg. Sie fuhren auf der nach Warschau führenden B51 am Wulpińskie-See vorbei, an dem man in einem exklusiven Restaurant teuer und schmackhaft speisen konnte. Schade war nur, dass man in diesem neuen EU-Restaurant des Hotels *Galery 69* weder Paul von Hindenburg noch Ulrich von Jungingen treffen konnte, fand Arthur. Sie hätten sich vielleicht mit ihren einstigen Gegnern und Feinden endlich versöhnt, hätten sich gemeinsam mit den Mitgliedern der neuen polnischen Regierung den kultigen Film *Die Kreuzritter* anschauen können …

Arthur dachte: *Galery 69*, neunundsechzig, das ist genau die richtige Zahl, die symbolisch wohl am besten zum Ausdruck bringt, was den beiden Nationen Deutschland und Polen fehlt – eine intime Liebesaffäre.

Nach einer halben Stunde erreichten sie das ostpreußische Touristendorf Pluski und parkten direkt am Ufer des Pluszne-Sees. Bei einem alten Freund von Radosław, einem quicklebendigen Rentner aus dem Dorf, der um die frühe Zeit schon auf den Beinen war, bekam der Vater den Schlüssel für das Tor zum öffentlichen Bootshafen und -verleih: »Schau mal, dein Sohn, dieser Auswanderer, hat mich nicht erkannt!«, freute sich Radosławs Freund. »Ich kenne ihn aber noch als einen kleinen Burschen, der stets am Rock der Mutter geklebt hat! Dennoch: *Połamanych wędek życzę*, gebrochene Angeln wünsche ich euch – Petri Heil!«, verabschiedete sich der alte Mann, dem man ansah, dass er gerne in sein Bett zurückkehrte: zu den warmen Brüsten und Schenkeln seiner Frau und zu dem seine Sippe vor dem Bösen schützenden Holzkreuz über dem Ehebett.

Der Hafen mit dem Bootsverleih lag an der Uferpromenade, die eigentlich eine belebte Straße mit Einfamilienhäusern, Pensionen und Gaststätten war – dort war auch die Rockerkneipe *Złoty Strug*, *Zum Goldenen Hobel*; eine Kneipe, in der sich seit Jahren nichts geändert hatte, weder die schmuddelige Einrichtung noch die internationalen Gäste, vor allem aus Deutschland.

Sie gingen beide in den kleinen Hafen mit dem Steg für die Boote und Jachten. Arthur half dem Vater beim Tragen der Anglerausrüstung und der Spinn- und Teleskopruten und fühlte sich dabei wie der Siebzehnjährige, der er hier in Ermland und Masuren kurz vor seiner Ausreise zu Radosławs Schwester in Hamburg gewesen war.

Der Vater schwitzte. Auf seinem Nacken und an seiner Stirn bildeten sich winzig kleine Schweißperlen. Sie machten sich beide auf den Weg zum Boot des Freundes von Radosław, der ihnen auch einen akkubetriebenen Außenborder geliehen hatte: einen elektrischen Motor, der zusammen mit zwei Ankern und Seilen sowie mit der Anglerausrüstung und den Plastikeimern voller Köderfisch auf eine Schubkarre geladen wurde – am Pluszne-See waren benzinbetriebene, gewaltigen Lärm erzeugende Boote und Jachten verboten. In den Plastikeimern, in denen ursprünglich Wandfarbe verkauft worden war, schwammen im kalten Wasser

Köpfe, Rümpfe und Schwänze von Kleinfischen aller Art, nur nicht von den Räubern wie den Barschen zum Beispiel, obwohl die Hechte auch ihre Verwandten und Freunde fressen würden.

»Die kalte Fischsuppe ist meine Erfindung«, sagte der Vater voller Begeisterung. »Jeder Angler hat sein eigenes Lockmittel und Anfutter, bei Hechten muss man besonders zart und schlau vorgehen …«

Radosław schob mit Vorsicht die ganze Ausrüstung auf der Karre durch die Gegend, als würde er gleich an einem wichtigen Ereignis teilnehmen: an der ersten Bootsfahrt mit einem neuen, kurz vor der Markteinführung stehenden Außenborder. Schon lange vermutete Arthur, dass der Vater deshalb keine außergewöhnliche Karriere als Professor an der Hochschule hatte machen können, weil er viel lieber zum Angeln hinausgefahren oder in seinem Garten untergetaucht war, während seine Kollegen gestreikt, Arbeiter verteidigt und Bücher geschrieben hatten – oder der kommunistischen Partei in den Arsch gekrochen waren. Radosław suchte stets nach einer Ablenkung, doch vielleicht zwang ihn dazu eine dritte Kraft, die in diesem Land jeden lahm und faul zu machen vermochte: die Kraft der Natur. Ein Gang in den Wald, um Pilze und Blaubeeren zu sammeln, ließ den Vater vom einfachen Leben auf dem Land träumen, von einer Utopie, von den vor Milch und Honig triefenden Brüsten einer jungen Frau. Genau das war allerdings nicht die Existenz, die sich Arthur in seiner Jugend ausgemalt hatte. Der Drang nach Westen hatte gerufen und ihn aus den Wäldern und von den Ufern der Seen verjagt.

Nun rüsteten sie beide das geliehene Boot aus Kunstharz auf, alle Handgriffe beim Montieren des Außenborders klappten beim Vater auf Anhieb. Radosław fluchte nicht einmal, er schwieg eine Weile, dann folgten präzise Befehle: »Jetzt die beiden Ruder!« – »Setz dich!« – »Fass nichts an!«

Sie fuhren los. Im höchsten Motorgang entfernten sie sich rasch vom Ufer des Pluszne-Sees, der an diesem Morgen ruhig war: Es gab nirgendwo Vorzeichen für einen Sturm. Der Außenborder, ein alter Japaner, machte zwar keinen höllischen Krach, doch wurde sein konstantes leises Summen trotzdem sanft in die Ferne getragen. Wie auf Bestellung wehte etwas Wind, ab und zu kam ihnen eine leichte Brise entgegen und füllte die Lungen mit erfrischender Luft. Den ganzen See schien eine dünne dunkelblaue Schutzschicht zu bedecken, die sich ständig hin und her bewegte und auf der Wasseroberfläche Millionen kurzlebiger Falten bildete. Die unaufhörliche Bewegung der winzigen Wellen wirkte bedrohlich und faszinierend zugleich. Es war immer noch kalt.

Aber nach etwa zwanzig Minuten erreichten sie die Stelle in einer Bucht, die dem Vater gefiel und an die sich Arthur kaum erinnern konnte. Sie warfen zwei Anker aus, um das Boot zu stabilisieren.

»Hier haben wir immer etwas gefangen, so wird es auch heute sein …«, freute sich Radosław. »Diese Ruhe … Hier denke ich nicht mehr daran, dass ich dein Vater bin …«

»Und ich vergesse in dieser Bucht, dass ich dein Sohn bin …«, antwortete Arthur lachend.

»Dann sind wir ja quitt!«

Radosław rauchte Gott sei Dank keine Zigaretten mehr, und dennoch baute seine Gesundheit von Jahr zu Jahr immer schneller ab. Er war ein Hypochonder und gehörte zu den Ehemännern, die ihren Frauen jeden zweiten Morgen nach dem Aufwachen eröffnen, sie würden gleich einen Herzinfarkt bekommen und müssten sofort ins Krankenhaus gebracht werden. Außerdem war er der Typ, der sich scheute, ein klares Ja oder Nein zu sagen, wenn es um wichtige Entscheidungen und Ereignisse ging. Er lavierte sich sein ganzes Leben irgendwie durch, manchmal wälzte er sich aber wie ein gefangenes Tier im Käfig.

Arthur stellte noch eine private Diagnose für die Menschen dieser Generation: Radosławs Brüder und Schwestern, die in der unmittelbaren Nachkriegszeit Geborenen, hätten eine merkwürdige Neigung zum Mythologisieren der eigenen und kollektiven Geschichte. Außerdem versuchten sie dabei stets, für ihre eigenen Misserfolge einen Schuldigen zu finden – sie selbst waren heilig. Manchmal staunte Arthur nur, wenn der Vater sagte: »Was haben die Deutschen eigentlich bei uns im Osten gesucht? Wir wären ohne sie viel glücklicher geworden …« Er entgegnete ihm dann: »Und deine Mutter, war sie keine Deutsche, keine Ostpreußin?« – »Nein! Niemals! Sie war eine Ermländerin, die über sich sagte, sie sei eine Bartin aus Gallingen!«

* * *

Arthur bereitete seine Spinnrute vor. Er wählte einen mittleren Blinker und befestigte ihn an einem Stahlvorfach, damit der Hecht nicht gleich das Blech abriss und herunterschluckte. Und plötzlich überkam ihn Sehnsucht nach Malwina: Wie großartig wäre es, dachte er, wenn sie ihren Arthur hier so sehen könnte – mit der Spinnrute in der Hand, einem masurischen Sombrero auf dem Kopf und mit einer morgendlichen Zigarette zwischen den Lippen; wäre sie hier auf dem Boot, würde er nichts sagen und Malwina bloß kurz anschauen und dann, an der Angelrolle kurbelnd, den Blick wieder auf den Blinker richten, der in drei, vier Meter Tiefe in der Nähe des Schilfufers schwimmen würde – zu ihm zurück. Arthur musste seufzen …

Die Männer warfen ihre Spinnruten aus, drehten an den Angelrollen und schwiegen. Würde der Hecht beißen? Und wenn ja, wann? Sie verbrachten in dieser meditativen Stille der knatternden Angelrollen etwa eine Stunde, bis schließlich Arthur das Schweigen nicht mehr aushielt und sagte: »Du wolltest mir doch so viel erzählen …«

Der Vater drehte sich auf der Sitzbank zu ihm um und sagte: »Du kennst das Gefühl: Man redet mit jemandem im Geiste schon seit vielen Monaten, weil man sich auf das baldige Wiedersehen so sehr freut, und kaum dass die geliebte Person endlich vor einem sitzt oder steht, verschlägt es einem die Sprache, und man kann nicht einmal gurren wie eine Taube …«

»Lass dir Zeit, Vater«, antwortete Arthur. »Erinnerst du dich an das nahe gelegene Dorf Orzechowo? An das Geisterdorf? Nach dem Angeln will ich dort wenigstens ein paar Meter auf den ehemaligen Dorfstraßen gehen …«

Der Vater hörte ihm aber nicht zu. Er schnäuzte sich und wischte sich mit dem Hemdsärmel die Nase. Er spuckte einen fetten Batzen Speichel ins Wasser und begann mit seiner Erzählung, die er Arthur versprochen hatte – zumindest beschlich ihn das Gefühl, dass der Vater endlich loszulegen gedachte: »Ich habe deine Mutter zweimal dabei erwischt, wie sie sich umbringen wollte. Als ich auf den Gedanken kam, ebenfalls Selbstmord zu begehen, wurde mir klar, dass mich niemand daran hindern würde. Ich kann nicht einmal mehr weinen. Dieses verdammte Land hat uns unsere Kinder genommen – die Weltgeschichte hat sie uns genommen. Wenn sie ertrunken wären – das wäre etwas anderes. Die Menschen ertrinken bei uns in Masuren. Die Milchstraße ist groß genug für Ertrunkene. Doch wenn deine Kinder im Dienste für deinen Staat und seine Kultur im Ausland sterben, Marek in der Ukraine und Jola in Afghanistan, fragst du dich, was dieser Tod eigentlich mit dir zu tun hat. Und du, mein Junge, du hast deinen Bruder und deine Schwester verloren, aber das verstehen wir Eltern nur bedingt, da wir selbst unter dem Verlust unserer Kinder furchtbar leiden … Und das darfst du uns nicht übel nehmen …«

Arthur warf erneut seine Spinnrute aus – er glaubte, eine gute Stelle entdeckt zu haben, nur wenige Meter vom Schilfufer entfernt. Er spürte intuitiv, dass der Hecht dort auf fette Beute lauern musste. Er hörte aber dem Vater zu, der zu solchen Männern zählte, die anderen Menschen nie zuhörten: Er wurde wohl permanent durch seine eigene Stimme paralysiert, vor der er sich nicht wehren konnte.

Der Vater fuhr mit seiner versprochenen Erzählung und Litanei fort, er ließ sich dabei durch nichts stören und kurbelte ganz lässig an der Rolle seiner Spinnrute. Sollte aber der Hecht beißen, würde er bestimmt seinen Monolog unterbrechen und den Fisch beschimpfen oder ihn auf einen berühmten Namen taufen. Meistens verpasste er dem Hecht den Namen eines bekannten Politikers oder Revolutionärs, manchmal bemühte er auch Künstler oder Musiker.

»Ich bin so oft allein an den Pluszne-See gefahren, obwohl ich jedes Mal Angst hatte, deine Mutter könnte in der Zeit den Löffel abgeben. Ihre Herzschwäche mit den Aussetzern und dem Flimmern ist unberechenbar, das heftige Flattern kann nicht nur dann auftreten, wenn sie zu wenig geschlafen oder mächtigen Ärger erlebt hat. Sie darf eigentlich gar nichts mehr tun, sich gar nicht mehr aufregen – am liebsten würde ich sie in einem bequemen Sessel in den Garten stellen und sie ihre violetten Abendlevkojen bewundern lassen.«

Seltsam, dachte Arthur: Radosław muss meine Mutter nach wie vor sehr lieben, obwohl sie sich jeden Tag streiten.

»Vielleicht hast du recht, mein Sohn, dass du schon vor so langer Zeit von uns geflohen bist. Aber auch wenn du Bücher über uns und unser Land schreibst, verstehst du uns nicht mehr. Mir standen Tränen in den Augen, als am Runden Tisch Frieden mit den Kommunisten geschlossen wurde, und mehr als fünfundzwanzig Jahre später musste ich erneut schluchzen, jedoch aus Wut, weil uns unsere einstigen Helden betrogen haben: Lech und all die anderen … Man hätte die Schubladen im Schreibtisch des Generals Kiszka einfach für immer und ewig verschweißen sollen … Stattdessen ist die Witwe verrückt geworden, da sie die Geheimakten aus dem Schreibtisch ihres einst mächtigen Mannes der Öffentlichkeit geschenkt hat, und jetzt haben wir den Salat … Lech und seine Kumpels sollen Agenten der *esbecja* gewesen sein! Und dann sind wir auch noch wegen der Verfassungskrise unter Beschuss aus Brüssel und Deutschland geraten, und das hat mir ebenso sehr wehgetan, haben wir doch selbst diese Regierung gewählt, das Volk hat es so entschieden … Ich bin natürlich kein Anhänger der Siegerpartei, doch man muss uns respektieren und nicht beschimpfen … Und ihre Vorgänger haben selbst damit angefangen, unzulässige Änderungen am Verfassungsgericht durchzusetzen, weil sie selbstverständlich wussten, dass sie die Wahlen verlieren würden … Das ist die ganze Wahrheit!«

Arthur fühlte sich provoziert: »Du bist ein Nationalist geworden, Vater. Warum? Lass dich nicht von den Politikern verführen, und schon gar nicht von solchen, die eine einzige Wahrheit kennen und diese täglich feilbieten, wobei alle anderen, die an dieser Wahrheit zweifeln und sich deshalb die Haare raufen, sofort als Feinde und Verräter betrachtet werden … Man kann auch Schriftsteller vereinnahmen: Gustaw Herling, der Wahl-Neapolitaner und ein guter Freund von Ignazio Silone, dem Antifaschisten, hat zwar den Pakt zwischen der Opposition und den Kommunisten am Runden Tisch kritisiert, er war aber kein rechtskonservativer Ideologe – ganz im Gegenteil. In seinem *Tagebuch bei Nacht geschrieben* distanziert er sich von allen autoritären Machthabern, die den Menschen lediglich als Rohstoff betrachten, um ihre angeblich ach so großartige historische Mission zu erfüllen … Da wird die Geschichte wieder zur Hure gemacht!«

Der Vater wehrte sich, und er konnte sich gut wehren, weil er ein Choleriker war; er geriet schnell in Wut und beschimpfte dann nicht nur seine Nächsten, sondern auch die ihm heiligsten und unantastbarsten Götter und Helden. Er sagte: »Unverschämt von dir, mich als einen Nationalisten zu bezeichnen! Unverschämt nach all dem, was geschehen ist. Und gleich wirst du mir vorwerfen, dass ich noch obendrein ein Antisemit bin! Ich kenne euch Burschen zur Genüge, eure Verdorbenheit und Unterwürfigkeit, sobald ihr einen Vorteil für euch wittert …«

Der Vater ereiferte sich ununterbrochen weiter, und es trat dieser Augenblick ein, in dem Arthur für gewöhnlich die Beherrschung verlor und Radosław anbrüllte und den Vater damit noch mehr reizte. Radosław, der arme Wicht, wusste gar nicht, dass er keine Kontrolle mehr darüber besaß, was er sagte und wie er es sagte. Das Phänomen, dass der Vater für einen Moment das Denken und die Kontrolle über Wörter und Stimme ausschaltete und nur seine Wut sprechen ließ, faszinierte Arthur schon seit der Kindheit. Allerdings wollte er sich dieses Mal nicht provozieren lassen, zumal der Vater fünf Sekunden später gar nicht mehr wusste, was er gesagt und wie er es gesagt hatte. Dabei, in diesem speziellen Fall, lag der Vater mit seinen Vorwürfen an die ehemaligen Dissidenten und die kommunistischen Machthaber vollkommen falsch: Weder die einen noch die anderen oder gar ihre Kinder regierten in Polen nach einem uralten Verschwörungsmuster, das besagte, die Kommunisten und die radikale Linke aus der Opposition hätten sich auf die Wende 1989 gemeinsam vorbereitet, um unter dem Mantel der Demokratie die Macht wieder ganz an sich zu reißen. Was jedem einigermaßen nüchternen Historiker klar war, ließ sich nämlich schnell auf den Punkt bringen: Die unabhängige Gewerkschaft Solidarność besaß ihre Wurzeln in der studentischen und dissidentischen Revolte im März 1968. Sowohl 1980, als es im August an der Meeresküste zu den Streiks kam, wie auch 1989, als am Runden Tisch die Verhandlungen zwischen der Opposition und den Kommunisten begannen, wirkte bereits diese neue Elite des Landes, die sich zum größten Teil aus den Reihen der unabhängigen Gewerkschaft Solidarność rekrutierte. Aber all das dem Vater zu erklären fiel Arthur schwer, zumal Radosław auch noch die Tatsache übersah, dass die neue Elite im Prinzip von den Kommunisten ausgebildet worden war: Schließlich sollten es die Kinder der Arbeiter besser haben, und Bildung hatte an oberster Stelle gestanden, wenn auch im Geiste des Sozialismus und seiner Ideologie.

Arthur behielt jedoch sein Wissen für sich und sagte: »So werden wir keinen Hecht fangen, wenn wir uns andauernd streiten. Politik hat beim Angeln nichts zu suchen.«

»Du hast recht, mein Sohn«, beruhigte sich der Vater, und kaum dass er das gesagt hatte – im Übrigen mit Erleichterung in seiner Stimme –, bekam seine Spinnrute endlich etwas zu tun. Radosławs Gesicht verwandelte sich augenblicklich in eine starre Maske. Der Hecht, der dem Vater über den Weg geschwommen war, musste ein Schwergewicht sein, ein Muskelpaket, denn die Spinnrute verbog sich gewaltig und drohte zu brechen, während die Spulenbremse der Rolle gelockert werden musste, damit die Schnur nicht riss. Doch Arthurs Vater hatte es eilig und brüllte: »Den Kescher, schnell, den Kescher!« Er drehte die Kurbel mit großem Kraftaufwand und holte den Hecht ganz nah ans Boot – er war sich sicher, dass er den Fisch nicht verlieren würde. Der Vater sagte lediglich: »Wozu willst du heute Abend das Geld bei diesen Betrügern in dem teuren Restaurant an unserem Ukiel-See ausgeben, wenn wir gerade unser Abendessen gefangen haben ...« Und prompt dass er dies stolz und siegesgewiss gesagt hatte, riss tatsächlich die Schnur: Radosławs Gesicht lief vor Wut dunkelrot an, und der Vater hätte bestimmt seine Spinnrute mit der teuren Angelrolle ins Wasser geschmissen, wenn Arthur nicht ein bisschen Glück gehabt hätte. Er schaffte es nämlich, im letzten Moment den Kescher ins Wasser zu tauchen, den Hecht zu fangen und ins Boot zur zerren. Der Bursche wog bestimmt mehr als zehn, zwölf Kilo, und was verwunderlich war, war die Tatsache, dass dieser Fisch überhaupt gebissen hatte, da erst Ende September und Mitte Oktober seine beste Zeit kommen würde – dann lohnte es sich wirklich, am Fluss oder auf einem See den Blinker auszuwerfen.

»Es ist erst kurz nach neun«, sagte Arthur. »Wir bleiben bis zum Mittag auf dem See, und du wirst bestimmt noch etwas fangen, Vater!«

»Wenigstens klappt das Angeln, wenn schon das Leben zur Plage wird und dir deine eigenen Kinder einfach wegsterben. Ich verstehe Hiob nicht, dass er sich nie aus der Ruhe hat bringen lassen. Er hätte normalerweise, da er Frau und Kinder und seinen Reichtum verloren hat, Gott und seine Schöpfung anspucken müssen, und das jeden Tag! Und der Teufel hätte ihm geholfen, ganz bestimmt, doch ihm wollte Hiob nicht dienen, sondern dem allwissenden Jahwe ... Ich bin nicht so stark und klug wie Hiob, an dessen Beispiel Jahwe uns sagen will, dass der Satan besiegt werden kann. Denn meine Seele ist bereits verloren – nur dass der Satan sie nicht haben will. Dabei hätte ich ihm um des Friedens willen alles anvertraut und jeden Menschen geopfert, selbst dich und deine Mutter, mein Sohn! Doch der Fürst der Finsternis lässt sich bei mir nicht blicken, und so muss ich hier mit diesem dämlichen Hecht kämpfen und mich selbst betrügen, dass ich den Tod der Zwillinge vergessen kann, wenigstens für ein paar Stunden.«

Da bekam Arthur auf dem Boot eine Nachricht von Malwina, er wollte sie aber jetzt nicht beantworten, da er den Vater nicht beleidigen durfte. Malwina schrieb nichts Neues, die Sehnsucht zwinge sie in die Knie, zumal sie wisse, dass er nur ein paar Straßen weiter entfernt sei, praktisch auf Handlänge, wie man es im Polnischen sagt.

»Jetzt musst du ihn töten, damit er nicht lange leidet«, fuhr der Vater fort, der den auf dem Bootsboden liegenden Hecht beobachtete, dessen Schwanzflosse eintönig auf das Deck einschlug. Hechte waren keine Plötzen. Sie litten nicht wie die Plötzen, die qualvoll zappelten und hofften, wieder in den See zurückkehren zu können – Hechte waren dumme Samurai und wollten schnell sterben, wenn ihre Stunde geschlagen hatte. Sie waren fest entschlossen, heldenhaft abzutreten, wie es sich für einen Raubfisch gehört. Arthur holte aus der Hosentasche sein Anglermesser von Herbertz, es wog ein viertel Kilo und besaß eine 9,8-Zentimeter-Klinge und ein prächtiges Sägeblatt; im zusammengeklappten Zustand war das Messer immer noch lang genug, um mit dem Griff aus Metall und Holz einem Hecht auf den Kopf zu schlagen, wenn man ihn betäuben oder töten musste.

* * *

Arthur ging leer aus, der Vater fing noch zwei weitere Hechte, Radosław blieb allerdings nach dem Angeln noch eine Weile bei seinem alten Freund, von dem er das Boot und den Außenborder geliehen hatte – die beiden alten Herren hatten sich scheinbar viel zu erzählen, und Arthur nutzte die Zeit und fuhr mit dem alten Škoda nach Orzechowo, in das Geisterdorf, das nur wenige Minuten von Pluski entfernt war. Er liebte es, dort spazieren zu gehen, dabei stellte er sich vor, wer in diesem Dorf einst gelebt haben mochte; er fragte sich auch, wer von den ehemaligen Bewohnern geliebt oder gehasst, wer gelitten hatte, wer glücklich gewesen war. Immerhin gab es in Orzechowo einen Friedhof, der regelmäßig gepflegt wurde und so »lebendig« aussah wie wohl zu seinen besten Zeiten. Außerdem stand an einer ehemaligen Straßenkreuzung in dem Geisterdorf nach wie vor die kleine katholische Kirche, ihr gegenüber befand sich das vollkommen intakte Pfarrhaus. Fünfzehn »Schornsteine« und fünfundachtzig Bewohner habe es 1575 in Orzechowo gegeben, hieß es in den polnischen Quellen, und erst nach dem Zweiten Weltkrieg habe der konstante Verfall der Ortschaft begonnen. Bereits in den Siebzigern des 20. Jahrhunderts habe dort niemand mehr gewohnt, und die letzten Ermländer und Masuren seien nach Westdeutschland ausgereist.

Aber der eigentliche Aderlass habe in den Fünfzigern angefangen, als die Stalinisten und die Partei die ganze Gegend auf den Kopf stellten. Und stand ihnen ein Dorf im Wege, wurde es kurzerhand dem Erdboden gleichgemacht oder überflutet. Man baute neue Zuckerwerke, Erholungszentren oder brauchte für die Parteibonzen größere Jagdgebiete. Trotz allem wurde Arthur in Orzechowo den Eindruck nicht los, er sei auch in Pompeji zu Besuch. Und es schien ihm nicht entscheidend zu sein, ob ein Vulkan oder eine autoritäre Regierung ein Dorf oder eine Stadt auslöschten. Es kam immer auf das Gleiche hinaus: Böse und zerstörerische Kräfte hatten gemeinsame Wurzeln, ähnliche Vorlieben und einen derben und rechthaberischen Verstand.

Arthur parkte in der Nähe des Dorffriedhofs, wie schon das letzte Mal, als er hier mit Malwina zu einem kurzen Besuch geweilt hatte. Ihr letztes Treffen lag jetzt schon zwei Monate zurück – in Berlin, wo sie kurzerhand und spontan beschlossen hatten, nach Pluski zu fahren und in der Pension der Rockerkneipe zu übernachten. Wegen der Europameisterschaft im Fußball platzte die bei den Touristen und Einheimischen angesagte Gaststätte *Zum Goldenen Hobel* aus allen Nähten. Aber die Küche und die langhaarigen Kellner aus dem Dorf gaben sich große Mühe und servierten gebratene Barsche aus dem See vor der Tür, einen echten Chianti und klassischen Rote-Bete-Salat. Zwei Tage mit Malwina in der Rockerpension vergingen wie in dem Film *Das große Fressen*. Doch am zweiten Nachmittag schlug Malwina vor, Orzechowo zu besuchen, um dem Hedonismus eine kurze Atempause zu gönnen.

Arthur freute sich wirklich, dass er bereits morgen Malwina in seine Arme schließen würde. Er vermisste sie jetzt, seine Gräfin und Frau Professor: Sie hatte ihm immer noch nicht eine konkrete Antwort gegeben auf sein Ultimatum, obwohl ein Jahr vergangen war, dieses verfluchte Jahr. Alle Antworten waren bisher nichts weiter als Spekulationen und Träumereien gewesen.

Er ging die Hauptstraße entlang, blieb ab und zu stehen und schaute sich ein wenig um. Ganz automatisch suchte man in Orzechowo nach Fundamenten, Ruinen, Ziegelsteinen oder verrosteten landwirtschaftlichen Maschinen. Man suchte nach der Zeit und den Bewohnern, nach ihrer Kleidung und ihren Armbanduhren, nach irgendwelchen Spuren, die bewiesen, dass dieses Dorf einmal wirklich existiert hatte. Malwina liebte es, sich mit ihm zusammen auf die Suche nach Spuren und Beweisen zu begeben; entdeckte sie irgendwo uralte Fliesen an der Wand oder auf dem Fußboden, begann sie sofort mit einem Vortrag über eine mögliche Herkunft dieser Fliesen, über ihre Entstehung und wer sie überhaupt gelegt haben mochte. Sie sagte dann, es gebe Menschen, die die Gegenwart nur über das Wirken der Vergangenheit verstünden – andere wiederum machten sich aus Geschichte nichts, weil sie denken würden, Geschichte sei bloß ein imaginäres oder politisches Produkt, das man manipulieren und so gestalten müsse, wie man es für den gegebenen Moment brauche. Arthur begriff sofort, was ihm Malwina damit sagte; er wusste, dass man Staaten, Nationen und ihre Herkunft sehr schnell neu erfinden und ihre Geschichte den Bedürfnissen der Gegenwart anpassen kann. Und dennoch glaubte er fest daran, dass man die Suche nach einer unverfälschten Wiedergabe oder vielmehr nach einer Wiederherstellung wichtiger Ereignisse – wenn auch nur auf Papier – nie aufgeben dürfe. Deshalb wohl fuhr er gerne nach Orzechowo, in dieses Geisterdorf, weil es eine Art Zeitreise für ihn war, die er in seinen Sachbüchern neu beschreiben wollte.

Nach dem Spaziergang warf er noch einen Blick in die 1910 gebaute katholische Kirche, als hoffte er, dort jemanden zu finden, den er lange Jahre nicht mehr getroffen hatte. An wen dachte er? Tatsächlich an die Zwillinge Jola und Marek? Hatte er sich von der Mutter anstecken lassen? Würde er bald auch die letzte Grenze überqueren und in das Totenreich eindringen, aber so wie die Mutter, die scheinbar jederzeit ihre tragisch umgekommenen Zwillinge sehen und sprechen konnte? Du bist doch nicht verrückt, dachte er, du wirst nicht verrückt werden!

Nach einem zwanzigminütigen Spaziergang durch das Dorf ging er wieder zu seinem Auto zurück, er wollte den Vater nicht warten lassen. Er genoss den Anblick des saftigen Grüns, das überall den Ton angab: auf den Feldern, im Wald, auf den Wiesen, am Seeufer. Der Altweibersommer war noch lange nicht in Sicht, obwohl die Spinnennetze zwischen den Birken und Kiefern, zwischen den Zaunlatten und den verrosteten Radspeichen prächtig gediehen und immer größer und fester wurden. Schließlich mussten sie ab und zu den heftigen Winden und Regenfällen standhalten. Und vielleicht war das schon alles, was er an seinem Land liebte, und vielleicht war es nur das – die nicht korrumpierbare Natur.

Er fuhr los und ließ sich in den Kurven und vor allem auf geraden Strecken durch den Wald nun doch etwas Zeit, weil er sich an dem unsterblichen Grün der Allensteiner Seenplatte sattsehen wollte.

* * *

Als er dann glücklich und zufrieden und trotz der kurzen Nacht gar nicht müde wieder nach Pluski kam und gerade an der Rockergaststätte vorbeifuhr, erblickte er an einem der Cafétische auf der Terrasse eine ältere Dame, deren Gesicht ihm mehr als bekannt erschien. Er musste wenden, weil er sich davon überzeugen wollte, dass er sich nicht geirrt hatte. Diesmal fuhr er im Schneckentempo an der Rockerkneipe *Zum Goldenen Hobel* vorbei: Und an einem der Holztische saß die Mutter; sie trank offenbar einen südländischen Cocktail, da aus einem üppig gefüllten Glas ein Trinkhalm und ein Sonnenschirmchen hervorragten. Auf ihrem Kopf trug sie einen Sommerhut und auf ihrer Nase saß eine breite, das halbe Gesicht verdeckende Sonnenbrille. Er parkte an der Straßenseite im Halteverbot, sprang aus dem Auto und eilte über die Straße zu seiner Mutter: »Was tust du hier? Mama! Hörst du mich? Bist du mit dem Bus nach Pluski gefahren? Du darfst doch nicht mit dem Bus fahren – es ist nicht gut für dein Herz! Und die Tachykardien! So eine holprige Busfahrt kann viel zu aufregend sein«, rief er hinter ihrem Rücken, als er sich vor dem Terrassengeländer aufstellte; er kam sich dabei wie ein Detektiv vor.

Die Mutter drehte sich sofort um und lächelte ihn an: »Ich bin gleich, nachdem ihr weggefahren seid, aufgewacht und schlief nicht mehr ein. Und dann übermannte mich wieder diese seltsame Sehnsucht oder Vorahnung, dass ich in Orzechowo Jola und Marek treffe und all die anderen, verstehst du?«

»Wen noch, Mama, wen noch kann man dort treffen?«, fragte er. »Und was trinkst du da? Alkohol? Du darfst nichts Hochprozentiges … Das weiß wohl dein Herz am besten, wie es dir nach einem Schnaps geht!«

»Ich möchte Jola und Marek wiedersehen, und sie haben mir heute Nacht verraten, dass sie eigentlich in Orzechowo wohnen und meinen Besuch dort erwarten würden«, antwortete die Mutter. »Ich will sie ein letztes Mal sehen! Das dürft ihr mir nicht abschlagen! Ein letztes Mal! Ich weiß, dass sie dort in diesem verlassenen Dorf auf mich warten. Und ich werde ihnen bald folgen. Mein Herz macht nicht mehr lange mit, und das ist gut so ... Mich hält doch hier nichts mehr ...«

»Du hast noch mich und deinen Mann und die Enkelkinder ...«

»Bitte bring mich nach Orzechowo!«

Arthur blieb nichts anderes übrig, als auf die Mutter zu hören und ihr den Wunsch zu erfüllen. Janina zu enttäuschen wäre wirklich das Dümmste gewesen, was er in dieser Situation hätte machen können. Er hoffte nur, dass der Vater Verständnis aufbringen und sie beide bei dem erneuten Ausflug nach Orzechowo begleiten würde. Arthur war natürlich auf jede Eventualität vorbereitet, aber wenn es sich vermeiden ließe, wäre er allen Göttern des masurischen Reiches dankbar, wenn sie ihm einen Streit der Eltern ersparen würden. Denn der Vater würde überhaupt nicht davon begeistert sein, dass Janina das Haus verlassen und sich auf den Weg nach Pluski gemacht hatte. Radosław sorgte sich um Janina und ließ sie selten allein in die Stadt gehen, geschweige denn fahren. Er hatte Arthur gesagt, dass er sie schon oft in der Stadt gesucht habe, und Passanten und Freunde hätten ihm erzählt, Janina sei weinend und verwirrt und ziellos in den Einkaufsgalerien herumgelaufen und sei kaum ansprechbar gewesen. Radosław schämte sich ganz einfach und wollte nicht zugeben, dass er sich schämte, wenn ihm die Freunde davon berichteten, sie hätten Janina begrüßt oder nach ihr gerufen, doch sie habe nicht reagiert und sei weinend vor ihnen geflohen. »Sie zeigen auf uns mit den Fingern, hier, das ist die alte Lehrerin und Professorin, die zwei Kinder verloren hat. Sie ist verrückt geworden – so sprechen sie über meine Frau ...«, empörte sich dann der Vater.

Janina trank ihr Glas nicht aus, sie bezahlte die Rechnung und erklärte stolz, sie sei wie in den alten Zeiten mit dem PKS-Bus nach Pluski gefahren. Die Fahrt habe bloß länger gedauert, und auf den Straßen gebe es unerträglich viele Baustellen. Die Politik der EU ruiniere die Schönheit des Landes, da man ständig investieren und bauen müsse; die Baustellen wollten einfach nicht mehr aufhören – in der Volksrepublik Polen habe es zwar nichts Gescheites zu essen gegeben, dafür jedoch Ruhe und Gemütlichkeit auf einem Rastplatz im Wald oder auf den Masow'schen Weiden. Arthur protestierte nicht, was sollte er der Mutter erklären? Dass sie schon vergessen hatte, wie sie früher einmal über die Zustände im Sozialismus geschimpft hatte? Über die Hygiene, über das Schlangenstehen, über die Hypokrisie der Parteifunktionäre?

»Mama, dein Mann hat drei Hechte gefangen – er will sie zum Abendessen vorbereiten, und wenn ich von meinem Ausflug mit Malwina nach Galiny nach Hause zurückkomme, gehen wir ins *Przystań* speisen. Meinetwegen kannst du auch Jola und Marek einladen!«, sagte Arthur, als sie beide zum Auto gingen.

Die Mutter bekam sofort glänzende Augen, ihre verblasste und glasige Schwärze – Janina hatte die dunkelsten Augen, die Arthur je gesehen hatte, zwei schwarze Steinchen – verschwand für einen Moment. Sie strahlten jetzt Freude und Zufriedenheit aus: »Dann lass uns den Vater bei seinem Freund abholen und zu unserer Begegnung mit deinen Geschwistern aufbrechen. Du freust dich doch auch, die Zwillinge wiederzusehen, oder?«

»Ja, Mama, ich freue mich auch – wie sehr ich mich freue … Und vielleicht wird sogar Anna zu diesem Treffen kommen, meine alte Anna, die ich einmal so sehr geliebt habe …«

Sie überquerten die Straße, Janina hakte ihren rechten Arm bei Arthur ein und begann sofort mit ihrer Lieblingsbeschäftigung: Sie zerrte und zupfte an Arthurs Hemdsärmel und versuchte, ihm den Knopf abzureißen. Und erst als die Mutter es sich auf dem Beifahrersitz bequem machte, merkte Arthur, dass ihm tatsächlich ein Knopf am linken Hemdsärmel fehlte. Merkwürdig, dachte er, und die Mutter sagte: »Wenn du denkst, dass ich verrückt bin, dann irrst du dich gewaltig! Ich bin nicht verrückt. Ich versuche nur, irgendwie zu überleben. Verstehst du?«

* * *

Als Radosław seine Frau zu sehen bekam, zeigte er sich nur wenig überrascht, der unerwarteten Begegnung folgte kein Wutausbruch. Er verabschiedete sich von seinem Freund, der den Bootshafen in Pluski verwaltete und der Arthurs Mutter alles Gute wünschte. Es ging schon auf vierzehn Uhr zu. Doch der Vater war seltsamerweise bereit, Janina in dem Geisterdorf Orzechowo Gesellschaft zu leisten. Er flüsterte Arthur ins Ohr: »Die frische Luft wird ihr guttun, und du bleibst bei uns Gott sei Dank diesmal etwas länger als sonst, länger als zwei, drei Tage, an denen du dich außerdem meistens verkrochen hast – vielleicht wird dein Besuch Janina aufwecken und ihrem dunklen und grausigen Traum ein Ende bereiten … Vielleicht wird sie wieder lebendig und kehrt zu uns Lebendigen zurück.«

Im Škoda roch es nach Fisch. An Radosławs Jacke und Hosen klebten Schuppen – er hatte die beiden Hechte bei seinem Freund schon ausgenommen und entschuppt und die Fleischstücke zum Braten geschnitten. Arthur beobachtete die ganze Zeit seinen Vater – Radosław schien glücklich zu sein, seine Jacke roch nach Fisch, seine Hände waren mit dreckigen Falten und Linien bedeckt.

Der Vater ließ sich seit dem Tod der Zwillinge von Tag zu Tag treiben, seine alten Dämonen, die in einer Wodkaflasche wohnten, hatte dieser Tod besiegt, und der Unfall der polnischen Präsidentenmaschine bei Smolensk, bei dem das Präsidentenpaar und selbst Anna Walentynowicz und so viele andere Persönlichkeiten umgekommen waren, besaß für ihn keinerlei Bedeutung mehr – genauso wie der Tod all der jungen Soldaten, die unter anderem aus masurischen Kasernen stammten und in Afghanistan ihr Leben gelassen hatten: All diese Opfer bedeuteten ihm nichts, da er seine Kinder auf sinnlose und grausame Art und Weise verloren hatte.

Manchmal erzählte Radosław, er sei auch merkwürdig erleichtert, er habe keinen Tatendrang mehr, es sei alles, was er erledigen wollte, erledigt worden. Er habe den Keller, die Gartenlaube, seinen Kleiderschrank und sein Bücherregal ausgemistet – das Alter schütze zwar nicht vor Dummheit, aber dafür vor der Sammellust, die dazu führe, dass man sich über viele Jahre mit unnötigem Zeug und belanglosen Büchern umgeben habe. Er habe Jack Londons Romane und die Bibel behalten, Dostojewskis Erzählungen und *Die Dämonen* – alles andere, selbst *Der alte Mann und das Meer*, habe er verschenkt.

Und er sei froh, dass er in dem Land, in dem er geboren und seine Kindheit und sein ganzes Leben verbracht habe, auch sterben werde: zudem in seiner allerliebsten Stadt, in Olsztyn. Den Drang nach Westen, dem seine Schwester und sein verbliebener und einziger Sohn erlegen seien, habe er noch nie verspürt und verstanden. Und während er versuche, seinem eigenen Schicksal frohen Mutes entgegenzutreten, habe sich die Mutter dem Drang nach Trauer und Aussichtslosigkeit ergeben.

Arthur parkte nun wieder in der Nähe des Friedhofs, und als sie alle drei ausstiegen und dann in Richtung der Dorfkirche gingen – auf der ehemaligen Hauptstraße des Geisterdorfs –, glaubten sie, in etwa fünfzig, sechzig Meter Entfernung Jola und Marek zu sehen; aber die zwei Doppelgänger trugen Rucksäcke und in der Hand jeweils eine Angelroute. Sie gingen in Richtung Pluski und unterhielten sich laut und lachten die ganze Zeit. Ihre Fröhlichkeit und ihre gute Laune sowie die Kraft ihrer jungen Stimmen beeindruckten Arthur, aber auch seine Eltern – die gute Laune war ansteckend. Und Arthur wusste, dass ihm vor allem die Sorglosigkeit gefiel, mit der die beiden Jugendlichen so plötzlich in diesem von allen guten und bösen Geistern verlassenen Dorf aufgetaucht waren. Sie gingen zu Fuß nach Pluski und schienen in ihrer Sorglosigkeit und Fröhlichkeit unangreifbar zu sein, als wären sie zwei mittelalterliche Franziskaner, unterwegs in Apulien. Sie ähnelten in der Tat Jola und Marek, die in ihrer Jugend in dieser Gegend oft stundenlang unterwegs gewesen waren – auf der Suche nach schönen Spiel- und Rastplätzen auf den Wiesen, im Wald und an den Seeufern. Die Mutter sagte: »Nein, das sind sie nicht. Ich weiß es! Wie schade!«

Kapitel 6
Das Wiedersehen mit Malwina

Arthur blieb seinen Eltern noch zwei weitere Tage erhalten. Der Vater hatte ihn darum gebeten. Radosław freute sich nämlich über die Fortschritte, die Janina machte: Die Mutter sagte, sie wolle sich einer Therapie unterziehen lassen und werde demnächst einen Termin bei ihrer besten Freundin, einer Ärztin, machen, denn sie müsse sich erst einmal überlegen, was überhaupt diesbezüglich möglich sei, und es gebe ja nicht überall sofort gute Psychiater und Psychologen und Therapeuten zur Auswahl. Man brauche immer eine gute Empfehlung.

Aber nun war es so weit: Arthur konnte mit Malwina endlich ihre geplante Kurzreise antreten. Er hatte mit ihr in den letzten Tagen mehrmals telefoniert. Sie war jedes Mal sehr enttäuscht gewesen; sie schlug die Wohnzimmertür in ihrem Elternhaus zu, es war kaum zu glauben, dass diese kleine zierliche Frau es schaffen konnte, dass die Türklinken durch die Luft flogen. Sie beschimpfte Arthur am Telefon: »Du bist seit fast einer Woche in Olsztyn und hast nicht einmal etwas Zeit, um mit mir wenigstens in meiner Lieblingseisdiele gegenüber dem Rathaus ein Eis und einen Espresso zu konsumieren und über unsere Reisepläne für Masuren zu plaudern? Ich könnte dich umbringen! Aber erst nach einer langen Folter! Du liebst mich nicht mehr …«

Malwina hatte im Schloss von Galiny angerufen, die beiden Zimmer storniert und zwei neue bestellt: zum heutigen Termin. Arthur war wie immer, wenn sie sich nach langer Zeit wiedersehen sollten, etwas aufgeregt und unsicher. Wie würde Malwina ihm begegnen? Mit was für einer Maske diesmal? Und hatte sie sich wieder neue Schuhe, ein neues Kleid gekauft? Oder würde sie ihn noch einmal heftig und wütend, wie am Telefon schon, beschimpfen, weil er sie in Olsztyn kein einziges Mal besucht hatte? Oder war sie voller Vorfreude, weil sie sich nach zwei Monaten endlich wiedersehen würden – nach zwei Monaten Liebesabstinenz, wie Arthur es ausdrückte; vor allem galt diese Vorfreude für die sogenannte Eingewöhnungsphase, die bei ihnen meistens ein paar Stunden dauerte, wobei die Nacht dann ganz ihnen und ihrer Liebe gehörte.

Malwina wollte unbedingt Arthurs Mutter kennenlernen – richtig kennenlernen, hatte sich doch ihre flüchtige Begegnung auf der Beerdigung von Jola in Warschau als eine gescheiterte Vorstellung der Geliebten von Arthur entpuppt; Janina erinnerte sich auch kaum. Die Mutter bat zwar die ganze Zeit, er möge ihr endlich ein Foto von Malwina zeigen, aber im nächsten Satz sagte sie: »Ich kann in meinem Zustand dieser hübschen und klugen Dame nicht entgegentreten. Vielleicht werde ich es nie können …«

* * *

Malwina holte ihn gleich nach dem Frühstück ab. Sie kam mit ihrem komfortablen, jedoch schon etwas gealterten Mercedes am Ukiel-See an und stieg aus dem Auto wie eine Grande Dame aus Warschau; obwohl sie beide gleich in die Wildnis aufbrechen wollten, trug sie ein im Stil der Sechzigerjahre geschnittenes Abendkleid und dazu schwarze, glänzende Stöckelschuhe und eine cappuccinofarbene Strumpfhose, auch wenn es spätsommerlich warm war. Insbesondere Malwinas Kleid – ein enges und kurzes Meisterstück der Warschauer Modedesigner, obendrein schwarz-weiß kariert – sorgte bei Arthur für weiche Knie; Malwina konnte ihn mit Haut und Haaren verspeisen, und er würde es nicht einmal merken. Seine Frau Professor parkte direkt vor dem Hauseingang, und schon gleich würde sie das Haus der polnischen Großeltern von Arthur und ihrer Kinder und Enkelkinder betreten. Sie würde zumindest den Vater Radosław kennenlernen, denn Janina war noch nicht bereit: Sie entschuldigte sich erneut, sie wolle Malwina selbstverständlich treffen und mit ihr sprechen, sie wolle vor allem erfahren, ob die Wahl-Warschauerin wirklich eine gute Partie für ihren jetzt einzigen Sohn sei. Aber sie sei noch nicht so weit, sie müsse sich von den letzten Tagen und den Gesprächen mit Arthur und ihrem Mann erholen, der Ausflug nach Pluski und Orzechowo habe sie viel Kraft gekostet.

»Wie immer siehst du blendend aus, als wärst du aus der Zeit gefallen und zufällig in unserer Epoche gelandet. Dabei schreibt man bei dir das Jahr 1963 – und du bist das begehrteste Mädchen im ganzen Städtchen!«, lachte Arthur; er küsste Malwina und fragte sie: »Möchtest du wirklich nicht kurz hereinkommen?«

Sie antwortete nicht auf diese Frage, sondern bemerkte nur, dass er sich wohl gar nicht richtig über ihre Ankunft freuen würde, und da Arthur noch keine Geduld für Malwinas Sticheleien über die Entwicklung ihrer Liebe aufzubringen vermochte, holte er in Eile seinen Koffer und die Tasche mit dem Laptop und den Büchern. Während dieser kurzen Minuten blieb Malwina auf dem Bürgersteig stehen, mehr oder weniger zur Freude der männlichen Passanten, welche die Grande Dame aus Warschau mit ihren Blicken auszogen. Arthur war nicht eifersüchtig, sondern eher stolz, dass er an der Seite dieser Frau sein und leben durfte. Manchmal dachte er sogar, vielleicht war dies schon alles, was er vom Leben zu erwarten hatte: Vielleicht glich ihre Liebe bloß einem angebissenen Apfel, diese Liebe, die sie miteinander verband. Zwei angebissene Äpfel waren sie und nichts weiter.

Und genau heute, in diesen Tagen und in seinem Alter – kurz vor dem Beginn des letzten Drittels seines Lebens –, hatte er sich so eine Grande Dame gesucht, die das Gegenteil von Anna war. Er hatte sich in Malwina verliebt, da er heute eine ganz andere Frau brauchte als noch vor fünfundzwanzig Jahren, was auch auf seine Gräfin und ihre eigene Liebeswahl und -entscheidung zutraf; auch sie behauptete, dass sie heute ihren Mann nicht mehr geheiratet hätte.

Malwinas Vorbereitung auf das enge und teure Sechzigerjahrekleid einer exzentrischen Gräfin hatte schon in ihrer Kindheit begonnen: An der Musikschule bekam sie ausgezeichneten Klavierunterricht, am Jaracz-Theater lernte sie die Schauspielkunst. Demnach fragten sich viele: Warum konnte Malwina so gut Deutsch? Schon früh – bereits als junge Schülerin – fing Malwina an, die Sprache der Nachbarn zu lernen. Und die Tischmanieren und die abendliche Lektüre der Klassiker sowie das Hören von Schallplatten mit Aufnahmen von Beethoven und Mozart – all das füllte ihre Kindheit und Jugend aus, obwohl die Kommunisten darauf achteten, dass niemand mehr aus der Reihe tanzte und man für seine adlige Herkunft sogar bestraft wurde, im schlimmsten Fall mit Gefängnis oder Vernichtung der beruflichen Karriere. Malwina stand all die Strapazen durch, und nun saß sie mit einem nervös wippenden Fuß auf dem Beifahrersitz im Auto ihres Mannes; das nervöse Wippen bedeutete, dass sie erwartete, von Arthur endlich mit Komplimenten überschüttet und außerdem mit Entschuldigungen dafür bedacht zu werden, warum er denn keine einzige freie Minute gefunden hätte, um sie in Olsztyn zu treffen – wenigstens für eine halbe Stunde im Café.

* * *

Endlich fuhren sie nach Galiny los, und ihr Weg auf der B51 führte in Richtung der russisch-polnischen Grenze im Norden, nach Bartoszyce also, wo die drei jungen, in Afghanistan umgekommenen Soldaten stationiert gewesen waren. Aus dieser Stadt kam auch der in Deutschland lebende Schriftsteller Artur Becker, für den sich Arthur wahrscheinlich nur deshalb zu interessieren angefangen hatte, weil ihr beider Vorname so selten in Deutschland geworden war. Die Arturs, mit oder ohne h geschrieben, waren in der Bundesrepublik praktisch ausgestorben: Sie fühlten sich wohl in der Vergangenheit, in der ehemaligen DDR und im Spanien des kommunistisch-faschistischen Bürgerkriegs; sie gehörten an die Berliner Zapfsäulen der Tankstellen, die Remarque in seinem Roman *Drei Kameraden* beschrieben hatte; und sie waren in Russland und Polen immer noch zahlreich vertreten, von Wladiwostok bis nach Słubice. Und als Kenner der masurischen Materie stellte Arthur seinem Namensvetter für dessen Romane und Gedichte kein berauschendes Zeugnis aus, da er fand, der Masure und Pole Becker mythologisiere die polnische wie auch die deutsche Geschichte. Aber wenn sogar Schriftsteller die Geschichte für ihre Zwecke und Bücher manipulierten, warum durften es die Politiker nicht tun? Die regierende Partei in Warschau tat es nämlich mit Vorliebe: Sie schrieb die Geschichte um und neu. Lech Wałęsa wurde zu einer lächerlichen Zeichentrickfigur namens Bolek degradiert und als Verräter und Mitarbeiter der *esbecja* entlarvt; es fiel den Regierenden nicht schwer, den gefallenen Engel zu ersetzen – sie tauschten ihn gegen einen anderen Lech aus: gegen den beim Flugzeugunglück in Russland tragisch umgekommenen Präsidenten. Und sagten dann, das sei der wahre Lech, der wahre Begründer des freien Polen nach 1989, der wahre König der Freiheit und der wahre Bezwinger der Kommunisten. Und schon war die Geschichte neu geschrieben worden; es fehlten nur noch heldenhafte und tragische Soldaten, die 1945 ihren Kampf gegen die Nazis zwar endlich gewonnen hatten, aber ihren ewigen Kampf um Freiheit dennoch fortsetzen mussten: damals gegen die Kommunisten. Und auch hier konnte die Geschichte noch einmal neu geschrieben werden, da die Soldaten aus dem Wald als Nationalhelden galten, als wahre Antikommunisten. Man nannte die Waldmänner plötzlich »Verstoßene Soldaten«, weil man doch ihrer nie angemessen gedacht hätte, nicht einmal nach 1989. Allerdings wollte man nicht wahrhaben, dass einige der verstoßenen Waldmänner und -frauen auch marodierende Bösewichte, Banditen und Diebe und Mörder gewesen waren, die Unschuldige ausgeraubt oder getötet hatten. Ein Todesurteil wurde damals schnell ausgesprochen und ausgeführt, was Arthurs Großvater Ryszard als Zeitzeuge oft bestätigt hatte. Es habe gereicht, dass man im Klassenraum einer Dorfschule das Stalin-Bild an die Wand nagelte, weil es so erwünscht war, und schon konnte man einen Kopfschuss bekommen – von einem Waldmenschen …

Arthur saß am Steuer und erzählte Malwina von seinen Gedanken, die sich seiner auf der Fahrt an die russisch-polnische Grenze bemächtigt hatten. Der Grund für seine Abschweifung und Nachdenklichkeit war ganz einfach: Sobald er Malwina traf, ging der alte Schmerz wieder los – die Sehnsucht nach Freiheit, die Sehnsucht nach seiner alten Heimat und die Sehnsucht nach Liebe und Anna und Malwina, nach vergangener und neuer Liebe.

Malwina sagte: »Du freust dich gar nicht, dass wir uns wiedersehen. Du interessierst dich mehr für dein Land und was in ihm geschieht als für mich, obwohl wir uns so selten sehen. Selbst die Musik im Radio ist dir wichtiger als ich …«

Der Allensteiner Sender spielte gerade *Tangled Up In Blue*. Eine Hymne auf die Ungewissheiten der Liebe und Freiheit, eine Hymne, die Arthur so oft mit seinem Bremer Freund Joseph gehört hatte.

»Bob Dylan, das ist meine Jugend, davon versteht ihr hier im Osten nichts … Für euch ist er bloß ein amerikanischer Linker …«

»Ich bring dich um, warum musst du mich so provozieren und erniedrigen? Ich bin doch auf deiner Seite! Ich kenne Westeuropa besser, als du dir es vorstellen kannst. Und was du wirklich gut kennst und besitzt, sind lediglich deine Unterhosen – sie sind das Einzige, was du wirklich besitzt! Mich besitzt du nicht …«

Er musste lachen, ihre Gewitztheit mochte er sehr, ihre Ironie gelang›ihr meistens perfekt, und er liebte es, Malwina zu provozieren; er liebte es, wenn sie sich über seine sarkastischen Bemerkungen ärgerte.

Arthur sagte: »Du hast mir doch erzählt, dass dir dein Land so wichtig sei wie mir unser Land! Deine jüngere Schwester hat aber ihren Job verloren. Sie kann sich bei der Regierung und ihrem Slogan ›Wende zum Guten‹ bedanken.«

Malwina sagte: »Das ist nicht lustig. Meine Schwester hat Depressionen bekommen und trinkt jeden Tag.«

Die sogenannte Wende zum Guten, die frappierend an Piłusdkis diktatorische *Sanacja*-Zeit erinnerte, als der polnische Staat von Korruption und Verrat geheilt werden sollte, ähnelte mehr und mehr einer Säuberungsaktion. Die regierende Partei meinte, das Land brauche eine neue *sanatio*, eine neue Heilung, in Wahrheit wiederholte sie bloß die Fehler ihrer nationalkonservativen Vorgänger, die ursprünglich Sozialisten gewesen waren. Malwinas Schwester Patrycja war Pressesprecherin einer Behörde in Warschau. Ihre Pressetexte hatten der ›Wende zum Guten‹ ganz einfach nicht gefallen, und der neue Behördendirektor sorgte reibungslos für den Rausschmiss der regierungskritischen Pressesprecherin.

»Lass uns die Politik bis heute Abend aus unseren Gesprächen herauslassen«, sagte Malwina. »Wenn wir im Schloss von Galiny deinen Freund Sławek treffen, wird es kein anderes Thema mehr geben, fürchte ich.«

Sie unterhielten sich über Jola und Marek und über Arthurs Mutter und darüber, dass Janina endlich eine Therapie erwog, was selbst Malwina nicht glauben konnte: »Das wäre großartig! Ich kann mir denken, wie sie sich fühlt! Wenn meinen Töchtern etwas zustieße – ich würde mich umbringen …«

»Spuck diese Worte aus!«, sagte Arthur.

* * *

Als sie nach einer Stunde Fahrzeit in Galiny ankamen, stand die Sonne über dem Dorf und brannte unbarmherzig. Es ging erst auf vierzehn Uhr zu, und so hatten sie endlich Zeit und Ruhe, um über alles, was so viele Wochen und Monate schon in ihren Köpfen und Herzen brachgelegen hatte, zu sprechen. Das Dorf Galiny lud einerseits zum Nachdenken über Arthurs Familiengeschichte und andererseits zum Entspannen und Vergessen ein, weil man hier automatisch in den Ferienmodus umschaltete: Arthur kannte das Dorf natürlich aus alten Zeiten, es hatte selbst auf dem Höhepunkt des Sozialismus, als Gierek die Kredite des Westens großzügig ausgab, verfallen und verarmt ausgesehen. Das Schloss der Gräfin von Nitsche aber musste in jener kommunistischen Zeit für alle möglichen Ideen und Perversionen der Machthaber herhalten. Es wurde stets in etwas Neues umgewandelt, von einem landwirtschaftlichen Betrieb in eine Schule und ein Jugendheim für schwer erziehbare Kinder, von einem Jugendheim in ein Holzlager, von einem Holzlager in eine Werkstatt für landwirtschaftliche Maschinen. Irgendwann wurde das Schloss sich selbst überlassen, die Fenster und Türen verriegelte man mit Brettern, und das Schloss wurde zum Gespött der Leute: der Touristen und

Einwohner gleichermaßen. Man sprach sogar davon, dass es dort spuke, dass die Gräfin von Nitsche und ihr in Sibirien von den Sowjets getöteter Mann im Wintergarten und manchmal auch in den ehemaligen Pferde- und Rinderställen herumstreunen würden, als suchten sie nach jemandem, vielleicht nach ihren Kindern.

Viele Jahre vergingen im Stillstand, und niemand fühlte sich für das Objekt in Galiny verantwortlich. Der Staat musste sich nach 1989 mit anderen, wichtigeren Sorgen herumplagen und hatte erst einmal keine Zeit für alte ostpreußische Schlösser oder ehemalige Synagogen, die ebenfalls auf ihre Renovierung warteten. Und dann tauchte Arthurs alter Schulfreund aus Olsztyn auf, der inzwischen reich und dadurch auch etwas träge geworden war, nachdem er die polnische Möbelindustrie seiner Meinung nach auf Vordermann gebracht hatte. Er behauptete, diesen Wirtschaftszweig geheilt und sogar die Konkurrenz aus Deutschland zum Beispiel besiegt zu haben: Polnische Möbel seien inzwischen preiswerter als andere und hätten trotzdem die Qualität, die man von ihnen europaweit erwartete.

Jedenfalls verdiente Sławek viel Geld mit seinen Fabriken, in denen er kostengünstiger produzierte als in Westeuropa, um sich endlich seinem teuren Hobby widmen zu können: Er kaufte das Schloss in Galiny, renovierte es für viel Geld und über viele Jahre und machte daraus ein exklusives Hotel sowie eine exklusive Reitschule. Wenn man Sławek vorwarf, was nicht selten war, er habe die polnische Möbelindustrie für einen Apfel und ein Ei an den Westen verkauft und sich dabei bereichert, lachte er herzlich. Früher hatte ihn eine solche Diagnose buchstäblich zur Weißglut gebracht: Sein Gesicht wurde dann blass, seine Augen verdunkelten sich und man sah in ihnen den puren Hass eines rachsüchtigen Mannes, der sich beleidigt fühlte wie ein Mafioso. Jedenfalls durfte Arthur seinem Freund Sławek nie vorwerfen, er sei ein Hypokrit, er kritisiere nämlich den Westen, der 1989 Polen wirtschaftlich kolonialisiert habe, sei jedoch selbst derjenige gewesen, der den westlichen Konzernen geholfen habe, in Polen Bombengeschäfte abzuschließen und den sogenannten Ausverkauf des Landes zu beginnen; und da er selbst Anhänger dieser Verschwörungstheorie sei, wirke er wenig glaubwürdig. Aber so eine Kritik durfte Arthur niemals äußern, sie hätte ihn eine Freundschaft gekostet, die ihm sehr wichtig war. Also drückte er ein Auge zu.

Galiny erfreute sich großer Beliebtheit bei den Warschauern, Russen und Skandinaviern – es trafen sich in dem Hotelkomplex dort nicht nur Familien und Liebespaare. Immer öfter wurden Zimmer im Schloss oder in den ehemaligen Wirtschafts- und Stallgebäuden von Geschäftsleuten aus ganz Europa gebucht, vor allem aus Nordeuropa. Arthur war gespannt, was für ein Zimmer Malwina ausgesucht hatte – bei den Bediensteten oder bei der Gräfin von Nitsche?

Malwina bat ihn, auf dem großen, mit Kopfsteinpflaster ausgelegten Parkplatz des Vorwerks zu parken – also werden wir doch nicht im Palazzo residieren, sondern im Kuh- und Pferdestall, dachte sich Arthur. Er mochte jedoch Malwina nicht fragen, warum sie keine Zimmer oder kein Apartment im Palast der Gräfin gebucht habe. Seine Geliebte war sehr empfindlich, was Kritik an ihrer großzügigen Geldpolitik betraf. Sie kaufte sich dauernd neue Kleider und Schuhe und war auch nicht sparsam und geizig, was das Aussuchen von Hotelzimmern anging. Deshalb erwartete Arthur, dass seine Geliebte bestimmt einen Grund dafür hatte, warum sie das alte Vorwerk dem Residieren im Palast vorgezogen hatte.

Kaum dass sie beide ihre Koffer aus dem Mercedes herausgeholt hatten, begann Malwina, ihm zu erläutern, was sie an dem Palazzo der Gräfin störte: »Ich kenne die Zimmer und Apartments der Gräfin von Nitsche, sie gefallen mir schon – ich mag die Einrichtung, die rustikalen Möbel, die Holz- und Fliesenböden, die großzügigen Badezimmer und die bombastischen Betten sprechen für sich –, aber dein Freund wollte, dass wir auf seine Kosten bei ihm und obendrein im teuersten Apartment übernachten, und das konnte ich nicht zulassen! Ich bin eine selbstständige Frau, für die niemand etwas bezahlen muss!«

»Ich weiß, du bist Scarlett O'Hara …«, spöttelte Arthur.

»Was gibt es da zu grinsen? Wie oft soll ich dir erklären, dass Scarlett kein naives, liebeshungriges Dummchen ist, sondern eine Art Prototyp der emanzipierten Frau? Ihr kämpferisches Wesen im prüden Amerika, obendrein im Steinzeitalter, was die Entwicklung der Emanzipation angeht – das hat mich beeindruckt, obwohl ich damals klein war!«

»Du hast das Buch als kleines Mädchen von zwölf Jahren gelesen – heute würdest du es nach zwei Seiten gelangweilt weglegen …«

»Das stimmt überhaupt nicht: Ich muss dich sogar enttäuschen«, lachte Malwina. »Mit Scarlett erlebte ich meine erste erotische Einweihung, wenn man so will – später, der Entwicklung meines Intellekts und meiner Libido entsprechend, brauchte ich bloß eine andere Lektüre: Hannah Arendt und Jeanne Hersch … Und natürlich echte Jungs, die nicht nur bereit waren, meine Schultasche zu tragen oder mir Geschenke für ihr Taschengeld zu kaufen …«

»Jawohl! Entsprechend der Entwicklung des sexuellen Lebens einer Prinzessin aus Vilnius auf einem seidenen Kissen, in dem ein paar Haarnadeln stecken, welche du mir ab und zu ins Herz steckst …«

Malwina war nicht mehr verärgert. Sie konnte sogar wieder lachen, was Arthur sofort entspannte.

* * *

An der Rezeption verlief das Check-in ohne besondere Aufregung, man begrüßte sie nicht als gute Freunde von Sławek, dem Hoteldirektor. Natürlich hatte Scarlett O'Hara die Zimmer schon bezahlt, und natürlich waren tatsächlich zwei Einzelzimmer reserviert worden. Er wunderte sich darüber, hatten sie doch beide bei ihren letzten Treffen in den Hotels von Berlin oder Bremen immer nur noch ein einziges Zimmer gebucht. Deshalb fragte sich Arthur: Was wollte Scarlett ihm mit so einer Buchung sagen?

An der Rezeption traute er sich nicht, seine Geliebte nach dem Grund für die doppelte Buchung zu fragen – stattdessen half er Malwina beim Tragen ihres Koffers und ihrer Tasche auf … ihr Zimmer.

Das Vorwerk war wunderbar renoviert und eingerichtet worden – im ländlichen Stil, aber äußerst dezent, sodass man nicht den Eindruck hatte, man sei bei Tante Jadzia oder Helga auf dem Lande in ihrer kleinen und muffigen Pension gelandet, in der es zum Frühstück hart gekochte Eier und Filterkaffee gibt. Aus den Fenstern der Gästezimmer blickte man auf die Wiesen, auf die ermländischen Weiten, man suchte nach einem Wald oder See, und ging man wieder vor die Tür, gab es mehrere Möglichkeiten für einen ausgedehnten Spaziergang: auf dem Hofgelände des Vorwerks oder im barocken Garten des Schlosses, wo es einen Teich, einen Wasserfall und eine Eisenkanone zu besichtigen gab. Angeblich besuchten Nachfahren der Gräfin von Nitsche das Schloss mindestens einmal im Jahr, wobei die Gäste aus der alten Bundesrepublik dann im exklusivsten Apartment untergebracht wurden. Allerdings konnte sich Arthur kaum vorstellen, dass ihm sein Freund Sławek die Wahrheit erzählte: Er wollte mit den ehemaligen Besitzern und deren Nachfahren wenig zu tun haben, das Renaissanceschloss aus dem 16. Jahrhundert gehörte nun ihm, und basta! Deutsche waren Sławek nur als zahlende Gäste willkommen und erwünscht.

Arthur gab Malwina in der Tür einen Kuss und sagte: »Pani Scarlett, ich werde jetzt meine Gemächer beziehen …«

»Sei nicht albern! Du weißt doch, dass du jederzeit bei mir anklopfen kannst, und so ist es außerdem schöner und abenteuerlicher, wenn wir mit unseren Kopfkissen und Bettdecken hin und her wandern … Es gibt keine Klarheiten, es muss nicht gleich zur Sache gehen und wir treffen uns wie zwei Jungfrauen …«

Er grinste wieder und verließ wortlos Malwinas Apartment. Sein Gepäck wartete in der Rezeption, er musste es noch holen.

* * *

Erst als er das zweite Zimmer, das im selben Flur im ersten Stockwerk lag, betrat, wurde ihm klar, wie anstrengend und verantwortungsvoll der Besuch bei seinen Eltern und auch hier im Schloss seiner Großeltern für ihn war. Schließlich schrieb er darüber ein Buch, und in Wahrheit gehörte der Palast zusammen mit dem Vorwerk seinen polnischen und ostpreußischen Großeltern, die in Galiny einander kennengelernt und nie mehr aus den Augen verloren hatten; er gehörte eben nicht der Weltgeschichte – ja, nicht einmal den ehemaligen Besitzern, der Gräfin von Nitsche und ihrem Mann.

Arthur ließ sein Reisegepäck, den mit Hemden überladenen Trolley und die vor Büchern berstende Laptoptasche, mitten im Zimmer stehen – er musste sich auf das Bett setzen. Er fühlte sich nach all den Tagen bei seinen Eltern erschöpft; seit dem Tod der Zwillinge waren Janina und Ryszard wie zwei Vampire, weil sie Arthur höchste Konzentration und Aufmerksamkeit abverlangten, was sehr viel Energie kostete. Ihm wurde heiß, unter seinem Schädel brannte das Feuer der Erinnerungen und Legenden, die in seiner Familie seit einem halben Jahrhundert herumgeisterten. Und weil ihm all die Erinnerungen so unwirklich vorkamen, dachte er einen Moment lang, er bräuchte nur die Augen zu schließen und schon würde er auf dem Parkplatz vor dem Vorwerk Jan und Ryszard begegnen, im Winter 1945.

Er schlief auf seinem Bett für einige unvorstellbar lange Minuten ein und er träumte plötzlich von seiner eigenen Hochzeit: Malwina und er sollten sich im Schloss von Galiny das Jawort geben, doch sie waren erschrocken und kämpften gegen ihre Angst und Lähmung, da vor ihnen statt des Priesters ein schwarzes Pferd stand – das edle Tier sprach mit ihnen, als wäre es selbstverständlich, dass ein Pferd die Hochzeitszeremonie leitete, und sie wunderten sich nach einer Weile nicht mehr …

Es klopfte an die Tür, er hörte das Klopfen in seinem Traum, dann betrat jemand Arthurs Zimmer, und er sprang hastig auf.

»Entschuldigung, habe ich dich geweckt?«, fragte Malwina, die auf ihn zuging. »Ich warte schon seit einer Stunde auf dich, und du kommst einfach nicht, und ich habe mir Sorgen gemacht. Du liebst mich wahrscheinlich nicht mehr …«

Malwina zog ihre Stöckelschuhe aus, sie bat ihn, ihr das Kleid am Rücken zu öffnen, nicht etwa deshalb, weil der Reißverschluss klemmte, sie liebte es, wenn er *es* in seine Hände nahm und ihr die Kleider sanft von ihrem Körper abstreifte oder hastig herunterriss. Malwina schloss kurz ihre kupfernen Augen, als sie vor ihm stand und ihn um Hilfe bat. Sie sagte: »Ich bin nicht deshalb nach Galiny gekommen, um heute Abend zusammen mit deinem Freund eine gebratene Ente zu verspeisen und ein Glas Wodka zu trinken, wobei ich mich selbstverständlich darauf freue, Sławek persönlich kennenzulernen … Arthur, darum geht es jedoch nicht: Wir haben uns nämlich zwei Monate nicht gesehen – viel zu lange … Ich kann auch nicht mehr so weiterleben …«

»Das Ultimatum, das ich dir genau vor einem Jahr gestellt habe, ist auch abgelaufen«, sagte er. »Aber vielleicht gibst du mir endlich eine Antwort. Hast du deshalb zwei Zimmer gebucht? Weil wir uns trennen müssen? Noch vor gar nicht so langer Zeit hast du davon gesprochen, dass du deinen Mann verlassen wirst – wann war das? In Bremen? Kurz nach dem Begräbnis des SS-Mannes?«

»Bitte, sag nichts mehr, schweig lieber«, antwortete Malwina, während ihre Augen freudig blinzelten, als wollten sie sagen: »Ich lass dich jetzt nicht mehr los!« Im selben Moment sank Arthur auf den Bettrand und zog Malwina an sich heran, sodass sie sich bei ihm auf den Schoß setzen musste. »Was tust du da? Ich bin keine Balletttänzerin oder eine Puppe, die man nach Belieben strecken oder gar falten kann ... Ich habe zwei Töchter geboren, die fast erwachsen sind, und ich bin auch keine junge Frau mehr ...«, lachte Malwina.

»Scarlett, du siehst dennoch nicht wie eine langweilige Mutter und Hochschullehrerin aus einer mittelgroßen Stadt in Polen aus – niemand kann dein Alter richtig einschätzen, jeder hält dich für jünger ...«

»Genug, deine Komplimente sollen mich bloß provozieren. Wir haben in unserer Familie lediglich gute Gene, das ist das ganze Geheimnis«, sagte Malwina und küsste Arthur auf den Mund; dann fuhr sie fort: »Du musst mir alles zeigen, jede Ecke, jedes Zimmer des Schlosses. Dein Freund wird uns wohl eine Führung organisieren. Ich möchte wissen, in welchen Räumen deine Großeltern gewohnt, wo sie gearbeitet und Kinder gezeugt haben ...«

»Du verlangst sehr viel von mir ... Malwina!«, antwortete Arthur, der sich nicht mehr beherrschen konnte; er küsste Malwinas Brüste, die er aus ihrem dunkelblauen Büstenhalter hervorholte, aber ohne den BH am Rücken aufzuknöpfen, was Malwina zum Lachen brachte: »Wie ein Anfänger!«, sagte sie, und Arthur fügte hinzu: »Wie ein Anfänger, doch wir müssen nicht alles, was uns vorschwebt, an einem einzigen Tag bewältigen. Wir können morgen das Schloss besichtigen und uns auf Spurensuche begeben ...«

Sie verkrochen sich unter die Bettdecke, streiften ihre restlichen Kleidungsstücke ab. Ihre Füße berührten einander, als hätten Malwina und Arthur jede Kontrolle über ihren Willen und ihr Verlangen verloren. Aber trotz all der Sehnsucht und Leichtigkeit fühlte sich Arthur nicht ganz wohl in seiner Haut. Er musste sich wieder daran gewöhnen, dass es in seinem Leben jemanden gab, der ihn liebte und begehrte, der ihn heilte.

Als Arthur begann, Malwina überall zu küssen und zu liebkosen, als es kein Zurück mehr gab und klar war, dass sie miteinander schlafen würden, riss sich Malwina aus seinen Armen und sagte: »Es tut mir leid! Ich weiß nicht, was mir fehlt; ich fühle mich ganz einfach nicht wohl.«

»Bitte, ich werde dir doch nichts antun, was du nicht willst, Malwina!«

»Das weiß ich, mein Liebster!«

Arthur umarmte Malwina, die es nicht schaffte, sich von ihm zu lösen; und er sagte: »Vertrau uns ein wenig, lass uns Zeit, wir müssen uns wieder dort treffen, wo wir uns das letzte Mal gesehen haben – genau diesen Ort, an dem wir noch glücklich gewesen sind, müssen wir suchen und erneut zum Leben erwecken.«

»Seit wann bist du so pathetisch? Das letzte Treffen hat in Berlin stattgefunden … Es kommt mir allerdings so vor, als wäre es erst gestern gewesen, und trotzdem fehlt mir die Konzentration, die Freude oder … ich weiß nicht, wie ich es nennen soll? Dieses Liebesblackout? Ich weiß es nicht …«

Malwina küsste ihn wieder, und er konnte sich nicht mehr bremsen und drang in ihre *Yoni* ein und liebte sie. Er hatte noch gerade so viel Kraft und Mut, um Malwina schnell eine Antwort zu geben, die sie nicht mehr erwartete. Er musste nämlich an sein Ultimatum denken und stellte sich vor, dass Malwina im Prinzip schon längst wusste, wie sie auf sein Ultimatum zu antworten hatte.

»Du wirst mir bestimmt sagen, dass wir uns trennen müssen, dass es nicht mehr so weitergehen kann …«, flüsterte er Malwina ins Ohr, während er sie liebte. »Dass unsere Liebe keinen Sinn hat … Dass du deinen Mann und deine beiden Töchter und Warschau und so weiter nicht verlassen kannst …«

»Vor allen Dingen kann ich vor dir nichts verbergen, gar nichts … Das ist so grausam. Du hast mir die schwierigste Arbeit abgenommen, du hast ausgesprochen, was ich dir kaum mitteilen konnte … Ich bin eine Dame aus Vilnius, deine Gräfin und Professorin, und ich bin gleichzeitig die kleine Schülerin, die sich in Scarlett verliebt hat, und ich war dir eine Antwort schuldig … Obgleich ich das Wort Ultimatum hasse …«

»Jetzt sag bitte nichts mehr …«

Draußen kam ein kurzer warmer Regen auf, und auf den Weiden standen Kühe und Pferde in absoluter Regungslosigkeit. Nur manchmal beugten sie ihre Häupter und fraßen Gras, oder sie setzten träge ihre Schwänze in Bewegung. Ein Regenbogen tauchte in der Ferne der grünen Flächen auf und verschwand wieder. Malwina stieß einen Schrei aus, wie nur sie in den Hotels schreien konnte, wenn es ihnen gelang, gemeinsam den Ort zu besuchen, an dem sie glücklich waren. Und er geriet jedes Mal in Panik und war kurz davor, sich das Kissen zu schnappen, um

Malwinas Schrei unter ihm zu ersticken. Er fragte sich dabei, ob er imstande wäre, die Nerven zu verlieren und im Eifer des Gefechts Malwina zu erwürgen. Dass ihm überhaupt dieser Gedanke in den Kopf kam, erschreckte ihn sehr, und es half ihm, seiner Geliebten von so merkwürdigen Bedenken und düsteren Überlegungen einmal erzählt zu haben. Seit dies allerdings geschehen war, sagte sie spöttisch bei allen passenden Gelegenheiten: »Du würdest mich wahrscheinlich am liebsten umbringen, nicht wahr?«

Kapitel 7
Das schwarze Pferd

Sie blieben bis zum späten Nachmittag im Bett liegen. Sie liebten sich und schliefen wieder ein, wachten auf, liebten sich und schliefen anschließend erneut ein. Jedenfalls sprachen sie nicht mehr darüber, dass die Trennung eine beschlossene Sache sei. Arthur wollte es auch nicht glauben. Er bereute es sogar, Malwina dieses dämliche Ultimatum gestellt zu haben. Was habe ich mir bloß dabei gedacht?, wunderte er sich.

Ein Anruf von Sławek weckte sie auf und vertrieb sie endlich aus dem Bett. Arthurs Freund sagte, dass er leider erst am nächsten Abend nach Galiny kommen könne, wichtige Geschäfte in Olsztyn hielten ihn auf. Er erklärte, der morgige Termin sei sogar viel schöner und wichtiger, denn am Abend veranstalte er in seinem Schloss – im Palazzo der Gräfin von Nitsche – ein bombastisches Fest für seine besten Kunden aus ganz Europa; ein Maskenball solle es werden, wie in Stanley Kubricks letztem Film *Eyes Wide Shut*, lachte er. Darauf erwiderte Arthur, er hoffe nur, dass auf seinem Maskenball niemand geopfert werde, nicht einmal eine junge unschuldige Jungfrau, obgleich er nichts dagegen hätte, Nicole Kidman zum Tango einzuladen, falls sie ebenso eingeladen worden sei. »*What is wrong with your chastity?*«, spottete Sławek.

Und obwohl Arthur seinen alten Schulfreund seit vielen Jahren schon nicht mehr gesehen hatte, vergoss er am Telefon keine einzige Träne darüber, dass er noch weitere vierundzwanzig Stunden auf ihn warten musste. Schließlich wusste er, was ihn morgen Abend erwartete: die Wiedersehensfreude und ein ultimatives Trink- und Fressgelage, eifrige Kellner und Köche, moderate Damen und Herren und zum Schluss eine Orgie in einem der Hinterzimmer des Schlosses – da kannte Sławek kein Pardon, obwohl er verheiratet war und seine Frau, deren polnische Familie aus Weißrussland stammte, Haare auf den Zähnen hatte und ihm einen Ehebruch nicht nur nicht verzeihen würde; sie würde ihn sogar dazu nutzen, um ihn bis an sein Lebensende ständig zu erniedrigen und zu verklagen. Es ging ja auch um viel Geld in dieser komplizierten polnisch-weißrussischen Ehe.

Malwina und Arthur duschten, zogen sich um und beschlossen, im Restaurant des Vorwerks zu speisen, aber erst nach einer ausgiebigen Besichtigung der ganzen Anlage. Eine ausführliche Tour durch das Schloss, dachten sie, würde sie müde und hungrig machen.

* * *

Sie gingen sofort nach der Erfrischung im Badezimmer und dem Umziehen ins Restaurant und bestellten Espresso und einen Aperitif, um gänzlich wach zu werden. Und sie waren darüber erstaunt, dass sie sich nicht einer depressiven Stimmung und Melancholie hingaben, hatte doch Malwina in seinem Zimmer während der ausgedehnten Siesta angekündigt, dass nach dieser Begegnung in Galiny Schluss sei – ihre Trennung sei eine mehr oder weniger besiegelte Sache.

»Malwina, ich fühle mich eher so, als würden wir uns spätestens in zwei Monaten wiedertreffen, zum Beispiel in Berlin oder vielleicht in deiner Holzhütte am Serwent-See. Wozu wollen wir überhaupt dorthin fahren, wenn längst beschlossen ist, dass unsere Liebe zu Ende gegangen ist und wir uns trennen?«, fragte Arthur im Restaurant des Vorwerks, wo sie am Kamin einen Espresso und einen Drink nahmen und die Besichtigungstour planten.

»Meine bescheidene Holzhütte am Serwent-See ist mein eigentliches Zuhause. Dort kann ich mich verstecken und in Ruhe arbeiten«, sagte Malwina. »Diesen Ort musst du endlich sehen. Ich darf ihn dir nicht vorenthalten. Ich mag es nicht, wenn ich mich dort manchmal zusammen mit meiner Familie oder meiner Mutter aufhalte, insbesondere im Sommer. Ich brauche ganz einfach ab und zu meine Einsamkeit, eine Auszeit, in der ich nur mit mir allein bin …«

»Gut, wir fahren an deinen Serwent-See und schließen in deinem Sommerhäuschen die Tür zu und werden uns vor der Welt und auch vor unserer Liebe verstecken … Eine exzellente Idee! Und dann, am nächsten Tag, trennen wir uns endlich …«

»Bitte, du bist doch kein zynischer Dummkopf! Tu mir nicht weh! Mir ist diese Entscheidung nicht leichtgefallen. Ich liebe dich doch. Aber es ist besser so, glaub mir. Wir werden nicht mehr in dieser Zerrissenheit leben, in zwei Zimmern …«

»Verzeih mir, Malwina«, sagte er und streichelte ihr mit gespreizten Fingern durchs Haar. »Es ist sogar eine bessere Lösung, dass mein alter Freund erst morgen nach Galiny kommt. So werden wir für unsere Gespräche etwas mehr Ruhe finden … Obwohl es natürlich andererseits schade ist … Sławek hat nämlich immer viele knackige Geschichten auf Lager!«

Sie mussten Sławek jedoch seinem Schicksal überlassen, schließlich hatte er sich am Telefon wortreich und mit schlechtem Gewissen entschuldigt, dass er am heutigen Donnerstag nicht nach Galiny kommen, ihnen keine Sehenswürdigkeiten zeigen und die Geschichte des Schlosses nicht erzählen könne.

»Nebenbei bemerkt: Du hast seltsame Freunde«, sagte Malwina, nachdem sie ihren Aperitif ausgetrunken hatte. »Sie benutzen dich, sie kritisieren dich, sie spionieren dir nach und verpfeifen dich, sie schwärzen dich an, sie belächeln dich, sie versuchen, deinen guten Ruf zu vernichten, und benutzen dabei moderne Methoden wie zum Beispiel die Internetforen, die sozialen Netzwerke. Und sie versetzen dich, geben dir einen Korb, und du lächelst bloß und sagst nichts …«

Arthur zog seine buschigen Augenbrauen zusammen und sagte: »Du kritisierst meine Freunde, gibst mir aber selbst einen Korb … Wie soll ich all das, was du mir hier auftischst, unter einen Hut bringen, wenn du selbst nicht glaubwürdig bist?«

Malwina seufzte und legte ihre beiden Hände auf den Tisch, aber mit den Handtellern nach oben: »Können diese Finger, ihre Linien und Hügel lügen? Nein! Schau dir alles noch einmal genau an – meine Hände können nicht lügen! Ich kann nur nicht so weitermachen! Wir müssen uns trennen und wieder ein normales Leben beginnen. Ich werde jeden Tag an dich denken, werde dich lieben, werde nicht aufhören, dich und deine Hände und deine Bücher und deinen Intellekt zu lieben. Aber ich kann Warschau und meine Holzhütte am Serwent-See und meine Töchter und meinen Mann nicht verlassen, weil sich niemand um ihn und meine Familie und meine Häuser und meine Professur kümmern wird. Das ist mir auf dem Weg nach Olsztyn klar geworden, mein Liebster!«

Arthur sah in ihre kupfernen Augen, die all das, was Malwina ihm geschildert hatte, noch einmal zu bekräftigen schienen: »Ich lüge nicht«, sagten ihm Malwinas Augen, »ich werde dich verlassen ...«

Arthur schwieg, denn was sollte er antworten? Im Prinzip hatte er mit dieser Entwicklung gerechnet, nur nie richtig über sie nachgedacht. Das Denkspiel »Was wäre wenn?« verdrängte er stets erfolgreich, so wie man jeden Tag zu verdrängen versucht, dass man gegen den eigenen Tod und den seiner Nächsten machtlos ist und dass sich dieser letzte Ritt nicht vermeiden lässt. Und Arthur beneidete weder die Katholiken noch ihre Kritiker, die sich hinter riesigen Stapeln von philosophischen, vom vatikanischen Kanon gebilligten oder verpönten Werken versteckten und nach Antworten suchten, die in der Kirche niemand hören wollte. Er dachte wieder an das schwarze Pferd aus seinem kurzen Nachmittagstraum. Irgendwo musste es doch auch für dieses unheimliche Wesen, den Botschafter der Unsterblichkeit und Unendlichkeit, einen heimatlichen Ort geben. Und vielleicht konnte man dort alle Zeiten wieder zusammenbringen und Jola und Marek oder Renata und Irmgard aus Galiny retten.

Arthur erzählte seiner Geliebten nichts von den düsteren Gedanken, von seiner Sehnsucht nach Freiheit und Unsterblichkeit. Er wollte Malwina nicht noch mehr verunsichern und ihrer schlechten Stimmung neuen Kraftstoff zuführen. Und trotz seiner Vorsicht und auch des Mitgefühls für Malwina konnte er es immer noch nicht fassen und glauben: dass sie ihn wirklich verlassen wollte.

* * *

Sie bezahlten ihre Getränke und gingen nach draußen. Das ganze Gelände des Vorwerks war riesig. In einem der stillgelegten Pferdeställe standen Trecker und andere landwirtschaftliche Maschinen, die einen musealen Wert besaßen. Im größten Gebäude des Vorwerks waren die Gästezimmer und das Restaurant, und in alten Zeiten mussten hier die Bediensteten und später die Arbeiter von Jan gehaust haben. Von seiner Mutter wusste Arthur, was sich hier einmal abgespielt hatte: die Vergewaltigungen der Frauen, die stillen Begräbnisse, die Rachemorde an den Tätern, die Entführungen durch die Partisanen, durch die Waldleute, die dann »Verstoßene« hießen. Es fiel Arthur schwer, die schöne neue EU-Wirklichkeit, die sein Freund Sławek nach 1989 in Galiny kreiert hatte, als etwas Edles und Erhabenes zu akzeptieren, als ein Schmuckstück, weil der wunderschöne Ort vor dem Verfall gerettet worden war, und zwar unter anderem mit Fördermitteln aus Brüssel, wovon das am Schlosseingang angebrachte blaue EU-Schild mit den goldenen Sternchen zeugte. Arthur sah nämlich überall Totenschädel, die unter den Steinen und Grasbüscheln hervorragten, und an den Wänden und Mauern des Schlosses Blutspuren und Parolen der Nazis oder der Kommunisten. Und warum hatte Sławek die Bibliothek nicht auferstehen lassen? Jedes Schloss braucht eine Bibliothek und einen Globus und ein Teleskop, ein paar Gemälde, Kopien der alten Meister, oder wenigstens die Büste von Kopernikus oder Newton.

Es gab in der Tat viele ausländische Gäste, die sich in skandinavischen Sprachen unterhielten. Aber man traf auch wohlhabende polnische Familien, die hier in Galiny sogenannte Agrotouristik-Ferien im gehobenen Stil verbringen wollten, und ebenso lief man Engländern, Russen und natürlich Deutschen über den Weg, wenn man im Schloss wohnte. Und Reiter, überall grassierten Reiter, die hier eine Plage waren.

»Was wirst du nun tun?«, fragte Malwina. »Du bist jetzt ein freier Mann. Wirst du wirklich die Uni verlassen?«

»Ja, ich werde mich ganz auf mein neues Buch konzentrieren und bei Joseph einziehen – für den Anfang. Josephs Wehrmachtsbunker hat seine Schutzfunktion nicht eingebüßt. Ich werde mir bei ihm meine eigene Einsiedelei bauen. Verstehst du?«

Malwina nickte. Ihr Lächeln war selbstbewusst, aber auch irgendwie traurig, weil ihr der ironische Ton nicht gelang, als sie sagte: »Du wirst schon eine hübsche und kluge Scarlett finden, die mich perfekt ersetzen wird.«

»Du spinnst, Malwina, ich liebe doch nur dich. Warum soll ich mir jemanden suchen, der mehr oder weniger bloß ein Ersatz ist? Das Einzige, was ich an deiner Entscheidung wahrhaftig respektiere, ist, dass du keine Egoistin bist, weil du nicht an dein Glück denkst, sondern an das deines Mannes, um den du dich sorgst und der dich liebt, wie er eben lieben kann – obgleich ich wirklich nicht kapiere, warum du ihn geheiratet hast … Warum heiratet eine Scarlett einen Ingenieur, einen Homo faber, der mit Bestimmtheit Giordano Bruno auf dem *Campo de' Fiori* wieder verbrennen würde, weil es seiner Meinung nach keine Beweise dafür gibt, dass fremde Planeten bewohnt sein können?«

Sie gingen an den Pferdeställen vorbei, in denen ein reger Betrieb herrschte – wie auch auf den umzäunten Reitwiesen. Arthur begegnete Pferden nur in seinen Träumen. Für ihn war es schon immer ein Rätsel gewesen, was hinter der Verbrüderung der Pferdenarren mit der Natur stecken mochte. Jedenfalls war es Sławeks Pferden schnuppe, dass ihr Zuhause auf der Koppel ein riesiger Friedhof war, ein Leichenfresser.

»Anstatt mich mit deiner Kritik zu verschonen, attackierst du mich und meinen Mann ständig!«, wehrte sich Malwina.

»Ist schon gut! Verzeih mir!«, sagte er. »Ich versuche nur, mit deiner Entscheidung fertigzuwerden. Das ist alles. Sprechen wir lieber von *deinen* Zukunftsplänen! Was wirst du tun?«

»Ich werde mich in meine Sommerhütte am Serwent-See zurückziehen und über die Familie von Fahrenheid schreiben: über ihr Pyramidengrabmal in Rapa an der polnisch-russischen Grenze und über den Aberglauben nach dem Zweiten Weltkrieg in Masuren.«

»Ich sehe schon, du bleibst den metaphysischen Problemen treu … Und damit deinen liebsten Philosophen aus Königsberg … Kant und Hannah Arendt.«

»Du weißt ganz genau, wovon ich spreche, Arthur: Die Plünderer der besagten Pyramide, die russischen Soldaten, haben die Särge geöffnet, das Grabmal geplündert und die Leichen geschändet. Folge dieser Schandtat war – angeblich –, dass die Grabmaldiebe und -schänder schwer erkrankt seien. Und im benachbarten Dorf sollen seltsame Dinge passiert sein, die Dorfbewohner und ihre Rinder seien ebenso erkrankt, manche Kühe seien sogar verendet, und ein Plünderer sei bei einem Autounfall umgekommen. Man glaubte damals, auf der ganzen Gegend und dem Dorf Rapa laste ein Fluch …«

»Das ist ja nichts Neues, auf unserer Liebe lastet ebenso ein Fluch …«, bemerkte Arthur. »Alles, was ich liebe, wird mir andauernd gestohlen. Meine Heimat, mein Beruf. Und jetzt wirst du sogar verschwinden. Das ist ein wahrer Fluch.«

Malwina blieb abrupt stehen und küsste Arthur auf den Mund. Er begriff sofort, dass das ein Versöhnungskuss war, deshalb sagte er: »Es tut mir leid, dass ich so ein Ekel bin. Ich liebe dich doch.«

* * *

Sie verließen das riesige Gelände des Vorwerks und kamen zu dem Einfahrtstor des einstöckigen und hellgrau verputzten Renaissanceschlosses, in dem fast alle Zimmer belegt waren. In gewisser Hinsicht erinnerte der ganze Gebäudekomplex, der aus dem Palast, den Bedienstetenhäusern, den Rinder- und Pferdeställen sowie den Getreidespeichern und Kutschenschuppen bestand, an uralte Landgüter und Chateaus in Frankreich, wobei Arthur dabei vor allem an Andrzej Wajdas Film *Danton* denken musste, dessen Landschaftsszenen und -bilder ihm im Gedächtnis geblieben waren, scheinbar für immer und ewig. Seine Vorstellung davon, wie solche Schlösser auszusehen hätten, war in seiner Kindheit geformt worden, vor allem im Kino und Fernsehen. Und erst jetzt entdeckte Arthur, dass die Turmuhr des Einfahrtstors nicht nur wieder intakt war, sondern auch in bester Gesellschaft: unter ihr prangte das in Stein gemeißelte Familienwappen der Gräfin von Nitsche: Ein schwarzes Pferd und zwei weiße Barte, die man auch Streitbeile nannte, mussten ihre Sippe beschützen und Feinde besiegen. Er dachte, mein Traum ist Wirklichkeit geworden, jetzt verstehe ich: Das schwarze Pferd verfolgt uns, doch ich werde Malwina nichts erzählen …

Malwina achtete wie immer auf jedes Detail, sie sah sich jeden Stein, jede Fliese, jedes Bild zehn Mal an, bestimmte die Herkunft und dozierte über die Arbeit des Künstlers oder des Steinmetzes und Maurers.

Wie aus dem Nichts tauchte ein Concierge auf, begrüßte Arthur und Malwina im Namen von Sławek, dem Hoteldirektor. Der junge Bursche, der allerhöchstens achtundzwanzig war und am Bauch einige unnötige Kilos mit sich trug, besaß tadellose Manieren und war elegant angezogen. Er zeigte Arthur und seiner Geliebten das größte Apartment im Schloss, das sogar stilgerecht eingerichtet worden war, als reiste man ins 17. Jahrhundert zurück. Er nannte eine ganze Reihe von Prominenten, die in diesen großzügigen Räumen genächtigt und gefeiert hätten: »Dieser Schauspieler ist auch hier gewesen?«, fragte Malwina erstaunt. »Was sucht so jemand in Galiny?« Malwina sagte außerdem die ganze Zeit zu dem jungen Mann ziemlich merkwürdige, Arthur irritierende Dinge: »Mein Mann und ich wollen bald unseren zwanzigsten Hochzeitstag feiern! Und wir suchen schon seit Längerem in ganz Polen nach einem passenden Ort für unser Fest!« Arthur fragte sich: Wovon redet sie? Meint sie denn mich?

Der Concierge reservierte für sie einen Tisch im Restaurant des Vorwerks und sagte, er werde sich um passende Kostüme und Masken für den Maskenball am morgigen Abend kümmern, man könne sich jederzeit an ihn wenden, er sei für sie da. Er führte die beiden auch durch den Wintergarten und den Kinosaal. Nur das neu entstehende Restaurant im rechten Schlossflügel wollte er ihnen nicht präsentieren, da es sich um eine schlimme, weil nicht enden wollende Baustelle handeln würde. Arthur dachte natürlich an Renata und Irmgard, an Ryszard und Jan und auch daran, dass seine Eltern womöglich hier gezeugt worden waren, in einem dieser Zimmer, die jetzt Engländer oder Russen im Internet buchten.

Als der junge Mann einen Anruf auf seinem Smartphone bekam, entschuldigte er sich und ging eilig weg. Sie blieben allein – vor dem alten Brunnen auf dem Vorplatz des Schlosses, wobei der Brunnen stillgelegt und durch eine Fontäne ersetzt war.

Malwina sagte: »Was erzählt dein Freund Sławek? Angeblich leben noch Verwandte, Enkelkinder und Geschwister der Gräfin von Nitsche, doch niemand von denen hat sich je darum bemüht, den Palast und die Besitztümer zurückzubekommen. Heute ist es ja Mode, dass ehemalige Bewohner Ermlands und Masurens, die Autochthonen, die vor 1989 aufgrund ihrer deutschen Herkunft in die BRD emigriert sind, ihre alten Häuser und Äcker zurückhaben wollen. Es kommt in Olsztyn zu absurden Gerichtsverhandlungen …«

»So kann man auch Öl ins Feuer gießen … Kein Wunder, dass die regierende Partei den Bauern an den Kragen geht und ihnen den Landverkauf einschränken will. Blut und Boden: Das ist die Philosophie, die hier praktiziert wird. Dass mein Großvater Ryszard die Bibliothek der Gräfin von Nitsche gerettet hat, interessiert niemanden. Der Boden ist viel wichtiger, die Totenschädel und so weiter. Der gute Ryszard hat damals kurz nach dem Krieg auch einige unbekannte Manuskripte entdeckt, unter anderem Carl Friedrich Abels Notenhefte mit Kompositionen, die man noch gar nicht kannte.«

Malwinas Stirn bedeckte sich mit Falten, die ihre Verwunderung und Neugier zum Ausdruck brachten: »Du hast mir davon nie erzählt!«

»Wir haben noch ein paar Tage, und die sollten wir nutzen. Wir können noch so vieles erledigen und besprechen. Früher oder später hätten wir uns so oder so trennen müssen – für immer sogar. Der Tod ist der beste Scheidungsrichter!«

»Ich habe keine Angst vor dem Tod, das weißt du doch. Und es ist mir nicht wichtig, was mit mir passieren wird, wenn er kommt – und wenn er kommt, dann gehe ich einfach mit ihm mit!«, sagte Malwina. »Und jetzt attestiere mir bitte nicht, dass ich wieder pathetisch und naiv bin …«

»Nein, auf keinen Fall. Wir haben auch keine besonders üppige Wahl, was das Weitermachen nach dem Tod angeht. Du entscheidest dich für das Schweigen im Sand oder für verschiedene Reinkarnationsstufen innerhalb der zahlreichen Wohnungen im Hause unseres Vaters … Und die wahren Gläubigen bekommen endlich ihr Endzeitgericht. Mehr Möglichkeiten gibt es in der Tat nicht … Ich habe meine Entscheidung schon getroffen, ich bin gegen das Schweigen des Sandes und gegen die Daumen-nach-oben-Daumen-nach-unten-Lösung des Gottesgerichts – ich will betrunken von Stern zu Stern wandern und somit auch etwas Zeit gewinnen … zum Nachdenken über das Ganze!«

»Manchmal denke ich, ich habe einen Mann kennengelernt, der dreizehn Jahre alt ist …«

Sie standen vor der Fontäne, einem riesigen Kelch aus weißem Kalkstein. Leider schien die Anlage kaputt zu sein, jedenfalls floss kein Wasser aus dem Pimmel des beflügelten Babyengels, dabei konnte Wasserknappheit nicht die Ursache sein: Allein die Allensteiner Seenplatte würde sogar einen Moloch wie Los Angeles für lange Zeit mit Wasser versorgen können.

»Wie gut du mich schon kennst, Malwina«, antwortete er, »doch gerade all unsere Spielchen, die wir betrieben haben und die nur wir verstehen, wie auch all unsere Gespräche, die oft keine Lösungen, sondern nur Verwirrung gebracht haben, werde ich sehr vermissen.«

»Ich werde dich und ›unsere Spielchen‹, wie du das, was uns miteinander verbindet, nennst, auch vermissen! Ich bin mir doch im Klaren, dass ich mich von dir gar nicht trennen kann – ich werde jeden Tag an dich denken ...«

»... und jeden Tag«, unterbrach er seine Geliebte, »deinem Mann schwarzen Tee kochen und im Salon servieren, um ihn anschließend zu fragen, wo all die Jahre eurer gemeinsamen Ehe geblieben sind ...«

»... während du dich amüsieren wirst«, fiel ihm Malwina ins Wort, »du kannst dir nämlich endlich jeden Wunsch erfüllen und die Mädchen so oft wechseln, wie es dir beliebt. Sie werden dir natürlich alle ziemlich schnell lästig werden, und du wirst sie so schlecht behandeln, dass sie früher oder später heulend vor dir weglaufen werden. Denn du wirst ständig an mich denken, insbesondere dann, wenn du mit so einer jungen Schickse im Bett liegen wirst, weil du weißt, dass es keine andere Frau gibt, die mir das Wasser reichen könnte. Und keine andere Dame wird deinen Rücken so streicheln und dich so küssen und lieben, wie ich es getan habe. Du wirst lernen, mit einem in deine Stirn eingebrannten Kreuz zu leben, das dich jeden Morgen im Spiegel an mich erinnern wird: Das Kreuz wirst du zwar tapfer tragen, doch du wirst leiden wie ein Straßenköter, der sich nach seinem Herrchen zu Tode sehnt ...«

»Ich danke dir für diese wunderbaren Zukunftsaussichten. Wenigstens verschafft dir dein Sarkasmus Befriedigung, die wohl deinen Schmerz etwas lindert.«

»Du wirst die restlichen Tage, die uns noch verbleiben, bestimmt gut und locker überstehen, Arthur«, antwortete Malwina und nahm ihn an der Hand, sodass er ihr nur noch folgen musste; auf dem Vorplatz des Schlosses herrschte plötzlich ein reger Betrieb, die Hotelgäste bezogen oder verließen ihre Zimmer, und sie starrten das seltsame und etwas zu eifrig und zu laut diskutierende Liebespaar bei der Fontäne neugierig an, anstatt sich mit der Architektur des Palastes zu beschäftigen oder wenigstens mit dem Kies des Vorplatzes, auf dem ihre Trolleys nur schwer vorankamen.

Malwinas Drang nach Freiheit, Schönheit und Intimität bewirkte des Öfteren, dass sie urplötzlich einen Ort verlassen musste. Sie verschwand auf einmal, man brauchte sie dann auch nicht zu suchen, mochte es sich auch um eine wichtige Familien- oder Universitätsfeier handeln. Sie floh ganz einfach, und so geschah es: Sie entführte Arthur in den Schlossgarten, der sich im Rücken des Zweiflügelpalastes mit dem Einfahrtstor ausbreitete und der gänzlich Sławeks Schöpfung war und seine Handschrift trug, auf den ersten Blick sah er total kitschig und überladen aus, wie ihm das so gefiel.

Sie sagte: »Ich fühlte mich auf einmal beobachtet, als stünde ich auf einer Theaterbühne … Aber nun ist alles wieder in Ordnung!«

Er nickte und bewunderte seinen Freund Sławek, der dafür gesorgt hatte, dass der Garten seinen imposanten Namen verdiente: *Das barocke Meisterwerk der Gräfin von Nicze*, stand auf einem Informationsschild in Polnisch, Englisch und Deutsch. Der Teich war sauber und karpfenreich, das Wasser zirkulierte in einem gesunden Kreislauf, der Wasserfall machte mächtig Krach, und die Wildenten ließen sich weder davon noch von Besuchern oder Schwänen stören. Die Alleen mit den Bäumen, Sträuchern und Hecken waren so angelegt, dass man Lust hatte, einen Rundgang zu machen. Dass Sławek bei der Gestaltung des ehemaligen Renaissanceparks der Gräfin von Nitsche ein wenig übertrieben hatte, störte nicht einmal Malwina, die bombastischen Firlefanz nicht mochte.

* * *

Als Erstes gingen sie zu dem künstlichen Wasserfall, den man von einer schmalen Holzbrücke aus am besten betrachten konnte. Der Lärm störte sie bei ihrer Unterhaltung nicht, sie waren lediglich erstaunt, wie kräftig die Wassermassen in den Teich strömten und wie viel Rabatz sie dabei machten. Sie blieben auf der Brücke aus Holz stehen, und Arthur sagte: »Wenn du die Augen schließt, denkst du, du bist gar nicht in unserem Jahrhundert, gar nicht bei Sławek und seiner Gräfin von Nitsche, sondern auf der Leinwand in unserem Allensteiner Kino *Polonia* aus den Siebzigerjahren, in dem gerade die damalige Neuverfilmung von *King Kong* gezeigt wird: mit Jessica Lange in der Hauptrolle; 1977 muss das gewesen sein. Ich habe mich aber in die Debütantin sofort verliebt, und später, als junger Mann, ging ich ständig auf die Jagd nach diesem Schönheitsideal aus unserem Kino.«

»Nur dass du kein King Kong warst!«, scherzte Malwina. »Obwohl: für mich bist du einer …«

»Nein, ich bin der Fotograf beziehungsweise der Paläontologe Jack Prescott, der von Jeff Bridges gespielt wird: Der junge langhaarige Typ stellt den aufgeklärten, umweltbewussten und kapitalismuskritischen Draufgänger dar, der ich ja im Westen auch werden wollte: Aufgrund meiner Emigration geschah das allerdings mit zwanzigjähriger Verspätung, sodass ich heute wie ein anachronistischer Idiot dastehe … In der BRD wäre ich damals, 1980, den Grünen beigetreten. Aber vielleicht ist das auch der Hauptgrund, warum ich an der Uni das Handtuch hinwerfen will. Mir hat schon im Sozialismus das politische System gestunken, und dieser Gestank der Versklavung des menschlichen Geistes hat sich im Kapitalismus merkwürdigerweise fortgesetzt – nur, dass ich nicht auf die Idee komme, rechtskonservativ zu werden und ein Nationalist obendrein. Und auch die Verschwörungstheorien sind Jack Prescott, den ich tapfer zu spielen versuche, suspekt, da es heute insbesondere für falsche Propheten ganz leicht ist, jedem unzufriedenen und politikmüden Bürger den Kopf zu verdrehen und ihn zu verführen, angeblich im Namen der Befreiung von der mentalen und materiellen Sklaverei. Und was sagen diese Propheten? Es geht angeblich um die genetische Manipulation des Menschen durch böswillige Außerirdische, es geht um die Frage, ob wir allein im Universum sind – und es geht letztendlich darum, ob Religionen von den böswilligen Wesen aus einer uns unbekannten Welt dazu missbraucht werden, um uns für Jahrtausende in Schach zu halten. Und lehnt sich jemand zu weit aus dem Fenster hinaus, um gegen die im Dienste der böswilligen Fremden von dem unbekannten Planeten stehenden Machthaber zu rebellieren, wird er sofort zur Räson gebracht oder gar getötet, wie das zum Beispiel im Fall J. F. Kennedys gewesen sein soll, der der Menschheit eine bahnbrechende Nachricht über die Existenz von fremden Zivilisationen und Wesen auf anderen Planeten habe übermitteln wollen. Jedenfalls ist das Internet voll von solchen Behauptungen, und ich erinnere mich an einen Ausspruch von Stanisław Lem, der einmal sagte, solange er das Internet nicht benutzt habe, habe er nicht gewusst, wie viele Idioten es auf der Welt gebe. Und damit ist mein Monolog zu Ende, Malwina.«

Seine Geliebte hatte ihm aufmerksam zugehört. Er kannte keinen anderen Menschen, der so gut und konzentriert zuhören konnte wie Malwina. Vielleicht animierte ihn ihre außerordentliche Begabung zur Konzentration, solche Monologe, wie er sie vor allem im Suff liebte, zu halten. Oder wollte er ihr bloß imponieren? Den Eindruck schinden, was für ein toller Hecht er sei? Ihre Augen hörten ihm zu, ihre Hände, ihre Wangen, ihre Augenbrauen – das faszinierte Arthur, dass Malwina ihm mit ihrem ganzen Körper zuhören konnte.

»Mit solchen Ansichten, wie du sie vertrittst, hast du an der Uni tatsächlich nichts zu suchen. Schade nur, dass du das erst heute erkannt hast«, sagte Malwina. »Wer Feuerwehrmann werden will, muss auch damit rechnen, dass man im Feuer sterben kann, oder nicht?«

Arthur gab ihr einen präventiven Kuss, der sie auf einen bitteren Kommentar vorbereiten sollte: »Liebes, das Gleiche kannst du leider auch auf dich münzen, denn du bist diejenige, die mir ständig weismacht, dass man als junger Mensch von zwanzig Jahren sich niemals durch einen Ehering binden dürfe, dass man in diesem Alter noch nicht wissen könne, was und wen man eigentlich brauche.«

»Du schlägst mich mit meinen eigenen Waffen …«

Sie verließen die Holzbrücke des Wasserfalls und folgten den Pfeilen auf den Wegweisern des ehemaligen Schlossparks, die einen Rundgang empfahlen.

Plötzlich erreichte von der Hauptstraße her ein höllischer Krach ihre Ohren, ein metallischer Knall, der sich mit schweren und leidvollen Tierlauten vermischte, als wäre ein Auto in eine Kuhherde gekracht. Sie blieben sofort stehen, Malwina zuckte zusammen und sagte: »Was war das?«

»Keine Ahnung! Hoffentlich kein schlimmer Autounfall!«, sagte Arthur, der glaubte, auch noch ein schrilles Geschrei sowie ein aggressives und verzweifeltes Wiehern vernommen zu haben, doch er mochte sich täuschen, zumal Malwina nichts dergleichen bestätigen wollte. Der Rundgang im barocken Garten von Sławek machte keinen Sinn mehr, sie waren unruhig, und Arthur fragte sich, wie es wohl seinen Großeltern 1945 in diesem Dorf ergangen sein musste, wenn Tag für Tag etwas Ungeheures und Unvorhersehbares passieren konnte.

* * *

Sie beschlossen, ihren meditativen Spaziergang zu beenden, und machten sich wieder auf den Rückweg. An der Rezeption würden sie bestimmt mehr erfahren, zumal sie schon von Weitem erkannten, dass sich auf der Hauptstraße von Galiny ein Verkehrsstau bildete. Einige Fahrzeuge auf dem Parkplatz des Vorwerks fuhren los, und sie sahen und hörten erschrockene Gäste und Hotelangestellte, die in Richtung der Hauptstraße rannten.

Automatisch rannten sie hinterher wie in einer in Panik geratenen Herde; Malwina hielt sich, nachdem sie beide die Schritte etwas verlangsamt hatten, an Arthurs Arm und sagte: »Ich habe Angst! Mir darf alles passieren, aber ich würde es nicht ertragen, wenn dir oder meinem Mann und meinen Töchtern etwas zustoßen würde, verstehst du?«, fragte sie. Sie merkte gar nicht, wie steif ihre Arme geworden waren, wie nervös ihre Muskeln zuckten; Arthur hatte den Eindruck, dass seine Geliebte ihm sein Hemd vom Leib herunterreißen wollte, aber er schwieg geduldig, während Malwina fortfuhr: »Versprich mir eines: Sollte ich vor dir im Sterben liegen und solltest du bei mir am Bett Wache halten und dich um meinen Körper kümmern, möchte ich, dass du mir nichts vorliest, mich nicht tröstest: Ich möchte, dass du mir dann alles von Anfang an erzählst, aber nur über dein Leben, von Anfang an und nur von dir, und ich werde dir dafür dankbar sein. Versprichst du mir das?«

Er schaute sie lange Sekunden an, Malwina trug ein cremefarbenes Kleid, das sich mit ihrem kupfernen Haar farblich wunderbar ergänzte. Ihr rotes Haar wurde jeden Sommer heller, ihre honigfarbenen Strähnen vermehrten sich in der Sonne wie von allein. Er wusste, dass er ihre Bitte erfüllen musste. Das Versprechen, um das sie ihn bat, sollte er ihr geben, hier und jetzt. Er begriff gleichzeitig nicht, wie sich Malwina ihre gemeinsame Zukunft vorstellte. Sie wollte doch eine Trennung herbeiführen und in ihrer geliebten Sommerhütte am Serwent-See die Liebesscheidung besiegeln. Was führt sie im Schilde?, fragte er sich.

»Ich verspreche dir hoch und heilig, dass ich dir diese letzte Geschichte von einem einzigen Menschen, den du liebst, erzählen werde …«

Sie begann zu lächeln, als er die letzten Worte sagte, und Malwina meinte dann: »Ich habe solche Angst um dich … Und um uns …«

Als sie nach etwa zehn Minuten strammen Marsches zu der Hauptstraße mit dem Einfahrtsweg zum Schloss der Gräfin von Nitsche kamen, erwartete sie eine dichte, aufgeregte Menschenmenge, wobei die meisten mit ihren Smartphones telefonierten oder auf ihren Geräten Kurznachrichten tippten. Auf der Straße lag ein totes Pferd und neben ihm eine Leiche, die mit einer Wolldecke zugedeckt war. Der Kadaver badete in einer schwarzen und klebrigen Blutlache. Der Pkw, der scheinbar frontal in den Reiter und sein Pferd hineingedonnert war, sah ziemlich übel aus: Die Motorhaube hatte sich gelöst. Aber wo war der Fahrer? Geflohen? Oder war er am Lenkrad vor Schock zusammengebrochen und saß nun am Straßenrand mit einem in den Händen versteckten Gesicht?

Ein junger Dorfbewohner schrie in die Traube der Schaulustigen hinein, die Polizei und der Krankenwagen würden gleich da sein, er habe sie gerufen, und Malwina drehte sich um, sie konnte sich das Grauen nicht ansehen – das habe sie noch nie gekonnt, sagte sie, nachdem sie kurz zuvor die Augen des toten Tieres erwischt hatte: starre, kastanienfarbene Augen, die in den Himmel blickten. Malwina entfernte sich still und rannte zurück zu ihrem Hotel, während Arthur noch für einen Moment dablieb, die toten Pferdeaugen befahlen ihm zu bleiben und sie pausenlos anzustarren, und er hatte das Gefühl, als würde er wieder träumen, da das krepierte Pferd pechschwarz war – wie in seinen Träumen.

* * *

Für den Rest des Nachmittags und selbst am Abend schien Malwina untröstlich zu sein: Nichts von Arthurs Bemühungen – keine Witze, keine Beschwichtigungen, dass die Zukunft für sie beide als Liebespaar in Wirklichkeit doch rosig sei, es sei ja noch nichts verloren – konnte ihre depressive Laune vertreiben. Auch nicht die schmackhaft gebratene Ente im Restaurant des Vorwerks, einer urpolnischen Küche mit Piroggen, Steinpilzen, Preiselbeeren, Enten, Gänsen, mit saurer Mehlsuppe und Wodka, von dem Malwina sogar zwei Gläschen trank. Der tödliche Unfall mit dem Reiter und seinem Pferd und dem Pkw aus Bartoszyce, dem Städtchen, in dem Arthurs Großvater unter Stalinisten gefoltert worden war, machte Malwina stumm und handlungsunfähig. Nach zwei, drei Bissen ließ sie die Ente liegen, zumal sie das Gericht ohnehin nur Arthur zuliebe essen wollte. Sie gehörte zu den flexiblen Vegetarierinnen, da sie

Fisch mochte und gelegentlich ein Stückchen Gans oder Ente verspeiste, um zum Beispiel ihrem Geliebten eine Freude zu machen.

Nach dem Abendessen genehmigten sie sich noch einen Drink, doch die Barterrasse eignete sich nur schwer für ein Gespräch, da dort wohl eine Firmenfeier stattfand – Siemens Polska oder Nike Polska. Sie mussten auf ihre Zimmer flüchten.

»So etwas wie heute Nachmittag passiert nicht grundlos … Wir wurden Zeugen eines tragischen Todes, weil uns jemand warnen will, dass wir womöglich falsch handeln …«, sagte Arthurs Geliebte.

»Da spricht nur dein schlechtes Gewissen, Malwina, weil du mit mir fremdgegangen bist …«

Sie verpasste seiner Bemerkung keinen Kommentar und fuhr fort: »Und hast du diese riesigen Augen gesehen? Die Pferdeaugen?«, fragte Malwina, als sie schon im Bett lagen, diesmal in ihrem Zimmer. »Wer war der Reiter? Vielleicht bin ich das Pferd und du der Reiter? Warum macht uns das Leben zum Abschied unserer Liebe ein so schreckliches Geschenk?«

»Auf dieser Straße in Galiny sind schon so viele Menschen umgekommen, Malwina, unter anderem zum Beispiel die Frau des Kurpfuschers, von dessen Unglück mir meine Großväter Ryszard und Jan oft erzählt haben. Betrunkene, marodierende Rotarmisten haben die Arme vergewaltigt und ihr anschließend die Augen ausgestochen, damit sie die Täter nicht wiedererkannte. Auf der Hauptstraße von Galiny – etwa da, wo heute der Unfall passiert ist – ist die Frau des Kurpfuschers, eines Arbeiters von meinem Großvater Jan, von dem Lkw der Rotarmisten totgefahren worden. Ich will dir damit nur sagen, dass es hier nirgendwo ein ruhiges oder unblutiges Plätzchen gibt.«

»Das überzeugt mich überhaupt nicht, ganz im Gegenteil – wir sind hierhergekommen, weil wir Frieden finden wollten, oder, andersrum gesagt, weil wir uns in Frieden aussprechen und trennen wollten … Deshalb fahren wir auch noch zu mir, an meinen See … Aber was finden wir in Galiny vor? Erinnerungen an grausame Verbrechen, die scheinbar nicht reichen, nicht grausam genug gewesen sind, da wieder etwas Schreckliches hinzukommen musste: der heutige Unfall mit Todesfolge …«

Arthur bemühte sich, möglichst nüchtern und sachlich zu sein, wenn er über den Unfall des Reiters sprach. Der umgekommene Mann war erst neunundzwanzig und ein bekannter Gast des Schlosshotels. Und das Hotelleben ging einfach weiter: Im Restaurant des Vorwerks erreichte das Firmenfest seinen Höhepunkt – niemand durfte einer größeren Gruppe, die offensichtlich eine weltweit bekannte Firma repräsentierte, das Feiern verbieten, nicht einmal dieser schreckliche Unfall. Malwina bat Arthur sogar darum, das Fenster zu schließen, obwohl es draußen immer noch warm und schwül war. Aber die Musik und die lauten Stimmen störten sie – ihr Zimmer lag ungünstig, und Arthur drängte seine Geliebte zu einem Umzug in seine Räume, die am Ende des Flurs waren.

»Ich kann nicht mehr, Arthur«, erklärte Malwina, »ich kann keinen Schritt mehr machen. Die zwei Jahre unserer Liebe oder Liebschaft haben mich müde gemacht, sogar todmüde. Und unser Land hat auch seinen Beitrag dazu geleistet, dass ich erschöpft bin. Wenn man eine neue Geschichte schreiben will, wie es nicht nur unsere jetzige Regierung vorhat, muss man auch die Vergangenheit auf den Kopf stellen und neu erfinden: alte Helden gegen die richtigen, die angeblich wahrhaftigen tauschen.«

Arthur unterbrach sie kurz: »Unser Patron heißt Paweł Jasienica, du erinnerst dich, was er einmal gesagt hat: ›Die Geschichtslehre ist doch keine Nutte, die man an der Straßenecke buchen und zu jeder Verrenkung und jedem Bruch zwingen kann. Wer die Geschichtslehre wie eine Nutte behandeln will, stellt sich selbst ein aufschlussreiches Zeugnis aus.‹«

»Aber wollen wir in einer gefälschten Realität leben? Natürlich nicht!«, fuhr Malwina fort. »Sie werden überall auf Unterstützung und Zulauf von neuen Anhängern zählen können. Trump wird nämlich in den USA die Wahlen gewinnen, und dann werden Europas Grundpfeiler Frieden, Freiheit und Gerechtigkeit wackeln. In all dem Chaos, in dem Verallgemeinerungen, Reduzierungen und Radikalisierungen mehr und mehr vorherrschen, kannst du mir keine Stütze mehr sein, Arthur: Ständig zerrissen zwischen meiner Familie, meinem Mann, meinem Land und dir, würde ich auf die Dauer ganz einfach verrückt werden. Also musste ich mich entscheiden. Und du wirst wieder fliehen und dich in deinem Westen verkriechen – noch geht es ja … Zwei Drittel deines Lebens hast du irgendwie geschafft, ganz gut sogar, den Rest schaffst du auch locker. Aber was wird aus meinen Töchtern? Aus unsrer Demokratie? Aus dem abnehmenden Magnetfeld der Erde? Aus den schmelzenden Polkappen?

Der Überbevölkerung? Den erneuerbaren Energien? Dem Vormarsch der Nationalisten, die keine Verfassung brauchen? Was? Und was wird aus mir?«

Arthur umarmte seine Geliebte, deckte sie bis an die Nase mit der Bettdecke zu, als wollte er sie verstecken und beschützen. Sie hatte in allem, was sie ihm erklärt hatte, recht. Er streichelte ihre Wangen und küsste sie. Er würde ihren Duft, ihr Parfüm und ihr im Sommer meist kupferfarben leuchtendes, mit blonden Strähnen versetztes Haar vermissen. In erster Linie jedoch würde er ihre Klugheit vermissen. Und für einen Augenblick erschien Arthur alles, was er bisher geleistet und erreicht hatte – und das war nicht wenig –, vollkommen unbedeutend zu sein: die ausgebildeten Studenten, die Bücher, die er geschrieben hatte; selbst das einigermaßen funktionierende Verhältnis zu seiner Tochter – und auch die Liebe, die ihn einst mit Anna verbunden hatte, seine erste große Liebe …

So ist es also, dachte er, ein tapferes Mädchen bist du, Malwina, weil du etwas tust, was ich niemals schaffen würde – du bist aufrichtig und du opferst dich für andere, im Dienst für andere und nicht für dich und uns; Egoismus ist dir ein Fremdwort!

Er küsste ihre Augenlider und streichelte erneut ihr Gesicht und dann ihre Brüste. Sein permanentes Seufzen war keine schöne und adäquate Antwort auf Malwinas schonungslose Diagnose der Lage, in der sie beide sich befanden. Und trotz all dieser Nüchternheit, die nur eine Aufgabe hatte, nämlich den Schmerz über die Trennung, über das Nicht-in-Erfüllung-gehen-Können zu betäuben, war Arthur dankbar dafür, dass er Malwina überhaupt getroffen hatte. Bloß, wie sollte er es ihr sagen? Wie ausdrücken, dass sie dankbar sein müssten für das, was sie in all den Monaten und Jahren erlebt hatten? Und während er sich Gedanken machte, Malwinas Rücken streichelte und ihr einen Kuss nach dem anderen verpasste, ihr aber eine Antwort nach wie vor schuldig blieb, kam ihm seine Geliebte zuvor und sagte: »Doch ich werde auch ihn vermissen, meinen besten Freund, der mir so guttut. Nach allen Gesetzen des *Kamasutras*, wie du es immer behauptest, sind wir füreinander wie geschaffen …«

»Wir sind sogar besser, als es sich das *Kamasutra* jemals vorgestellt hat …«

Kapitel 8
Ein typisch ostpreußischer Nachmittag

Durch die Fenster von Malwinas Zimmer begrüßte sie beide ein strahlender Morgen; die Sonne blendete sie durch die halb zugezogenen Vorhänge, sodass es höchste Zeit war, das Bett und das Hotel zu verlassen, da der Tag herrlich zu werden versprach.

Wenigstens hatte Arthurs Geliebte endlich ausschlafen können. Sie war nachts kein einziges Mal aufgewacht, um zum Beispiel über ihr neues Forschungsprojekt und Buch nachzudenken – wenn sie nämlich viele Tage und Nächte am Schreibtisch verbracht hatte, geriet sie in die Fänge der Schlaflosigkeit, und das Gehirn ließ sich nicht mehr ausschalten. Dann schrieb sie in ihrem Kopf an ihrem Buch weiter, schrieb weiter über ihren Baron, den Vollblüterzüchter und Ägyptologienarren Friedrich Heinrich Johann von Fahrenheid, der 1849 neunundsechzigjährig und wohlhabend verstarb; schrieb weiter über seine in den beiden Weltkriegen verloren gegangene antike Kunstsammlung und schrieb weiter über das unglückselige Grabmal der Familie von Fahrenheid in Rapa an der Węgorapa, dem heidnisch-pruzzischen Aalfluss.

Und ein besonders grauenerregendes Bild ließ Malwina keine Ruhe: Wie Soldaten des Ersten und Zweiten Weltkriegs das in den dunklen Goldaper Landkreiswäldern versteckte Grabmal, so nah an der russischen Exklave, entdeckten, die Särge mit Gewalt öffneten und die mumifizierten Skelette brutal entweihten, vor allem die Mumie der kleinen Ninette, der dreijährigen Tochter von Friedrich Heinrich Johann, die am Anfang des 19. Jahrhunderts verstorben war.

Aber Malwina dachte dann auch an andere Grausamkeiten, die sie nicht schlafen ließen – es gab freilich noch andere Gründe für Malwina, nachts plötzlich aufzuwachen, und Arthur hatte, neben ihr liegend, schon des Öfteren erlebt, was dann geschah: Sie stieß plötzlich einen Schrei aus, wachte schweißgebadet auf und sagte, sie habe geträumt, dass sie auf der Oderbrücke zwischen Słubice und Frankfurt stehe und dass man sie nicht nach Deutschland hereinlassen wolle, weil ihr Reisepass ungültig sei; sie könne aber auf der anderen Seite der Oderbrücke ihn sehen, ihren geliebten Arthur, der dort in Deutschland auf sie warte und zu dem sie nicht gehen könne.

In dieser Nacht vor dem Maskenball im Schloss von Sławek wachte Malwina aber nicht einmal dann auf, als Arthur ihr ihr Victoria's-Secret-Höschen abzustreifen versuchte, obwohl sie doch einen leichten Schlaf hatte; selbst das kleinste Geräusch in einer Zimmerecke, das von einem Insekt oder einer Maus stammte, oder ein leises sommerliches Zirpen im Garten ihrer Eltern und vor den Türen ihrer Holzhütte am Serwent-See – nichts entging ihr, sie schreckte sofort auf und fragte: »Was war das?«

* * *

Nach dem üppigen Frühstück im Restaurant des Vorwerks strotzte Malwina vor Ideen für ausgefallene Tagesausflüge. Manisch sprang sie voller Begeisterung von einem Gedanken zum anderen, von einer Idee zur nächsten und plante ambitionierte Ausflüge in die nahe Umgebung.

Arthur sagte: »In dem berühmten Gestütdorf Gałkowo bin ich wie du ein gern gesehener Gast: Verschone mich aber mit einem erneuten Besuch bei der verehrten Pani Renata in ihrem alten Jagdhaus, ich verdanke ihr zwar sehr viel, wie du weißt, da ich sicherlich meine Bücher über Masuren ganz anders geschrieben hätte, wenn ich von ihr keine Einweihung in die Geheimnisse der Gräfinnen und Grafen von Ostpreußen bekommen hätte«, grinste Arthur, »doch auch in diesem Fall habe ich Ermüdungserscheinungen. Ich muss nicht nur meinen Job an der Uni kündigen, ich werde leider ebenso alte Freundschaften beenden müssen. Verstehst du, Malwina? Es muss ein finaler Schnitt werden!«

Sie sagte: »Das passt ja gut – dann ist unsere Trennung nichts weiter als eine logische Folge der Veränderungen, die du in deinem Leben planst!«

»Ich spreche ausnahmsweise nicht von uns«, wehrte er sich. »Du erinnerst dich bestimmt an das Foto von der Gräfin von Dönhoff, das sie auf ihrer ersten Polenreise zeigt: 1962 in einem warmen Monat, irgendwo in Masuren – vermutlich in Sztynort am Sztynorckie-See, dem ostpreußischen Steinort. Das Bild wurde beim Aussteigen aus ihrem Porsche geschossen, es hängt auch in Gałkowo – in ihrem Gedenksalon in dem ehemaligen Jagdhaus des Grafen Heinrich von Lehndorff aus Steinort. Der Titel des Fotos könnte lauten: *Die ewige Heimatsuche in einem Porsche.*«

»Was stört dich an diesem Bild? Ein ähnliches kann ich dir auf der Stelle machen, willst du?«, fragte Malwina.

»Der Porsche stört mich, nur siebzehn Jahre nach dem Krieg ist dieser teure Sportwagen eine Ohrfeige an all die Polen, die die Okkupation, die Front, die Zwangsarbeit und die Konzentrationslager überlebt haben. Geflohen ist die Gräfin im Januar 1945 auf einem Pferd, das erste Mal in die Heimat gereist in diesem schönen und teuren Sportwagen – als wäre nichts gewesen. Und das nennst du Heimatsuche? Auf einem Esel oder zu Fuß wie ein Pilger hätte sie reisen müssen.«

Malwina verteidigte die Gräfin: »Du sprichst von Demut. Und Demut kannst du ihr nicht absprechen …«

Ihr Streitgespräch eskalierte nicht mehr, da Malwina erschöpft zu sein schien, obwohl sie es nicht zugeben wollte. Sie sagte: »Keine Bange, ich werde mir nicht die Haare raufen, weil du nicht begreifen willst, dass es auf dieser Welt Demut und Demütige wirklich gibt …«

»Ich zähle bestimmt nicht zu ihnen …«, sagte Arthur und küsste Malwinas rechte Hand.

Seine Geliebte stieß ein paar der Entspannung dienende Seufzer aus, und anstatt sich die Haare auszureißen, kämmte sie am Frühstückstisch im Restaurant des Vorwerks ihre Mähne, was sie normalerweise nie tun würde, schließlich war sie auch eine Gräfin, die wusste, was sich gehörte und was nicht, wenn man in der Öffentlichkeit auftrat, und zum Schluss schminkte sie sich sogar die Lippen und hielt lange den kleinen Taschenspiegel vor ihr Gesicht, als wollte sie sich vergewissern, dass sie wirklich die schönste Frau im Hotel war.

Der Tag versprach heiß und wolkenlos zu werden, obwohl es am frühen Morgen, als die Sonne aufging, Arthur zur Toilette aufstand und Malwina sich im Bett nicht einmal auf die andere Seite drehte, auf den Koppeln genieselt hatte.

Sie machten sich trotz aller Befürchtungen und Zweifel auf den Weg nach Gałkowo, wobei die Autofahrt erst in den Wäldern, die an die größten masurischen Seen grenzten, ein Vergnügen werden würde. Dort fühlte man sich sofort sicher vor den Gefahren der Zivilisation und ihrem Lärm, und sollte es zu einer Naturkatastrophe oder einem Weltkrieg kommen, würde man hier mit Bestimmtheit überleben. Zumindest war es ein beruhigendes Gefühl, wenn auch ein trügerisches.

* * *

Sie verbrachten fast den ganzen Nachmittag im Gestütdorf Gałkowo: Im Restaurant des ehemaligen Jagdhauses des Grafen Heinrich von Lehndorff gab es eine exzellente Küche, die nicht nur die Gaumen der betuchten Warschauer, Deutschen und Franzosen erfreute, denn manchmal verirrten sich auch Normalsterbliche in diese Gegend und bestellten sich ein Törtchen und einen Tee, der nichts kostete, und entdeckten dabei, dass in der Restaurantküche meisterlich gekocht wurde. Pfannkuchen mit Blaubeeren, Maräne oder Aal und eine Kürbis- oder saure Mehlsuppe bekam man zwar in Masuren so gut wie überall serviert, doch nicht in der Qualität wie im Jagdhaus, das der Sohn von Pani Renata, der Graf Alexander Potocki, aus Sztynort am Mamry-See nach Gałkowo verpflanzt und renoviert hatte. Auf diese Weise konnte man mehrere Fliegen mit einer Klappe schlagen, politische und ökonomische Fliegen: Dem hingerichteten Hitlerattentäter Heinrich von Lehndorff wurde in Gałkowo ein Denkmal gesetzt, ebenso seiner Cousine, der Gräfin Dönhoff, der man einen Gedenksalon eingerichtet und mit ihren und fremden Büchern über Ostpreußen ausgestattet hatte. Aber das war noch nicht alles: Es kam endlich eine friedliche Vermischung der polnischen und deutschen Adelsgeschlechter zustande, und die Pensionszimmer im Jagdhaus sowie die Gästezimmer in den alten Bauernhäusern auf dem großzügigen Grundstück sorgten für Reibach – und nicht nur das exquisite Restaurant –, da auch Grafen und Gräfinnen nicht ewiglich von ihrem Erbe leben können. Für solche Völkerverständigung, Geschichtspflege und Geschäftsideen gab es Verdienstorden des polnischen Staates und zahlungskräftige Gäste aus ganz Europa.

Arthur und Malwina hatten sich sogar das mit dem Jagdhaus benachbarte Gestüt angeschaut, auch deshalb, weil sie dem trägen Nachmittagsschlaf in zwei sommerlichen Liegestühlen im Garten der Grafen und Gräfinnen entfliehen wollten – und wegen des Albtraums aus Galiny, wo am gestrigen Tag der tödliche Unfall mit dem jungen Reiter und seinem schwarzen Pferd passiert war. Ein Gespräch mit Pani Renata war eigentlich unvermeidlich, doch die ehemalige Polenkorrespondentin und Journalistin war nirgendwo aufzufinden, und Arthur hatte an der Rezeption auch nicht nachgefragt, wo man sie oder ihren Sohn erreichen könne. Er schaute sich lieber alles aus einem Versteck heraus an; er trat lieber inkognito auf und studierte dann das Verhalten der Gäste, die sich an der Vergangenheit und Berühmtheit der alten sowie der neuen Besitzer des Jagdhauses berauschten, voller Sehnsucht nach einer Epoche, die hier wie eine Mücke im Bernstein eingeschlossen war.

Auf dem Rückweg aus dem ostpreußisch-polnischen Gestütdorf brannte die Sonne immer noch, und sie beschlossen, in einen See zu springen, um sich zu erfrischen. Sie fanden schnell einen friedlichen Ort zum Baden, irgendwo bei Ruciane-Nida, dem Jachthafen der masurischen Dschungelwälder und schwarzen Seen, und Arthur genoss den Anblick einer halb nackten Frau, die noch wenige Tage nur ihm gehören würde und die ihn nach wie vor liebte, obwohl ihr Liebeshaus wackelte und von Blitzen getroffen wurde wie ein Turm auf einer Tarotkarte, die ein verhängnisvolles Ereignis ankündigt.

Ich liebe sie, meine Malwina, dachte Arthur, während er sie beobachtete, wie sie langsam ins Wasser ging und die Angewöhnung an die Kälte genoss.

Kapitel 9
Die Maskerade

Sie kamen mit Verspätung nach Galiny zurück. Sławek wartete auf sie in der Rezeption des Vorwerks, wie immer lachend und gut gelaunt, angriffslustig und voller Humor, der dazu führte, dass er einen Witz nach dem anderen riss, was Arthur manchmal ermüdend fand. Ein fast fünfzigjähriger Klotz, bärenstark und selbstsicher – nur nicht mehr so geschmeidig wie in seinen früheren Jahren, vor allem in seinem Kopf nicht mehr. Immer noch dieselben grünen Augen, aber eine glatt rasierte Haut und eine Glatze. Sportlich, jedoch ästhetisch fein gekleidet – er trug nur teure Markenkleidung. Anstatt »Hallo, mein Freund!« freudig herauszutrillern, sagte Arthur: »Wann haben wir uns das letzte Mal gesehen?«

Das Wichtigste war für Arthur, welchen Eindruck Malwina von seinem alten Schulfreund haben würde. Deswegen beobachtete er sie und versuchte, mit ihren Augen zu kommunizieren, um irgendeine, wenn auch ganz winzige, Information darüber zu erhalten, wie sie Sławek fand.

Doch das war nicht einfach, Malwina verhielt sich bei der Begrüßung undurchsichtig; Arthur musste ihre Augen mehrere Male scannen, aber sie ließ sich nichts anmerken. Sławek gab Malwina einen Handkuss, umarmte Arthur herzlich und führte sie beide sofort zu ihrem Tisch im Restaurant, wo der Maskenball stattfinden sollte. Eine Tanzband machte gerade den Soundcheck, und die Kellner und Kellnerinnen beschäftigten sich immer noch mit den Dekorationen, dem Geschirr und Besteck auf den weiß gedeckten Tischen.

Malwina sagte: »Ich muss mich noch umziehen und duschen! Ich hoffe, die Herren warten mit dem Aperitif! Und was ist mit unseren Masken? Man hat sie uns versprochen!«

Sławek trat wie ein großzügiger König auf, er ließ den Hoteldirektor und Chef richtig heraushängen: Er brauchte nur einmal in die Hände zu klatschen, und schon eilte einer seiner Angestellten herbei und löste ein Problem oder erfüllte einen Auftrag. Er sagte: »Tomek kommt sofort zu euch und bringt uns hoffentlich eine schöne Auswahl an neuen Fratzen! Wir haben die Dinger extra aus Venedig kommen lassen! Vor allem wegen der schönen langen Nasen und Schnäbel …«, kicherte er.

Malwina entschuldigte sich und verschwand, was für Arthur das Gespräch mit Sławek nicht erleichterte. Er sagte: »Malwina braucht mindestens eine Stunde, bis sie fertig wird. Sie hat eine chronische Duschkrankheit und schminkt sich stundenlang, als würde sie gleich in einem Film auftreten. Außerdem weiß sie nie, was sie anziehen soll …«

»Ist das deine neue Flamme?«, lachte Sławek. »Du hast es gut! Ich bin ganz brav geworden! Nach Jahren der inneren Unruhe …«

Sein Freund war seit dreißig Jahren verheiratet, er besaß zwei Häuser, eines in Warschau und das zweite in Olsztyn, wobei seine Frau selten nach Olsztyn und Masuren kam, sie hatte sich in der Hauptstadt eingenistet, weil es dort die besten Modegeschäfte und Restaurants gab. Seine beiden Söhne studierten in London, da alle Warschauer Kinder, die wohlhabende Eltern hatten, englischsprachige Schulen und Universitäten besuchten oder in England und in den USA studierten.

»Heute Nacht wirst du mir einen Gefallen tun! Du musst mir helfen«, sagte Sławek. »Ich stecke ganz schön in der Scheiße … Bis zur Nase voll …«

»Ich soll einem Millionär helfen? Spinnst du?«, wunderte sich Arthur, der zwei Bier bei einem jungen Mädchen in blauer Hoteluniform bestellte. »Und bitte, nenn meine Gräfin nicht *Flamme* oder *Puppe* … Schließlich sage ich zu deiner Frau auch nicht *Kätzchen* oder *Schnucki* …«

»Du bist im Westen so empfindlich geworden …«

Sławek zählte zu den jungen, im Sozialismus aufgewachsenen Männern, die in Polen das erstbeste Mädchen geschwängert und anschließend geheiratet hatten, weil die Kirche, der Staat und die Eltern es so wollten. Er sagte zwar oft, er liebe seine Frau sehr, doch er bezeichnete sich selbst als einen Abtrünnigen, Kriminellen auf dem Gebiet des Eros, da er jedem einigermaßen gut aussehenden »Rock« nachlaufen müsse. Bei der Wortwahl war er nicht gerade zimperlich – Arthurs Ohren taten weh, er musste sich alles, was sein Freund sagte, in eine normale, politisch korrekte Sprache übersetzen. Und vor allen Dingen ging Sławek regelmäßig ins Bordell, was Arthur nicht verstand. Wie konnte der Hoteldirektor und Geschäftsmann, der die polnische Möbel- und Telekommunikationsindustrie nach 1989 auf die Beine gestellt und ins 21. Jahrhundert geschickt hatte, so ein Liebeshypokrit sein? Einerseits predigte Sławek, wie wichtig ihm die Liebe zu seiner Ehefrau sei, andererseits prahlte er damit, welchen »Rock« er neulich wieder einmal kennengelernt und »ordentlich durchgebügelt« habe. Er zahlte das Studium seiner beiden Söhne und zahlte eben auch gerne die Besuche im Bordell oder honorierte die Damen, die er auf seinen teuren Geschäfts- oder Turnierreisen traf. Er ging nämlich einem für Arthur besonders fragwürdigen und kostspieligen Hobby nach, wobei er selbst das Sportschießen nie als Hobby bezeichnen würde. Jedenfalls gab Sławek Zigtausende von Złotys für diesen sogenannten Sport aus, da die Patronen und die Gewehre kein billiges Vergnügen waren.

»Also gut: Du liebst deine Frau Professor, richtig?«, fragte er, als das Bier zum Anstoßen bereit war.

»Richtig!«

»Leider ist sie verheiratet und will nicht nach Deutschland auswandern. Richtig?«

»Fast richtig, Sławcio, nur fast …«, sagte Arthur und stieß mit dem Hoteldirektor an. »*Na zdrowie!*«

»Von einer Ausreise ins Reich würde ich Frau Professor abraten, auch wenn sie dort einen lukrativen Job an der Uni bekommen sollte. Und stell mir jetzt keine dummen Fragen, warum ich ihr abraten würde, zu den Faschisten beziehungsweise dem linken Westeuropapack zu gehen … Willst du denn, dass sie eines Tages von ein paar jungen Ingenieuren aus Syrien zu einer Silvesterparty eingeladen wird? Die Linken haben aus Europa ein Hurenhaus gemacht, und jetzt wollen sie es in die Luft sprengen! Ihre Händchen dürfen sie sich dabei natürlich nicht dreckig machen …«

»Ich muss dir, wie ich merke, nichts mehr erklären …«, sagte Arthur; er grinste, denn etwas anderes blieb ihm nicht übrig, wollte er den Hausfrieden in ihrer Freundschaft nicht riskieren. Dass muslimische Migranten seit mehr als fünfzig Jahren die EU bevölkerten und damit bereits in der zweiten und dritten Generation im Westen lebten, interessierte Sławek nicht. Und an den sehr eigenwilligen Sarkasmus seines Freundes musste sich Arthur nicht gewöhnen, er kannte ihn zur Genüge, dieser hatte sich seit der Grundschule nicht geändert – allerdings war aus einem ehemaligen Antikommunisten und Idealisten, dessen Eltern im Übrigen wohlhabende Parteifunktionäre gewesen waren, ein knallharter Materialist und rechtskonservativer Moralist geworden. Sławek hatte sich zwar nach der Wende zu einem erfolgreichen Geschäftsmann und Transformator entwickelt, der mit Hilfe des ausländischen Kapitals in Polen riesige Möbelfabriken aufgebaut hatte, doch eines Tages war etwas mit Sławek und seinem Land geschehen, was nicht einmal Arthur hatte vorhersehen können. Plötzlich schlug die ganze Pro-Westeuropa-Stimmung um, und der Ministerpräsident Donald Tusk galt bei Sławek und anderen Skeptikern ähnlichen Kalibers auf einmal als »der rothaarige Affe«, als ein Verräter also, und dann kam der 10. April 2010, und nach der Flugzeugtragödie bei Smolensk durfte es nur noch Gute oder Böse geben, Heilige oder Verbrecher, Für-uns oder Gegen-uns. Und Sławek wechselte rasch die Fronten und redete auf einmal wie ein Nationalist, was nicht nur Arthur Ohrenschmerzen bereitete … Der Schuldige für das mutmaßliche Attentat auf die polnische Präsidentenmaschine, die mit prominenten Politikern, Funktionären und Dissidenten bei Smolensk hätte landen sollen, um feierlich der Zigtausenden, von NKWDisten 1940 mit einem Genickschuss hingerichteten Offizieren, Polizisten, Professoren, Lehrern und Beamten zu gedenken, war natürlich »der rote Affe«. Sławeks Metamorphose ging aber noch tiefer und erreichte ihren Höhepunkt bei der Entwicklung und dem Konsum von Verschwörungstheorien. So galt ihm Deutschland schon bald – im Übrigen ähnlich wie Frankreich – als eine üble Kolonialmacht, die Polen und andere Länder unsichtbar übernommen habe und finanziell-vampirisch aussaugen würde. Sławek hasste die Deutschen und er hasste auch die Israelis, weil sie zusammen mit den Amis und anderen sogenannten guten Freunden unter einer Decke stecken würden. Das Merkwürdige an seiner Verschwörungstheorie war nur, dass er sie öffentlich nie zum Besten gab, außer natürlich bei einem Glas Wodka, wenn er seine wichtigsten und vertrauenswürdigsten Freunde traf. Doch dann war Sławek auch kein Hoteldirektor mehr, sondern ein Kopfjäger und Moralist. Allerdings fühlte er sich immer sicherer dabei, da durch den Regierungswechsel viele Verschwörungstheorien und Obskuritäten salonfähig wurden, was ein weltweites Phänomen zu sein schien, da für die sogenannten Wutbürger die politische Korrektheit unerträglich geworden war wie ein Sandkorn im Schuh.

»So viele Gäste kommen aus Deutschland in dein Hotel in Galiny, so viele Maschinen für Holzbearbeitung und Möbelherstellung hast du aus Deutschland gekauft, und die Franzosen haben nach 1989 die polnische Telekom übernommen und nicht die Faschisten, wie du deine Hotelgäste nennst – warum hasst du sie dann?«

»Ich hasse sie nicht, ich passe nur auf unser Land auf, damit es nicht zum weiteren Ausverkauf kommt!«

Arthur lag schon auf der Zunge, etwas zu sagen, was seinen Freund beleidigen würde und was er sich bisher immer verboten hatte, doch er hielt sich wieder einmal zurück und sagte lediglich: »Du bist mein ältester und erster Freund, und ich muss dich so nehmen und akzeptieren, wie du tickst!«

»Du sprichst mit mir, als wäre ich ein Faschist und du ein Kommunist und als wären wir in Buchenwald, wo ich am Schreibtisch sitzen und dich verhören würde …«

»In diesem Totenwald mussten wir bisher zum Glück nicht spazieren gehen, doch das könnte sich schnell ändern, und wenn nicht für uns, so für die Nachgeborenen …«

»Erzähl keine Märchen! Sorg lieber dafür, dass die Deutschen aufhören, in ihren Zeitungen über uns herzuziehen und Unsinn zu schreiben: Sie haben dazu kein Recht, sie dürfen uns nicht erziehen und belehren! Im Sozialismus, als es kein Toilettenpapier gab, haben wir uns mit den Tageszeitungen den Arsch abgewischt. Ich bin reich, ich könnte es mir leisten, die *Süddeutsche* zu abonnieren. Diese deutschen Schreiberlinge kapieren nämlich nicht, dass sich die bisherigen Regierungen um die Ärmsten der Ärmsten in Polen nicht gekümmert haben … Es war höchste Zeit für eine politische Wende!«

»Ich bin nicht das Sprachrohr der deutschen Zeitungen – da sprichst du den Falschen an!«, lachte Arthur. »Und es ist immer wieder erstaunlich zu beobachten, wie aus einem Hai und Kapitalisten plötzlich ein Armenversteher wird …«

Sie mussten ihr Gespräch unterbrechen, da sich das Restaurant und der Tanzsaal, in dem die Band immer noch mit dem Soundcheck beschäftigt war, mit den ersten Gästen füllten. Und in der Tat, einige Spaßvögel trugen feierliche Kleider, Anzüge, Kostüme, Hüte und Masken, auf den ersten Blick billige, den venezianischen Stil nachahmende Einwegmasken, die haufenweise in den zahlreichen Internetshops angeboten wurden und derer sich die Eingeladenen trotzdem nicht zu schämen brauchten. Und er hoffte, dass ihn im Verlauf des Abends kein Streit mit Sławek über politische Positionen erwischen würde. Er musste an dieser Maskerade, die auch ihre Freundschaft betraf, teilnehmen: Er musste sich mit seinen Ansichten zurückhalten, wenn er an dem feierlichen Abend keinen wütenden und hasserfüllten Sławek erleben wollte. Vor allen Dingen wäre dann Malwina sehr enttäuscht, obschon sie ahnte, wie Arthurs Freund dachte und aus welcher Richtung sein Wind wehte, welchem politischen Kollektiv und historischen Bewusstsein er sich verbunden fühlte.

Sławek sagte: »Wir sehen uns später, jetzt muss ich mich um die Gäste aus Deutschland und Frankreich kümmern! Und sie ordentlich begrüßen! Du wirst schon einen geeigneten Gesprächspartner finden, um dir die Wartezeit angenehm zu verkürzen!«

* * *

Der junge Concierge, der Arthur und Malwina am Tag ihrer Ankunft das Schlosshotel gezeigt hatte, brachte eine kleine Auswahl an Masken. Sławek wählte die des Harlekins, und Arthur entschied sich für die

Schnabelmaske. Und Malwina, was wird sie wählen?, fragte sich Arthur. Die Masken, die der Concierge im Angebot hatte, waren ausgezeichnete Arbeiten aus Venedig, denen man ansah, dass sie keine chinesischen Plagiate waren, sondern Originale.

Arthur blieb für einen Moment allein – an seinem reservierten Tisch. Er wurde allmählich ungeduldig: Malwina, dachte er, kann mit der Toilette und dem Umziehen und Schminken auch ganz schön übertreiben. Er hatte jedes Mal, wenn er an öffentlichen Orten auf sie warten musste, Angst, sie könnte ihren Koffer packen und fliehen, längst über alle Berge sein.

Er beschloss, an solche düsteren Dinge lieber nicht mehr zu denken, und bestellte sich einen Wodka und noch ein Bier, um sich das Warten auf Malwina bis zu ihrer Ankunft etwas erträglicher zu gestalten. Niemand setzte sich zu ihm, die Gäste, auch seine Landsleute, stürmten den Tanzsaal und das Restaurant, er staunte darüber, dass es auf einmal so viele waren. Einige Sekunden lang glaubte er, den Grafen Potocki, den Sohn von Pani Renata aus Gałkowo, erkannt zu haben, er war sich jedoch nicht sicher.

Er trank den Wodka aus und bekam sofort Hunger – die Speisekarte für den Abend versprach masurische Gaumenfreuden: Es gab Hecht und Zander, Pirogen und Rote-Bete-Suppe, und wer keine Lust auf Fisch hatte, dem winkte eine Fressorgie: Masurische Gänse und Hasen hüpften über die Teller der Fleischfresser.

Arthur begann, sich Sorgen um Sławek zu machen – wer waren all die Gäste, die er eingeladen hatte? Kamen sie wirklich aus Lyon und Köln? Und wie konnte er mit ihnen Geschäfte machen und die Großzügigkeit seiner slawischen Seele so herauskehren, wenn er die *Franzeken* und die *Fritzen* eigentlich als neue Kolonisatoren Polens betrachtete? Nein, ich darf ihn nicht ernst nehmen, er ist ein guter Junge, und Hunde, die bellen, beißen bekanntermaßen nicht – es ist nur ein Gebell ohne weitere Bedeutung, versuchte sich Arthur zu beruhigen, Sławek kann in Wahrheit nicht einmal eine Fliege totschlagen, obwohl er an den Wochenenden in seinem Schützensportverein auf irgendwelche Zielscheiben ballert …

Nach einer Viertelstunde bestellte sich Arthur noch einen Wodka und setzte endlich seine Schnabelmaske auf – die lange Nase mochte er sehr, sie passte zu ihm, und plötzlich tauchte der Harlekin auf, sein Freund

Sławek, und sagte: »Ich habe meine Gäste begrüßt und auf ihre reservierten Sitzplätze gesetzt. Wir werden mit einem Ehepaar aus Stuttgart speisen. Wie schade, dass meine Frau heute zusammen mit ihrer Freundin in einen lange geplanten Urlaub geflogen ist – nach Singapur …«

Er verschwand wieder, und nach einer weiteren Viertelstunde tauchte er erneut auf und war sehr gesprächig und aufgeregt, als ginge es um neue Millionengeschäfte. Er sagte: »Ich habe zwischendurch auch schon zwei Wodka gekippt! Übrigens: mein Beileid! Dein Onkel Stanisław ist vor einem Jahr gestorben! Ganz ehrlich: Ich habe ihm alles verziehen, obwohl er ein stalinistischer Verbrecher gewesen ist … Nicht wahr? Und wenn mich nicht alles täuscht, hatte er jüdische Wurzeln, oder nicht? Und komm bloß nicht auf die Idee, dass ich ein Antisemit bin! Ich habe seine Bücher im Übrigen immer gern gelesen.«

Je öfter er an den Tisch zu Arthur kam, desto nervöser und chaotischer wirkte Sławek auf ihn; der Wodka machte ihn leicht reizbar und vernebelte seine Gedankengänge. Er sagte: »Der Tod deines Onkels tut mir wirklich leid, doch du wirst Verständnis dafür aufbringen, dass wir mit den Kommunisten endlich abrechnen müssen … Lieber spät als nie …«

* * *

Eine Erlösung von den spontanen und aufgeregten Besuchen seines Freundes brachte ihm endlich Malwina. Er erkannte sie nicht sofort, der Concierge versorgte sie mit einer Metallmaske, die sie wie ein Tagpfauenauge aussehen ließ, zumal sie diesmal kein enges schwarzes Abendkleid trug, sondern eine Art Tunika, die viel Luft und Platz unter dem Stoff hatte. Malwina sah aus wie die Hohepriesterin von Delphi, und Arthur gefiel seine Geliebte in dieser Verkleidung.

»Ich dachte, du bist unter der Dusche verdampft und kommst nie mehr zurück«, lachte Arthur. »Wir werden mit Sławek und seinem Geschäftspartner samt Gattin zusammen speisen. Es verspricht ein eher langweiliger Abend zu werden, obgleich Sławek wieder in Höchstform ist … Lass dich überraschen …«

Malwina küsste ihn und eröffnete als Erstes, sie sei hungrig wie hundert Wölfe, was Arthur nicht ernst nahm, da sie eher wie ein Spatz aß, zwei, drei Bissen, und schon wurde wieder nichts aus ihren großartigen Ankündigungen, sie könnte auf der Stelle zehn Schafe verdrücken.

Aber sie sah wirklich umwerfend aus, das lange Warten auf den Schmetterling hatte sich gelohnt, er liebte ihre Schminke, er liebte ihre Beine und den Geruch ihrer Haut und ihres Parfüms.

Malwina setzte sich jetzt zu ihm und sagte: »Es hat auch deshalb so lange gedauert, weil mich meine Schwester angerufen hat, und wir haben lange telefoniert. Es ist furchtbar, wie sie leidet. Es reicht ihnen nicht, das Verfassungsgericht aufzufressen – sie müssen den Leuten Angst machen, und meine Schwester wird sich von diesem Schlag nie wieder erholen. Wo soll sie jetzt Arbeit suchen?«

»Bei privaten Stiftungen oder regierungsunabhängigen Institutionen. Ist doch ganz einfach, Süße«, sagte Arthur, obwohl er seine eigenen Worte nicht so recht glauben wollte. »Sławek findet diese Abrechnung mit dem alten System und den Kommunisten, die nach der Wende unter dem Deckmantel der Demokratie weiterregiert hätten, gut! Gleichzeitig betont er ständig, er sei kein Rächer und kein Anhänger der Rechtskonservativen. Du wirst mit ihm und seiner Dialektik verrückt! Es ist wohl ein Atavismus und ein Erbe aus dem Sozialismus …«

»Hat er nicht die polnische Telekom für einen symbolischen Złoty an die Franzosen verkauft? Oder die polnische Möbelindustrie? Egal! Reich ist er jedenfalls dabei geworden. Und nun solche Töne? Meiner Schwester Patrycja wurde von ihrer Behörde gekündigt, weil sie in einem Beitrag für eine Publikation die Opposition gelobt hat: Der neue Behördendirektor ist gnadenlos … Die leiseste Kritik wird im Keim erstickt, wie in der Volksrepublik Polen!«

»Das ist richtig, was du sagst. Und Sławek, der sich an der Wende bereichert hat, knöpft sich nun heute Abend meinen Onkel aus Berkeley vor … Das musst du dir vorstellen! Er nennt Onkel Stanisław, der sich ja bekanntlich von einem Kommunisten zum amerikanischen Soziologen entwickelt hat, einen Verräter, Henker und Mörder. Wie kann man jedoch so eindimensional die Menschen und ihre Metamorphosen beurteilen? Und warum kann man jemandem seine Sünden nicht erlassen? Denn die polnischen Katholiken wollen nicht tun, was das Evangelium von ihnen fordert: Vergebung für ihre Feinde! Wenn überhaupt, so hat

Sławek nur in einem Punkt recht: Das neue Wirtschaftsprogramm berücksichtigt endlich die Armen! Die Vergessenen, die Ausgespuckten.«

Sie unterhielten sich noch eine Weile über Sławeks und der neuen Regierung Rachegelüste, und im Eifer des Gefechts und weil diese Themen zurzeit in Polen jeden beschäftigten, merkten sie nicht, dass sie beobachtet wurden – ihre Tischpartner, das Ehepaar aus Stuttgart, setzten sich zu ihnen an die feierliche Tafel.

Arthur schaffte es noch, Malwina einen letzten Satz zuzuflüstern: »Ich glaube, unter den Gästen ist auch der Graf Potocki da … Und ein Geschäftsmann aus Poznań, der mit Wolldecken Millionen verdient und in Venedig eine polnische Kunststiftung gegründet hat … Andere Gäste kenne ich nicht …«

* * *

Die Konversation mit den Stuttgartern erwies sich bereits nach wenigen Minuten als schwierig: Sławeks Geschäftspartner war ein leidenschaftlicher Jäger und erzählte mitten in Masuren, wo die Wälder und Seen sich vor den skandinavischen Giganten nicht zu verstecken brauchten, davon, wie er am norwegischen Kap einen Elch geschossen und nach dem Ausnehmen fünfzig Kilo Fleisch in seinem Rucksack getragen habe – über viele Kilometer bis zu seinem Geländewagen.

Die Frau des leidenschaftlichen Jägers, die wie ihr Mann schon auf die sechzig zugehen musste (ihre Hände verrieten das, denn auch ihre Gesichter waren hinter Masken verborgen), sendete dagegen auf einer ganz anderen Wellenlänge: Sie korrigierte andauernd ihren Jäger, er erzähle ständig baren Unsinn, es sei alles ganz anders gewesen; sie tat das aber auch bei Arthur und Malwina und kam sich dabei gelehrt und überlegen vor. Es blieb nichts anderes übrig, als der Dame aus Höflichkeit zuzuhören.

Robert Bosch, sagte sie, sei nicht katholisch, sondern evangelisch gewesen, und der ostpreußische Heimatschriftsteller Max Worgitzki sei der Mitbegründer des Allensteiner Theaters gewesen und nicht ein gewisser *Jaratsch*. Sie sprach den Nachnamen des polnischen schauspielerischen und publizistischen Multitalents Stefan Jaracz immerhin richtig aus, aber Arthur dachte, dass diese Dame und ihr Ehemann, wären sie Polen gewesen, jetzt Rechtskonservative und Anhänger der neuen Regierung geworden wären.

Arthur schmunzelte schließlich und kommentierte nichts mehr, was aus dem Munde der Moralistin aus Stuttgart kam, und er schmunzelte auch deshalb, weil er sich vorstellte, an diesem Tisch würden seine beiden Freunde Bernhard und Joseph aus Bremen sitzen. Sie würden gar nicht so friedlich und verständnisvoll mit den Stuttgartern diskutieren, sie würden nämlich ihre linken und westmarxistischen Panzer von Althusser, Marcuse und zum Schluss sogar Varoufakis, ihre neueste Waffe, in den Kampf schicken und die Stuttgarter plattmachen. Selbst die Masken verrieten das schwäbische Ehepaar: die Joker- und Teufelsfratzen sprachen Berge.

Zum Glück tauchte Sławek wieder auf und brachte ihnen allen die wohltuende Normalität zurück, indem er einen Witz nach dem anderen erzählte und geschickt in die Gespräche am Tisch einflocht. Die warmen Speisen des feierlichen Menüs wurden endlich serviert, die Kellner schenkten Wein oder Wodka ein, und Malwina ließ sich nach dem Essen sogar vom Grafen Potocki, der tatsächlich von Sławek eingeladen worden war, auf die Tanzfläche entführen: »Pan Arthur, was für eine Überraschung! Was machen Sie hier?«, fragte der Graf später und kam aus dem Staunen nicht heraus. »Es ist eine Benefizveranstaltung … Was haben Historiker und Schreiber wie Sie bei den reichen Säcken auf einer Geldsammelparty zu suchen? Schade um Ihre kostbare Zeit! Und Ihre Begleitung – mein Kompliment! Sie sind ein Glückspilz!«

Malwina hatte beste Laune, was Arthur ein wenig irritierte: Unsere letzten gemeinsamen Abende, und sie freut sich, als hätten wir das Gegenteil beschlossen – wir bleiben zusammen! Sie liebte es, wenn sie, von Männern umschwärmt, wegen ihrer Schönheit und Klugheit in den siebten Himmel gelobt wurde. Nach jedem Tanz sagte sie: »Aber ich gehöre nur dir! Du bist doch nicht eifersüchtig?«

Und zum Glück konnte Arthur die lästigen Stuttgarter loswerden, der Rotwein und der Wodka lösten die Sitzordnung auf, und kurz vor Mitternacht musste er feststellen, dass Malwina die Tanzfläche nicht mehr verließ und dass er wieder allein am Tisch saß, mit seiner dampfenden E-Pfeife, die jedoch auch in Sławeks Hotel unerwünscht war, was Arthur ignorierte. Er musste in der kurzen Zeit, in der er allein war, wieder an seine herzkranke Mutter und die Zwillinge denken, und augenblicklich ging die alkoholisierte, zur Discomusik tanzende und wohlhabende Sonne der Benefizparty unter. Er hörte nicht einmal mehr die Musik, die die Tanzband seit Stunden zum Besten gab. Er musste sich schnell wieder fangen, sich selbst an der Hand nehmen und sich erklären, dass er diesen schwarzen Garten der Trauer und der Sehnsucht und Sorge um die Mutter und um die Seelen der verstorbenen Zwillinge auf keinen Fall betreten dürfe. Es war nur noch ein kleiner Schritt … und der hübsche Garten hätte ihn gefressen und in seinem finsteren Loch eingekerkert.

* * *

Doch dann geschah etwas Unerwartetes. Eine fremde Frau setzte sich zu ihm und unterbrach seine dunkle Meditation und kappte die Nabelschnur der Melancholie. Sie trug ein enges schwarzes Abendkleid und eine Metallmaske wie Malwina – diese ließ sie ebenfalls wie einen fantastischen Schmetterling aussehen. Sie sagte auf Polnisch: »Ich heiße Monika, und Sie sind *Artur*?«

»Der bin ich …«

Die junge Dame durfte nicht älter als dreißig sein. Brünett, schlank, braune Haut, ein wenig marokkanisch – mit einem Wort: hübsch. Sie sagte: »Wenn ich Ihnen, Panie Arturze, sagen würde, dass ich heute als Maria Magdalena auftrete und dass ich Jesu Christi Geliebte gewesen bin und ihm ein Kind in Frankreich geboren habe …«

»Eine merkwürdige Art, sich vorzustellen. Haben Sie zu viele Romane von Dan Brown gelesen? Ich kann mir nicht denken, dass Sie mit gnostischen Texten etwas am Hut haben?«

Die junge Dame schwieg einige Sekunden, ein rätselhaftes Leonardo-da-Vinci-Lächeln von ihr reichte, um Arthur noch verlegener zu machen, zumal dieses Lächeln unter der Metallmaske, die aus dünnen und zusammengelöteten Drähten bestand, eine surreale Wirkung hatte. Was für eine Frau, schoss es Arthur durch den Kopf, der sich im selben Moment nach Malwina umdrehte – sie tanzte und bemerkte gar nicht sein Tête-à-Tête mit der geheimnisvollen Schönheit, die das Schweigen auf einmal unterbrach und sagte: »Wenn Sie spenden möchten, wenden Sie sich bitte an mich!«

»Und wo finde ich die Frau und Geliebte Jesu Christi?«

»Fragen Sie Ihren Freund!«, antwortete Pani Monika und ging ohne ein Wort des Abschieds weg.

Arthur hätte es gleich tun können, denn Sławek tauchte nach einer längeren Sendepause wieder auf, zusammen mit dem jungen Concierge: »Es ist so weit! Du hast mir versprochen, mir zu helfen, wir müssen kurz verschwinden, los, beweg deinen faschistischen Hintern! Wir haben keine Zeit zu verlieren!«, meinte Sławek.

* * *

Arthur stellte keine Fragen. Sie gingen durch den Hinterausgang nach draußen, wo auf dem Parkplatz der Küche ein Auto auf sie wartete, ein hässlicher BMW-Geländewagen. Der Concierge setzte sich ans Steuer, Sławek auf den Beifahrersitz, und Arthur ärgerte sich, weil er Malwina nicht Bescheid gesagt hatte, dass er kurz verschwinden und seinem Freund helfen müsse. Sławek wurde auf einmal ernsthaft, er wirkte sogar ein wenig besorgt und dirigierte seinen Fahrer: nach rechts bitte, nach links und so weiter. Er legte die neue CD von Pink Floyd ein, die gleichzeitig die letzte dieser famosen Band war.

»Ich habe damals die Scheibe als einer der Ersten in Polen bekommen«, sagte er stolz. »Journalistenfreunde muss man haben …«, freute er sich.

»Sławek, was wird hier wirklich *gespielt*, wohin fahren wir eigentlich?«

Sein Freund legte den rechten Zeigefinger an den Mund und sagte: »Psst! Nicht im Auto! Diese Schweine nehmen alles auf! Ich werde seit geraumer Zeit abgehört!«

Sie lauschten nur mit Mühe der psychedelischen Musik, die Sławek laut aufgedreht hatte, damit niemand verstehen konnte, worüber man sich im BMW des Hoteldirektors unterhielt. Doch Sławek grinste nur die ganze Zeit und legte wieder den Zeigefinger an den Mund und reichte Arthur einen Flachmann – darin schwamm Whisky, der leider viel zu warm war, da er in der Seitentasche des Sakkos von Sławek mehrere Stunden in der Wärme seines Körpers verbracht hatte.

Der BMW fuhr durch die Nacht, der Concierge hatte einen angenehmen Fahrstil, aber überall dort, wo man Gas geben konnte, drückte er das Gaspedal fast durch, um vor nahenden Gefahren wieder sanft abzubremsen.

Nach einer halben Stunde wurde Arthur endlich bewusst, dass sie in Richtung Olsztyn beziehungsweise Biskupiec fuhren, doch in einem Dorf namens Czerwonka, wo es einen bekannten Bahnhof und Verbindungsknoten zwischen Ost und West gab, bogen sie nach rechts ab – zu dem See von Czerwonka, dessen Namen Arthur vergessen hatte. Sławek stellte die Musik etwas leiser und sagte: »Wir sind gleich da!« Arthur antwortete nicht, er saß still auf dem Hintersitz und dachte: Er wird mich doch nicht umbringen! Der paranoide Gedanke schien ihm gar nicht so abwegig zu sein, er wurde auch blitzartig nüchtern, der Alkohol wirkte nicht mehr. »Ich habe Angst! Und diese Musik dazu!«, sagte er, als der BMW immer tiefer in die schwarze Niederung eintauchte, in der sich der See ausbreitete.

»Dass ein Historiker Angst vor der Weltgeschichte hat, ist mir neu … Keine Bange, ich werde dich nicht in den See werfen und ertränken … Ich habe andere Sorgen, mein Lieber – außerdem: Ich liebe dich! Du bist zwar ein Idiot, aber mein bester Freund, auch wenn wir uns immer seltener sehen. Diese Mörder haben deine Schwester umgebracht – was haben wir in Afghanistan zu suchen gehabt?« – »Sławek, sie war keine Soldatin!«

Arthur fühlte sich nicht beruhigt, obwohl er in einem Punkt Sławek zustimmen musste: Man suchte sich seine Freunde nicht aus, es war wie mit der Familie, man hatte seine Freunde wie ein Postpaket erhalten und musste sich mit dem Inhalt arrangieren – die Schuhe waren zu groß, die Hosen zu klein, doch man trug sie und ließ sich nichts anmerken. Man musste die Freunde als ein wirkliches Geschenk erachten, und vor allen Dingen durfte man sich nicht einbilden, dass man eigentlich etwas Besseres verdient hätte, bessere Freunde, Charaktere, Geschenke, passendere Kleidung, Wahlverwandtschaften und so weiter.

»Sławek, ich liebe dich auch, doch ich bin jetzt völlig nüchtern …«

»Nun mach dir jetzt nicht in die Hose …«

Sie fuhren durch den Wald, der das Seeufer versteckte, und nach wenigen Kilometern wurde es in der Niederung hell, zumal der Vollmond seine Arbeit in dieser Nacht besonders pflichtbewusst erfüllte. Der BMW hatte einige Probleme mit dem Sandweg und dem schlechten, mit Schlaglöchern versetzten Asphalt zwischendurch, die Ingenieure hatten ihn für die Stadt gebaut und nicht für die masurischen Moränenlandschaften, er hüpfte wie ein Küken, das Schlagen der Räder war unerträglich, und nach einer kurzen Fahrt entlang des Ufers parkte der Concierge in einer Sackgasse, weil sie direkt zum Wasser führte. Er stellte den Wagen so ab, dass Bäume ihn verdeckten. Dennoch war man ganz nah am Wasser; nach wenigen Metern schon konnte man in den See springen oder eine Jacht vom Trailer in den See herablassen.

Sie stiegen aus dem Auto aus, und Sławek öffnete den Kofferraum, der mit schwarzen, aus allen Nähten berstenden Säcken gefüllt war, jeder etwa so groß wie ein 2,5-Kilo-Kartoffelbeutel aus dem Supermarkt. Wie viele mochten es sein? Zehn, fünfzehn Säcke?

»Was ist da drin? Gold? Nazigold aus der Wolfsschanze?«, fragte Arthur und lachte – er war erleichtert, dass er überhaupt wieder lachen konnte; die Angst um seinen eigenen Hintern, wie sich Sławek ausdrückte, hatte bei ihm das rationale Denken ausgeschaltet.

»Leere Patronenhülsen, du Dummbatz und Intelligenzbolzen«, erklärte Sławek. »Wir müssen sie loswerden! Am besten unsichtbar machen!«

Der Concierge holte die prall gefüllten Säcke aus dem Kofferraum des BMW und machte sich sogleich mit zwei Stück auf den Weg zum Bootssteg, an dem Jachten und Motorboote mit Schlössern und Ketten befestigt waren.

Sławek sagte: »Du schnappst dir auch zwei Säcke, und dann wirst du auf dem Bootssteg so tun, als wärst du ein Sämann, kapiert? Du reißt vorsichtig den Sack auf, nimmst eine Handvoll Patronenhülsen und wirfst sie in den See! Und jetzt bitte keine dummen Fragen! Wenn man so ein gutes Herz hat wie ich, tritt man regelmäßig in die Scheiße. Ich habe auf dem Schwarzmarkt für 50 000 Złoty Patronen gekauft, weil ich für die Burschen, mit denen ich am Schießstand für den Dritten Weltkrieg übe«, er kicherte, als er das sagte, »etwas Gutes tun wollte. Wir konnten viel Geld sparen, doch vor Kurzem hat mir ein Kollege aus unserem Schützenverein gesagt, dass sein Smartphone von der Antikorruptionsbehörde abgehört werde und dass sein Büro verwanzt worden sei … Junge, eines musst du inzwischen gelernt haben: Jede gute Tat muss bestraft werden!«

»Du bist verrückt! Du verdienst Millionen und kaufst auf dem Schwarzmarkt chinesische oder rumänische Patronenhülsen, weil sie um die Hälfte billiger sind?«

»Ich weiß, wer und was ich bin, aber ich möchte nicht zu drei Jahren Gefängnis verurteilt werden. Das wäre mein Ende – und für meine Frau die bitterste Enttäuschung …«

Arthur sagte nichts mehr, kommentierte nichts mehr, weil er nicht einmal mit dem Kopf schütteln konnte. Er griff tief in den Kofferraum nach zwei Säcken und wartete nicht auf seinen Freund, sondern ging mit den leeren Patronenhülsen zum Bootssteg und zum Concierge, um die gefährlichen Beweise im See zu versenken. Er erreichte das Bootsstegende, wo der junge Concierge stand und wie ein Sämann die verschossenen Hülsen handvollweise in den braun schimmernden See warf. Bei jedem Auswurf entstand ein nicht zu überhörender Lärm, dessen Hall an den Ufern ankam und die Ohren terrorisierte. Das Schneiden des Wassers durch den messingfarbenen Regen aus Patronenhülsen erzeugte das unerträgliche Geräusch in der Nachtstille des Moränensees, als würde jemand Fische mit Kastanien oder daumengroßen Steinchen füttern.

Kapitel 10
Der Abschied am Serwent-See

Malwinas Sommerhütte am Serwent-See lag versteckt im Wald, dafür aber nicht weit vom Ufer entfernt, sodass man jederzeit und schnell ins Wasser springen und sich erfrischen konnte. Erst als Arthur zusammen mit seiner Geliebten ihr Domizil betrat, begriff er, warum dieses eine wunderbare verborgene Festung war. Bestens ausgestattet zwar – und mit modernster Technik vollgestopft –, sah doch die Holzhütte von außen gar nicht einladend oder für einen Dieb interessant aus. Es handelte sich um eines der älteren Modelle, die im Sozialismus an fast jedem See anzutreffen waren. Küche, Dusche, Toilette und zwei Zimmer, ein Bungalow. Renoviert und gepflegt, aber eben nicht neu. Ein kleiner Garten, ein Lattenzaun, eine Grillstelle und ein Parkplatz, das war schon alles. Aus der Vogelperspektive würde man Malwinas Festung kaum erkennen, Baumkronen verdeckten das ganze Drumherum und das Dach – lediglich der Bootssteg mit dem winzigen Badestrand verriet, dass es da unten im Wald eine richtige Zivilisation geben musste. Und in den beiden Räumen der Sommerhütte standen, wohin man auch den Blick richtete, Bücher – in den Regalen, auf dem Boden, sie lagen auf den Nachttischen und so weiter. Arthur fühlte sich in dieser Umgebung sehr wohl und konnte sich kaum vorstellen, dass sein Großvater Ryszard in die Wälder des Serwent-Sees verschleppt worden war, weil er den Waldleuten, den »Verstoßenen Soldaten«, angeblich nützlich gewesen sein sollte. An so einem Ort musste man über den Fluch der Pyramide von Rapa schreiben und nicht mit einem Gewehr zwischen den Bäumen laufen, um sich im Busch der Königsfarne vor der Miliz zu verstecken.

Malwina war seit der Ankunft an ihrem See ziemlich schweigsam und bedächtig – sie sagte lediglich, dass sie vor dem Beginn des Altweibersommers noch ein bisschen das heiße Sommerwetter genießen wolle, außerdem sei alles gesagt worden, es gebe nichts mehr zu sagen und zu erklären.

Arthur baute für sie am Bootssteg eine kleine Forschungsstation auf und sagte, er sei Jack London und sie seine Frau Charmian Kittredge London, was Malwina endlich zum Lachen brachte. Er stellte einen Campingtisch, zwei Liegestühle und einen Sonnenschirm auf. Berlin war weit weg, ebenso Bremen, und selbst Olsztyn oder Warschau schienen ihnen beiden aus ihrem Blickwinkel verschwunden zu sein. Auf dem Campingtisch lagen ihre Bücher und Manuskripte, und wenn die Sonne zu heiß und die Luft zu schwer wurde, ließen sie ihre Bücher und Manuskripte liegen und sprangen dann in den See und schwammen ein paar Meter, um sich abzukühlen.

An Malwinas Schweigen gewöhnte sich Arthur schnell, er ließ sich aber das Reden von ihrer Abschiedsstimmung nicht verbieten. Seit zwei Tagen schon weilten sie an diesem versteckten Ort, an dem man nicht den trügerischen Eindruck hatte, er sei das viel gerühmte Ende der Welt, Ultima Thule ihrer Liebe und Europas. Nein, vielmehr spürten sie beide, obwohl sie darüber nicht sprachen, dass sie ihre Trennung an diesem Ort der Stille bloß ein wenig beschleunigt hatten. Diese Tatsache musste nicht mehr ausgesprochen werden. Die Endgültigkeit faszinierte sie beide und bekämpfte erfolgreich ihre Sehnsucht und ihre Trauer über den Verlust der Liebe, über die vielen Tode ihrer Liebesbegegnung – zumindest bildeten sie sich ein, dass es so sei.

Sie hatten freilich viel zu viel eingekauft, als wollten sie sich in Malwinas Holzhütte für eine unbestimmte Zeit einnisten und verstecken, um die Zivilisation nicht mehr zu sehen oder um ihrer drohenden Vernichtung zu entgehen.

Gegen Abend schnitt Arthur Tomaten und Gurken, und Malwina wusch den Salat und zauberte ein Dressing. Und er war Malwina nicht mehr böse, dass sie die halbe Nacht mit dem Grafen aus Gałkowo durchgetanzt hatte, und Malwina war ihm auch nicht mehr böse, dass er sie an dem feierlichen Abend im Hotel von Sławek für die ganze Nacht allein gelassen hatte, ohne ein Wort gesagt zu haben. Ohne Abschied.

Als die Sterne über dem Seeufer und ihren Köpfen aufkreuzten und den ganzen Himmel zum Leuchten brachten, was in dieser Nacht außergewöhnlich war, wussten sie beide, dass der morgige Tag gar nicht mehr aufzuwachen brauchte. Er konnte ihnen gestohlen bleiben, wie all die Tage zuvor, die sie miteinander verlebt hatten.

Malwinas Salat schmeckte ausgezeichnet, und Arthur briet sechs Kleine Maränen und befreite sie für seine Geliebte von den lästigen Gräten, ohne den Fisch auf dem Teller verunstaltet zu haben. Er musste schön aussehen.

Epilog
»Schwerkraft und Gnade«

Die Schwangerschaften
(Jan)

Jan kämpfte immer noch mit seinen Zweifeln, er hatte ein schlechtes Gewissen, weil er seine schwangere Frau in Galiny allein gelassen hatte. Seine Arbeiter und auch der Quacksalber und Witwer Józef – auf sie konnte man nicht zählen, wenn es zu einem Überfall auf das Schloss und seine bescheidenen Schätze käme. Aber Jan musste nach Olsztyn fahren, weil er hoffte, dort seinen Freund Ryszard zu treffen, den schlauen Lehrer und ehemaligen Zwangsarbeiter, der die Wahrheit über ihn und seine Wehrmachtsvergangenheit kannte und wie ein Geheimnis hütete. Jan brauchte Hilfe.

Die ganze Welt stand in Flammen, und niemand sah das, niemand bemerkte das, so kam es Jan vor. Der Boden brannte unter seinen Füßen, Jans Herz und Kopf brannten, obwohl der Winter seinen Höhepunkt erlebte – Ende Februar 1946. Es ging Nacht für Nacht auf minus zwanzig Grad zu: Die Seen waren zugefroren, die Straßen in den Dörfern und die Felder und Lichtungen in den Wäldern zugeschneit, und wenn er und seine schwangere Irmgard endlich Glück hätten, könnten sie schon im August Eltern werden.

Jan wartete am Straßenrand auf eine Mitfahrgelegenheit. Er war schon ziemlich weit gekommen, von Olsztyn trennten ihn nur noch etwa fünfzehn Kilometer, und er schaute gar nicht mehr auf seine Armbanduhr, da er wusste, dass er viel zu viele Stunden gebraucht hatte, um den Weg von Galiny bis hierher zu bewältigen. Er wollte um jeden Preis vermeiden, dass er am späten Abend in Olsztyn nach einer Übernachtungsmöglichkeit würde suchen müssen. Natürlich würde er, sollte er Ryszard nicht ausfindig machen können, in ernsthafte Schwierigkeiten geraten, um nicht zu sagen: total aufgeschmissen sein. Und auf der Straße zu erfrieren war nicht schwer bei solchen Minusgraden.

Nein, so weit durfte er es nicht kommen lassen; es war kurz nach vierzehn Uhr jetzt, er konnte es noch schaffen, und dann würde er sich nach dem Gespräch mit Ryszard sofort wieder auf den Rückweg nach Galiny machen. Doch er würde bestimmt auch bei seinem Freund und dessen Frau Renata übernachten können, obwohl sie in Olsztyn nur ein Zimmer bewohnten; sie würden ihn bei dieser Kälte gewiss nicht vor die Tür setzen. Allerdings musste er sie in Olsztyn erst einmal finden! Stimmte die Adresse? Wohnten sie in einem halb zerstörten Haus oder in einer richtigen Mietskaserne?

Jan hatte die Adresse von Ryszard und Renata in Bartoszyce besorgt. Er war einfach zu Pani Ela gefahren, der Sekretärin von Herrn Stanisław, und hatte ihr Eier, Fleisch und Kartoffeln gebracht. Und sie wusste sofort Bescheid, sie weinte in der Tür und verdammte Ryszard, und zum Schluss sagte sie, sie werde eines Tages nach Olsztyn fahren und ihn umbringen. Aber Jan nahm ihre Drohungen nicht ernst, sie würde niemanden umbringen und schon gar nicht einen werdenden Vater, denn auch Ryszards Frau sollte angeblich schwanger geworden sein.

Jan stapfte am Straßenrand im Schnee und hatte große Mühe, das Gleichgewicht zu halten, da ihm seine Füße und Beine mehr und mehr den Dienst verweigerten. Wenigstens schneite es nicht, und der Wind war nicht mehr so eisig kalt und scharf wie am frühen Morgen. Er betete zu Gott, es möge endlich jemand halten, selbst ein schwarzer Citroën wäre ihm recht, obwohl er sich dann sicher sein durfte, dass es sich um ein Fahrzeug der *ubecja* handelte, der Staatssicherheit. Er würde mit dem Teufel einen Pakt schließen und in sein Fahrzeug steigen, um endlich voranzukommen.

Und er hatte Glück. Ein Lkw sammelte ihn vom Straßenrand auf, kurz nachdem Jan ein Gebet gesprochen hatte. Der Fahrer wunderte sich über den seltsamen Tramper, der bei dieser Kälte unterwegs war. Er erzählte Jan von seiner Papierladung und der Fahrt nach Olsztyn, wo man in der Druckerei sehnsüchtig auf ihn wartete, allerdings hörte Jan ihm kaum zu. Er freute sich, dass es in der Fahrerkabine einigermaßen warm war und dass er sehr wahrscheinlich seinen Tagesplan schaffen würde. Und er ärgerte sich nach wie vor über seine eigene Dummheit. Herr Stanisław hatte ihm die Stelle des Landgutsleiters und -verwalters gekündigt, weil Jan in den letzten zwei Monaten ständig getrunken und kaum gearbeitet hatte. Herr Stanisław musste wissen, was er da tat, aber – und das ärgerte Jan zutiefst – der junge Milizionär begriff nicht, worum es eigentlich ging in dieser heillosen Trinkerei. Es ärgerte Jan, dass Herr Stanisław ihn für einen verantwortungslosen und antisozialistischen Bastard hielt, dem man eigentlich eine Kugel verpassen müsste, so Herr Stanisław. Die

Trinkerei hatte jedoch ihren Grund, den Jan niemandem erklären konnte und auch nicht wollte. Er musste selbst mit dieser eisigen Dunkelheit in seinem Kopf fertigwerden: Seit der Winter in Ostpreußen so streng und dunkel geworden war, kehrten Jans Albträume wieder zurück, und er musste ständig an die Scheune mit den tschechischen Partisanen denken, die er hatte anzünden müssen. Jede Nacht träumte er vom Feuer in der schwarzen und kalten Nacht, und er hörte in diesem Feuer die Schreie der Partisanen.

Der Fahrer des Lkw redete pausenlos weiter und kümmerte sich nicht darum, wer sein Fahrgast war und was der in Olsztyn zu tun hatte. Jans Gedanken kreisten nur noch um eine Sache herum: Würde Ryszard ihm helfen? Angeblich war sein Freund in Olsztyn weiterhin als Lehrer tätig. Im Januar hatte der Gute ein Angebot von einer Allensteiner Schule bekommen und war dann zusammen mit seiner Frau unverzüglich aus Galiny weggezogen, weil ihm in Olsztyn obendrein eine echte Wohnung zur Verfügung gestellt worden war; ein Zimmer zwar, aber mit einer Küche und einem Bad und einer Toilette nur für seine Familie. Jan hasste das Schloss der Gräfin von Nitsche in Galiny, und er erinnerte sich daran, was ihm der Lehrer zum Abschied gesagt hatte: »Ich habe die Gefängnistage und -nächte bei Herrn Stanisław überlebt … Mir kann nichts mehr passieren. Die Deutschen haben nicht geschafft, mich umzubringen, die Kommunisten werden es auch nicht schaffen …«

Herr Ryszard, der schlaue Lehrer und Unsterbliche, war Jans letzte Hoffnung. Vielleicht brauchte Ryszards Schule einen Hausmeister? Vielleicht wusste sein Freund, wo es in Olsztyn Arbeit und eine Wohnung für ein junges Ehepaar, das ein Kind erwarte, gab?

Jan dachte: In Galiny werden sie uns töten, diese Arschlöcher, und in dem Schloss wohnen die tschechischen Partisanen und wollen mich umbringen, weil sie sich rächen müssen, und ich würde an ihrer Stelle auch nach Rache schreien und auf Rache sinnen … Und da in dem Schloss von Galiny blaues wie auch ganz gewöhnliches Blut vergossen wurde, da man hier nicht nur die adligen Damen vergewaltigt und ermordet hat, werden alle bösen Geister von diesem Ort angezogen, und die toten Partisanen, ihre verbrannten Seelen, haben mich schnell ausfindig gemacht und kommen nun jede Nacht zu mir, um mich zu töten, und sie befehlen mir zu trinken, den Schnaps zu brennen und zu trinken … Es ist ein böser Ort, und niemand sollte in einem Schloss wohnen, weil Schlösser böse sind und böse Geister anziehen, damit man blaues wie auch ganz gewöhnliches Blut vergießen kann … Irmgard, ich werde in Olsztyn Arbeit finden und uns eine Wohnung besorgen, und dann werden wir fliehen – aus Galiny fliehen, sonst töten sie dich und mich und unser Kind, und wenn es nicht die Waldleute oder die Rotarmisten tun, so werden wir aus der Hand der bösen Geister sterben – die tschechischen Partisanen werden uns töten …

Wenn eine Frau auf einen Mann wartet (Malwina)

»Wie grauenvoll ist das,
dass eine Liebe nicht existieren kann,
ohne Schuld auf sich zu laden!«

Yasushi Inoue
Das Jagdgewehr (1949)

Nach einem Jahr beendete Malwina ihr Buch über die Kunstsammlung der Familie von Fahrenheid wie auch über den Fluch von Rapa. Für die deutsche Ausgabe unterschrieb sie einen Vertrag mit einem traditionsreichen Wissenschaftsverlag aus der Schweiz und war glücklich darüber, dass sie endlich zu ihrer alten Arbeit zurückkehren durfte, zu ihrem Hauptthema: der deutschen und europäischen Gegenwartsgeschichte.

Und noch etwas konnte sie zum Abschluss bringen, zumindest glaubte sie es. Im vergangenen Herbst hatte sie nämlich an einer Konferenz in Frankfurt am Main teilgenommen, und im Frankfurter Bahnhofsviertel hatte sie in einem Trödelladen eine alte Papierschere entdeckt, in die sie sich sofort verliebte. Malwina kaufte das Objekt ihrer Begierde und erkannte als Nächstes, dass diese Schere nicht nur hervorragend Papier zu schneiden vermochte.

Die Schere war bestimmt mehr als hundert Jahre alt und zeichnete sich durch eine Namensgravur aus, und Malwina glaubte daran, dass nur ein symbolisches Ritual ihr helfen konnte, den Schmerz nach der Trennung von Arthur zu lindern. Sie brauchte die Schere, in die der Name *Jeanne* eingraviert worden war, für ihr Herz, ihre Fotos und ihre Briefe, weil sie beschlossen hatte, Arthur wie einen Tumor herauszuschneiden. Er sollte nicht bloß aus ihrem Leben verschwinden – Malwina musste ihren Geliebten abtrennen von ihrem Körper und von der gemeinsamen Zeit, von der zahlreiche E-Mails, Fotos und Briefe zeugten.

Sie dachte jeden Tag an ihn, aber sie hatte kein Mitleid mit Arthur und vor allem nicht mit sich selbst. Malwina dachte an Arthur und sprach jeden Tag mit ihm, als würde er ihr gegenübersitzen wie in einem Café und mit ihr diskutieren, doch sie fand für ihn nur ablehnende und bissige Worte und ignorierte ihn, wenn er versuchte, ihr eine Antwort zu geben, die sie sich in ihrem Kopf in seinem Namen zurechtlegte; sie wusste ganz genau, was er ihr sagen und antworten würde.

Und manchmal hörte sie ihm nicht zu und sagte, sie müsse jetzt schlafen oder ihr Studentenseminar an der Uni beginnen. Sie schaltete seine Stimme in ihrem Kopf nach Belieben ein und aus, und erst nach einem Jahr der Trennung wurde ihr bewusst, dass sie ihn nach wie vor liebte, obgleich er ihr vollkommen egal war. Er war tot, und sie dachte oft darüber nach, wie sich der Tod anfühlte: Man vermisste einen geliebten Menschen, man sehnte sich nach ihm und wusste, dass er nie mehr das Zimmer betreten, nie mehr eine Frage beantworten, nie mehr anrufen würde, obwohl man eigentlich jeden Tag darauf wartete.

Und wenn eine Frau auf einen Mann wartete – stellte sich Malwina des Öfteren vor –, den sie liebte und der für sie tot war, geschahen in ihrer Umgebung seltsame Dinge. Ein See konnte plötzlich sprechen wie der Serwent-See, der mit ihr mit der Stimme ihres Geliebten sprach, während sie im Wasser schwamm und sich von der heißen Sonne am Strand erholte. Und es geschahen auch andere Dinge, die unerklärlich waren: Selbst beim Einkaufen im Supermarkt oder bei der Erledigung von Besuchen in einer Bank, bei einer Versicherung oder in einer Behörde wurde sie das Gefühl nicht los, dass Arthur stets anwesend war und sie überall begleitete. Er sagte nichts, er saß aber neben ihr oder er führte den Einkaufswagen zwischen den Warenregalen.

Mit anderen Worten: Malwina schlief jede Nacht mit Arthur ein und wachte mit ihm zusammen auf, und sofort nachdem ihre Augen das Tageslicht erblickt hatten, sahen sie auch gleich das Gesicht ihres Geliebten, des toten Geliebten. Und sie dachte: Ich lebe mit einem Toten zusammen und kann meinem Mann nicht erklären, wo ich bin und was ich denke, wenn er mich danach fragt, denn er sieht und spürt, dass ich weder in Warschau noch in Olsztyn lebe, sondern auf einem fremden Planeten, zu dem er keinen Kontakt hat und der Millionen Lichtjahre entfernt ist.

* * *

Malwina weilte schon seit drei Tagen am Serwent-See und musste an ihre letzte Begegnung mit Arthur denken, hier an diesem See, in ihrer Sommerhütte, in der sie am besten arbeiten konnte, wenn sie einen schwierigen Artikel schreiben musste: Die Einsamkeit dieses Ortes und die teilnahmslose Gegenwart der Natur förderten jedes Mal ihre Konzentrationsfähigkeit. Sie hatte sogar zwei Liegestühle und den Tisch für die Bücher und den Laptop am Bootssteg aufgestellt – wie es Arthur letztes Jahr getan hatte. Der Sonnenschirm warf einen angenehm kühlenden Schatten auf die beiden Liegestühle und den Computer, sodass sie sich des Eindrucks nicht erwehren konnte, ihr Geliebter sei aufgestanden und in den Bungalow gegangen, um zwei kalte Flaschen Bier aus dem Kühlschrank zu holen.

Und noch etwas war anders, noch etwas hatte sich in der Zeit, seit sie ihren Geliebten für tot erklärt hatte, geändert: Überall in Europa tobte ein erbarmungsloser Straßenkrieg zwischen den Anhängern der Linken und der Rechten, und die Regierungen verloren allmählich die Kontrolle und mussten in manchen Großstädten sogar den Ausnahmezustand ausrufen. Ausländer trauten sich kaum noch auf die Straße, und wenn sie es taten, dann nur in organisierten Gruppen, weil sie sich vor Übergriffen und Überfällen seitens der Rechten wehren mussten. Dies hatte wiederum zur Folge, dass es zwischen radikalen Muslimen und Einheimischen zu Kämpfen kam, meist auf offener Straße, und die terroristischen Anschläge des IS häuften sich europaweit. Man hatte überall den Eindruck, der Dritte Weltkrieg sei nur noch eine Frage der Zeit, er müsse bald ausbrechen, doch niemand konnte genau sagen, wer wen eigentlich überfallen, als Erster angreifen würde, obwohl die potenziellen Gegner so zahlreich waren wie Sterne am Himmel.

Doch das ökonomische Chaos und der allmählich sichtbare Zerfall der Europäischen Union und die Schuldenberge der Banken und Regierungen machten Malwina keine Angst, selbst die Tatsache nicht, dass sie nicht einmal an diesem versteckten Ort im Wald des Serwent-Sees sicher war. Sie sorgte sich nämlich nur um ihre beiden Töchter, die trotz Brexit in England bald ein Studium beginnen wollten: Malwina machte sich Sorgen um ihre Zukunft, auf der scheinbar ein Fluch lag.

Und da sie ihren Geliebten für tot erklärt hatte, fiel es ihr umso schwerer zu akzeptieren, dass sie ausgerechnet am Serwent-See und nach einem Jahr des Schweigens und der Trennung einen Brief von Arthur bekommen hatte – als E-Mail-Anhang. Sie druckte den Anhang aus, las ihn mehrere Male und legte den Brief immer wieder mit dem Gefühl zur Seite, sie dürfe auf ihn nicht antworten, obgleich Arthurs Brief ganz harmlos anfing …

Er beschrieb sein Jahr in Bremen und wie er es nach dem Umzug zu seinem Freund Joseph verlebt habe – zum einen in der Stille der Lektüre der philosophischen und politischen Werke von Simone Weil, zum anderen mit der Arbeit an seinem eigenen Buch, das er endlich beendet und *Drang nach Osten* betitelt habe. Nach der Rückkehr aus Polen und vom Serwent-See vor einem Jahr habe er allerdings seine Uni-Stelle gekündigt und sei für ein paar Wochen nach Italien gefahren, wo er sich sinnlos in der Gegend von Siena herumgetrieben habe, ein wenig auf Andrei Tarkowskis Spuren, seines Lieblingsregisseurs. Der Ausflug zu den Kulissen des Films *Nostalghia* von Tarkowski, zu den verfallenen Kirchen und Badeorten in der Toskana, der Cappella di Santa Maria di Momentana in Monterchi und den Thermen von Bagno Vignoni, sei nicht erfolgreich oder heilsam gewesen, denn er habe weder die hübsche Übersetzerin Eugenia noch den russischen Dichter Andrei Gortschakow getroffen, von deren unglücklicher Liebe *Nostalghia* erzähle. Arthur habe für seine unglückliche Liebe nach einem Medikament gesucht. Auf dem Rückweg aus Italien habe er allerdings in Frankreich eine alte Freundin besucht, die Direktorin einer traditionsreichen Bibliothek in Lille, in der er bisher die wichtigsten historischen Zeugnisse und Dokumente für seine eigene Arbeit gefunden habe. Er habe auch mit der Bibliotheksdirektorin geschlafen, was Malwina ihm nicht übel nehmen dürfe.

Sie wusste, als sie die Zeilen über Lille und die hübsche Bibliothekarin las, dass er ihr bloß wehtun wollte. Arthur steckte Malwina eine Nähnadel in den Nacken, eine zweite in die Wange, eine dritte in ihren Brustkorb, wo das Herz saß, und fragte sie, ob sie Schmerzen dabei empfinden würde.

Aber der Brief aus Bremen war lang.

Das einsame Leben bei Joseph, der in den Wehrmachtsbunker nur noch zum Malen gekommen sei und die meiste Zeit bei Anna, Arthurs Exfrau, verbracht habe, sei auch keine Lösung gewesen, und Arthur habe sich gefragt, wen er wirklich liebe und mit wem er eigentlich am glücklichsten sei. Deshalb bitte er Malwina dringend um eine *konkrete* Antwort, denn er wolle sie wiedersehen und sprechen. Und angesichts des politischen und wirtschaftlichen Chaos in allen europäischen Ländern sei es dringend notwendig, dass man sich wiedersehe. Er kenne auch einen sicheren Ort, an den man fliehen müsse, so schnell wie möglich, um die Zeit der Wirren möglichst unbeschadet zu überstehen.

Malwina aber konnte ihm keine Antwort geben. Sie müsste ihm schreiben, dass ein gewisser Arthur seit einem Jahr tot sei und dass es diesen sicheren Ort, an dem sie beide glücklich sein würden, gar nicht gebe. Aber sie schrieb ihm nicht …

Ich habe dich getötet, Arthur, weil ich weiterleben musste, dachte Malwina und tat so, als würde sie jetzt zu ihrem Montblanc greifen oder auf der Tastatur ihres MacBook Air den Brief ihres Geliebten beantworten:

… und wenn eine Frau auf einen Mann wartet, weil sie ihn liebt und ihn gleichzeitig für tot erklärt hat, um weiterleben zu können, Liebster, wird es für sie beide keinen Frieden mehr auf Erden geben. Was nutzt dann das nächtliche Blühen der Abendlevkojen oder die Geburt eines neuen Sterns? Nichts, Liebster, nichts mehr kann sie erfreuen: außer der Liebe!

E N D E

Inhalt

Artur Becker
Drang nach Osten
Roman

Konzept Design
Gottschalk+Ash Int'l

Umschlaggestaltung
Julia Borgwardt, borgwardt design
Jutta Schneider Grafik Design
unter Verwendung eines Motivs von
© shutterstock

Foto Artur Becker
© Susanne Schleyer

Satz
Publikations Atelier, Dreieich

Druck und Bindung
Těšínská tiskárna, Český Těšín
Printed in Czech Republic
Erste Auflage 2019
ISBN 978-3-86337-119-7

Dieses Buch ist auch als eBook erhältlich
ISBN 978-3-86337-138-8

weissbooks.com
arturbecker.de

Dieses Buch wurde auf FSC®-zertifiziertem Papier gedruckt. FSC® (Forest Stewardship Council) ist eine nichtstaatliche, gemeinnützige Organisation, die sich für eine ökologische und sozialverantwortliche Nutzung der Wälder unserer Erde einsetzt.

FSC
www.fsc.org
MIX
Papier aus verantwortungsvollen Quellen
FSC® C005833